BASTEI
LÜBBE

Madeleine Brent *ist das streng gehütete Pseudonym einer wechselweise in England und an der Mittelmeerküste lebenden Autorin. Durch ihre unverwechselbare Kunst, Spannung und Abenteuer mit einem romantischen Handlungsfaden zu verknüpfen, wurde sie weltweit bekannt und erzielte mit ihren Büchern Millionenauflagen.*

Bei BASTEI-LÜBBE sind von Madeleine Brent erschienen:

10 008 – Die Tochter des Magiers
10 483 – Das Mädchen von Jacaranda
10 753 – Hoffnung im Tal der Tränen
10 943 – Die Lady vom Hindukusch
10 966 – Wenn im Tal der Mondbaum blüht
10 973 – Wilde Blume Glück
11 207 – Cadi, Tregarons Tochter
11 327 – Wohin der Wind die Blüten trägt
11 439 – Wildes Herz Mitji

MADELEINE
BRENT

Wenn im Tal der Mondbaum blüht

Aus dem Englischen von
Ilka Paradis

BASTEI
LÜBBE

BASTEI-LÜBBE-TASCHENBUCH
Band 10966

1. Auflage 1980
2. Auflage 1981
3. Auflage 1983
4.+5. Auflage 1984
6. Auflage 1988
7. Auflage 1989
8. Auflage 1990
9. Auflage 1992

Die Originalausgabe ist 1977 bei Souvenir Press Ltd., London,
erschienen unter dem Titel MERLIN'S KEEP

Lizenzausgabe: Gustav Lübbe Verlag GmbH, Bergisch Gladbach
Printed in Great Britain
Einbandgestaltung: Zembsch Werkstatt
Satz: hanseatenSatz-bremen, Bremen
Druck und Verarbeitung: Cox & Wyman Ltd.
ISBN 3-404-10483-8

Der Preis dieses Bandes versteht sich einschließlich
der gesetzlichen Mehrwertsteuer

1

GERADE ALS WIR die Höhe des Chak-Passes erreichten, sah ich, wie die hohe Gestalt Semburs im Sattel zu schwanken begann, und ich wußte, daß sein Herz in der dünnen Luft schwer zu leiden hatte. Kälte, tiefer als der Frost des Bergwindes, berührte mein eigenes Herz, denn Sembur war alles, was ich hatte.

Mein Platz war am Ende der ungeordnet ziehenden Karawane, bei Ghenling, der in Namkhara unser Nachbar war. Aber keiner der Männer sagte etwas, um mich aufzuhalten, als ich meinem Pony die Fersen in die Flanken setzte und es vorwärtstrieb. Der Wind ging scharf, und wir alle hielten die Köpfe gesenkt und die Kapuzen fest um die Gesichter gezogen. Deshalb vielleicht bemerkte mich niemand, als ich mich an der langen Reihe der Yaks vorüberdrängte, die unermüdlich unter der schweren Last der großen ledernen, mit Salz beladenen Packsäcke vorwärtstrotteten. Als ich an Semburs Seite angelangt war, beugte ich mich hinüber, ergriff seinen Arm und redete in der Sprache, die nur er und ich kannten, der Sprache, die er mich von Anfang an gelehrt hatte. Später sollte es sich zeigen, daß ich sie mit einem schauderhaften Akzent sprach. Aber zu dieser Zeit, als ich dreizehn war, hatte ich niemanden außer Sembur sie je benutzen hören, und so sprach ich die seltsame Sprache, genau wie er es tat. Sembur nannte sie Englisch, und er selbst war Engländer. Das bedeutete, daß er aus einem Land auf der anderen Seite der Welt stammte.

»Wie geht's, Sembur?« fragte ich ängstlich.

Er drehte seinen vermummten Kopf um, und zwei rotgeäderte, blaue Augen blickten aus seinem wettergegerbten Gesicht auf mich herab. Ich sah, daß er blaß war. Seine Lippen waren bläulich, und sogar die scharfen Spitzen seines Schnurrbartes hingen traurig herab. Ein Schauer überlief mich. Das war Sembur, dessen Rücken beim Gehen oder Reiten stets so gerade war wie die goldenen Turmspitzen von Galdong und der mir immer so stark und ohne Alter vorkam wie die Berge selbst. Aber in der letzten Zeit war mir klargeworden, daß auch er nur ein Mensch war, und jetzt bemerkte ich, daß er alt aussah.

»Du siehst ganz schön schlimm aus«, sagte ich. »Leg deinen Arm um meine Schultern.«

Er riß sich mit Mühe zusammen und starrte auf mich herab. »Was soll das? Was soll das, he? Wer hat dir gesagt, du sollst deinen Posten bei der Nachhut verlassen, junge Dame?«

»Ach, jetzt fang nicht an, bös mit mir zu werden, Sembur. Ich hab dich so rumschwanken gesehen, und da hab ich so 'ne Angst gekriegt. Komm, halt dich ein bißchen an mir fest. Gleich geht's dir wieder gut, wenn wir über den Gipfel rüber sind und ein Stück weiter runterkommen.«

Sembur sprach mit steifen Lippen, keuchte ein wenig und seine Stimme war gerade laut genug, um das Pfeifen des Windes zu übertönen. »Diese Kerle sollen nicht sehen, daß ich nicht ich selbst bin. Das will ich nicht, Jani.« Er hob seine blonden, buschigen Augenbrauen und rollte die Augen von einer Seite zur anderen, als Hinweis auf die Gruppe der Männer aus Namkhara, die seit Monaten mit uns in der Karawane geritten waren.

Ich sagte: »Hör zu, du gibst mir dein Gewehr, Sembur, dann kannst du dich an mich anlehnen beim Weiterreiten und so tun, als ob du mir erklärst, wie es funktioniert.« Als er zögerte, fügte ich eindringlich hinzu: »Komm. Wir werden jetzt bestimmt keinen Ärger mit dem Khamba-Stamm kriegen. Die greifen nie auf dem Paß an, und bald sind wir in Smon T'ang.«

Das war der Name des Landes, in dem wir lebten. Die Leute da waren unter dem Namen Lo-bas bekannt, und wir kehrten jetzt von einer Handelsreise aus dem Land Bod zurück, oder Tibet, wie Sembur es nannte.

Er nickte und ließ das Gewehr von der Schulter gleiten. Ich wußte, dies war das beste Gewehr im ganzen Land, denn es war ein englisches, mit einem schmalen Metallgehäuse, Magazin genannt, so daß die Patronen nicht mehr einzeln eingelegt werden mußten. Ich übernahm das Gewehr und überzeugte mich, daß es gesichert war, wie Sembur mir immer eingeschärft hatte. Während ich es mit beiden Händen vor mir hielt, lenkte ich Pulki mit den Knien. Semburs Hand ruhte auf meiner Schulter. Ich war zu klein, um ihm eine gute Stütze zu bieten, aber ich wußte, ich war stark genug, ihn im Gleichgewicht zu halten, so daß er bequem im Sattel sitzen konnte. Nach einer kleinen Weile hörte ich ihn leise seufzen, und dann sagte er: »Danke, mein Schätzchen, ich werd ein bißchen alt für diese großen Höhen. Wenn wir nach Hause kommen, müssen wir mal drüber reden.«

»Ja, ja. Aber sag jetzt nichts. Du brauchst deinen Atem.«

Sein Lachen klang ein wenig zittrig. »Ganz wie deine Mutter, Jani. So hast du dich eben angehört.«

Ich antwortete nicht, denn ich war zu sehr damit beschäftigt, mir Vorwürfe darüber zu machen, daß ich nicht jede Nacht eine Dämonenfalle vor unserem Zelt aufgestellt hatte, um die Bergdämonen fernzuhalten. Die waren noch böser als die Dämonen der Ebene, und für mich bestand kein Zweifel, daß einer von ihnen in Sembur gefahren war und nun sein Herz und seine Lungen quälte.

Aber es war Sembur selbst gewesen, der mir verboten hatte, Dämonenfallen zu machen oder aufzustellen.

Ich erinnerte mich daran, wie erschrocken er gewesen war, als er mich einmal dabei erwischt hatte. Ich war eifrig damit beschäftigt, eine zu bauen – aus einem Stück Widderhorn, ein paar kleinen Bildchen, die ich in Rindenstückchen geritzt hatte, und einigen Beschwörungsformeln. Lahna, die Zauberin, hatte sie auf meine Bitten hin für mich auf Lederstreifen geschrieben. Jeder in Smon T'ang wußte, daß es über vierhundert Dämonen der Erde, der Luft, des Wassers und des Feuers gab und daß diese bösen Geister in der Lage waren, tausend oder noch mehr Krankheiten zu verursachen. Außerdem konnten sie ihren Opfern den Tod auf fünf verschiedene Arten bringen.

Sembur glaubte nichts von alledem. Er sagte, kein Engländer würde solchen Unsinn glauben. Irgendwie wußte ich, daß er recht hatte, aber andererseits war ich ganz sicher, daß es viele Dämonen in diesem Teil der Welt gab, wenn auch keine in England. Manchmal war es schwierig, in Sembur Verständnis für die Leute zu erwecken, mit denen wir lebten, denn obwohl wir zehn Jahre in Smon T'ang verbracht hatten oder in Mustang, wie er es auf englisch nannte, kannte er nur einige wenige Worte der Sprache und machte dauernd Fehler. Er hatte nie begriffen, daß es zwei Ausdrucksweisen gab, eine einfache, um mit einfachen Leuten zu reden, und eine besondere, wenn man mit höhergestellten Personen sprach.

»Die sind ein Haufen Heiden, diese Kerle, Jani«, hatte er viele Male zu mir gesagt. »Gutherzig, sicher. Sie waren nett zu uns die meiste Zeit. Aber sie sind unwissend, weißt du? Haben nie was Richtiges gelernt.«

»Gelernt? Was denn, Sembur?« hatte ich einmal gefragt.

»Was? Ach, du lieber Gott! Sieh mal, die waschen sich noch nich' mal regelmäßig und halten sich sauber und ordentlich wie wir das tun, zum Beispiel.« Das stimmte, und in der Vergangenheit hatte ich oft die anderen Kinder beneidet, die nur an Festtagen gebadet wurden, während ich jeden Tag ausgekleidet in einer kleinen hölzernen Wanne stehen mußte und von Kopf bis Fuß geschrubbt wurde. Vor drei Sommern hatte Sembur gemeint, ich wäre jetzt ein zu großes Mädchen, um von ihm gebadet zu werden; ich sollte es in Zukunft selber tun. Zuerst hatte ich gemogelt, indem ich den Yakhaar-Vorhang zuzog, der vor der Tür des kleinen Raumes hing, in dem ich schlief, und nur so tat, als ob ich badete. Aber dann – zu meiner Bestürzung – stellte ich fest, daß ich mich ganz elend fühlte, wenn mein Körper oder meine Kleider nicht sauber waren, und so kam ich wieder auf die Waschgewohnheiten zurück, die ich schon mein Leben lang kannte.

Bei einer anderen Gelegenheit, als Sembur über das gleiche Thema sprach und mich an die Unterschiede erinnerte, die zwischen den Lo-bas und uns herrschten, sagte er: »Nicht nur, daß sie nicht wissen, wie man sich sauberhält, Jani. Sie sind nich' mal gebildet. Keiner von denen kann lesen oder schreiben, außer den Mönchen. Aber du kannst es, weil ich dir Lesen und Schreiben beigebracht hab, so gut, wie ich es kann. Und deshalb gibt es keine Entschuldigung dafür, daß du dich so aufführst wie diese Heiden.«

Ich hatte Unterricht gehabt, jeden Tag, solange ich mich erinnern konnte, und ein Buch, das »Bibel« hieß, hatte ich dreimal gelesen. Wir besaßen nur zwei Bücher. Das andere hieß »Geschichte von Jessica« und hatte Bilder. Es handelte von einem Mädchen, das ein langes Kleid trug und manchmal auf einem Fahrrad fuhr, einer erstaunlichen Maschine mit zwei Rädern. Jessica tat immer aufregende Dinge, etwa daß sie zur Schule ging oder an einen Platz, den man Strand nannte. Und sie war sehr darin geübt, den Leuten zu helfen. Das Bild, das ich am liebsten mochte, zeigte Jessica, wie sie eine Fahne schwenkte, um eine riesige Maschine, die mit großen Rädern über Schienen rollte, aufzuhalten, weil ein Herr seinen Fuß in eine dieser Schienen eingeklemmt hatte. Oft wünschte ich mir, daß ich später einmal so wie Jessica würde und dann die Leute davor retten könnte, von großen Maschinen überrollt zu werden.

Sembur sagte, es gäbe Hunderte von verschiedenen Büchern, die alle unterschiedliche Geschichten enthielten. Das war schwer zu glauben, aber es mußte wahr sein, denn ich wußte, Sembur sagte mir nie die Unwahrheit. Es gab auch einige sehr merkwürdige Geschichten in dem anderen Buch, der Bibel, und ich fand es schwierig, manche der Worte zu verstehen, aber ich konnte sie laut vorlesen, und das war Sembur genug.

Einmal sagte ich: »Im Galdong-Kloster sind viele, viele Schriftrollen, Sembur, und Schriftrollen sind wie Bücher. Ghenling hat mir davon erzählt, er hat sie gesehen. Die würde ich unheimlich gern mal lesen.«

Sembur lachte sein kurzes, kehliges Lachen, das wie das Bellen eines Hundes klang. »Die kannst du nicht lesen. Die sind alle in Ausländisch und nicht in Englisch.«

»Warum können wir denn nur englisch lesen und schreiben?«

Er warf mir einen seiner finsteren Blicke zu, mit denen er oftmals die Lo-bas bedachte.

»Herrgott, Jani, weil wir Engländer sind, deshalb! Und darauf solltest du lieber stolz sein, Kind.«

»Ich weiß nich', Sembur. Manchmal wünsch ich mir, ich wär es nicht. Ich meine, wenn die anderen Kinder mich nich' leiden können und mich schlecht behandeln, weil ich anders bin. Die großen auch, hin und wieder.«

Da hatte Sembur geseufzt. »Ich weiß, Kleines, ich weiß«, sagte er mit der sanften Stimme, die er von Zeit zu Zeit bekam. »Meistens sind sie in Ordnung, diese Leute. Aber manchmal dreh ich ihnen nicht gern den Rücken zu. Sie könnten mir ein Messer reinstecken. Trotzdem, man muß ihnen einiges zugute halten. Es is' nur Unwissenheit. Sie sehen immer und überall Vorzeichen. Irgendein Yak braucht nur einen Abhang hinunterzufallen, gleich sehen sie ein halbes Dutzend Omen, die bedeuten, es is' alles wegen der beiden Fremden, die im Dorf wohnen.« Er zuckte die Schultern. »Trotzdem. Für ein paar Tage abhauen, wenn sie komisch werden, mehr brauchen wir nich' zu tun, und bald haben sie's wieder vergessen.«

Was Sembur da sagte, stimmte schon. Ich hatte mich selten bedroht gefühlt in Namkhara. Ich spielte mit den anderen Kindern und arbeitete mit ihnen auf den Feldern, die um das Dorf lagen, oder in den Schuppen, in denen die Frauen Ziegenhaar und Yakwolle spannen und Häute gerbten. Ohne Sembur wäre ich vielleicht als eine von ihnen akzeptiert worden, denn wenn auch meine Haut weiß war, ich hatte doch Augen, die so dunkel und Haar, das so schwarz war wie das der anderen Leute von Smon T'ang. Aber obwohl Sembur von den Lo-bas respektiert wurde, er hätte niemals einer von ihnen werden können, denn er war unfähig, seine englischen Sitten zu ändern und hätte nie auch nur im Traum daran gedacht, das zu versuchen.

Wenn ich darüber nachdachte, fiel mir auf, daß er genauso blieb, wie er immer gewesen war, bis zurück zu der anderen Welt, die mir wie ein halbvergessener Traum vorkam. Ich nahm immer an – ohne genau zu wissen, warum –, daß meine Eltern in jener anderen Welt gestorben waren. Ich konnte mich nicht an sie erinnern, und ich glaube, bis zu meinem zehnten Lebensjahr hatte ich nur wenige Gedanken an die Vergangenheit verschwendet. Dann wurde ich für kurze Zeit neugierig und bedrängte Sembur mit Fragen über meinen Vater und meine Mutter, wo sie gelebt hatten und was mit ihnen geschehen war. Fast immer gelang es Sembur, meinen Fragen auszuweichen oder mich irgendwie zu vertrösten, aber als ich ihn endlich festgenagelt hatte, zog er die Stirn in Falten, fuhr mit der Hand über sein stacheliges, kurzgeschorenes Haar und zwirbelte heftig die rechte Spitze seines Schnurrbartes, wie er es immer machte, wenn er unruhig war. »Na, ich weiß nich', Jani. Du bist noch ein bißchen klein, um das zu verstehen.«

»Aber wenigstens kannst du mir sagen, was passiert ist, auch wenn ich nichts verstehe.«

»Wer sagt dir überhaupt, daß ich nicht dein Papa bin? Alle Lo-bas glauben das.«

»Ich weiß. Aber ... irgendwie kommt's mir nich' so vor.«

»Oh! Ich bin dir nicht gut genug, wie?«

»Red keinen Quatsch. Bist du wirklich mein Papa? Ehrlich?«

»Eines Tages erzähl ich's dir. Wenn es sicherer ist.«

»Was heißt das?«

»Das heißt, wenn ich nicht aufpasse, bist du vielleicht in Gefahr.«

»Toll! Wie in der Geschichte, als Jessica den Zug anhält.«

Sembur verzog sein Gesicht. »Jetzt erzähl ich dir nichts mehr.«

»In Ordnung. Aber was ist mit meiner Mama? Ist sie tot, Sembur?«

Er nickte, und ich sah, wie er schluckte, als ob ihm ein Kloß in der Kehle säße. »Ja. Ich erklär dir das alles, wenn du ein bißchen älter bist, Schätzchen. Das versprech ich dir.«

»Wieviel älter?«

»Jetzt fang nicht an zu quengeln, junge Dame. Ich hab genug damit zu tun, mir zu überlegen, wie ich dich ordentlich erziehen soll. Das ist sehr schwer für einen Mann, der keine Erfahrung mit kleinen Mädchen hat.« Eine Zeitlang hatte ich geschmollt, aber dann legte sich meine Neugier. Vielleicht, weil Sembur mich auf meine erste Reise mit einer Salzkarawane nach Bod mitnahm, in das Land, das er Tibet nannte, und diese Aufregung ließ alle anderen Gedanken in mir verblassen. Ich hörte auf, in meiner Vergangenheit zu forschen, wenigstens im Augenblick. Aber manchmal, wenn ich halb aus einem Traum von weiten Sälen, seidenen Teppichen und weichen Armen, die mich hielten, erwachte, erinnerte ich mich an Semburs Versprechen. Ich sehnte ungeduldig die Zeit herbei, wann ich all das wissen würde, was mir noch verborgen war.

Als wir von der Spitze des Passes auf eine Höhe von zehntausend Fuß abgestiegen waren, sah Sembur besser aus. Sein Atem ging leichter, und die beängstigende blaue Färbung seiner Lippen war verschwunden. Er nahm mir das Gewehr ab, hing es sich über die Schulter und wandte sich im Sattel um, während er zurück auf die verstreute Kolonne der Yaks und Ponys blickte. Die Wände des Passes waren hier hoch, so daß sie uns eine Zeitlang vor den rauhen Bergwinden schützten, die diese letzte Reise vor Einbruch des Winters so anstrengend für Mensch und Tier machten.

Ghenling rief etwas von der Nachhut herüber, und Sembur brummte verärgert:

»Was sagt er, Jani?«

»Er macht nur einen dummen Witz; er fragt, wieviel Khambas ich mit deiner Flinte erschießen will.«

»Flinte?« Sembur verdrehte die Augen und schnaufte verächtlich. »Sag ihnen, eine Lee-Metford dreinulldrei ist keine Flinte, sondern ein Gewehr.«

»Sie haben dafür keine unterschiedlichen Worte, Sembur. Alles, was peng macht, nennen sie eine Flinte.«

»Ich meine, du hättest mir immer erzählt, sie hätten drei Worte für alles, ein vornehmes, ein ordinäres und eins zum Schreiben?«

»Ja, irgendwie stimmt das schon, aber die Worte sind nicht richtig verschieden, es gibt nur mehrere Möglichkeiten, dasselbe zu sagen.«

Sembur schnaufte wieder, und ich kicherte in mich hinein. Er hatte mich mein ganzes Leben lang versorgt, und ich liebte ihn sehr, dennoch hielt ich ihn in vielen Dingen für den merkwürdigsten und komischsten Mann, den ich je kennengelernt hatte. Die Lo-bas hätten ihn wie einen Narren behandelt, wenn er nicht als ein mächtiger Krieger von ihnen respektiert worden wäre. Das hing nicht nur damit zusammen, daß er das beste Gewehr der Welt besaß, während sie nur ein paar Vorderlader hatten. Er war aber auch ein Mann von großer Energie, kraftvoll und unerschrocken.

Vor Semburs Zeit waren mindestens zwei Karawanen in jedem Jahr von den wilden Khambas aus Bod angegriffen worden. Sie hatten viele Ladungen, Packsäcke und Tiere erbeutet. Als Sembur dann begann, mit den Karawanen zu reiten, bewaffnet mit seinem todbringenden Gewehr, da wurde das anders. Man vertrieb die Räuber, und nichts ging verloren. Ab und zu erschien ein Trupp Khambas in der Entfernung, beobachtete und folgte ein paar Tage lang, aber solange sie Semburs hohe Gestalt unter den Lo-bas sehen konnten, wagten sie niemals einen Angriff.

Ich fühlte mich oft sehr stolz und außergewöhnlich, weil ich als einziges Mädchen jemals mit den Salzkarawanen geritten war. Den Jungen war es nicht erlaubt, die Reise nach Bod mitzumachen, bevor sie achtzehn waren, und den Frauen war es überhaupt verboten, bis auf mich. Es gab zwei Gründe, warum ich mitreisen durfte. Früher, als ich noch klein war, ließ Sembur mich immer, wenn er eine Karawane begleitete, in der Obhut einer Frau zurück, die Chela hieß. Sie war mit zwei Brüdern verheiratet und hatte keine Kinder. Ich mochte sie nicht, denn sie pflegte schreckliche Geschichten von Dämonen zu erzählen, die mich ängstigten und mir Alpträume verursachten.

Dann starb Chela, als ich zehn war. Sembur sagte, es wäre so etwas wie ein geplatzter Blinddarm gewesen, in Wirklichkeit aber war folgendes geschehen: Ein Dämon war in sie gefahren und hatte ihren Bauch schmerzhaft aufschwellen lassen, so lange, bis ihre Seele ausgetrieben wurde und sie starb.

Als die nächste Karawane losziehen sollte, bat ich Sembur, mich mitzunehmen. Fast zur gleichen Zeit, in der ich laufen lernte, hatte ich angefangen, Ponys zu reiten, und ich versprach, ihm keine Last zu sein. Sembur war bestürzt, aber am Ende nickte er auf seine energische Art. Das bedeutete, daß er sich dafür entschieden hatte. An dem Morgen, als die Karawane zusammengestellt wurde, war ich mit ihm dabei. Und als der alte Tashi voller Protest mit den Armen fuchtelte, sagte Sembur sehr laut auf englisch, daß wir entweder beide mitziehen oder beide im Namkhara bleiben würden. Keiner verstand ihn natürlich, und so forderte er mich mit der scharfen Stimme auf, die er meistens hatte: »Erklär es ihnen, Jani. Wenn sie wollen, daß ich und mein Gewehr sie sicher nach Magyari und zurück bringen, dann ist es ausschlaggebend, daß sie dich mitkommen lassen.«

Als ich das für Tashi in höflichen Phrasen übersetzt hatte, waren die Lo-bas verzweifelt. Während der letzten paar Jahre hatten sie aufgehört, sich damit abzufinden, gelegentlich eine Karawane mit Salz zu verlieren, oder eine mit Korn und Silbermünzen, die wir zum Tauschhandel nach Magyari brachten. Sie hatten sich daran gewöhnt, in Sicherheit unter dem Schutz Semburs zu reisen, und das war der Grund, warum sie so lange Zeit niemals unfreundlich gegen uns Fremde gewesen waren, selbst dann nicht, wenn die Vorzeichen Unglück durch uns ankündigten. Sie wußten nur zu gut, daß Sembur den Karawanen Glück gebracht hatte. Sie wußten auch, daß er in seinem letzten Leben ein Schneeleopard gewesen war, darum hatten die Khambas solche Angst vor ihm.

Sembur selbst wußte nicht, daß er einmal ein Schneeleopard gewesen war, und ich hatte es ihm niemals verraten, denn ich wußte, es würde ihn verärgern.

Der alte Tashi kratzte sich den Kopf und hielt eine lange Diskussion mit den anderen Männern. Endlich zogen wir alle los, aber wir unterbrachen die Reise für viele Stunden in Galdong, einige Meilen weiter nördlich, wo Tashi zu dem großen Kloster ging, um den Rat der Mönche zu erbitten. Ich habe nie erfahren, was sie ihm rieten, aber als er endlich wieder auftauchte, begann meine erste Reise über die Grenze von Smon T'ang hinaus nach dem Land Bod.

Der zweite Grund, warum ich mit der Salzkarawane reisen durfte – oder besser, der Grund, warum ich gern in der Karawane geduldet wurde nach Abschluß der ersten Reise, war der: Es wurde entdeckt, daß ich etwas besaß, was die Lo-bas als Zaubermacht über die Yaks ansahen. Das waren schwerfällige Geschöpfe und immer mißgelaunt. Manchmal entschloß sich ein Yak, viele Stunden einfach stehenzubleiben und ins Leere zu stieren wie ein Mönch in der Meditation. Das Tier wog zu schwer, um es weiterzuziehen, und niemand traute sich, die schmerzhafte Methode des Treibens mit dem Stachelstock anzuwenden, aus Angst, es könnte irgendein verstorbener Verwandter sein, der sich erst eines schweren Karmas entledigen mußte, ehe er in menschlicher Gestalt wiedergeboren werden konnte.

Wann immer ein Yak stehenblieb, mußte die ganze Karawane anhalten, und das bedeutete endlose Verzögerungen. Ich hatte die Gabe, einen Yak zum Weitergehen zu bewegen, einfach dadurch, daß ich seine Nase rieb und mit ihm sprach. Ich hatte keine Ahnung, wie ich das schaffte, aber es ging, das wußte ich. Sembur meinte, der Grund sei der, daß ich die Yaks mochte, während alle anderen sich nur immer über ihre Langsamkeit ärgerten.

Ich mochte die Yaks wirklich. Wir benutzten sie als Zugtiere beim Pflügen und als Lasttiere, spannen ihre Wolle, um unsere Kleidung daraus zu machen, und drehten die Wolle auch zu dicken Strängen zur Herstellung von Stiefeln. Wir tranken ihre Milch, verbrannten ihren Dung als Heizmaterial, und wir zapften ihnen einmal im Jahr Blut ab, um es zu trocknen und zu essen.

Als Jungtiere waren sie uns noch zu kostbar zum Schlachten, aber wenn die Zeit gekommen war, gaben sie uns auch Fleisch und Knochen. Ich war den Yaks dankbar. Sembur erklärte, auf dem größten Teil der Erde kämen sie nicht vor, und das erstaunte mich sehr. Es ging mir nicht in den Kopf, wie Menschen ohne Yaks überleben konnten. Sembur hätte sich natürlich irren können in der Annahme, daß die Yaks mir gehorchten, weil ich sie gern hatte. Aber die Wahrheit war vielleicht – wie Lahna, die Zauberin, mir einmal gesagt hatte –, daß ich in einem früheren Leben Leittier in der Herde gewesen war und diese Geschöpfe mich als eines von ihnen wiedererkannten. Was immer auch der eigentliche Grund war, in allen Salzkarawanen der letzten drei Jahre hatte man mich willkommen geheißen, und jetzt vollendete ich meine neunte Reise.

Die Berggipfel hinter uns waren grau und weiß. Vor uns der Saumpfad wand sich steil hinab in ein hohes, enges Tal, dann weiter bergabwärts mit sanfterem Gefälle durch braune Vorberge, die von dünnen, unregelmäßigen Wasserrinnen zerrissen waren, welche sich bis hinunter zu dem grünen Flickenteppich der Felder schlängelten, die die flache Ebene bedeckten. Von der Höhe, wo wir uns auf dem gewundenen Pfad vorwärts bewegten, sah der kleine Fluß wie ein Faden aus Silber aus, der sich in Schleifen durch die Felder zog. Neben ihm lag die Straße nach Namkhara, und an der Stelle, wo der Fluß sich zu einem mondförmigen See verbreitete, stand das Kloster von Galdong: Sechs große, rechteckige Terrassen aus stumpfem rotem Stein, eine über der anderen angelegt und gekrönt von vier nadelgleichen, goldenen Turmspitzen. Jedes Stockwerk wurde von vielen hohen Fenstern durchbrochen, die mit weißem Stein eingefaßt waren, und auf der obersten Stufe stand auf der ganzen Länge des Daches eine Reihe riesiger Gebetsfahnen in den fünf Farben, die die fünf verschiedenen Phasen des Lebens symbolisierten.

Das Kloster lag in einem weiten Hof, der von einer hohen Mauer mit einem Tordurchgang umschlossen wurde. Außerhalb der Mauer, dem Fluß gegenüber, stand eine Reihe plumper, mit schwerer Schnitzerei versehener, okerbemalter Chorten mit kurzen, konischen Spitzen. Das waren Schreine, in denen die Asche der Lamas bestattet wurde, und jeder wußte, daß es von großem Nutzen war, zu diesen Schreinen zu pilgern und zu beten, wenn man Verdienste erlangen und sein nächstes Leben leichter machen wollte. In Smon T'ang tat das jedermann außer Sembur. Im Hof konnte ich kleine rote Punkte ausmachen, die sich bewegten. Das waren die Mönche mit ihren hohen roten Hüten. Ich hatte immer viel Respekt vor den Mönchen, aber Sembur nannte sie eine faule Bande. Er meinte, es sei eine Schande, daß sie die heiligen Frauen zur Feldarbeit hinausschickten, während sie selbst nichts anderes taten, als Gebetsmühlen drehen und meditieren und in riesigen Büchern mit seidenem Einband schreiben, die in einem Raum aufbewahrt wurden, den man Bibliothek nannte.

Der Hohe Lama von Galdong war sehr wichtig, aber nicht so wichtig wie einige andere Hohe Lamas in anderen Klöstern, weil Galdong eines von den kleinsten war. Ich hatte dreimal Gelegenheit gehabt, mit ihm zu sprechen, und zwar immer, wenn er nach Sembur hatte schiken lassen und mich als Dolmetscher brauchte. Sein Name war Rild, und er hatte ein sehr ruhiges Gesicht, so, als ob seine Gedanken immer abwesend wären. Aber ich mochte ihn gern, weil er, obwohl er immer durch mich hindurch- oder an mir vorbeiblickte, stets lächelte und sanft mit mir sprach.

Er pflegte nur dann nach Sembur zu schicken, wenn die Vorzeichen schlecht waren und es geraten schien, daß wir beide eine Zeitlang fortgingen und allein in den Bergen blieben. Ich konnte mich an das letzte Mal erinnern, als wir vor ihm standen und er mit seiner dünnen Stimme zu mir sprach in dem hohen Zimmer, wo die Butterlampen an den Wänden flackerten.

»Du wirst Sembur darüber informieren, daß in den vergangenen Tagen alle Omen und Befragungen bewiesen haben, daß jene, die Fremdlinge unter uns sind, den Weg für neue Dämonen öffnen.«

»Ich werde ihm das jetzt sagen, Hochgeborener.«

Als ich es getan hatte, knurrte Sembur: »Frag ihn, warum alle diese zusätzlichen Dämonen zufällig im Winter aufkreuzen, wenn es keine Karawanen gibt, die bewacht werden müssen.«

»Das kann ich ihm nicht sagen, Sembur! Er kann doch nichts für das, was die Zeichen sagen.«

»Was für Zeichen?«

»Na, wie die Wolken sich bewegen, und wie die Vögel fliegen, und ob die Ziegen rechts oder links gehen, wenn sie zum Fluß kommen – oh, es gibt Hunderte von Zeichen.«

»Quatsch, das alles.«

Ich wandte mich zu Rild. »Vergib mir, Hochgeborener. Er ist langsam von Verstand wie ein Yak, und es ist notwendig, daß ich ihm alles erkläre wie einem kleinen Kind. Ich habe es ihm gesagt, und er hat mich jetzt verstanden.«

Der Hohe Lama fuhr fort: »Kein Lo-ba wird euch beunruhigen, denn das ist gegen das Gesetz, und es würde einen Menschen viele Verdienste kosten auf seiner Wanderung um das Rad des Lebens; andererseits aber muß gesagt werden, daß die Leute von Namkhara, sollten sie euch aus ihrem Dorf vertreiben, vielleicht erwarten könnten, viele Verdienste zu erlangen, weil sie den Einfluß der bösen Geister und Dämonen abgewendet haben, die sonst durch eure Gegenwart nach Namkhara gelockt würden, wie die Zeichen sagen. Verstehst du das, Kind?«

Ich verstand nur zu gut. Falls Sembur und ich Namkhara nicht aus eigenem Antrieb verließen und eine Zeitlang allein in den Bergen blieben, würde man uns aus dem Dorf hinaustreiben. Es war schon einmal so gekommen, aber nur einmal, weil Sembur nach diesem ersten Mal seine Lektion gelernt hatte. Er war bereit gewesen, einen oder zwei Köpfe mit einer Keule zu spalten, falls die Männer kommen sollten, um uns zu vertreiben, aber sie kamen nicht. Statt dessen fiel ein Dutzend oder mehr Frauen über uns her, die mit Stöcken drohten und ihn einen Fremden schimpften. Sie wollten ihn verprügeln, so lange, bis er von selbst flüchten würde. Sembur war entgeistert und wütend, aber völlig unfähig, gegen Frauen einen festen Stand zu wahren. Innerhalb weniger Minuten hatte er unser Zelt aus schwarzem Yakhaar und unsere wenigen Habseligkeiten gepackt und mich auf mein Pony gesetzt. Dann waren wir fort.

Seit damals waren wir dreimal aus Namkhara fortgeschickt worden, aber immer waren wir ohne Widerspruch und ohne Aufsehen gegangen. Unser Exil dauerte niemals länger als einige Wochen, denn in der Welt der Dämonen wechselte der Stand der Dinge mit jedem neuen Mond, und nur selten waren sie uns länger als zwei Monate auf einmal feindlich gesinnt. Wenn wir wieder nach Namkhara zurückkehrten, wurden wir immer auf das freundlichste willkommen geheißen. Wir waren nicht unbeliebt bei den Leuten. Nur in Zeiten, wenn unsere Gegenwart den Dämonen, die Krankheit und Unglück brachten, die Tür öffnete, verjagten sie uns.

Ich fühlte mich oft sehr einsam, wenn wir allein in die Berge mußten, denn ich vermißte es sehr, die anderen Kinder nicht zum Spielen in meiner Nähe zu haben. Sembur versuchte, mir die Zeit zu vertreiben, indem er mir Unterricht gab, denn er wollte, daß ich gebildet war. Ich übte mich gern im Lesen und Schreiben, aber manches, was er mir erklärte, war sehr seltsam, etwa, daß die Welt rund wie ein Ball sein sollte, oder, daß es eine Stadt mit Namen London gab, wo Maschinen auf Rädern immerzu auf Schienen umherfuhren, genau wie in den »Geschichten von Jessica«; und daß es dort andere Maschinen gab, die auf den Straßen fuhren, ganz ohne Pferde, die sie zogen.

Er gab mir auch Unterricht, der Geschichte hieß, und in dem die Engländer immer auf riesigen Seen herumfuhren, die Meere genannt wurden. Sie reisten in Schiffen. Das waren große eiserne Boote, in denen innen heißer Dampf war. Diese Schiffe gehörten einer Dame, die Königin Victoria hieß, und sie brachten Soldaten in die verschiedensten Teile der Welt, um die Leute in anderen Ländern zu erziehen und ihnen beizubringen, wie man alles machen mußte.

Ich fand Semburs Unterricht sehr verwirrend und war immer froh, wenn wir wieder aus den Bergen in unser Haus nach Namkhara zurückkommen durften, denn das Leben in einem Zelt mitten im Winter war hart. Im letzten Jahr hatten wir Glück gehabt, denn die Omen waren freundlich, aber das Jahr davor war sehr schlecht gewesen. Unser Exil hatte sieben Wochen gedauert, bei bitterkaltem Wetter. Und drei von den sieben Wochen mußte ich Sembur pflegen, weil ein Krankheitsdämon sich in seiner Brust eingenistet hatte.

Wir waren noch nicht wieder zur Audienz beim Hohen Lama von Galdong gebeten worden seit unserer Rückkehr aus diesem Exil, und jetzt, während wir langsam mit unserer Karawane ins Tal hinabritten, hoffte ich leidenschaftlich, daß man uns in den kommenden Wintermonaten nicht wegschicken möge.

Neben mir sagte Sembur plötzlich auf seine energische Art: »Schultern zurück, Jani. Sitz gerade. So ist's gut, Mädchen.«

Ich streckte mich aus, um meine schmerzenden Muskeln zu beruhigen, und richtete mich mit Mühe auf. »Entschuldige . . . ich schlafe halb.«

»Ich weiß, mein Schatz, ich weiß. Aber ich hab dir schon mal gesagt, du darfst es nicht zeigen. Laß die Horde niemals sehen, daß du müde bist oder Sorgen oder Angst hast.«

»Aber warum nicht, Sembur?« Das hatte ich ihn noch nie gefragt. »Wie? Na, weil du Engländerin bist, deshalb. Und darum mußt du dich immer still und ruhig verhalten. Und noch etwas. Es hilft dir Autorität zu geben, verstehst du? Wenn die Leute sehen, daß du den Rappel hast oder daß du fix und fertig bist, dann haben sie keinen Respekt mehr.«

Manchmal, wenn ich müde war, wünschte ich mir, ich hätte jemand anderen außer Sembur, der sich um mich gekümmert hätte. Besonders gern hätte ich eine Mutter gehabt, aber immer, wenn mir diese Gedanken kamen, fühlte ich mich sehr schuldig, denn ich war alt genug, um einzusehen, daß ich mein ganzes Leben lang Semburs einzige Sorge gewesen war. Für ihn hatte es eine Frage der Pflicht bedeutet. Ich wußte nicht, warum er es für seine Pflicht hielt, mich zu versorgen, es sei denn, er wäre mein Vater gewesen. Er war sicherlich nicht sehr geeignet, ein kleines Mädchen von seiner frühesten Kindheit an aufzuziehen, aber er hatte es getan so gut er konnte und alle seine Zweifel und Ängste hinter einer Fassade aus energischer Zuversicht verborgen.

Aber nun, als ich meinen Rücken streckte und an den

Feldern entlang weiterritt, auf denen noch die Stoppeln der Gerste standen, geschah das nicht, um bei den Lobas Respekt zu ernten, sondern einfach, weil es für Sembur so wichtig war.

Einzelne der Felder wurden gerade umgepflügt bevor der Winter den Boden in Eisen verwandelte, aber die Pflüger hielten ihre Yaks an, um uns zu winken und die Karawane zu grüßen, während wir vorüberzogen. Einige der hundert heiligen Frauen von Galdong waren auf den Feldern bei der Arbeit; sie sammelten Steine in große Körbe und brachten sie auf Maultieren fort. Der alte Tashi konnte sich noch daran erinnern, daß die heiligen Frauen schon in seiner Kindheit den Boden von Steinen befreit hatten, genauso, wie sie es heute immer noch taten. Je mehr Steine weggetragen wurden, desto mehr schienen wieder aufzutauchen. Die heiligen Frauen durften die Männer nicht ansehen, wenn die Karawane vorüberzog, aber sie taten es immer. Sie hatten die Haare ganz kurz bis auf die Kopfhaut abgeschnitten und trugen lange, rostrote Röcke, die mit kleinen Türkisen geschmückt waren. Diese Reise war die letzte der Jahreszeit. Es sollte die letzte überhaupt werden, die Sembur und ich jemals zusammen unternehmen würden, aber das wußten wir damals noch nicht. Wir waren alle in bester Stimmung, trotz der langen Tagereise, weil wir diesmal wohlbeladen von Magyari zurückkamen. Außer der üblichen Salzladung hatten wir ein paar Ballen wunderschöner Seide und reicher Brokate. Die waren in Magyari von den gelben Männern eingetauscht worden, die aus dem Land jenseits von Bod kamen.

Wir führten auch ein paar Säcke ihres Tees mit uns, den die vornehmen Leute in Smon T'ang so gern mochten. Die einfachen Leute bevorzugten den Tee, der aus dem Süden kam, aus dem Land Indien, jenseits von Pokhara, wo wir unser Salz gegen Silber und Getreide eintauschten. Ein Teil der Seidenstoffe würde in Pokhara getauscht werden, zusammen mit dem Salz, aber etwas davon würden die Lamas und Adligen hier für ihre Roben und Festkleider behalten.

Wir zogen nie mit den Karawanen, die nach Süden gingen, Sembur und ich. Der alte Tashi hatte uns zwar gebeten, es doch einmal zu tun. Denn wenn die Lo-bas auch dort Semburs Schutz nicht benötigten, sie schätzten doch immer, wie ich mit den Yaks umgehen konnte. Aber Sembur wollte mich nie mit nach Süden nehmen. Ich wußte, daß er in den zehn Jahren, seit wir nach Namkhara gekommen waren, nur zweimal im Süden gewesen war, und jedesmal war er allein gegangen. Als ich ihn deswegen fragte, hatte er geantwortet, er würde es mir eines Tages erklären, wenn ich älter wäre.

Weil ich mir vorstellte, gar nicht müde zu sein, begann ich mich auch bald weniger müde zu fühlen, und ich blieb zurück, um mit Ghenling zu plaudern. Es machte ihm Spaß, mich zu necken und dumme Scherze zu treiben, und je mehr ich vorgab, mich zu ärgern, desto mehr genoß er es. Wir näherten uns jetzt dem Kloster, wo wir in dem großen Hof rasten wollten, während die Mönche kamen, um die Ware zu begutachten, die wir aus Magyari mitgebracht hatten. Sie hatten zu entscheiden, wieviel wir für den Steuereinnehmer dalassen mußten, wenn er in unseren Bezirk kam. An meiner Seite sagte Ghenling: »Wenn wir in Galdong anhalten, mache ich Tsampa, und wir beide zusammen werden sechs Schalen davon essen, du und ich, Jani.«

Tsampa war die Hauptnahrung in Smon T'ang wie auch in Bod. Tsampa machte man, indem man Gerstenkörner in einer eisernen Pfanne in sehr heißem Sand erhitzte, bis sie aufplatzten. Dann wurde der Sand ausgesiebt, und die Körner wurden ganz fein gemahlen. Dieses feingemahlene Korn hatten wir bei uns, um es mit saurer Milch oder mit Butter-Tee, der mit ranziger Butter versetzt war, zu einer Paste zu mischen. Diese Paste wurde Tsampa genannt. Ich mochte sie gern, weil ich sie schon immer gegessen hatte, aber Sembur hatte sich nie an den Geschmack gewöhnen können, obwohl auch er nun schon so viele Jahre Tsampa gegessen hatte. Als Ghenling sagte, wir würden zusammen sechs Schüsseln Tsampa essen, stellte ich mich so, als ob er mir diesen Streich noch nie gespielt hätte, und antwortete: »Sechs Schalen? Gut! Das macht drei Schalen für jeden von uns.«

»Nein. Das macht sechs Schalen für mich und keine für dich.« Ghenling schüttelte sich im Sattel vor Lachen.

Ich machte ein böses Gesicht, starrte ihn an und sagte mit erhobener Stimme: »Du bist gemein, Ghenling! Du bist freßgierig! Ich will auch ein bißchen Tsampa!«

Ghenling war begeistert. »Nein, du kannst kein Tsampa haben. Es ist nicht gut für kleine fremde Mädchen.«

»Ich bin nicht fremd! Und ich bin auch kein kleines Mädchen mehr, ich bin schon ganz erwachsen. Ich bin dreizehn!«

»Wenn du nicht fremd bist, warum hast du dann so ein komisches weißes Gesicht?«

Ich versuchte, ihn auf den Arm zu schlagen, denn das belustigte ihn immer ungeheuer. »Es ist nicht weiß, nur nicht so dunkel wie deins.«

Ghenling umklammerte seinen Arm und ritt vorwärts. Er stieß ein lautes, gespielt schmerzerfülltes Röcheln aus und rief: »Sembur, rette mich vor Jani! Sie hat mir wieder den Arm gebrochen! Du solltest sie an einer Kette halten, wie einen Bären!«

Sembur verrenkte sich fast im Sattel und rief zu mir herüber: »Was soll das Gebrüll, Jani?«

»Nichts! Ghenling macht nur wieder einen von seinen Witzen.«

»Prima. Guter Junge.« Sembur nickte zustimmend in Ghenlings Richtung und bedachte ihn mit seinem etwas grimmigen Lächeln. Er mochte Leute, die fröhlich waren und sich nicht beklagten.

Zehn Minuten später bewegte sich unsere Karawane langsam durch die breiten Tore in der Außenmauer des Klosters in den Hof. Lamas und Mönche waren dort versammelt und warteten auf uns. Die Lamas trugen hohe, spitze rote Hüte. Die Mönche waren barhäuptig; einige von ihnen waren noch sehr jung, denn Knaben konnten schon in den Orden des Klosters von Galdong aufgenommen werden, wenn sie erst neun waren. Es gab auch eine ganze Anzahl von Dämonen, aber das waren in Wirklichkeit ein paar der Mönche und heiligen Frauen, die in leuchtend gestreifte Gewänder vermummt waren. Sie trugen große Masken mit den Zügen schrecklicher Ungeheuer mit scharfen Fängen, Schuppen und vorquellenden Augen über ihren Gesichtern.

Drei der Lamas hatten sehr große Trompeten, länger, als ein Mann groß ist. Sie waren aus Kupfer hergestellt und mit Silber, Korallen und Türkisen verziert. Der Trichter jeder Trompete lag auf den Schultern eines der ganz jungen Mönche, und jetzt bliesen die Lamas hinein, während andere Lamas auf Trommeln und Becken losschlugen.

All das wurde getan, um die Dämonen zu vertreiben, die wir vielleicht aus Bod in der Karawane mitgebracht hatten. Als das Geräusch anschwoll, begannen die verkleideten Dämonen in ihren fürchterlichen Masken umherzulaufen, als ob sie sich fürchteten, und zuletzt flohen sie aus dem Hof hinaus, um den wirklichen Dämonen ein Beispiel zu geben, in der Hoffnung, daß sie es genauso machen würden.

Jedesmal genoß ich das Dämonen-Verjagen sehr, besonders bei großen Festen, wenn die Mönche und Lamas zu Hunderten in der Prozession zogen und es massenhaft falsche Dämonen gab. Sembur fand das alles sehr einfältig. Kühl sah er jetzt zu, schnaufte gelegentlich und meinte:

»Die haben nich' mehr Verstand als ein Haufen Kinder. Sieh sie dir an!«

Ich nahm seine Hand und hielt sie fest, während ich die trommelschlagenden Mönche auf die Dämonen zureiten sah. »Ach, ich weiß nich', Sembur. Es macht doch Spaß.«

»So, so, Spaß. Das is' was anderes. Ich hab nichts gegen ein bißchen Kirmes oder so was, aber die meinen doch, sie tun es für die Religion, und das ist idiotisch.«

»Warum ist das idiotisch?«

»Warum? Na ja, weil die Religion in der Bibel steht, darum. Da verkleidet sich niemand und hüpft herum wie die Clowns im Zirkus.«

»Was sind Clowns im Zirkus, Sembur?«

Er blickte auf mich hinab und seufzte: »Es ist sehr schwierig, dir was zu erklären, Jani. Dafür kannst du ja nichts, aber du weißt von allem fast gar nichts. Alles, was du weißt, ist das, was ich dir erzählen konnte, und das verdrehst du meistens auch noch. Sieh mal, ein Zirkus, das ist ein großes Zelt, wo Hunderte von Leuten hineinkommen, um anderen Leuten dabei zuzusehen, wie sie akrobatische Kunststücke zeigen und den Kopf ins Maul von Löwen stecken und solche Sachen. Manchmal laufen sie auf langen Drahtseilen ganz oben unter dem Zeltdach. Na, und Clowns, das sind Leute, die sich komisch verkleiden und ihre Nasen rot anmalen, und dann tun sie dämliche Dinge, um dich zum Lachen zu bringen.«

So ein riesiges Zelt konnte ich mir nicht vorstellen. Es gäbe wohl kaum genug Yakwolle auf der ganzen Welt, um es zu machen. Aber all das andere, was Sembur mir eben beschrieben hatte, lag ja auch völlig außerhalb meiner Vorstellungskraft.

Als die Dämonen flohen und der Krach abebbte, begannen drei Lamas, die unbeschriebene Rollen und Schreibfedern trugen, die Ladung zu inspizieren, mit dem alten Tashi als Aufsichtsperson. Sembur und ich würden für unsere Arbeit je nach dem Wert der Ladung bezahlt werden, und ich dachte, wenn wir Glück hätten, würden wir mindestens fünfzig Rupien für diese Reise bekommen.

Früher war es für mich schwer zu verstehen gewesen, daß wir nicht zu den Ärmsten unseres Dorfes zählten, denn wir verdienten fast nichts, außer dem, was uns für »Begleitschutz«, wie Sembur es nannte, gezahlt wurde. Weil wir Fremde waren, verpachtete der Adlige, dem alles Land in der Umgebung von Namkhara gehörte, uns niemals ein Feld als Acker oder Weide, und Sembur hatte kein Handwerk gelernt, das er ausüben konnte. Jetzt, wo ich groß genug war, konnte ich genug Gerstenmehl und Gemüse verdienen, um uns satt zu machen, indem ich einem Bauern namens Bhola half, der ein paar Yaks besaß. Sembur verdiente manchmal eine Kleinigkeit dadurch, daß er dem Schmied oder dem Schlachter half; aber er blieb niemals lange dabei, denn diese beiden Berufe wurden als die niedersten der niederen angesehen, und die Männer lebten wie Ausgestoßene am äußersten Rande der Stadt. Wir hätten nie Fleisch zu essen gehabt, wenn wir nur von unserem Verdienten hätten leben müssen.

Es war jetzt drei Jahre her, seit ich herausgefunden hatte, daß Sembur eine geheime Geldquelle besaß. Damals war es mir so vorgekommen, als ob wir ständig ärmer und ärmer würden. Wir lebten hauptsächlich von Tsampa und Bohnen. Da hatte Sembur mich in die Obhut von Chela und ihren beiden Ehemännern gegeben und reiste mit einer Karawane nach Süden, hinunter nach Nepal. Aber er kehrte nicht wieder mit ihr zurück. Er kam allein wieder, drei Wochen später als die Karawane. Bei den Lo-bas tat er so, als ob er nach Indien gegangen wäre, um neue Patronen für sein wunderbares Gewehr zu besorgen. Und in der Tat, er hatte bei seiner Rückkehr mehr als vierzig kleine Schachteln mit je acht Schuß in seinem Gepäck. Aber er brachte auch einen ganzen Beutel voll Silbermünzen mit, die er in dem Geheimfach unseres Hauses, einem unter dem dicken Stein neben der Feuerstelle gegrabenen Loch, versteckte.

Dieser Vorrat reichte aus, um uns mehrere Jahre lang zu versorgen, und ich rechnete mir aus, daß Sembur auf diese Weise auch das letzte Mal, als er nach Süden ging und ich noch ein kleines Mädchen gewesen war, Geld mitgebracht hatte. Mit der Zeit war es ausgegeben worden, und jetzt hatte er mehr geholt. Ich starrte ehrfürchtig den Beutel mit dem Silber an und sagte: »Herrje, Sembur! Wo hast du das bloß alles her?«

»Sag nicht ›Herrje‹, junge Dame. Ich will diese miesen Ausdrücke nicht hören, verstanden?«

»Du sagst es auch.«

»Das is' was anderes. Und außerdem, ich sollte es eigentlich auch nicht.«

»Gut, ich will versuchen, mich dran zu erinnern. Aber wo hast du all das Geld her? Ich meine, wir haben doch nichts zu verkaufen, oder doch?«

Sembur setzte den Stein wieder über das geheime Versteck, dann stand er auf. »Als wir anfangs hierherkamen, hatte ich ein oder zwei Sachen, die deiner Mama gehörten, mitgebracht. Ein paar Schmuckstücke, verstehst du? Rechtlich gehören sie dir, aber wir mußten ein paar Kleinigkeiten verkaufen, um die Dinge am Laufen zu halten.«

»Mann! Ist noch viel übrig?«

»Genug für eine kleine Reserve, wenn du erwachsen bist.«

»Kann ich mal sehen, Sembur?«

»Wenn du ein bißchen älter bist und wenn du brav bist. Das heißt, daß du darüber schweigen mußt wie ein Grab, Jani. Kein Wort zu irgendeinem. Zu überhaupt niemandem. Verstehst du?«

»Ja, sicher, Sembur. Ich versprech es dir. Ehrensache!«

Ich hatte mein Versprechen gehalten, und ich war sicher, daß niemand von Semburs geheimem Schatz wußte, denn ich vermied es immer und unter allen Umständen, irgendwie aufzufallen. Für lange Zeit hatte ich jetzt nicht mehr an das Geld oder die Juwelen gedacht, aber sie kamen mir in den Sinn, als wir im Hof von Galdong standen und darauf warteten, daß die Lamas den Wert der Karawane feststellten. Ich sprach mit meinem Pony Pulki und bestätigte ihr, daß sie ein braves Mädchen gewesen war und daß ich ihr eine ganze Menge Futter geben würde, wenn wir erst wieder zu Hause wären. Da bemerkte ich, daß ihr Sattel, der schon so viele Flicken hatte, bald nicht mehr auszubessern war, und ich fing an, mir zu überlegen, wie ich Sembur überreden konnte, mir einen neuen von Hauki, dem Gerber, zu kaufen.

Ich entschied mich dafür, ihn morgen zu fragen, wenn er nicht müde war, und redete weiter mit Pulki. Solange ich mich erinnern konnte, hatte ich sie geritten, und ich liebte sie sehr. Sie war schon nicht mehr jung gewesen, als Sembur sie gekauft hatte, und jetzt war sie sehr alt. Ich hoffte, daß sie eine Menge Verdienste in diesem Leben gesammelt hatte und daß sie in ihrem nächsten Leben als ein kleines Mädchen geboren würde, so daß ich jemand ganz Besonderen zum Spielen hätte, wenn ich sie finden sollte. Ich hatte Pulki beigebracht, in der Tasche meines Umhangs nach einem kleinen Buchweizenkuchen mit Honig zu suchen, und wenn sie sterben würde, plante ich, immer so einen Kuchen in meiner Tasche bei mir zu tragen und auf ein kleines Mädchen zu achten, das wußte, wo der Leckerbissen zu finden war.

Ich erklärte das alles gerade Pulki, indem ich ihr ins Ohr flüsterte, als ich Sembur mit verhaltener Stimme sagen hörte: »Nanu! Sieh mal, wer da kommt.«

Ich drehte meinen Kopf um und sah, wie sich ein wohlgenährter junger Lama mit rundlichem Gesicht seinen Weg zu uns bahnte. Das war Mudok, der oberste Sekretär Rilds, des Hohen Lama von Galdong, und ich fühlte, wie mein Mut sank. Es schien, als ob wir zu Rild befohlen werden sollten, und das bedeutete sicher, daß die Zeichen wieder einmal gegen uns waren. Als ich verstohlen zu Sembur aufblickte, sah ich, daß sein Gesicht traurig und seine Augen müde waren. Er war krank gewesen, als wir den Paß überschritten hatten und auch während unseres letzten Winter-Exils. Ich wußte, er mußte den Gedanken fürchten, zwei oder drei Wochen im Winter in einem Zelt in den Bergen zu verbringen, und in diesem Augenblick hätte ich um ihn weinen mögen.

Mudok blieb vor uns stehen und warf Sembur einen Blick zu; dann sah er mich an und sagte: »Der Hohe Lama will mit Sembur sprechen.«

»Ich will es ihm sagen, Ehrwürdiger. Zu welcher Stunde wird es dem Hochgeborenen belieben, uns zu empfangen?«

»Jetzt.« Er drehte sich um, um uns den Weg über den Hof und ins Kloster zu zeigen.

Schnell sagte ich: »Was ist der Grund? Sprechen die Zeichen wieder gegen uns?«

Mudok blieb stehen, wandte sich halb um und sah auf mich herab, und der große rote Hut wackelte ein wenig, als er den Kopf schief legte. »Es ist nicht wie sonst«, sagte er und verzog das Gesicht, als ob er überlegte.

»Es ist etwas anderes, etwas, das mit einer Vision des Orakels zusammenhängt.«

Ich war plötzlich aufgeregt, und hastig erklärte ich es Sembur, während wir Mudok die breiten Stufen hinauf und durch das große Tor folgten.

»Orakel?« brummte Sembur.

»Na ja, ich weiß nich', ob das das richtige Wort in Englisch ist, aber es is' eine Art Wahrsagerei, von einer speziellen heiligen Frau. Als ich dich gefragt hab, was Orakel in der Bibel bedeutet, hast du gesagt, es wär, als wenn man jemand die Zukunft voraussagt.«

»Was sagt sie über uns?«

»Mudok hat es mir nicht erzählt. Ich glaub, wir müssen warten, bis wir bei Rild sind.«

2

EINMAL WAREN WIR zum Kloster befohlen worden und hatten dann stundenlang auf Rild gewartet, aber heute hatte Mudok »jetzt« gesagt, deshalb hoffte ich, daß wir nicht lange warten mußten. Wenig Tageslicht drang in das Kloster, denn die meisten Fenster waren mit hölzernen Fensterläden versehen. Jede Halle und jeder Korridor wurden von unzähligen Butterlampen erleuchtet, und die kleinen Flammen tanzten und flackerten, als wir vorübergingen. Es gab Kapellen, in denen silbrige Statuen von Göttern und Göttinnen mit gekreuzten Beinen auf Sokeln an den Wänden saßen. Da waren Gänge, wo die Masken von hundert Teufeln auf uns herabglotzten. Von irgendwoher drangen ganz leise die Töne eines großen Gongs mit gleichmäßigem Rhythmus an unser Ohr. Wir kamen durch einen Gang, der mit seidenen Wandschirmen ausstaffiert war, auf die vielerlei Tiere gemalt waren. Dann ging es eine enge, gewundene Treppe hinauf und durch die Halle mit hölzernen Säulen, um die rote Seide drapiert war. Hier, in einer großen Nische an einem Ende, hockte ein riesengroßer Dämon mit einem einzigen Auge unter seiner Braue und langen Hörnern. Zwei Mönche standen vor dem Dämon, jeder schlug mit schlanken schwarzen Trommelschlegeln aus Ebenholz auf einen Widderschädel.

In all den Korridoren gab es diese kleinen Schreine, jeder mit einem brennenden Räucherstäbchen darüber, und die Luft war dumpf von dem Geruch der Rauchschwaden.

Zuletzt kamen wir zum Vorzimmer, wo wir schon einmal auf die Audienz gewartet hatten. Dieses Mal waren dort keine anderen Leute. Mudok nahm zwei Khabtas aus einer ganzen Anzahl, die in einem großen eisernen Ring an der Wand hingen, und reichte jedem von uns eine. Es wäre für uns unmöglich gewesen, in der Gegenwart des Hohen Lama zu erscheinen ohne einen dieser schmalen Schals, denn es konnte keine zeremonielle Begrüßung stattfinden, ohne daß der Geringere dem Höhergestellten ein Khabta darbot. Mudok stand, die Hand auf die große Tür gelegt, und warf uns einen nervösen Blick zu. Ich mochte Mudok nicht. Es stimmte ja, daß wir zu schmutzig und verstaubt und zu unpassend gekleidet waren, um vom Hohen Lama empfangen zu werden, aber das war nicht unsere Schuld. Leise sagte ich zu Sembur: »Versuch nicht wieder, ihre Sprache zu sprechen, wenn wir da drin sind. Bitte, Sembur, tu es durch mich.« Ich erinnerte mich an das letzte Mal, als Sembur versucht hatte, die paar Wörter, die er aufgeschnappt hatte, zusammenzustückeln. Er hatte die rohe Form der Sprache benutzt, die dazu geeignet ist, mit einem Bauern zu sprechen, und ich war rot geworden vor Verlegenheit. Jetzt brummte er verdrießlich: »Ja, doch ja. Ich weiß, wann ich den Mund zu halten habe.« Im nächsten Augenblick hatte Mudok die Tür aufgerissen und winkte uns hinein.

Tageslicht strömte durch ein hohes Bogenfenster in das Gemach des Hohen Lama. Die Wände waren mit Goldbrokat bespannt, und Teppiche aus weißen Ziegenfellen bedeckten den Boden. Auf der einen Seite neben dem Fenster stand ein sehr großes hölzernes Schreibpult mit Tintenfässern, Federn, Schriftrollen und vielen Papieren. Ein riesiger goldener Buddha thronte an der östlichen Wand. Rild selbst saß mit dem Rücken zum Fenster auf einem niedrigen Podest, das mit seltsamen Tieren in Grün und Gold bemalt war. Er trug keinen Hut, und sein Kopf war glatt und gewölbt über seinen ruhigen Augen.

Wir blieben vor ihm stehen und hielten die weißen Schals als symbolische Gabe vor uns; wir verbeugten uns und sagten nichts, denn es war an dem Hohen Lama, zuerst zu sprechen. Mit schlanker Hand machte er eine Geste der Anerkennung, blickte auf einen Punkt zwischen uns beiden, lächelte unmerklich und sagte: »Ich grüße und segne euch.«

Ich antwortete: »Möge Euer Segen zu unserer Erlösung vom Rad der Wiedergeburt beitragen, Hochgeborener.«

Sanft stieß ich Sembur an, der sich sehr gerade aufrichtete, die Hände an die Seiten legte und laut und schnarrend sagte: »Froh, Sie bei guter Gesundheit wiederzusehen, Sir.«

»Er sagt, er ist Euch sehr dankbar für Euren Segen, Hochgeborener.«

Rild nickte geistesabwesend. Langsam fixierten mich seine Augen, dann sahen sie durch mich hindurch. »Es ist schwer, zu wissen, wo Verdienst liegt«, sagte er mit singendem Tonfall. »Sprechen ist handeln, und alles Tun muß zu Leiden führen, denn das ist das Gesetz des Karma. Und doch, wenn ich spreche und wenn ich berichte, was das Orakel gesehen hat, kann ich vielleicht das Verderben eines menschlichen Wesens verhindern . . .« Seine Augen zuckten zu Sembur hinüber, » . . . und damit Verdienste erwerben.«

Ich wartete, und mein Herz raste. Es schien, als ob Rild eine Warnung vor einer Gefahr andeutete, die Sembur drohte, aber ich wagte es nicht, ihn zum Sprechen zu drängen. Fünf Minuten vergingen, und kein Wort wurde gesprochen. Rild starrte ins Leere.

Sembur blickte ebenfalls ins Leere, irgendwo über Rilds Kopf. Ich stand da und versuchte, die schreckliche Angst zu verbergen, die in mir hochstieg.

Endlich sagte der Hohe Lama einfach: »Das Orakel hat einen Dämon gesehen, der menschliche Gestalt angenommen hat. Der Dämon kommt von Süden, um Sembur zu holen und zu vernichten.«

Ich fühlte, wie das Blut aus meinem Gesicht wich. Neben mir sagte Sembur mit sanfter Stimme: »Was gibt's, Jani? Was sagt er? Bist du in Ordnung?«

»Es . . . es war fast so was wie ein Schock, was er gesagt hat.« Ich drehte mich um und sah Sembur an, während ich Rilds Worte übersetzte. Sembur glaubte nicht an Orakel, außer an die aus der Bibel, die sich vor langer Zeit zugetragen hatten, aber zu meinem Erstaunen starrte er mich lange aus schmalen Augen an. Dann sagte er langsam: »Wissen seine Federfuchser, wie dieser Dämon aussieht, Jani?«

Ich wandte mich zu Rild. »Er bittet, fragen zu dürfen, ob es dem Orakel gegeben war, ein Abbild des Dämons zu sehen, Hochgeborener.«

Rild blickte ein Weile ins Nichts, dann schloß er die Augen. Es herrschte Stille. Ich hörte, wie Sembur sich neben mir rührte, wie er Luft holte, um etwas zu sagen, und ich drehte mich schnell um, legte meinen Finger auf die Lippen und bedeutete ihm, zu schweigen. Er verstand nur schwer, daß der Hohe Lama meine Frage auf seine eigene Art beantworten würde. Wir konnten nichts anderes tun als warten.

Mehrere Minuten vergingen, dann öffnete sich die Tür zu unserer Rechten, und eine junge Frau mit geschorenem Kopf, die eine weiße Robe trug, betrat das Gemach, gefolgt von Mudok, der ein silbernes Tablett mit einer einfachen Glasschale und einem Fläschchen trug. Das Fläschchen war fast bis obenhin mit einer tintenschwarzen Flüssigkeit gefüllt. Das Mädchen stellte sich Rild gegenüber und verbeugte sich. Ihr Mund stand ein wenig offen, und ihr Gesicht sah leer aus, ohne Leben. Rild öffnete seine Augen und sagte: »Ich habe dich gerufen, auf daß du erneut in das Dunkel schaust, mein Kind, und ein Abbild erkennst des Dämons, der aus dem Süden kommt.«

Ich begriff, daß das Mädchen das Orakel war, oder wenigstens eines der Orakel des Klosters. Es schien, als ob es mehrere Sekunden dauerte, bis Rilds Worte ankamen, dann sagte das Mädchen: »Ich will sehen, Hochgeborener.« Sie wandte sich zu Mudok, der die schwarze Flüssigkeit in die Schale goß. Als er damit fertig war, ging er zu dem Mädchen hinüber, blieb stehen und hielt die Schale vor sie hin. Sie neigte leicht den Kopf und starrte auf die schimmernde schwarze Oberfläche der Flüssigkeit hinab. Nach ein paar Augenblicken begannen ihre Lider schnell zu flattern, dann öffnete sie sie ganz weit, und ihr Körper schien zu erstarren. Als sie jetzt sprach, war ihre Stimme ganz anders als vorher: höher, schärfer und viel wacher.

»Er reitet ein schwarzes Pferd. Er hat die Gestalt eines Mannes aus fremden Ländern angenommen. Das gleiche Land aus dem der fremde Mann stammt, den sie Sembur nennen. Der Dämon kommt, um Sembur zu holen und zu vernichten. Es ist . . .«, die Stimme des Mädchens wurde schwächer für einen Augenblick als sie zögerte, dann: »Er ist ein Krieger, der kommt; von einem größeren Krieger ausgesandt, weil . . . weil Sembur eine böse Tat vollbracht hat.«

Schweigen herrschte. Rild sagte ganz leise: »Berichte mir über das Aussehen des Dämons, Kind.«

Sie starrte hinab in die flüssige Schwärze und ich fühlte, wie ein Schauder des Erschreckens meinen Rücken berührte. »Lange Stiefel, in einem fremden Land gemacht«, sagte sie grüblerisch, »weißer Pelz, um seinen Körper zu bedecken, und eine Flinte, die in einer Halfter am Sattel festgemacht ist.« Ihre Lippen verzogen sich zu einem seltsamen Lächeln. »Er ist jung, dieser Dämon, schwarzes Haar, eng gelockt, und Augen wie ein klarer Himmel in der Dämmerung. Stolz . . . zu stolz. Aber sein Stolz wird gebrochen werden.« Sie begann schneller zu sprechen, und ihr Atem wurde mühsam. »Er ist geboren aus dem Adler und dem Schneeleopard, dennoch wird er von beiden gefürchtet. Er wird in die Finsternis hinabgehen, und dann wird der Blutlose kommen, der Silberne, der Esser der Seelen . . .« Sie keuchte jetzt und sprudelte heraus, mit schriller Stimme, so daß ihren Worten schwer zu folgen war: » . . . und es ist eine Schuld zu bezahlen, und im Jahr des Hölzernen Drachen werden sie kommen in das Land Bod, um die Träne zu rauben, die aus dem Auge des Erleuchteten fiel . . .«

Ihre Stimme stieg zu einem schrillen Schrei an, dann erstarb sie plötzlich. Ihr Körper zitterte wie eine Bogensehne, und Schaumflocken zeigten sich auf ihren Lippen. Dann wich der Atem aus ihren Lungen mit einem langen Seufzer. Ihr Körper entspannte sich, und das Leben verließ ihr Gesicht, verwandelte sie wieder in das träge, stumpfsinnige Mädchen, das sie gewesen war, bevor sie in die Schale der Finsternis geblickt hatte.

Rild bewegte eine Hand. Das Mädchen verbeugte sich und wandte sich, um aus dem Gemach zu trotten, gefolgt von Mudok mit dem Tablett, der Schale und der Flasche. Ich hatte Mühe, meine Zähne am Klappern zu hindern, und plötzlich war mir kalt, trotz des warmen Raumes. Vieles von dem, was das Mädchen gesagt hatte, war ohne Bedeutung für mich geblieben. Aber es war deutlich genug geworden, daß irgend jemand, der sehr gefährlich war, Sembur suchte, um ihm zu schaden, und ich hatte Angst. Bis vor zwei Jahren hätte ich nicht um Sembur gefürchtet, denn er war mir immer größer, stärker, zuversichtlicher vorgekommen als jeder andere Mann, den ich kannte, aber jetzt hatte sich das geändert. Es war weniger Geschmeidigkeit in seinem Gang, mehr Grau im Haar, und rote Äderchen zeigten sich auf seinen Wangen. Rild sprach: »Du wirst Sembur darüber informieren, daß es für ihn nicht ausreicht, Namkhara zu verlassen. Er muß Smon T'ang verlassen, so daß unser Land nicht mit den Unstimmigkeiten jener behelligt wird, die nicht unserer Art sind.«

Gleichzeitig brummte Sembur mir eindringlich zu: »Was hat er gesagt? Was ist mit diesem Dämon, Jani? Komm, Mädchen! Steh nich' nur so rum wie 'ne rheumatische Ziege! Was hat er denn gesagt?«

Ich preßte meine Hände an den Kopf und flüsterte bebend: »Herrje, Sembur, halt den Mund! Später – später sag ich dir alles! Ich versuch zu verstehen, was der Hohe Lama sagt!« Ich glaube, Sembur schwieg vor Schrecken, denn noch nie hatte ich so mit ihm gesprochen. Ich verbeugte mich vor Rild und sagte: »Vergib mir, Hochgeborener.«

Zum ersten Mal sah er mich direkt an und ich entdeckte Belustigung in seinen Augen. Dann wurde sein Blick wieder abwesend und er fuhr fort: »Ein voller Monat ist jetzt verstrichen, seit das Orakel sprach. Ich habe Botschaften an meinen Meister entsandt, den Abt von Lo-Mantang, und an den König selbst. Alle Klöster haben die Orakel befragt. Darüber, daß Sembur Smon T'ang verlassen muß, kann keinerlei Zweifel bestehen, oder Katastrophen werden über uns kommen. Es ist jetzt sieben Nächte her, seit ein Stern im Süden gefallen ist, und das Orakel in Lo-Mantang hat erklärt, daß dies das Kommen des fremden Dämons ankündigt, ehe der Mond voll ist.«

Entsetzt erkannte ich, daß der Dämon demnach jetzt jederzeit kommen konnte.

Mit zitternder Stimme fragte ich: »Wohin sollen wir gehen, Hochgeborener?«

»Das ist eine Frage für Sembur.« Wieder fixierten mich die blassen Augen für einen Moment und studierten mich, dann sagte Rild langsam: »Dir ist erlaubt, zu bleiben, Kind. Du magst hier Novizin werden und den Wahren Weg suchen. «

Nervös sagte ich: »Nein, Hochgeborener, ich muß mit Sembur gehen.« Der Hohe Lama starrte mich für zwei Minuten stumm an, dann zuckte er fast unmerklich die Schultern. »Jedermann muß die Last des Karma aufnehmen, die er tragen will. Geh mit meinem Segen, Kind.« Wieder bewegte sich seine Hand ganz leicht, dann schlossen sich seine Augen und es schien, als ob Sembur und ich allein in dem Gemach wären. Die Tür öffnete sich, und Mudok erschien. Er sagte nichts. Als er sich umwandte, folgten wir ihm nach draußen, gingen hinter ihm her durch das Labyrinth der Hallen, Korridore und Treppen, bis wir endlich wieder in den winterlichen Sonnenschein hinaustraten.

Ich muß angefangen haben, zu weinen ohne es zu merken, denn Tränen waren auf meinen Wangen. Während ich sie wegwischte, sagte ich: »Tut mir leid, Sembur. Ich meine, es tut mir leid, daß ich ›Herrje‹ gesagt hab, und auch daß du den Mund halten sollst. Ich hab kaum gewußt, was ich tu.«

»Macht nichts, Schätzchen«, sagte Sembur mit sehr sanfter Stimme und legte seine Hand auf meine Schulter, während wir dahin zurückgingen, wo wir die Ponys gelassen hatten. »Der Hohe Lama hat gesagt, wir sollen abhauen. Nicht wahr?«

Ich nickte. »Der König selbst sagt es auch. Und der Oberste Abt in Lo-Mantang, wo sie immer das große Fest feiern. Das ist, weil sie den fremden Dämon nicht hier haben wollen, der sonst eine Menge Ärger anrichtet.«

Sembur nickte apathisch. »Erzähl mir alles, wenn wir nach Hause kommen, Jani. Ich geh eben und hole unseren Lohn vom alten Tashi.«

Die Lamas hatten ihre Schätzung beendet und die Teile der Karawanenladung beiseite gelegt, die an das Kloster abgegeben werden sollten. Ich sah, wie der alte Tashi ein großes Theater machte wegen der kleinen Handvoll Silbermünzen, die er bezahlen sollte, noch ehe wir Namkhara erreicht hatten, aber Sembur stand nur mit grimmig ausgestreckter Hand da, bis der alte Mann in seinen Geldbeutel griff.

Zehn Minuten später waren wir wieder auf dem Weg und wanderten die letzten paar Meilen nach Namkhara, dem Dorf, das, solange ich mich erinnern konnte, meine Heimat gewesen war, und das jetzt nicht länger meine Heimat sein würde. Sembur ritt tief in Gedanken. Ich wußte, er würde mich genau ausfragen, wenn wir erst zu Hause waren, und ich versuchte, mich an jedes Wort zu erinnern. Was hatte das Orakel in seiner prophetischen Trance gesagt, als das Mädchen in die Finsternis geschaut hatte? Ich versuchte auch den besten Weg zu finden, das, was sie gesagt hatte, ins Englische zu übersetzen, denn die beiden Sprachen waren in so vielen Dingen so verschieden, daß es nie leicht war, aus der einen in die andere zu übersetzen.

Die Schatten wurden lang, als wir in Namkhara einzogen. Im Süden fingen die gewaltigen Gipfel des Anapurna und des Dhaulagiri Feuer von der sterbenden Sonne, und die Mauer des Himalaya, die sich zum Westen erstreckte, türmte sich so hoch, daß sie sich wie Wolken gegen den Himmel ausnahm. Etwas, das ich immer am meisten geliebt hatte, war, auf der kleinen Brücke zu stehen an der Stelle, wo der Fluß sich um Namkhara herumzog, und die Sonne hinter den mächtigen Zinnen der Berge untergehen zu sehen. Wenn ich im Morgengrauen das Vieh hütete und die Yaks zum Melken hereintrieb, war immer ein Gefühl des Glücks in mir, wenn ich sah, wie die Berge im Osten sich in Gold verwandelten, während die Sonne die Erde zu neuem Leben weckte. Aber an diesem Tag mit unserer letzten Karawane dachte ich nicht an diese Dinge, als wir in Namkhara ankamen. Ich hatte zu viele Sorgen und zuviel Angst.

Der alte Tashi führte die Karawane zu den Ställen und Speichern in der Mitte des Dorfes. Nachdem Sembur und ich kurze Abschiedsworte mit Ghenling und ein oder zwei anderen ausgetauscht hatten, gingen wir hinüber zu dem zweistöckigen Haus aus rauhem Stein und gestampftem Lehm, in dem wir von einem der beiden Brüder, die Chelas Ehemänner gewesen waren, Zimmer im Erdgeschoß gemietet hatten. Die Brüder waren Besitzer des Hauses und hatten jetzt eine andere Frau geheiratet, die Kachke hieß und ihnen mehrere Kinder geschenkt hatte. In den Buden und Hütten, wo Trauben von Butterlampen in der Dämmerung blinkten, herrschte eifriges Leben, als wir langsam die gewundene Straße hinabritten. Da waren Juweliere mit Tabletts voll Türkisen, Wahrsager, Tuchhändler, Schneider und Männer und Frauen mit Buden, in denen es Zucker und Reis, Blöcke von gepreßtem Tee, Butter, Korn und viele Arten von Gemüse gab.

An anderen Ständen lagen Fleisch, Ziegen- und Schweinefleisch, Schaf- und Hühnerfleisch zum Verkauf, während die Handwerker Rollbilder, kleine Götterfiguren und Ornamente aus Gold- und Silberfiligran anboten. Jeder in Namkhara kannte uns, denn wir waren Ausländer. Selbst wenn ich hier für den Rest meines Lebens wohnte, für sie würde ich immer eine Fremde bleiben. Aber wir hatten ein paar Freunde unter den Lo-bas, hauptsächlich die Eltern der Kinder, mit denen ich arbeitete oder spielte, und so wurden wir mehrere Male freundlich gegrüßt, als wir den Weg nach Hause gingen. Es war eine Erleichterung, festzustellen, daß der fremde Dämon aus dem Süden noch nicht in Namkhara angekommen war. Ich wußte das, ohne eine direkte Frage stellen zu müssen, denn wenn irgendein Fremder die Stadt betreten hätte, dann hätte jedermann jetzt darüber geredet.

So waren wir wenigstens bis morgen vor ihm sicher, denn um Namkhara lag eine hohe Mauer und darin war nur ein einziges Tor, das für die Nacht geschlossen worden war, nachdem unsere Karawane es passiert hatte. Vor Sonnenaufgang würden die Wächter keinen Fremden einlassen.

Nach dem, was der Hohe Lama gesagt hatte, war ich sicher, daß wir in ein anderes Land auswandern mußten, und ich fragte mich, wofür Sembur sich wohl entscheiden würde. Der Dämon sollte aus Süden kommen, deshalb würden wir vielleicht nach Norden ziehen, in das Land Bod, oder noch weiter, dahin, wo die gelben Männer lebten. Ich fragte mich auch, was das Mädchen wohl gemeint hatte, als sie von etwas Bösem sprach, das Sembur getan haben sollte und das der Grund dafür war, warum der Dämon gesandt wurde, ihn zu vernichten. Was sie auch immer in der glänzenden schwarzen Flüssigkeit gesehen hatte –, ich wußte, sie mußte die Vision mißverstanden haben, denn in Sembur war keine Bosheit.

Das erste, was wir taten, nachdem wir das Haus erreicht hatten, war, die Ponys in den kleinen Stall auf der anderen Straßenseite zu führen, ihnen Futter und Wasser zu geben und sie mit Strohbüscheln gut abzureiben. Das war nicht die Art der Lo-bas, aber es war eine Gewohnheit, die mir von Sembur eingeprägt worden war. »Es gibt eine richtige Art, etwas zu tun, Jani. Egal wie müde du bist, zuerst versorgst du dein Pferd, dein Gewehr, deine Untergebenen und dann erst dich selbst.«

In Augenblicken, wenn ich sehr erschöpft war und trotzdem zuerst nach Pulki sehen mußte, ehe ich selbst ausruhen oder essen konnte, hatte ich erkannt, daß es nur schwierig war, wenn ich mir den Gedanken erlaubte, daß man es möglicherweise auch anders machen kann. Inzwischen war ich fähig, Pulkis Fell gut abzurubbeln, sie zu striegeln und zu füttern, ohne darüber nachzudenken, wie müde ich war. Selbst an diesem Tag, wo es so viel zu überlegen gab, ruhten meine Gedanken, während wir unsere Pferde versorgten.

Danach gingen wir zurück über die Straße, wechselten einen Gruß mit Kachke, die ein neues Baby stillte, und betraten unsere Wohnung. Es war eine sehr schöne Wohnung, denn Sembur hatte lange gearbeitet und während der letzten Jahre viele Verbesserungen daran vorgenommen. Wir hatten ein Wohnzimmer, eine kleine Küche mit einem eisernen Herd und ein Schlafzimmer, in dem Sembur vor drei Jahren eine hölzerne Trennwand eingezogen hatte, weil ich erwachsen wurde, wie er sagte. Teppiche bedeckten den Steinboden, und Sembur hatte einige Stücke bemaltes Papier an den Wänden meines Schlafzimmers angebracht, um es hübsch zu machen. Wir hatten Betten, zwei Tische und vier Stühle, alle von Timoo, dem Schreiner, hergestellt, und auch ein paar große Sitzpolster und mehrere Kästen, um unsere Kleidung und andere Besitztümer darin aufzubewahren. Jedes Zimmer hatte ein Fenster mit einem Laden aus Yakhaut, die über einen genau passenden Holzrahmen gespannt war. Wenige Zimmer in Namkhara hatten so gute Fenster.

Sobald wir eingetreten waren, breitete Sembur eine alte Wolldecke auf dem Tisch aus und begann damit, sein Gewehr sorgfältig zu reinigen. Ich öffnete alle Fenster, um die Zimmer zu lüften, dann holte ich mein Werkzeug zum Feuermachen heraus. Auf den Eisenstein legte ich ein paar der trockenen Fasern, die man durch Reiben der Blätter einer Bergpflanze gewinnt, die wir Murghim nannten. Diese Fasern entzündeten sich immer durch einen einzigen Schlag mit einem Feuerstein, und bald brannte ein schönes Feuer aus trockenem Yak-Mist in unserem großen Kamin im Wohnzimmer. Ich machte ein weiteres Feuer auf dem Herd in der Küche, schloß die Fenster, zündete ein paar Butterlampen an und ging dann mit einem Eimer aus Leder hinaus, um Wasser aus der steinernen Zisterne zu holen, die Sembur gebaut hatte.

Während das Wasser in einem großen eisernen Topf auf dem Herd heiß wurde, nahm ich einige der Silbermünzen von dem Geld, das man Sembur gezahlt hatte, und rannte zum Markt, um etwas für uns zum Abendessen zu kaufen. Auf dem Rückweg begegnete ich dem kleinen Armin, dem dreijährigen Sohn Kachkes. Anstatt mit den anderen Kindern zu spielen, saß er ganz allein da und sah sehr weinerlich aus, und er schien sehr froh zu sein, als ich ihn aufhob und nach Hause trug. Damals dachte ich mir nichts bei diesem Zwischenfall, aber später sollte ich mich daran erinnern.

Als ich wieder zurückkam, war Sembur mit der Reinigung seines Gewehrs fertig; er hatte unsere Satteltaschen ausgepackt, unsere schmutzigen Kleider, die gewaschen werden mußten, zur Seite gelegt und alles andere säuberlich weggeräumt. Er hatte den großen Topf mit heißem Wasser genommen, einen anderen an seine Stelle auf den Herd gesetzt und war jetzt im Badezimmer und nahm sein Bad; der Vorhang war zugezogen. Ich konnte großes Wassergeplansche und Schnaufer hören, während er in der kleinen Wanne stand und immer wieder Wasser mit einer Kanne aufschöpfte und über sich schüttete. Wenn er fertig wäre, würde er sorgfältig sein Rasiermesser abziehen und sich dann rasieren und zwar mit besonderer Vorsicht gegenüber seinem Schnurrbart. Zum Schluß würde er die Bartspitzen wachsen, dann ein sauberes Hemd, eine Hose und eine wollene Jacke anziehen und wäre endlich fertig zum Essen.

Ich ging in die Küche, schnitt ein Stück Hammelfleisch, das ich gekauft hatte, in kleine Würfel und briet sie an dem langen, dünnen Spieß im Wohnzimmer, wo das Feuer jetzt heiß glühte. Ich wusch und kochte ein paar Zwiebeln, Rüben und etwas Kohl, machte eine große Schüssel Tsampa und legte ein paar Blöcke von dem Tee, den Sembur am liebsten mochte, fertig zur Zubereitung hin.

Danach war das Wasser heiß genug, daß ich mein Bad nehmen konnte. Ich hob den Topf vom Herd, trug ihn in mein Zimmer und füllte die Wanne auf dem Fußboden. Dann zog ich meine Kleider aus und begann, mit dem Stück gelber Seife, die wir aus Yak-Talg und Holzasche machten, Schaum zu reiben. Zuerst wusch ich mein Haar, froh darüber, daß es nicht mehr als sechs Zentimeter Länge hatte und schnell trocknen würde; ich spülte es gut aus mit dem Rest Wasser, den ich im Topf zurückgelassen hatte, und stieg in die Wanne.

Sembur rief durch die Trennwand: »Hast du das heiße Wasser selber da reingetragen?«

»Ja, aber ich hab es leicht geschafft.«

»Es is' zu schwer, Jani. Nächstes Mal rufst du mich.«

»In Ordnung, Sembur. Aber ich bin unheimlich vorsichtig gewesen.« Ich trocknete mich mit meinem großen Handtuch ab, zog eine saubere Weste und eine Unterhose aus dicker Wolle an, dann meine rote Tunika, die wattierten Hosen und die Hausschuhe, die Sembur Slipper nannte. Weniger als eine Stunde später saßen wir am Tisch in der Nähe des Feuers, jeder einen wohlgefüllten Teller mit Essen vor sich, das wunderbar duftete. Ich legte meine Hände zusammen, schloß meine Augen ganz fest und versuchte, nicht ungeduldig zu werden, während Sembur feierlich sagte: »Möge der Herr uns wahrhafte Dankbarkeit lehren für das, was wir jetzt empfangen werden. «

Wir sagten beide »Amen« und begannen dann zu essen, und fast fünf Minuten vergingen, ehe einer von uns Zeit und Aufmerksamkeit aufbringen konnte für eine Unterhaltung. Dann schaute mich Sembur über den Tisch herüber an, schenkte mir ein trauriges kleines Lächeln und sagte: »Du bist ein liebes Mädchen, Jani. Ich wünschte, ich hätte besser für dich sorgen können.«

Überrascht blickte ich auf, dachte aber daran, zu Ende zu kauen und das Essen in meinem Mund hinunterzuschlucken, bevor ich sprach, wie Sembur es mich gelehrt hatte, und sagte dann: »Ich seh nich' ein, wie du besser für mich hättest sorgen können. Wir haben 'ne schöne Wohnung, wo wir drin leben, und ich nehm an, wir essen besser als die meisten Lo-bas.«

»Na ja, die Seite ist nicht so schlecht, glaub ich. Aber du wirst jetzt erwachsen und . . . na, ich weiß nich', was jetzt werden soll, Jani. Ich meine, ich hätte was für deine Zukunft tun sollen; nur, mir ist nie was eingefallen, was ich hätte tun können. « Er schüttelte sorgenvoll den Kopf. »Und da setzt eben die Bildung an. Wenn ich ein gebildeter Mann wär, wüßte ich, was ich zu tun hätte.«

»Ach, komm. Du bist mehr gebildet als irgendein anderer in Namkhara.«

»Ja, hier! Ich hab halt ein bißchen was gelernt als Schüler auf der Militärschule, aber danach kam nur noch die Armee.« Er sah mich scharf an. »Armee, das ist schon in Ordnung, das kannst du mir glauben. Die bringt einem Mann Disziplin und Selbstvertrauen bei.« Er zog ein Gesicht. »Aber sie bringt einem nicht bei, wie man ein kleines Mädchen aufzieht.« Sein Teller war jetzt leer, und er legte Gabel und Messer zusammen. »Trotz und alledem, ich hab mein Bestes getan, Jani. Eines Tages, wenn du vielleicht mal sauer bist auf den alten Sembur, dann versuch dran zu denken: Ich hab mein Bestes getan.«

Ich rutschte von meinem Stuhl, ging zu ihm hinüber, legte meine Arme um seinen Hals und preßte meine Wange an seine. Plötzlich fühlte ich mich traurig und voller Angst – mehr um ihn, als um mich selbst – obwohl ich nicht wußte, warum. Ich sagte: »Red keinen Blödsinn. Ich hab ja so ein Glück gehabt, weil du immer so nett warst und für mich gesorgt hast. Nie könnte ich schlecht von dir denken.«

Er tätschelte meine Schulter und das kleine Lachen, das er von sich gab, klang seltsam. »Mein Gott, wenn du deine Augen so groß und weit öffnest wie eben, dann erinnerst du mich unheimlich an deine Mutter. Komm, laß uns jetzt die Tsampa essen, Jani. Heute abend haben wir eine Menge, worüber wir sprechen müssen.«

Ich holte zwei Schüsseln Tsampa aus der Küche und zwei Becher starken Tee, die ich auf das Ziegelpodest neben dem Herd stellte, um sie warm zu halten. Wir sprachen wenig, während wir unsere Mahlzeit beendeten und zusammen in der kleinen Küche das Geschirr abwuschen. Aber als Sembur sich mit einem Becher Tee in seinem Kaminsessel niedergelassen hatte und ich an meinem Lieblingsplatz auf einem Polster neben dem Podest saß, sagte er: »Also gut, nun laß mal hören, Jani. Was hat das Orakelmädchen gesagt?«

Ich hatte die ganze Zeit, seit wir das Gemach des Hohen Lamas verlassen hatten, mein Gedächtnis wachgehalten, und obwohl ich nicht Wort für Wort wiederholen konnte, was das Orakel gesagt hatte, war ich doch sicher, daß ich Sembur den genauen Sinn des Gesagten klarmachen konnte, ohne etwas auszulassen. Er hörte aufmerksam zu und tippte dabei mit dem Mundstück seiner ausgegangenen Pfeife gegen die Zähne, und noch lange Zeit, nachdem ich zu Ende erzählt hatte, sah er mit gerunzelter Stirn ins Leere.

Ich sagte: »Glaubst du an das denn, Sembur? Du sagst immer, es wäre Quatsch, all diese Sachen von Dämonen und Magie und Omen.«

»Ich hab nie gesagt, es wär alles Blödsinn. Ich hab ein paar ganz komische Sachen gesehen, unten in Indien. Sehr eigenartig. Nur weil ich sage, es ist idiotisch, einen Pferdeschädel vor der Haustür zu vergraben, um die Dämonen fernzuhalten, heißt das noch lange nicht, daß alles, was sie sagen, Unsinn ist.«

»Du meinst also, dieser fremde Dämon könnte wirklich aus dem Süden hierher kommen?«

»Kein Dämon«, sagte Sembur langsam, »aber irgendein anderer. Irgendeiner, der mich sucht.«

In meiner Brust war ein Gefühl der Enge, als ich sagte: »Das Mädchen hat von ihm behauptet, daß er kommen würde, um dich mitzunehmen und für etwas Böses umzubringen, was du getan hast.«

Sembur starrte ins Feuer. »Traust du mir, Jani?«

»Ja, sicher. «

»Sie sagen, ich hätte etwas Böses getan. Aber das hab ich niemals. Nur, keiner wird's mir glauben, außer dir. «

»Es is' mir sowieso ganz egal, was passiert is'. Wenn dieser Kerl hierherkommt, um dich abzuholen und umzubringen, nehm ich dein Gewehr und erschieß ihn vorher.«

»Du sollst augenblicklich aufhören, solchen Unsinn zu reden, junge Dame. Ich dulde das nicht.«

Ich sah ihn mürrisch an. Wenig später sagte ich, in Gedanken ganz bei dem, was das Orakel prophezeit hatte: »Was glaubst du, hat sie gemeint, als sie sagte, er wär zu stolz und sein Stolz würde gebrochen werden? Was bedeutet das?«

Sembur zuckte die Achseln. »Das klingt mehr nach Ärger für diesen anderen Burschen, nicht für mich. Darüber werde ich mir keine grauen Haare wachsen lassen. Erzähl' mir das letzte nochmal, Jani.«

»Ja ... ich bin ein bißchen durcheinandergeraten. Da war irgendwas darüber, daß er in die Finsternis hinabgehen würde, und dann sprach sie von einem ohne Blut, einem silbernen Mann, den man den Esser der Seelen nennt, und sie würden nach Bod kommen im Jahr des Hölzernen Drachen, um die Träne, die aus dem Auge des Erleuchteten fiel, zu holen.« Ich hatte die Augen geschlossen, um mich zu erinnern, und öffnete sie jetzt. »Sembur, so nennen sie manchmal den Buddha hier, weil er unter einem Baum saß und auf einmal erleuchtet wurde. So 'ne Art von unheimlich gebildet.«

Sembur stieß einen seiner Seufzer aus. »Wann ist das Jahr des Holz-Drachens?«

»Hm ... mal sehen.« Ich zählte an den Fingern. »Jetzt ist das Jahr des Feuervogels, das Jahr des Hölzernen Drachens ist also noch sieben Jahre hin. Das ist neunzehnhundertvier, wie du in Englisch zählst.«

»Richtig, dann können wir das vergessen, Schätzchen. Jetzt wollen wir das mal nach Soldatenart anpacken, was? Zuerst die Information: Es wird erwartet, daß ein junger Mann, ein Soldat, wahrscheinlich ein Offizier, auf dem Weg nach Mustang is', um mich zu suchen und zurückzuholen. Wir haben eine grobe Beschreibung von besagtem jungem Mann. Wenn jetzt besagter junger Mann damit Erfolg hat, bin ich erledigt. Die hängen oder erschießen mich.«

Ich zuckte zusammen und ein Schauder überlief mich.

Was für wahnwitzige Leute gab es denn in Indien, die Sembur so etwas antun könnten? Er rieb den Kopf der kalten Pfeife an seiner Nase und fuhr dann fort: »Die Absicht: Hier weg sein, ehe besagter junger Mann Namkhara erreicht und irgendwo in einem anderen Land ansiedeln, wo keiner mich finden kann.«

Sembur sah mich an. »Jetzt kommen wir zur ›Methode‹«, sagte er langsam, und eine Spur von Müdigkeit war in seiner Stimme. »Keine Möglichkeit, als nach Norden zu gehen. Genau durch Tibet und nach China hinein.«

Es war ein trauriger Gedanke, unser Haus zu verlassen und auf eine Reise zu gehen, die uns über mehr als fünfhundert Meilen auf die andere Seite von Bod führen würde und dann so gut wir konnten in dem fremden Land der gelben Männer eine neue Heimat zu schaffen. Ich lächelte und versuchte, meine Stimme fröhlich klingen zu lassen, als ich sagte: »Je eher wir gehen, desto besser, Sembur. Es is' schon fast Winter; noch eine Woche oder zwei, und wir kommen nie über die Pässe nach Bod.« Mir kam eine Idee. »Jetzt sag ich dir mal was. Wir sollten ein paar Yaks kaufen. Sie sind teuer, das weiß ich, aber wir haben ja das Geld.« Mein Blick huschte zu dem dicken Stein, der unsere geheimen Ersparnisse verbarg. »Ich weiß, daß sie langsam sind, aber sie könnten viel mehr von unseren Sachen tragen, und wir brauchten die Ponys fast überhaupt nich' zu beladen.«

Sembur wich meinem Blick aus. »Ich kann dich nicht mitnehmen, Jani. Es is' nich' fair. Die lassen dich schon hierbleiben, wenn nur ich selbst abhaue.«

»Nein! « Ich sprang auf, meine Unterlippe zitterte so sehr, daß ich kaum deutlich sprechen konnte. »Nein, Sembur, das kann ich nich' dulden!« Er richtete sich steil auf in seinem Sessel, starrte mich mit weit aufgerissenen Augen entsetzt an. »Was? Ich traue meinen Ohren nicht! Du tust, was dir gesagt wird, junge Dame, und jetzt Schluß!«

»Nein! Nein, nich' diesmal, Sembur, ich kann nich'!« Ich war halb wütend, halb verzweifelt, meine Hände ballten sich zu Fäusten und preßten sich an mein Herz. »Ich bleib nich' hier zu Hause bei Kachke und lass dich auf so eine Reise gehen. Du kommst doch nie alleine da an, Sembur. Du . . . du wirst sterben! «

Plötzlich grinste er, ein frohes Grinsen, das ich während der Wochen auf unserer letzten Karawane nie bei ihm gesehen hatte. »Ich hab meine Zeit hinter mir, Jani, und es wär nich' zum Weinen, selbst wenn ich irgendwo da oben in den Bergen abkratzen würde. Ich hätte dann meine Stiefel an und sie würden nach vorwärts zeigen. Es gibt keine bessere Art für einen Soldaten, Schluß zu machen.«

Ich ging zu ihm, kniete auf dem Teppich neben seinem Sessel nieder und nahm seine Hand. Der Augenblick der Angst war jetzt vorüber, und ich fühlte mich ruhig, aber sehr entschlossen. »Sembur, ich hab dir erzählt, was Rild darüber sagte, nämlich, mich ins Kloster holen zu lassen. Das machen sie, wenn du mich hier zurückläßt. Sie rasieren alle meine Haare ab und stecken mich in ein Gewand, und ich verbring dann meine ganze Zeit damit, Weihrauch vor Statuen zu verbrennen und was die Nonnen sonst noch so tun. Mein ganzes Leben lang werde ich unglücklich sein, Sembur.«

Er kaute auf dem Mundstück seiner Pfeife und fuhr mit der Hand wild in seinem kurzgeschnittenen grauen Haar bin und her. »Das is' ja alles ganz gut und schön, Jani, aber ich hab wirklich keine Ahnung, was ich machen soll. Egal was ich tu, es is' immer schlecht für dich, so oder so. Ich versuch ja, mir zu überlegen, was am wenigsten schlimm is', aber ich bin am Ende mit meiner Weisheit.«

»Ich hab 'ne Idee«, sagte ich hastig. »Ich hab 'ne tolle Idee. Wenn wir in den nächsten paar Tagen losziehen, kommen wir noch über die Pässe und gehen nach Magyari. Da kennen wir einen oder zwei Händler, deshalb sind wir keine völlig Fremden. Jetzt findet der Dämon vielleicht raus, daß die Lo-bas mit Magyari handeln und errät auch vielleicht, daß wir dahin gegangen sind, aber für vier oder fünf Monate kann er uns nich' jagen, weil Winter is'. Und dann haben wir die ganze Zeit, um uns auszudenken, wo wir am besten hingehen. Und wenn der fremde Dämon uns dann nächstes Jahr nachkommt, sind wir weg!«

Ich fuhr fort, eindringlich zu reden und Sembur daran zu erinnern, daß die Leute in Bod außerordentlich schweigsam waren. Ein Fremder, der versuchen sollte, in diesem Land unsere Spur zu verfolgen, hätte sich auf ein hoffnungsloses Unterfangen eingelassen. Außerdem konnten wir ohne Schwierigkeiten am Ufer des großen Tsangpo-Flusses entlang, zwischen La-tzu und Lhasa von Ort zu Ort weiterziehen, denn auf dieser langen Strecke Wasser benutzen die Leute von Bod leichte Boote aus Fell und Bambus. Ich war völlig außer Atem, als mir endlich keine guten Gründe für meinen Plan mehr einfielen. Sembur schaute auf mich herab, und ich war glücklich, in seinen Augen ein Funkeln zu sehen. »Du bist mit Vorsicht zu genießen, Jani, ganz bestimmt. Und aus gutem Holz geschnitzt. Als ich dir jetzt gerade zugehört hab, mußte ich ein paar Jahre zurückdenken.«

Ich wußte nicht, was er meinte, und es war mir auch gleich, aber mit einer ungeheuren inneren Erleichterung erkannte ich, daß ich ihn überzeugt hatte und daß er mich nicht zurücklassen würde. Ich sagte: »Wann meinst du, sollten wir am besten losziehen, Sembur?«

Er rieb sein Kinn. »Wir müssen die Vorteile ausgleichen, Jani. Dieser Kerl braucht vielleicht noch ein paar Wochen, bis er ankommt, er kann aber auch schon morgen auftauchen. Dann ist da noch das Wetter. Je eher wir über den Paß gehen, desto besser, aber je mehr Zeit wir uns für die Vorbereitung nehmen, desto leichter wird es für uns auf lange Sicht. Wir geben uns also am besten drei Tage. Das müßte reichlich Zeit sein, ein paar Yaks zu kaufen und was immer wir noch alles brauchen.«

Er drückte meine Hand ganz leicht, dann stand er auf, ging zum Fenster, nahm einen langen Feuerhaken mit dem meißelförmigen Ende auf und benutzte ihn, um den Stein hochzustemmen, der unser Geheimfach verschloß; ein rechteckiges Loch, vier Hände breit und acht Hände lang. In ihm waren etliche wichtige Papiere, die Sembur gehörten, und in einer Brieftasche aus Öltuch verpackt waren die restliche Munition für sein Gewehr – ungefähr hundert Schuß –, ein Lederbeutel mit einer Schnur zum Zuziehen, der all unser Geld enthielt, und eine alte Tabakbüchse.

Wir zählten unser Geld, legten unseren Verdienst von der Karawane dazu, nahmen den Anteil weg, den wir schätzungsweise dafür brauchten, um zwei Yaks zu kaufen, und taten den Rest wieder in den Beutel zurück. Sembur öffnete die alte Tabaksdose, und wir starrten hinein, während wir Seite an Seite davorknieten. Ich wußte endlich: vor mir lagen die Juwelen meiner Mutter. Da waren zwei Ohrringe, jeder aus einem großen roten Stein, der in ein tropfenförmiges Stück Gold gefaßt war, ein Ring mit drei viereckigen, grünen Steinen und eine goldene Brosche, die wie ein Pfauschweif geformt war, besetzt mit sechs Diamanten. Auf der Brosche waren zwei leere Fassungen, und ich nahm an, daß sie einmal Diamanten enthalten hatten, die den anderen glichen. Sembur mußte sie bei den zwei Gelegenheiten verkauft haben, als wir Geld brauchten und er nach Indien gereist war.

»Ein ganz schönes Vermögen, wenn man einfach lebt, wie wir das tun«, sagte Sembur ruhig. »Eine Schande, die Brosche kaputtzumachen, aber ich hab mich nich' getraut, sie im Ganzen zu verkaufen.« Er erschauerte plötzlich, als ob – wie man sagt – jemand über sein Grab gegangen wäre, und begann, den Deckel wieder auf die Dose zu drücken.

Ich sagte: »War das alles der Schmuck meiner Mama, Sembur?«

»Das war nur ein Teil davon. Ein paar Stücke.«

»Sie muß hübsch damit ausgesehen haben.«

»Sie war die schönste Dame, die ich je gesehen hab, Jani.«

»Zitterst du immer, wenn du die Dose anschaust?«

»Tu ich das? Ja, ich glaub schon. Das sind nur die ... Erinnerungen.«.

»Die müssen schlimm sein. Ich wünschte, du würdest mir davon erzählen.«

»Mach ich vielleicht bald. Du bist sehr erwachsen für dein Alter.« Er packte den Geldbeutel, die Munition und den Schmuck wieder in das Loch. Als er damit fertig war, setzte er den Stein wieder an seinen Platz und erhob sich, während er den Staub von den Hosenbeinen abstreifte. »So, ich glaub, du gehst jetzt mal und holst die Bibel und liest mir was vor für eine halbe Stunde, eh du ins Bett gehst.«

Während ich in mein Schlafzimmer ging, um die Bibel aus dem Schränkchen neben meinem Bett zu holen, kam mir ein Gedanke. Es war jetzt wunderbar warm in unserer Wohnung, und ich rief: »Einen Augenblick, Sembur!« Im nächsten Moment war ich aus meiner Tunika und der Hose geschlüpft. Von da, wo ich meine Kleider aufbewahrte, einer Stange hinter einem kleinen Vorhang, holte ich den Sari, den Sembur mir zum Geschenk vor drei Jahren auf seiner letzten Reise nach Süden gekauft hatte. Es war eine breite Bahn aus roter und goldfarbener Seide, das Wunderbarste, was ich je besessen hatte.

Jetzt wickelte ich ihn um mich herum, in der Art, die Sembur mir gezeigt hatte, befestigte das Ende und nahm dann die Bibel und ging zurück ins Wohnzimmer. Sembur blickte gerade ganz geistesabwesend ins Feuer und bemerkte mich nicht eher, als bis ich mich auf das Kissen neben ihn gesetzt hatte. Seine Augen weiteten sich, und er erstarrte, dann atmete er mit einem langen Seufzer aus. »Mein Gott, dein Anblick hat mich jetzt aber gepackt«, sagte er, »wie eine Miniaturausgabe deiner Mama hast du ausgesehen, so wie du da gesessen hast mit dem Buch in der Hand.«

»Toll! Dann muß ich aber schön sein! Du hast gesagt, sie wär schön gewesen.«

»Nun werd nich' arrogant, junge Dame. Weißt du noch die Geschichte von dem häßlichen Entlein, die ich dir erzählt hab? Na, und das bist du, weißt du. Vielleicht wird einmal ein Schwan aus dir. Aber sei nicht zu sicher.«

Ich kicherte. Schon lange hatte ich die Hoffnung aufgegeben, mich aus einem häßlichen Entlein zu einem Schwan zu mausern. Vor einem Jahr, auf einer Karawane nach Magyari, hatte ich um einen Spiegel gefeilscht, den ich in einer Bude dort gesehen hatte. Er war halb so groß wie ich, und es war eine Plackerei gewesen, ihn nach Hause zu schaffen, aber jetzt hing er in meinem Schlafzimmer. In jener Zeit hatte ich mich in diesem Spiegel sorgfältig betrachtet und war ganz niedergeschlagen gewesen. Mein Haar war dick und schwarz und bedeckte wie eine Schüssel meinen Kopf, mein Gesicht hatte eine seltsame Farbe, nicht so fremd wie Semburs Gesicht, das weiß und rosa war, aber viel bleicher als jedes andere Gesicht in Namkhara. Auch meine Augen lagen zu tief im Gesicht und hatten eine komische Form, während meine Nase schmal war, anstatt breit und flach zu sein.

Ich hatte mich eine Zeitlang elend gefühlt, aber dann gewöhnte ich mich daran, so auszusehen, und ich hörte auf, mir darüber Gedanken zu machen. Ich wußte: wenn Sembur sagte, ich sähe aus wie eine Miniatur meiner Mutter, dann kam das nur daher, daß ich einen Sari trug.

Das Buch, das ich in der Bibel am meisten liebte, hieß »Der Prediger Salomo«. Ich konnte kaum irgend etwas davon verstehen, aber die Worte schienen mir voll geheimer Zauberkraft zu sein. Wenn ich sie laut vorlas war das, als ob ich dem fernen Dröhnen der großen Trompeten von Galdong lauschte, und ich zitterte dann, fühlte, wie meine Kehle eng wurde und meine Augen brannten. Heute war ich zu müde, um diese starke Magie der Worte zu ertragen, und ich sagte: »Was möchtest du vorgelesen haben, Sembur?«

»Nur ein bißchen, hier und da. Was dir einfällt, Jani.«

Ich wählte Sacharja. Dieses Buch versetzte mich immer in Erstaunen, und es schien mir auch stellenweise ziemlich komisch, obwohl ich mich nicht traute, Sembur das zu sagen. Es handelte von einem Engel, der immer wieder zu Sacharja kam und mit ihm sprach und der ihm seltsame Dinge zeigte, wie vier Zimmerleute. Und wenn Sacharja dann fragte warum, antwortete der Engel, die wären gekommen, um die Hörner der Vornehmen abzuschlagen. Ich fragte Sembur darüber aus, aber er konnte es auch nicht verstehen.

Ein neuer Gedanke kam mir, und ich sagte: »Sembur, warum sind da ein paar Wörter, die hinten ein G haben, aber wir sagen K, wie ›Richtunk‹?«

Sembur saugte an seiner leeren Pfeife, runzelte die Stirn und nickte langsam. »Ja, das is' eine schwere Frage, Jani. Um die Wahrheit zu sagen, da braucht es einen, der mehr Schulbildunk hat als ich. Aber Lesen is' anders als Reden, wenn du mir folgen kannst, und ich glaub, in Wirklichkeit gibt es da gewisse Wörter wie Achtunk und Lichtunk, wo man ein K braucht, wenn man es spricht, für die Betonunk, wie man das nennt, und ein G zum Schreiben. Verstehst du?«

»Ja . . . das stimmt, nehm ich an, aber wie kann man denn wissen, bei welchen Wörtern man das machen muß?«

»Das is' wie bei vielen anderen Dingen, Jani.«

Sembur machte eine großzügige Geste mit seiner Pfeife. »Man lernt es einfach, wenn man älter wird. Kommt mit der Erfahrunk, verstehst du?«

»Nich' so richtig, aber ich muß darüber nachher noch mal nachdenken. « Ich ging zu Kapitel fünf über, wo der Engel wieder gekommen war, um mit Sacharja zu sprechen, und fing an: »Und ich wandte mich um und erhob meine Augen und schaute und siehe, ich erkannte eine schwebende Schriftrolle. Und er redete und sprach zu mir: Was siehst du? Und ich antwortete und sprach: Ich sehe eine schwebende Schriftrolle, zwanzig Ellen von Länge und zehn Ellen von Breite . . . «

Sembur saß mit geschlossenen Augen, die Pfeife im Mund, den Kopf ein wenig zur Seite geneigt, und ab und zu nickte er anerkennend. Fünfzehn Minuten lang las ich aus der Bibel vor, suchte verschiedene Stellen heraus, die ich mochte, aber dann holte ich mein anderes Buch aus dem Schlafzimmer, die »Geschichten von Jessica«, und las meine Lieblingsgeschichte daraus vor. Das war die, in der Jessica Ferien an der See macht, wo sie einen Herrn und eine Dame sieht, die von der Flut abgeschnitten sind. Die beiden rettet sie dann mit einem Segelboot. Nachher wird sie dafür ausgeschimpft, daß sie zu spät nach Hause kommt, aber sie erzählt nichts von dem, was passiert ist, weil sie nicht angeben will.

Sembur sagte immer, von Jessica könnte einem übel werden, aber ich meinte, sie wäre sehr tapfer. Als ich zu Ende gelesen hatte, war er in seinem Sessel eingenickt. Ich legte meine Bücher weg, spülte die Teetassen und stellte mich dann dicht neben Sembur und flüsterte mit scharfer Stimme: »Aach-tunk!« Er fuhr fürchterlich zusammen und sauste aus seinem Sessel, ehe er überhaupt wußte, wo er war. Das war ein alter Streich, den ich ihm schon früher gespielt hatte, indem ich das Wort sagte, das für Soldaten eine magische Wirkung hatte.

»Jetzt hab ich dich aber erwischt, Sembur! « krähte ich.

»Ha! Weißt du, was du bist?« Er zwirbelte beide Spitzen seines Schnurrbartes. »Du bist ein schreckliches kleines Mädchen, das bist du! Ich würde mich nich' wundern, wenn einer von diesen Feuer-Dämonen sich heut nacht hier reinschleicht und an deinen Zehen knabbert! «

»Oh!« Ich sah mich unruhig nach dem ledergedeckten Fenster um. »Das könnten sie nicht. Oder doch?«

Sembur warf seinen Kopf zurück und ließ eine seiner Lachsalven los. »Gott behüte, Jani. Ich hab dich nur angeschmiert! Glaub doch nicht all den Quatsch. Ich versprech dir, heute nacht wird hier kein Dämon eindringen. So, und jetzt gehst du ins Bett und schläfst schön. Oh, und vergiß dein Gebet nicht.«

Ich gab ihm einen Gute-Nacht-Kuß, aber ich war schon eingeschlafen, als ich erst halbwegs zu Ende gebetet hatte. Vielleicht war das der Grund dafür, daß während der

Nacht doch ein Dämon hereinkommen konnte, um Sembur zu peinigen. Es war schon mehrere Male passiert während der Jahre, die wir hier lebten, und zuerst hatte ich mich gefürchtet, aber jetzt war ich daran gewöhnt. Wie jedesmal erwachte ich dadurch, daß Sembur aufschrie, und ich wußte, daß der Dämon einen Alptraum hatte über ihn kommen lassen. Ich konnte Sembur nach Luft ringen hören und auch, wie er mühsam atmete und wie das Bett unter ihm knarrte, als er sich darauf hin und her wälzte. Manchmal murmelte er, manchmal sprach er auch mit seiner kühlen, energischen Stimme, und ab und zu schien er mit sich selbst zu reden.

»Ja. Ich werd die Juwelen nehmen müssen . . . brauche Geld.« Pause, dann ein schreckliches Flüstern. »Ich kann es nicht tun . . . kann sie nicht anrühren.« Die abgerissenen Atemzüge wurden heftig, dann ruhiger. Mit flacher Stimme sagte Sembur: »Ja, Sir. 'Tschuldigung. Es war nur . . . mußte tun, was ich gerade gemacht hab! Ich hätte mich lieber kreuzigen lassen . . .«

Wieder eine wortlose Pause voll gequälter Atemzüge. Ich war jetzt aus dem Bett geschlüpft und versuchte, meine Hände ruhig zu halten, als ich Feuerstein auf Eisen schlug, um eine Butterlampe anzuzünden.

Er sprach wieder, halb schluchzend: »Oh Gott . . . oh, lieber Gott, hab Erbarmen . . . armes Mädchen, armes Mädchen . . . « Wieder wurde seine Stimme ruhig, wie unter gewaltiger Anstrengung. »Ja, Sir. Ich hab sie . . . alle Schmuckstücke, die sie getragen hat. Ja, ich kann Parvati vertrauen . . .«

Ich hatte jetzt ein Feuer gemacht und ging von meinem Schlafzimmer durch den Vorhang in Semburs Raum. Als das winzige Licht die Dunkelheit zurückweichen ließ, sah ich, daß er sich auf seine Ellbogen gestützt hatte und mit leeren Augen vor sich hinstarrte; Schweiß strömte über sein Gesicht. »Sie können ... sich auf mich verlassen, Sir ... «, sagte er, und in seiner Stimme war ein Grauen, das mir das Blut eisiger durch die Adern strömen ließ als die Eisbäche der Berge. Seine Hand bewegte sich zur Hüfte, kam wieder hoch, als ob sie etwas hielte und schoß plötzlich nach unten. Mit einem schrecklichen Laut in der Kehle fiel er zurück und begann zu flüstern. »Ruhig ... ganz ruhig ... wein doch nicht, Schätzchen, mach kein Geräusch ... der alte Sembur hält dich ganz fest ...«

Ich glaube, er sprach mit mir in seinem Traum, aber ich achtete kaum auf seine Worte, denn ich war zu sehr darum besorgt, zu versuchen, ihn aus seinem Alptraum aufzuwecken, ohne daß er mich verletzte. Beim vorletzten Mal hatte er in dem Augenblick, ehe er erwachte, nach mir ausgeholt und mich so hart an der Schulter getroffen, daß ich quer durch das Zimmer geflogen war. Ich stand nahe am Fußende des niedrigen Bettes, zog mein wollenes Nachthemd hoch und stieß seine Beine mit einem bloßen Fuß an. »Sembur! Wach auf! Komm, hör auf mit dem Gebrüll und wach auf!« Ich trat ihn wieder und sprang zur Seite, als er steil im Bett hochfuhr, mit flammensprühenden blauen Augen, während er eine Hand vor sich ausgestreckt hielt, als ob sie ein Schwert hielte, bereit, zuzustoßen. Dann verschwand die Wut und die Drohung aus seinem Blick, seine Schultern sackten zusammen, und er wischte sich mit dem Unterarm unsicher über die Stirn. »Jani, Ah ... du bist es. Tut mir leid ... hab einen bösen Traum gehabt. Hab ich dich aufgeweckt?«

»Natürlich hast du mich aufgeweckt, so wie du geschrien und gebrüllt hast.« Ich stellte die Lampe auf den niedrigen Schrank. In Gedanken sagte ich einige besondere Zauberworte in der Sprache von Smon T'ang herunter, die Lahna, die Hexe, mir beigebracht hatte, um den Schlaf-Dämon aus dem Haus zu treiben, nachdem ich

Sembur, als ich ihn weckte, davon befreit hatte. Ich ging zu seinem Bett. »Mensch, sieh mal, was für eine Unordnung du mit deinen Decken veranstaltet hast.« Ich begann sie glattzuziehen. »Komm, leg dich hin, ich deck dich zu. Soll ich dir ein bißchen warme Milch mit Honig holen?«

»Waas?« Sembur blinzelte mich voll Ekel an. »Red keinen Blödsinn ... « Er hielt inne und fuhr sich mit der Hand übers Gesicht. »Entschuldige, Jani. Nein, danke, ich bin schon in Ordnung. Tut mir leid, daß ich dich geweckt hab.« Er versuchte, fröhlich zu sprechen, aber seine Stimme war müde. »Mann Gottes, stell dir vor! Alpträume in meinem Alter, was? Jetzt mach dir aber weiter keine Mühe und hüpf wieder ins Bett, Schätzchen.«

»Gut.« Während ich die Decken feststopfte, hatte ich die Mantra, wie Lahna das nannte, zu Ende gesagt, womit man den Dämon vertreibt, und ich war sicher, daß Sembur in dieser Nacht nicht wieder geplagt werden könnte. Ich nahm die Lampe und ging zurück zu meinem eigenen Bett. Als ich eingekuschelt in der Wärme lag, dachte ich daran, wie schade es war, daß Sembur mich keine Dämonenfallen besorgen lassen wollte, um unser Haus zu schützen. Die hätten vielleicht sogar das Kommen des fremden Dämons abgewendet, der von dem Orakel prophezeit worden war.

Aber das war ein unsinniger Gedanke, wie sich herausstellen sollte. Es hätte mehr gebraucht als Schädelknochen, Horn und Zaubersprüche auf Lederstreifen, um den englischen Dämon zu bannen, den ich so bald kennenlernen sollte.

3

ES WAR WENIGER als zwölf Stunden später, auf der Straße zwischen Namkhara und dem Dorf Yamun, als ich ihm Angesicht zu Angesicht gegenüberstand. Sembur und ich waren früh aufgestanden, denn es war viel zu tun. Wir hatten unsere Habseligkeiten durchzusehen, zu entscheiden, was wir mitnehmen und was wir zurücklassen wollten, Vorräte für die Reise zu kaufen und die Miete zu bezahlen.

Den ganzen Morgen über waren wir zu Hause mit Vorbereitungen beschäftigt. Als die Sonne den Zenit überschritten hatte, ritt ich auf Pulki los nach Yamun. Einen Beutel Geld hatte ich unter meiner Jacke um die Taille geschnallt, um zwei Yaks zu kaufen. In Yamun würden sie billiger sein, denn die Leute dort konnten noch nicht wissen, daß wir Smon T'ang verlassen mußten, wie jedermann in Namkhara jetzt bekannt war, deshalb würde es leichter sein, ein gutes Geschäft zu machen.

Ich war dankbar dafür, daß ich Sembur einreden konnte, daß er keine Zeit hatte mitzukommen, denn er war zum Feilschen nicht zu gebrauchen und schien unfähig, zu erfassen, wie man das machte. Die Tatsache, daß er die Sprache so wenig beherrschte, machte es ihm natürlich schwer, aber er verschlimmerte die Dinge immer noch, indem er sein Temperament mit sich durchgehen ließ. Dann verfiel er darauf, Englisch zu sprechen, immer lauter und lauter, als ob die Lo-bas ihn verstehen könnten, wenn er nur laut genug brüllte.

Ich wußte, daß ich für die Yaks ungefähr die Hälfte von dem bezahlen würde, was man zuerst von mir forderte, aber das würde mindestens den halben Nachmittag in Anspruch nehmen und zwei- oder dreimal würde ich den Bauern vormachen müssen, ich hätte das Interesse verloren und ginge nach Hause. Wenn ich zwei Tage zur Verfügung hätte, wäre nur noch ein Drittel des zuerst geforderten Preises von mir zu bezahlen gewesen.

An jenem Nachmittag waren nur wenige Leute auf der Straße. Einige reisten zwischen Namkhara und Yamun wie ich und manche zogen nach Osten, wo die beiden Straßen sich gabelten, nach dem weiter entfernten Dorf Gemdring. Pulki ging in gleichmäßigem Schritt, und ich hing meinen Gedanken nach, als ich hinter mir eine Stimme rufen hörte – eine Männerstimme.

Er benutzte die Sprache, die man Gurkhali nennt, und die die kleinen Männer von Nepal sprechen. Sembur konnte sie ein bißchen, denn viele dieser Männer ließen sich als Soldaten in der englischen Armee anwerben, und Sembur hatte Tausende von ihnen viele Jahre lang unter sich gehabt. Während der langen Abende hatte er mich etwas Gurkhali gelehrt, und ich fand, daß vieles davon an die Sprache von Smon T'ang erinnerte. Das machte es noch unverständlicher, daß Sembur unsere Sprache so schlecht konnte, aber die Aussprache war anders, und ich nehme an, er hatte kein Ohr dafür.

Die Stimme, die ich jetzt hörte, sagte: »Warte, Junge, ich wünsche mit dir zu sprechen.«

Pulki blieb stehen und wendete auf meinen Schenkeldruck. In diesem Augenblick sah ich den Mann auf dem großen schwarzen Pferd, der zügig auf mich zuritt, und ich wußte, das war der fremde Dämon, dessen Ankunft vom Orakel im Kloster Galdong vorhergesehen worden war. Ich war so erschrocken, als ob Pulki mich auf harten Boden abgeworfen hätte und dabei alle Luft aus meinen Lungen weggeblieben wäre. Einen Moment lang sah ich nur ein verschwommenes schwarz-weißes Etwas, dann nahm das Bild vor mir Gestalt an.

Er trug einen kurzen Mantel, sehr gut verarbeitet, aus weißem Pelz, den ich als Indisch-Lamm erkannte, und Reithosen aus schwerem braunem, feingeripptem Tuch, die in hohe Lederstiefel eingesteckt waren. Er trug Handschuhe aus weichem braunem Ziegenleder und eine Kappe aus dickem Filz mit Ohrenklappen, die oben darauf festgeknöpft waren. Beide Satteltaschen waren dick vollgepackt, und hinter seinem Sattel war eine große, leinenüberzogene Rolle festgeschnallt, die wohl seinen Schlafsack, sein Zelt und was immer er sonst noch für die Reise brauchte, enthalten mochte. Vor seinem rechten Bein hing ein langes Futteral mit einem Gewehr. Der Kolben sah aus wie der von Semburs Gewehr, aber diese Waffe war um fast drei Handbreit kürzer.

All das fiel mir später wieder ein, aber in diesem ersten, bangen Augenblick, als ich den Dämon aus dem Süden anstarrte, nahm ich nur sein Gesicht wahr, ein Gesicht, das Sonne und Wind dunkler als mein eigenes gemacht hatten. Seine Augen waren blau, aber von einem dunkleren Blau als Semburs Augen, und die Nase so schmal und häßlich wie meine. Sie stand über einem langen, schmallippigen Mund weit aus dem Gesicht hervor. Die Augen sahen mich unter zwei Haken von Augenbrauen wie aus unendlich weiter Ferne an, so kalt und hochfahrend wie die Augen eines Schneeleoparden.

In einem Englisch, das nicht so korrekt wie das von Sembur und mir war, sagte er: »Guter Gott, es ist ein Mädchen. Ich dachte, sie sei ein Junge.« Dann, in langsamem Gurkhali: »Kannst du mich verstehen?« Es schien, als ob mein Herz in die Kehle hochsteigen wollte. Ich hatte diesen Mann für den fremden Dämon gehalten, denn so hatte das Orakel ihn beschrieben, als wir vor dem Hohen Lama standen, aber eins wußte ich: ich sah einen wirklichen Menschen vor mir und keinen Dämon, der menschliche

Gestalt angenommen hatte. Dennoch hätte ich nicht mehr Furcht haben können, wenn ein wahrhaftiger Drachen-Dämon mit einer Zunge aus Feuer mir erschienen wäre.

Gleichviel, es war eine seltsame Furcht, gemischt mit fast schmerzhafter Spannung. Vielleicht kam das daher, daß er der erste Engländer war, den ich außer Sembur je zu Gesicht bekommen hatte. Nicht eine Spur von Wärme war in seinem Antlitz, aber ich fühlte den Drang in mir, meine Hand auszustrecken und ihn zu berühren, seine Hand zu halten, ihn zu uns nach Hause zu führen und zu reden, reden, reden, über tausend Dinge, die man in einer Welt tun könnte, die wohl ihm, aber nicht mir bekannt war, Dinge, über die ich mir vorher kaum den Kopf zerbrochen hatte.

Mühsam versuchte ich, meine wirren Gedanken zu ordnen. Dieser Mann war ein Soldat, gekommen, um Sembur abzuführen, damit er gehängt oder erschossen wurde. Es war ein Todfeind, der betrogen und auf eine falsche Fährte geschickt werden mußte, wenn es mir irgend möglich war, und er stand noch immer da, sah an seiner dünnen Nase herab und wartete auf Antwort. Ich fand es schwer zu glauben, daß dies ein einsamer Mann in einem fremden Land war, denn er war sich seiner selbst völlig sicher. Sorglose Arroganz lag selbst in der Art, wie er zu Pferd saß.

Ich sagte langsam, auf Gurkhali: »Ich spreche diese Sprache ein wenig, verehrter Herr.«

Er nahm seine Mütze ab und begann, die Ohrenklappen abzuknöpfen. »Ich suche einen Ausländer«, sagte er. »Einen weißen Mann von meinem Volk. Er hat schon viele Jahre in Smon T'ang gelebt.«

Ich entdeckte mit Erstaunen, daß der Fremde jünger war, als ich zuerst angenommen hatte, vielleicht zwei- oder dreiundzwanzig, aber mit dem Selbstvertrauen eines um zehn Jahre älteren Mannes. Sein Haar war so schwarz wie meines, aber es lag in engen Locken dicht an seinem Kopf an und verlieh ihm eine starke Ähnlichkeit mit dem Feuer-Dämon, der über dem Eingangstor des kleinen Schreines am Torhaus von Namkhara eingeschnitzt war, bis auf die doppelten Fangzähne und die Hörner.

Langsam fuhr er auf Gurkhali fort: »Ich habe mit den Männern in den Hügeln im Süden gesprochen. Sie sagen, solch ein Mann sei durch ihr Dorf gekommen. Zwei-, dreimal. Er besitzt ein gutes Gewehr.« Der Fremde berührte sein eigenes Gewehr. Ich sah ihn nicht an, sondern täuschte mehr Interesse für das wunderbare schwarze Pferd vor, als für die Fragen, die er stellte. Eine Spur von Ungeduld zeigte sich in seiner Stimme, während er weitersprach. »Sie haben mir berichtet, daß derjenige, den ich suche, in Smon T'ang wohnt. Sie glauben, daß er aus der Stadt Namkhara ist. Weißt du von so jemandem, Mädchen?«

Gedehnt sagte ich: »Da ist ein fremder Mann, der hier schon viele Jahre gelebt hat, Sir. Ein großer Mann, der Soldat war, sagt man.« »Ja. Der, den ich suche, war Soldat. Wo kann ich ihn finden?«

Während ich noch immer auf das Pferd blickte, sagte ich: »Ich bin aus Namkhara. Einst hat der Ausländer, von dem du sprichst, in meiner Nachbarschaft gewohnt. Aber in dem Winter, der vorangegangen ist, ging er fort, um in einem kleinen Dorf zu leben.«

»Wohin?«

»Nach Gemdring.« Ich zeigte auf die Stelle, wo die Straße sich nach Namkhara und nach Yamun gabelte und versuchte, an nichts zu denken, damit er nicht sehen konnte, daß ich Angst hatte.

»Woher weißt du, ob er dort noch wohnt?«

»Ich weiß es nicht. Es ist schon ein halbes Jahr her, seit ich den fremden Mann zuletzt gesehen habe.«

»Wie wird er genannt?«

Ich tat so, als ob ich einen Augenblick nachdächte. »Es war ... ja, ich erinnere mich jetzt. Er wurde Sembur genannt.«

»Sembur ...?« echote der Fremde leise. »Sembur?« Seine Stimme wurde scharf. »Ach ja!« Er wiederholte den Namen noch einmal, aber ganz seltsam, so daß es mehr wie Eressembur klang. Eine kleine Pause trat ein, dann sagte er: »Sieh mich an, Mädchen.«

Ich gehorchte, aber es war nicht leicht. Ich fühlte, daß er ein Mensch war, der für die Wahrheit eine Nase hatte und der schon halbwegs den Verdacht schöpfte, daß ich log. Vielleicht konnte er sehr schnell die Wahrheit aus mir herausholen, ehe ich wußte, was ich sagte.

»Sembur lebt in Gemdring, hast du gesagt?« meinte er, eine Frage in der Stimme.

»Nein, verehrter Herr, ich sage nur, daß er dorthin ging, um da zu leben.«

Er nickte leicht. Ich fühlte Erleichterung, zuckte dann zusammen, als seine schwarzen Brauen sich runzelten und er plötzlich sagte: »Erzählst du mir die Wahrheit, Mädchen?«

Panik ergriff mich, und um irgend etwas zu tun, streckte ich meine Hand nach dem großen schwarzen Pferd aus, während ich eine Antwort zusammensuchte, die ganz bestimmt erfunden wirken würde. »Sir, ich ...«

Er schnitt mir mit scharfer Stimme das Wort ab. »Hände weg von seinen Nüstern! Er beißt sie dir glatt ab, wenn du nicht aufpaßt.« Das änderte alles für mich. Ich konnte ein kleines Kichern nicht zurückhalten, als ich meine Hand fest auf die kalte, feuchte Pferdenase legte und sagte: »Wir sind Freunde, Sir. Er wird mir niemals was tun.«

Das schwarze Pferd drückte sich einen halben Schritt vorwärts, nibbelte an meiner Hand und puffte sie zärtlich.

Ich konnte das Feuer des Tieres spüren, und ich wußte, es war eine Gefahr für jeden, außer seinem Herrn und den wenigen, die wahre Zuneigung und echten Respekt für es fühlten. In der Sprache von Smon T'ang lachte ich mit ihm: »Du hast einen Dämon in dir und einen auf deinem Rücken, glaub ich, mein Schöner.«

Der Mann auf seinem Rücken sagte auf Englisch: »Guter Gott, was in aller Welt ist in dich gefahren, Flint? Hat das Kind dich verhext?«

Das ließ mich wieder lachen, aber nur in Gedanken, damit der Mann nicht erkannte, daß ich ihn verstanden hatte. Ich sagte: »Wir heißen dich willkommen, Flint, und wir werden deinen Namen im Herzen tragen. Pulki und ich. Möge deine Weide immer grün sein, mein Kleiner.« Ich nannte alle Geschöpfe »meine Kleinen«, als Kosename, selbst die großen, grobschlächtigen Yaks. Flint hatte meinen Handschuh abgezogen und ich hielt ihn in der Hand, während ich seine Kinngrube mit meinen Knöcheln rieb. Zu dem Fremdling sagte ich auf Gurkhali: »Ihr wart es, der nicht die Wahrheit sprach, verehrter Herr.« Er sah verblüfft aus, und ein wenig verärgert. »Was meinst du damit?« »Ihr sagtet mir, daß Euer Pferd mir die Hand abbeißen würde. Das war eine Unwahrheit.«

Seine Lippen wurden zu einem schmalen Strich und er sah mich abweisend an: »Wie weit ist es bis Gemdring?«

Ich zeigte die Straße hinab. »Ihr werdet noch vor Sonnenuntergang dort sein, Herr. « Er stülpte die Kappe auf seinen Kopf, nahm die Zügel zusammen, setzte dem mächtigen Pferd die Hacken in die Flanken und galoppierte davon. Lange Zeit sah ich ihm nach, wie er die Straße nach Gemdring entlangritt. Er saß mit geradem Rücken, eine Hand lag locker auf seinem Schenkel, als ob er der Herr aller Dörfer im Tal sei. Irgendwo in meinen durcheinanderwirbelnden Gedanken entschied ich, daß er ein sehr guter Reiter war und daß Flint mit solch einem Herrn glücklich war.

Als er aus meinem Gesichtsfeld und in einer Bodensenke verschwand, wendete ich Pulki und ritt mit schnellem Trab nach Namkhara zurück. In Yamun würden keine Yaks für unsere Reise gekauft werden. Wenn ich nicht Lahna, die Zauberin, dafür bezahlt hätte, an jenem Morgen einen Zauberspruch zu sprechen, der uns Glück bringen sollte, dann hätte ich ihn sicher nicht auf der Straße getroffen, und er wäre binnen einer Stunde in Namkhara gewesen. Wie die Sache jetzt stand, hatte ich für uns einen großen Vorsprung gewonnen. Sembur und ich konnten, wenn die Nacht hereinbrach, schon ein gutes Stück weit in den Vorbergen sein und am nächsten Tag bei Sonnenuntergang ein Lager im oberen Tal aufschlagen. Mein fremder Dämon mußte erst noch Gemdring erreichen und entdecken, daß ich ihn betrogen hatte. Es würde Zeit kosten, die Wahrheit herauszukriegen, nach Namkhara zurückzukehren und festzustellen, daß wir nach Norden, nach Bod, gegangen waren. Wir würden einen Vorsprung von mindestens zwei Tagen haben, und ganz sicher würde kein Ortsfremder es wagen, ganz allein über den Chak-Paß zu ziehen, jetzt, wo der Schnee des Winters so nahe war.

So dachte ich. Aber damals wußte ich noch zuwenig über meinen Dämon.

Wir kampierten, als die Sonne unterging, in einer breiten Rinne am Fuß des Passes, wo die dünne Erdkrume dem Fels noch nicht gewichen war und wo es noch eine dürftige Weide gab. Stundenlang war ich den Tränen nahe gewesen, weil wir gezwungen waren, Pulki zurückzulassen und sie gegen ein jüngeres und kräftigeres Pony auszutauschen, das mehr tragen konnte. Ich hatte für mein neues Pony noch keinen Namen ausgesucht, aber ich befürchtete, mein Kummer über den Verlust von Pulki könnte ihm das Gefühl geben, nicht erwünscht zu sein.

Während wir etwas Tsampa aufwärmten und ein paar Stücke von dem Yak-Fleisch aßen, das ich vor unserem Aufbruch gekocht hatte, sprachen Sembur und ich fast nichts. Ich wußte, daß der Zwang, so hastig aufzubrechen, ihn unsicher gemacht hatte. Er liebte es, alles, was er tat, genau zu überdenken und sich Zeit zu lassen. Aber jetzt hatten wir Namkhara innerhalb von weniger als zwei Stunden, nachdem ich dort angekommen war, verlassen. Schon ehe wir fortzogen, war ich müde gewesen, denn Sembur schien, entgegen seiner sonstigen Art, Schwierigkeiten zu haben, sich zu entscheiden, gleich, was es war, und zuletzt blieben alle Entscheidungen mir überlassen.

Als wir bei unserem kleinen Feuer saßen, sah er nach einer langen Pause auf, schob seine Kapuze ein wenig zurück und sagte: »Hat er gesagt, wie er heißt, dieser Bursche?«

»Nein. Alles, was er gesagt hat, war Fragen stellen. Einmal hat er was in Englisch gesagt, zum Pferd, aber das war 'ne komische Art Englisch.«

»Nehm an, es war feines Englisch, könnte ja 'n Offizier sein, 'n gebildeter Mann. Wie war er denn, Jani?«

»Hab ich dir schon gesagt.«

»Nein, ich meine, sah er aus wie eine Art ordentlicher Kerl, oder was?«

»Weiß ich nich'. Mich konnte er, glaub ich, nich' besonders leiden, und er war sehr stolz, so wie das Orakel gesagt hat. Aber das war mir egal. Irgendwie hab ich ihn so 'n bißchen gemocht, so'n bißchen.«

Später, als wir in dem kleinen schwarzen Zelt lagen, warm eingerollt in die dicken wollenen Schlafsäcke, sagte Sembur: »Apropos stolz; ich bin stolz auf dich, Jani. Du hast Energie, und du hast 'ne Menge Zivilcourage.«

»Was is' das?« fragte ich schläfrig.

»Spielt keine Rolle. Nur was, das wir immer bei den Männern suchen.«

»Ich bin ein Mädchen, Sembur.«

»Ich weiß, Schätzchen.« Ich hörte ihn seufzen. »Und das macht es dir nicht leichter. Aber das bringt dir um so mehr Achtung, schätz ich.«

Ganz vage überlegte ich, was er wohl meinte, ehe ich wenige Sekunden später einschlief.

Beim ersten Tageslicht standen wir auf, aßen ein gutes, heißes Frühstück, um uns über die Klettertour des Tages zu helfen, und brachen das Zelt ab. Wir hatten das schon so oft getan, wenn wir mit der Karawane zogen, daß es jetzt automatisch vor sich ging, und als die aufgehende Sonne die goldenen Türme von Galdong berührte, machten wir uns auf den Weg zum Paß hinauf. Unsere schwerbeladenen Ponys führten wir am Zügel.

Es war eine Strecke, die wir gut kannten. Als nächstes würde eine untere Bergkette kommen, in ungefähr dreitausend Meter Höhe. Wir hofften, sie heute zu überqueren und ein hochgelegenes, aber geschütztes Tal zu erreichen, wo wir während der Nacht das Zelt aufschlagen konnten. Am nächsten Morgen würden wir zum wirklichen Gipfel des Passes aufsteigen, ein schwerer Aufstieg, denn die Luft war dünn und gab dem Blut wenig Nahrung. Dann würden wir dem gewundenen Saumpfad mehr als eine Meile über die gewaltige Mauer des Himalaya folgen, bevor wir in das Land Bod hinabsteigen konnten.

Wenn wir erst einmal auf dem Weg waren, konnte es keinen Aufenthalt mehr geben, bis wir ein gutes Stück auf der anderen Seite des Nordhanges hinabgekommen waren, denn das Wetter konnte über Nacht zu unseren Ungunsten umschlagen und wir würden dann in einer Falle aus Schnee sitzen.

Wir sprachen kaum den ganzen langen Tag, denn wir sparten unsere Kräfte. Gegen Ende des Nachmittages begann ich mir wegen Sembur Sorgen zu machen; seine Gesichtsfarbe war nicht gut, und er schien nicht genug Luft zu bekommen. Ich zwang ihn, sich hinzulegen, während ich die Packtaschen und die Bettrollen von seinem Pony, das Cornett hieß, herunterhob und sie auf mein neues Pony schnallte. Das dauerte eine Zeitlang, weil ich die Packtaschen halb ausleeren mußte, ehe ich sie heben konnte. Nachdem ich das getan hatte, sorgte ich dafür, daß Sembur Cornett bestieg und ritt, bis wir den ersten Grat überstiegen hatten und in das Hochtal unterhalb hinuntersteigen konnten. Sembur war in düsterer Stimmung, vermutlich weil die dünne Luft seine Gedanken verwirrte, und er meinte, er wolle nicht reiten; aber als ich sehr ärgerlich wurde und ihn anbrüllte, tat er, was ich von ihm verlangte.

Ich schlief unruhig in dieser Nacht, grübelte darüber nach, wie wir den nächsten Tag der Reise schaffen sollten, der noch härter sein würde und uns noch einmal fünfzehnhundert Meter höher führen sollte. Meine Furcht wurde nicht beschwichtigt, als ich aufwachte und feststellte, daß der Himmel schwer voller Schneedrohung über uns hing, während der Wind aufgefrischt hatte und Schleier von Schnee von den mächtigen Gipfeln über uns herabwehte, daß die Berge aussahen, als ob sie rauchten.

Mein Gefühl drängte mich zum Aufbruch, aber ich zwang mich, geduldig zu sein, während ich das Frühstück machte und den Ponys aus den Säcken mit gemischtem Buchweizen und geschroteter Gerste, die wir mitgebracht hatten, ihr Futter gab. Zu meiner Aufregung fühlte ich mich sehr eigenartig, so, als ob mein Gesicht sich immer mehr von meinem Körper löste.

Mein Kopf fühlte sich heiß an, meine Kehle war wund und es schien sicher, daß ein Krankheitsdämon sich meiner bemächtigt hatte.

Den ganzen Tag, während wir uns beständig den gewundenen Paß hinaufarbeiteten, summte ich Mantras vor mich hin, um den Dämon auszutreiben. Ich wagte nicht, mir auszumalen, was aus uns werden sollte, wenn ich ernsthaft krank würde, denn ich wußte, Sembur konnte kaum ohne Hilfe über den Paß kommen. Mittags erreichten wir einen Punkt etwa eine Meile unterhalb der höchsten Stelle des Passes, wo der Saumpfad eine Schleife machte, um den großen Grat zu überqueren. Von hier war es möglich, nach unten in das Tal zu sehen, wo wir die Nacht verbracht hatten. Weiße Bergspitzen ragten im Osten und Westen in den Himmel, und unter uns lag der lange Abstieg nach Galdong. Einen Augenblick lang blieb ich stehen und schaute hinab, während ich leise dem Land Lebewohl sagte, wo ich aufgewachsen war. Etwas bewegte sich. Weit, weit weg auf einem kleinen Hang, der von der unteren Bergkette ins Tal führte, bewegte sich ein schwarzweißer Punkt auf dem Pfad. Ich starrte, ohne zu begreifen. Wo hatte ich diesen Kontrast von Schwarz und Weiß schon einmal gesehen?

Schwarzes Pferd. Weißer Pelz. Ich kniff meine Augen zusammen, versuchte klarer zu sehen, aber das war nicht mehr notwendig. Mit sinkendem Mut und einem Gefühl, als ob jeder Dämon der Ebene, der Hügel und der Berge sich gegen uns verschworen hätte, wußte ich, daß Semburs Verfolger nicht mehr als einen halben Tagesmarsch hinter uns war. Es machte mir Angst, daß er seinem Pferd und sich selbst nicht mehr als zwei Stunden Ruhe in Gemdring erlaubt haben konnte, ehe er noch in der Nacht nach Namkhara aufgebrochen war. Der Wächter an den Toren von Namkhara hätte ihn zwar niemals vor Anbruch des Morgens eingelassen, aber er hatte vielleicht auf die Fragen des fremden Dämons eine Antwort gerufen, nur um ihn loszuwerden. Was immer auch geschehen war, jetzt folgte er uns.

Ich erzählte Sembur nicht, was ich gesehen hatte, denn das hätte ihm nur ein Gefühl der Hoffnungslosigkeit gegeben, das an seiner Kraft zehrte. Ich sagte: »Wir schaffen's ganz prima, Sembur. Bald sind wir über die Höhe, und danach is' es leicht.«

Er hielt an, lehnte sich gegen sein Pony und sah mich scharf an. »Bist du in Ordnung, Jani?« sagte er mit atemloser Stimme, während seine Brust sich mühsam hob und senkte. »Du siehst . . . 'n bißchen komisch aus.«

»Nein, ich bin in Ordnung. Komm weiter.«

Aber ich war nicht in Ordnung. Im Verlauf der nächsten Stunden schienen sich mehrere merkwürdige Veränderungen an mir zu vollziehen. Manchmal ging ich ein paar Zentimeter über dem Boden, manchmal flog ich den ragenden Hang über uns hinauf und sah hinab auf die Figuren von Sembur und Jani, die sich langsam mit den schwerbeladenen Ponys den Paß hinaufquälten. Einmal war ich ganz weit fort, an einem Ort, wo die Sonne sehr heiß schien. Da war ein Garten mit weißen Mauern und Pfaden aus Ziegelsteinen und Blumen in grell-wilden Farben. In der Mitte lag ein rundes Wasserbecken, in dem ein Springbrunnen plätscherte. Ich hörte Stimmen, die eines Mannes und einer Frau, die Englisch sprachen, aber in derselben unbekannten Art, wie ich den fremden Dämon hatte reden hören.

Etwas Kaltes berührte meine Wange, dann meine Braue, mein Kinn. Ich war auf dem Paß, quälte mich mit schmerzhafter Langsamkeit die letzten paar hundert Meter der Steigung empor. Sembur keuchte und ächzte neben mir. Die Kälte, die ich gespürt hatte, rührte von riesigen Flokken fallenden Schnees her.

»Mach . . . weiter, Jani! « Ein rasselndes Flüstern kam von Sembur. »Komm doch . . . eh's zu spät ist.«

Wir brauchten eine halbe Stunde, um die höchste Stelle zu erreichen, dann ging mir der Schnee schon fast bis zu den Knien. Der Wind kam von Norden, versetzte uns harte Stöße, während er zwischen den steilen Wänden hindurchfuhr, die seinen freien Durchgang über diese höchsten Zinnen des Himalaya behinderten. Die riesigen weichen Flocken fühlten sich an wie eisige Schmetterlinge, die in unsere Gesichter geschleudert wurden, und es war unmöglich, weiter als ein paar Meter voraus zu sehen.

Sembur torkelte, und selbst durch das Heulen des Windes konnte ich das schreckliche Röcheln hören, das er gequält von sich gab, um genügend Luft in seine Lungen zu saugen. Schrecken erfaßte mich, denn ich wußte, er konnte niemals während der langen Meile über die Paßhöhe auf den Beinen bleiben. Aber wenn wir es innerhalb der nächsten Stunden nicht schafften, würden wir sterben, denn der Schnee würde uns bald bis zur Hüfte reichen.

Ich zog mein Messer aus der Scheide am Gürtel, schlang die Zügel um meinen Arm und rief: »Sembur! Halt einen Moment aus!« Den Kopf gegen den Wind gestemmt, schob ich mich durch den Schnee zu ihm hin und begann, die Seile und Riemen durchzuschneiden, die Cornetts Lasten hielten. Säcke und Packtaschen fielen in den Schnee. Das Zelt und die Bettrollen waren auf meinem Pony. Solange wir die noch hatten, lebten wir vielleicht lange genug, um eine Möglichkeit zum Überleben zu finden. Im Augenblick hatte alles andere jede Bedeutung verloren.

»Steig auf, Sembur!« rief ich. »Auf Cornett. Oh, Herrgott, mecker' jetzt nicht! Sitz auf!« Irgendwie gelang es Sembur, sich in den Sattel zu ziehen, aber er hing schlaff nach vorn. Ich nahm Cornetts Zügel in die eine Hand, die meines Ponys in die andere; dann begann ich von neuem, durch den treibenden Schnee zu stapfen. Der Krankheitsdämon war noch in mir. Bei jedem Schritt zog er das Band aus Feuer enger um meine Kehle. Ein bißchen später – es war schwer zu sagen, wieviel später – kam der Moment, in dem ich erkannte, daß es hoffnungslos war; wir konnten niemals in diesem Schneesturm über den Paß kommen. Im selben Augenblick erinnerte ich mich an die Höhle.

Sie lag auf der Ostseite des Passes, etwa hundert Schritte seitwärts vom Pfad, dann einen Hang hinauf, der in einem riesigen aufrecht stehenden Felsen endete. Dort war ein Überhang, unter dem der Eingang der Höhle lag. Sembur und ich hatten diese Höhle früher einmal erkundet, während einer Sommer-Karawane. Die Lo-bas trauten sich nicht, in ihre Nähe zu kommen, wenn wir vorüberzogen, außer zu dem Zweck, eine Opfergabe dort hineinzuweilen, denn sie wußten, daß dort Wald-Dämonen lebten. Ich selbst war auch vor den Wald-Dämonen ein wenig bange, aber jetzt wäre es mir gleich gewesen, wenn tausend von ihnen in der Höhle waren. Es war besser, ihnen zu trotzen, als umzusinken und zu sterben.

Ich blinzelte durch den wirbelnden Schnee und versuchte, den Überhang auszumachen, als eine Gestalt sich drohend gegen das schwere gelbe Licht abhob, das uns umgab. Zuerst hielt ich sie für ein merkwürdiges, massiges Pferd, dann sah ich, daß es ein Bär war: Ich hatte keine Angst, denn ich wußte, der Bär war einfach auf dem Weg den Paß hinunter, zu einem gemütlicheren Platz für die Nacht; aber dann hörte ich Semburs plötzlichen Schrei. Ich drehte mich um und sah, daß er sich aufgerichtet hatte und das Gewehr aus der Sattelhalfter zerrte. Ich schrie: »Nicht, Sembur! Alles in Ordnung!« Aber es war zu spät. Aufgeschreckt durch den Schrei richtete sich der Bär auf und trottete neugierig auf uns zu. Cornett stieß ein Gewieher des Schreckens aus. Ich fühlte einen schmerzhaften Ruck, als die Zügel aus meiner Hand gerissen wurden. Das Pony schoß zur Seite, Sembur wurde aus dem Sattel geschleudert und in der nächsten Sekunde war Cornett fort. An dem Bären vorbei verschwand er mit gedämpftem Hufschlag im Schneesturm, den Paß entlang nach Norden.

Ich stand knietief im Schnee, dem Schluchzen nahe vor lauter Entsetzen. Der Bär, noch immer auf den Hinterbeinen, schob sich an mir vorüber, als ob er sich entschuldigen wollte. Dann ließ er sich auf alle viere fallen und zottelte weiter.

Ich hielt die Zügel meines Ponys ganz fest, kämpfte mich zu Sembur hinüber, beugte mich über ihn und schrie: »Komm weiter, wir müssen es nur noch bis zur Höhle schaffen und hoffen, daß der Schnee nich' dauert! Is' vielleicht nur 'n kleiner Schneesturm vor dem Winter!« Er rührte sich nicht. Am Boden kauernd sah ich, daß seine Augen geschlossen waren und das Gesicht verzogen, als ob er Schmerzen hätte. Ich wußte, bei seinem Sturz in den Schnee konnte er sich nicht verletzt haben, aber er war bewußtlos und reagierte nicht einmal, als ich ihm hart ins Gesicht schlug.

Ich glaube, ich habe vor Verzweiflung geweint, aber ich kann mich an nichts erinnern bis zu dem Moment, als ich merkte, daß ich mich langsam den Hang hinauf auf den Überhang zuarbeitete. Ich führte mein Pony. Als ich zurückblickte, sah ich, daß ich das aufgerollte Seil vom Sattel abgemacht, es um Sembur geschlungen und das andere Ende am Sattelknauf befestigt hatte. Sembur lag auf dem Rücken und glitt durch den Schnee. Als wir den Überhang erreichten, trieb ich das Pony an und hielt Semburs Kopf hoch, während er über das kurze Stück nackten Felsbodens gezogen wurde.

Drei Löcher bildeten den Eingang zur Höhle; zwei davon waren gerade so groß, daß ein Mann durchkriechen konnte, das dritte war mehr wie ein rauher Toreingang, und hoch genug, um ein Pferd durchzulassen. Innen war die Höhle etwa fünfzehn Schritte breit und führte doppelt so viele Schritte in den Felsen hinein. Die Decke war niedrig; sie hing nur ein paar Zentimeter über dem Kopf meines Ponys.

Es war eine ungeheure Erleichterung, dem Sturm und dem treibenden Schnee entronnen zu sein, aber meine Probleme waren noch weit von einer Lösung entfernt. Als erstes brauchte ich Licht, und es dauerte mehrere Minuten, bis ich endlich den Lederbeutel ausgepackt hatte, der das enthielt, was Sembur unsere Grundausrüstung nannte, und bis ich zwei Butterlampen angezündet hatte. Ich rollte Semburs Laken auseinander, legte sein Bettzeug aus und mühte mich dann mit meiner ganzen Kraft, seinen leblosen Körper da hinaufzurollen.

Jahrelang hatten die Reisenden Hunderte von Opfergaben in die Höhle geworfen, um die Wald-Dämonen milde zu stimmen, die hier lebten. Da waren grob geschnitzte Statuetten, Bündel aus zusammengebundenen langen Stöcken, Schnüre aus Holzperlen und Figürchen aus Stroh, Papier und Zweigen. Auch eine Menge getrockneter Mist lag da, und ein Teppich aus den winzigen Knochen kleiner Tiere bewiesen, daß so mancher Schneeleopard in den vergangenen Jahrhunderten diese Höhle zu seinem Standort gemacht hatte.

Ich machte neben dem Eingang ein Feuer, für den Fall, daß auch der Bär, den wir getroffen hatten, sich entschied, hier Schutz zu suchen. Dann endlich konnte ich mich um Sembur kümmern. Man konnte seine Gesichtsfarbe kaum in dem dämmerigen Licht erkennen, aber seine Atemzüge waren sehr ungleichmäßig, und er war immer noch ohnmächtig. Die Bergdämonen hatten ihre

Klauen in uns beide geschlagen, denn mein Hals brannte jetzt wie Feuer und mein Kopf schmerzte so sehr, daß ich das Gefühl hatte, als ob mein Gehirn aufgehört hätte, zu arbeiten. Ich war fast froh darüber, denn ich wußte, wenn ich anfing zu denken, würde ich noch mehr in Schrecken versetzt werden, als ich schon war.

Ich ging hinaus und sammelte Schnee in einen Topf, bis ich genug für Wasser hatte, dann kehrte ich wieder um und begann, am Feuer etwas Tsampa zu machen. Der Luftzug, den der Wind verursachte, saugte den Rauch durch eins der kleineren Löcher aus der Höhle, und dafür war ich dankbar. Während die Tsampa heiß wurde, band ich meinem Pony die Hinterbeine zusammen, damit es nicht weglaufen konnte, nahm ihm den Sattel ab und legte dann alles aus, was uns von unseren Sachen noch geblieben war.

Unser Bettzeug war da, unser Zelt und unsere Grundausrüstung mit Nahrung für neun oder zehn Tage. Ich mußte Semburs Gewehr in dem Ölhautfutteral aufgehoben und den Rucksack von seinem Rücken abgeschnallt haben, ehe ich ihn an das Pony gebunden hatte, um ihn zur Höhle zu schleppen. In seinem Rucksack waren ein paar Streifen Munition, Socken und Unterwäsche, ein Handtuch und Toilettenbeutel, seine Papiere in ihrer großen Brieftasche aus Ölhaut und seine Pfeife in einer kleinen, alten Tasche. Auch unser kleiner Beutel mit den Silbermünzen war da, die Tabaksdose, die die Schmuckstücke enthielt, und unsere beiden Bücher, die Bibel und die »Geschichten von Jessica«, die in ein anderes Stück Ölhaut eingewickelt waren.

In meinem eigenen Rucksack hatte ich meine restlichen Kleidungsstücke und das Waschzeug, einen Steintopf mit Butter, ein bißchen getrocknetes Ziegenfleisch, das in Streifen geschnitten und in dünnes Baumwolltuch eingeschlagen war. Weil mein Gehirn sehr langsam arbeitete, meinte ich, daß wir vielleicht die lange Reise nach Magyari doch erleben konnten, wenn es nur aufhörte, zu schneien und der Schnee nicht zu tief wurde, und wenn nur Sembur nach einem oder zwei Tagen Ruhe sich ein wenig erholt hätte, und wenn nur die Dämonen des Unglücks uns endlich zufrieden ließen.

Ich nahm mir ein wenig Zeit, um mit meinem Pony zu sprechen, sagte ihm, wie brav es gewesen war und daß ich es Hiob nennen würde, weil es in der Bibel einen Mann mit diesem Namen gab, der auch so viel auszustehen hatte. Dann setzte ich mich neben Sembur und wartete darauf, daß die Tsampa heiß genug wurde. Sein Atem war noch immer heftig, aber es schien nicht mehr so zu sein wie vorher. Ich lockerte seine Kleidung und rieb seine Hände, während ich zu ihm sprach.

Nach einigen Minuten gab er einen langen Seufzer von sich und sagte mit matter Stimme: »Jani? Wo sind wir? Was is' passiert, Schätzchen?«

Er sprach sehr langsam, mit langen Unterbrechungen, als ob es ihm schwerfiele, sich an die passenden Worte zu erinnern.

»Wir sind genau auf der Höhe des Passes«, sagte ich, »in der Höhle. Wir haben Cornett verloren, weil ein Bär ihn erschreckt hat und er ausschlug; aber wir haben noch genug, um es zu schaffen. Gleich hab ich auch was Heißes für dich zum Essen.«

»Dein . . . Pony?«

»Is' hier drin, bei uns. Es is' ja so brav gewesen!«

»Geh zurück . . . runter nach Galdong. Nimm mit, was du brauchst, Jani, aber mach schnell . . . eh's zu spät is'. Ich mach's nich' mehr lange.«

»Nein! « Ich starrte ihn angsterfüllt an. »Nein, du wirst es schaffen, Sembur, du mußt!«

»Geh, Jani. Tu . . . was ich dir sag. Sei . . . braves Mädchen.«

Mein Mut brach zusammen, und ich ließ die Schultern hängen, als ich neben ihm hinkniete, meine Hände vor das Gesicht schlug und mich niederbeugte, bis mein Gesicht auf den Knien lag. »Sembur, ich kann es nich'«, schluchzte ich, »ich kann dich nich' hierlassen . . . und selbst, wenn ich das könnte, ich . . . ich bin zu müde. Ich fühl mich so unheimlich miserabel, Sembur, so als ob ich schlimmes Fieber hätte.« Ich fühlte, wie seine Hand mein Knie berührte. Durch meine Tränen hindurch, als ich den Kopf hob, sah ich, daß er die Augen geschlossen hielt, als ob er Schmerzen hätte. Den Kopf zurückgeworfen, mit hochgeschobenem Kinn, flüsterte er: »Ahh . . . Jesus, hilf ihr jetzt.« Ich hörte das Zischen des überkochenden Tsampa, rappelte mich auf, wischte mir die Tränen am Ärmel ab und rannte hin, um den Topf vom Feuer zu nehmen. Ich tat ein Stückchen Butter und etwas Salz hinein, schüttete die Tsampa in unsere beiden Schüsseln und trug sie zu Sembur.

Er konnte sich nicht hinsetzen, aber wenn ich seinen Kopf stützte, konnte ich ihm ganz langsam ein paar Löffel voll einflößen, ehe er zu erschöpft war, um noch mehr zu schlucken. Ich ließ meine eigene Schüssel Tsampa so lange stehen, bis sie fast kalt war, weil mein Hals so weh tat. Als ich gegessen hatte, zog ich Sembur die Stiefel aus und breitete seinen Schlafsack über ihn, dann ging ich hinaus, um nach dem Wetter zu sehen.

Ich hätte erleichtert sein sollen, weil ich feststellte, daß es aufgehört hatte zu schneien, denn das konnte den Unterschied zwischen Leben und Tod für uns bedeuten. Aber irgendwie fühlte ich mich zu weit fort, um es wahrzunehmen. Über dem westlichen Wall des Passes konnte ich das goldene und rosenfarbene Glühen der untergehenden Sonne am Himmel sehen. Es war in dem Augenblick, als ich mich umdrehte, um in die Höhle zurückzukehren, daß ich aus dem Augenwinkel eine Bewegung erhaschte. Zuerst dachte ich, der Bär sei zurückgekommen; aber als ich den flachen Hang hinabstarrte, der vom Paß zu der Höhle anstieg, sah ich einen Mann in weißem Pelz, der ein schwarzes Pferd führte und die stiefelbedeckten Füße hoch emporhob, während er durch den tiefen Schnee watete.

Der fremde Dämon. Ich hatte ihn völlig vergessen in diesen vergangenen Stunden, und jetzt hatte er uns eingeholt. Ich sah, daß der Schnee, der gefallen war, seit wir die Höhle erreichten, die tiefe Spur nur halb ausfüllte, die Hiob hinterlassen hatte, als er Sembur den Hang hinaufschleifte. Der Mann im weißen Pelz folgte dieser Fährte. Während ich ihn beobachtete, hob er den Kopf und sah mich unter dem Überhang stehen.

Ich glaube, in mir war kein Platz mehr für Angst oder Verzweiflung. Ich blieb unbeweglich stehen, und er kam ständig näher, ließ den tiefen Schnee hinter sich und langte auf der dünnen Schneedecke unter dem Überhang an. Seine Augen zeigten weder Anstrengung noch Triumph, und als er den Schal abnahm, von dem der untere Teil seines Gesichtes bedeckt war, sah ich, daß sein breiter Mund einen Zug von Härte hatte. Er stampfte fest auf, um den Schnee von den Stiefeln und der Hose abzuschütteln, legte eine behandschuhte Faust unter mein Kinn und drückte meinen Kopf hoch, um mir ins Gesicht sehen zu können.

»Du bist eine überzeugende kleine Lügnerin, nicht wahr?« sagte er auf Englisch. Er schien zu erwarten, daß ich ihn verstand, und da wußte ich, daß er in Namkhara irgendwie erfahren haben mußte, daß ich eine Ausländerin war wie Sembur, und daß seine Sprache auch die meine war. Müde antwortete ich: »Es ging nich' anders, Mister. Sembur sagte, Sie würden ihn mitnehmen, um ihn hängen zu lassen. Sembur, das is' der, der mich versorgt. Ich hab sonst niemanden.«

Er nahm seine Hand weg und sah an mir vorbei. »Ist er da drin?« Ich nickte und legte eine Hand auf meinen Hals. »Ja, Mister, aber er is' krank. Die dünne Luft hat sein Herz verrückt gemacht. Dann hat es einen Haufen Schnee und Sturm gegeben, und dann is' ein Bär gekommen. Sembur is' abgeworfen worden, und wir haben sein Pony und 'ne Menge Zeug verloren. Alles is' schief gelaufen.« »Es scheint so.« Er ging an mir vorbei in die Höhle und ließ sein Pferd Flint draußen. Ich berührte dessen feuchte Nase und flüsterte einen Gruß, ehe ich mich umdrehte, um seinem Herrn zu folgen. Er blieb stehen, um seinen Augen Zeit zu lassen, sich an das schwache Licht zu gewöhnen und ging dann hinüber zu der Stelle, wo Sembur lag. Als er sprach, sagte er Semburs Namen ganz langsam, wie ich ihn schon einmal hatte sagen hören.

»Eressembur?«

Sembur öffnete seine Augen. Einen Augenblick lang starrte er ohne Blick ins Leere, dann sah ich seinen Körper sich langsam ausstrecken und starr werden unter den Decken, bis er ganz steif lag. Er sagte: »Jawohl?«

»Captain Gascoyne, drittes Bataillon, zweite Kompanie Ihrer Majestät, Queen Victorias Gurkha-Infanterie-Leibregiment, abkommandiert in Sondermission. Ich habe Befehle, Sie unter Arrest zu stellen und Sie zum Hauptquartier des ersten Bataillons nach Gorakhpur zu bringen. Von dort werden Sie unter Bewachung nach Delhi abtransportiert, um sich wegen Diebstahls und Mordes zu verantworten.«

»Jawohl. Bitte melden zu dürfen . . . bewegungsunfähig . . . Sir.«

»Herz?«

»Ich glaube ja, Sir.«

»Ich kenne kein anderes Mittel, Ihren Zustand zu erleichtern, als Sie in eine tiefere Höhenlage zu bringen.«

»Vielleicht . . . morgen, Sir. Wenn ich etwas Ruhe gehabt hab.«

»Nun gut. Und nehmen Sie nicht Haltung an im Liegen, das imponiert mir nicht. Sie sind ein Schandfleck Ihrer Einheit.«

Das weckte mich aus meiner Lethargie. Ich trat den Fremden gegen sein gestiefeltes Bein so fest ich konnte und brüllte: »Laß ihn nur ja in Ruhe!« Er sah mich an, zog seine Lippen zu einem schmalen Strich, drehte sich um und verließ leicht humpelnd die Höhle.

Sembur sagte schmerzerfüllt: »Benimm dich, Jani. Bitte. Keiner kann mir jetzt mehr was anhaben. Aber ich will, daß er auf dich aufpaßt . . . dich sicher zurückbringt. Sei höflich zu ihm, Schätzchen . . . bitte. Tu's mir zuliebe.« Ich fiel auf die Knie, legte den Kopf auf seine Schulter und umarmte ihn; ich weinte leise, denn ich verstand, was er meinte. Sembur hatte mir eben gesagt, daß er sterben würde.

»Laß das jetzt.« Ein wenig Kraft kehrte in seine Stimme zurück. »Keine Tränen. Mach es mir nich' schwer, Jani. Ich hab jetzt ein bißchen zu überlegen, deshalb mach, was zu tun is'.«

Jetzt kam wieder so ein Augenblick, wo ich von mir selbst getrennt wurde, so daß ich mich an nichts erinnere. Als ich wieder zu mir kam, saß ich auf meinem Bettzeug und starrte auf das kleine Licht, das sich als Spirituskocher herausstellte. Flint stand jetzt in der Höhle neben Hiob. Sembur schien zu dösen. Der Fremde hatte seine Mütze und die Pelzjacke ausgezogen und wärmte etwas in einem kleinen runden Topf auf, das sehr gut roch.

Er sah mich ohne Lächeln an. »Ich dachte, du schmollst immer noch.«

»Nein, ich hab irgendwie geschlafen. «

»Hast du gegessen?«

»Ein bißchen Tsampa. Sembur konnte auch nich' viel essen.«

»Hol deine Schale und nimm ein wenig hiervon.«

Ich schüttelte den Kopf. »Danke, Mister, aber ich hab keinen Hunger.« Das stimmte, und mein Hals schien enger zu werden; das machte es mir schwer, zu schlucken. Der Fremde zuckte die Schultern. Ich sagte: »Kann ich mal versuchen, Sembur ein bißchen davon zu geben? Auch wenn er nur ein paar Löffel voll nimmt, es hilft ihm sicher.«

»Ich hatte nicht vor, ihn auszuschließen. Hol die Schüssel.«

»Danke, Mister.«

Irgendeine heiße Suppe war in dem Topf; aus einer Blechdose, die der Fremde mit einem Spezialwerkzeug aufgemacht hatte. Ich weckte Sembur, und er gab sich große Mühe zu essen, als ob er versuchen wollte, etwas Kraft zurückzugewinnen. Als er fertig war, sagte der Fremde zu mir: »Bist du schon einmal über diesen Paß gezogen?«

»Ja, Mister.«

»Im Winter?«

Ich schüttelte den Kopf.

»Geht nich', im Winter. Wenn es jetzt anfängt, dauernd zu schneien, stecken wir hier fest.«

»Erwartest du bald mehr Schnee?«

Ich ging aus der Höhle ins Freie. Die Nacht war hereingebrochen, aber der Himmel war sternklar. Das bedeutete nichts. Innerhalb ganz weniger Stunden konnte er schon schwer von Schnee sein. Ich zog die Luft ein, lauschte auf den Wind, ging dann zurück in die Höhle. »Diese Nacht wird es nicht schneien, Mister, morgen vielleicht auch nich'. Was weiter passiert, kann ich nich' sagen.« »Danke.« Die Worte waren sehr höflich, aber der Ton, in dem sie gesprochen wurden, gab mir das Gefühl, als ob ich ein Geist wäre, als ob er kaum bemerkte, daß ich da war.

Ich legte mein Laken und meinen Schlafsack aus, kam mühsam auf die Füße und nahm unseren Eimer aus Segeltuch. Das braune Gesicht des Fremden unter den enggelockten schwarzen Haaren drehte sich zu mir um. »Was tust du da?«

»Ich geh 'n bißchen Wasser holen. Muß mein Pony noch versorgen, eh ich ins Bett geh.« Die Höhle schwamm plötzlich und ich fuhr mir mit der Hand über die Augen. »Wir haben das ganze Futter, was wir bei uns hatten, verloren, deshalb hab ich nichts für ihn zu fressen.«

Der Fremde studierte mich, und zum ersten Mal erschien eine Andeutung von Wärme in seinen Augen. »Ich habe das Zeug gefunden, das du fallen gelassen hast, um das andere Pferd zu entlasten. Einen der Kornsäcke habe ich aufgehoben. Er ist da drüben hinter Flint.«

»Oh, danke Mister. Aber ich fütter ihn erst morgen. Jetzt geb ich ihm nur etwas zu saufen.«

»Ich werde beide Pferde versorgen. Geh zu Bett, Mädchen.«

»Ich muß Hiob selbst versorgen, Mister, Sembur sagt immer ... «

»Keine Widerrede. Geh zu Bett.«

Ich zog meine Stiefel aus, wickelte meine zweite Decke um mich herum, quetschte mich in meinen Schlafsack und bettete meinen Kopf dankbar auf die anderen Kleider aus meinem Rucksack. Ich fühlte mich besessen von Krankheitsdämonen. Sie waren in meinem Kopf, in meiner Kehle, in meinem Blut, und ich sehnte mich so sehr, wie ich mich noch nie vorher gesehnt hatte, danach, in liebevollen Armen gehalten zu werden und eine halb vergessene Stimme Worte des Trostes und der Beruhigung murmeln zu hören.

Mehrere Male während der Nacht erwachte ich mit verwirrten Gedanken und mit dem Gefühl, als ob ich jemand anders sei und mein wahres Ich ganz woanders wäre. Einmal wachte ich auf und hörte Stimmen. Der Fremde und Sembur unterhielten sich, aber nicht erregt, sondern in einer langsamen, fast gelangweilten Art. » . . . und sie halten zehn Jahre nicht für eine lange Zeit?« sagte der Fremde.

»Nicht gemessen an den Maßstäben der Armee, Sir.« Semburs Stimme war jetzt fester, denn sein Atem hatte sich beruhigt, aber er sprach noch immer sehr langsam. »Sie haben dort viel zu überlegen. Aber ich wußte, daß mein Fall noch bei den Akten ist und daß er bearbeitet würde, wenn die Gemüter sich beruhigt hätten.«

»Nun . . . ich gebe zu, es hat mich verblüfft, Sergeant Major. Zehn Jahre! « Ein kurzes Lachen.

»Entschuldigen Sie, Sir, aber ich hab mehr Erfahrung im Dienst als Sie. Fünfunddreißig Jahre. Die Armee arbeitet langsam, aber sie vergißt nie.«

Eine lange Stille folgte. Ich hatte die Unterhaltung nur stückweise mithören können, denn ich schwebte zwischen Schlafen und Wachen. Zuletzt sagte der Fremde mit ruhiger Stimme: »Ich halte es für unwahrscheinlich, daß ich Sie mit Erfolg zurückbringen werde, Ser-Major.«

»Das glaub ich auch, Sir. Meine Zeit is' abgelaufen. Stell mir vor, werd wohl Ihrer Abreise morgen kein Hindernis mehr bedeuten.«

»Für meine Meldung: Würde es Ihnen etwas ausmachen, mir zu sagen, ob es wahr ist, daß sie die Maharani und ihren Gatten getötet haben?«

Die Frage schien einen Augenblick lang in der Luft zu

hängen, dann antwortete Sembur: »Ja, Sir. Das ist richtig, wenn man so will.«

»Sie haben sie beide mit dem Bajonett erstochen?«

»Das hab ich getan.«

»Und Sie nahmen die Juwelen von ihrer Leiche ab? Dieselben Juwelen, von denen einige noch in der Dose sind, die ich in Ihrem Rucksack gefunden habe?«

»Ja, Sir. Ich hab sie an mich genommen.«

»Und Sie flüchteten dann?«

»Genau so, Sir.«

4

WÄHREND ICH DALAG, hatte ich ein schwaches Gefühl des Erstaunens. Was Sembur angeblich getan hatte, war ganz unmöglich. Ich hörte, wie der Fremde einen kleinen Seufzer ausstieß, als ob er verwirrt wäre, und dann sagte er: »Und das ist die Wahrheit?«

»So wahr, wie Sie hier sitzen, Sir.«

»Die ganze Wahrheit?«

»Ah . . . nun, das ist eine schwierige Frage, Sir; niemand weiß die ganze Wahrheit über alle Dinge, nehm ich an.«

»Ich hätte doch gedacht, daß Sie vor allen anderen Leuten die ganze Wahrheit über diese Nacht gekannt hätten. Warum haben Sie so etwas Schreckliches getan?«

»Private Gründe, Sir.«

Der Fremde knurrte ungeduldig. »Ich will verdammt sein, wenn ich Sie verstehen kann, Ser-Major.«

»Ich würde das übersehen, Sir. Nicht unbedingt wichtig. Erlauben Sie mir ein Wort mit Ihnen über das Kind, Sir? Über Jani?«

»Ja, das ist wohl nötig. Zuerst einmal, wer ist sie?«

»Meine, Sir, ich hab mit einer Indianerin zusammengelebt in Jahanapur, als ich bei der Armee des Maharadschas Dienst tat. Jani wurde ungefähr zwei Jahre geboren, bevor ich . . . bevor ich fortging. Ich hab sie in der betreffenden Nacht mitgenommen.«

»Wir wissen, daß Sie mit einer Frau namens Parvati zusammenlebten, aber es existiert keine Urkunde, daß sie ein Kind hatte.«

»Es gibt überhaupt keine Urkunden von Kindern, die in Jahanapur geboren sind, außer von denen im Palast, wenn ich Sie korrigieren darf, Sir. Das ist ein indischer Staat, nich' wie zu Hause.«

Ich hörte nicht, was als nächstes gesprochen wurde, denn mein armes Gehirn hatte mit einem neuen Rätsel zu kämpfen. Sembur mein Vater? Wirklich, er war mir gegenüber wie ein Vater gewesen, und ich liebte ihn, aber niemals hatte ich mich wirklich als sein Kind gefühlt. Wenn mein Gefühl mich nicht trog, dann log Sembur den Fremden an. Es war mir nicht bekannt, daß er jemals irgend jemanden belogen hatte, und ich sah auch keinen Grund dafür. Als meine Gedanken wieder zu dem Gespräch zurückfanden, sagte Sembur: »Ich hab sie so englisch wie möglich erzogen, Sir, und sie ist ein braves kleines Mädchen. Zu erwachsen für ihr Alter, aber das is' ja nur natürlich, wenn man so ganz ohne Mutter in Namkhara aufwächst.«

»Was erwarten Sie, das ich ihretwegen unternehmen soll?« Die Stimme des Fremden war kühl und voller Vorsicht.

»Nehmen Sie sie mit sich zurück nach Gorakhpur, Sir.« Eine drängende Bitte lag jetzt in Semburs Stimme. »Versuchen Sie, die Witwen- und Waisen-Organisation dazu zu bringen, sie aufzunehmen.«

»Sie sollte doch sicherlich zu ihrer Mutter zurückgebracht werden, oder?«

»Parvati ist tot, Sir. Ich hab Nachricht bekommen vor drei Jahren, als ich nach Süden gegangen bin über die Grenze, um 'n bißchen Munition zu holen und ein oder zwei andere Sachen.«

»Nun . . . ich weiß nicht allzugut Bescheid über solche Dinge. Ich meine, Waisen und was man mit ihnen anfängt.«

»Sir, werden Sie's versuchen?« Semburs Stimme war rauh und zitterte. »Sie sind Offizier, ein gebildeter Mann. Versuchen Sie, daß die dort sie nach Haus, nach England schicken, damit sie 'n bißchen Schulbildung kriegt. Auf Sie werden die hören, und da is' Jani auch sicher.«

»Sicher?«

»Na ja, ich meine, es gibt 'ne ordentliche Möglichkeit zu Hause, um für Kinder zu sorgen. Denken Sie doch mal an die Kinder, Sir, die Sie in Kalkutta gesehen haben und die in der Gosse leben. Wenn Sie ein Herz haben, dann lassen Sie das nich' bei Jani zu, Sir. Wenn Sie nur . . .«

»Ja, Mann, ja doch.« Der Fremde fiel ihm scharf ins Wort. »Ich tu, was mir möglich ist.«

»Danke Ihnen, Sir. Sehr zu Dank verpflichtet . . .« Semburs Stimme fiel in sich zusammen, als ob er seine letzte Kraft verbraucht hätte. Ich hörte, wie der Fremde sich bewegte, um eine bequemere Haltung zu finden. Hiob und Flint schnaubten und scharrten mit den Hufen. Ich fühlte nichts. Sembur lag im Sterben und hatte mich unter die Obhut dieses Engländers, dieses fremden Dämonen, dieses seltsamen Soldaten gestellt, der mir mit jedem Blick immer wieder klarmachte, daß er mich nicht besonders mochte. Trotzdem fühlte ich nichts. Ich hätte vom Schmerz zerrissen und voller Angst vor dem sein sollen, was die Zukunft brachte, aber in mir war Leere.

Ich schlief und wachte wieder auf, schlief und wachte. Ein Fieber-Dämon hielt mich gepackt. Meine Schultern taten jetzt weh, und mein Kopf war voller Schmerzen. Ich konnte nur mit offenem Mund atmen. Zuletzt kam eine Zeit, als ich in totenähnlichen Schlaf versank, aus dem mich eine Hand aufweckte, die meine Schultern gepackt hielt und mich schüttelte.

Ich öffnete meine Augen und blickte in das Gesicht des Fremden. Es war ein Gesicht so hart wie Stein, und ich duckte mich fast unter seinem Zorn. Dann, als mein brennender Kopf wie eine Seifenblase zu ihm emporzusteigen schien, hatte ich eine plötzliche Erkenntnis, die mich erstaunte. Der fremde Dämon war gar nicht zornig auf mich. Sein finsterer Blick verbarg so etwas wie Trauer und Unsicherheit.

Steif sagte er: »Jani, es tut mir leid, aber ich muß dir mitteilen, . . . nun, ich fürchte, dein Vater ist während der Nacht gestorben.« »Mein Vater?« Ich hatte mich aufrecht hingesetzt und sah zu dem Platz hinüber, wo Sembur gelegen hatte, aber er war nicht mehr da. Der Fremde sagte: »Es ist vor ein paar Stunden geschehen. Ich habe ihn im ersten Tageslicht hinausgebracht, als du noch schliefst.«

Langsam kroch ich aus meinem Schlafsack und blieb auf Händen und Knien hocken, ehe ich die Anstrengung unternahm, mich aufzurichten. Nichts schien real zu sein. Als ich zum Höhleneingang hinübersah, erkannte ich an der Helligkeit, daß die Dämmerung schon vergangen war. Ich schluckte, um meine schmerzende Kehle freizubekommen und sagte: »Wo is' er, Mister?«

»Draußen.« Er sah mit grundlos mürrischem Gesicht an mir vorbei. »Unter dem Überhang ist nicht viel Schnee. Ich habe genug Steine gefunden, um einen Grabhügel zu bauen.«

Ich nickte langsam. So hätte Sembur es sich gewünscht. In Namkhara wäre sein Körper in die Hügel getragen und dort für die Geier zerteilt worden, so daß er zu den vier Elementen, zu Wasser, Feuer, Luft und Erde zurückkehren konnte, aus denen unser Körper geschaffen ist. Aber Sembur hatte immer gesagt, das sei ganz scheußlich und es zeige auch keinen Respekt.

Ich stand vor der Höhle und schaute den länglichen flachen Hügel aus Steinen an, und ich wußte, da war etwas, was ich tun sollte, aber ich war unfähig, mich daran zu erinnern, weil meine Gedanken fortwährend wanderten. Dann fiel es mir wieder ein, und ich ging zurück, um die Bibel aus Semburs Gepäck zu holen. Ich wünschte mir, weinen zu können, aber obwohl alles in mir zu brennen und zu schmelzen schien, wollten keine Tränen kommen. Als ich neben dem Grabhügel niederkniete, nahm der Fremde seine Mütze ab. Die Bibel schlug wie von selbst bei Prediger Salomo, Kapitel drei auf, und ich begann zu lesen. Ich mußte sehr langsam lesen, denn meine Kehle war so eng geworden, daß es schwer war, genug Luft in die Lungen zu bekommen. »Alles Ding hat seine Zeit, und es ist eine Zeit gegeben jedem Werk unter dem Himmel. Geboren werden hat seine Zeit, und sterben hat seine Zeit, Pflanzen hat seine Zeit und ausreißen, was gepflanzt wurde, hat seine Zeit . . .«

Ich mußte aufhören und meinen Kopf heben, um zu schlucken. Die Wintersonne glitzerte auf der Decke von Schnee, und ich sah einen großen, langgezogenen Schatten über den weißen Hang gleiten. Ein Adler segelte über den Paß und tauchte dann elegant aus unserem Gesichtskreis weg.

». . . weinen hat seine Zeit und lachen hat seine Zeit; trauern hat seine Zeit und tanzen hat seine Zeit . . .«

Ich kippte auf die Seite und rang nach Atem. Alles wurde schwarz um mich für eine Weile, und als die Finsternis wieder verging, merkte ich, daß der Fremde mich aufgehoben und mich unter den Überhang hervorgetragen hatte, so daß wir nicht länger im Schatten waren. Er trat den Schnee ein wenig beiseite und ließ sich dann auf ein Knie nieder. Er legte mich hin, umfaßte mit einem Arm meine Schultern und bog mit der anderen Hand meinen Kopf zurück.

»Mach deinen Mund auf, Jani«, sagte er grob. »Weit, so daß ich dir in den Hals sehen kann.«

Er drehte meinen Kopf dem Licht zu, und seine Stirn berührte fast meine Nase, während er angestrengt in meinen Hals schaute. Ich hörte, wie er Luft holte und ein merkwürdiges langes Wort brummte, dann hob er mich hoch und ging mit langen Schritten mit mir in die Höhle zurück.

Aus dem Sonnenlicht zurück in die Dunkelheit zu gehen, schien ein Ende und ein neuer Anfang zu sein, denn von diesem Augenblick an begann ich in einer Welt zu leben, die weit weg lag, und wo die Zeit manchmal sehr langsam und manchmal sehr schnell lief. Viele böse Träume schienen mir zu kommen während ich wachte, und oft saß ein Wald-Dämon auf meiner Brust und umklammerte meinen Hals so fest, daß ich nicht atmen konnte.

Es wurde Nacht und Tag und Nacht und wieder Tag, und ich hatte noch nie solche Angst gehabt. Wenn die Träume zu schrecklich waren, oder wenn ich glaubte, daß der Wald-Dämon mich töten wollte, schrie ich nach dem Fremden. Ich hatte seinen Namen nur ein einziges Mal gehört, als er ganz zu Anfang mit Sembur gesprochen hatte, deshalb war er längst vergessen; darum nannte ich ihn immer Mister, wenn ich ihn brauchte.

Einmal – ich glaube, es war am Anfang dieser Zeit – hörte ich den Knall eines Schusses draußen vor der Höhle, und ich überlegte halb im Traum, was er wohl bedeuten könnte. Später, in einer der kurzen Zeitspannen, in denen mein Gehirn klar war, stellte ich fest, daß ich nahe dem Höhleneingang im Bett lag, in der Nähe eines wohlgesicherten Feuers an der Höhlenwand. Irgendwie mußte Mister gewußt haben, daß ich frische Luft zum Atmen brauchte, aber er wollte nicht, daß ich fror. Unter den Wolldecken und im Schlafsack war ich nackt, abgesehen von Semburs zweitem Hemd.

Die Augenblicke der Klarheit waren selten. In meinen Alpträumen schien es mir oft so, als ob Mister mich liebevoll dazu brachte, einen warmen Trank zu schlucken, den er für mich gemacht hatte. Manchmal, wenn ich ihm zuflüsterte, daß es nötig war, wickelte er mich in eine Decke und trug mich in eine Ecke im hintersten Teil der Höhle, wo ein Hügel aus Kot sich in zahllosen Jahren angesammelt hatte.

Und manchmal, wenn ich um Luft kämpfte, beugte er sich über mich mit einem Ding im Mund, das aussah wie ein dünner Stab, fuhr damit in meine Kehle und saugte die Spinnweben heraus, die der Dämon dort gespannt hatte, um mich zu ersticken. Während dieser ganzen Zeit der Verwirrung und des Schreckens – so erinnere ich mich – äußerte ich mich nur auf drei Arten ihm gegenüber; da war der erstickte Schrei: »Hilf mir, Mister!«, das geflüsterte: »Könntest du mich bitte hochheben, Mister?« und das dankbare: »Vielen vielen Dank, Mister.«

Endlich kam die Zeit, als die Hitze in meinem Körper, das Pochen in meinem Kopf, sogar das Gefühl, erwürgt zu werden, zwischen einem Tag und dem nächsten langsam schwand. Ich war zu schwach, um den Kopf zu heben, aber ich hatte das Gefühl, von den Dämonen befreit zu sein. An dem Licht, das durch den Höhleneingang sikkerte, erkannte ich, daß es fast Tagesanbruch war. Auf der anderen Seite des Feuers beugte sich Mister, bis zur

Taille ausgezogen, über einen Eimer dampfendes Wasser und wusch sich.

Mit schwacher Stimme sagte ich: »Mister . . .«

Er kam schnell zu mir herüber, trocknete seine Brust mit einem Handtuch ab und kniete neben mir nieder. Er sah mich forschend an, als ob er nicht ganz wagte, zu hoffen. »Jani?«

»Ich fühl mich . . . viel besser. Es war so lieb von dir, daß du für mich gesorgt hast.«

»Ich hatte wohl kaum die Wahl«, sagte er trocken.

»Es tut mir leid.«

»Ich hole dir jetzt was zu essen. Du hast eine Menge Gewicht verloren, und wir müssen deine Kräfte etwas aufbauen, ehe wir fort können.« Um seinen Hals lag eine feine Kette, an der eine dicke silberne Scheibe hing, auf deren Vorderseite etwas Goldenes aufgesetzt war. Ich erinnerte mich jetzt daran. Dieses Medaillon, oder was immer es war, hatte ich mehrere Male aus seinem Halsausschnitt rutschen sehen, als er sich über mich beugte, um mit dem stabartigen Ding im Mund meine Kehle zu reinigen, damit ich atmen konnte.

Er zog seine Weste, sein Hemd und eine schöne Jacke aus dünnem Leder an und wandte sich dann dem Topf zu, der auf kleiner Flamme auf dem Spirituskocher stand. Einen Augenblick später kam er herüber und setzte sich mit etwas Suppe in einer Schüssel und mit einem Löffel neben mich.

»Dann wollen wir mal.« Er half mir, mich aufzusetzen, packte mich in seinen weißen Pelzmantel, um mich warm zu halten und hielt mich mit einem Arm fest, während er mich fütterte. Als er mich wieder hinlegte und die Decken über mich zog, sagte ich mit einer immer noch blödsinnig schwachen Stimme: »Danke, Mister, das war wunderbar. Ich bin bald wieder in Ordnung, bestimmt.«

»Das hoffe ich. Wir haben einen weiten Weg.«

»Ist es schon lange her, seit ich krank wurde?«

»Es ist fünf Tage her, seit du umgekippt bist.«

»Fünf! Hat es viel Schnee gegeben?«

»Bis jetzt überhaupt keinen.« Er schaute zum Eingang der Höhle hinüber. »Du warst schon krank, als du Namkhara verlassen hast, dort mußt du dir die Viren eingefangen haben.«

»Kachkes kleinem Jungen ging es nicht gut, und ich hab ihn getragen an dem Tag, als wir nach Hause kamen.«

»Ja. Nun, du hast eine ganz schlimme Geschichte gehabt, die Diphtherie heißt. Sie befällt Kinder, und ich hätte gedacht, daß du dafür zu alt bist, aber offensichtlich warst du's nicht.«

»Sie hat mich fast erstickt.« Mich schauderte bei diesem Gedanken.

»So wirkt sie auch. Blockiert die Luftwege.«

Mir fiel ein, wie er sich über mich gebeugt hatte, und ich sagte: »Du hast immer so was gemacht, um den Schleim rauszukriegen, nicht, Mister?« Er hob einen fast leeren Sack mit Hafer und ging zu dem Platz, wo Flint und Hiob standen. »Ich habe einen großen Federkiel benutzt, den ich abgeschnitten habe, und damit alles abgesaugt. Sehr primitiv, aber es hat gewirkt.«

Nur wenige Leute hätten sich dazu durchringen können, so etwas Schreckliches und Gefährliches zu tun. Ich war so dankbar, daß ich alles darum gegeben hätte, wenn er mich nur ein klein wenig gemocht hätte; aber dazu hatte er keinen Grund. Ein Erinnerungsfetzen zog durch mein Gedächtnis und ich fragte: »Woher hast du denn einen Federkiel?«

»Es gelang mir, einen Adler zu schießen.« Er sprach kurz angebunden, als ob er sich daran nicht erinnern wollte, und jetzt fiel mir ein, daß ich draußen einen Schuß gehört hatte. »Hör auf zu reden, Jani, und ruh dich aus.«

»In Ordnung, Mister. Und vielen, vielen Dank. Danke, Mister.« Als ich aufwachte, war wieder Nacht, und ich schluchzte. Vielleicht kam das daher, daß Semburs Tod jetzt endlich für mich zur Tatsache geworden war, aber vielleicht war es auch einfach Schwäche. Mister hatte sich über mich gebeugt und eine Hand auf meine Augenbraue gelegt; sein Gesicht war besorgt im Schein des Feuers. Ich sah das Glitzern des Medaillons, das an der Kette um seinen Hals hing. »Jani? Geht es dir gut?«

Ich tastete nach seiner Hand und umklammerte sie, während ich meine Stimme wiederzufinden suchte. Endlich flüsterte ich: »Es geht mir gut. Nur solche Angst hab ich ... weiß nicht, warum.« »Versuch zu schlafen.« Seine Stimme klang steif.

Ich berührte die silberne Scheibe und sagte: »Kann ich das haben, zum Festhalten, bitte?« Sofort schämte ich mich, so etwas gesagt zu haben. »Das da? Ja, gut.« Er machte die Kette ab, wickelte sie um mein Handgelenk und drückte das Medaillon in meine Hand. »So etwa?« Ich nickte, starrte zu ihm empor, und die Angst verließ mich. Ich hatte nicht länger das schreckliche Gefühl, vollkommen allein zu sein. Er sagte: »Kannst du jetzt schlafen?«

Ich nickte wieder. »Ja, danke, Mister.«

»Gut.« Er ging zur Seite, und ich lauschte den Geräuschen, als er sich wieder hinsetzte. Dann umfing mich ganz plötzlich der Schlaf.

Ich umkrampfte noch immer die Silberscheibe, als ich am Morgen aufwachte. Mister hielt Hiob einen Eimer Wasser zum Saufen hin. Das Licht vom Höhleneingang sagte mir, daß das Wetter gut war und zum ersten Mal, seit die Krankheit mich befallen hatte, begann ich klar zu denken. Ein paar Augenblicke lag ich da und ging in Gedanken alles durch, dann sagte ich: »Entschuldigung, Mister.«

Er sah über die Schulter. »Aha, du bist wach. Wie fühlst du dich?« »Viel besser, danke. Tut mir leid, daß ich in der Nacht solche Umstände gemacht hab.« Ich wickelte mühsam die Kette von meinem Handgelenk ab und hielt sie mit dem Medaillon hoch, als er durch die Höhle zu mir herüberkam. »Das nimmst du jetzt besser wieder zurück.«

Er nahm die Kette, legte sie wieder um seinen Hals und blickte dann an seiner langen Nase entlang auf mich herab.

»Bist du bereit, zu frühstücken?«

»Ja, bitte. Aber wir sollten besser mal darüber reden, was wir machen wollen, Mister, weil nich' mehr viel Zeit is'.«

Seine Augenbrauen hoben sich, und zum ersten Mal sah ich ein Lächeln auf dem strengen Fremder-Dämon-Gesicht erscheinen. Er sah jung aus, so jung wie Ghenling.

Ich sagte: »Wenn es wieder anfängt, dann schneit es immer weiter, und wir werden hier den ganzen Winter über abgeschnitten. Dann gibt's nichts für die Pferde zu fressen; wir werden sie dann schlachten und das Fleisch einfrieren müssen, damit es die drei Monate bis zum Frühjahr reicht. Deshalb is' es am besten, wenn wir den Paß wieder runtersteigen, eh es wieder anfängt zu schneien.«

Er hatte zu lächeln aufgehört, als ich sprach, und sah mich voll Verwunderung an. Nach ein paar Augenblicken sagte er wie zu sich selbst: »Wie du die Leute in Sussex schockieren würdest! Aber ich vermute, du bist vor der Realität nie geschützt worden in diesem gottverlassenen Land, in dem du aufgezogen worden bist.« Er nickte leicht, so als ob er mich nicht mehr völlig ablehnte, und fuhr dann fort: »Die Situation ist mir ganz klar gewesen, Jani. Ganz sicher habe ich nicht den Wunsch, die nächsten paar Monate in dieser Höhle zu verbringen, und es würde mir das Herz brechen, wenn ich die Pferde schlachten müßte. Aber wir können nicht eher gehen, bis du stark genug bist.«

»Ich brauche ja nur auf Hiob zu sitzen. Du könntest mich auf seinem Rücken festbinden, wenn es nötig is'; er is' ein gutes Pony und es is' nur schwer die ersten paar Meilen, bis wir unterhalb der Schneegrenze sind.«

»Glaubst du, daß es bald schneien wird?«

Ich schaute zum Höhleneingang. »Nicht heute. Ich könnte es für zwei oder drei Tage rausfinden, wenn ich nach draußen ginge.« Er kniete nieder, legte einen Arm unter meine Schulter, schob den anderen unter meine Knie und hob mich, so wie ich war, mit Decken und Schlafsack hoch. Es war herrlich, draußen vor der Höhle in der prickelnden kalten Luft zu sein. Das Weiß blendete mich, und zuerst konnte ich kaum sehen. Mister stand nah an der Kante des Überhangs und hielt mich in den Armen, und ich blinzelte umher, während meine Augen sich langsam an das Licht gewöhnten. Eine strahlende Sonne schien am milchigblauen Himmel. Es gab keinen Neuschnee, und es hatte auch nicht getaut. Als ich den Kopf drehte, sah ich den Hügel, der Semburs Grab war, und ein paar Sekunden lang preßte ich mein Gesicht an Misters Schulter, um die Tränen, die mir kamen, zurückzuhalten. Endlich schaute ich aufmerksam den Himmel an, besonders den Dunst im Norden und Osten. Sembur hatte sich oft über mich geärgert, weil ich ihm niemals genau erklären konnte, was ich beobachtete oder wie ich beurteilen konnte, welches Wetter sich für uns zusammenbraute. Aber die Wahrheit war, daß es sich einfach nicht mit Worten ausdrücken ließ, besonders wenn ich aufhörte, die Augen zu benutzen und anfing, die Luft zu schnuppern. Das tat ich jetzt mit geschlossenen Augen, und ich bemerkte einen kräftigen Geschmack ohne den schweren gelben Unterton, der Schnee ankündigte. Aber unter diesem herben Duft war eine Spur der Milde, wie von ungesalzenem Essen, was für mich eine verhaltene Warnung bedeutete.

Ich sagte: »Wir haben ganz sicher zwei Tage, Mister. Vielleicht drei. Morgen weiß ich darüber besser Bescheid. Aber nich' mehr als drei.« Als er mich wieder in die Höhle zurückbrachte und mich hinlegte, fühlte ich mich erschöpft, zu schwach selbst dazu, den Kopf zu heben. Er sagte ruhig: »Jetzt hör mal zu, Jani. Du bist Gott sei Dank vernünftig genug, um wie eine Erwachsene behandelt zu werden, darum sage ich dir genau, wie es um dich steht. Du hast die Diphtherie überstanden und so in drei Wochen, oder vielleicht auch mehr, wirst du wahrscheinlich noch einmal ganz krank sein, als Folge der Krankheit, die du gehabt hast. Ich bin kein Arzt, deshalb kann ich dir nicht erklären warum, aber ich habe in meiner Familie vor ein paar Jahren Erfahrungen mit Diphtherie gemacht, und ich erinnere mich nur zu gut.«

Er sah mit mürrischem Gesicht auf mich herab. »Angenommen, daß wir den Paß hinunter nach Galdong zurückkommen, dann gehen wir ohne Aufenthalt weiter nach Süden und nach Nepal hinein. Von Pokhara können wir weiter über Tansing nach Gorakhpur reisen. Da gibt es ein Krankenhaus, das von den Nonnen eines Pflegeordens geführt wird. Dort wirst du ordentliche Pflege haben. Die können auch mit dem Witwen- und Waisenamt der Armee verhandeln, so daß du dort aufgenommen und versorgt wirst, wenn du dich besser fühlst.« Er dachte einen Moment nach. »Wenn wir auf unserer Reise gleichmäßig weiterkommen, sollten wir Gorakhpur in weniger als drei Wochen erreichen, so daß du in guten Händen bist, wenn du wieder krank wirst.« Ich haßte den Gedanken an fast alles, was Mister soeben gesagt hatte: Krank zu werden, die lange Reise nach Süden zu machen und vor allem das, was mit mir geschehen würde, wenn ich unter die Aufsicht der seltsamen, fremden Engländer gestellt würde, in einer Welt, die sicher grundverschieden von der war, die ich kannte.

Ich sagte: »Wenn es eine lange Reise ist, auf die wir gehen, Mister, dann ruh ich mich, glaub ich, besser für'n paar Tage aus, damit ich meine Kraft 'n bißchen wiederkriege.«

Er nickte. »Drei, wenn du meinst, daß der Schnee noch ausbleibt. Ich habe die Pferde auf Ration gesetzt und den anderen Sack Korn, den du aufgehoben hattest, habe ich auch hereingeholt. Es ist noch genug für eine kleine Fütterung da, ein paar Tage lang. Danach werden sie hungern müssen, bis wir nach Galdong hinunterkommen. Aber das wird ihnen nicht schaden.«

Er machte einen Topf Suppe und setzte mich aufrecht hin, um mich schweigend zu füttern. Ich fühlte, daß seine Gedanken weit weg waren, wahrscheinlich bei den Problemen, die die bevorstehende Reise bringen würde. Als ich gegessen hatte, fühlte ich mich sehr viel kräftiger und sagte: »Würdest du mir einen Gefallen tun, Mister? Könntest du einen Eimer voll Wasser warm machen, damit ich baden kann?«

Er sah mich mit Überraschung an. »Baden?«

»Na, nicht so richtig, nur von oben bis unten waschen. Das kann ich stückchenweise machen. Ich muß ganz fürchterlich riechen, und ich kann es nich' aushalten, so wie ich bin.«

»Richtig, du wurdest von einem Regiments-Sergeant-Major erzogen.«

»Wie?«

»Dein Vater war ein Er-Es-Em. Der war zwangsläufig ordentlich, sauber und diszipliniert.« Ich begriff, daß er von Sembur sprach, aber im Augenblick wollte ich ihn nicht fragen, was ein RSM war und ihm auch nicht sagen, daß ich Sembur nicht für meinen Vater hielt.

Als er den Eimer mit warmem Wasser gefüllt hatte, stellte Mister eine Trennwand aus Decken vor dem Feuer für mich auf. Aber ich war so schwach, daß ich umkippte, als ich mich niederbückte, um meine Beine zu waschen; und er mußte mir helfen. Er tat das wortlos und mit gleichbleibend finsterem Gesicht. Als es geschehen war, und als ich meine Haare mit dem Kamm entwirrt hatte und wieder gemütlich im Bett lag, fühlte ich mich wie ein neuer Mensch. Mister machte eine große Schüssel Suppe, und heißhungrig aß ich zum ersten Mal wieder alleine. Erst als ich fertig war, bemerkte ich, daß er selbst keine Suppe gegessen hatte, sondern an einem Streifen getrocknetes Fleisch kaute. Ich war beschämt und sagte: »Wann willst du denn deine Suppe essen, Mister?«

»Es sind nur noch drei Dosen übrig, und du mußt aufgepäppelt werden. Aber ich brauche nicht zu hungern, wir haben noch genug Dörrfleisch.« Er starrte mich entnervt an. »Ach, fang nicht an zu jammern, Mädchen. Was gibt's denn jetzt schon wieder?« Ich wischte ein paar Tränen von meiner Wange ab, verärgert über meine eigene Schwäche, und sagte: »Ich jammere ja nicht. Wenigstens nicht richtig. Ich hab mich nur so komisch gefühlt, weil du so nett zu mir bist.«

»Ach, um Gottes willen.« Er stand auf und ging, um die Pferde zu versorgen. Ich sah mich in der Höhle um. Der Stapel Holz und die Lage getrockneter Mist, die wir als Brennmaterial benutzt hatten, waren fast alle. Bald würden wir kein Feuer mehr haben. Da entschied ich mich, daß ich in zwei Tagen kräftig genug sein müsse, um zu reisen, und diesen Gedanken verankerte ich ganz fest in meinem Hirn, als ich einschlief.

Den ganzen Tag über schlief ich und wachte nur dann auf, wenn Mister mich weckte. Am folgenden Morgen war ich viel stärker. Nach dem Frühstück stand ich auf, wusch mich und zog mich an und probierte dann zehn Minuten lang meine Beine aus, ehe ich mich wieder hinlegte. Als eine Stunde vergangen war, machte ich einen kleinen Spaziergang draußen vor der Höhle; ich wanderte im Kreis unter dem Überhang immer rundherum. So ging es weiter, den ganzen Tag lang. Ich ruhte mich aus, dann bewegte ich mich, ruhte aus und bewegte mich wieder ein wenig.

Mister und ich wechselten kaum ein Wort. Ich war zu sehr damit beschäftigt, mich auf das zu konzentrieren, was ich tat, und er – so glaubte ich – hatte mir nichts zu sagen. Trotzdem bemerkte ich ein- oder zweimal, daß er mich beobachtete, mit einem Gesichtsausdruck, der halb verwundert und halb verärgert war, als ob es etwas gäbe, das er nicht ganz ausmachen konnte.

In der Abenddämmerung ging ich hinaus, um den Himmel anzusehen und die Luft zu prüfen. Als ich zurück in die Höhle kam, sagte ich: »Wir werden im ersten Tageslicht morgen aufbrechen müssen.«

»Wirst du stark genug sein?«

»Ja, Mister, du mußt mich vielleicht auf Hiobs Rücken festbinden, aber ich werd es schon schaffen.«

Er starrte mich mit hartem Blick an, dann nickte er langsam. »Gut, Jani. Morgen.«

Als wir am nächsten Morgen die Pferde hinausführten, wußte ich, daß wir keine Zeit mehr zu verlieren hatten. Der Himmel im Norden war schwer von kommendem Schnee, und die Temperatur war abrupt gefallen. Ich stand ein paar Augenblicke bei dem Grabhügel, sagte Sembur ein stilles Lebewohl und dankte ihm dafür, daß er mich versorgt hatte. Während ich dort stand, erinnerte ich mich an die Augenblicke, als ich halb gelähmt vom Fieber dagelegen und gehört hatte, wie Sembur und Mister sich unterhielten. Ich hatte gehört, wie Sembur ruhig zugegeben hatte, jemanden getötet zu haben. Wer war das nur gewesen? Eine Maharani, und ihr Gatte . . .

Ich hatte eine unbestimmte Vorstellung, daß eine Maharani eine Art indische Prinzessin war, und der Gedanke, daß Sembur überhaupt eine Frau töten konnte, kam mir absurd vor. Aber er hatte Mister erzählt, daß ich seine Tochter sei, und das konnte ich auch nicht glauben. Ich betrachtete den Haufen Steine, unter denen Sembur lag, und ich stellte mir vor, daß, wie auch immer die Wahrheit aussehen mochte, sie jetzt für niemanden mehr eine Rolle spielen konnte.

Aber der Tag sollte kommen, an dem ich begriff, daß die seltsame und schreckliche Wahrheit für viele Leute eine Bedeutung hatte, nicht nur für mich oder für den Mann, der mir in den vergangenen Tagen das Leben gerettet hatte.

5

MISTER HALF MIR aufsitzen und dann zogen wir los, den Hang hinunter, in die Richtung, wo der Paß nach Süden und Norden führte. Er ging zu Fuß voraus und bahnte den Pferden den Weg, um es ihnen leichter zu machen, denn sie waren jetzt sehr hungrig. Flint folgte ihm mit unserem Zelt und dem Gepäck, und zuletzt kam ich auf Hiob.

Nur das Sitzen im Sattel allein war schon harte Arbeit,

denn ständig stolperten, schwankten und rutschten wir. Unterhalb der Wände des Passes lag der Schnee bis zu drei Fuß hoch, und ich bewunderte Mister die ganze Zeit über dafür, daß er sich immer weiter dagegen anstemmte und uns einen schmalen Pfad erzwang, dem wir folgen konnten. In der ersten Stunde schafften wir eine halbe Meile, in der nächsten eine ganze, denn der Schnee war weniger tief geworden, und in der dritten Stunde noch einmal eine Meile.

Dann ging meine Kraft zu Ende, und ich mußte Mister rufen. Er stapfte zurück zu mir, legte eine gefaltete Wolldecke vor mich, so daß ich mich vornüber dagegenlehnen konnte, befestigte ein Seil um meine Taille und verknotete die Enden unter Hiobs Brust. Er sagte kein Wort, aber er legte seine Hand einen Augenblick an meine Wange und schenkte mir ein kurzes Lächeln von einer Art, die all seinen Ernst und seine Arroganz wegfegte. Das war wie Medizin und flößte mir neuen Mut ein.

Nach fünf Stunden grausamer Plackerei, die ohne Ende schien, waren wir endlich unterhalb der Schneegrenze angelangt. Ohne das Seil wäre ich ein dutzendmal heruntergefallen, aber es bewahrte mich nicht vor der Anstrengung des Reitens, und mein ganzer Körper schmerzte von einer Schwäche, die ich nie zuvor gekannt hatte. Als Mister zu mir zurückgestampft kam und die Tritte seiner Stiefel ein angenehmes Geräusch auf Stein machten, anstatt von Schnee gedämpft zu werden, sah ich, daß seine Augen vor Anstrengung tief in den Höhlen lagen und daß sein Lächeln zu einer festgefrorenen Grimasse geworden war, wie in Mißachtung der Berge, des Passes, des Windes und des Schnees und allem, was uns zu vernichten suchte.

Er blieb stehen, um Atem zu schöpfen, und keuchte dann: »Jani . . . können wir im Hochtal das Zelt aufschlagen?«

Ich schüttelte den Kopf und zwang meine kalten Lippen, Worte zu formen. »Geht nicht, Mister. 'ne Riesenmenge Schnee is' im Anmarsch. Diese Nacht kommt er ganz bestimmt bis in die Vorberge hinunter.«

»Das hab ich mir gedacht, dafür habe ich Flint geschont.« Er löste das Seil, hob mich herunter und setzte mich auf die zusammengefaltete Decke; dann brauchte er mehrere Minuten dazu, all unser Gepäck von Flint auf Hiob zu laden und es gut festzuschnallen. Ich bewunderte ihn dafür, daß er so viel für mich tat, obwohl er mich nicht leiden konnte. Die Lo-bas hätten angenommen, daß es mein Schicksal sei, in den Bergen zu sterben. Sie hätten mich schon vor Tagen in der Höhle allein gelassen. Mister hob mich hoch und setzte mich auf Flint; dann schwang er sich hinter mir in den Sattel und wickelte Hiobs Zügel um sein Handgelenk. Ein wohliges Gefühl der Schwäche überkam mich, als ich erleichtert zurücksank. Durch seinen Körper hinter mir und seine Arme, die meine Seiten stützten, wurde alle Anspannung von mir genommen, und ich hätte fast im Sattel schlafen können. Ich wußte: das Schlimmste war jetzt vorüber, und Mister hatte gewonnen. Die Pferde, die endlich grasen wollten, gingen in gutem, gleichmäßigem Schritt den gewundenen Paß hinunter; noch vor der Dämmerung würden wir nach Galdong kommen.

Während der nächsten paar Stunden döste ich öfters, schaukelte schläfrig in Misters Armen und fühlte mich sicher und ruhig. Einige Zeit, nachdem die Sonne den Zenit überschritten hatte, wachte ich auf und sagte: »Mister . . .?«

»Ja?«

»Vielen, vielen Dank.«

»Das mußt du jetzt schon zehnmal gesagt haben.«

»Wirklich? Tut mir leid, aber ich weiß nich', was ich sonst sagen soll.«

»Versuch zur Abwechslung mal den Mund zu halten.«

Jetzt hatten die Bergdämonen Mister doch eingekreist. Wenn man sehr müde war und lange Zeit in großer Höhe verbracht hatte, tanzten sie einem unsichtbar um den Kopf herum und verursachten schlechte Laune, aber ich wußte, die Dämonen würden nicht bei Mister bleiben, wenn wir erst einmal die Ebene erreicht hätten, und so döste ich weiter. Viel später kam der Augenblick, als ich meine Augen öffnete und die mächtigen goldenen Türme des Klosters von Galdong – nur zwei Meilen entfernt – hinter den Feldern erblickte. Plötzlich fühlte ich mich wie neugeboren, erfrischt, hungrig. Hier war es wärmer, die Luft gehaltvoller, und ich sah Flint mit erhobenem Kopf energisch ausschreiten. Weil er nicht stehenblieb, um zu grasen, merkte ich, daß wir schon früher gehalten haben mußten, damit die Pferde fressen konnten, und ich hatte es verschlafen.

Die folgende Nacht blieben wir in einem Haus des kleinen Dorfes Galdong, das westlich des Klosters lag. Mister war im Begriff gewesen, ein Goldstück für die beiden Zimmer zu bezahlen, die wir mieteten, und ich war so schockiert über seine Dummheit, daß ich vergaß und sehr grob mit ihm sprach.

»Ein Goldstück? Bist du blödsinnig geworden?«

»Es ist doch nur ein halber Sovereign.«

»Das laß die da aber nich' sehen!«

Ich riß es ihm aus der Hand, ehe die Frau, mit der ich handelte, mit ihrem Mann als Unterstützung zurückkehrte. »Her mit 'ner Silberrupie! Schnell!«

Als die Frau mit ihrem Mann erschien, begann ich höflich, die Ärmlichkeit ihres Hauses zu schildern, das Fehlen aller Einrichtungen, die für eine Person von Stand unverzichtbar sind, und unsere außerordentliche Großzügigkeit und Herzensgüte, uns auch nur dazu herabzulassen, zu erwägen, daß wir eine oder zwei Nächte unter ihrem Dach verbringen könnten. Die beiden wiederum schilderten die Pracht des kleinen Lehmziegelhauses und das Risiko, das sie eingingen, indem sie einen fremden Dämon in seine Mauern aufnahmen. Am Ende einigten wir uns auf einen Preis von einem Silberstück für zwei Nächte, mit drei Mahlzeiten pro Tag, davon eine mit Fleisch, und außerdem auf eine Wanne heißes Wasser.

Mister beobachtete mich schweigend und schien der Unterhaltung zu folgen, obwohl er die Sprache nicht kannte. Als der Handel abgeschlossen und wir allein waren, sagte ich ihm die Bedingungen. Da sah ich ihn zum ersten Mal lachen. »Du bist mir wirklich eine Marke, Jani! Du bist vielleicht ein Gauner!«

Ich verstand nicht so richtig, was er meinte, aber ich war ganz stolz auf mich selbst, weil ich ihn zum Lachen gebracht hatte.

Wir sahen nach, ob die Pferde versorgt waren, wechselten uns beim Baden ab, aßen eine reichhaltige Mahlzeit und schliefen die Nacht durch. Am Morgen fühlte ich mich viel kräftiger und sah mit Freude, daß Mister wieder er selbst war, arrogant und kühl. Wie ich erwartet hatte, war dem Hohen Lama unsere Ankunft sofort bekannt geworden, und er hatte nach uns geschickt. Mister machte ein finsteres Gesicht, als ich es ihm sagte und meinte: »Ich komme besser mit.«

»Nein, das darfst du nicht, wenn du nicht eingeladen bist. Außerdem wird Rild nur nach Sembur fragen. Dann wird er sagen, ich kann hierbleiben und Nonne werden, wenn ich will.«

»Und du willst?«

Ich schüttelte den Kopf. »Nein. Und außerdem kann ich hier keine Nonne werden, weil Sembur sagt, sie sind 'ne

Menge Heiden, die nich' an die Bibel glauben. Und ich würd nie was machen, was Sembur aufregt.«

Mister warf mir einen seiner langen, finsteren Blicke zu, als ob er versuchte, sich etwas zusammenzureimen. Ich gab den Blick zurück, denn Sembur hatte mich das gelehrt: ›Schau niemals weg, Jani. Sieh den Leuten immer gerade in die Augen. Egal, ob Vorgesetzter oder Untergebener. Gerade in die Augen!‹

Endlich meinte Mister: »Nun, was immer Sembur gesagt hat, du kannst von Glück sagen, daß du einen Vater hattest, der solche Loyalität in dir geweckt hat.«

»Sembur war nich' mein Papa. Und was du und er gesagt habt, als ich halb geschlafen hab, das is' auch nich' wahr. Sembur hat diese Leute nie umgebracht und ihren Schmuck gestohlen.«

»Er hatte den Schmuck in seinem Besitz.«

»Dann is' er ehrlich drangekommen.«

»Du sagst also, daß Sembur mich angelogen hat, als er die Morde gestand? Du behauptest, er war ein Lügner?«

Ich fühlte mich in die Ecke gedrängt und eine plötzliche Wut auf Mister stieg in mir auf. »Nein, er war kein Lügner!« schrie ich. »Sembur hat dir nur aus einem besonderen Grund alles falsch erzählt in der Nacht. Und wenn ich groß genug wär, würde ich dich schlagen, nur, Sembur hat gesagt, ich soll höflich zu dir sein.« Damit drehte ich mich um und stelzte von dannen, zum Kloster hinüber. Meine Audienz bei Rild verlief genauso, wie ich es erwartet hatte. Ich erzählte ihm, wie Semburs Herz beim Marsch über den Paß ausgesetzt hatte und wie ich krank geworden war. Er stimmte mir zu, daß ein sehr böser, krankheitsbringender Dämon mehrere Kinder in Namkhara getötet hatte, und er meinte, daß ich Glück gehabt hätte, einen, der so mächtig war, überwunden zu haben.

Seine Augen schlossen sich, und nach einer Pause fuhr

er fort: »Dein Weg ist dunkel für mich, der Schleier schwer zu durchdringen ... aber ich sehe eine Frau in Rot, die deine Freundin sein wird, und durch sie wird der kommen, den du fürchten mußt, der dein Feind ist, der Silberne Mann.« Er brach ab, zog zischend den Atem ein; dann öffneten sich seine Augen plötzlich ganz weit vor Schrecken. Ich hatte geglaubt, die Ruhe des Hohen Lama sei nicht zu erschüttern, aber jetzt schien es so, als ob er sich unter dem Stich eines Skorpions wand.

Ahhh ...« stöhnte er. »Im Kreis der Erde und der Wiedergeburt habe ich es niemals für möglich gehalten, solche Macht zu spüren.« Wieder schloß er die Augen, und ich sah seine Lippen sich bewegen, während er Mantras murmelte, um seiner Seele Ruhe zu bringen. Ich begann, ungeduldig hin und her zu rutschen, wollte endlich gehen, als er sprach: »Mit dem Wandeln der Sterne wirst du zu uns zurückkehren, mein Kind. Bis dahin geh mit meinem Segen.«

Ich gab die vorgeschriebene Antwort: »Möge es meiner Befreiung vom Rad der Wiedergeburt eine Hilfe sein, Hochgeborener.« Dann kam Mudok, um mich durch die vielen Gänge, Kammern und gewundenen Treppenhäuser zu führen, die uns endlich zu den großen Toren des Klosters brachten.

Ich hatte kaum von Rilds Worten Notiz genommen, denn ich war damit beschäftigt, an die Vorbereitungen für die Reise nach Süden zu denken. Nicht eher, als bis das Jahr der Eisernen Maus kam und ich schon jahrelang in einer anderen Welt gelebt hatte, sollte ich mich an die Worte erinnern, die der Hohe Lama von Galdong an diesem Wintertag im Land Smon T'ang gesprochen hatte.

Als ich zu unserer Unterkunft zurückkam, fand ich Mister damit beschäftigt, die Pferde abzureiben. Ich half ihm schweigend, dann schluckte ich meinen Stolz hinunter und sagte: »Es tut mir leid, daß ich ungezogen zu dir war, Mister.«

Er warf mir einen amüsierten Blick zu. »Nicht so schlimm. Was ist im Kloster geschehen?«

»Nicht viel. Nur das, was ich gesagt hab.«

»Ich würde gern morgen nach Süden aufbrechen, damit du so bald wie möglich in ärztliche Behandlung kommst.«

»Ich fühl mich aber nich' so, als ob ich in drei Wochen krank werde.«

»Wenn ich mich geirrt habe, hat's keinem geschadet. Würdest du mir raten, einen Yak für die Reise zu kaufen?«

Ich dachte darüber nach und sagte dann: »Solang ich dabei bin, is' es schon in Ordnung, 'nen Yak mitzunehmen, und bei dem Gepäck is' er sicher 'ne große Hilfe.«

»Was meinst du mit ›es ist in Ordnung, solange ich dabei bin‹?«

»Weil du zweimal so lange für die Reise brauchen würdest, wenn ich nich' dabei bin. Ich kann mit Yaks reden, und sie tun, was ich sage.«

»Mit den Yaks reden?« Er hielt in seiner Arbeit inne, um mich anzustarren.

»Na, mit eigentlich jedem Tier. Nicht mit niederen, wie Schlangen, aber mit den vierbeinigen, wie Ziegen oder Pferden oder Bären.«

»Bären?«

»Sie sind nett. Einmal hab ich mit einer Schneeleopardin gesprochen. Zuerst war sie mißtrauisch, aber kurz drauf haben wir uns angefreundet. Es macht mir nichts aus, wenn du lachst, Mister.« »Ich lache nicht.« Und in der Tat, sein Gesicht war nachdenklich. »Ich habe gesehen, wie du und Flint an dem ersten Tag, als ich dich traf, Freunde geworden seid, und ich würde sagen, er ist schwieriger als ein Schneeleopard. Gut, wir kaufen noch heute einen Yak und Vorräte für die Reise, und morgen brechen wir auf.«

Als der sechste Tag gekommen war, fühlte ich mich gesundheitlich wieder ganz wie ich selbst und alle Schwäche war vergangen. Noch immer war in mir eine schmerzhafte Leere wegen Sembur, aber während der langen Tage der Reise durch die stillen Hügel hatte ich viel Zeit zum Nachdenken, und ich war sicher, daß Sembur selbst sich gewünscht haben würde, in den hohen Bergen zu sterben, anstatt nach Indien gebracht zu werden und dem gegenüberzustehen, was ihn dort erwartete. Ich hatte aufgehört, mir wegen meiner eigenen Zukunft Gedanken zu machen, und ich stellte mir vor, daß Mister und ich einfach immer weiter so reisen würden, über Berge und Vorgebirge, über reißende Flüsse und weite Ebenen, auf einer Reise ohne Ende.

Während die Tage vergingen, hatte ich ein einfaches Lebensmuster entwickelt. Jeden Morgen machte ich ein gutes, heißes Frühstück, während Mister unsere beiden Zelte faltete und Flint und Hiob versorgte, die jetzt gute Freunde geworden war. Keiner von beiden mochte den Yak, dessen Name Neb war und der die beiden seinerseits von Herzen verachtete. Ich hatte ihn Neb getauft nach Nebukadnezar, der das Gras auf den Feldern aß.

Wenn wir uns mit unseren Arbeiten beschäftigten, oder auch beim Reiten, plauderten wir manchmal ein wenig, wenn auch nie sehr viel. Aber unsere Schweigsamkeit war nicht unfreundlich. Sie kam vielmehr daher, weil wir aus verschiedenen Welten kamen und fast nichts Gemeinsames hatten. Früh genug vor Sonnenuntergang hielten wir an, schlugen das Zelt auf und wuschen den Staub und Schweiß der Tagesreise ab, ehe wir unser zweites und letztes Mahl des Tages kochten. Das war die Zeit, die ich am liebsten hatte, wenn wir in der Dämmerung am Feuer saßen und die ganze Erde still war, bis auf das Stampfen eines Hufes oder ein kleines Schnauben von einem der Tiere. Oft mußte ich auf dem Weg Neb liebevoll dazu überreden, sich schneller zu bewegen oder sich überhaupt zu bewegen. Das faszinierte Mister jedesmal. Mit einem halben Lächeln sah er mir dann zu, und hinterher schüttelte er immer verdutzt den Kopf. »Was sagst du zu ihm, Jani?«

»Ach, nur was mir so gerade in den Kopf kommt. Manchmal schmeichel ich ihm und hin und wieder schimpf ich ihn aus.«

»Und das mußt du in der Sprache von Smon T'ang tun?«

»Die Sprache is' egal. Es kommt eigentlich nich' so drauf an, was man sagt, sondern was man denkt. Nein, mehr, was man fühlt.« Mister zeigte auf Neb, der gerade nicht mehr weiterwollte, und der jetzt, seinen Kopf mürrisch von uns abgewendet, jenseits eines kleinen Flusses stand, den wir eben überquert hatten. »Sprich diesmal Englisch mit ihm, Jani.«

Ich stieg von Hiob herunter, ging zu Neb hinüber und rubbelte mit der bloßen Hand kräftig sein Kinn, während ich sanft seine Nase anhauchte. Ich verstand, daß er traurig war und Ermutigung brauchte, und ich sagte: »Armer, alter Neb, du bist so ein braver Junge gewesen, nicht wahr! Ich hab mich ja so darüber gefreut, wie du die ganze große Ladung bis jetzt geschleppt hast. Und jetzt sieh dir mal an, wie diese komischen Pferde, die nich' mal anständige Wolle haben, angeben und so tun, als ob du nich' mit ihnen mithalten könntest . . .« Neb rührte sich und drehte den Kopf, um mich anzusehen. Als ich noch ein Weilchen weitergeplaudert hatte, fing er an, sich zu bewegen und stampfte hochmütig und entschlossen an den Pferden vorüber.

Mister nahm seine Filzkappe ab, fuhr sich mit den Fingern durch das schwarze, krause Haar und stieß ein kleines entzücktes Lachen aus. »Donnerwetter. Ich wünschte, die Stallknechte, die unsere Polo-Ponys versorgen, hätten deine Gabe.«

Von Smon T'ang überschritten wir die Grenze nach Nepal und zogen beständig weiter nach Süden durch das große Tal zwischen den weißen Gipfeln des Anapurna und Dhaulagiri, stiegen vom Hochland, wo Fichten und Birken und die riesenblütigen Rhododendren wuchsen, zu den Hängen hinab, wo der Wind sanfter durch Pinien, Eichen und Walnußbäume wehte. Wir schwenkten nach Osten, nach Pokhara, wo Mister unsere Packtaschen mit frischen Vorräten füllte. Dann zogen wir wieder nach Süden, in Richtung auf Bethari und die indische Grenze.

Am zehnten Tag, als Mister wieder als erster an der Reihe war, sich in dem Eimer Wasser zu waschen, das ich angewärmt hatte, sah ich nach dem silbernen Medaillon, das auf seiner Brust hing, wie ich es immer tat, seit es in jener Nacht in der Höhle so etwas wie ein Talisman für mich gewesen war.

Ich nahm all meinen Mut zusammen und zwang mich, ihn anzusehen, und nicht die Fleischstücke, die ich briet. Dann sagte ich: »Kann ich dich mal was fragen, Mister?«

Er sah von dem Rasiermesser auf, das er gerade zu seinem anderen in das Lederetui zurücksteckte, und sagte zerstreut: »Warum nicht?«

»Ich bin nich' sicher, ob es höflich is'.«

»Probier's mal. Dann sag ich's dir.«

»Ich frag mich, was das Medaillon bedeutet.«

Er kam auf mich zu und löste die Kette, während seine Zähne im frühen Morgenwind ein bißchen klapperten.

Dann legte er das ganze Ding in meine Hand und wandte sich ab, um sein feines wollenes Unterhemd anzuziehen. Jetzt sah ich, daß die dicke Scheibe aus Silber, ungefähr zweimal so groß wie mein Daumennagel, mit einem goldenen Stern eingelegt war, der fünf Zacken hatte. Ich drehte das Medaillon um. Auf der Rückseite war ein Spirale aus winzig kleinen Schnörkeln und Kringeln und ich erkannte, daß dies eine Art Schrift sein mußte.

Ich sagte: »Ist das eine fremde Sprache, Mister?«

»Ja. Eine Sprache aus Indien, die Hindi heißt.«

»Was heißt es?«

»Oh, es ist eine Art Gedicht. Nichts Wichtiges.«

»Hat dir jemand das geschenkt?«

»Eine Dame. Jetzt hör auf, Fragen zu stellen.«

»Entschuldige. Es hat mich nur interessiert.« Ich gab ihm das Medaillon zurück und sah wieder die Fleischstreifen in der Pfanne an.

Fast von einem Tag auf den anderen wurde die Luft warm und feucht, und wir fanden uns auf der Reise durch ein Land, das ganz ungewohnt für mich war. Einen ganzen Tag lang zogen wir auf einem Weg entlang, der durch Wald führte und an Dörfern vorüber, wo dunkelhäutige Menschen uns anstarrten, wenn wir vorbeikamen. Früh an diesem Tag verkauften wir Neb an eine Gruppe von Händlern, die nach Norden gingen, denn er war dieses Klima nicht gewohnt und zeigte Anzeichen von Unwohlsein. Ich war in der gleichen Lage wie Neb, denn die Luft schien mir viel zu dick und schwer, aber ich versteckte meine Übelkeit. Wir ritten jetzt in leichter Kleidung; ich trug eine meiner Tuniken und Mister ein Hemd, aber wir brauchten unsere wärmeren Kleider trotzdem nach Sonnenuntergang, denn die Nächte waren kalt.

Solange es mir gelang, die Tatsache aus meinem Gehirn zu verbannen, daß unsere Reise einmal enden würde, war ich seltsam glücklich während dieser ganzen Zeit. Ich hätte nicht sagen können, warum. Vielleicht, da ich Sembur verloren hatte, kam es daher, daß ich so froh war, eine kurze Zeit unter Misters Obhut zu stehen.

Oft wünschte ich mir, mehr über ihn zu wissen, aber er sprach niemals über sich selbst. Manchmal, wenn wir unser Lager aufschlugen und darauf warteten, daß das Essen gar wurde, stellte er mir eine Menge Fragen; nicht über mich, aber über das Land Bod. Er nannte es Tibet, wie Sembur es auch genannt hatte, und offensichtlich war es für die Außenwelt ein großes Geheimnis. Mister fragte mich, wie das Volk regiert würde, ob dort viele Soldaten wären, wie viele Pässe es von Smon T'ang aus über die Berge gäbe, ob die alten Festungen in den Ebenen dahinter stark bemannt wären und viele andere solcher Fragen. Ich antwortete, so gut ich konnte, aber ich war überrascht, denn bei einzelnen Dingen, die er mich fragte, war ich ganz sicher, daß er mehr über Bod wußte, als ein völlig Fremder wissen konnte.

Als ich ihn fragte, ob er schon einmal nach Tibet gekommen sei, sagte er: »Ja, aber nicht auf dem Wege, den du benutzt. Ich war dort sechs Monate letztes Jahr, aber weiter östlich, zwischen Lhasa und der Grenze.«

»Warum bist du dahin gegangen, Mister?«

»Stell mir nicht so viele Fragen.«

»Ich?« Ich sah ihn ungläubig an. »Du bist doch derjenige, der immer mehr Fragen stellt. Hunderte!«

Er sah mich mit einem seiner finsteren Blicke an. »Kleine Mädchen, wie du eines bist, sollte man sehen, aber nicht hören.«

Ich mochte seinen finsteren Blick und tat mein Bestes, ihn zu imitieren, während ich über unser kleines Kochfeuer zu ihm hinübersah. »Du hast eine lange Nase«, sagte ich, »und Augenbrauen wie Haken, und du siehst aus wie ein fremder Dämon.«

Sein Gesicht verzog sich in einer lustigen Art, und er antwortete: »Ich dachte, du sollst höflich zu mir sein.«

»Oh. Ja, das soll ich, aber ich vergeß es manchmal! 'Tschuldigung.«

»Bitte«, sagte Mister.

Am fünfzehnten Tag wachte ich in der Nacht auf und fühlte mich krank; mein Herz schlug heftig, und eine schreckliche Schwäche kroch durch mich. Als der Morgen kam, hatte ich kaum noch die Kraft, zu stehen. Mister fühlte meinen Puls und meine Stirn, dann biß er sich auf die Lippen.

»Es ist schneller gekommen, als ich dachte, Jani«, sagte er kurz, »wir haben viel geschafft, aber drei Tage müssen wir noch aushalten.« Er legte mich auf mein Bettzeug und zog die Decke über mich. »Du ruhst dich aus, während ich das Frühstück mache und das Zelt abbreche.«

An diesem Morgen ritt ich wieder angebunden auf Hiobs Rücken, und ich schlingerte und schaukelte im Sattel hin und her. Irgendwann am Nachmittag bemerkte ich, daß ich auf Flint saß, mit Mister hinter mir, und er hielt mich fest, genauso wie er mich auf dem Weg über den Paß gehalten hatte. Vielleicht war es auch anders, denn manchmal schien ich wieder zu dem Ort hinzutreiben, wo nichts geschah und die Zeit stillstand.

Eine kurze Zeitspanne lang kam ich wieder aus dieser fernen Welt zurück, und ich sah einen neuen Tag. Die Sonne war nicht mehr als zwei Stunden aufgegangen, die Luft war wärmer, der Geruch der Erde anders. Ich saß nicht mehr auf Flint, sondern auf etwas Weichem, einer gefalteten Decke vielleicht, und Misters Arme umfingen schützend meine Schultern, während mein Kopf an seiner Brust ruhte.

Ich flüsterte: »Wo is' Hiob?«

Er blickte nieder und ich sah, daß sein Gesicht vor Müdigkeit verzerrt war. »Hinter uns, an der langen Leine; er trägt das Gepäck und ist ganz brav. Wie geht's dir, Jani?«

»Irgendwie ... komisch. Du mußt unheimlich müde sein, so wie du mich die ganze Zeit getragen hast.«

»Schlaf, Jani. Das ist die einzige Medizin, die ich dir bieten kann.« Dann kam eine Zeit, als ich durch den Klang einer Sprache aufwachte, die mir unbekannt war. Ich lag in einer kleinen Karre, etwas, das in Smon T'ang niemand kannte, aber von dem ich in meinem Buch, »Geschichten von Jessica«, Bilder gesehen hatte. Ich schien auf einer Matratze aus Stroh zu liegen, und ich konnte Misters Stimme hören, die scharf sprach, mit einer Warnung darin, so als ob er dem Fahrer befahl, vorsichtig zu fahren. Unbestimmt erkannte ich, daß wir ein Dorf erreicht haben mußten, wo wir einen Karren mit Fahrer gemietet hatten. Nach einer weiteren Zeit der Leere hörte ich ein Gemisch von Lauten, das Rasseln von Rädern, Hufgeklapper, und das Schnattern und Murmeln von vielen Stimmen. Ich konnte Früchte, Gemüse, Rauch, Tiere, Menschen riechen, und ich wußte, wir waren in einer Stadt. Dann verschwanden die Geräusche. Der Karten hielt.

Mister hob mich heraus und trug mich durch ein großes Tor zu einem kühlen Ort. Jemand sprach mit ihm. Ich hörte seine Stimme, scharf und fordernd: »Es ist mir verdammt gleichgültig, wie der Dienstweg funktioniert. Dieses Kind kommt sofort in die Pflegestation und dann einen höflichen Gruß an die Oberschwester, oder wie sie sonst genannt wird, ich wäre ihr sehr dankbar, wenn ich sie sprechen könnte, sobald sie einen Augenblick frei ist.«

Ich lag auf einem schmalen Bett, das sich einen Korridor entlang bewegte. Eine Dame mit einer weißen Haube sprach mit jemand und fing an, mir meine Kleider auszuziehen. Ihr Haar hatte die Farbe von Korn und ich starrte verwirrt dorthin. Nie zuvor hatte ich blondes Haar gesehen. Dann verschwamm alles, und ich war wieder weit fort, in dem fernen Land, wo nichts geschah und die Zeit sich nicht weiterbewegte.

Unwillig kam ich in die Wirklichkeit zurück, und ich wußte, daß ich lange fortgewesen war. Ich lag in einem Bett mit weißen Laken und trug ein verwaschenes Nachthemd aus Flanell. Das Zimmer war klein, und ein dunkelhäutiges Mädchen, das eine weiße Schürze über dem Kleid trug, wischte den Boden auf. Als ich ein Geräusch von mir gab, lächelte sie, sagte etwas in einer fremden Sprache und ging dann hinaus. Einen Augenblick später kam sie wieder zurück in Begleitung einer Dame, die ganz in Schwarz gekleidet war, abgesehen von einer weißen Spitze auf ihrer Haube. Ich sollte erfahren, daß sie eine englische Heilige Frau war, eine Nonne, und daß dies ein Pflegeorden war, der das kleine Krankenhaus leitete. Es war der katholischen Mission in Ghorakhpur angeschlossen. Ein paar Schwestern, die keine Heiligen Frauen waren, halfen ihnen, so wie die Dame mit dem blonden Haar, die ich am ersten Tag gesehen hatte.

Die Nonne stand neben meinem Bett, lächelte und sagte: »Nun, junge Dame, du hast uns allen einen ganz schönen Schrecken eingejagt. Es ist jetzt schon fünf Tage her, weißt du? Wie fühlst du dich denn heute morgen?«

»Ein bißchen . . . ein bißchen schwach, aber sonst ganz in Ordnung, danke, Miss.«

»Nenn mich Schwester. Schwester Ruth. Du bist uns allen so etwas wie ein Rätsel, Jane.«

»Ich bin Jani, Miss. Schwester.«

Die Nonne hob ein Brett, auf dem ein Papier befestigt war, vom Fußende meines Bettes. »Wir haben dich als Jane eingetragen. Jane Burr.«

Unsicher fragte ich mich, warum jemand diesen Namen für mich ausgewählt hatte. Kein Zweifel, Jane war die englische Art, meinen Vornamen auszusprechen, aber in Smon T'ang hatte ich nie einen Nachnamen gehabt, und ich konnte mir nicht denken, warum sie mich Jane Burr nennen sollten. Die Nonne sagte: »Major Crossland vom Militärhospital kam gestern zu seiner wöchentlichen Visite, wie gewöhnlich. Er ist ein wunderbarer Arzt und hat dich gründlich untersucht. Erinnerst du dich?«

»Na ... nich' richtig, Schwester.«

»Macht nichts. Er war wegen deines Herzens beunruhigt, weil in diesen Fällen manchmal das Herz geschädigt wird, aber es scheint so, als ob du sehr stark und gesund bist.« Sie strahlte mich an. »Wir rechnen damit, daß wir dich bald aufstehen lassen und innerhalb eines Monats heim nach England schicken können.«

Ich sagte: »Bitte ... wo is' Mister? Kommt er mich besuchen?«

»Wer, Kind?«

»Mister. Ich ... Ich hab seinen Namen vergessen. Der Herr, der mich hergebracht hat.«

»Oh, der junge Captain. Nein, er hat uns vor drei Tagen wieder verlassen, Jane. Er hatte Befehl, sich in Kalkutta zu melden, und er ist mit dem Zug gefahren; sein wunderbares Pferd war in einer Transportbox.«

Ich hatte gewußt, daß er fort sein würde, zurück in seine eigene Welt, und daß ich ihn nicht wiedersehen würde. Und doch, es gesagt zu hören, war wie der Schock von einem unerwarteten Faustschlag. Ich zuckte zusammen, und Panik erfüllte mich bei dem Gedanken, daß ich jetzt wirklich allein war. Mein Mund verzog sich unter dem Drang zu weinen, und ich drehte mich auf die Seite und nahm die Hand hoch, um meine Kehle zu umfassen, wo plötzlich ein dicker Kloß saß. Meine Finger berührten etwas unter dem Nachthemd, etwas Kleines, Rundes. Ich traute mich kaum zu glauben, daß meine Hoffnung wahr sein konnte, tastete an meinem Hals, fand die zarte Kette und zog sie hervor. Im nächsten Moment starrte ich das Medaillon mit dem eingelegten goldenen Stern an.

Ich drehte das Medaillon um und schaute mit tränenverschleiertem Blick auf die Spirale aus winzigen Schriftzeichen auf der Rückseite. Ein Gedanke kam mir, und ich flüsterte: »Schwester ... entschuldigen Sie, aber ... Sie können nich' zufällig ... Hindi lesen?«

»Ich selbst nicht, Liebes«, hörte ich sie fröhlich sagen, »aber Schwester Maria kann es. Sie hat ein Vergrößerungsglas benutzt, um die Inschrift auf der Medaille zu lesen, die der junge Captain dir hiergelassen hat – wenn es das ist, worüber du dir den Kopf zerbrichst.«

»Wissen Sie, was es heißt, Miss – ich meine natürlich Schwester?«

»Ja. Schwester Maria hat es aufgeschrieben.« Sie drehte das kleine Brett um, das sie in den Händen hielt, und schaute auf ein Papier, das auf der Rückseite festgeklammert war. »Offensichtlich ist es in Hindi viel poetischer, aber es hat etwa diese Bedeutung:

Hier ist ein Zeichen, das dich an einen
Freund erinnern soll.
Es bringt vielleicht kein Glück,
schützt dich nicht vor dem Schicksal
oder vor deinem Feinde.
Es ist nur zur Erinnerung.
Behalt es, bis im Tal der Mondbaum blüht,
dann gib es mit frohem Herzen einem Freund,
und geh deinen Weg.«

Ich vergrub mein Gesicht in den Kissen und ließ den Tränen freien Lauf. Mein Herz war gebrochen und gleichzeitig voller Freude, denn ich hielt das Medaillon ganz fest in meiner Hand, dies Zeichen, das sagte, ich sei seine Freundin. Er hatte es mir gegeben ... mir, zur Erinnerung.

Und solange ich mich erinnerte, würde ich niemals wieder ganz allein sein.

6

ZUM ERSTEN MAL sah ich England drei Monate später, als ich die Insel Wight erblickte. Eine Stunde später segelte unser Schiff eine breite Strecke Wasser hinauf, die Solent genannt wurde, und dann landeten wir in Southampton in einem beständigen Nieselregen. Ich nannte dieses Land nicht mehr Enkland, weil ich bemerkt hatte, daß andere Leute kein Ka anstatt des Ge zur Betonung benutzten, wie Sembur das getan hatte. Wie es jetzt stand, sprach ich überhaupt nicht mehr, und ich war schon fast acht Wochen lang stumm gewesen. Jeder dachte, es sei die reine Bosheit, und meine Undankbarkeit sei unentschuldbar, aber sie hatten unrecht. Wenn ich allein war, sprach ich mit mir selbst, aber wenn ich versuchte, irgend etwas zu anderen zu sagen, schienen mein Hals und meine Zunge gelähmt zu sein.

Ich hatte Angst, die ganze Zeit. In den »Geschichten von Jessica« hatte ich wenigstens ein bißchen über die Welt außerhalb von Smon T'ang gelesen, und während all der Jahre hatte Sembur mir viele erstaunliche Tatsachen erzählt. Aber von einer riesigen eisernen Lokomotive, oder einem gewaltigen Schiff, oder einer Stadt, in der die Menschen wie Ameisen durcheinanderwimmeln, oder einem Meer, das bis zum Horizont reicht, erzählt zu bekommen, ist ganz anders, als diese unglaublichen Dinge zu erleben. Ich war genauso verängstigt wie ein englisches Kind gewesen wäre, das sich bei einer Karawane von Yaks und Ponys wiedergefunden hätte, die durch das Land Bod reiste.

Während der ganzen Reise stand ich unter der Aufsicht von Miss Foot, die Gouvernante in Indien gewesen war und jetzt nach Hause zurückkehrte. Von einer Wohlfahrtsorganisation der Armee wurde ihr eine kleine Summe gezahlt, damit sie mich nach England begleitete, wo man in einem Waisenhaus, das ›Adelaide-Crocker-Heim für Waisenmädchen‹ hieß, einen Platz für mich gefunden hatte. Es war vor mehr als fünfzig Jahren von einer Dame namens Miss Adelaide Crocker gegründet worden.

Miss Foot war eine dünne Dame mit grauem Haar und einer Nase, die wie ein Schnabel aussah. Wir haßten uns. Ich war zu bange, auch nur einen Finger zu rühren, weil ich genau wußte, es würde falsch sein. Nach Miss Foots Meinung hatte ich einen schlechten Gang, eine schlechte Haltung, saß schlecht, hatte schlechte Manieren, schlechte Launen und war schlecht erzogen. Ich haßte sie, weil ich mich an all die Mühe erinnerte, die Sembur sich gegeben hatte, um mich ordentlich zu erziehen, und ich fühlte, daß alles, was sie sagte, ihn beleidigte. Miss Foot haßte mich wegen aller meiner Fehler, aber hauptsächlich deshalb, weil ich ein Halbblut war. Ich reimte mir zusammen, daß dies bedeutete, daß ich halb englisch und halb indisch war, und ich war völlig verwirrt darüber, daß sie das für eine solche Sünde hielt.

Weil ich stumm war, schien sie zu denken, daß ich deshalb auch kein Gehör oder keine Gefühle hätte, und sie pflegte über mich zu sprechen, als ob ich nicht da sei, auch wenn ich neben ihr saß.

»... wir haben alle unser Kreuz zu tragen, Mrs. Stoddard, und Jane ist mir eine große Bürde. Ich hatte mir Ruhe und Frieden erhofft für diese Reise, aber – schlag deine Füße nicht übereinander, Jane! – ich habe sehr wenig Ruhe, das versichere ich Ihnen. Das Kind ist natürlich ein Halbblut, ihr Vater war ein gemeiner Soldat, der in Jahanapur eine Inderin geheiratet, dann irgendein schreckliches Verbrechen begangen hat und mit dem Kind nach Tibet geflüchtet ist. – Laß deinen Kopf nicht so hängen, Jane! – Wie bitte, Mrs. Stoddard? Oh doch, sie kann sprechen. Sie sprach völlig ohne Scheu, an dem Tag, an dem ich sie zum ersten Mal in Gorakhpur sah, aber wie ein Straßenkind und so schrecklich ordinär. Ich war aufs höchste erstaunt, daß die britischen Behörden ein halb-indisches Kind nach England schicken, aber es scheint, als ob irgend jemand eine Menge Einfluß genommen hat. Jemand, der auch die Reise bezahlt. – Halt die Knie zusammen, Jane!« Ich nahm die Knie zusammen, legte meine gefalteten Hände darauf und setzte mich sehr gerade hin, in der Hoffnung, weitere Klagen zu vermeiden. Wenn jemand meine Reise bezahlt hatte, um sicherzugehen, daß ich nach England gebracht wurde, dann konnte das nur Mister gewesen sein. Er hatte das Versprechen gehalten, das er Sembur gegeben hatte, als dieser in jener Nacht sterbend in der Höhle lag, das Versprechen, daß er alles, was in seiner Macht stand, tun würde, um sicherzustellen, daß ich nach England geschickt wurde.

An einem grauen Tag im Januar sah ich Miss Foot zum letzten Mal und trat in das Adelaide-Crocker-Heim für Waisenmädchen ein, welches in einem Teil Londons lag, der Bermondsey hieß und wo ich die nächsten zweieinhalb Jahre verbringen sollte. Es waren keine unglücklichen Jahre für mich, nachdem ich mich an das Leben dort gewöhnt hatte. An dem Tag meiner Ankunft, sobald Miss Foot mich abgegeben hatte und gegangen war, fand ich heraus, daß ich wieder frei sprechen konnte. Das war eine riesengroße Erleichterung, und es half mir in der ersten Woche der Unsicherheit, als die anderen Mädchen mich mißtrauisch beobachteten und feindlich zu sein schienen. Ich sollte noch herausfinden, daß sie immer so waren bis sie ein neues Mädchen kennengelernt hatten, und in der Tat, ich selbst benahm mich später genauso.

Die Anzahl der Mädchen variierte von sechzig bis siebzig und ihre Altersstufen von fünf bis vierzehn. Die Leiterin war Miss Callender, die ungefähr wie Miss Foot aussah, aber ganz anders war. Sie hatte zwei Assistenten, von denen die eine geliebt, die andere gehaßt wurde.

Von der Spendensumme, die nach dem Testament von Adelaide Crocker jedes Jahr an das Waisenhaus abgegeben wurde, gab Miss Callender jeden irgendwie verzichtbaren Pfennig für Lebensmittel aus, deshalb aßen wir zwar einfach, aber gut. Unsere Kleidung war schauerlich, weil Miss Callender es haßte, dafür Geld auszugeben. Wir trugen ein seltsames Sammelsurium von Kleidern, Röcken und Unterwäsche aus den Bündeln alter Kleider, die für uns von den Pfarrleuten, wie wir sie nannten, gesammelt wurden. Diese Kleider wurden geflickt, gefärbt, gewendet, weitervererbt und wieder geändert, solange die Fäden zusammenhielten. Alte Wollsachen, die von den Pfarrleuten an uns geschickt wurden, kamen in die Wäsche, wurden aufgezogen und dann verstrickt, oder verhäkelt, um Schals und Fäustlinge für den Winter herzustellen.

Unsere Stiefel bekamen wir aus zweiter Hand von einer Schule für junge Damen. Sie wurden immer wieder von Douch, einem mürrischen Hausmeister und Faktotum, repariert, der jede einzelne von uns verachtete. Alle Stiefel hatten die Spitzen abgeschnitten, so daß sie einer großen Anzahl von Schuhgrößen entsprechen konnten. Das meiste, was Miss Callender murrend für Kleidung ausgab, ging für Strümpfe und Unterwäsche drauf. Unsere Strümpfe waren aus schwerem Wollzwirn, unsere Unterhemden aus dickem Flanell und unsere Unterhosen aus schrecklich steifem, ungebleichtem Nessel.

Einige der Mädchen im Waisenhaus waren furchtbare Kreaturen, manche waren dreist. Als ich gerade angekommen war, gab es drei, die auf dem Strich gewesen waren. Ich wußte damals nicht, was dieser Ausdruck bedeutete, »auf den Strich gehen«, aber nachdem ich sechs Monate mit dieser Mischung von Mädchen im Waisenhaus verbracht hatte, gab es nur noch wenig, was ich über die Schrecken des Lebens unter den Armen von London nicht wußte.

Wir hatten jeden Tag Unterricht und wurden in Lesen, Schreiben, Rechnen, Nähen, Stricken und Häkeln unterrichtet. Von den älteren Mädchen wurde erwartet, daß sie auf die kleineren aufpaßten, was bedeutete, daß wir immer damit beschäftigt waren, sie zu waschen, anzukleiden, ihnen zu helfen, ihr Bett zu machen und ihnen zu zeigen, wie sie sich selbst helfen konnten, und außerdem bei den Mahlzeiten auf sie zu achten.

Nur ein einziges Mal hatte ich wirklichen Ärger, als ich mich eingewöhnte, und zu der Zeit war ich froh, daß ich schon als kleines Kind in Namkhara rauhe Spiele mit Jungen, die größer waren als ich, gespielt hatte. Dabei hatte ich eine nützliche Lektion gelernt . . . daß die Art, einen Schläger kleinzukriegen, die ist, ihn zu überraschen und ihm weh zu tun, und das gleich zu Anfang. Eines der Waisenhaus-Mädchen, das von der Straße aufgelesen worden war, entpuppte sich als ein bösartiges Geschöpf und als Schläger. Die anderen Mädchen hatten Angst vor ihr, und sie ließ sie für sich arbeiten, als ob sie ihre Sklaven wären. Am Ende meiner ersten Wochen richtete sie ihre Aufmerksamkeit auf mich und befahl mir, ihr meine Stiefel aus geflochtenem Yakhaar zu überlassen, die ich mitgebracht hatte und noch immer trug. Mit einem nervösen Gefühl in meinem Magen sah ich sie an und sagte: »Du bist 'nen Kilometer zu groß dafür. Und außerdem, solange sie mir passen, gehören sie mir, Daisy. Wenn sie mir zu klein werden, geb ich sie dem, den ich leiden kann.«

Daisy näherte sich mir langsam, die Fäuste auf den Hüften.

»Mann, hör dir die mal an!« feixte sie. »Willste 'ne schöne Abreibung, Fräulein Vornehm?«

Ich erfaßte, daß dies nicht mit bloßen Worten enden würde und daß ich es schnell entscheiden mußte. Sanft sagte ich: »Ich will keinen Streit mit dir, Daisy, ehrlich, das will ich nich' . . .« und trat ihr, indem ich meinen Rock raffte, sehr fest gegen das Knie. Sie stieß einen fürchterlichen Schmerz- und Wutschrei aus und humpelte fort zu ihrem Bett, während sie jammerte, daß ich sie verkrüppelt hätte.

An diesem Tag gewann ich eine Menge Freunde und wurde eine Art von Beschützerin für viele, die von Daisy herumgeschubst worden waren. Für die sechs Monate, die sie noch im Waisenhaus verbrachte, verursachte sie mir keinen Ärger mehr.

Die Jahreszeiten kamen und gingen, und das Waisenhaus wurde meine kleine Welt. Ich genoß den Unterricht, genoß es, aus alten Kleidungsstücken selbst dann noch etwas zu machen, wenn das kaum möglich schien, und es machte mir Freude, auf die kleinen Mädchen aufzupassen und zu sehen, daß sie mir vertrauten und sich auf mich verließen. Aber der schönste Teil jedes Tages war der Spaziergang, wenn wir i Paaren wie ein langes Krokodil eine Meile weit zum Park gingen.

Ich hatte in meinem Leben mehr Tagesstunden draußen unter freiem Himmel verbracht als drinnen, und manchmal kam es mir so vor, als ob die Mauern des Waisenhauses mich erstickten. Nach den Reisen, die ich schon gemacht hatte, war die eine Stunde Spazierengehen im Park kurz genug, aber für mich wurde sie zur täglichen Freude, gleich, wie das Wetter war.

Wenn ein Mädchen vierzehn wurde, suchte man eine Stelle für sie, gewöhnlich als Dienstmädchen, aber manchmal auch bei einer Schneiderin oder in einer Fabrik im East End, oder, sehr selten, auf einer Farm. Ich blieb, bis ich fünfzehn war, ein Jahr länger als ich eigentlich sollte, denn Miss Callender fand, daß ich eine große Hilfe bei den kleinen Kindern war. Ich hätte vielleicht sogar bleiben können, um eine Art unbezahlte Assistentin zu werden, wenn ich mich nicht mit einem unangenehmen Mädchen namens Dicke Alice angelegt hätte, die die Aufsicht über einen anderen Schlafsaal hatte. Sie mußte dauernd stänkern, und eines Tages verlor ich die Beherrschung und schlug sie. Das war das erste Mal, daß ich so etwas getan hatte, seit ich Daisy am Ende der ersten Woche getreten hatte, aber es wurde viel Aufhebens von dieser Sache gemacht, und Miss Callender entschied, daß es Zeit für mich wurde, zu gehen.

Obwohl ich immer mein äußerstes beim Nähen getan hatte, für Nadelarbeit hatte ich keinerlei Talent, und ich wollte auch nicht in eine Fabrik, denn ich hatte finstere Geschichten über die Verhältnisse an solchen Orten von den anderen Mädchen gehört. Ich hatte die Absicht, als Dienstmädchen zu arbeiten, aber zu meiner großen Freude ließ mich Miss Callender eines Tages holen, etwa zwei Wochen nach dem Zwischenfall mit der Dicken Alice, und sagte, daß sie eine Stelle für mich auf einer Farm in Hampshire gefunden habe.

»Eine Farm, Miss!«

»Nun, vielleicht nicht ganz eine Farm, Jane. Eine kleine

Landwirtschaft. Sie wird von dem Eigentümer und seiner Frau geführt, Mister und Mrs. Gammidge. Sie haben ein Bauernhaus und ein paar Morgen Land. Es scheint, als ob sie nicht mit Kindern gesegnet sind, und jetzt, wo sie im mittleren Alter sind, brauchen sie ein paar zusätzliche Hände, um im Haus und bei der Landwirtschaft zu helfen.«

»Hab ich da auch ein paar Tiere zu versorgen, Miss?«

»Man sagte mir, sie halten eine Handvoll Hühner und Schweine. «

»Oh.«

»Und sie haben ganz bestimmt ein Pferd oder irgend ein anderes Zugtier, um den Wagen zu ziehen.«

»Ach, das is' schön! Vielen, vielen Dank, Miss Callender!«

»Mister Gammidge hat das Fahrgeld für die Eisenbahn geschickt; am Samstag wirst du abfahren. Er will dich in Tembrook Green abholen, das ist die nächste Bahnstation.« Sie faltete die Hände auf dem Schreibtisch. »Ich lasse dich nicht gerne fahren, Jane. Bitte, kontrolliere dein Temperament in Zukunft.«

»Ja, ich will's versuchen, Miss. Es war nur . . . na, ich hab den Mädchen 'ne Geschichte erzählt, über einen, den ich mal kannte, und der mir unheimlich viel bedeutet hat, und dann hat diese Alice was ganz Schreckliches über ihn gesagt.«

»Das war nicht recht von ihr, aber du hättest sie nicht schlagen sollen, Jane. Das war ein sehr unchristliches Verhalten. ›Die Rache ist mein‹, spricht der HERR.«

»Ja, Miss. Ich glaub, ich hab mehr an das Stück gedacht, wo es heißt: ›Was immer deine Hand zu tun findet, verrichte sie mit ihrer ganzen Kraft‹.«

Sie heftete einen langen, strengen Blick auf mich.

»Wir wollen keine Sprüche aus der Heiligen Schrift im Streit benutzen, Jane.«

»Nein, Miss.«

Ihr Gesicht entspannte sich und sie lächelte fast. »Du bist ein anständiges Mädchen. Ich wünschte, ich hätte mehr für dich tun können, aber es ist immer ein Kampf hier. Ich hoffe, in deinem neuen Leben wird es dir gutgehen, Jane.«

»Danke, Miss.«

Mein neues Leben im Crabtree-Cottage bei Mr. und Mrs. Gammidge dauerte genau zwei Wochen und drei Tage. Sie war eine ruhige, gesetzte Frau, die hart arbeitete, deren Gedanken aber immer irgendwo anders zu sein schienen. Ihr Mann war fröhlich, aber faul; ein hochaufgeschossener Mann mit einem langen Gesicht und einem Durcheinander von großen weißen Zähnen.

Am zweiten Tag, als wir Korn für die Hühner aus dem Schuppen holten, wo es gelagert wurde, legte Mr. Gammidge seinen Arm um mich und preßte die Hand auf meinen Busen. Ich zog mich erschrocken zurück, denn ich begriff, daß ich ein peinliches Problem zu lösen hatte, noch dazu eines, das mir neu war.

Von da an waren all meine Überlegungen darauf fixiert zu vermeiden, mit Mr. Gammidge allein gelassen zu werden. Wenn es unmöglich war, wie so oft, versuchte ich, immer irgend etwas Trennendes zwischen uns zu haben, und gleichzeitig tat ich so, als ob das keine Absicht sei. Es war sehr schwierig, natürlich zu bleiben, während wir beide den großen Tisch in der Küche umkreisten oder die kleine Karre in der Scheune. Bei solchen Gelegenheiten sprach er nicht, sondern grinste immer nur und versuchte, mich in seine Finger zu kriegen. Einmal, als er mich in der Scheune in die Ecke gedrängt hatte, mußte ich ihm fest auf den Fuß treten, um zu entkommen. Ich tat so, als ob es versehentlich geschehen sei und stotterte eine Entschuldigung, während ich hinausstolperte.

Das Spiel endete, als ich eines Morgens um halb sechs herunterkam, um das Feuer in dem großen Herd anzuzünden, und dort Mrs. Gammidge schon vorfand. Der Ofen war an und auf dem langen, gescheuerten Tisch lag ein Päckchen mit einer äußeren Verpackung aus dünnem Baumwollstoff. Mrs. Gammidge drehte sich vom Spülbekken um, wo sie einen Teller und ein oder zwei Messer abgewaschen hatte, und sagte ruhig: »Geh und pack deine Sachen, Mädel. Ich will, daß du weg bist, eh Mr. Gammidge runterkommt.«

Ich tat nicht einmal, als ob ich erstaunt wäre, und sagte: »Tut mir leid, Mrs. Gammidge, wirklich. Ich hab nichts getan, damit er ... na, Sie wissen schon, damit er denkt –.«

»Ich weiß, du bist's nich' schuld, Mädel.« Sie zuckte müde die Achseln. »Er is' schon immer so gewesen. Ich hab gedacht, er wär jetzt endlich da rausgewachsen, vielleicht; aber er is' ja hinter dir hergewesen wie'n alter Gockel, solang du hier bist. Wir brauchen 'nen Jungen, und wir hätten auch 'nen Jungen geholt, wenn der Pastor nich' gesagt hätt', wir sollten 'n Mädel aus'm Waisenhaus nehmen.«

Ich ging hinauf in mein winziges Zimmer und packte meine Habseligkeiten in den kleinen Segeltuchbeutel, den ich aus dem Waisenhaus mitgebracht hatte. Diese Arbeit dauerte nicht lange; ich besaß eine Garnitur Unterwäsche, die aus Hemd, Hose und Strümpfen bestand, einen Schal und ein fadenscheiniges blaues Kleid aus Samt, das sicher vor Zeiten einer richtigen Dame gehört hatte, denn es war von guter Qualität. Da war noch ein Kamm, eine lange Schürze, zwei Taschentücher, ein Handtuch, die Bibel und die »Geschichten von Jessica«.

Ich hatte mich schon in der Schüssel gewaschen, die in

meinem Zimmer stand, hatte mein Haar gekämmt und meine Arbeitskleidung angezogen, einen Rock und eine Flanellbluse, die einmal ein Männerhemd gewesen war. Mein silbernes Medaillon hing um meinen Hals, dicht auf der Haut, wie immer. Ich nahm es niemals ab und zeigte es auch nie offen, aus Angst, daß jemand es mir stehlen könnte. Jetzt setzte ich meinen reingebürsteten, aber etwas ausgefransten Strohhut mit dem Seidenband auf, eine besondere Kostbarkeit, die Miss Callender mir gegeben hatte, und ging hinunter in die Küche.

Mrs. Gammidge saß in einem hölzernen Schaukelstuhl und starrte in das Feuer im Herd. Als ich eintrat, sagte sie, ohne sich umzudrehen: »Das da auf dem Tisch, das is' für dich, Mädel. Ein Paket Schinkenbrote und 'n Sixpence. Mehr kann ich nich'.«

Sie zuckte die Schultern, während sie immer noch ins Feuer blickte und sagte nichts; und nach einigen Augenblicken ging ich zur Tür, und mit dem Segeltuchbeutel auf dem Rücken, den ich mit einem Stück Kordel zugebunden hatte, um ihn an der Schlinge halten zu können, ging ich fort.

Ich wanderte drei Meilen bis zur Bahnstation in Tembrook Green und wartete dort darauf, daß Bert Taylor, der auf dem großen Bauernhof arbeitete, mit seinen Milchkannen ankäme. Bert war ein freundlicher Mann mit acht Kindern; drei- oder viermal hatte ich mich mit ihm unterhalten, als er im Crabtree-Cottage Eier holen kam. Ich kannte ihn nur flüchtig, aber es gab keinen anderen, den ich überhaupt kannte.

Als er mit seinem schweren Fuhrwerk ankam, das von den beiden riesigen Shire-Pferden gezogen wurde, erzählte ich ihm, was geschehen war und fragte, ob er mir nicht sagen könnte, wo ich mich um Arbeit bewerben sollte. Er zeigte keinerlei Erstaunen darüber, daß Mrs. Gammidge mich entlassen hatte, aber er rieb voller Zweifel sein Kinn, als ich über eine neue Stelle sprach.

»Na, das is' aber viel verlangt, Jane. Am besten gehste runter nach Bournemouth, nehm ich an. Haufenweise Edelleute in Riesenhäusern da unten, und 'ne Masse große Hotels auch. Kann sein, da findste 'ne Stelle als Zimmermädchen, mit'm bißchen Glück.«

»Wo is' denn Bournemouth, Mr. Taylor?«

»Da lang, Kleine.« Er zeigte eine der drei Straßen entlang, die in der Nähe der Bahnstation vorbeiführten. »Du gehst am Fluß lang nach Romsey, dann hältst du dich westlich von Southampton und nimmst die Straße runter durch den Neuen Forst. Aber es is' dreißig Meilen oder mehr. Am besten fährste mit'm Zug, wenn de das Geld hast.«

»Ich hab ein Sixpence, aber das geb ich nich' für den Zug aus. Es is' ja ein schöner heißer Sommer, Mr. Taylor, deshalb kann es nich' schaden, wenn ich heut nacht mal hinter 'ner Hecke schlafen muß.«

»Na, dann mach's mal gut, und viel Glück.«

An diesem Morgen ging ich sieben Meilen ohne mich zu beeilen, und ich hielt mich nach Möglichkeit immer auf dem Grünstreifen zwischen der Straße und dem Fluß, damit meine Stiefel weniger abgenutzt wurden. Wie üblich waren die Spitzen abgeschnitten worden, aber Douch, das Faktotum, hatte die Absätze und Sohlen gerade neu repariert, als ich das Waisenhaus verließ, so daß es jetzt ganz gute Stiefel waren. Außerdem wußte ich nicht, wie lange sie würden halten müssen, deshalb war ich sehr vorsichtig. Mittags aß ich eins der drei dicken Schinkenbrote, die Mrs. Gammidge für mich gemacht hatte; und zwei Stunden später, nachdem ich zwei Straßen überquert hatte, die den Wegweisern nach von Westen her nach Southampton führten, kam ich gut auf einem Pfad vorwärts, der durch einen wunderschönen, friedlichen Wald ging. Ich richtete mich nach der Sonne, um sicherzugehen, daß ich immer nach Süden wanderte, und bald sah ich auch einige der wilden Pferde, die in diesem Wald lebten. Ich saß eine Stunde oder länger unter einem Baum, bis ein paar der Pferde grasend nah genug herankamen, daß ich mit ihnen sprechen konnte; dann begann ich, dieses und jenes zu sagen, sehr langsam zuerst, um den Wildpferden reichlich Zeit zu lassen, damit sie erkennen konnten, daß ich ihnen nichts Böses tun wollte. Nach einer Weile kamen sie nah heran, und ich konnte ihre Nasen streicheln und mit ihnen plaudern; aber als ich fragte, ob sie erlaubten, daß ich mich auf ihren Rücken setze, wurden sie nervös und unruhig und verstanden mich nicht so recht. Ich bestand nicht darauf, sondern grüßte sie von meinen alten Freunden Hiob und Pulki, ehe ich mich wieder auf den Weg machte.

In dieser Nacht schlief ich gut unter einer Eibe, deren Äste sich tief auf den Boden hinabsenkten und ein Dach formten, das mich davor schützte, von Tau durchnäßt zu werden. Ich begann mich jetzt sehr einsam zu fühlen, nicht, weil ich im Augenblick allein war, sondern weil ich wieder einmal niemanden hatte, für den ich sorgen konnte, oder einen, der sich um mich kümmerte. Ich wäre froh gewesen, wenn ich zurück gekonnt hätte ins Heim, um wieder die kleinen Mädchen zu versorgen.

Am nächsten Morgen erwachte ich sehr früh mit den Waldvögeln und sehr hungrig. Ich ging zu dem kleinen Bach, den ich am Abend zuvor bemerkt hatte, wusch mich, so gut ich konnte, kämmte mein Haar, das ich noch immer so kurz wie in Smon T'ang trug und aß dann dankbar und ganz langsam mein zweites Schinkenbrot. Das letzte davon und mein kostbares Sixpence hielt ich in Reserve, denn ich hatte keine Ahnung, wieviel Zeit noch vergehen würde, bis ich mir ein Essen verdienen konnte.

Den ganzen Morgen lang ging ich mit schnellem Tempo, und ich rechnete damit, daß ich um die Mittagszeit zehn oder zwölf Meilen geschafft haben würde. Ich glaubte sicher, daß ich nicht mehr weit zu wandern brauchte, ehe ich die Küste erreichte, denn ich konnte einen Wechsel in der Luft riechen und war sicher, daß er von der See herkam. Ich war nicht nur wieder sehr hungrig, sondern auch böse mit mir selbst, obwohl ich nicht genau wußte, warum.

Ich rastete eine Stunde, während die Sonne hochstieg' und brach dann wieder auf. Wenn ich Bournemouth erreicht hätte, hoffte ich, wenigstens eine Gelegenheitsarbeit für einen oder zwei Tage zu finden, während ich eine Dauerstellung suchte. Wenn mir das nicht gelang, würde ich in der kommenden Nacht wieder ausschlafen, einen Penny von meinem Sixpence für Essen ausgeben und mein letztes Schinkenbrot verzehren. Morgen würde ich dann versuchen, die Leute von der Heilsarmee zu finden, denn ich hatte von den Mädchen im Waisenhaus gehört, daß sie niemals jemanden wegschickten.

Ich hatte das Gefühl, daß ich die Hauptstraße finden würde, wenn ich mich jetzt ein wenig mehr nach Westen hielt und daß ich dadurch Zeit und Weg sparen könnte. Ich hoffte, die Stadt noch vor drei Uhr zu erreichen, denn dann hätte ich sechs Stunden Tageslicht, um Arbeit zu suchen.

Ich war so in meine Gedanken versunken, daß ich hochschreckte, als eine Stimme ganz in meiner Nähe »Halt!« rief. Das Wort war nicht sehr laut und ziemlich zittrig gesprochen worden. Ich ging gerade durch einen engen Hohlweg, und als ich stehenblieb und nach links schaute, sah ich, daß auf dem Stück Rasen an der einen Seite des Hohlwegs ein Mann stand. Er trug einen hohen schwarzen Hut, karierte Hosen, einen Gehrock und eine Brille mit Goldrand. In der Hand hielt er etwas, das aussah wie ein großes Notizbuch. Er stand in einer seltsamen, unbequemen Haltung, einen Fuß vorwärts gesetzt, mit dem ganzen Gewicht auf diesem Fuß, so, als ob er plötzlich mitten im Schritt angehalten hätte. Es sah sehr ermüdend aus, so zu stehen.

Während ich dorthin starrte, hob der Mann die Hand, um den Hut abzunehmen und ich sah, daß sein Haar grau und ziemlich dünn war. Ich sah auch mit leisem Erschrekken, daß er keine gute Gesichtsfarbe hatte. Das letzte Mal, daß ich jemanden gesehen hatte, der so aussah, war an dem Tag gewesen, an dem ich auf unserer letzten Karawanenreise Sembur den Paß hinuntergeholfen hatte.

Der Mann sagte etwas atemlos: »Bitte verzeihen Sie, junge Dame, daß ich Sie in dieser Befehlsform anrufe, aber ich wäre Ihnen höchst verbunden, wenn Sie mir assistieren könnten.«

Er sprach in der schönen, gezierten Ausdrucksweise, die ich die Adligen auf dem Schiff, das mich nach England brachte, hatte benutzen hören. Zuerst dachte ich, er wolle sich mit seiner Höflichkeit über mich lustig machen, denn ich mußte jämmerlich ausgesehen haben in meiner Arbeitskleidung, den spitzenlosen Stiefeln, dem uralten Strohhut und meinem Beutel über der Schulter. Aber auf seinem Gesicht war Schweiß, und an seiner schlechten Gesichtsfarbe sah ich, daß er nicht in der Verfassung war, über jemanden zu spotten.

Ich begann, auf ihn zuzugehen, ließ meinen Beutel sinken und sagte: »Is' Ihnen schlecht geworden, Sir? Sie sollten sich hinlegen und 'n bißchen ausruhen.«

»Oh, bleiben Sie stehen, bitte bleiben Sie stehen!« krächzte er angstvoll und schwenkte seinen Hut. »Kommen Sie keinen Schritt näher, Miss – ha . . .?« Ich hielt völlig verwirrt sofort inne, und er seufzte erleichtert auf. »Tatsache . . . eh . . . Tatsache ist«, fuhr er erschöpft fort,

»daß ich auf einer Schlange stehe, von der Spielart Pelias Berus, Vipera Communis, oder gewöhnliche Viper.«

Mir wurde kalt im Magen, und ich sagte: »Sie meinen, die is' giftig?«

»In der Tat, ja. Wenn ... wenn Sie mit Vorsicht nähertreten, werden Sie wahrnehmen, daß das Tier unter dem Spann meines ... lassen Sie mal sehen, ja, meines rechten Stiefels eingeklemmt ist. Anfangs, und das glücklicherweise, war es dicht hinter dem Kopf eingeklemmt. Aber wir sind jetzt schon einige Zeit in diesem Dilemma, und ich glaube, er, oder möglicherweise sie, hat langsam mehr Bewegungsfreiheit gewonnen ...«

Ich legte meinen Beutel hin, ging schnell zu ihm hin und ließ mich auf Hände und Knie nieder. Die Schlange war ungefähr sechzig Zentimeter lang, hatte einen dicken Körper und einen flachen pfeilspitzenförmigen Kopf. Sie wand sich und schleuderte sich unter dem Fuß des Mannes hin und her, und ihre Zunge schoß immer wieder hervor. Der Kopf und vielleicht sechs Zentimeter des Körpers traten unter dem Spann auf der Innenseite des Stiefels hervor, und das Reptil bewegte sich ständig und versuchte vorwärtszuschießen. Wenn der Mann aufhörte, seinen Fuß fest niederzupressen, war es ganz klar, daß sich die Schlange weit genug hervorwinden konnte, um ihn ins Bein zu beißen.

Ich wäre glücklicher gewesen, einem Wolf zu begegnen als einer Schlange, denn ich wußte, daß zwischen dieser Kreatur und mir keine Gedankenverbindung bestehen konnte. Meine kleine Gabe, das beste aus Tieren herauszulocken, erstreckte sich nicht auf die Schlange mit ihrem winzigen kalten Gehirn. Mit Hilfe eines gegabelten Stokkes hätte ich den Kopf der Viper niederdrücken können, während der Mann sich zurückzog. Aber selbst wenn ich ein scharfes Messer besessen hätte, ich hätte dennoch mehrere Minuten gebraucht, um einen gegabelten Stock zu schneiden, der für diese Aufgabe stark genug war.

Die zögernde Stimme sagte: »Ich . . . ich glaube, Sie ziehen sich besser zurück, junge Dame . . . Mein Kopf ist schwindlig und ich . . . ich fürchte, ich werde fallen . . .«

Ich starrte zu ihm empor, und mein Gesicht muß wohl so fahl wie seines gewesen sein, denn ich hatte entschieden, was ich tun mußte und es erschreckte mich sehr. »Wagen Sie es nicht, hinzufallen!« sagte ich wütend. »Wagen Sie es nicht!«

Ich stand auf, ging auf seine rechte Seite und kauerte mich bei seinem nach hinten stehenden Bein nieder, wo der größte Teil des Schlangenkörpers unter seinem Stiefel hervorsah. Ich zwang mich, den trockenen, schuppigen Körper mit beiden Händen in der Nähe des Schwanzes zu packen und zog ihn langsam gerade. Auf der anderen Seite des Stiefels konnte ich den Kopf mit wild flackernder Zunge wie wahnsinnig hin und herschlagen sehen.

Der Mann sagte: »Nein, wirklich . . . das sollen Sie nicht, mein liebes Kind . . .«

»Ach, um Gottes willen, halten Sie doch den Mund!« schnappte ich zitternd, während der Schweiß mir in die Augen rann. Dann fügte ich »Sir« hinzu, um meine Grobheit auszugleichen: »Hören Sie«, sagte ich, »wir müssen schnell sein. Wenn ich ›jetzt‹ sag, heben Sie diesen Fuß und machen 'nen großen Schritt vorwärts, verstehen Sie?«

»Aber . . . aber das Tier wird sich auf Sie konzentrieren und –«

»Meckern Sie nicht! Sie sind schlimmer als die Kinder, das sind Sie! Ich zähl bis drei. Sind Sie fertig? Eins – zwei – drei – jetzt!« Der Mann schoß ungeschickt nach vorn, und undeutlich bemerkte ich, wie er ausgestreckt kopfüber in das dichte Gras flog und wie sein Hut ihm aus der

Hand fiel und wegrollte. Aber ich hatte wenig Aufmerksamkeit für ihn übrig. Ich achtete auf seinen rechten Stiefel, und in dem Sekundenbruchteil, als er sich hob, streckte ich mich wie eine Sprungfeder aus meiner gebückten Haltung, schwang nach rechts und schleuderte die Viper mit aller Kraft von mir weg. Im Augenblick der Freiheit hatte sie sich schon zu einem Halbkreis geformt und versuchte, meine Hände zu erreichen, aber dann war sie auch schon fort, sauste durch die Luft und fiel mitten in eine Strauchgruppe zwanzig Schritte weiter.

Ich fiel auf die Knie, alle meine Muskeln zitterten, und ich wischte mir immer und immer wieder die Handflächen am Rock ab. Als ich aufblickte, sah ich, daß der Mann auf mich zukroch; sein bleifarbenes Gesicht war voller Angst. »Kind . . . sind Sie unversehrt?«

»Alles in Ordnung, Sie hat mich nich' erwischt.«

Der Mann stieß einen langen Seufzer aus; er ruhte mit hängendem Kopf auf allen vieren. Ich stand auf, hob seinen Hut und den Notizblock auf, dessen offene Seiten, wie ich undeutlich bemerkte, die Zeichnung eines Schmetterlings enthielt, ging dann zu ihm hin und sagte: »Tut mir leid, Sir, daß ich Sie angebrüllt hab. Es is' nur, weil ich Angst hatte. Wir sollten lieber aus dem hohen Gras gehen, nich'? Vielleicht sind hier noch mehr.«

»Sie . . . sie sind nicht bösartig«, er hob seinen Kopf und lächelte schmerzvoll. »Außer wenn jemand so närrisch ist, auf solch ein Tier zu treten.« Langsam kam er auf die Beine, stand dann und blickte mich an, als ob ich eine Kuriosität sei, die ihm noch nie vorher über den Weg gelaufen war. Ich schätzte sein Alter auf etwa sechzig Jahre, ein hochgewachsener, ziemlich schwergebauter Mann mit einem breiten Mund und einer sehr kleinen Nase, die in einer Art nach oben zeigte, die ihm ein fast komisches Aussehen gab. Seine Augen waren braun und freundlich.

Nach einem oder zwei Augenblicken schien er wieder zu sich selbst zu finden und sagte: »Oh, ich bitte Sie, verzeihen Sie mir. Ich bin Graham Lambert aus Merlin's Burg, Larkfield.«

Ich machte einen Knicks, wie ich es im Waisenhaus gelernt hatte. Ich hatte mich entschlossen, zu meinem richtigen Vornamen zurückzukehren und den Nachnamen weiterzubenutzen, der offensichtlich Semburs wirklicher Name gewesen war. Darum sagte ich: »Ich bin Jani Burr«, ein leichtes Kichern konnte ich mir nicht verkneifen. »Eigentlich von nirgendwo.«

Mr. Lambert machte eine leichte Verbeugung. »Zu Ihren Diensten, Miss Burr. Ich bin . . . erfüllt von tiefer Dankbarkeit und voller Bewunderung.« Er schwankte, und ich ergriff seinen Arm, um ihn festzuhalten. »Es tut mir sehr leid, meine Liebe. Ich habe ein Herz, welches dazu tendiert, zu schmollen, wenn mehr von ihm verlangt wird, als es für notwendig hält.«

»Sind Sie weit von zu Haus weg, Sir?«

»Etwa . . . zwei Meilen. Genau auf dieser Seite von Larkfield. Ich habe einen leichten Wagen in der Nähe.« Er zeigte ins Ungewisse. Ich legte meinen Arm um ihn und ließ ihn sich an mich lehnen, während wir langsam in die Richtung gingen, in die er gezeigt hatte. Die Straße war viel näher als ich gedacht hatte, nur einen Steinwurf weit entfernt. Dort auf einem riesigen Platz, wo der Wald ein wenig zurücktrat, graste ein wundervoll gepflegtes Pferd in der Deichsel eines zweirädrigen Jagdwagens. Ein Wegweiser, der in der Nähe stand, zeigte nach Larkfield.

Mr. Lambert war still geworden, und seine Augen wanderten fortwährend. Ich wußte, daß er nicht selbst nach Hause fahren konnte. Mit viel Schieben und Heben schaffte ich es, ihn in die Kutsche zu manövrieren und legte auch meinen Beutel aus Segeltuch neben ihn hinein. Ich zögerte, dann sagte ich: »Würde es Ihnen helfen, Sir, wenn Sie was zu essen hätten? Ich hab 'n Butterbrot hier, das können Sie haben.« Ich wühlte in meinem Beutel, nahm das Päckchen heraus, wickelte den Baumwollstoff ab und zeigte ihm das letzte von Mrs. Gammidges Schinkenbroten, das jetzt anfing, trocken zu werden.

Er flüsterte: »Danke . . . nein, danke, meine Liebe. Sehr freundlich . . .« Ungeheuer erleichtert legte ich es beiseite. Mit dem gleichen rauhen Flüstern sagte er: »Können Sie . . . den Wagen kutschieren?«

»Ich glaub nicht, daß ich Schwierigkeiten haben werde, wenn ich erst mal 'n Wort mit Ihrer Stute gesprochen hab, Mr. Lambert. Wie heißt sie?«

»Oh . . . ah . . . Sally.«

Ich ging nach vorn, wo sie mich sehen konnte und kraulte ihr Ohr. Zuerst sprach ich Englisch, aber dann in der Sprache von Smon T'ang, die besser für Tiere geeignet war, weil sie höflicher und würdevoller klang. Am Anfang war die Stute ein wenig hochnäsig, aber dann wurde sie warm mit mir und zeigte sich freundlich. Ich bat sie, uns nach Hause zu bringen, legte meine Wange an ihren Kopf und kletterte dann zu Mr. Lambert hinauf und nahm die Zügel. Ich hatte noch niemals einen Wagen gelenkt, aber nachdem ich aufgehört hatte, dummerweise mit meinen Knien zu zucken, um Sally zu kontrollieren und mich darauf konzentrierte, sie meine Nähe allein durch die Zügel spüren zu lassen, war es sehr leicht.

Unser Weg führte vom Wald fort über eine Chaussee, die sich in vielen Kurven und Biegungen zwischen dichten Weißdornhecken entlangwand. Nach zehn Minuten fuhren wir einen langgestreckten Hügel hinauf, dann wieder hinunter. Mr. Lambert lehnte sich jetzt schwer gegen mich. Unten im Tal sah ich ein Dorf, ein hübsches, verstreutes Muster aus kleinen Häusern mit Schiefer- und Strohdächern und einer Kirche mit viereckigem Turm. Wir fuhren gerade den Weg abwärts, als ich einen Kiesweg bemerkte, der nach rechts abzweigte.

Sally bog in diesen Weg ein und trabte energisch zwischen Gebüsch und hohen, silbrigen Bäumen dahin, die bei einer niedrigen Steinmauer zurücktraten, hinter der grüne Felder lagen. Vor uns, auf der linken Seite, sah ich die zwei riesigen Säulen einer Toreinfahrt. Sally passierte sie. Wir bewegten uns auf einem Kiesweg, der nach rechts abbog – entgegengesetzt zu einer Reihe sehr großer alter Bäume, die, wie ich später erfahren sollte, Ulmen waren.

Dann sah ich Merlin's Burg, und im selben Augenblick schoß ein blaugrauer Vogel mit weiß-gestreiftem Schwanz vor uns über die Einfahrt. Ein Merlin-Falke, aber das wußte ich damals noch nicht. Das Haus war aus grauem Stein und warmgetönten Ziegeln gebaut; seine Front bestand aus einem Hauptgebäude und zwei kurzen Seitenflügeln, die sich von dort schräg nach vorn erstreckten. Seltsamerweise schien es so, als ob das Hauptgebäude gekrümmt wäre und den Teil eines Kreises bildete. Nur soviel konnte ich auf einen Blick erkennen, denn ich hatte nicht viel Aufmerksamkeit übrig für das Haus.

Sally wollte einen Weg einschlagen, der von der Auffahrt zum Haus abzweigte und vielleicht zu den Ställen führte, aber ich bewog sie dazu, zum Portal weiterzugehen, wo ich sie auf den Bruchsteinplatten am Fuß einiger breiter, halbkreisförmiger Stufen zum Stehen brachte. Von einem Fenster aus mußten wir gesehen worden sein als wir ankamen, denn sobald wir hielten, öffnete sich die große Haustür und eine Frau hastete die Treppe herab. Der Rock des burgunderfarbenen Kleides, das sie trug, wirbelte und rauschte. Ihr volles Haar, hochgetürmt auf dem Kopf, hatte eine schimmernde kastanienbraune, fast rote Farbe. Sie war in den späten Zwanzigern, vielleicht ein wenig älter, und hatte ein kraftvolles, hübsches Gesicht und grüne Augen, die groß und voll Besorgnis waren, als sie auf die leichte Kutsche zueilte. Hinter ihr kam eine dünne, ältere Frau, die ein dunkles Kleid trug. Etwas von dem Platz entfernt, wo wir gehalten hatten, arbeitete ein Gärtner in einem Blumenbeet, ein kräftiger junger Mann, der jetzt stillstand und uns anstarrte. Die Dame im roten Kleid wandte ihm ihren Kopf kurz zu und sagte mit durchdringender Stimme: »Haddon! Hier, schnell!« Sie sah zu mir auf. »Was ist passiert?«

Ich war nicht ausgestiegen, denn ich hielt noch immer Mr. Lambert aufrecht. »Ich hab ihn im Wald gefunden, Miss«, sagte ich, »hatte auf 'ne Viper getreten, das hat er. Und konnte sich nich' bewegen. Er is' nich' gebissen, aber ich glaub sein Herz is' 'n bißchen flattrig geworden.«

»Vater? Vater, fühlst du dich sehr schlecht?« Sie hatte seine Hand genommen und hielt sie fest, und ihre Stimme war warm und sanft, als ob sie zu einem Kind spräche.

Mr. Lambert seufzte und öffnete die Augen. »Ah . . . du bist das, liebe Eleanor. So was Dummes . . . Ich trat auf eine Schlange. Und dann dieses Kind . . . so tapfer, meine Liebe. Sie hat mir das Leben gerettet, da bin ich sicher . . .«

Die Dame sah mich einen Augenblick fest an, dann sagte sie: »Warte hier, bitte.« Sie drehte sich zu dem jungen Gärtner um.

»Helfen Sie mir, Mr. Lambert herabzuheben, Haddon. Langsam jetzt. Gut, Vater, wir halten dich jetzt fest.« Sie wandte sich an die dünne Dame. »Burkchen, laufen Sie voraus und rufen Sie Mayes, dann lassen Sie den jungen William den Wagen nehmen und sofort Dr. Vine holen.«

Eine Minute später war ich allein. Ich stieg aus dem Jagdwagen, hob meinen Segeltuchbeutel heraus und sah mich um. Alles war wieder ruhig. Ich lobte Sally ein wenig, dankte ihr dafür, daß sie ein braves Mädchen gewesen war, ging dann hin und setzte mich auf die Treppe. Plötzlich fühlte ich mich sehr müde und den Tränen nahe.

Ein junger Mann kam von irgendwoher von der Seite des Hauses angerannt. Er schien erstaunt, mich zu sehen, sagte mit einem fröhlichen Lächeln und breitem, ländlichem Akzent: »Na, das is' ja 'n toller Hut«, kletterte dann schnell in den Wagen und rasselte mit ziemlicher Geschwindigkeit davon.

Ich blickte zuerst nach der einen, dann nach der anderen Seite und studierte das Haus. Wie ich gedacht hatte, war die Front in der Tat gebogen. Ich stand auf und ging auf das Ende des einen Flügels zu, beeindruckt trotz meiner Müdigkeit. Auf meiner Reise von London nach Tembrook Green hatte ich größere Häuser gesehen. Aber noch nie war ich dem Haus eines Edelmannes so nah gewesen. Irgend etwas schien merkwürdig an diesem Flügel zu sein. Die Wand am Ende fiel schärfer zurück, als ich das für richtig hielt. Ich ging zur Treppe zurück und blickte auf, und wieder hatte ich den Eindruck, daß das mittlere Gebäude Teil eines Kreises war.

Ich sollte bald erfahren, daß Merlin's Burg vor sechzig Jahren von einem reichen Mann mit einer Leidenschaft für die Falknerei erbaut worden war. Sein Lieblingsvogel für diesen Sport war der Merlin gewesen. Er mußte ein Sonderling gewesen sein, denn das Haus war wie ein klotziger Turm entworfen worden, drei Stockwerke hoch, wie der Bergfried einer Burg, mit zwei langen, dreieckigen Flügeln, so daß das Gebäude, wenn jemand es von oben hätte sehen können, etwa den Anblick eines Vogels im Flug bot. Als der Mann starb, ließ der neue Besitzer die dreieckigen Flügel in Rechtecke umbauen, um das Aussehen gefälliger zu machen, aber innen blieben einige merkwürdige Effekte zurück, wie gebogene Wände und Zimmer, die nach einem Ende zu etwas schmaler wurden. In dem Kiefernwald, der das anliegende Land im Westen begrenzte, gab es noch immer Merline. Als ich zurückging, um mich wieder auf die Stufen zu setzen, sah ich noch einen, der hoch über dem Turm schwebte.

Fünf Minuten vergingen. Ich sah die Sonne an. Je eher ich mich wieder auf den Weg machte, desto besser, jetzt, wo ich soviel Zeit verloren hatte, indem ich die zwei Meilen Umweg über Larkfield gemacht hatte. Mit etwas Glück hätte ich dann mindestens eine oder zwei Stunden, um mich in Bournemouth zu orientieren, ehe es dunkel wurde. Ich hob meinen Beutel auf und ging los, aber ich war noch nicht mehr als hundert Schritte durch die runde Einfahrt gegangen, als ich hinter mir einen Ruf hörte. Als ich mich umsah, bemerkte ich die Dame im roten Kleid, die mir mit dem Arm zuwinkte, während sie energisch über den Rasen zwischen den Blumenbeeten schritt. Ich blieb stehen und legte meinen Beutel hin. Während sie näherkam, sagte sie ziemlich finster: »Was in aller Welt machst du denn, Mädchen? Hast du nicht gehört, daß ich dich gebeten hatte, zu warten?«

»Doch, Miss. Aber ich muß nach Bournemouth, so schnell ich kann.«

»Wohin gehst du denn in Bournemouth?«

»Weiß ich noch nich', Miss.«

»Aha.« Sie blickte mich forschend an. »Wann hast du zuletzt gegessen?«

»Heute morgen, Miss. Schinkenbrot.«

»Aha. Und hast du meinem Vater eines angeboten? Er spricht dauernd von einem Butterbrot.«

»Ja, ich dachte, es hilft vielleicht. Aber er hat es nich' gewollt.«

»Und du bist Jane Burr? Janey Burr?«

»Jani, mit 'nem ›i‹, Miss.«

Ihre grünen Augen studierten mich. Ich fühlte, daß sie innerlich sehr stark war und sehr temperamentvoll, so wie Flint es gewesen war. Sie sagte: »Jani, ich möchte, daß du ins Haus kommst. Meine Haushälterin wird dir etwas zu essen geben. Dann möchte ich, daß du mir genau erzählst, was im Wald geschehen ist, und auch etwas über dich selbst. Danach lasse ich dich nach Bournemouth fahren, wenn du möchtest, so daß du keine Zeit verlierst und viel frischer bist, wenn du dort ankommst. Was hältst du davon?«

»Vielen Dank, Miss.«

Ich ging neben ihr über den Rasen, die Treppe zum Haus hinauf, durch eine getäfelte Halle, die zweimal so groß war wie unser ganzes Haus in Namkhara, dann eine Treppe hinab in eine riesige Küche. Hier gab die dünne Dame, die Mrs. Burke genannt wurde, der einen Magd Anweisungen, während eine andere an einem langen, gescheuerten Tisch saß und Silberbestecke putzte.

»So«, sagte die Dame in Rot mit kräftiger Stimme, »das ist Mrs. Burke, unsere Köchin und Haushälterin, das ist Annie und das ist Meg. Sie werden dich versorgen, und in einer Stunde sehen wir uns in meinem Studierzimmer.« Eine Glocke klingelte, eine von einer Reihe Schellen, die oben an der Wand befestigt waren, jede mit einer Bezeichnung eines Zimmers darunter. Mrs. Burke blickte auf und sagte: »Haustür, Miss Eleanor. Das wird der Doktor sein, nehm ich an.« Die Dame eilte nach draußen und ich hörte das Klappern ihrer Absätze, als sie die Treppe fast hinaufrannte. Während der nächsten Stunde entdeckte ich eine ganze Menge über Merlin's Burg und die Familie Lambert, denn Mrs. Burke plauderte langsam, aber fast ununterbrochen, und immer, wenn sie für eine Sekunde oder zwei Pause machte, ergriffen entweder Annie oder Meg die Chance, auch ein paar Worte einzuwerfen. Während sie erzählte, wusch ich meine Hände und das Gesicht am Spülbecken, brachte, so gut ich konnte, mein Haar und meine Kleidung in Ordnung, und setzte mich dann vor den Teller mit kaltem Braten, Tomaten, Salat und kleinen, kalt servierten neuen Kartoffeln, mit einer weißen Sauce darauf, den Mrs. Burke vor mich hinstellte.

Ich erfuhr, daß Miss Eleanor Lambert die Tochter von Mr. Graham Lambert war, und daß diese beiden die ganze Familie darstellten, da Miss Eleanors Mutter bei ihrer Geburt gestorben war und Mr. Lambert nie mehr neu geheiratet hatte. Mr. Lambert war ein pensionierter Anwalt und auch ein Naturwissenschaftler. »Schreibt 'n Buch über Schmetterlinge, das tut er«, warf Meg bedeutungsvoll ein. »'n Buch mit Bildern, die er ganz allein gemalt hat.«

Miss Eleanor war nicht weniger klug; sie wußte alles über Wildblumen. »Ganz groß in Wildblumen is' sie«, sagte Mrs. Burke, die sich eine Schürze umgebunden hatte und irgend etwas in einer großen Schüssel mischte. »Was man 'ne Autorität darüber nennt, verstehst du? Und nich' nur in, England, das kannst du mir glauben. Sie geht auch ins Ausland, tut Miss Eleanor. Weit weg in fremde Länder.«

»Und sucht seltene Blumen«, fiel Meg ein, die an einem Löffel herumpolierte.

»Und malt se, wie ihr Vater die Schmetterlinge«, fügte Annie hinzu, während sie Mehl in eine Schüssel siebte.

»Oh . . . sie sind klug, merk dir meine Worte«, sagte Mrs. Burke.

»Ich kenn Miss Eleanor, seit sie ein Baby war, und ich hab schon immer gesagt, das wird mal 'ne ganz schlaue, so wie ihr Vater. Aber sie is' auch noch praktisch. Na, der Hausherr, Gott schütz ihn, der is' immer so mit diesem und jenem beschäftigt, daß er manchmal nich' weiß, was für'n Tag es is'. Aber Miss Eleanor, die hat immer ihre fünf Sinne beisammen.«

Meg seufzte. »'ne Schande, daß sie 'ne alte Jungfer is'.«

Mrs. Burke schnaufte mißbilligend. »Alte Jungfer? Jetzt erzähl aber keinen Unsinn, Mädchen!«

»Aber vergangenen Mai war Miss Eleanor's Geburtstag, und sie is' achtundzwanzig geworden, Mrs. Burke. Schon acht-und-zwanzig!«

»Miss Eleanor hätte jeden heiraten können, den sie mochte«, erklärte Mrs. Burke mit fester Stimme. »Wenn sie gewollt hätte. Aber nur, weil sie nicht gewollt hat, macht sie das noch lange nich' zu 'ner alten Jungfer. Sie is' ne unverheiratete Dame, das is' sie.«

Sie sprachen mehr zueinander als mit mir, und bald wurde mir klar, daß dies ein glücklicher Haushalt war. Die Angestellten waren stolz auf ihre Herrschaft, hielten sie für viel wichtiger als die anderen Edelleute in der Gemeinde, sogar für wichtiger als den Baron. »Er mag ja 'n Baron sein, Annie, aber wo bleiben seine Manieren, frag ich dich? Kommt in die Kirche direkt von der Jagd, von oben bis unten voll Dreck und mit 'ner Fahne von unserem Brandy. Und kennt er den Namen von 'nem einzigen Schmetterling, na?«

Eine Weile, nachdem ich mit dem Essen fertig war, kam ein Mann namens Mayes die Treppe herunter. Er war ungefähr fünfzig, ein ruhiger Mann mit einer weichen Stimme, und ich erfuhr, daß er Mr. Lamberts Diener war. Es gab keinen Butler. Die vier waren die einzigen Hausbediensteten, zusätzlich kamen noch zwei Frauen jeden Tag zum Reinemachen. Ich sollte später erfahren, daß dies als eine ganz kleine Dienerschaft für solch einen Haushalt galt.

Mayes sagte, der Doktor sei dagewesen, hätte ein paar Pillen für Mr. Lambert dagelassen und völlige Ruhe für eine Woche verordnet. Mr. Lambert sähe schon viel besser aus und mache kleine Witzchen über sein Abenteuer. Und Miss Eleanor sei bereit, mich jetzt zu empfangen. Ich fühlte mich sehr nervös, denn während ich da im Dienerzimmer saß, hatte ich, obwohl ich mich kaum traute, angefangen zu hoffen, daß Miss Eleanor mir eine Stellung in ihrem Dienst anbieten möchte, als Küchenmädchen vielleicht. Das wäre zu wunderbar, um es in Worte zu fassen. Mr. Lambert war ein freundlicher und angenehmer Mann, das hatte ich gesehen; Miss Eleanor würde vielleicht nicht immer angenehm und freundlich sein, dazu war sie zu temperamentvoll, aber ich fühlte, daß sie gerecht war und ohne Böswilligkeit. Schon jetzt mochte ich Mrs. Burke und die Mädchen gut leiden, denn hier saß ich – eine Ausländerin – in ihrer Küche, sprach merkwürdig, so ganz anders als sie mit ihrem weichen ländlichen Akzent und sah aus wie eine Landstreicherin in meinen Arbeitskleidern und mit den Stiefeln, durch deren abgeschnittene Spitzen die Zehen hervorlugten. Aber die Mägde hatten nicht über mich gekichert und Mrs. Burke hatte mich nicht von oben herab behandelt.

Miss Eleanors Arbeitszimmer lag in einem der Winkel dieses eigenartig angelegten Hauses; es war geformt wie ein Dreieck mit einer abgeschnittenen Ecke. Die Wände waren bis zu einem Drittel ihrer Höhe in dunklem Holz getäfelt, mit einer hübschen hellen Tapete darüber, in einem freundlichen Gelb mit einfachem silbrigem Muster. Miss Eleanor saß hinter einem ausladenden Schreibtisch, auf welchem Ordner und Papiere ausgebreitet lagen. In einer Ecke an dem großen Fenster stand eine Staffelei, ein sehr großer Bücherschrank mit Glastüren, ein langer schmaler Tisch, auf dem Farben, Zeichenkarton und halbfertige Skizzen und Malereien herumlagen.

Während Mrs. Burke mich hereinführte, sagte sie: »'ne

schöne Mahlzeit hat sie gehabt, Miss Eleanor, und sie hat gefragt, ob sie sich waschen und frisch machen könnte, eh sie sich zum Essen hinsetzte.« Sie nickte anerkennend.

»Danke, Burkchen, es ist gut.« Als die Tür sich geschlossen hatte, schenkte Miss Eleanor mir ein kurzes, nachdenkliches Lächeln und zeigte auf einen Stuhl in der Nähe des Schreibtisches. »Setz dich, Jani. Was hast du da in dem kleinen Beutel?«

»Nur meine Sachen, Miss.«

»Darf ich sie sehen?«

Ich schämte mich, als ich sie auf dem Schreibtisch auslegte. Meine Unterwäsche und das andere Kleid waren zwar sauber, aber sehr zerknittert, und der dünne Baumwollstoff, in den mein letztes Butterbrot eingewickelt war, fing an, fettig zu werden. Miss Eleanor zeigte darauf. »Ist dies das berühmte Schinkenbrot?«

»Ja, Miss. Aber berühmt? Ich weiß nich' . . .«

»Und die da?«

»Die Bibel und ›Geschichten von Jessica‹. Das sind meine Bücher. Ich hab sie in braunes Papier eingeschlagen.«

Sie sah überrascht aus. »Woher kommst du, Jani?«

»Na, in erster Linie komm ich aus Smon T'ang, Miss.«

»Woher?«

»Smon T'ang. Das is' ein Land im Himalaya, nördlich von Nepal und südlich von Tibet.«

Ihre Augen verengten sich. »Machst du Witze?«

»Nein, Miss, ehrlich.«

»Sprichst du die Sprache?«

»Ja, Miss.«

»Wie heißt sie?«

»Ich glaub nicht, daß sie einen englischen Namen hat, aber sie ist fast so wie Tibetisch, mit eingemischten Brokken aus ein paar indischen Sprachen.«

»Sag etwas in ihr, bitte.«

»In welcher Sprechweise, Miss? Es gibt 'ne gezierte Ausdrucksweise für hochstehende Leute wie die Lamas oder den Adel, und es gibt 'ne gewöhnliche Art, zu sprechen und noch eine zu schreiben.«

Ihre Lippen verzogen sich ein wenig. »Laß mich die gezierte Ausdrucksweise hören.«

Als ich ungefähr ein Dutzend Worte gesprochen hatte, fragte sie: »Was hast du gerade gesagt?«

»Na, es klingt ein bißchen komisch in Englisch. Ich hab gesagt: Edle Dame, mit ehrfürchtiger Dankbarkeit empfange ich die Gastfreundschaft, die mir von Eurem Hause zuteil geworden ist. Möge Eure Güte Euch viele Verdienste erbringen und Euch helfen, vom ewigen Kreislauf der Wiedergeburt befreit zu werden.«

Sie schnappte nach Luft und lehnte sich in ihrem Stuhl zurück.

»Gott im Himmel! Ich entschuldige mich dafür, daß ich an dir gezweifelt habe, Jani. Wie bist du nach England gekommen?«

»Das is' ne schrecklich lange Geschichte, Miss. Der Mann, der für mich sorgte und der mich großgezogen hat, hieß Sembur. Er is' gestorben und dann wurde ich runter nach Indien gebracht, und dann haben sie mich in ein Waisenhaus nach England geschickt, weil ich 'ne Halb-Engländerin bin.«

»Du hast ein Talent für Kurzfassungen, Jani. Was ist denn in der Zeit zwischen deiner Aufnahme ins Waisenhaus und deiner Wanderung durch den Neuen Forst nach Bournemouth geschehen?«

»Ich war im Adelaide-Crocker-Heim, fast drei Jahre lang, Miss. Dann is' was passiert und ich mußte gehen. Miss Callender hat mir 'ne Stelle auf 'ner kleinen Landwirtschaft in Tembrook Green besorgt, aber da war ich nur 'n paar Wochen.«

»Warum?«

»Der Mann hat dauernd versucht, mich in die Finger zu kriegen. Es war unheimlich schwierig. Dann hat die Frau gesagt, ich soll besser gehen, und ich bin gern gegangen.«

Miss Eleanor starrte mit zusammengepreßten Lippen auf ihre gefalteten Hände auf dem Schreibtisch hinab. »Warum mußtest du das Waisenhaus verlassen? Du sagtest, es sei etwas passiert, glaube ich.«

Mein Herz wurde schwer. Ich hatte mich so sehr bemüht, einen guten Eindruck zu machen, ich hatte gerade gesessen und um jeden Preis all die Dinge zu vermeiden gesucht, derentwegen mich die schreckliche Miss Foot vor langer Zeit getadelt hatte. Aber jetzt war die Frage gefallen, die ich gefürchtet hatte, und meine Antwort würde ganz sicher alle Hoffnungen zerstören, hier in Merlin's Burg eine Stellung zu bekommen.

»Ja, Miss, da war so'n Mädchen, das ›Dicke Alice‹ hieß«, sagte ich müde. »Eines Tages hab ich ein paar kleinen Mädchen, auf die ich aufpassen mußte, 'ne Geschichte erzählt. Sie handelte von einem, der mich davor gerettet hat, in 'ner Höhle am Chak-Paß zu sterben, und der mir unheimlich viel bedeutet. Und das Mädchen, die Dicke Alice, hat darüber gelästert und was Fürchterliches über ihn gesagt.«

Miss Eleanor sah mich neugierig an, den Kopf ein wenig auf die Seite gelegt. »Erzähl weiter, Jani.«

»So hab ich sie eben mit der Faust auf die Nase gehauen, so fest ich konnte, Miss.« Ich wollte auf meine Hände auf dem Schoß hinabsehen, aber dann erinnerte ich mich an Semburs Lektion und hielt meine Augen fest auf Miss Eleanors Gesicht gerichtet. Sie stützte ihr Kinn in die Hände und fragte: »Was ist danach geschehen?«

»Sie hat ganz schön geblutet, Miss.« Ich konnte eine schamlose Befriedigung in meiner Stimme feststellen, aber das spielte für mich jetzt keine Rolle mehr. Jetzt war ja sowieso alles aus.

Miss Eleanor preßte die Hände über ihren Mund und gab ein komisches, schnarchendes Geräusch von sich, dann stand sie schnell auf und ging zum Fenster, um hinauszuschauen. Ich fing an, meine Siebensachen wieder in den Beutel zu packen und hoffte, sie würde ihr Versprechen halten und mich nach Bournemouth fahren lassen. Endlich sagte sie ruhig, wie zu sich selbst: »Und das war drei Jahre später . . . Wie verdient man eine solche feste und dauerhafte Treue? Es muß natürlich im Charakter des Kindes selbst liegen . . . Aber was für ein Glück, solch tiefe Zuneigung zu gewinnen! Das ist etwas, das man für keine Reichtümer kaufen kann.«

Sie drehte sich um und sah mich fest an, mit einem Ausdruck, den ich bisher für Strenge gehalten hatte. Aber jetzt begann ich schwach zu ahnen, daß dies die Art war, wie sie, bewegt durch Erregung oder Gefühl, zu blicken pflegte. »Jani, würde es dir gefallen, hier in Merlin's Burg zu bleiben?«

Plötzlich fühlten sich meine Augen naß an, und im Inneren meiner Nase war ein seltsames schmerzhaftes Gefühl. Leidenschaftlich sagte ich: »Das wurde mir mehr gefallen als alles andere auf der Welt, Miss.«

»Ich nehme dich nicht in Dienst.« Miss Eleanor begann im Zimmer auf und ab zu gehen, die Hände auf dem Rücken gefaltet. Das schien mir eine ziemlich männliche Angewohnheit zu sein, aber sie bewegte sich sehr graziös und sehr weiblich. »Oh, du wirst natürlich unten anfangen; am Anfang wirst du dich da mehr zu Hause fühlen, und ich will auch nicht, daß du zu schnell weiterkommst . . . das macht Burkchen und die Mädchen eifersüchtig.«

Sie drehte sich um und hob mir einen warnenden Finger entgegen. »Aber du hast deinen Verstand, Jani, und

Charakter. Ich will nicht, daß das verschwendet wird. Und mein Vater wird auch erfreut sein. ›Halt das Mädchen fest, Eleanor, behalte dieses Mädchen!‹ hat er gesagt. Und er hatte recht.«

Sie ging zum Schreibtisch zurück, setzte sich hin und klatschte begeistert mit den Händen auf die Tischplatte. »Ich werde etwas aus dir machen, Jani. Ich werde dir Unterricht erteilen in allem, was du verpaßt hast. Ich werde dich lehren, wie man richtig spricht und mit der Zeit eine junge Dame aus dir machen. Oh, was für ein wunderbarer Gedanke! Ich arbeite für ein halbes Dutzend Wohltätigkeitsvereine, aber das ist so unpersönlich. Man gibt nichts von sich selbst. Kannst du schreiben, Jani?« Ich nickte verdutzt. »Gut! Das spart Zeit. Auf lange Sicht sollst du meine Sekretärin werden. Der Himmel weiß es, wie sehr ich eine brauche. Und mein Vater wird helfen. Ich habe den Verdacht, daß er oft einsam ist . . .«

»Miss . . . Bitte, Miss Eleanor!« Ich fühlte mich verwirrt und ängstlich. »Die Dinge, die Sie da alle gesagt haben, werde ich nie im Leben tun!«

»Oh doch, Jani, das wirst du.«

»Aber . . . aber selbst dann machen Sie sich nur selbst Ärger, Miss. Ich mein, wenn Sie mir beibringen, wie man 'ne junge Dame is' und mit dem Adel verkehrt. Die können doch 'ne Halbinderin nich' leiden, das hab ich auf dem Schiff rausgefunden. Die werden schlecht von Ihnen denken!«

Miss Eleanors grüngraue Augen öffneten sich ganz weit und, obwohl sie ruhig sprach, hörte sich ihre Stimme wie der Schlag einer Peitsche an. »Ich habe mir niemals erlaubt, mich von dem, was andere vielleicht denken, beunruhigen zu lassen, Jani. In diesem Land, wie in den meisten anderen, gibt es eine völlig unwissenschaftliche Haltung der Höherwertigkeit gegenüber solchen Menschen, deren Blut gemischt ist, das ist wahr. Aber ich glaube, du hast genug Charakter, um das zu überwinden und du kannst ganz sicher sein, daß du völlige Unterstützung sowohl von mir als auch von meinem Vater erhalten wirst.«

Ich fühlte, wie ein seltsamer Friede über mich kam, als ob plötzlich alle Last von meinen Schultern auf andere, die stärker als meine waren, übergegangen sei. Ich hätte in meinem Sessel einschlafen mögen, und aus der Vergangenheit trieb mir eine lang vergessene Erinnerung zu. Ich stand in dem sonnenhellen Gemach des Hohen Lama Rild. Seine Augen waren geschlossen und seine Stimme ruhig, während er sagte: »Dein Weg ist dunkel für mich . . . aber ich sehe die Frau in Rot, die deine Freundin sein wird . . .«

Ich hatte niemals daran gezweifelt, daß Rild kleine Einblicke in die Zukunft einfangen konnte. Jetzt saß ich da und schaute schläfrig die Frau in Rot an, Miss Eleanor Lambert, die meine Freundin sein wollte. Da war noch mehr gewesen, wovon Rild gesprochen hatte . . . was war das nur gewesen? Damals hatte ich ihm nur wenig Aufmerksamkeit geschenkt. Irgend etwas über . . .

Miss Eleanor sagte gerade: »Meg und Annie teilen sich ein Zimmer, aber ich glaube, ich gebe dir einen eigenen kleinen Raum, Jani, dann wird es später nicht so schwierig sein, Veränderungen vorzunehmen. Denk daran, wir werden sehen müssen, wie wir miteinander auskommen, deshalb hast du erst einmal eine Probezeit. Aber ich bin sicher, daß ich dich richtig eingeschätzt habe.« »Ich will mich unheimlich anstrengen, Miss.« Das meinte ich wirklich so. Ich würde meine ganze Kraft für die Aufgabe einsetzen, die vor mir lag. Rilds Stimme verklang in meinen Gedanken. Drei lange, wunderbare Jahre sollten vergehen, ehe ich mich wieder an seine Worte erinnerte, die mir jetzt nicht ins Gedächtnis kommen wollten.

Dann würde der Silberne Mann in mein Leben treten, und seine Ankunft würde sein wie ein riesiger Schatten, der die Sonne verdunkelt.

7

AN EINEM SCHÖNEN Julitag, drei Monate nach meinem achtzehnten Geburtstag, sattelte ich Nimrod und machte einen Ausritt von Merlin's Burg hinab ins Dorf und dann den Gänsehügel hinauf, um Nimrod die Gelegenheit zu geben, den grasbewachsenen Hang entlangzugaloppieren.

Nachdem wir trainiert hatten, saß ich ab und ließ ihn umherlaufen, um selbst die beste Weide zu suchen, während ich mich hinsetzte und zum Dorf und nach Merlin's Burg auf dem Hügel dahinter hinüberblickte. Ich rief Erinnerungen in mir wach, machte Bilanz, und meine Gedanken flogen über all das, was seit der Zeit geschehen war, seit ich genau an diesem Tag vor drei Jahren nach Larkfield gekommen war.

Es gab jetzt nur noch wenige in Larkfield, die meinen Namen nicht kannten. Als ich auf Nimrod durchgeritten war, hatte ich fortwährend Grüße gewechselt. Die Landarbeiter tippten sich an den Hut oder zupften sich in den Haaren, »Tag, Miss.« Ladenbesitzer und Händler nannten mich Miss Jani, denn so hatte Miss Eleanor mich ihnen anfangs vorgestellt. Die Edelleute der Gegend, gewöhnlich in ihren Kutschen, begrüßten mich als Jani oder als Miss Burr, wenn sie aus einem Nachbardorf kamen oder mich nur flüchtig kannten.

Jeder, der nicht in Larkfield geboren und aufgewachsen

war, wurde immer als Fremder betrachtet, aber die Leute aus dem Dorf waren warmherzig und freundlich und hatten mich schon lange als Dauergast unter ihnen akzeptiert. Ich war der Gegenstand vieler Diskussionen gewesen, natürlich besonders während meines ersten Jahres in Merlin's Burg. Mein Umzug von unten nach oben war ein großes Wunder gewesen, aber im ganzen schienen die Leute vom Dorf in diesem Punkt sehr zufrieden mit mir zu sein, denn irgendwie gab ich dadurch Anerkennung an sie ab. Außerdem stand ich unter dem Schutz von Miss Eleanor Lambert, und diese Tatsache hatte mir von Anfang an Achtung verschafft.

Die Dorfleute waren sehr stolz auf Miss Eleanor. Manchmal herrschte sie ohne Erbarmen, aber immer im Interesse der Leute; und es machte ihr nicht im geringsten etwas aus, sich der Leute wegen mit dem Doktor zu streiten, oder mit dem Pfarrer, oder dem Tierarzt oder selbst mit dem Baron. Ihr wenig damenhaftes Benehmen beunruhigte sie manchmal, aber sie nahmen es ihr nicht übel. Miss Eleanor war ein Original, und ganz Larkfield war froh, sie bei sich zu haben. »So was wie diese Miss Eleanor ist selten«, sagten sie untereinander.

Während meiner ersten sechs Monate in Merlin's Burg hatte ich Haus- und Küchenarbeiten mit Meg und Annie getan, und zwar jeden Morgen von sechs bis zwölf. Nachdem wir dann ein leichtes Mittagessen serviert und unser eigenes im Dienerzimmer eingenommen hatten, folgten drei Unterrichtsstunden für mich, entweder bei Miss Eleanor oder bei Mr. Lambert oder bei einem pensionierten Lehrer, der von Bournemouth geholt wurde. Mindestens eine dieser Stunden war dem Sprachunterricht gewidmet, damit ich richtig sprechen lernte. An den Abenden wechselte ich mit Meg und Annie ab, wenn zwei von uns das Essen servierten und die andere Mrs. Burke in der Küche half. Nach dem Abendessen konnte ich, so lange ich wollte, in der Bibliothek lesen, einem Raum, dessen Regale fast zweitausend Bücher enthielten. Selbst in meinen Träumen hatte ich mir nie vorstellen können, daß es so viele davon gab.

Erstaunlicherweise waren Meg und Annie nicht im mindesten eifersüchtig auf meine Vorrechte; eigentlich tat ich ihnen leid, und sie warnten mich dauernd vor der Gefahr, Gehirnfieber zu bekommen. Beide waren verlobt, und jede hatte nur das eine einfache Ziel, zu heiraten und in einem der kleinen Häuser zu wohnen, die Mr. Sangford gehörten. Der gehörte zu den beliebtesten Arbeitgebern der Gegend. In dieser Richtung waren schon Fortschritte erzielt worden, noch ehe ich nach Larkfield kam, und das Ziel war erreicht, als beide Mädchen innerhalb einiger Wochen, sechs Monate nach meiner Ankunft, heirateten. Das war die Zeit, in der Miss Eleanor sich entschloß, mich von unten nach oben zu holen, weil neue Dienstboten eingestellt werden mußten. Mrs. Burke schnaufte ein wenig und machte dunkle Bemerkungen darüber, daß der HERR uns unseren Platz im Leben angewiesen habe, aber innerhalb einer Woche nannte sie mich Miss Jani und tat so, als ob sie mich noch nie im Leben einen Topf hätte scheuern sehen. Mr. Lamberts Diener, Mayes, interessierte sich für nichts anderes als seinen Herrn zu bedienen. Ich bezweifelte, daß er es bemerkt hätte, wenn ich plötzlich verschwunden wäre, und die Tatsache, daß ich wirklich von unten verschwand und oben als Miß Jani wieder auftauchte, machte überhaupt keinen Eindruck auf ihn.

Während der ersten Tage war es eine fürchterliche Anstrengung für mich, mit Mr. Lambert und Miss Eleanor bei Tisch zu sitzen, mich nachher in den Salon zurückzuziehen und dort mit ihnen über Dorfneuigkeiten, Nachrichten aus der Zeitung, oder über die Arbeiten, die Mr. Lambert oder Miss Eleanor zufällig gerade unternahmen, zu plaudern. Noch größere Anstrengungen kostete es mich, sie von jetzt an einfach Eleanor zu nennen. Zuerst versuchte ich, zu vermeiden, ihren Namen zu benutzen, aber das kam mir unhöflich vor, und am Ende zwang ich mich, zu tun, um was sie mich gebeten hatten. Innerhalb weniger Tage verschwand das Ungewohnte. »Wunderbar, Jani«, sagte sie eines Morgens beim Frühstück, als ich ihren Namen ganz natürlich und ohne überhaupt darüber nachzudenken, benutzte. »Du hast einen neuen, großen Schritt vorwärts getan.«

Mein Unterricht ging weiter, aber es wurden mehr Stunden, da ich jetzt keine andere Arbeit mehr zu tun hatte. Dennoch waren die Unterrichtsstunden nicht lang genug für mich. Es gab so viel zu lernen, und ich war so gierig nach Wissen, daß ich wie ein Schwamm alles aufsaugte. Die Bibliothek war meine ständige Freude. Ich saß dort mit einem Buch, manchmal einer Reisebeschreibung, einem Roman oder Geschichtsbuch, und arbeitete mich langsam Seite für Seite hindurch, mit einem Wörterbuch neben mir, so daß ich unbekannte Wörter nachschlagen und aufschreiben konnte, um sie in meinem Gedächtnis festzuhalten. Trotz meiner Studien verbrachte ich einen großen Teil meiner Zeit außer Haus. Zu meiner großen Freude liebte Eleanor es, zu reiten. Sie hatte nicht so sehr das Gefühl dafür, mit einem Pferd zusammenzuarbeiten, sondern sie beherrschte es einfach, weil sie so vollkommen sicher war, daß das Tier ihr gehorchen würde, daß dies auch fast immer zutraf. Sie trug Hosen zum Reiten und ließ auch mir eine machen. Auf unserem ersten Ausritt sagte sie: »Mrs. Wheeler wird es mißbilligen. Sie hat mich schon lange als hoffnungslos aufgegeben, aber sie wird ein paar Worte darüber verlieren, daß ich dich auch in Hosen gesteckt habe. Laß dich nicht aufregen, Jani.«

Mrs. Wheeler war die Frau des Pfarrers, eine kleine rundliche Dame mit einer lauten Stimme und einem Missionsbewußtsein, die aber immer sehr liebenswürdig zu mir war. Tatsächlich begegneten wir ihr am nächsten Tag, als wir auf der Landstraße vom Gänsehügel zurückkehrten. Sie saß mit ihrer ziemlich unscheinbaren älteren Tochter in einer Kutsche.

»Eleanor, wirklich! Was magst du dir wohl dabei denken, die kleine Jani so angezogen auszuführen? Das schickt sich einfach nicht, meine Liebe. Ich weiß, daß du die Konventionen umgehst, aber du solltest wirklich ein so junges Mädchen wie Jani nicht blamieren.«

Eleanor lächelte: »Sie kommt sich nicht blamiert vor, Mrs. Wheeler.«

»Aber das muß ja so sein, meine Liebe, wenn sie so . . . na, wie ein Mann auf dem Pferd sitzt. Außerdem ist das die falsche Art, reiten zu lernen.«

»Zu lernen? Mrs. Wheeler, dieses Mädchen konnte schon reiten, ehe sie laufen konnte. Gestern habe ich sie zum ersten Mal im Sattel gesehen, und meiner Meinung nach kann sie jeden in Hampshire in Grund und Boden reiten, gleich, ob Mann oder Frau. Und sie hat auch nichts anderes als Hosen getragen, bis sie fast dreizehn war, deshalb sind sie ihr keineswegs fremd.«

Mrs. Wheeler seufzte und nahm die Zügel wieder auf. »Sie sind unmöglich, Eleanor, ganz unmöglich. Gott schütze Sie trotzdem. Kommen Sie unbedingt zur Party nächsten Sonntag.«

Die goldenen Monate vergingen. Wir ritten, spielten Tennis, nahmen an den Dorffeiern teil, lasen, arbeiteten, spielten Schach oder Kartenspiele, radelten stundenlang mit Farben und Skizzenbuch, um Wildblumen zu suchen, manchmal waren wir still, manchmal redselig. Es machte mir große Freude, Eleanor bei allem, was sie tat, zu helfen, ob es nun die Katalogisierung ihrer Blumenbilder war, oder das Eintragen der lateinischen Namen, ob es sich um einen Besuch bei einem kranken oder trauernden Dorfbewohner handelte, oder ob ich einfach in ihrer Nähe war, wenn sie loszog, um mit einem Bauern, Landbesitzer oder irgend jemand, der ihren Gerechtigkeitssinn beleidigt hatte, einen Kampf auszufechten.

Bald wurde es mir schwer, daran zu denken, daß sie nicht meine ältere Schwester war, denn genauso benahm sie sich mir gegenüber, und ich bewunderte sie. Wenn Eleanor mich wie ihre jüngere Schwester behandelte, so war ich für Mr. Lambert wie eine jüngere Tochter. Jeden Morgen, wenn wir uns beim Frühstück trafen, küßte er mich auf die Wange, so wie auch Eleanor, und wünschte mir einen glücklichen Tag. Zur Schlafenszeit tat er das gleiche und sagte: »Gott segne und behüte dich, Kind.«

Obwohl er oft geistesabwesend war und eine umständliche Art hatte, sich auszudrücken, fast so wie ein Jurist – was Eleanor manchmal irritierte –, war er ein fröhlicher Mann, der viel Humor hatte. Wenn wir bei Tisch saßen, führte er immer eine interessante Unterhaltung, erzählte von vergangenen Zeiten und von amüsanten Anekdoten aus der Zeit, als er noch ein junger Anwalt in London war. So manches Mal im Sommer nahm ich die Kutsche und fuhr mit ihm hinaus aufs Land, um ein Tier oder eine Pflanze zu suchen, die er untersuchen und zeichnen wollte. Ich habe ihn niemals eine wilde Blume pflücken sehen, er versuchte auch nie, ein wildlebendes Geschöpf zu fangen. Er glaubte, daß es nicht recht war, irgend etwas zu töten, außer, um es zu essen, noch nicht einmal ein Insekt, und das glich sehr dem Glauben der Lo-bas in Smon T'ang, mit Ausnahme der Tatsache, daß sie das Töten teilweise aus Angst davor vermieden, vielleicht einen wiedergeborenen Angehörigen umzubringen.

Jedes Mal, wenn wir nach dem Spaziergang im Neuen Forst zum Wagen zurückkehrten, machte er den gleichen, kleinen Scherz über das hübsche junge Mädchen mit dem Strohhut, ohne Spitzen an den Stiefeln, das ihm ihr letztes Schinkenbrot angeboten hatte. Solche Dinge, wie immer die gleiche Geschichte zu erzählen oder denselben Witz, ärgerten Eleanor manchmal, aber bei Mr. Lambert machte mir das nichts aus. Während unserer »Expeditionen« redeten wir über viele Dinge, und ich mochte ihn mit der Zeit immer mehr und mehr.

Bei den Vornehmen, besonders bei den Damen, war es gebräuchlich, sich gegenseitig Morgenbesuche abzustatten, obwohl sich diese in Wirklichkeit immer am Nachmittag abspielten. Sie waren sehr förmlich und bestanden aus einem vorgeschriebenen Ablauf, der befolgt werden mußte. In Merlin's Burg statteten wir keine Morgenvisiten ab, noch empfingen wir offiziell welche, denn Eleanor hielt sie für eine fürchterliche Zeitverschwendung. Besucher waren nicht unwillkommen, aber sie konnten kommen, wann immer sie wollten. Wenn wir wirklich nicht zu Hause waren, würde Mayes, der die Türe öffnete, das auch sagen. Wenn wir zu Hause waren, der Besuch aber zu unpassender Zeit kam, würden wir dem Besucher höflich genau das sagen anstatt ihm zu erzählen, wir wären »nicht zu Hause«, wie die Etikette es verlangte. Nur ganz selten war ein Besuch nicht genehm, denn sowohl Miss Eleanor als auch Mr. Lambert hatten gern Gesellschaft und legten gern dafür jede Arbeit aus der Hand, die sie vielleicht gerade beschäftigte. Es gab eine Tätigkeit, die mich anfangs bei Mr. Lambert erstaunte. Regelmäßig jeden Donnerstag verbrachte er vier oder fünf Stunden auf dem Landsitz des

Barons, um dort mit Baron Tarleton, Major Elliott und einem Ingenieur im Ruhestand, der Matley hieß, sehr reich war und in Cranwood lebte, ein Kartenspiel zu spielen, das Whist hieß. Sie spielten um Geld, und Mr. Lambert gewann immer. Das kam daher, daß Whist ein sehr mathematisches Spiel war und er ein sehr bemerkenswertes Talent dafür besaß, weil er fähig war, jede Karte, die gespielt wurde, im Kopf zu behalten und so herauszufinden, welche Karte die anderen Spieler hatten.

Bei manchen Edelleuten herrschte unterdrückte Mißbilligung wegen des Spiels um Geld, aber nicht bei den Männern im Dorf, die selbst örtliche Wettspiele abhielten. Zwei- oder dreimal im Jahr hielt der Pfarrer eine Predigt über das Laster des Spiels. Bei diesen Anlässen schaute der Baron immer mürrisch drein und gab keine Spende. Major Elliott verschlief immer jede Predigt, deshalb machte es ihm nichts aus. Mr. Matley ging in seinem eigenen Dorf in Cranwood zur Kirche, und Mr. Lambert saß da, nickte ernsthaft und zustimmend und hatte ein lustiges Zwinkern im Auge; nachher gratulierte er dem Pfarrer zu seiner großartigen Predigt. Eines Morgens, nach dem allwöchentlichen Kartenabend, sagte Eleanor beim Frühstück: »Ich kann mir wirklich nicht vorstellen, warum du das tust, Vater. Du bist doch überhaupt keine Spielernatur. Der Baron ist so, das weiß ich, der wettet immer um alles mögliche, und Mr. Matley auch, nehme ich an, obwohl ich ihn kaum kenne. Ohne Zweifel spielt Major Elliott nur, um dem Baron einen Gefallen zu tun, ob er es nun gern tut oder nicht. Aber bei dir ist es ganz fehl am Platze, Vater.«

Mr. Lambert setzte seine Tasse ab, lehnte sich in seinem Stuhl zurück und sagte liebenswürdig: »Jeder Mann braucht die Möglichkeit, hin und wieder einen kleinen Funken Rebellion zu zeigen, irgendein kleines Laster zu zeigen, und das ist eben meines, liebe Eleanor. Ich liebe den Kampf mit geistigen Waffen, und das Geld gibt dem Spiel erst die Würze. Und, wenn du mir meine Unbescheidenheit verzeihst, ich spiele sehr viel besser als meine Kameraden.« Er schmunzelte. »Damit kann ich unseren Reitstall hauptsächlich auf deren Kosten unterhalten, und ich habe keineswegs die Absicht, eine Gewohnheit aufzugeben, die mir sowohl Spaß als auch Profit bringt.«

»Ich habe ja nicht gesagt, daß du es aufgeben sollst, Vater. Ich habe nur gemeint, daß ich mir nicht vorstellen kann, warum du es tust.«

Mr. Lambert strahlte uns beide an. »Nun, jetzt habe ich es ja erklärt, meine Liebe. Ich tue es auch, weil ich Perfektion hasse und weil ich deshalb einen kleinen Fleck auf meiner ansonsten blütenreinen Tugend haben möchte. Weiterhin und ferner ist es auch ein Akt der Nächstenliebe gegenüber dem hochwürdigen Hubert Wheeler, der sonst drei Sonntage im Jahr ohne Predigt sein würde.«

Ich platzte laut heraus und Eleanor sagte: »Jani, du bestärkst ihn noch!« Aber sie lächelte jetzt selbst.

Im Sommer gab Eleanor mindestens einmal im Monat eine kleine Gartenparty. Sie veranstaltete das bei kühlerem Wetter, was Mr. Lambert mit einiger Belustigung Eleanors Soiréen nannte. Sie selber sagte Musikabende dazu, und die Gäste kamen aus Larkfield und den umliegenden Orten, um sich mit uns in dem großen Ballsaal in Merlin's Burg zusammenzufinden.

Eleanor war eine sehr gute Pianistin, und Mr. Lambert spielte wunderbar Cello, aber die beiden unterhielten die Gäste nicht allein. Dorothy Wheeler, die unscheinbare Tochter des Pfarrers, hatte eine Sopranstimme, die herrlich anzuhören war, und es gab noch mehrere andere in der Umgebung, sowohl Männer als auch Frauen, die eine gute Stimme oder genügend musikalische Begabung hatten, um zu einer ausgezeichneten Unterhaltung beizutragen.

Auch diese Zusammenkünfte waren sehr informell. Zuerst spielte man ein wenig Musik, dann brachten unsere neu eingestellten Hausmädchen, unterstützt von Mädchen aus dem Dorf, einfache Erfrischungen. Nachdem dann noch etwas Musik oder Gesang geboten worden war, setzten sich die Leute zwanglos zusammen und plauderten eine Zeitlang, ehe man sich wieder zum nächsten Teil der Unterhaltung niederließ.

Während meines zweiten Jahres ließ Eleanor einen jungen Mann kommen, der mir Geigenunterricht erteilen sollte, aber, obwohl ich mich sehr anstrengte, ich hatte keinerlei Talent für Musik, und nach ein paar Monaten sagte Eleanor ihm, daß er nicht mehr wiederzukommen brauchte. An jenem Abend beim Essen meinte sie: »Jani, ich kann beim besten Willen nicht begreifen, wie ein intelligentes Mädchen wie du, das Musik liebt, so vollkommen begriffsstutzig sein kann, wenn es um das Lesen eines einzigen Taktes geht.«

»Liebe Eleanor, es tut mir so leid! Es scheint, als ob die Noten vom Papier einfach nicht in meinen Kopf wollen.«

»Nun, das war bemerkenswert genau ausgesagt«, meinte Mr. Lambert, indem er von seinem Lammbraten aufblickte. »Eine höchst treffende Beschreibung eines geistigen Prozesses, oder vielleicht sollte ich sagen, eines Nicht-Prozesses. Wie schade. Weißt du, ich wünschte sehr, daß wir einen Harfenisten in der Gegend hätten. Glaubst du, daß du mit einer Harfe besser zurechtkommen würdest, Jani?«

»Um Himmels willen!« rief Eleanor aus. »Nachdem du

schon gehört hast, was sie mit vier Saiten anstellt, kannst du dir vorstellen, sie auf vierzig loszulassen?«

Wir lachten alle. Wir lachten oft und bei jeder Gelegenheit, in jenen guten Jahren in Merlin's Burg, besonders nachdem ich meine anfängliche Unbeholfenheit und die Schwierigkeiten hinter mich gebracht hatte, die daraus resultierten, daß ich von unten nach oben geholt wurde, um ein Familienmitglied zu werden.

Wenn ich mich entscheiden soll, in welchem Augenblick der Wechsel in mir sich vollzog – wann ich sicher war, daß Eleanor und Mr. Lambert mit der merkwürdigen Aufgabe, die sie sich gestellt hatten, Erfolg haben würden –, war es der Moment nach meinem sechzehnten Geburtstag, in dem ich offiziell der feinen Gesellschaft der Gemeinde bei der ersten Gartenparty, die Eleanor in diesem Sommer gab, vorgestellt wurde. Das neue ›indische‹ Mädchen, das die Lamberts aufgenommen hatten, war natürlich heiß diskutiert worden; aber erst dies war der Tag, an dem ich offiziell meinen Platz in der Gemeinschaft einnehmen sollte, wenn man mich akzeptierte. Und ich wußte genau, daß nicht jeder für mich eingenommen war.

Am Tag der Gartenparty war ich so voller Angst, daß ich dauernd befürchtete, ohnmächtig zu werden, etwas, was ich in meinem ganzen Leben noch nie getan hatte. Ich trug ein Kleid aus ganz blassem, apfelgrünem Chiffon über einem Unterkleid aus Seide, mit einem weiten Ausschnitt, über den ein Einsatz aus cremefarbener Spitze sich um meinen Hals schloß. Eleanor war überrascht, daß ich wußte, wie die verschiedenen Teile des Kleides hießen, aber ich hatte ja viele gute Kleider, die von den Pastoratsleuten für das Adelaide-Crocker-Heim gesammelt worden waren, umgeändert.

Nach Eleanors Rat hatte ich mein Haar kürzer gehalten, als die meisten Mädchen es trugen. Sie hatte es mir selbst geschnitten. »Du hast noch Zeit genug, es wachsen zu lassen und aufzustecken, Jani.« Sie stand hinter mir, als ich vor dem großen Spiegel saß, und hob mein Haar vom Nacken hoch. »Ja, du wirst sehr elegant aussehen, mit dem wunderschönen Nacken, aber so steht es dir auch gut.« Ich hatte kurze, dichte Ponys über den Augenbrauen, und an beiden Seiten fiel das Haar schwarz und glatt bis zum Kinnansatz und rahmte mein Gesicht ein. Eleanor studierte mich im Spiegel. »Wenn du nicht aussähest wie ein verängstigtes Reh, wärst du wunderschön. Es wird dich keiner fressen, Jani.«

Ich versuchte zu schlucken, aber mein Mund war trokken. »Oh, Eleanor, du hättest ihnen mitteilen sollen, daß du mich ihnen heute offiziell vorstellen willst. Dann hätten die Leute, die du nicht hier haben wolltest, wegbleiben können!«

»Genau deshalb habe ich es ihnen nicht mitgeteilt«, murmelte Eleanor, während sie noch immer mein Spiegelbild betrachtete. »Ja . . . ich bin froh, daß wir dein Haar so frisiert haben. Es betont das Indische in dir, das sonst nicht sehr deutlich wird, aber genau das verunsichert ja den Baron und seine Nachläufer, deshalb wollen wir ihnen ja richtig damit ins Auge fallen und es nicht verstecken.«

»Oh, Eleanor . . . ich hab solche Angst, ich könnte dich blamieren.«

»Das ist unmöglich, Liebes. Du hast alle Qualitäten einer jungen Dame. Du bist gut angezogen, deine Haltung ist gut, und deine Manieren sind ausgezeichnet, und außerdem hast du eine wunderbare Ausdrucksweise, dank deines Sprachtalents. Nicht im geringsten hörst du dich an wie eine aus der Londoner Unterschicht, die sich Mühe gibt, ihren Akzent zu verbergen, vielmehr klingst du so, als ob du dein ganzes Leben lang so gesprochen hättest.«

Nicht eher als bis alle Gäste angekommen waren und

plaudernd auf dem Rasen umherspazierten oder sich in Liegestühlen niedergelassen hatten, kam Eleanor ins Haus, um mich zu holen. Von einem Fenster aus, wo wir unbeobachtet hinausschauen konnten, hatte Mrs Burke, die neben mir stand, mich auf einige der Gäste hingewiesen, obwohl ich die meisten von ihnen von Ansehen kannte, dadurch, daß ich in die Kirche ging. Da war Baron Tarleton, Major Elliott und seine Frau, die Familie Wheeler, Richter Boscombe, der schon pensioniert war, und eine Menge anderer Leute. Die Dienstmädchen gingen zwischen ihnen hin und her und servierten Tee und hübsch zurechtgemachte Schnittchen.

Eleanor hing sich bei mir ein und begann mich auf dem Rasen herumzuführen und mich vorzustellen. Mein Gesicht fühlte sich wie gefroren an und meine Knie zitterten, aber ich versuchte zu lächeln und jedem in die Augen zu blicken, während ich ihnen auf die ziemlich schlaffe korrekte Art die Hand gab.

»Wie geht es Ihnen, Mrs. Markham?«

»Guten Abend Mr. Sangford.«

Da war die Tochter des Pfarrers. »Wie nett von Ihnen, zu kommen, Dorothy. Ich hoffe, daß wir Freundinnen werden.« Ich versuchte zu verhindern, daß meine Stimme mechanisch wurde, während Gesicht nach Gesicht an mir vorüberzog. Am Rande bemerkte ich, daß Mr. Lambert, der anscheinend wieder in einem seiner geistesabwesenden Augenblicke dahinspazierte, niemals weiter als ein paar Schritte neben oder vor uns war, als wir umhergingen. Er hatte die Hände auf dem Rücken unter seinen Frackschößen verschränkt, sein Kopf war gebeugt, aber hin und wieder sah ich einen erstaunlich wachen Blick zu uns herüberschießen.

Dann kam ein Moment, in dem ich fühlte, daß Eleanor leicht angespannt war, sie drehte sich um, so daß wir direkt zu der Stelle gingen, an der Major Elliott und der Baron mit zwei Damen und Herren standen und plauderten.

»Baron Tarleton, Major Elliott, ich möchte Ihnen eine junge Freundin vorstellen, die meinem Vater und mir sehr lieb ist, Miss Jani Burr.«

Der Baron zog sein schweres, rotes Gesicht in zweifelnde Falten, als ich einen kleinen Knicks machte und »Wie geht es Ihnen, Sir?« sagte.

»Hmm! Guten Tag, junge Dame.« Er sah in seine Teetasse, als ob er dort die Erleuchtung finden könnte.

Major Elliott war ein langer, dünner vertrockneter Mann, sehr aufrecht und energisch. Ich wußte von Eleanor, daß er mehrere Jahre mit der britischen Armee in Indien verbracht hatte. Er sah sie an und sagte: »Das Kind ist Halbinderin?«

Eleanor winkte einem Dienstmädchen, das ein Tablett mit Tee trug, und sagte abwesend, als ob die Sache völlig unwichtig wäre: »Oh, halb Inderin, halb Engländerin, glaube ich, Major.«

Seine Lippen wurden schmal. »Ich muß sagen, daß in unserer Gesellschaft eine Person mit gemischtem Blut –«

»Und das mit Recht, Major.« Es war Mr. Lambert, der ihn unterbrochen hatte. Er schlenderte durch unsere kleine Gruppe, während er weitersprach. »Sie sind in der Tat zu beneiden, aber wir können nicht erwarten, alle so privilegiert zu sein.«

»Wie bitte?« fing der Major verblüfft an, aber Mr. Lambert sprach ohne Pause weiter. Er war stehengeblieben und hatte sich, ein halbes Dutzend Schritte weiter, umgedreht, und seine normalerweise ruhige Stimme war bemerkenswert durchdringend geworden, so daß alle Leute rundherum voller Staunen still wurden.

»Wie macht es einen bescheiden, Major«, Mr. Lambert fuhr liebenswürdig lächelnd fort, »daß das Blut der Menschen in ihren Adern fließt, die schon einen hohen Stand der Zivilisation erreicht hatten, als Ihre Ahnen und meine und die des Barons, Gott schütze ihn, noch ein halbiertes Ziegenfell trugen und ziemlich ›tumb‹ waren. Und ich bin sicher, das wollten Sie gerade sagen, Major, wo wären wir in England heute, ja wo wäre die ganze westliche Welt, so höre ich Sie sagen, wenn es nicht Brahmagupta gegeben hätte?«

Der Major sagte: »Hä?« Aber niemand hörte ihn, denn jetzt mischte sich Eleanor mit einer Lautstärke ein, die dazu geeignet gewesen wäre, ein Schiff anzurufen: »Haben Sie soeben Brahmagupta erwähnt, Major? Sicherlich war er ein großer Hindu-Mathematiker und Astronom, der so einen gewaltigen Beitrag zur Zivilisation leistete, als unsere armen, ignoranten Vorfahren in England noch im finsteren Mittelalter herumtappten. Hat er nicht das Symbol der Null erfunden, die uns unser Zahlensystem schenkte, ohne welches wir uns damit abgequält hätten, mit den unbefriedigenden römischen Ziffern zu multiplizieren und dividieren?«

Major Elliott starrte sie mit offenem Mund an und sagte: »Ich bin ah – nicht ganz sicher, ob – hmm . . .«

»Genau, Major!« rief jetzt Mr. Lambert aus zwanzig Schritten Entfernung. »Wie Sie Eleanor gerade erläutern wollten, war es nicht tatsächlich der große Brahmagupta, sondern ein ganz unbekannter indischer Wissenschaftler, der uns diese besondere Wohltat erwies. Oh, ich kann Ihre hohe Bewunderung für das indische Volk so gut verstehen. Ohne Zweifel stammt sie aus Ihrer persönlichen Erfahrung. Sie hatten die große Freude, das Tadj Mahal zu sehen, nicht wahr? Was für bewundernswerte Architekten und Maurer, die fähig waren, solch ein Wunder an Schönheit zu erbauen! Lassen Sie mich nachdenken . . . ungefähr 1640? Wir verbrannten damals gerade eifrig Hexen, stimmt's? Aber das Tadj Mahal ist natürlich modern für Indien, wo schon ein Landwirtschaftssystem existierte, etwa zweitausend Jahre, ehe wir das auch schafften. Wie Sie schon sagten, wenn wir von Architektur sprechen wollen, wie ist es mit dem klassischen Zeitalter?«

»Wenn ich Sie recht verstehe, beziehen Sie sich auf die Periode der Guptadynastie, Major Elliott?« Jetzt war es wieder Eleanor, die hoch aufgerichtet neben mir stand, und deren reiches Haar rot in der Sonne glänzte. Sie fuhr fort, mehrere Beispiele aus Indiens historischen Errungenschaften in der Kunst, Philosophie und Literatur aufzuführen und gab dann, etwas außer Atem, das Wort wieder an ihren Vater ab, der noch ein paar eigene laute Gedanken hinzufügte.

Ich hielt mein Gesicht gerade und ernst, aber innerlich kicherte ich und all meine Ängste verflogen. Es war mir jetzt klar, daß Eleanor und ihr Vater diesen vernichtenden Schlag geplant hatten, der ausgeführt werden sollte, bei dem geringsten Anzeichen, daß ich nicht willkommen war.

». . . und natürlich«, sagte Mr. Lambert jetzt, indem er einer Wildtaube nachblickte, die fast ohne Flügelschlag über den Garten segelte, »sollten wir Jani nicht nur wegen ihres Erbteils an Intelligenz beneiden, was Sie sicher als erster tun würden, mein lieber Tarleton . . .«

»Ich?« Der Baron grunzte verblüfft.

». . . denn Sie sind der erste, der eine körperliche Tüchtigkeit bewundert, sofern sie einer jungen Dame ziemt; und als der allerehrlichste der Männer würden Sie unfehlbar jede Überlegenheit anerkennen, wo immer Sie sie finden.« Der abwesende Ausdruck verschwand plötzlich, und einen Augenblick lang erschien es so, als ob Eleanor aus den Augen ihres Vaters blickte, als er mit angriffslustigem Starren sagte: »Sie haben sie reiten sehen, mein lieber Freund. Eleanor sagt mir, Sie haben sie vergangene Woche beobachtet. Wollen Sie als Sportsmann eine Wette mit mir abschließen? Würden Sie einen Mann Ihrer eigenen Wahl in einem Wettrennen gegen das Kind unterstützen, sagen wir vom ›Pflug‹ in Langley zum Gänsehügel? Verlierer zahlt hundert Pfund, vielleicht in den Fonds für die Erhaltung der Kirche, wenn der Pfarrer akzeptiert?«

Die plötzliche Herausforderung kam wie ein Blitz aus heiterem Himmel, und rund um mich herum hörte ich die Leute nach Luft schnappen und flüstern. Das war eine Herausforderung, die noch niemals angenommen worden war, und Mr. Lambert – wie ich glaube – erwartete das auch nicht, aber sie erreichte ihr Ziel, und seine letzten Worte brachten den Pfarrer aus der Fassung, der alles hinunterschluckte, was er aus Protest soeben von sich geben wollte. Erst später erkannte ich, wie schlau Eleanor und ihr Vater an jenem Nachmittag zu Werke gegangen waren. Sie hatten gewußt, daß die beiden Männer, die die Meinung über Jani Burr bestimmten, der Baron und der Major waren, und sie hatten jeden auf seinem Gebiet geschlagen.

In diesem Augenblick, als Mr. Lamberts herausfordernde Worte in der Luft hingen, rätselte ich, wie in aller Welt die Sache wohl ausgehen würde. Es sah so aus, als ob der Baron schon bei dem Gedanken wütend werden wollte, daß ein junges Mädchen zu Pferd besser als jeder andere sein könnte, den er zu nennen imstande war, aber Mr. Lambert hatte seinen Mann gut eingeschätzt. Der Baron drehte sein glühendes Gesicht von mir zu Eleanor, dann zu deren Vater, dann wieder zu mir. Zuerst zeigte er Erstaunen, dann die Anfänge eines Stirnrunzelns, aber dann warf er plötzlich den Kopf zurück und brach in schallendes Gelächter aus.

»Halten Sie mich für einen Narren, Lambert? Die Kleine würde ja ein Handikap von einem halben Zentner brauchen, um einem Mann nur eine Chance zu lassen! Verdammt, Sie sehen unschuldiger und milder aus als der Pfarrer selbst, aber sie sind hinterlistiger als der alte Satan!« Er wandte sich zu Eleanor. »Und Sie sind genauso schlimm, mein Mädchen. Ewig brauen Sie irgendwas Übles zusammen.« Er nickte zu mir herüber und sagte bedauernd: »Ich nehme an, ihr werdet ihr nicht erlauben, mit den Hunden zu reiten, wie?«

Eleanor besaß ein Lächeln, das sie nur selten benutzte, ein warmes, leuchtendes Lächeln, das ihr Gesicht schön machte. Das schenkte sie jetzt dem Baron Tarleton und sagte sanft: »In der Tat wünsche ich nicht, daß Jani mit den Hunden reitet. Wir wollen nicht unseren alten Streit über die Jagd wiederaufnehmen, Baron.«

»Schade. Sie würde ein phantastisches Bild abgeben, an der Spitze mit den Jagdführern. Aber wie Sie schon sagten, heute wollen wir uns nicht zanken, meine Beste.«

Major Elliott stand da und starrte ausdruckslos, während er mit dem Elfenbeinkopf seines Spazierstockes sein Kinn rieb. Ich hatte das Gefühl, als ob er versuchte, mit dem Geschehen Schritt zu halten, das viel zu schnell für ihn ablief. »Ja«, sagte er endlich in der Art, wie ein Jurist sich ausdrücken würde, zu Mr. Lambert, »was Sie da sagten, hat viel für sich.«

Baron Tarleton bot mir den Arm an und sagte mit fröhlicher Zustimmung: »Gut, kleine Jani, wir wollen zu den Ställen gehen und uns die Pferde mal ansehen, wie? Und Sie können mir erzählen, wo Sie reiten gelernt haben.«

Es wäre nicht ganz richtig, wenn ich behaupten würde, daß ich von diesem Augenblick an in Larkfield als Mitglied der Familie Lambert akzeptiert wurde, aber die Krise war vorüber. Die meisten Leuten folgten dem Beispiel des Barons, und die Menschen aus dem Dorf akzeptierten mich gerne, weil sie Eleanor und Mr. Lambert mochten. Diejenigen, die am längsten brauchten, um zu vergessen, daß ich Halbinderin und von unten nach oben aufgestiegen war, waren die weniger Vornehmen der Gemeinde, aber bald begannen auch sie unsicher zu werden, wie so viele andere und zwar durch ein Gerücht, das durch das Dorf zog und sich von dort aus weiter verbreitete.

Es wurde geflüstert, daß Jani Burr in Wirklichkeit eine indische Prinzessin wäre, und ihre Eltern ein Rajah, der eines der Fürstentümer in Indien regierte, und eine wunderschöne Engländerin, die Tochter eines Adligen. Offensichtlich war Jani als Kind von Agenten eines bösen Verwandten des Rajah entführt worden, der ihn entmachten wollte. Ihre Mutter war vor Kummer gestorben, der Rajah hatte alles aufgegeben, um fortzugehen und ein Mönch zu werden, und der feindselige Verwandte regierte jetzt das Fürstentum. Aber Jani war in Tibet von einem Agenten der britischen Regierung entdeckt und nach England gebracht worden; ihre wahre Herkunft wurde verheimlicht, bis sie volljährig würde; dann sollte die Armee in Indien den Usurpator absetzen und sie würde ihr Erbe als Rani antreten, Regentin eines Staates, der mindestens halb so groß wie England war.

Aus dieser Geschichte bestand das Gerücht hauptsächlich, obwohl es viele erstaunliche Varianten in den Einzelheiten gab; das hing davon ab, wer das Gerücht weitererzählte. Aber abgesehen von Varianten und nachträglichen Zutaten war der Effekt auf die Leute, die noch immer bezweifelten, daß es schicklich war, mit einer Halbinderin zu verkehren, sehr positiv. Ich fand heraus, daß ich erwarten konnte, überall in der Gegend, selbst in den Häusern der ganz Hochgestellten, als Anglo-Inderin akzeptiert zu werden, vorausgesetzt, daß ich auch eine Prinzessin war.

An dem Tag, als Eleanor zuerst entdeckte, daß das ganze Dorf voll von dem neuen Gerücht war, kam sie sofort nach Merlin's Burg zurück, wo Mr. Lambert und ich auf dem Rasen Croquet spielten, ging zu ihrem Vater und umarmte ihn, während ihre grünen Augen vor Freude und Boshaftigkeit funkelten.

»Vater, du schlauer Fuc s!«

Er blinzelte. »Natürlich, meine Liebe, aber in welcher Hinsicht machst du mir in diesem Augenblick Komplimente?«

»Du hast ein Gerücht über Jani ausgestreut, und es geht im Dorf um wie ein Großbrand.«

»Gerücht? Komm, Eleanor, ich bin ein respektabler, pensionierter Rechtsanwalt. Wie kannst du annehmen, daß ich ein Gerücht verbreite?«

»Du hast es nicht verbreitet, sondern erfunden, Vater. Ich kenne deinen Stil zu gut, um getäuscht zu werden. Aber, oh, es ist ein wunderbares Gerücht! Unsere Jani, eine indische Prinzessin inkognito!«

Verblüfft sagte ich: »Eine was?«

Eleanor nahm meinen Arm, sie sprudelte noch immer vor Freude und Belustigung. »Gleich erzähl ich es dir, mein Schatz. Vater, wie hast du das nur gemacht? Warte mal. Dein alter Angestellter, Penfold, der würde es herrlich schaffen. Foxy Penfold, ihr beiden habt immer ein schönes Paar abgegeben. Dann brauchte er nur Mrs. Gravett ein Wörtchen ins Ohr zu flüstern, der Witwe, die ihn immer zum Altar schleifen will. Sie hat die längste und schnellste Zunge in Hampshire.« Mr. Lambert seufzte, legte seinen Schläger hin, blickte zum Himmel auf und begann dann, seine Brille zu putzen. »Wirklich Eleanor, die Geschichte läuft mit dir davon«, sagte er sanft. »Ich schlage vor, wir setzen uns alle ruhig in den Schatten, während du uns über dieses außergewöhnliche Gerücht etwas erzählst.«

Er wollte niemals zugeben, das Gerücht in die Welt gesetzt zu haben, aber als ich ihn mit der Zeit immer besser und besser kennenlernte, war ich ganz sicher, daß Eleanor sich nicht geirrt hatte. Mr. Lambert kannte die Macht des Snobismus in der Welt, in der wir lebten, und er hatte guten Gebrauch davon gemacht. Mit der Zeit verschwand das Gerücht oder es wurde vielmehr als Tatsache angesehen, man kann nicht genau sagen, was richtiger war. Aber seine Auswirkungen blieben bestehen, um mir auf allen Ebenen in Larkfield ein gutes Ansehen zu geben und um mir den Pfad angenehm zu machen, der sonst vielleicht hart für mich gewesen wäre.

Eleanor sammelte schrittweise Material für ein Buch über europäische Wildblumen und nahm mich zweimal während meiner ersten beiden Jahre, die ich oben lebte, auf Auslandsreisen mit, einmal nach Österreich und einmal nach Italien. Meine Kindheit hatte aus mir eine abgehärtete Reiseexpertin gemacht, und ich genoß unsere langen Wanderungen auf der Suche nach seltenen Blumen sehr. Ich arbeitete außerdem auch hart an mir selbst, um eine fähige Sekretärin zu werden, und ich konnte schon Notizen nach Eleanors Diktat machen, während sie Farbskizzen entwarf. Am Anfang des dritten Jahres in Merlin's Burg hatte ich manchmal das Gefühl, als ob Larkfield ziemlich stolz darauf wäre, daß ich dort wohnte, genauso wie auf Eleanor, weil wir anders waren. Ich hatte schon lange meine ganze Geschichte Eleanor und ihrem Vater erzählt, und zwar mit allen Geheimnissen, die darin vorkamen, und ich hatte ihnen mein kostbares Medaillon gezeigt, das ich immer trug. Es faszinierte sie, von meinem Leben in Namkhara zu hören, von den Klöstern, den Lamas, dem Glauben und den religiösen Bräuchen und von meinen Reisen mit den Karawanen nach Tibet.

Weil ich ihnen alles verdankte, hatte ich ihnen nichts

verheimlicht. Sie wußten jetzt, daß ein Offizier der Armee, den ich nur unter dem Namen »Mister« kannte, von Indien nach Norden gekommen war, um Sembur für das schreckliche Verbrechen des Raubes und Mordes gefangenzunehmen. Sie wußten, daß ich überhört hatte, wie Sembur seine Schuld zugab und behauptete, mein Vater zu sein, daß ich aber ganz sicher war, daß er aus einem mir unbekannten Grund vorsätzlich gelogen hatte, vielleicht um mich zu schützen, weil er fürchtete, daß mir irgendeine Gefahr drohte.

Jetzt, wo ich erwachsen war, sah ich das alles nicht mehr mit den Augen eines zwölfjährigen Kindes an; ich konnte jetzt viel besser beurteilen, wieviel Sembur für mich getan hatte. Ein ungebildeter Mann, so war er in das seltsame Land Smon T'ang gekommen, mit einem Kind von zwei Jahren und ohne die Sprache und die Sitten dort zu kennen. Er hatte sich niedergelassen, ein Haus gekauft und uns ernährt, und er hatte mich nach seinen einfachen Ansichten und soldatenhaften Gewohnheiten erzogen.

Er hatte sicher verzweifeltes Heimweh nach seiner eigenen Art Menschen gehabt, nach Männern, mit denen er reden konnte, nach einer Frau, die für ihn sorgte, nach allem, was er aufgegeben hatte. Dennoch war er während all dieser Jahre nie schwach geworden, und niemals hatte ich ihn klagen hören. Manchmal, wenn ich einen besonderen Grund hatte, mich an ihn zu erinnern, an seinen Geburtstag vielleicht, oder wenn der Schnee fiel und mich an die Berge erinnerte, ging ich in mein komfortables Schlafzimmer, dachte an Sembur und weinte leise, und ich wünschte mir so sehr, meine Arme um seinen Hals schlingen zu können und meine Wange an seine zu pressen, und ihm aus vollem Herzen zu danken.

Wir dachten nicht viel über die Geheimnisse nach, die meine Vergangenheit enthielt, denn, wie Mr. Lambert sagte: »Man kann nicht aus unvollständigen Daten gültige Schlüsse ziehen.« Aber ein kleines Rätsel, das wir lösten, war die Frage nach Semburs Namen. Seit ich im Krankenhaus von Gorakhpur als Jane Burr registriert worden war, vermutlich von Mister, nahmen wir an, daß »Burr« der korrekte Nachname war. Und mehr als einmal hatte ich Mister von ihm als »Eressembur« sprechen hören, so glaubte ich.

»Ich stelle mir vor«, sagte Mr. Lambert, »daß dies der phonetische Klang von RSM Burr, oder um es voll auszudrücken, Regiments-Sergeant-Major Burr ist, denn dein Freund ... hmm ..., würde ihn sicher von vornherein mit seinem Dienstgrad ansprechen. Nun, das ist interessant, denn ›Sembur‹ ist offenbar eine kindliche Verstümmelung von RSM Burr, meinst du nicht auch?«

Eifrig sagte ich: »Ja, Sie haben sicher recht, Mr. Lambert. Und ich bin sicher, daß Sembur ein Regiments-Sergeant war, denn Mister nannte ihn ›Ser-Major‹. Das hatte ich vergessen.« Ein Gedanke versuchte in meinem Gehirn Gestalt anzunehmen, irgend etwas Wichtiges, aber ich konnte es nicht ganz fassen. Im nächsten Moment sprach Mr. Lambert es für mich aus.

»Es wäre sehr seltsam für ein Kind, seinen Vater mit der Verstümmelung seines militärischen Ranges und seinem Nachnamen anzureden. Wie lernt ein Kind einen Namen kennen? Dadurch, daß es ihn gesprochen hört, natürlich. ›Komm zu Mama‹, ›Hier ist dein Papa‹, ›Gib deiner Schwester Elsie einen Kuß.‹ Deshalb glaube ich, daß wir richtig in der Annahme gehen, daß während deiner Kleinkinderzeit RSM Burr irgendwie von Zeit zu Zeit in deiner Nähe war, und eine Person oder mehrere Personen bezeichneten ihn als RSM Burr. Ein Name, den du, Jani, als ›Sembur‹ gelispelt hast. Ich glaube aus diesem Grunde, daß wir sicher sein können, daß er nicht die Wahrheit sagte, als er sich als dein Vater bezeichnete, was wiederum einen ausgezeichneten Grund abgibt, zu glauben, daß sein Bekenntnis zu Raub und Mord auch falsch war, obwohl ich nicht im Traum erraten könnte, warum.«

Als diese Unterhaltung stattfand, tranken wir Tee auf dem Rasen, und ich war so voller Freude über die logische Art, mit der Mr. Lambert Semburs Unschuld zu beweisen versuchte, daß ich von meinem Stuhl aufstand, meinen Arm um ihn legte und ihm die Wange küßte. Oft in diesen goldenen Jahren in Merlin's Burg machte ich solch impulsive Gesten gegenüber Mr. Lambert oder Eleanor, denn ich floß immer über vor Glück und einem Gefühl, wunderbar geborgen zu sein. Außerdem hatte ich damals noch nicht einmal angefangen, Sembur die Dankbarkeit zu zeigen, die ich ihm schuldete, und ich wollte denselben Fehler nicht noch einmal machen.

Von dem Platz, an dem ich auf dem Gänsehügel saß, konnte ich den langen Schatten der Kirche langsam über die grauen Kopfsteine wandern sehen, und ich dachte an den riesigen Schatten, der über mein und Eleanors Leben gefallen war, nur eine Woche oder zwei vor meinem dritten Weihnachtsfest in Merlin's Burg.

Damals war – ohne Vorwarnung – Mr. Lambert eines Nachts friedlich im Schlaf gestorben. Daß mein Herz darüber brach, wäre nur eine schwache Beschreibung meines Schmerzes, den ich fühlte. Denn mit seinem Tod verlor ich nicht nur einen Mann, der mich wie seine Tochter behandelt hatte, sondern jemanden, der mir ein wunderbarer Vertrauter und Freund gewesen war. In meinem Kummer vergaß ich nicht, daß er Eleanors wirklicher Vater gewesen war, und ich rang sehr darum, meine Gefühle unter harter Kontrolle zu halten, denn Eleanor brauchte Trost, und sie wandte sich an mich, während sie dem Rest der Welt ein stoisches Gesicht zeigte.

Ich hatte nie für möglich gehalten, meine starke, energische und furchtlose Eleanor so erschüttert zu sehen. Das war töricht von mir, denn ich kannte sie lange genug, um zu wissen, daß, obwohl sie ihre Liebe nie offen zeigte, ihre Gefühle tief und stark waren. Ich war dankbar dafür, all die traurigen Arbeiten von ihren Schultern nehmen zu können, die bei solchen Gelegenheiten aufkamen, und ich glaube, das befähigte mich am Ende dazu, schneller die Zeit des Schmerzes zu überwinden als Eleanor.

Als das Testament verlesen wurde, war ich darüber erschreckt, daß Mr. Lambert mir einen Anteil von zweitausend Pfund hinterlassen hatte. Ich fühlte mich schuldig und voller Panik bei dem Gedanken an ein solches Vermögen und bat Eleanor sofort, es zurückzunehmen.

»Sei nicht albern, Liebes«, sagte sie sanft. »Vater hat mit mir darüber gesprochen, ehe er die Klausel vor einem Jahr seinem Testament hinzufügte, und ich habe völlig zugestimmt.« Ihre Stimme begann zu zittern. »Er war ein Mann, der ein glückliches Leben geführt hat, Jani, und du hast ihm noch fast drei Jahre dazugeschenkt.«

Im März, drei Monate nach der Beerdigung, entschied sich Eleanor dafür, auf eine ihrer Reisen ins Ausland zu gehen, um in Griechenland wilde Blumen zu suchen und zu zeichnen. Ich wurde hin und her gerissen zwischen dem Wunsch, mit ihr zu gehen, und dem Gefühl, daß es besser für sie wäre, allein zu reisen und für sich selbst zu sorgen wie sie es immer getan hatte, ehe ich nach Merlin's Burg kam. Als wir darüber sprachen, kam heraus, daß sie dasselbe dachte.

»Ich habe mich auf dich gestützt, Jani«, sagte sie, als wir nach dem Frühstück auf einem bereiften Pfad mit Muff und pelzbesetzter Kapuze, um den scharfen Wind von unseren Ohren abzuhalten, zum Dorf wanderten. »Ich habe mich schon zu lange auf dich gestützt, und es kann so nicht weitergehen.«

»Es macht mir nichts aus, Eleanor, wenn du dich an mich lehnst. Nur . . .« Ich zögerte.

»Es sieht mir nicht ähnlich?«

»Hm . . . ja.«

»Genau. Und deshalb werde ich fortgehen und ein paar Wochen lang sehr hart arbeiten; danach komme ich nach Hause zurück und bin wieder ich selbst. Bist du sicher, daß du allein gut zurechtkommst, während ich weg bin?«

»Hab keine Angst. Es wird mir Freude machen, viel zu tun zu haben. Mrs. Burke und Mayes werden da sein, wenn ich Rat im Haushalt brauche, und für alles andere werde ich zu David Hayward gehen.« David Hayward war vor achtzehn Monaten nach Larkfield gekommen und hatte die Tierarztpraxis des alten Mr. Kingley übernommen. Schnell war er ein willkommener Besucher in Merlin's Burg geworden. »Ja. Ja, tu das, Jani«, sagte Eleanor. »David ist sehr verläßlich.«

Ich seufzte. »Ich wünschte, du hättest ihn nicht zurückgewiesen, als er dich letztes Jahr heiraten wollte.«

Ich sah sie erröten, und sie sagte: »Oh, hör auf, mich zu drängen, Jani. David Hayward kann nicht mehr als ein Jahr älter als ich sein. Es ist vollkommen unmöglich. Ich wurde vor fünf Jahren eine alte Jungfer, und ich bin vollkommen glücklich darüber.«

»Nun . . .« Ich nahm eine Hand aus meinem Muff und hing mich bei ihr ein, während wir dahingingen. »Ich hoffe, er fragt dich trotzdem irgendwann wieder.«

Eleanor lachte. Es war das erste Mal seit langen Wochen, daß ich sie lachen hörte, und der Klang machte mich froh. Ich hoffte, daß sie bald wieder sie selbst sein würde, daß sie nach Merlin's Burg zurückkommen würde, so stark und glücklich wie zuvor, und daß ihr Kummer in liebende Erinnerung verwandelt würde. Dann würde sie vielleicht David Hayward trotzdem heiraten ... und vielleicht würde irgendein gutaussehender und aufregender Mann sich auch in mich verlieben und mich heiraten wollen, und vielleicht würden wir Merlin's Burg teilen, und alles würde vollkommen sein ...

Solch närrische Träume! Nach dem Kalender von Smon T'ang hatte jetzt das Jahr des Wasserhasen angefangen. Als nächstes würde das Jahr des Hölzernen Drachen kommen, das Jahr, das vom Orakel von Galdong benannt worden war. Aber ich hatte schon mehr als fünf Jahre in England gelebt, wo Orakel und Prophezeiungen keinen Platz hatten außerhalb der Bibel und den Märchen. Schon lange hatte ich das Mädchen mit dem leeren Gesicht aus meinem Gedächtnis getilgt, das vor dem Hohen Lama Rild gestanden hatte, in die tintenschwarze Flüssigkeit blickte und seltsame und bedeutungsschwere Rätsel gesprochen hatte.

8

EINE STIMME HINTER mir auf dem Gänsehügel sagte: »Miss Burr, ich hätte gerne einen Antrag gemacht.«

Ich kam zu mir, für einen Augenblick erschreckt, dann lächelte ich und brachte es fertig, mich nicht umzudrehen. »Einen Antrag? Oh mein Herr, das ist zu plötzlich.«

Fast so lange, wie ich David Hayward kannte, hatte er mich damit geneckt, mir Heiratsanträge zu machen, die nicht ernst gemeint waren. Jetzt kam er, seinen großen

Grauen, Smoky, am Zügel führend, in mein Blickfeld, gab ihm einen Klaps, damit er zu Nimrod ging, und ließ sich dann neben mir in das trockene Gras fallen. »Hallo, kleine Jani. Mrs. Burke sagte, ich würde Sie hier oben finden.«

»Ich werde fortwährend weniger jung, Mr. Hayward. Sie fangen besser an, vorsichtig zu werden, falls ich eines Tages ja sage zu Ihren Ausführungen.«

Er lachte, dann legte er den Kopf auf eine Seite und sah mich gedankenverloren an. »Nun . . . wenn ich es wieder tu, wissen Sie, daß ich es ernst meine.«

Ich richtete mich auf und starrte ihn an. »Sprechen Sie nicht so! Sie wissen sehr genau, daß sie Eleanor heiraten wollen.«

Er spreizte eine Hand. »Sie will mich nicht haben.«

»Nun, dann müssen Sie es wieder versuchen.«

Er grinste, kam auf die Füße, und reichte mir eine Hand. »Kommen Sie, Jani.«

»Kommen Sie wohin?«

»Oh, ich vergaß, ihnen meinen Vorschlag zu erklären. Was ich Ihnen vorschlagen wollte, ist, daß Sie mit zu Stafford's Farm kommen und zu einer von seinen Kühen sprechen, während ich ihren Uterus in Ordnung bringe.«

»Ach, das war alles. Diese Art von Vorschlägen machen Sie aber besser keiner anderen jungen Dame, Mr. Hayward.«

»Nein. Sie würde schreiend davonlaufen. Die Kuh wird mitmachen, wenn Sie ihr das sagen, und das ist ausschlaggebend.«

»Ist es wieder Mabel?«

»Dieselbe wie vorher. Ich verstehe mich nicht sonderlich mit ihr.«

»In Ordnung.«

Er nahm meine Hand, zog mich auf die Füße und wartete dann, während ich Nimrod und Smoky rief, damit sie zu uns kamen. »Es ist nicht fair, Jani«, sagte er trocken. »Ich gebe Smoky Futter und Stall, aber so einfach würde er nicht zu mir kommen, außer, wenn es ihm paßt.«

»Ja, aber ich spreche ihn im gehobenen Tibetanisch an, und das schmeichelt ihm.«

»Unsinn.« Er faltete seine Hände, um mich in den Sattel zu heben. »Aber ich muß zugeben, es funktioniert.«

Ich mochte David Hayward. Als jüngster Sohn eines adligen Landwirts in Lincolnshire, der einen Titel besaß, war er unabhängig. Er hatte die lange Ausbildung eines Veterinärchirurgen auf sich genommen, weil sein großes Lebensziel darin bestand, Tiere zu heilen.

Er war ein ruhiger, friedlicher Mann, freundlich zu jedermann und zu niemandem unhöflich. Innerhalb weniger Wochen, nachdem er seine Praxis in Larkfield aufgebaut hatte, war ihm durch Eleanor klargeworden, daß ich mit Tieren umgehen konnte. Zuerst war er skeptisch gewesen, wie er selbst zugab, aber er hatte keine Zeit verloren, bei der ersten Möglichkeit einen praktischen Test mit mir zu machen.

Ich hatte Mr. Sangfords großen Airedale beruhigt, als er halbverrückt vor Schmerz an einem vergifteten Fuß war und niemand in die Nähe kommen lassen wollte. Danach – nachdem der Fuß aufgeschnitten, gereinigt und bandagiert worden war, während ich den Kopf des Hundes gehalten hatte – hatte David Eleanor angesehen und gelächelt. »Sie hatten recht, Miss Lambert. Dieses Mädchen ist erstaunlich.«

»Sie überraschen mich, Mr. Hayward. Angenehm, darf ich hinzufügen.«

»Ich bin geschmeichelt. Darf ich fragen, wie ich Sie überrasche?«

»Sie arbeiten in der medizinischen Wissenschaft. Die meisten Leute, die irgendwie wissenschaftlich arbeiten, lehnen es ab, irgend etwas zu glauben, was nicht durch Wissenschaft erklärt werden kann.« »Ich tendiere selbst in diese skeptische Richtung, Miss Lambert.« Er sah mich an und lächelte plötzlich warm. »Aber wenn ich eine Fähigkeit demonstriert sehe, die die Wissenschaft nicht erklären kann, dann schließe ich daraus, daß die Wissenschaft noch nicht weit genug fortgeschritten ist, um sie zu erklären.«

Seit diesem Tag vergingen selten mehr als drei oder vier Wochen, ohne daß David Hayward kam und mich bat, ihm bei einem von seinen Patienten zu helfen. Er war ein schlanker, drahtiger Mann von erstaunlicher Kraft, wie ich gesehen hatte, als er ein schwieriges Kalb entbunden hatte. Sein Haar war dick und braun, sein Gesicht ruhig und fast ausdruckslos, außer wenn er lächelte. Aber dann machte es die Wärme, die es erleuchtete, fast schön.

Manchmal, wenn ich ihm in der Chirurgie oder auf einer der Farmen half, arbeiteten wir eine Stunde oder länger zusammen, ohne daß ein Wort zwischen uns gewechselt wurde. Eleanor hatte darüber einmal mit Mr. Lambert gesprochen. »Es ist so merkwürdig, die beiden zu beobachten, Vater. An der einen Seite des Pferdes arbeitet David mit seinen Messern und Sonden, und auf der anderen Seite flüstert Jani dem Tier ihr Blabla ins Ohr, und sie scheinen sich kaum zu bemerken. Man könnte sich fast denken, daß sie sich gestritten hätten, und manchmal tun sie das auch. Ich meine, wenn sie doch einmal sprechen, neigen sie dazu, sich gegenseitig anzufauchen.«

Das war richtig, obwohl ich vorher niemals darüber nachgedacht hatte, aber ich erinnerte mich jetzt daran, während wir den grasigen Hang des Gänsehügels hinabgaloppierten und dann in einen leichten Trab fielen, als wir unten den Fußweg erreichten, der uns westlich des Dorfes nach Staffords Farm brachte.

David Hayward sagte: »Ist alles in Ordnung zu Hause, Jani?«

»Ja, danke. Mrs. Burke und Mayes halten alles in bester Ordnung.«

»Und Sie sind nicht einsam?«

»Nun, ich vermisse Eleanor natürlich, und ich vermisse Mr. Lambert immer noch, aber ich bin nicht einsam. Während des Tages sehe ich eine ganze Menge Leute, und am Abend nehme ich gewöhnlich ein leichtes Essen im Garten ein; danach arbeite ich an den Haushaltsbüchern oder an Eleanors Buch oder ich lese, ehe ich schlafen gehe. Ich habe eine Schreibmaschine, um alle Quellenangaben für Eleanors Buch aufzuschreiben, und ich werde schon ganz gut damit fertig.«

»Nun . . . wenn Sie nicht irgendwelche Haushaltsprobleme haben, was ist dann los, Jani?«

Ich sah ihn ein wenig entsetzt an. »Warum glauben Sie, daß irgend etwas nicht in Ordnung wäre?«

Er zuckte die Schultern. »Ich kenne Sie jetzt schon ganz gut, und ich kann beurteilen, wann Sie Sorgen haben, auch wenn Sie es verbergen wollen. Außerdem haben Sie mir einmal gesagt, daß Sie gerne auf den Gänsehügel gehen und sich allein dort hinsetzen, wenn Sie irgend etwas überdenken wollen. Ich sah Sie dort oben sitzen, als ich von Staffords Farm hinabritt, und ich glaube, Sie hatten sich noch nicht bewegt, seit ich das Tal überquerte und zehn Minuten später auf dem Gipfel ankam.«

»Oh . . . ich habe nur noch einmal über die Jahre zurückgedacht und geträumt.« Ich zögerte. »Und vielleicht habe ich mir über Eleanor einige Sorgen gemacht.«

»Oh.« Er sah mich schnell an. »Warum, Jani?«

»Ich glaube, ich bin nur albern. Sie wollte sechs bis acht

Wochen wegbleiben, und den ersten Monat schrieb sie mir jede Woche zwei Briefe. Aber dann wurden ihre Briefe . . . Ich weiß nicht. Seltsam. Sie sahen nicht nach Eleanor aus.«

»In welcher Art?«

Wir hatten unsere Gangart jetzt zu einem Schritt verlangsamt. Ich sagte: »Nun, sie waren erstens unregelmäßig und außerdem unzusammenhängend. Sie fing an, irgend etwas zu schreiben, sprang dann wieder auf einen anderen Gedanken über und zwar so plötzlich, daß man ihr kaum folgen konnte. Oh, ich weiß, das klingt nach nichts, aber ich mache mir wirklich Sorgen, Mr. Hayward. Ehe ihre Briefe so anders wurden, schrieb sie, daß sie einen Engländer getroffen hatte, der im selben Hotel wohnte, und daß sie immer versuchte, ihm aus dem Weg zu gehen. Aber wo immer sie auch hinging, schien er immer wieder auf der Szene zu erscheinen, und es wäre, als ob sie von einem Geist verfolgt würde. Sie schrieb das ganz amüsant, genau wie die alte Eleanor.« Ich hielt an, um Atem zu schöpfen und war ein wenig beschämt. Jetzt, wo ich meine Ängste auszudrükken begonnen hatte, sprudelte ich sie gegenüber David Hayward fast hinaus. Ich meinte, er könnte darüber lächeln, denn bis jetzt hatte ich keine guten Gründe für meine Angst angegeben und tatsächlich hatte ich auch keine. Aber er sagte nur nüchtern: »Erzählen Sie weiter, Jani.«

»Nicht lange danach wurden ihre Briefe noch seltsamer, als ob sie überhaupt nicht mehr sie selbst wäre. Die Briefe waren sehr kurz, und sie sprach von diesem Mann zwei- oder dreimal in einer unbestimmten Art. Aber sie machte sich nicht mehr lustig über ihn, sondern es klang mehr so, als ob sie Freunde geworden wären. Dann, als sie von Trikkala hinunter nach Korinth zog, machte sie noch einmal eine kurze Bemerkung über ihn, als ob er noch immer bei ihr wäre.«

»Sie ist kein Kind mehr«, sagte David Hayward ruhig. »Wenn Sie mit dem Mann befreundet ist, ist es deshalb, weil sie es wünscht.«

»Aber Eleanor würde nicht mit einem Mann herumreisen. Ich weiß, daß jeder sagt, daß sie empörend und unkonventionell ist, und bei manchen Dingen stimmt es auch, aber auf der anderen Seite ist sie sehr korrekt, wenn es um Benehmen geht. Oh, es ist so schwierig, das zu erklären. Sie erwähnt, daß sie meine Briefe bekommen hat, aber sie beantwortet sie nicht mehr richtig, als ob sie nicht begriffen hätte, was ich geschrieben habe. Und ... sie ist jetzt schon mehr als drei Monate fort.«

Wir wendeten am Rande der Kuppe und begannen den sanften Anstieg nach Staffords Farm. David Hayward sagte: »Vielleicht ist sie verliebt. Ich nehme an, das würde alles erklären.«

Ich tastete in der Tasche meiner Hose nach den zwei ziemlich zerknitterten Stücken Schreibpapier, die mit Eleanors kräftiger Handschrift bedeckt waren, und nach einem Augenblick des Zögerns gab ich sie ihm. »Das ist der letzte Brief, den ich von Eleanor bekommen habe. Er kam vor etwa einer Woche. Ich habe ihn mit auf den Gänsehügel genommen, um ihn dort noch einmal zu lesen.«

Das hatte ich getan in der Hoffnung, dem Brief ein paar vorher nicht bemerkte Fetzen Trost abzuringen, aber meine Hoffnungen waren vergebens gewesen. Sie schrieb:

Liebste Jani,

Dein Brief kam am Donnerstag, glaube ich. Ich hoffe, es geht Dir gut. Bis jetzt habe ich noch keine Notizen für Dich, die Du mit der Schreibmaschine schreiben kannst. Warum habe ich in der vergangenen Woche nicht gearbeitet, oder ist es schon länger her?

So tief, der Korinther Kanal. So tief unten. Ich wurde von Schwindel gepackt, und ich hätte mich von der Brücke hinabstürzen können, aber er hielt meinen Arm. Was soll ich tun?

Es ist sehr heiß gewesen, und Mr. Quayle riet mir, mich auszuruhen, weil ich zuviel gearbeitet hatte und mich erschöpft fühlte. Es war eine sehr ermüdende Klettertour zur Spitze von Kap Sounion, besonders in den frühen Stunden.

Bleib gesund und stark, und sei immer Du selbst, Jani, sei immer Du selbst. Griechenland ist so wunderbar. Ich glaube, ich bin schon eine sehr lange Zeit fortgewesen, und ich hoffe, bald zurückzukehren. Vielleicht wird das helfen.

Heute abend hatten wir ein sehr schönes Abendessen auf dem Dach dieses kleinen Hotels, mit einer sanften Nachtbrise, die uns kühl hielt, und ein paar griechischen Musikanten, die spielten. Es war sehr bezaubernd. Ich bin sicher, Du würdest es auch genießen.

Ich schreibe diesen Brief vor dem Schlafengehen. Bitte bete für mich, Jani.

Mit zärtlicher
Liebe,
Eleanor.

Wir hatten einen Steinwurf weit von der Farm gehalten, während David Hayward den Brief las. Ich sah sein Gesicht ernster und ernster werden, während er ihn zweimal durchlas, dann blickte er auf und gab ihn mir langsam zurück, während seine Augen kummervoll blickten. »Ich verstehe nicht, Jani.«

»Ich auch nicht. Aber Sie sollten sehen, daß sie sich nicht merkwürdig benimmt, weil sie verliebt ist. Das ist nicht diese Art Brief, nicht wahr?«

»Nein. Weit entfernt. Es ist ein Unterton von ... Verzweiflung darin.«

»So schien es mir auch. Aber was kann denn passiert sein? Und wenn es etwas gibt, warum sagt sie es nicht?«

Er schüttelte sorgenvoll seinen Kopf. »Gott weiß es. Es ist mir ein Rätsel.«

»Ich habe Kap Sounion im Lexikon nachgeschlagen. Es ist ein Landrücken südlich von Athen, wo der Tempel des Poseidon erbaut wurde und ein großer Rest des Tempels steht noch. Aber das ist nicht in der Nähe von Trikkala oder Korinth, und warum in aller Welt würde sie zu einem antiken griechischen Tempel aufsteigen, und das in den frühen Morgenstunden?«

Er trieb sein Pferd wieder zum Schritt an, und ich ritt an seiner Seite.

»Ich habe keine Ahnung, Jani«, sagte er mit grimmigem Gesicht. »Überhaupt keine. Ist dieser Quayle der Engländer, den sie schon vorher getroffen hat?«

»Ja.«

»Bei jedem außer Eleanor würde ich dazu neigen, zu denken, daß Mr. Quayle einer dieser Parasiten ist, die sich an einsamen Frauen bereichern. Aber sie würde diese Sorte mit einem Blick erkennen.«

»Ja, und außerdem ist sie nicht einsam, Mr. Hayward. Sie wollte nur eine Zeitlang allein sein, das ist alles.« Wir näherten uns jetzt dem Kuhstall, und Mr. Stafford kam uns entgegen und rief uns einen Gruß zu. David Haywards kleiner Wagen stand auf dem Hof. Er hatte Smoky aus der Deichsel ausgespannt, um nach Merlin's Burg und dann zum Gänsehügel zu reiten, um mich zu holen.

Die Arbeit eines Tierarztes war gewöhnlich eine schmutzige Angelegenheit, und Larkfield hatte einige Zeit gebraucht, um den Schock zu überwinden, zu wissen, daß die junge Jani Burr oft in solche unziemlichen Sachen verwickelt war und daß sie manchmal dabei war, um Mr. Hayward zu assistieren, wenn er tatsächlich bis zur Taille ausgezogen war und sich damit abquälte, ein schwieriges Fohlen oder Kalb zu entbinden. Der ehrwürdige Hubert Wheeler und mehrere Damen hatten sich bei Mr. Lambert und Eleanor darüber beschwert, daß sie es zuließen. Mr. Lambert hatte ihnen in seiner leichten Art geraten, daß sie sich in ihren Gebeten bei dem Allmächtigen beschweren sollten, wenn sie dagegen waren, daß ich ein von Gott gegebenes Talent benutzte. Was Eleanor sagte, habe ich nie erfahren, aber meine Tätigkeit als Tierkrankenschwester wurde bald eine von den vielen exzentrischen Tätigkeiten, die von den Leuten in Merlin's Burg an den Tag gelegt wurden.

Ich hegte große Bewunderung für David Haywards Fähigkeiten als Tierarzt. Auch in Smon T'ang kam es manchmal vor, daß eine Yakkuh ihren Uterus mit herauspreßte, und es bedeutete harte Arbeit für drei Männer, ihn wieder an seinen Platz zu bringen. David Hayward benutzte einen Flaschenzug, um das Hinterteil hochzuhalten, wenn er die Kuh zum Knien brachte. Das hielt sie davon ab, sich dagegen zu stemmen. Aber er bestand immer darauf, daß die Aufgabe zweimal so schwer war, wenn ich nicht da war, um das Tier zu beruhigen, und daß ich mehr Nutzen brachte, als zwei starke Männer. Ich war sehr stolz darauf, denn ich wußte, daß er mir nicht schmeicheln würde.

Ich stand da und sprach mit Mabel, während David Hayward seine Vorbereitungen traf, dann überredete ich sie, sich hinzuknien und ruhig zu sein, während wir ihr halfen. Sie schlief fast ein, deshalb hatten er und Mr. Stafford wenig Arbeit, die große Gebärmutter in sie zurückzuschieben, und sie döste sogar mit geschlossenen Augen weiter, als ich nach hinten ging, um nähen zu helfen, so daß sie den Uterus nicht wieder herauspressen konnte.

Als wir fertig waren, nahm David Hayward seine lange Baumwollschürze ab, wusch seine Arme und Schultern in einem Eimer Seifenwasser, dann zog er sein Hemd und seine Jacke an. Ich wusch mir meine Hände zusammen mit ihm, und dann lud uns Mr. Stafford in die kühle Küche ein, um Limonade zu trinken, ehe wir abfuhren. »Is' immer etwas besonderes für Miss Eleanor, wenn sie uns besucht«, sagte seine Frau, während sie zwei ihrer besten Gläser auf den großen gescheuerten Tisch hinsetzte. »Die sagt, ich mach die beste Limonade von allen, sagt sie.«

»Ich bin sicher, daß sie recht hat, Mrs. Stafford«, stimmte ich zu. »Sie schmeckt wunderbar.«

Der Farmer sagte: »Wann kommt se' denn aus'm Ausland zurück, Miss? Is' jetzt schon länger weg, nich'?«

»Ja, aber ich erwarte, daß sie bald wieder zu Hause sein wird.«

Mr. Stafford nickte mit dem Kopf. »Na, wenn Sie irgendwas wollen, Miss Jani, ich mein so von der Farm, sagen Sie's bloß. Gehn Sie nur nicht in den Laden. Räuber sind sie, die ganze Bande. Und sagen Sie Ihrer Mrs. Burke mal, Tom Stafford zu besuchen, und sie braucht ihr Portemonnaie auch nicht mitzubringen.«

David Hayward bestand darauf, mich nach Hause zu bringen, und ich fuhr in seinem Wagen nach Merlin's Burg zurück; Nimrod wurde hinten angebunden. Auf dem Weg sprachen wir sehr wenig und überhaupt nicht über Eleanor, bis wir vor den Ställen angekommen waren, dann sagte er ruhig: »Ich glaube, Sie haben recht, wenn Sie sich Sorgen machen. Aber ich glaube, es gibt nichts, was Sie tun können, außer, darauf zu warten, daß Eleanor zurückkommt.«

Ich schüttelte langsam meinen Kopf. »Nein. Auf dem ganzen Rückweg von der Farm habe ich darüber nachgedacht, und ich weiß, was ich tun muß. Ich habe mich jetzt entschlossen. Ich warte nur noch zehn Tage, bis zum Ende des Monats. Wenn ich dann immer noch keinen Brief von Eleanor habe, in dem sie schreibt, daß sie zurückkommt, werde ich zu ihr fahren. «

»Zu ihr fahren? Nach Griechenland?«

»Ich habe mein eigenes Geld, und Mrs. Burke kann auf das Haus aufpassen. Aber ich muß Eleanor sehen und mit ihr sprechen. « Meine Stimme begann zu zittern. »Ich weiß nicht, was ihr fehlt, und ich kann es noch nicht einmal raten, aber ich weiß, es gibt etwas, und ich bin sicher, daß sie Hilfe braucht. Deshalb muß ich zu ihr gehen, und was immer es ist, ich muß es in Ordnung bringen, und wenn jemand . . . ihr irgendwie schaden will, muß ich ihn davon abhalten. «

Während ich redete, war ich aus dem Wagen geklettert, und als ich ausgesprochen hatte, stellte ich fest, daß mein ganzer Körper aus einer Mischung von Furcht, Aufregung und einer Art unbestimmter Wut zitterte. »Eleanors Vater ist tot«, beendete ich meine Rede ruhiger, »und ich bin die einzige, die sie noch hat, deshalb kommt es jetzt auf mich an.«

Er starrte schweigend, mit einem fragenden Blick, auf mich herab, dann stieg er aus dem Wagen, ging einige Minuten hin und her und sagte dann abrupt: »Das ist nicht gut, Jani, Sie sind zu jung, um allein zu reisen.«

»Zu jung?« Ich starrte ihn an. »Oh, seien Sie nicht dumm, Mr. Hayward! Sie kennen mich genug, um das besser zu wissen! Zu jung um selbst zu reisen? Ich bin mit einer Salzkarawane über das Dach der Welt geritten, als ich zehn war, Mr. Hayward, und ich hatte Khamba-Krieger und Schneeleoparden zu fürchten. Glauben Sie wirklich, ich kann ein Hotel in Korinth nicht ausfindig machen? Es gibt dort sogar eine Bahnstation! «

Zum ersten Mal sah ich, wie David Haywards Ruhe zusammenbrach. Mit vorgeschobenem Kinn, einen Reflex von meiner eigenen Wut in seinen Augen, drohte er mir mit seiner Hand. »Brüllen Sie mich bitte nicht so an! Sie sind ein unfreundliches kleines Mädchen.«

»Ich bin kein kleines Mädchen!«, sagte ich mit zusammengebissenen Zähnen. »Ich bin achtzehn, und ich ängstige mich zu Tode wegen der Frau, die mich aus der Gosse geholt hat. Sie glauben vielleicht, Sie wissen, was Eleanor mir bedeutet, aber Sie können es in keiner Weise ermessen. Niemand kann das, deshalb –«

»Gut, Jani, gut.« Er machte eine Geste, die um Frieden bat, und die Wut verging; er war wieder ruhig, aber voller Sorgen. »Bitte, wir wollen uns nicht streiten. «

Ich drehte mich um, legte meine Arme auf die Seite des Wagens und senkte meine Stirn darauf, während ich versuchte, nicht zu weinen. Als ich wieder sprechen konnte, sagte ich: »Ich war sehr unhöflich und sehr sarkastisch zu Ihnen. Es tut mir leid, Mr. Hayward. Bitte verzeihen Sie mir.«

Ich fühlte seine Hand auf meiner Schulter. »Ich weiß, daß Sie sich wegen Eleanor Sorgen machen. Ich auch. Dann, als Sie davon sprachen, nach Griechenland zu fahren, habe ich angefangen, mir auch über Sie Sorgen zu machen.«

Ich drehte mich um und sah ihn erstaunt an. »Über mich?«

»Ja, natürlich. « Er betrachtete mich nüchtern. »Sie sagten, Sie wollten noch zehn Tage auf einen anderen Brief warten, und das scheint mir sehr vernünftig. Das gibt Ihnen Zeit, Reisevorbereitungen zu treffen, und zu entscheiden, was am besten getan werden muß. Aber wollen Sie wenigstens zustimmen, die Sache heute in einer Woche noch einmal mit mir zu diskutieren?«

»Ja. Ja, das werde ich tun, Mr. Hayward.«

»Danke.« Er band Nimrod los, kletterte in den Wagen und saß dort für ein paar Augenblicke, während er auf mich niederblickte. »Nur wenige Leute bleiben lange dankbar, Jani. Sie sind sicherlich eine von den wenigen.«

Ich achtete kaum auf seine Worte, denn ich war mit einem eigenen Gedanken beschäftigt, und sagte: »Mr. Hayward, wenn Eleanor zurückkommt, werden Sie sie bitten, Sie zu heiraten?«

Er lachte und nahm die Zügel. »Nun, ich werde eine von euch beiden fragen, Jani. Ich habe mich nur noch nicht ganz entschieden, welche.«

Jetzt neckte er mich wieder, und ich konnte mit ihm lachen, denn ich fühlte mich erleichtert, fast glücklich, jetzt, wo ich zu einer Entscheidung gelangt war und mich entschlossen hatte, zu handeln. Während der nächsten Tage besorgte ich Fahrpläne für die Eisenbahn, die auch Fähren über den Kanal und Zugverbindungen nach dem Kontinent aufführten, und ich verbrachte viel Zeit zwischen meinen anderen Pflichten, die Fahrpläne zusammen mit Broschüren von Schiffahrtslinien zu studieren und die beste Reiseverbindung von Bornemouth nach Athen auszuarbeiten.

Ich fand heraus, daß die schnellste Möglichkeit darin bestand, die Fähre und den Zug nach Paris zu nehmen und dann am Gare de L'Est in den Orientexpreß zu steigen. Der würde mich in nur sechzig Stunden nach Istanbul bringen, und von dort konnte ich Athen mit dem Schiff in weniger als zwei Tagen erreichen. An dem Nachmittag, als ich mich entschloß, diese Route zu nehmen, schrieb ich alles sorgfältig auf, machte eine Liste der Reservierungen und Vorbereitungen, die gemacht werden mußten, trank dann Tee und ging in den Garten.

Dort verbrachte ich eine Stunde oder zwei damit, die vielen schönen Rosenbüsche ein wenig zu beschneiden, welke Blüten aus den Petunien zu zupfen, Nelken aufzubinden und die frühblühenden Chrysanthemen zu stutzen. Ehe ich nach Larkfield gekommen war, wußte ich überhaupt nichts über Gärtnerei, und immer noch war es sehr wenig. Aber die Arbeit faszinierte mich, und ich hatte vor langer Zeit den alten Dawson, den Obergärtner, dazu überredet, mir eine oder zwei leichte Arbeiten beizubringen und mir zu erlauben, sie zu machen.

Als ich fertig war, fühlte ich mich heiß und klebrig, und ich wollte vor dem Essen noch ein Bad nehmen. Ich glaube, dies war der Augenblick, den ich jeden Tag am meisten genoß. Im Keller von Merlin's Burg gab es einen Heizkessel, der die Wasserhähne mit heißem Wasser versorgte, und ich hatte niemals aufgehört, das Glück zu genießen, in einem warmen Bad zu liegen und es mit den Bädern meiner Kindheit zu vergleichen, wo ich in einer Schüssel mit Wasser gestanden hatte.

Als Mr. Lambert gestorben war, hatten Eleanor und ich uns gezwungen, weiterhin im Eßzimmer zu essen, obwohl unser Kummer durch Mr. Lamberts leeren Stuhl verschärft wurde. Jetzt – wenigstens für mich – war die Trauer vergangen. Jetzt, wo Eleanor fort war, nahm ich mein Essen dort noch immer ein, und – anstatt traurig zu sein – war ich froh und dankbar dafür, mich an all die Fröhlichkeit und all das Glück zu erinnern, das ich an diesem Tisch kennengelernt hatte.

Ich hatte kaltes Fleisch und Salat zum Abendessen, und nachher kam Mrs. Burke zu mir in den Salon, um Haushaltsangelegenheiten zu besprechen. Wir gingen die Rechnungen der Woche durch, besprachen die Einkäufe für die nächste Woche und dann mußte ich, weil sie darauf bestand, und obwohl ich mich dafür nicht geeignet fühlte, nach einem neuen Dienstmädchen schicken, das wir kürzlich eingestellt hatten, und sie für ihre schlampige Arbeit tadeln. Ich versuchte, mich sehr erwachsen zu zeigen und es so zu machen, wie Eleanor es getan hätte, aber aus der Art, wie Mrs. Burke seufzte und mit den Augen rollte, als das Dienstmädchen wieder gegangen war, entnahm ich, daß ich nicht viel Erfolg gehabt hatte.

Als ich zu Bett ging, las ich Eleanors Brief wieder und wie in jeder Nacht, seit ich ihn bekommen hatte, fiel mir eine Zeile darin besonders ins Auge.

Bitte bete für mich, Jani.

Für Eleanor sehr seltsame Worte. Ihr Vater hatte in seiner liebenswürdigen Art immer erklärt, daß sie ein automatischer, anstatt ein denkender Christ war. Dies waren in jedem Fall seltsame Worte, denn sie schienen in dem Brief aus nichts zu entstehen und hatten auch keinen Nachsatz. Kein Zweifel, diese Worte hatten David Hayward von einem Unterton der Verzweiflung sprechen lassen. Ich saß auf der Seite des Bettes, runzelte die Stirn über den Brief und spielte mit dem silbernen Medaillon, das um meinen Hals hing. Weil ich gehört hatte, wie der Pfarrer gegen die Sünde des Aberglaubens gepredigt hatte, fühlte ich mich manchmal ein wenig schuldig, weil ich glaubte, daß dieser Talisman, den mir Mister geschenkt hatte, mir all dieses Glück gebracht hatte, das mir wie ein Wunder erschien. Das Hindi-Gedicht selbst sprach dagegen, aber ich konnte mich niemals dazu durchringen, es nicht zu glauben. Abgesehen von dem Medaillon lagen alle Überbleibsel meiner Vergangenheit in der untersten Schublade meiner Kommode: das Band des Strohhutes, den ich getragen hatte, als ich Mr. Lambert gefunden hatte, und meine beiden Bücher, die Bibel und »Geschichten von Jessica«.

Vorsichtig nahm ich die abgenutzte Bibel heraus, kniete neben dem Bett und begann, die Seiten umzublättern. Ich wußte, daß ich nicht sehr gut beten konnte, Tatsache war, daß ich meinen eigenen Glauben nicht genau kannte. Bei

Sembur hatte ich begonnen die Bibel zu lesen, als ich sechs oder sieben war, aber ich hatte fast nichts davon verstanden. Die Vorstellung, die ich selbst jetzt noch hatte, war unbestimmt und hauptsächlich dadurch geformt worden, daß ich meine Kindheit in einer Welt von Klöstern, Lamas, Gebetsmühlen, Kharma und Wiedergeburt verbracht hatte.

Bitte bete für mich, Jani.

Ich wußte, daß Eleanor in der anglikanischen Kirche getauft und konfirmiert worden war. Sie hatte mich gebeten, für sie zu beten, und das würde ich jeden Tag tun, bis wir wieder zusammen waren. Als ich fertig war, las ich laut und mit ruhiger Stimme den 23. Psalm und dann, während ich mich zum zweiten Male an diesem Abend sehr erfolglos fühlte, stand ich auf. Dabei muß ich mich so auf das Bett gestützt haben, daß die Bibel von der Decke rutschte. Ich wollte schnell die Hand ausstrecken, aber mein Daumen verfing sich in einer Schleife meines Nachthemdes, und anstatt die Bibel festzuhalten, schlug ich sie seitwärts fort, so daß sie über die Seite des Bettes rutschte und auf den Boden fiel. Dann, in meinem Eifer, sie aufzuheben, stieß ich mir einen Zeh am Bein des Bettes.

Ich saß auf dem Boden, einen Fuß auf meinem Schoß, massierte meinen Zeh und war wütend über mich selbst, weil ich so ungeschickt war. Als der Schmerz nachließ, stand ich auf, humpelte um das Bett herum, hob die Bibel auf und setzte mich auf das Bett, um sie zu untersuchen, voll Angst, daß sie beschädigt sein könnte. Zu meiner Erleichterung sah ich, daß der Einband gehalten hatte, und daß keiner der Teile vom Buchrücken abgegangen war. Ich legte die Bibel wieder hin, um die Seiten anzusehen, die Mr. Lambert mir als Vorsatzpapier bezeichnet hatte, die Seiten am Anfang und am Ende, die auf der Innenseite der lederüberzogenen Deckel festgeklebt waren.

Das hintere Vorsatzpapier, vergilbt vom Alter, war an der Innenseite gerissen, aber es war ein merkwürdig gerader Schlitz – mehr ein Schnitt als ein natürlicher Riß. Ich entschied, daß es nicht schwierig sein würde, das Papier wieder auf seinem Platz festzukleben, aber ich fühlte den Drang, es sofort zu tun, anstatt die Bibel bis morgen beschädigt zu lassen. Ich schlüpfte in meinen Morgenrock, zündete eine Kerze an, nahm die Bibel unter den Arm und ging durch das dunkle Haus nach unten zu dem kleinen hübschen Raum, den ich mein Büro nannte. Dies war das Zimmer, das Mr. Lambert und Eleanor für mich eingerichtet hatten, als ich zum ersten Mal fähig war, die Führung des Haushalts und Sekretärarbeiten für sie zu erledigen. Dort zündete ich das Gas an, löschte die Kerze, setzte mich an meinen Schreibtisch, nahm das Glas mit dem Klebstoff aus seinem Fach und ergriff den Brieföffner. Indem ich die Klinge unter den Schlitz gleiten ließ, hob ich das Vorsatzpapier vorsichtig an, um herauszufinden, wie weit ich den Klebstoff darunter zu verteilen hätte. Und dann saß ich ganz still und starrte auf etwas, das unter dem Vorsatzpapier lag.

Es schien ein Blatt – oder mehrere Blätter – sehr feinen Papiers zu sein, die einmal gefaltet waren und zwischen dem Vorsatzpapier und dem Karton des Buchdekkels lagen. Durch das dünne Papier konnte ich eine Linie von kleinen dunklen Zeichen sehen . . . irgendeine Art Geschriebenes. Es dämmerte mir, daß dies etwas sein mußte, das absichtlich in der Bibel versteckt worden war, entweder von Sembur oder von demjenigen, der sie vor ihm besessen hatte.

Das schien eine aufregende Entdeckung zu sein, und einen Augenblick lang tat es mir leid, daß Mr. Lambert sie nicht mit mir teilen konnte, denn dies war ein so ungewöhnliches Ereignis, das er genauso genossen hätte. Vorsichtig zog ich die gefalteten Papiere mit einer Pinzette heraus, dann zwang ich mich dazu, das Vorsatzpapier wieder gut festzukleben, ehe ich mir erlaubte, mich mit dem zu beschäftigen, was darin verborgen worden war. Da waren neun Bogen zartes Reispapier. Es war die Sorte Papier, die ich manchmal in Namkhara gesehen hatte und die von den Gelben Männern nördlich von Bod hergestellt wurde. Eine Seite jeden Bogens war mit gedrängter Schrift bedeckt, winzigen Buchstaben, die mühselig mit einer ganz feinen Feder geschrieben waren, fast wie die Druckbuchstaben in einem Buch.

Mein erstes Gefühl war das der Enttäuschung, denn ich hatte schon den voreiligen Schluß gezogen, daß Sembur dies versteckt hatte und daß ich auf dem Papier seine große, gerundete Handschritt vorfinden würde. Dann, angestrengt hinsehend, entdeckte ich, daß die ersten Worte »Liebe Jani« waren.

Ich blätterte schnell, aber vorsichtig, bis zur letzten Seite weiter. Dort endete die kleine, druckähnliche Handschrift in der halben Seite und wurde abgeschlossen von Semburs Unterschrift in der ziemlich verzierten Handschrift, die ich kannte. Mein Herz raste, als mir klar wurde, daß die Papiere, die ich da hatte, in der Tat von Sembur stammten und für mich gedacht waren. Er hatte winzig klein geschrieben und Zeile dicht an Zeile gedrängt, um so wenig Blätter wie möglich brauchen zu müssen, weil er wußte, daß das, was er schrieb, in der Bibel versteckt werden sollte.

Mein Mund war trocken, und ich zitterte ein wenig, als ich zur Wand ging, das Gas aufdrehte, so daß die Lampe hell brannte, und dann zurück zum Schreibtisch ging und die erste Seite aufhob. In diesem Augenblick brach plötzlich meine Vergangenheit aus der dunklen Höhle der Erinnerung hervor und überflutete mich, so daß es mir vorkam, als sei ich erst gestern mit Sembur in die Berge geritten. Schon seit langer Zeit waren mir diese vergangenen Jahre kaum noch wirklich erschienen, aber die Schrift vor meinen Augen brachte alles so plötzlich zurück, daß ich mich einen Augenblick lang fragte, ob alles um mich her nicht ein Traum sei, aus dem ich jetzt erwachte.

Ich schüttelte ungeduldig meinen Kopf, holte tief Atem und begann zu lesen.

Liebe Jani,

heute bist Du sieben Jahre alt geworden, und ich habe mich entschlossen, in den nächsten paar Wochen Deine Geschichte hinzuschreiben. Vielleicht wirst Du dieses hier nie lesen. Das weiß ich nicht. Aber ich will es hinschreiben und es dem Zufall überlassen.

Dein Vater war Capt. Francis Saxon, vom ersten Bataillon, Königin Victorias zweites persönliches Gurkha-Leibregiment. Er wurde mit dem Rang eines Colonels in den Staat von Jahanapur versetzt, um die Armee des Maharadschas zu kommandieren, drei Kompanien Infanterie und eine Batterie Artillerie. Es hatte irgendwas mit Politik zu tun, denn manche von den indischen Prinzen sind uns freundlich gesonnen und manche nicht. Aber das würde alles zu weit führen.

Ich war der einzige britische R. S. M. in allen Gurkha-Regimentern, das war was Besonderes, und es war schon fast für meinen Abschied Zeit, und als Dein Vater mich deshalb fragte, ob ich mich noch sieben Jahre als R. S. M. in der Armee von Jahanapur verpflichten wollte, war ich sehr froh, weil ich keine Familie in England habe, wohin ich zurück könnte. Außerdem war er der beste Mann, den ich je kannte.

An dieser Stelle nahm die Tinte eine leicht veränderte

Schattierung an, als ob Semur für eine Zeitlang aufgehört hatte, zu schreiben und dann mit einer dickeren Mischung wieder weitergeschrieben hätte. Ich sollte feststellen, daß viele solcher Wechsel während der Zeit auftauchten, die Sembur brauchte, um seine schreckliche und seltsame Geschichte zusammenzustellen und hinzuschreiben. Ich las weiter:

Der Maharadscha war ein guter Herrscher und sehr gebildet. Er war auf der Universität von Cambridge gewesen, glaube ich. Seine Tochter war Sarojini. Sie war in England und in der Schweiz auf der Schule gewesen. Sie waren beide beim Volk beliebt. Wir hatten einigen Ärger mit Ghose, der der Halbbruder Seiner Hoheit war. Ghose wollte den Thron von Jahanapur und versuchte, eine Rebellion zu starten, aber Dein Vater hat dem bald ein Ende gesetzt. Ich wünschte, Seine Hoheit hätte befohlen, Ghose zu erschießen, denn er war tatsächlich ein Verräter, aber er begnadigte ihn.

Nun, Jani, ich muß versuchen, das hier kurz zu halten. Colonel Saxon und Sarojini verliebten sich. Es war wirklich etwas Besonderes, im Himmel geschlossen, wie man sagt; ich wünschte, ich hätte genug Worte, um Dir das zu erzählen. Der alte Mohan, ich meine ihr Vater, der Maharadscha, er war sehr erfreut darüber, und auch irgendein hohes Tier aus dem Amt des Vizekönigs, der den Colonel besuchen kam, aber Dein Vater hat ihm gehörig die Meinung gesagt, weil er Deine Mutter nicht aus politischen Gründen heiratete.

Ich blickte von der gedrängten Schrift auf. Colonel Saxon mein Vater? Prinzessin Sarojini meine Mutter? Ich dachte an die Geschichte, die Mr. Lambert voll lächelnder Boshaftigkeit in Larkfield ausgestreut hatte, damit die Leute glaubten, ich sei eine indische Prinzessin. Jetzt schien es so, als ob diese Geschichte teilweise wahr sei, außer, daß er die Nationalitäten meiner Eltern vertauscht hatte.

Ich hatte jetzt aufgehört zu zittern, aber ich glaube, sogar das Geräusch eines fallenden Bleistifts hätte mich aus meiner Haut fahren lassen. Ich schwankte zwischen Lachen und Tränen und biß hart auf meine Lippe, um mich zu beruhigen. Ich hätte über den absurden Gedanken lachen können, daß Jani Burr eine indische Prinzessin war, oder ich hätte weinen können bei dem Gedanken, daß Sembur nachts in der Hütte saß, die wir Heim nannten, und langsam Wort für Wort seiner Geschichte niederschrieb, so daß die Wahrheit festgehalten wurde, selbst wenn sie niemals ans Licht kommen würde. Ich legte den zu Ende gelesenen Bogen auf die Seite und las weiter.

Ein paar Leute in Jahanapur waren gegen die Ehe aus religiösen Gründen, aber Deine Mutter war in der Schweiz eine Christin geworden, und Dein Vater kümmerte sich sowieso nicht um solche Dinge. Er sagte, es würde die Leute freuen, wenn sie eine indische sowohl als auch eine christliche Hochzeit hätten, deshalb taten sie das, und dann wurdest Du geboren, fast ein Jahr später, Jani. Du warst fünfzehn Monate alt, als der Maharadscha, Dein Großvater, starb und Deine Mutter die Maharani wurde, was bedeutete, daß sie die Herrscherin von Jahanapur war.

Chandra Ghose, ihr Onkel, der schon vorher Ärger gemacht hatte, benahm sich so, als ob er sehr erfreut darüber wäre, daß sie die Maharani wäre und ging überall herum und sagte, wie gut sie wäre. Wir trauten ihm nicht, aber solange er sich so benahm, konnte die Maharani ihn nicht gut verbannen. Und außerdem kontrollierte Dein Vater die Armee und so dachten wir, Ghose könnte nichts machen.

Aber da hatten wir uns getäuscht.

Ich muß jetzt zu einer schrecklichen Stelle kommen, Jani. Ich habe noch immer Alpträume davon und werde sie wohl auch immer haben. Du und Deine Eltern lebten natürlich im Palast, und ich lebte in einem hübschen Bungalow zwischen dem Palast und der Kaserne, mit einer Frau, die Parvati hieß und mir den Haushalt führte.

Parvati . . . das war der Name, den Sembur manchmal in seinen Alpträumen erwähnt hatte, und ich erinnerte mich, daß ich in der Höhle auf der Spitze des Chak-Passes gehört hatte, wie er Mister erzählte, daß Parvati seine Frau war. Vielleicht stimmte es, daß er eine Inderin geheiratet hatte oder einfach mit ihr gelebt, aber das würde er wohl kaum erzählen, wenn er für ein Kind schrieb, das zu der Zeit nicht mehr als sieben Jahre alt war.

Ich konzentrierte mich wieder auf die mühselige Schrift.

Die Kammerzofe der Maharani kam eines Nachts zu mir und brachte Dich mit. Sie sagte, ihre Herrin und der Colonel lägen beide im Sterben. Der Colonel hätte gesagt, ich sollte sofort kommen und niemandem etwas sagen. Wir ließen Dich bei Parvati, und die Zofe nahm mich mit in den Palast durch eine Art Geheimgang, der von einem ausgetrockneten Wassergraben ausging. Ihr Name war Pawala.

Sobald wir das große Schlafzimmer erreichten, sah ich, daß sie erledigt waren, Deine Mutter und Dein Vater. Es war Gift, ich weiß nicht welche Sorte oder wie es ihnen gegeben wurde. Das Mädchen sagte, es wäre aus zwei Dingen, etwas von der Drüse eines Frosches, aber aus einem anderen Land, und sehr fein gehackte Schnurrhaare von einem Tiger. Sie sagte, sie funktionieren wie Stahlsplitter, ich weiß es nicht, aber ich hab noch nie solche Qual gesehen. Ihre Muskeln verkrampften sich immer und immer wieder so schrecklich, daß ich dachte, ihre Knochen würden brechen. Tut mir leid, aber ich muß Dir sagen, wie sie gelitten haben, Jani, sonst wirst Du schlecht von mir denken bei dem, was jetzt kommt.

Der Colonel war auf dem Fußboden und das Blut lief ihm übers Kinn. Er biß immer auf seinen Offiziersstab, und er war schon fast durchgebissen. Die Maharani war in der Nähe, armes Mädchen, und er hielt ihre Handgelenke fest, weil sie übergeschnappt war und versuchte, sich mit den Fingernägeln ihren eigenen Magen aufzureißen. Ich will es nicht weiter beschreiben, Jani, aber ich bete darum, daß Ghose für immer in der Hölle brennt dafür, was er in jener Nacht getan hat.

Während ich am Pult saß, verkrampfte ich mich und fühlte, wie alles Blut meine Wangen verließ. Sembur hatte kein Talent dafür, mit Worten umzugehen, aber seine einfache Erzählung beschwor eine Szene herauf, die so schrecklich war, daß ich glaubte, sie nicht mehr ertragen zu können. Ich weiß nicht, wie lange ich da saß und meine Hände auf die Augen preßte, um all meinen Mut zusammenzunehmen, um weiterzulesen, ich weiß nur, daß dann eine Zeit kam, als ich feststellte, daß ich es doch tat.

Dein Vater spuckt den Stock aus und keucht das Mädchen an, sie soll gehen. Dann sagt er zwischen den Krämpfen, wir sind erledigt, Ser-Major. Um Gottes willen, gib meinem Liebling Frieden. Zuerst habe ich nicht verstanden, dann hatte ich doch verstanden, und ich wollte weglaufen. Sir, ich kann es nicht, sagte ich zu ihm, ich liebe sie wie eine Tochter. Dann helfe ihr Gott, verdammter Feigling, sagte er in einer Art schreiendem Flüstern.

Als ich aus dem Bungalow kam, hatte ich meinen Gürtel mit dem Bajonett umgeschnallt, so nahm ich es jetzt heraus und kniete nieder und stieß es ihr schnell unter die zweite Rippe, und sie wurde sofort schlaff und ruhig.

Der Colonel ließ ihre Handgelenke los und fiel auf die Seite und hielt jetzt beide Hände auf seinen Magen und sagte, Gott sei Dank, Sie haben mir niemals besser gedient, Ser-Major. Dann kam ein Krampf, und ich betete, daß er ein Ende mit ihm machte, aber er tat es nicht. Ich sagte, Sir, ich werde die ganze Armee raustrommeln und den Hund Ghose auf dem Palastplatz bei Sonnenaufgang hängen lassen.

Sei kein Narr, keuchte er. Dies ist Indien. Der Gewinner kriegt alles. Ich wußte, daß er recht hatte. Die Armee würde mir gegen Ghose nicht folgen, nicht, wo Deine Mutter tot war. Sie würde wissen, daß Jahanapur schnell einen neuen Herrscher brauchte, ehe einer von den Randstaaten Anspruch erhob. Sowohl die Armee als auch die Leute würden lieber Ghose akzeptieren, als geschluckt zu werden. Sie mochten zwar fast sicher sein, daß er die Maharani beseitigt hatte, was auch immer für eine Geschichte ausgestreut wurde, aber diese Art Tatsache war nichts Neues, nicht in Indien. Innerlich würden sie seine Schlauheit ein wenig bewundern.

Dann erinnerte ich mich, daß Du die neue Herrscherin warst, Jani, aber Du warst erst zwei. Deshalb würde Ghose für Dich handeln, und Du würdest nicht lange genug leben, um erwachsen zu werden. Dein Vater hatte das trotz aller Schmerzen richtig erkannt. Er sagte, das Amt des Vizekönigs will hier Stabilität haben. Deshalb werden sie Ghose unterstützen. Politische Tatsache. Du mußt Jani fortschaffen. Ich habe Ihrer Hoheit versprochen, ehe sie . . . dann hörte er auf, aber er meinte, ehe sie verrückt wurde vor Schmerzen.

Ich sagte, ja, Sir. Welche Befehle?

Bringen Sie sie sofort weg, sagte er. Gehen Sie nach

Norden. Lassen Sie Parvati Ihnen Nachrichten bringen von dem, was hier passiert, dann benutzen Sie Ihre Diskretion. Sie werden Geld brauchen. Nehmen Sie die Juwelen, die Ihre Hoheit trägt. Dann schloß er seine Augen, und ein neuer Krampf begann an ihm zu reißen. Ich nahm die Juwelen von ihrer Leiche und nachdem ich das getan hatte, glaube ich, ich wäre wohl hingegangen und hätte mir selbst eine Kugel durch den Kopf gejagt, anstatt mich zu erinnern, aber Du warst da, Jani, ich mußte an Dich denken.

Dann sagte Dein Vater, ich soll ihm helfen, weil er selbst das Bajonett nicht halten konnte, und ich habe es getan, genauso wie ich es für Deine Mutter getan habe. Gott vergebe mir das, was ich in jener Nacht getan habe, aber ich weiß immer noch nicht, was ich sonst hätte tun können.

Mein armer Sembur. Ich saß da und weinte leise, um meine Mutter, um meinen Vater, um Sembur selbst, und ich lehnte mich zurück und preßte mit meiner Hand den Ärmel meines Morgenrocks über meine Augen, so daß keine Tränen auf das zarte Papier fallen konnten. Sobald ich wieder sehen konnte, las ich weiter, denn ich wußte jetzt, daß nichts Böseres kommen konnte.

Ich ging wie befohlen mit Dir nach Norden, und eine Woche später kam Parvati in die Berge, wo ich mich versteckte. Sie sagte, Ghose und seine schmierigen Freunde hätten die Geschichte ausgestreut, daß ich hingegangen wäre, um der Maharani ein paar Juwelen zu rauben, weil ich mit Pawala, ihrem Dienstmädchen, weglaufen wollte, aber ich wäre in flagranti ertappt worden und hätte dann die Maharani und ihren Mann brutal ermordet. Sie sagten, daß Pawala alles zugegeben hätte, ehe sie sich in ihrer Gefängniszelle erhängt hatte, vor Scham über das, was sie getan hatte.

Parvati sagte, die Armee glaubte es nicht, aber sie taten so, weil sie jetzt, wo Ihre Hoheit tot war, mit ihrem Sold auf ihren Nachfolger angewiesen waren, und Ghose hatte versprochen, großzügig zu sein. Sie sagte, die britische Armee und die Zivilbebehörden wären informiert worden und es wäre für mich eine Belohnung ausgesetzt. Alle Bediensteten des Palastes waren entlassen worden, und Ghose war mit seinen eigenen Leuten eingezogen.

Über all dieses war ich überhaupt nicht überrascht, Jani, denn ich hatte Zeit genug, nachzudenken und mir auszurechnen, was Ghose machen würde. Was mich überraschte war, daß er nicht verlauten ließ, ich hätte Dich mitgenommen. Ich nehme an, er dachte, daß es nicht in die Geschichte paßte, die er über mich als Mörder Deiner Mutter und Deines Vaters erzählt hatte. So ließ er statt dessen verbreiten, daß Du ganz sicher wärest und von einer Kinderfrau versorgt würdest, die er engagiert habe. Parvati sagte, sie würden sicher bald irgendwo ein kleines Mädchen aufgreifen und eine Zeitlang so tun, als ob Du es wärst, dann würde es am Fieber oder an irgendwas anderem sterben. Aber sie sagte, Ghose würde niemals aufhören, Dich zu suchen, um Dich zu vernichten, weil Du die rechtmäßige Herrscherin von Jahanapur bist.

Ich habe Dich hier nach Mustang gebracht, so daß niemand uns je finden könnte, und zwei Jahre später zog ich herunter nach Bethari in der Nähe der Grenze, um Parvati zu treffen. Sie sagte, das Kind wäre sechs Monate später gestorben und daß Ghose Jahanapur beherrschte und alles sich wieder beruhigt hätte. Aber die Engländer wären noch immer hinter mir her, weil gerade vor einem Monat ein Zivilist zu ihr gekommen wäre und sie über jene Nacht ausgefragt hätte, und sie hatte gesagt, sie wüßte nichts, andernfalls würde Ghose sie töten lassen.

Nach zwei Jahren trafen wir uns wieder, und nichts hatte sich geändert, aber die nächste Verabredung hat sie nicht eingehalten. Ich wartete zwei Wochen in Bethari auf sie, aber sie kam nicht und schickte auch keine Botschaft, deshalb glaube ich, daß sie gestorben ist.

So, jetzt habe ich alles hingeschrieben, Jani. Manchmal glaube ich, ich sollte Dich nach Indien bringen und zum Armeehauptquartier gehen und sagen, was wirklich passiert ist. Aber ich habe Angst. Das letzte, was Parvati mir sagte, war, daß Du mit Sicherheit sterben würdest, wenn Ghose jemals entdecken sollte, daß Du noch lebst. Sie war Inderin, und ich glaube ihr.

Vielleicht erzähle ich Dir all das mal, wenn Du ein großes Mädchen bist, dann können wir zusammen entscheiden. Aber ich wollte das alles aufschreiben, falls irgend etwas mit mir passiert. Ich weiß jetzt nichts mehr zu sagen. Deshalb will ich schließen. Dein

Sembur (RSM George Burr)

In meinem Kopf war ein hämmernder Schmerz, und meine Kehle war ausgetrocknet. Ich blätterte wieder zur ersten Seite zurück und las die ganze Geschichte noch einmal, sehr langsam, dann kreuzte ich die Arme auf meinem Schreibtisch und legte meinen Kopf darauf. Ein dutzend Fragen quälte mein Gedächtnis. Ich wünschte mir verzweifelt, daß Sembur meine Mutter und meinen Vater beschrieben hätte, denn dann hätte ich sie mir vorstellen und mich zu ihnen gehörig fühlen können. Aber jetzt waren die beiden, die so schrecklich gestorben waren, Fremde für mich geblieben.

Ich zwang mich, mir die ganze Geschichte vorzustellen, zwang meine Phantasie, die Lücken auszufüllen, die Semburs gedrängte und unverzierte Erzählung gelassen hatte. Und ich ließ mich von dem ganzen Schrecken der Geschehnisse überrollen, so daß ich sie ertragen und akzeptieren konnte – jetzt, in diesem Augenblick, anstatt von jetzt an darum zu kämpfen, sie in den kommenden Tagen aus meinen Gedanken fernzuhalten.

Jetzt war mir klar, warum ich manchmal aus einem verschwommenem Traum von hohen, kühlen Räumen mit weißen Säulen aufwachte, von einem Blumengarten und einem Springbrunnen, von festen Händen, die mich hochhoben und von einer tiefen lachenden Stimme, von weichen Armen, die mich umfangen hielten und von einer süßen singenden Stimme.

Armer Sembur. Es war kaum ein Wunder, daß der maßlose Schrecken dieser Szene für ihn in seinen Alpträumen weiterbestanden hatte. Armer, tapferer, sorgenvoller treuer Sembur! Bis zuletzt hatte er sich bemüht, mich auch vor der kleinsten Chance zu schützen, von Ghose entdeckt zu werden. Er hatte Mister erzählt, ich sei sein eigenes Kind, und Parvati sei meine Mutter. Er hatte Mister gebeten, dafür zu sorgen, daß ich nach England geschickt würde, wo ich »sicher« wäre. Jetzt verstand ich, was er gemeint hatte. Und als ich das Gespräch in mein Gedächtnis zurückrief, das in der Höhle stattgefunden hatte, als er im Sterben lag, verstand ich auch, warum es so geschienen hatte, als ob er auf Misters Fragen Raub und Mord zugab.

»Ist es wahr, daß Sie die Maharani und ihren Mann getötet haben?«

»Ja, Sir. Das ist ganz richtig, sozusagen.«

»Und Sie nahmen die Juwelen von ihrer Leiche?«

»Ja, Sir. Ich nahm sie.«

»Und Sie liefen fort?«

»Ganz richtig, Sir.«

Sembur hatte es noch nicht einmal nötig gehabt, zu lügen. Er hatte einfach etwas von der Wahrheit zurückgehalten, um sicherzustellen, daß meine Identität nicht in Verdacht geriet. Und indem er das tat, war er mit der Schande des brutalen Mordes gestorben.

Lange Zeit verging, dann setzte ich mich hin, rieb meine Augen und blickte um mich her; ich fühlte mich leer wie eine Hülse. Selbst dieser Raum, den ich so gut kannte, schien mir seltsam und ungewohnt, denn Semburs Geschichte hatte mich in eine andere Welt getragen, eine Welt der Leidenschaften, der Barbarei und Gier nach Macht, wo ein Menschenleben billig war und wo Korruption und Verrat aus dem Boden selbst wuchsen. Ich war Halbinderin und hatte im Osten den größten Teil meiner Kindheit verbracht, aber trotzdem war die Welt in Semburs Geschichte mir völlig fremd. Es war ein merkwürdiger Gedanke, sich vorzustellen, daß er und mein Vater, beide Engländer, das Wesen des indischen Volkes besser verstanden als ich es je können wurde. Der Gewinner kriegt alles. Die blutigen Lippen meines Vaters hatten diese kalten, harten Worte in seinem Todeskampf gesagt. Trotzdem hatte er Ghose etwas verwehrt, indem er plante, mich zu retten. Jener bösartige Mann hatte ein anderes armes Kind auf meinen Platz gesetzt und es dann getötet, so daß er Maharadscha von Jahanapur werden konnte. Aber auch jetzt würde es sicher noch vorkommen, daß er sich fragte, was wohl aus der verschwundenen kleinen Prinzessin geworden war und ob und wo sie heute lebte.

9

SPÄTER HATTE ICH nur noch eine schwache Erinnerung daran, daß ich den Schreibtisch aufräumte, die dünnen Blätter Reispapier zwischen die Seiten der Bibel legte und in mein Schlafzimmer zurückkehrte.

Lange Zeit lag ich da und starrte in die Dunkelheit, während ich kraftlos versuchte, mich in einer Welt zurechtzufinden, die plötzlich auf dem Kopf stand. Das kleine Kind im Palast Jahanapur, dessen Vater Colonel Francis Saxon und dessen Mutter die Maharani, Prinzessin Sarojini war, dieses Baby war ich selbst gewesen. Aber das war etwas, was mir nicht wirklich erscheinen wollte, wie sehr ich auch versuchte, es mir vorzustellen.

Für mich blieb die kleine Prinzessin eine andere Person, jemand anders als Jani von Namkhara oder als Jane Burr aus dem Adelaide-Crocker-Heim für Waisenmädchen oder als Jani Burr aus Merlin's Burg in der Grafschaft Hampshire.

Ich war erstaunt und voll Ehrfurcht bei dem Gedanken an den Rang und die Position meiner Eltern, aber vor allem brannte mein Herz vor Kummer und Mitleid bei dem schrecklichen Tod, den sie gehabt hatten. Aber die Bande des Blutes reichten nicht über die Jahre zu ihnen, und in mir war kein tiefes Gefühl der Zusammengehörigkeit.

Nach einer Weile begann ich mich zu fragen, was ich mit meiner Entdeckung anfangen sollte. Aller Wahrscheinlichkeit nach war ich der rechtmäßige Herrscher eines Fürstentums in Indien – ein Gedanke, der in mir den Drang weckte zu kichern, denn so viele aufgewühlte Gefühle, zusammen mit Müdigkeit, hatten mich mit ganz leichtem Kopf zurückgelassen. Wenn Chandra Ghose dort noch immer regierte, hatte er sechzehn Jahre später von mir nichts mehr zu befürchten. Ich wollte keine Prinzessin sein und keinen indischen Staat besitzen. Ich wollte so bleiben, wie ich war, ich wollte in England leben, manchmal ins Ausland reisen, mit Eleanor arbeiten, und mich vielleicht später verlieben und heiraten. Meine Pläne für die Zukunft waren unbestimmt und sehr flexibel. Ich hatte drei verschiedene Leben kennengelernt, denn ich war von Smon T'ang nach Bermondsey und dann zu Mr. Lambert und Eleanor gekommen. Sie hatten mir das Tor geöffnet zu einem Leben, in dem ich so glücklich war, wie ein Mensch sich das nur erhoffen kann. Ich wollte keine neuen Leben mehr. Es würde leicht sein, nichts zu tun, die Papiere und die Bibel wegzulegen und mir selbst vorzuspielen, daß ich niemals diese seltsame Entdeckung gemacht hätte . . . aber hatte ich nicht eine Pflicht gegenüber meinen Eltern, die so tragisch ermordet worden waren? Wenn Chandra Ghose noch lebte, sollte nicht jemandem, der an wichtiger Stelle mit ihm befaßt war, erzählt werden, was er getan hatte?

Als ich endlich einschlief, träumte ich, daß ich auf meinem Pony Hiob im Schneesturm über einen unbekannten Paß ritt, gefolgt von Mister, der auf seinem großen schwarzen Pferd Flint saß. Wir suchten Sembur, der verschollen war. Ich rief immer wieder zu Mister hinüber, daß wir den falschen Weg nahmen, aber er schien mich nicht zu hören. Endlich, als ich Hiob mit den Sporen näher herantrieb, drehte sich Mister im Sattel um, um mich anzusehen . . . und es war nicht Mister, denn in der Kapuze, die sich von seinen Schultern erhob, war überhaupt kein Kopf. Ich konnte das Futter darin erkennen.

Ich schrie auf und wendete Hiob, galoppierte den Paß zurück und rief nach Sembur. Dann waren wir aus dem Schneesturm heraus, im Sonnenschein, und vor mir, neben dem Pfad, sah ich einen Galgen, um den Soldaten herumstanden. Sembur war da, er saß auf Cornett, und er trug nur Hemd und Hosen. Seine Arme waren ihm an den Seiten gefesselt mit einer großen Kette, die mehrere Male um ihn herumgewunden war.

Eine gewaltige Wut ergriff mich. Ich ritt zu dem Galgen, flüsterte Hiob etwas zu und wendete ihn, so daß seine Hufe die hölzernen Verstrebungen und Planken zerschmetterten, als er hinten ausschlug. Die Soldaten brüllten immer wieder, aber ich rief ihren Pferden etwas zu, damit sie bockten und sich wild im Kreise drehten. Dann ritt ich zu Sembur, schnappte das Ende der Kette und riß es los. Die Schlingen fielen ab und im nächsten Augenblick ritten wir Knie an Knie einen Hang mit sonnenverbranntem Gras hinab. Ich weinte vor Erleichterung. Als ich Sembur ansah, bemerkte ich, daß er jünger aussah als der Sembur, den ich gekannt hatte, vielleicht so, wie er in meinen ersten Erinnerungen gewesen war. Die nadelsteifen Spitzen seines gewachsten Schnurrbartes glänzten wie Kupfer. Er hatte den Kopf in den Nacken geworfen und lachte fröhlich und völlig sorglos; so hatte ich ihn während seines Lebens niemals lachen hören.

Um sechs Uhr wachte ich von meinem Schlaf mit einem Gefühl des Kummers auf, plötzlich war mir bewußt, wie gedankenlos und egoistisch ich mit meinen Überlegungen am Abend zuvor gewesen war. Keinen Augenblick lang hatte ich an das Wichtigste von allem gedacht. Ich streifte den Morgenrock über, lief nach unten in die Küche und rief dann Bridget, die den großen Ofen anzündete. Ich sagte ihr, sie solle mir jetzt ein Bad vorbereiten und nicht mehr als etwas Brot, Butter und Schinken und eine Kanne Tee für mein Frühstück bereitstellen, weil ich früh ausgehen wollte.

»Ja, Miss.« Bridget sah ein bißchen beleidigt aus, als sie aufstand, was mir ein Rätsel war. Ich hätte mir selbst sehr leicht ein Bad machen können und hätte mir gern selbst ein schnelles Frühstück in der Küche vorbereitet, aber Eleanor hatte mich von diesem Benehmen geheilt. »Du darfst den Bedienten niemals ihre Arbeit einschränken, Jani. Das verwirrt sie. Manchmal mag es vielleicht leichter sein, etwas selbst zu tun, aber irgendwie bedroht das ihren Lebensunterhalt, und außerdem bringt es ihre eigene Unten-Hierarchie durcheinander.«

Diesen Fehler hatte ich jetzt nicht gemacht, und als Bridget hinter mir die Treppe hinaufstapfte, sagte ich: »Stimmt irgend etwas nicht?«

»Nein, Miss.«

»Ach, kommen Sie, Bridget, ich kenne Sie ja.«

»Na, Sie haben nicht geklingelt, Miss. Die Polly dahinten bei Mr. Elliot, die würde sich über mich totlachen, wenn sie wüßte, daß meine junge Herrschaft in die Küche hinunter gerannt kommt, statt zu klingeln.«

Ich seufzte und wollte mich schon entschuldigen, aber dann überlegte ich es mir anders und sagte einfach: »Gut, ich werde es bestimmt nicht wieder tun.«

Es schien so, als ob Eleanor mich noch nicht ganz davon kuriert hätte, die Dienerschaft durcheinanderzubringen.

David Hayward wohnte in einem kleinen Landhaus, das in einem Garten lag, der eineinhalb Morgen groß und sehr natürlich war. An zwei Seiten wurde er von dem kleinen Bach begrenzt, der kurz hinter Larkfield die Straße nach Cranwood kreuzte. Das Landhaus war sehr großzügig, und er hatte eine Baufirma beauftragt, drei der Räume zu einer chirurgischen Abteilung und einem Miniaturkrankenhaus für Kleintiere umzubauen. Jeden Tag kam die Schwester des Schmieds, Rosy, eine ziemlich schweigsame und brummige alte Jungfer von vierzig Jahren, um sieben Uhr, um ihm das Haus in Ordnung zu bringen. Sie arbeitete ständig, den ganzen Tag lang, hielt das ganze Landhaus fleckenlos sauber, kochte Mahlzeiten zu allen möglichen Tageszeiten und bewachte ihren Arbeitgeber eifersüchtig gegen gedankenlose Bauern und alle anderen, die sie verdächtigte, ihren »jungen Herrn auszunutzen«, oder die es an der nötigen Hochachtung fehlen ließen.

David Hayward war ein Frühaufsteher. Bei diesem schönen Wetter frühstückte er unter einer rebenbedeckten Laube an der Seite seines Hauses. Oft, wenn ich in der Frühe ausgeritten war, hatten wir einander zugewinkt, wenn er in Hemdsärmeln an dem kleinen Tisch saß, der auf den Bruchsteinen unter den Reben stand, und die Morgenzeitung gegen den Milchkrug aufgestellt hatte.

An dem Morgen, nachdem ich Semburs Brief entdeckt hatte, saß ich um halb neun an David Haywards Tisch, und meine Kehle war trocken, weil ich den größten Teil einer halben Stunde fast ohne Unterbrechung gesprochen hatte. Während dieser kurzen Zeit hatte ich knapp über meine Kindheit in Smon T'ang berichtet, über das er generell einiges wußte, und war danach dazu übergegangen, von Sembur und Mister, von Semburs Tod auf dem Chak-Paß und davon zu erzählen, daß auch ich fast gestorben wäre; danach hatte ich erwähnt, wie ich nach England gekommen war, in das Waisenhaus und zuletzt nach Merlin's Burg.

Während ich meine Geschichte erzählte, hatte er mich nur zweimal unterbrochen, um sich etwas erklären zu lassen. Jetzt las er die letzte Seite von Semburs Brief. Ich saß da wie auf heißen Kohlen und wartete. Er hob seinen Kopf, sah mich lange neugierig an und rief dann: »Rosy.« Sie kam aus der Küche und beäugte mich mißtrauisch. Dann sagte David Hayward: »Bitte etwas frischen Tee, Rosy. Miss Burr muß sehr ausgetrocknet sein.« Rosy nickte brummig, und die Muskeln auf ihrem nackten Unterarm spielten, als sie den Teetopf aufhob. David Hayward blätterte zur ersten Seite von Semburs Brief zurück und begann ihn noch einmal zu lesen.

Fünf Minuten später, während ich mir frischen Tee eingoß, gab er mir seine Tasse hinüber und fragte ruhig: »Warum sind Sie zu mir gekommen?«

»Nun, wie Sie sehen, brauche ich jemanden, mit dem ich sprechen kann, Mr. Hayward. Jemanden, der mir hilft und der mir einen Rat gibt.«

»Natürlich. Ich meine, warum ausgerechnet ich?«

Diese Frage hatte ich nicht erwartet, und als ich ihm seinen Tee reichte, wiederholte ich sie im stillen. Dann antwortete ich: »Ja . . . weil sonst niemand da ist.«

»Ich fühle mich geradezu geschmeichelt, aber ich bin in keiner Weise zuversichtlich, daß ich qualifiziert bin, Ihnen zu raten.« Er hob die Hand und lächelte ein wenig unsicher. »Ihre Geschichte scheint eine nicht geringe Zahl von Fragen aufzuwerfen. Was im einzelnen macht Ihnen denn Sorgen?«

»Oh, nur eins.« Ich lehnte mich in meinem Stuhl nach vorne und Worte begannen aus mir herauszusprudeln. »Es ist Sembur. Sehen Sie, um mich zu retten, hat er die Schuld für einen schrecklichen Mord auf sich genommen, und ehe er starb, hat er ihn sogar zugegeben, um sicherzustellen, daß ich vor diesem Mann, Chandra Ghose sicher war. Und das war für Sembur besonders schwer zu ertragen, denn er war Soldat und sehr stolz darauf; trotzdem, als er starb, stand er unter Mordanklage und deshalb unter militärischem Arrest.« Ich legte die Hände auf den Tisch und meine Finger umklammerten die Tasse. »Deshalb habe ich seinen Namen reinzuwaschen. Ich muß dafür sorgen, daß die Armee die Wahrheit erfährt und daß klargestellt wird, daß Sembur unschuldig und tapfer und loyal war, und daß das in seine Akten kommt und er nachträglich rehabilitiert wird.«

Ich holte lange, laut und undamenhaft Atem, denn ich hatte den ganzen letzten Satz ohne Luft zu holen gesprochen. David Hayward lehnte sich zurück, faltete die Hände hinter seinem Kopf und starrte mich weiter mit einer tiefen, aber geistesabwesenden Überraschung an.

»Ja«, sagte er endlich.

»Ja was?«

»Entschuldigung. Ich meine: ja, ich bin überhaupt nicht überrascht, daß von allen Fragen, die durch diesen Brief aufgeworfen werden, es Ihnen am wichtigsten erscheint, Semburs guten Namen wiederherzustellen.«

»Mr. Hayward . . .«, begann ich ungeduldig.

»Ich glaube, Sie sind jetzt erwachsen genug, um mich David zu nennen.« Er sah mich noch immer an, sein Gesicht war ernst.

»Nun . . . David. Wie sollte ich es anfangen?«

»Zwei Punkte kommen mir wichtig vor. Erstens: Wenn Sie es wirklich tun wollen, können Sie es nicht geheim halten. Ganz Larkfield wird den Klatsch weitergeben über die Prinzessin Jani von Jahanapur, wahrscheinlich das ganze Gebiet.«

»Oh, das wird nicht so wichtig sein. Sie haben schon ewig lange behauptet, daß ich eine indische Prinzessin wäre, und zwar seit der Zeit, als Mr. Lambert das Gerücht in Gang setzte.«

»Gut. Jetzt der zweite Punkt«, er zögerte. »Gestern, wenn ich mich recht erinnere, haben Sie sich Sorgen über Eleanor gemacht. Sie lebt, und Sembur ist tot. Seinen guten Namen wiederherzustellen ist nicht so dringend. Sollte Eleanor nicht an erster Stelle stehen?« Ich sah ihn entgeistert an. »Das muß sie selbstverständlich! Wenn ich bis Donnerstag nichts von ihr gehört habe, gehe ich noch immer nach Griechenland, aber ich möchte so gerne damit anfangen, Sembur sein Recht zu verschaffen, und ich dachte, daß irgend etwas schon geschehen könnte, während ich fort bin. Wenn ich gehe.«

»Oh Jani!« Er lachte und stand auf. »Sie machen wirklich gerne kurzen Prozeß mit einem Problem. Kommen Sie mit auf meine Runde, während ich mir meine stationären Patienten ansehe.« Ich wußte, er wollte über all das, was ich gesagt hatte, nachdenken, und nachdem ich Semburs Brief sorgfältig in den steifen Umschlag gesteckt hatte, den ich dafür gefunden hatte, ging ich mit ihm durch das Haus zu dem Raum, der hinter dem Operationszimmer lag.

Für einen Tierarzt gab es in der Gegend von Larkfield mit Kleintieren wenig zu tun. Im Augenblick hatte er in dem winzigen Hospital eine Katze, die schlimm von einem Fuchs zugerichtet worden war, einen kleinen schwarzweißen Schäferhund, das Meerschweinchen eines Kindes, und einen Papagei, der dem Besitzer vom »Pflug« gehörte. Wir unterhielten uns ein wenig über die Tiere, während er sie untersuchte, und ich konnte ihm dabei helfen, die Bandagen der Katze zu wechseln. Ich hatte gedacht, es könnte mir anfangs ungewohnt vorkommen, ihn David zu nennen, aber es kam mir ganz natürlich vor. Zwanzig Minuten später spazierte er mit mir durch den Garten, wo ich Nimrod zurückgelassen hatte, und sagte ruhig: »Ich denke, wir sollten mit Ihrer Geschichte zuerst zu Major Elliott gehen.«

»Zu dem Major?« Ich war ein wenig überrascht.

»Ja, ich weiß, er hat ein pompöses Benehmen, Jani. Aber er weiß eine Menge über die Armee und über Indien. Ich glaube, er ist wahrscheinlich ein Mann, der in seinem Element ist, wenn er eine Kampagne durchzuführen hat. Wenn er sich dafür entscheidet, Ihren Fall aufzugreifen, den Fall, Semburs Namen wiederherzustellen, glaube ich, daß er rangeht wie ein Husar in einer Kavallerie-Attacke.

Er ist ein Snob, wie die meisten von uns, deshalb nehme ich an, daß Ihr Stand als Tochter einer Maharani und eines Colonels einen ausgezeichneten Effekt auf ihn ausüben wird.«

»Nun . . . wenn Sie es glauben.«

David berührte den Umschlag, den ich festhielt. »Ich habe bisher noch niemals etwas gelesen, was wahrer klang«, sagte er. »Heute morgen werde ich Rosys jungen Neffen einen Brief zum Major bringen lassen. Sie hören später von mir.«

Wir besuchten Major Elliott am gleichen Nachmittag, in einem Studierzimmer, dessen Wände mit Speeren, Pistolen und den ausgestopften Köpfen von verschiedenen wilden Tieren behangen waren. Er begrüßte uns ziemlich zurückhaltend, und es war ihm offensichtlich zweifelhaft, ob es ziemlich war, daß ein junger Mann und eine junge Frau, die nicht verwandt waren, ihn gemeinsam besuchten.

»Ich entnehme Ihrer Notiz, Hayward, daß Jani in einer Sache von ziemlicher Wichtigkeit meinen Rat sucht. Darf ich fragen, welche Rolle Sie in diesem Zusammenhang spielen?«

»Keine, Major.« David lehnte sich gemütlich in einem tiefen Armsessel zurück und kreuzte seine Füße auf einem Tigerfellteppich. »Tatsache ist einfach die, daß ich die Ehre habe, einer von Janis Freunden zu sein, und als ich hörte, weswegen sie Rat braucht, sagte ich, daß Sie der Mann wären, der ihr am besten helfen könnte.«

»Ah.«

Vielleicht überlegte er sich, ob er nicht irgendeine leichte Kritik meines Benehmens ausdrücken sollte. Wenn das so war, mußte ihm durch den Sinn gegangen sein, daß Eleanors und mein Benehmen sowieso immer als zu kühn und undamenhaft angesehen worden waren. Es war vielleicht etwas bedenklich, daß mir allein die Verantwortung in Merlin's Burg überlassen worden war und daß ich gelegentlich einem Veterinärchirurgen, beziehungsweise einem Tierarzt von guter Herkunft, bei seiner unangenehmen und manchmal ekelhaften Arbeit half, aber das war alles nicht neu, und man hatte es schon lange als exzentrisch und nicht als Grund für einen Skandal akzeptiert, deshalb hatte es keinen Sinn, mich zu ermahnen.

Endlich wandte sich Major Elliott einem großen, verschnörkelten Schreibtisch zu, der aus einem fast schwarzen Holz gemacht war, setzte sich hin, legte Schreibpapier vor sich hin und nahm einen Stift auf. »Nun denn«, sagte er, »am besten erzählen Sie mir einmal alles.«

Wieder erzählte ich meine Geschichte und zeigte die Blätter von Reispapier vor, die mit Semburs gedrängter Druckschrift bedeckt waren. Aber ich brauchte viel länger als bei David, denn Major Elliott unterbrach mich immer wieder mit Fragen und ließ mich dann innehalten, während er sich Notizen machte.

Es dauerte eine volle Stunde, ehe das erledigt war, und während dieser Zeit zeigte der Major weder Überraschung noch Interesse, noch irgendeine andere Gefühlsregung, nicht einmal, als er Semburs Brief las. Aber als ich mein letztes Wort gesprochen und er seine letzte Notiz niedergeschrieben hatte, hob er Semburs Brief auf, las ihn noch einmal, kam von seinem Schreibtisch herüber und sah mich an. Sein hageres Gesicht zeigte große Überraschung, die blassen blauen Augen funkelten vor Energie.

»Kein Zweifel«, sagte er; seine knarrende Stimme war ein wenig höher als gewöhnlich. »Natürlich erinnere ich mich an den Fall. Tausend Meilen weit weg zu der Zeit, in Bombay, aber er machte großes Aufsehen. Altgedienter britischer Unteroffizier ermordet seinen eigenen kommandierenden Offizier und königliche Memsahib. Konnte ich nicht verstehen. Und der alte Baggy Ryman hatte diesen Burr als Sergeant schon Jahre vorher gekannt, in Lahore. Oder war es Bahawalpur? Baggy sagte, er wäre überhaupt nicht der Typ. Unverständlich. Alles völlig unverständlich. Aber er ist abgehauen, sehen Sie, was sollte man also glauben? Wie auch immer, endlich kommt mal Licht in die Sache, ha! Großartig, großartig!«

Er schwieg, sah mich noch immer groß an, und in seinem Blick deutete sich jetzt Beschämung an, und seine Wangen färbten sich leicht rot. Plötzlich bewegte er sich bedeutungsvoll auf mich zu. Ich hatte vielleicht zwei Sekunden Zeit, mich zu fragen, was er vorhatte, bis er seinen Arm ausstreckte, meine behandschuhte Rechte ergriff, eine kleine Verbeugung darüber machte und sagte: »Ich fühle mich wahrhaft geehrt, daß Sie zu mir um Rat gekommen sind, Eure Hoheit.«

»O nein, bitte, Major!« Ich stand auf, nicht ganz ohne Schwierigkeiten, weil er über mich gebeugt war, dann bewegte ich mich zur Seite und zog meine Hand fort. Meine Wangen waren heiß, und ich hatte das Gefühl, völlig närrisch zu sein, während ich einen entsetzten Blick zu David hinüberschoß, der sich erhoben hatte, sobald ich aufgestanden war. »Bitte nennen Sie mich Jani«, sagte ich völlig entnervt. »Ich will keine . . . ich meine, das ist alles so lange her, Major . . . und wirklich . . . oh, sitzen Sie doch nicht so da und grinsen, David!«

»Wie? Nein wirklich.« Major Elliott bedachte David mit einem sehr frostigen Blick. »Nun hören Sie einmal gut zu, junger Mann. Sie scheinen nicht zu verstehen, daß diese junge Dame als Maharani von Jahanapur Herrscherin über ungefähr zwei Millionen Seelen in einem Staat ist, der die halbe Größe von England hat! Und im Herrschaftsbereich der britischen Krone steht ihr ein Salut von fünfzehn Kanonenschüssen zu, und außerdem steht ihr zu, als

Eure Hoheit angeredet zu werden. Das ist kein Grund zum Lachen. Sind Sie ein versteckter Radikaler oder irgend so was, wie?«

»Ich habe über mich selbst gelacht, Major«, sagte David beruhigend. »Nicht jeder Tierarzt kann sich rühmen, von einer Prinzessin Hilfe bei der Entbindung eines Kalbes gehabt zu haben.«

Der Major schnaubte. »Nun, all dieser Unsinn muß natürlich aufhören.« Er sah mich an: »Wenn Sie inkognito bleiben wollen wie bisher und Ihren normalen Lebensstil und Titel nicht wieder annehmen, werde ich diese Ihre Wünsche natürlich respektieren . . . hm . . . Jani. In jedem Fall wäre das vielleicht im Augenblick das beste, bis das Auswärtige Amt dies alles geprüft hat und Ihre Rechte in Jahanapur bestätigt. Hm! Da ist auch noch dieser nette Satansbraten – fragt sich, ob – wie heißt er doch gleich – dieses Schwein Chandra Ghose noch auf dem Thron sitzt, wie? Wir kommen jetzt zur Politik, sehen Sie, deshalb wollen wir die Ehrlichkeit mal aus dem Spiel lassen. Wenn die Politiker Ghose entmachten wollen, werden Sie ihnen gut zupaß kommen. Wenn nicht, haben wir vielleicht ein kleines Gefecht vor uns.«

Ich sagte: »Major Elliott, alles was ich wirklich will, besteht darin, den guten Namen von RSM Burr wiederherzustellen. Ich nehme an, daß Ghose, wenn er noch immer lebt, bestraft werden sollte, aber ich bin nicht daran interessiert, Maharani zu sein, in Indien zu leben, oder irgend etwas in der Art.«

Der Major kniff sich in die Nase. »Hm. Na, wir werden ja sehen. Aber ich stimme Ihnen darin zu, daß Burrs Name wiederhergestellt werden muß. Armer Teufel. Schrecklicher Flecken auf der Ehre des Regiments, sehen Sie. Ha! Genau da sollten wir anfangen, wenn ich Ihnen da raten darf.«

»Anfangen, wo, Major?«

»Beim Regiment natürlich, Kind. Oh, ich bitte um Entschuldigung, hm – Jani. Nun, sehen Sie, diese Woche werde ich in die Stadt gehen, um mit ein paar alten Freunden im Kriegsministerium und im Auswärtigen Amt zu sprechen. Muß die Situation in Jahanapur in diesem Augenblick herausfinden – – –.«

»Aber dieser Teil interessiert mich nicht, Major.«

»Und jetzt geben Sie Obacht.« Er hob triumphierend einen Finger und strahlte mich an. »Ich werde auch bei Lord Kearsey vorsprechen. Wie finden Sie das?«

»Lord Kearsey?«

Major Elliott blinzelte mich an. »Generalleutnant Kearsey. Er ist Colonel des Regiments und als solcher hat er das Recht, direkt mit dem Herrscher zu verkehren. Herrgott, ich dachte, jeder wüßte das! Kearsey ist in Ordnung. Ehe er pensioniert wurde, habe ich drei Jahre unter ihm gedient, und wenn wir ihm eine Chance geben, diesen häßlichen Flecken aus der Geschichte des Regiments fortzuwischen, wird er es anpacken wie ein Elefantenbulle. Würde mich nicht wundern, wenn er dem Auswärtigen Amt selbst den Krieg erklärt, falls sie ihm in den Weg kommen.«

Er drehte sich um und schritt im Zimmer umher, während er sich die Hände rieb, und ich stellte fest, daß David Hayward ihn richtig eingeschätzt hatte. Noch immer liebte Major Elliott ein Scharmützel. »Wahrhaftig«, sagte er langsam, »dies hier wird sich durch jeden Ort in Indien verbreiten. Ein Untersuchungsgericht wird zusammengestellt, um den Fall wieder aufzurollen. Natürlich werden sie Burr für unschuldig befinden. Kein vernünftiger Mensch kann sich die Tatsachen und diesen Brief da ansehen und anders entscheiden. Mein Gott, wie gerne wäre ich an dem Abend in der Bataillonsmesse, wenn die Nachricht dort ankommt.«

Er wandte sich mir zu, ein Glitzern war in seinen Augen. »Ich weiß, was sie tun werden, Jani, mit oder ohne Erlaubnis von irgendwelchen politischen Trotteln. Sie werden einen Trupp Gurkhas hinauf nach – wie heißt es doch gleich – Mustang, wie es in dem Brief steht, schicken. Stracks über den Chak-Paß, um diesen alten Soldaten von da, wo ihr ihn zur Ruhe gebettet habt, nach Hause zu holen, und sie werden ihn auf ihrem eigenen Militärfriedhof in Gorakhpur beerdigen, wo er hingehört. Das werden Sie tun, wahrhaftig!«

In diesem Augenblick begann ich ganz unerwartet und fast tonlos zu weinen. Während ich dastand, rollten die Tränen über meine Wangen. Major Elliott starrte mich entsetzt an und blickte dann aufgeregt zu David hinüber. »Was ist passiert, Hayward? Habe ich irgend etwas Falsches gesagt?«

David schaute ihn mit ziemlich überraschtem Respekt an, gab mir ein sauberes Taschentuch in die Hand und nahm meinen anderen Arm, während er sagte: »Ich glaube, Sie haben etwas völlig Richtiges gesagt, Major. Danke für Ihre Hilfe, und wir überlassen es Ihnen, so weiterzumachen, wie Sie es am besten halten.«

In dieser Nacht schlief ich schlecht, und am folgenden Tag hatte ich zu nichts Lust und war unfähig, mich für irgend etwas zu interessieren. Aber dann kam eine Nacht, in der ich wunderbar schlief. Am nächsten Morgen war ich wieder ich selbst und hatte den Schock und die Gefühle meiner verwirrenden Entdeckung überwunden. Es war eine Erleichterung, das Gefühl zu haben, daß ich im Augenblick für Sembur alles getan hatte, was ich konnte, und daß sein Fall in guten Händen war. Jetzt konnte ich mich auf Eleanor konzentrieren.

Von der Zeit, die ich eingeräumt hatte, waren nur noch

fünf Tage übrig, und noch immer war kein Brief von ihr gekommen. An diesem Tage schickte ich ein Telegramm los, um mir eine Passage auf der Kanalfähre und einen Platz im Orientexpreß zu reservieren. Eleanors Rückkehr war jetzt seit mehr als sechs Wochen überfällig, trotzdem hatte sie nicht erklärt, warum, hatte meine ängstlichen Fragen nicht beantwortet und noch nicht einmal diese Tatsache erwähnt.

Manchmal versuchte ich mir vorzustellen, was geschehen sein konnte, um ihr seltsames Benehmen zu erklären und warum sie solche eigenartigen, beunruhigenden Briefe schrieb, aber meine Phantasie ließ mich im Stich. Ich wußte nur, daß etwas sehr im argen war, und ich war ganz sicher, daß Jani Burr es wieder in Ordnung bringen mußte.

Als ich später auf diese Zeit zurückblickte, sah ich ein, was für ein Narr ich gewesen war und wieviel ich mir einbildete. Eleanor war stark und unabhängig und hatte mir von ihrem Mut mitgegeben. Weil sie mich gelehrt hatte, wie man einen Haushalt führt und wie man ihre Sekretariatsarbeiten macht, Reisen arrangiert, Geschäftsbriefe schreibt, ihr mit ihren Büchern hilft, glaubte ich jetzt, daß mir nichts zuviel werden könnte. Deshalb würde ich ganz allein nach Korinth fahren, herauszufinden, was nicht in Ordnung war, und Eleanor sicher nach Hause bringen; damit konnte ich einen kleinen Teil der kaum zu messenden Schuld ihr gegenüber abtragen.

Wunderbare Jani Burr.

Zwei Tage später wurden meine eitlen und albernen Träume zerschmettert, denn ein Brief kam von Eleanor, geschrieben auf dem Schreibpapier eines Hotels in Athen, ein kühler, grauer Brief, der mich wie betäubt zurückließ und voller Angst vor etwas, das ich nicht kannte.

Liebe Jani,

gestern haben Mr. Vernon Quayle und ich hier in der anglikanischen Kirche geheiratet, und in zwei Tagen werden wir nach England abfahren.

Wir hoffen, in Bournemouth am Montag, dem 29., mit dem Dreiuhrzug anzukommen.

Bitte laß uns abholen und triff die notwendigen Vorbereitungen, damit wir unser Domizil in Merlin's Burg nehmen können.

Hochachtungsvoll
Eleanor

Das hätte ein Brief von einem Fremden sein können.

Ich ritt zum Gänsehügel und las ihn ein dutzendmal in der Stunde, die ich dort verbrachte, um wieder einen klaren Kopf zu bekommen. Dann ritt ich nach Hause und machte den schwachen Versuch, mich zu beschäftigen, während ich darauf wartete, daß David Hayward mich besuchte. Heute war der Tag, den ich mit ihm ausgemacht hatte, über meine Reise mit ihm zu sprechen. Aber es würde jetzt keine Reise mehr notwendig sein.

Als David ankam, war ich in den Ställen, putzte Nimrod mit dem Striegel und erzählte ihm von all meinen Ängsten. Ich zeigte David den Brief. Er stand da und las ihn mehrere Male durch. Sein Gesicht hatte zuerst einen angespannten, dann einen toten Ausdruck. Endlich blickte er auf, und gab mir den Brief zurück und sagte: »Verstehen Sie das?«

Ich schüttelte den Kopf. Er legte seine Hand auf Nimrods Stirnlocke und starrte auf den Boden. »Nun . . . das wär's dann.« Ich berührte seine Hand. »Es tut mir so leid, David.«

»Ich danke Ihnen, Jani. Und Sie machen sich auch Sorgen, stelle ich mir vor.«

»Ja. Ich habe fast so etwas wie Angst. Angst um Eleanor, meine ich.«

Er zuckte die Achseln und zeigte ein gequältes Lächeln. »Lassen Sie Ihre Phantasie nicht mit sich durchgehen. Mr. Vernon Quayle ist wahrscheinlich ein sehr netter Mann. Ich bin sicher, Eleanor hätte ihn andernfalls nicht geheiratet.«

»Aber sie ist so anders, David. Ihre Briefe sind so anders.«

»Die Liebe kann die Menschen schon dazu bringen, sich merkwürdig zu benehmen, nehme ich an. Es muß alles sehr aufregend für sie gewesen sein, und alles andere ist eine Zeitlang wie weggefegt aus ihren Gedanken gewesen. Sogar Sie, Jani. Aber ich bin sicher, das wird Ihre Situation hier nicht ändern.«

»Daran hatte ich nicht gedacht. Mir ist alles gleich, solange Eleanor glücklich ist. Es gibt um mich alle möglichen Dinge, auf die ich nicht sehr stolz bin, aber allen Ernstes und wahrhaftig habe ich niemals, niemals meine Stellung hier als selbstverständlich betrachtet.«

Er nickte. Noch immer ließ er geistesabwesend eine Hand über Nimrods frisch gebürstetes Fell gleiten. »Nein, das habe ich auch nicht gedacht. Aber ich bin ganz sicher, daß Sie weiterhin hier mit Eleanor wohnen werden. Ich habe sie sagen hören, sie könne nicht ohne Sie auskommen, und das meinte sie auch so. Neuer Ehemann oder nicht, sie braucht Sie, Jani.«

Damals hoffte ich, daß David recht hatte und daß Eleanor mich brauchen würde, aber wenn ich geahnt hätte, wie fürchterlich wahr meine Hoffnung sein würde, hätte ich es mir um Eleanors willen anders gewünscht.

In den nächsten zwei Tagen war ich sehr beschäftigt, denn viel mußte getan werden. Mrs. Burke, Mayes und die Dienstmädchen waren alle erschreckt, diese Nachricht zu hören, und sie empfingen sie mehr mit innerer Unruhe als mit freudigem Eifer. Ich entschied, daß Eleanor für sich und ihren Mann wohl vorziehen würde, ihr eigenes Schlafzimmer zu behalten, das sehr groß war. Deshalb ordnete ich an, das große Bett und etwas von der Einrichtung aus Mr. Lamberts altem Zimmer dort aufzustellen.

Mein Raum lag neben Eleanors Zimmer und ich dachte, es wäre wohl am besten, in ein Gästezimmer weiter unten im Korridor zu ziehen. Einesteils, um ihnen mehr Privatraum zu geben und andererseits, weil ich dachte, mein altes Zimmer könnte vielleicht als Ankleidezimmer für Eleanor benutzt werden. Die Mädchen putzten das Haus vom Speicher bis zum Keller, obwohl wir gerade erst vor drei Monaten den Frühlingshausputz beendet hatten, und ich ließ den alten Dawson und seinen Assistenten die Blumenbeete säubern, die Rasenkanten mähen und dafür sorgen, daß die Gartenanlagen so frisch und hübsch wie möglich aussahen.

Nach einer langen Unterredung mit Mrs. Burke entschied ich, daß Eleanor und Mr. Quayle sicherlich froh sein würden, von dem fremdartigen Essen wieder zu heimischem überzugehen, deshalb würden wir am Abend ihrer Ankunft Roastbeef vorbereiten.

Am Samstagmorgen fand ich auch die Zeit, nach Bournemouth hineinzufahren, etwas Geld von meinem Konto auf der Bank abzuheben und ein wunderschönes vierteiliges Tee- und Kaffeeservice aus Silber einzukaufen, das vor fast achtzig Jahren von Benjamin Smith aus London hergestellt worden war. Das sollte mein Hochzeitsgeschenk für Eleanor und ihren Mann sein.

Am Montag um die Mittagszeit hatte ich alles getan, was in der vorhandenen Zeit möglich war, und nach dem Mittagessen zog ich mein bestes Kleid und meine beste Haube an und machte mich fertig für die Fahrt nach Bournemouth. Zuerst hatte ich den Landauer selber fahren wollen, denn, um die Wahrheit zu sagen, konnte ich mit dem Paar Pferde besser umgehen als Mayes oder der junge Gärtner, der manchmal als Kutscher fungierte. Aber dann stellte ich mir vor, daß Mr. Quayle es vielleicht für undamenhaft halten könnte, wenn ich einen Landauer fuhr; deshalb saß am Ende doch Mayes vor mir auf dem Bock, und der junge William folgte uns mit dem Jagdwagen.

Wir erreichten den Bahnhof zwanzig Minuten bevor der Zug ankommen sollte. Ich kaufte eine Bahnsteigkarte und versuchte dann, ruhig mit meinem Sonnenschirm auf einer Bank zu sitzen, anstatt dem nervösen Drang nachzugeben, auf- und abzugehen. Das letzte Mal, als Eleanor von einer Auslandsreise zurückkehrte, war ich bei ihr gewesen. Wir hatten drei Wochen in der Savoyer Region verbracht, und Mr. Lambert war hier am Bahnhof gewesen, um uns abzuholen. Heute war alles so anders.

Endlich traf der Zug ein, nicht mehr als eine Minute verspätet; er ließ wichtigtuerisch Dampf ab, die riesigen Kolben glänzten, und ich erinnerte mich daran, wie verschreckt ich gewesen war, als ich zum ersten Mal eines dieser riesigen Stahlungetüme gesehen hatte. Dann dachte ich an nichts anderes mehr als an Eleanor, und ich stand auf den Zehenspitzen, verrenkte mir den Hals, machte mir blödsinnige Sorgen, daß ich sie vielleicht im Gewühl der aussteigenden Passagiere verpassen könnte.

Mein Herz tat einen wilden Schlag, als ich sie sah; das reiche, kastanienbraune Haar glänzte unter dem grünen Strohhut, den ich ihr geholfen hatte auszusuchen, ehe sie fortging, und ich rannte fast, während ich mich durch die sich zögernd verlaufende Menge auf der Plattform durchkämpfte. Am Rande bemerkte ich, daß jemand neben ihr stand, aber ich hatte nur Augen für Eleanor, und ich rief ihren Namen, während ich näher kam.

»Jani?« Sie starrte mich mit trübem Gesicht an, während sie mit dem Finger einer Hand ihre Schläfe berührte, als ob sie versuchte, sich an irgend etwas zu erinnern. Dann plötzlich leuchteten ihre Augen auf, und sie breitete ihre Arme aus. »Oh, Jani! Jani!« Wir umarmten einander, und mein Hut wurde ganz schief gedrückt, denn sie war größer als ich; dann trat sie einen Schritt zurück, während sie meine beiden Hände umklammerte.

»Oh, Jani, wie gut, dich zu sehen. Ich hab dauernd versucht ... mich zu erinnern, aber ich konnte dein Gesicht nicht sehen. Alles schien so weit weg ... ich meine, Larkfield und Merlin's Burg und jeder eigentlich. Ich konnte mir überhaupt keine Bilder mehr vorstellen – oh!« Ich fühlte, wie sie zusammenzuckte, dann sah ich, wie das Leben plötzlich aus ihrem Gesicht wich. Fast so, als ob sie sich schuldig fühlte, ließ sie meine Hände los, dann sagte sie, indem sie sich halb nach der Person neben ihr umdrehte, völlig verwirrt: »Oh, verzeih mir, Vernon. Dies ist Jani Burr. Ich bin sicher, ich habe dir alles über sie erzählt.« Ohne mich anzusehen, fuhr sie fort: »Jani, dieses ist mein Mann, Vernon Quayle.« Einen Augenblick lang sah ich einen alten Mann, dann einen sehr viel jüngeren Mann, dann auf einmal wußte ich nicht mehr weiter und war völlig durcheinander. Sein Haar war silbergrau, und es breitete sich dünn über einem Schädel aus, der zu groß schien. Das lange Gesicht hatte merkwürdig wenig Falten, die Augen waren tiefliegend und grau wie Kieselsteine. Vernon Quayles Ohren waren groß und standen vor, sein Mund breit und lokker, so daß er immer den Anfang eines dummen Grinsens zu zeigen schien. Er hielt einen Hut in der Hand und trug einen ziemlich schlecht sitzenden, silbergrauen Anzug.

Die Zeit schien stehengeblieben zu sein. In mir begann sich ein Gefühl auszubreiten, als ob langsam eine Feder in mir aufgezogen würde. Wir standen auf der Plattform einer Bahnstation in einer englischen Stadt an der Küste von Hampshire, trotzdem fühlte ich mich plötzlich, als ob ich am Rande eines Abgrundes stände. Auf den ersten Blick war nichts Ungewöhnliches an Vernon Quayle, nichts, was Unbehagen verursachen könnte. Ein unfreundlicher Mensch hätte seine Erscheinung vielleicht sogar ein wenig clownesk gefunden. Aber ich war der felsenfesten Überzeugung, daß niemand, niemand auf der Welt diesen Mann sorgfältig ansehen und dann noch über ihn lachen konnte.

Ich hatte ein Gefühl der Übelkeit, ein Gefühl der Gefahr, und ich erschauerte. Plötzlich schien die Feder, die in mir aufgerollt war, blitzartig aufzuspringen, riß die Schleier von meinen Erinnerungen und öffnete die Tore einer kalten und lähmenden Angst. Vor vielen Jahren hatte das Mädchen, das Orakel in Galdong, in die tintenschwarze Flüssigkeit gesehen und von dem Silbernen Mann gesprochen . . . dem Blutlosen . . . dem Esser der Seelen. Und später, das letzte Mal, als ich den Hohen Lama Rild gesehen hatte, war mir von ihm geweissagt worden, daß ich die Frau in Rot treffen würde. » . . . die deine Freundin sein will, und durch sie wird einer kommen, der zu fürchten ist, der dein Feind sein wird, der Silberne Mann . . .«

Ich wußte: jetzt stand er vor mir. Er war blutlos, denn während Eleanor eine leichte Sonnenbräune hatte, war Vernon Quayles Gesicht unnatürlich weiß, eher durch Mangel an Pigmenten als durch Krankheit.

Der eine Teil meines Verstandes sagte mir wieder und

wieder, daß ich dumm sei und zuviel Phantasie hätte und daß nur deshalb, weil Eleanors Mann silberhaarig war, kein Grund dafür bestand, zu glauben, daß er die seltsame Voraussage erfüllte, die ein schwachsinniges Mädchen und ein alter Mönch vor sechs Jahren auf der anderen Seite der Welt gemacht hatten. Aber irgendwo tief im Innern meiner Seele fühlte ich, daß ich den ansah, den das Orakel den Esser der Seelen genannt hatte. Und während ich ihn anstarrte und der Schrecken durch mich kroch, begann ich fast zu verstehen, was sie gemeint hatte. Ich erinnerte mich daran, wie Rild, der normalerweise so ruhig und voller Frieden war, vor Schrecken nach Luft geschnappt und geflüstert hatte: » . . . innerhalb der Grenzen der Erde und der Wiedergeburt habe ich nie geglaubt, solche Macht zu fühlen.«

Im Kontrast zu seiner Erscheinung hatte er eine wunderbare Stimme, ruhig und dunkel, aber ich konnte nicht die Spur von Wärme darin fühlen. Ich machte einen kleinen Knicks und sagte: »Guten Tag und willkommen in Larkfield, Mr. Quayle. Meine allerherzlichsten Glückwünsche.« Als ich meine Hand ausstreckte, berührte er sie nur leicht mit kalten Fingern, trotzdem mußte ich einen Schauder unterdrücken und mich regelrecht anstrengen, meine Hand natürlich zurückzunehmen, anstatt sie wegzureißen. Eleanor stand ruhig da und beobachtete ihren Mann. Mein Herz blutete, während ich sie ansah, denn es schien mir, als ob all die alte Energie und Vitalität aus ihr verschwunden sei. Vernon Quayle sagte: »Ich habe drei Seekisten mit wichtigen Dingen im Gepäckwagen.«

»William wird sich darum kümmern, Mr. Quayle. Wenn nicht alles auf den Jagdwagen paßt, kann er noch einmal fahren.« Ich haschte nach Eleanors Arm und machte eine verzweifelte Anstrengung, fröhlich zu sein. »Oh, es ist so herrlich, dich wiederzusehen! Ich freue mich so darauf, all deine Neuigkeiten zu hören und deine Bilder und Notizen anzusehen. Hast du seltene Wildblumen gefunden?«

Eleanor verzog das Gesicht ein wenig, als ob sie versuchte, sich zu erinnern.

»Blumen? Nun, nicht wirklich, Liebes. Ich bin nicht dazu gekommen, viel zu arbeiten.«

Als wir unsere Plätze in dem Landauer einnahmen, saß ich Eleanor gegenüber. Vernon Quayle saß neben ihr und nahm ihre Hand. Ich hoffte, daß dies eine Geste der Zärtlichkeit sei, aber als wir durch Bournemouth und hinaus durch die Straße nach Larkfield fuhren, sagte er kein Wort zu ihr, sondern schaute sich nur einfach um, drehte den silbernen Kopf langsam hierhin und dorthin, während die leeren grauen Augen anscheinend ohne Interesse umherblickten. Ich wartete darauf, daß Eleanor etwas sagte, aber sie saß steif da, als ob sie sich schämte, und lächelte mich scheu an, wenn mein Blick sie traf.

Ich hatte nicht einmal im Traum daran gedacht, daß es für Eleanor Lambert, meine Eleanor mit den furchtlosen Augen, der schlagfertigen Zunge und dem feurigen Temperament, überhaupt möglich war, ängstlich oder beschämt zu sein, und während ich sie jetzt ansah, fühlte ich mich unendlich elend. Irgendwie brachte ich es fertig, die ganze Zeit während unserer Fahrt nach Hause über nichts Besonderes weiter zu plaudern, aber es war eine schwere Strapaze. Wir kamen nach Merlin's Burg, wo Mrs. Burke und die anderen Hausdiener auf der Treppe erschienen waren, um ihre Herrin und den neuen Herrn zu begrüßen. Dies hätte ein glücklicher und aufregender Augenblick sein sollen, aber jeder schien sich ungemütlich zu fühlen, außer Vernon Quayle selbst. Er sah die Dienerschaft geistesabwesend an, als sie vorgestellt wurde, aber er schien sich sehr viel mehr dafür zu interessieren, das Haus selbst zu begutachten. Ich hatte geplant, eine erfrischende Tasse

Tee zu uns in den Garten bringen zu lassen, und ich dachte, Eleanor würde danach gerne ein Bad nehmen und ein paar Stunden ausruhen, ehe wir zu Abend aßen, aber als wir in die große Diele traten, sagte Vernon Quayle: »Ich hätte gerne das Haus gesehen, meine Liebe.« »Natürlich, Vernon.«

Ich biß auf die Zähne und sagte so fröhlich, wie ich konnte: »Möchtest du nicht vorher ausruhen, Eleanor? Du mußt so müde sein.«

Vernon Quayle warf mir einen langen intensiven Blick zu, und Eleanor sagte schnell: »Nein, Liebes, nein, ich bin überhaupt nicht müde, dankeschön.«

Während der nächsten zwanzig Minuten machten wir eine kurze Runde durch Merlin's Burg. An manchen Teilen davon zeigte Vernon Quayle überhaupt kein Interesse, in anderen blieb er länger. Es schien mir, daß das Ausmaß seines Interesses, wenn überhaupt, sich nur auf Aussicht und Himmelsrichtung erstreckte, etwa, ob ein Zimmer nach Norden oder nach Süden lag und wie weit der Blick aus den Fenstern war. Nachdem wir die Treppe hinaufgestiegen waren und ich die Vorbereitungen erklärte, die ich getroffen hatte, sagte er mit seiner schönen dunklen Stimme: »Ohne Zweifel wird das hier für dich passend sein, meine Liebe. Ich werde das Schlafzimmer nehmen, das auf der anderen Seite des Korridors nach Osten liegt.« Er sah mich an. »Vielleicht werden Sie dafür sorgen.«

»Selbstverständlich, Mr. Quayle.«

Eleanor sagte: »Ich hoffe, du wirst ein Zimmer finden, das als Studierzimmer für dich geeignet ist, Vernon. Da ist natürlich meins oder der Raum, den mein Vater als Studierzimmer benutzt hat, oder Janis Büro, alles im Parterre, wie du gesehen hast.« Sie klang nervös, und ich hätte weinen können.

Ihr Mann antwortete: »Keines ist geeignet, Eleanor.« Er

starrte auf eine Treppe, die von dem Korridor, wo wir standen, nach oben führte. »Geht die hinauf zu den Dienerzimmern?«

»Nicht ganz, Vernon, obwohl sie zum gleichen Stockwerk führt. Ihre Zimmer sind in den beiden Seitenflügeln, die beide eine eigene Treppe haben. Diese Treppe führt zu dem Raum, den wir das Runde Zimmer nennen.«

Das Runde Zimmer hatte keine Verbindung mit den beiden Hügeln, und die Treppe, die wir jetzt hinaufstiegen, bildete den einzigen Zugang dazu. Der Raum war ein Teil des ursprünglichen komischen Gebäudes, das Merlin's Burg gewesen war, und sein Sinn war uns ein Rätsel. Das Zimmer lag ein wenig über dem Abschluß des restlichen Daches und hatte vier Fenster. Eins davon war breit und tief gesetzt, es gewährte einen Blick von der Rückseite des Hauses über das Gelände. Die anderen drei, gleichmäßig um den kreisförmigen Raum verteilt, waren notwendigerweise hoch oben, dicht unter der Decke angebracht und schlitzähnlich geformt; durch sie konnte man nur auf das Dach sehen. Mr. Lambert hatte immer den Verdacht gehabt, daß sich hier der Architekt geirrt hatte, denn tatsächlich war das Zimmer nicht wirklich rund, noch nicht einmal symmetrisch, sondern es wurde auf dem südlichen Quadranten breiter.

Vernon Quayle stand in der Mitte des frisch geputzten, aber unmöblierten Zimmers und sah sich langsam um. Er begann zu nicken, und der schlaffe Mund spannte sich für einen Augenblick zu einer Grimasse, die einem Lächeln nahekam.

»Dieses Zimmer wird wunderbar gehen«, sagte er und sah mich an. »Vielleicht hätten Sie die Güte, bei der ersten Gelegenheit einen Möbelschreiner herkommen zu lassen.«

»Selbstverständlich, Mr. Quayle.« Plötzlich war mir, als

ob ich weglaufen müßte, selbst wenn es nur für ein paar Minuten war, denn ich konnte es kaum ertragen, Vernon Quayle und Eleanor zusammen zu sehen. »Bitte entschuldigen Sie mich, ich muß mich noch um ein paar Dinge kümmern«, sagte ich und ging in mein Zimmer. Ich nahm den Hut ab, klingelte nach Bridget, sagte ihr, sie möchte Mrs. Burke bitten, zu mir zu kommen, weinte einen Augenblick, wusch dann mein Gesicht in der Waschschüssel ab und war wieder gefaßt, als Mrs. Burke hereinkam.

»Ist Miss Eleanor in Ordnung?« fragte sie bange. »Sie scheint überhaupt nicht bei sich zu sein, Miss Jani. Das haben wir alle gesagt. Ich meine ... wissen Sie, sie ist kein bißchen sie selbst.« Wir sahen uns an. Mrs. Burke nickte bedeutungsvoll. Ein wenig müde antwortete ich: »Wir wollen hoffen, daß sie bald wieder zu sich selbst zurückfindet. In der Zwischenzeit müssen wir für Mr. Quayle ein Extra-Schlafzimmer herrichten.« Ich sagte ihr, was zu tun war, und als sie fortgeeilt war, übte ich ein fröhliches Lächeln vor dem Spiegel, ehe ich den Korridor entlang zu Eleanors Zimmer zurückging und anklopfte.

Als ich auf ihr »Herein« eintrat, fand ich sie, die Hände auf dem Schoß, am Frisiertisch sitzen. Trotz des warmen Tages hatte sie ihren Hut und die Kostümjacke noch nicht abgelegt. Ich blickte mich um und fragte: »Wo ist Mr. Quayle?«

Sie sah auf ihre Hände hinab. »Er ist oben im Runden Zimmer.« Ich ging zu ihr hinüber. »Nimm doch den Hut ab und zieh die Jacke aus, Eleanor, es ist so warm. Komm, laß mich dir helfen.« Sie saß apathisch da, während ich die Hutnadel herauszog und den Hut von ihrem wundervollen Haar abnahm, dann – plötzlich griff sie nach meiner Hand und schluchzte verzweifelt: »Verlaß mich nicht, Jani! Verlaß mich niemals, bitte, versprich es mir!«

Meine Nerven zitterten vor Entsetzen, dann legte ich

meinen Arm um sie und preßte sie fest an mich. »Natürlich werde ich dich nie verlassen«, flüsterte ich wild. »Nie, nie, nie, solange du mich brauchst. Oh, Eleanor, was hast du? Was bedrückt dich, meine Liebe? Ist es . . .?« Ich brach ab. Ich konnte nicht eine kurz verheiratete Frau fragen, ob es ihr Mann gewesen war, der aus einem energischen, selbständigen Menschen eine unterwürfige und furchtsame Ehefrau gemacht hatte.

Einen Augenblick lang klammerte sie sich an mich, aber dann machte sie sich plötzlich los und stand auf, legte den Kopf schief, als ob sie lauschte, und zwischen ihren Augenbrauen zeigte sich eine Falte der Verwirrung. »Was hast du gesagt, Jani?« fragte sie nach einer Weile.

»Ich habe gefragt, was dir fehlt.«

»Was mir fehlt?«

»Ja, du hast mich gebeten, dich nicht zu verlassen, und du schienst so in Angst zu sein.«

»Wirklich?« Sie starrte mich mit einem Ausdruck an, der echtes Befremden zeigte. »Du meine Güte, ich scheine so komische Dinge zu tun im Augenblick. Tut mir leid, Jani.«

Unentschlossen stand ich da und mit dem Gefühl, als ob ich versuchte, mit etwas fertig zu werden, das ich noch nicht einmal anfing, zu begreifen. Endlich sagte ich: »Ich mache Tee und bringe ihn hier herauf, ja? Mrs. Burke hat sicher im Augenblick genug zu besorgen.«

»Ja, meine Liebe, das wäre sehr schön«, sagte Eleanor abwesend. Ich verließ das Zimmer und warf einen Blick zu der Treppe, die zum Runden Zimmer hinaufführte, während ich vorbeiging. Ich wußte, daß etwas ganz Schreckliches mit Eleanor geschehen war. Es schien, als ob sie sich selbst kaum darüber im klaren war, außer bei gelegentlichen blitzartigen Momenten des Erkennens, wie in dem Augenblick, als sie mich plötzlich angefleht hatte, sie nicht zu verlassen. Das war die wahre Eleanor gewesen. In tiefer Not hatte sie zu mir um Hilfe gerufen, und ähnliche winzige Bruchstücke ihres wahren Ichs waren auch in ihren merkwürdig verzerrten Briefen sichtbar geworden. Aber im ganzen hatte sie aufgehört, Eleanor Lambert zu sein und war ... ich schreckte vor der Wahrheit zurück, aber dann zwang ich mich, ihr ins Gesicht zu sehen. Meine geliebte Eleanor hatte jetzt eine erschreckende Ähnlichkeit mit einer unterwürfigen Marionette.

10

ICH HATTE ELEANOR versprochen, sie nie zu verlassen. Innerhalb sieben Wochen hatte ich dieses Versprechen gebrochen, nicht durch meine eigene Schuld, sondern weil sie selbst es unmöglich machte, es zu halten.

Während nur weniger Tage hatte sich die lockere und freundliche Atmosphäre, die ich in Merlin's Burg immer gewohnt war, in eine Atmosphäre dumpfer Unsicherheit verwandelt. Am Ende des Monats verließ uns Mayes, um bei einer verwitweten Schwester in Mittelengland zu leben. An seiner Stelle engagierte Vernon Quayle einen unfreundlichen, vierschrötigen Mann aus Southampton. Er hieß Thorpe, sprach fast überhaupt nichts und schien einen Groll gegen die ganze Welt zu hegen. Mrs. Burke blieb nur, weil ich sie sehr darum bat.

Weniger als eine Woche später, nachdem Vernon Quayle in Merlin's Burg eingezogen war, arbeiteten Handwerker im Runden Zimmer, strichen es neu an und machten unter seiner ständigen Aufsicht all das, was er sonst noch dort getan haben wollte. Danach wurden die Möbel geliefert und aufgestellt, die er nach eigenen Entwürfen hatte herstellen lassen. Weder ich noch irgend jemand von der Dienerschaft stieg während dieser Zeit die Treppe hinauf zum Runden Zimmer, denn Eleanor hatte nervös erklärt, daß dieses das ganz private Reich ihres Mannes sei. Dadurch, daß ich mir Sorgen ihretwegen machte, war ich so abgelenkt, daß einige Wochen vergingen, ehe ich mich fragte, wer wohl das Runde Zimmer sauberhielt, denn es war jetzt immer verschlossen, und ich war bis ins Mark erschüttert, als ich entdeckte, daß es Eleanor selbst war, die diese Arbeit tat.

Vernon Quayle verbrachte einen großen Teil jeden Tages im Runden Zimmer, und oft rief er Eleanor dann zu sich, manchmal nur für ein paar Minuten, manchmal für mehrere Stunden. Ich konnte mir nicht vorstellen, warum er das tat, denn den Rest der Zeit schien es so, als hätten sie sich wenig zu sagen. Er sprach immer höflich mit ihr und redete sie manchmal mit »Meine Liebe« an, aber niemals hörte ich, daß sie sich über ein allgemeines Thema unterhielten. Bei Tisch konnte er völlig unbeteiligt, ohne ein einziges Wort von sich zu geben, während der gesamten Mahlzeit dasitzen, während Eleanor und ich uns unterhielten.

Ich sage, daß wir sprachen, aber es war nicht so wie früher. In den alten Tagen hatten wir uns über alle Dinge unter der Sonne unterhalten; manchmal diskutierten wir, manchmal stimmten wir einander zu, aber nie hatte es uns an Gesprächsstoff gefehlt. In jenen Tagen, als wir alle drei ständig mit unseren vielen verschiedenen Aufgaben beschäftigt gewesen waren, hatte es immer Neuigkeiten, Klatsch und Entdeckungen gegeben, die ausgetauscht wurden. Aber jetzt tat Eleanor nichts. Ihre Notizen, Manuskripte und Zeichnungen verstaubten im Studierzimmer. Sie war nicht länger Mitglied in Komitees oder arbeitete für wohltätige Zwecke. Sie gab keine Abendgesellschaften und Gartenpartys mehr. Einmal hatte ihre Energie grenzenlos geschienen. Jetzt stand sie spät auf, ging früh zu Bett und schien die meisten der Stunden, in denen sie wach war, in einem unruhigen Traum zu verbringen. Hin und wieder – ganz flüchtig – konnte ich einen Blick auf die alte Eleanor erhaschen, die in der Hülle der neuen Eleanor gefangen war. Zweimal, als wir allein waren, ergriff sie verzweiflungsvoll meine Hand und sagte: »Hilf mir, Jani!« Aber ehe ich rufen konnte: »Sag mir, was ich tun soll!«, war der Augenblick vorbei, und sie sah mich mit leerem Blick an, als ob sie nichts gesagt hätte. Bei einer anderen Gelegenheit, als sie dasaß und mir dabei zusah, wie ich Nelken am Beetrand aufband, echote sie plötzlich die Worte aus ihrem Brief und sagte mit fremder Stimme: »Bete für mich, Jani.« Aber gerade, als ich das Messer und den Stab, den ich bei mir hatte, fallen ließ und zu ihr hinübereilte, verlosch der Funken angstvollen Lebens in ihren Augen, und sie sagte: »Ich bin ein wenig müde. Ich glaube, ich werde hineingehen und mich eine Zeitlang hinlegen.«

Ich sah zu, wie sie langsam über den Rasen ging, und ich hatte das Gefühl, als ob mein Herz brechen wollte.

Wenn Vernon Quayle nicht im Haus war, ging oder ritt er allein spazieren. Ich sah ihn niemals ein Pferd mißhandeln, aber die Tiere fürchteten sich alle vor ihm. Das erste Mal, als er in meiner Gegenwart die Ställe betrat, fühlte ich ein angsterfülltes Zittern durch alle sechs Pferde gehen. Augen rollten, Ohren zuckten, Hufe scharrten unruhig. Ich war dankbar, als er Hektor für sich selbst auswählte und nicht Nimrod.

Auf diesen Landpartien nahm er einen Rucksack mit, der eine Anzahl kleiner, dickwandiger Glasflaschen enthielt. Eleanor hatte undeutlich erklärt, daß er sich für Botanik interessierte, aber von den Leuten aus dem Dorf erfuhr ich, daß er sich ausnahmslos für das Sammeln von Kräutern und bestimmten kleinen Insekten interessierte. In Larkfield gab es viel Geflüster und Kopfschütteln über Vernon Quayle und über »die arme Miss Eleanor«. Einmal, als ich in der Schmiede war und er vorüberritt, sah ich, wie Rosy heimlich die gekreuzten Finger hinter seinem Rücken ausstreckte, in der uralten Gebärde, die den bösen Blick abwendet. Mir schauderte, und ich fragte mich, welcher Instinkt sie wohl dazu bringen mochte, Vernon Quayle in diesem Licht zu sehen. Sie war nicht die einzige, wie ich feststellen sollte, als ich eines Nachmittags mit David Hayward sprach.

»Sie glauben alle, daß Vernon Quayle so eine Art böser Zauberer ist«, sagte er. »Die alte Mrs. Spicer schwört, daß er ihre Ziege nur angesehen hat, und dann starb sie in der Nacht.«

Wir behandelten den alten Wilfred, den streitsüchtigen Bullen auf der Colbrook-Farm, der einen entzündeten Huf hatte. David hatte einen kurzen Brief geschickt, in dem er fragte, ob ich eine Stunde Zeit hätte, um ihm zu helfen, und ich hatte die Gelegenheit beim Schopf gepackt. Es war das erste Mal gewesen, daß ich ihn seit Eleanors Rückkehr gesehen hatte, und mir war plötzlich klar geworden, wie sehr ich mich nach jemandem sehnte, mit dem ich sprechen konnte, jemand, dem ich vertrauen konnte.

Ich sagte: »Wenn ich noch in Namkhara lebte, würde ich auch Zeichen machen, wie Rosy, würde eine Gebetsmühle drehen und Dämonenfallen aufstellen. Vernon Quayle ist wie Rild, der Hohe Lama, von dem ich Ihnen erzählt habe, außer der Tatsache, daß Rild ein guter Mensch war, und ich glaube, daß Vernon Quayle schlecht ist.«

David hielt den Huf zwischen seinen Knien eingeklemmt und bearbeitete ihn. Er sagte: »Schlecht? Was hat er denn getan?«

»Er hat Eleanor verändert. Sie würden sie nicht wiedererkennen, David.«

»Ich nehme an, daß Menschen in der Ehe sich verändern.«

»Oh, seien Sie nicht dumm und so logisch!« sagte ich wütend. Dann, zum alten Wilfred auf tibetanisch, weil er schnaubte und stampfte: »Sei ganz ruhig, mein Kleiner. Sanft jetzt, ganz sanft. Sei eine Weile geduldig, und wir werden den Schmerz fortwischen. Dann kannst du wieder durch das kühle, weiche Gras gehen.«

David und ich sprachen nichts mehr, bis wir die Farm verließen. Ich saß neben ihm in seinem Wagen, und Nimrod war hinten angebunden. Dann erzählte ich ihm, wie sich in Merlin's Burg alles verändert hatte, oder ich versuchte es wenigstens, denn manches war schwer in Worten auszudrücken. Er hörte schweigend zu, ließ Smoky langsam Schritt gehen, und als ich endlich erregt innehielt, sagte er ernst: »Ich weiß nicht, was ich davon halten soll, und andere wissen es auch nicht, Jani. Meine Arbeit bringt mich mit jedem in Berührung, vom Baron bis zum Tagelöhner. Quayle gibt nichts von sich preis. Wenn er angesprochen wird, ist er höflich. Darüber hinaus geht er seinen eigenen Weg, wo immer er hinführen mag; er ignoriert jeden, sowohl die Vornehmen als auch die Leute aus dem Dorf. Das ist seine Sache, nehme ich an, aber es scheint, als ob er Eleanor von der Welt abgeschnitten hätte. Will er eine Einsiedlerin aus ihr machen?« »Ich weiß es nicht, David.« Meine Kehle schmerzte, und ich war den Tränen nahe. »Ich weiß nicht, was er zu tun gedenkt, und ich fühle mich so hilflos.«

Nach kurzem Schweigen sagte er müde: »Eleanor hat

Vernon Quayle geheiratet, im Guten wie im Schlechten. Es gibt nichts, was man da noch tun kann.«

Während wir von der Straße auf den Waldweg abbogen, der zu seinem Landhaus hinunterführte, sah er mich flüchtig an und sagte: »Haben Sie ihr von Ihrer Entdekkung erzählt? Ich meine, Semburs Brief und alles über Ihre Mutter und Ihren Vater?«

»Ja. Ich habe sie die Kopie lesen lassen, die ich von dem Brief hergestellt habe. Ich habe geglaubt, sie würde schrecklich aufgeregt sein, und wir würden zusammen darüber lachen, daß ich eine Maharani bin, und dann würde sie Major Elliott besuchen wollen, um herauszufinden, was jetzt geschieht, und . . . oh, es würde soviel zu bereden geben. Aber so war es nicht, David. Sie hat nur genickt und ein bißchen gelächelt und gesagt: ›Wie interessant, meine liebe Jani.‹ Das war alles.«

David biß sich auf die Lippen, und mir wurde klar, daß das, was ich ihm gerade erzählt hatte, ihm ein klareres Bild davon gab, wie Eleanor sich verändert hatte, als irgend etwas anderes. Nachdem wir noch ein Stückchen weitergefahren waren, sagte er: »Weiß Quayle alles über Sie?«

»Den letzten Teil kennt er, weil er dort war, als ich Eleanor am Abend bei dem Essen alles erzählte und den Brief vorlas. Gleichgültig was wir auch sagen, er scheint nie zuzuhören, aber er muß es mitbekommen haben. Ich weiß nicht, ob Eleanor ihm all das erzählt hat, was mit mir geschehen ist, ehe ich nach Merlin's Burg kam.«

David wandte den Kopf und sah mich ungläubig an. »Sie haben die ganze Geschichte von Semburs Brief erzählt, und Quayle hat keine Notiz genommen? Hat nicht eine einzige Frage gestellt?«

»Richtig.«

»Großer Gott, der Mann kann nicht menschlich sein.«

Mir schauderte bei diesen Worten. Wir sprachen nicht mehr, bis wir Davids Landhaus erreichten, und dort lud er mich ein, mit ihm im Garten Tee zu trinken. »Haben Sie schon irgend etwas von Major Elliott gehört?«, fragte er, als wir dasaßen und darauf warteten, daß Rosy den Tee brachte.

»Oh, Entschuldigung, das hätte ich Ihnen sagen sollen«, sagte ich bedauernd, »aber irgendwie bin ich so sehr mit Eleanor beschäftigt gewesen, seit sie nach Hause kam.«

»Das kann ich verstehen. Was hätten Sie mir sagen sollen?«

»Nun, daß Major Elliott mir geschrieben hat. Er hat in London zwei Tage lang in seinem Klub gewohnt, während er diejenigen besuchte, die er ›die richtigen Leute‹ nennt. Es scheint, als ob die Armee interessiert gewesen wäre, aber die Leute im Kolonialamt waren ziemlich kühl; so ging er mit der Geschichte zu einem Freund eines Freundes im Auswärtigen Amt, und die fanden das ganz spannend. Er sagte, der Marquis von Landsdowne, der Außenminister, wäre in Urlaub, aber er würde sich die ganze Sache ansehen, wenn er zurückkäme. In der Zwischenzeit wäre alles als Staatsgeheimnis zu betrachten.«

David stieß ein kurzes Lachen aus. »Verflixter Geheimniskrämer. Die haben doch kein Recht, Ihnen zu sagen. ob sie darüber sprechen können oder nicht.«

Ich zuckte die Achseln. »Was macht das schon? Major Elliott meinte, es könnte Wochen dauern, ehe ich weiteres höre, weil London die politische Bedeutung mit Delhi diskutieren wollte, und . . . oh, ich weiß nicht, ich bin nur froh darüber, daß er Lord Kearsey, den Herrn, von dem er uns erzählt hat und der Oberst des Regiments ist, getroffen hat. Offensichtlich ist es ihm sehr wichtig, Semburs guten Namen wiederhergestellt zu sehen, und das ist alles, was für mich zählt.«

Drei Tage später überraschte mich Vernon Quayle damit, nach dem Diner im Salon zu erscheinen. Ich hatte niemals erlebt, daß er das vorher getan hätte. Eleanor und ich saßen an der offenen Balkontür und genossen die kühle Abendluft. Ich hatte einen kleinen Tisch vor mir stehen und war damit beschäftigt, ein paar Bilder und kleinere Dinge, die mich interessierten, aus den Zeitschriften Country-Life und Vanity-Fair in mein Album einzukleben. Eleanor hielt den Stickrahmen auf ihren Knien, ihre Seidenstränge in einer Schachtel neben ihrem Ellenbogen, und stickte ein Blumenmuster auf einen Seidenschal.

Ich versuchte immer sicherzustellen, daß sowohl Eleanor als auch ich irgend etwas hatten, das uns beschäftigte, wenn wir nach dem Mittagessen zusammensaßen. In der ersten Zeit, nachdem sie wieder nach Hause zurückgekehrt war, hatte ich mich erschöpft in der Anstrengung, gegenüber einem so schwachen Echo eine Unterhaltung in Gang zu halten. Jetzt konnten wir ein paar Worte über Unwichtiges wechseln und dann schweigend weiterarbeiten, bis ich mir wieder etwas Neues überlegt hatte, was ich sagen konnte.

Wir schreckten beide hoch, als die Tür sich öffnete und Vernon Quayle eintrat. Eleanor sagte: »Oh . . . Vernon.« Ich zwang mich, ihn anzulächeln, aber ich bot ihm keinen Gruß, denn kaum eine halbe Stunde war ja vergangen, seit wir uns im Eßzimmer getrennt hatten. Er zog sich einen Lehnstuhl ein wenig nach vorn, um gegenüber dem Fenster zu sitzen, beachtete Eleanor überhaupt nicht, stützte sein Kinn auf die gefalteten Hände und starrte mich sekundenlang neugierig an, ehe er in seiner wohlklingenden Stimme sagte: »Ich höre, daß Sie bei mehreren Gelegenheiten Tibet besucht haben, als sie in Smon T'ang lebten.«

Ich riß erstaunt die Augen auf, legte dann langsam den Pinsel zurück in den Leimtopf und wischte mir die Finger. »Ja, das stimmt, Mr. Quayle. Wir nannten es Bod.«

»Ich nehme an, Ihre Route ging über den Chak-Paß und nicht über den Sharba oder den Kore.«

Das befremdete mich noch mehr. »Ja, der Chak ist nicht ganz so hoch wie die anderen beiden. Aber wie kommt es, daß Sie darüber Bescheid wissen, Mr. Quayle?«

»Ich bin in Tibet gewesen«, sagte er abwesend, genauso wie er vielleicht erwähnen würde, daß er in Winchester gewesen wäre. »Wirklich?« Meine Worte und mein Tonfall müssen unfreundlich geklungen haben, obwohl ich das nicht beabsichtigt hatte. Aber ich konnte es mir einfach nicht vorstellen, daß dieser dünne, weißgesichtige Engländer von undefinierbarem Alter in das Land Bod gereist war.

»Oh, Vernon ist sehr weit gereist, Jani, habe ich dir das nicht gesagt? Er ist in Indien, China, Ägypten, Westindien gewesen und noch so vielen anderen Orten.«

»Es tut mir leid, wenn ich unfreundlich war.« Ich sprach Eleanor und ihren Mann zusammen an. »Das war nur die Überraschung, denn nur sehr wenige Leute sind in Tibet gewesen. Schließlich gibt es dort keine Straßen und Kutschen. Deshalb ist es ein sehr rauhes Reiseland, besonders in den großen Höhen.«

Vernon Quayles schlaffer Mund zuckte. Er machte so etwas wie eine Grimasse der Verachtung. »Wenn der Körper dem Geist gehorcht, gibt es kein Problem«, sagte er kühl. »Ich habe Tibet über die Hauptroute nördlich von Darjeeling betreten. Die Gegend, in der Sie gereist sind, kenne ich nicht.«

»Ich habe sie selbst nicht sehr gut kennengelernt, Mr. Quayle. Wir sind nur der alten Handelsstraße nach Magyari gefolgt und kamen dann den gleichen Weg zurück.«

»Dann müssen Sie innerhalb weniger Meilen an Choma La und dem großen Kloster dort vorbeigekommen sein.«

»Ja, ich habe es von dem Grat, über den die Handelsstraße geht, gesehen. Es liegt auf der anderen Seite eines breiten Tales, und es scheint teilweise in den Berg hineingebaut zu sein.«

»Sind Sie niemals drinnen gewesen?«

Ich lächelte ein halbes Lächeln. »Oh nein, Mr. Quayle. Man würde mir niemals erlauben, hineinzugehen, außer auf Befehl des Hohen Lama.«

Er blickte in den Garten hinaus. »Was wissen Sie von Choma La?« »Ich weiß fast nichts darüber, außer daß es wichtig ist. Es muß wichtig sein, denn der Dalai Lama besucht es einmal im Jahr auf einem besonderen Fest.«

Er schloß seine Augen zur Hälfte. »Aber als Sie mit Ihren Gefährten auf der Reise nach Magyari waren und das große Kloster gegenüber des Tales sahen, haben sie doch sicherlich darüber gesprochen, Bemerkungen gemacht, Ihnen erzählt, was sie davon wußten?« Ich saß da und dachte nach, versuchte mich daran zu erinnern, aber endlich schüttelte ich meinen Kopf. »Ich nehme an, sie haben es wohl auch getan, aber jetzt kann ich mich an nichts mehr erinnern. Ich glaube, ich war zu sehr damit beschäftigt die Yaks weiterzulocken, um mich viel um andere Dinge zu kümmern.«

Ohne ein weiteres Wort stand Vernon Quayle auf und verließ den Raum. Vielleicht eine halbe Minute lang, nachdem die Tür sich geschlossen hatte, herrschte Stille, dann sagte Eleanor mit unsicherer Stimme: »Vielleicht sollte ich ein blasseres Grün für die Blätter des Musters benutzen.«

Ich hatte immer sehr darauf geachtet, bei keiner Gelegenheit auch nur anzudeuten, wie meine Gefühle gegenüber Vernon Quayle waren, oder irgend etwas in Frage zu stellen, was er tat, aber jetzt konnte ich mich nicht zurückhalten. »Eleanor, wie seltsam war das. Warum glaubst du, hat mich Mr. Quayle wohl über Choma La ausgefragt?«

Sie stand auf, während sie ihre Finger massierte, als ob sie taub seien. »Oh, er hat so viele Interessen«, meinte sie, die Augen starr ausgerichtet, als ob sie sich bemühte, sich zu erinnern. »Er studiert die Naturwissenschaften, Astronomie, Mathematik, Metaphysik ... so viele Dinge, wirklich, aber das geht alles über meine Kenntnisse, Jani.«

»Oh, das kannst du nicht sagen. Du bist selbst Wissenschaftlerin.«

»Ja. Ich glaube, ich habe die Wissenschaften früher ein wenig angekratzt. Aber Vernons Wissen ist sehr bemerkenswert. Er versteht so vieles, was selbst kluge Männer nicht verstehen können. Es gibt Bereiche des Geistes ... Bereiche des Geistes, Jani, welche ...« Ihre Stimme verschwamm, ich sah, wie sich ihre Augen plötzlich mit Tränen füllten, und sie fuhr leidenschaftlich fort: »Er sammelt wundervolle Dinge. Hast du das gewußt? Sie enthalten Schönheit, siehst du, eine Qualität, die nicht greifbar ist, die aber echte Kraft enthält. Alles Ungreifbare ist mächtig. Hell und Dunkel, Ordnung und Chaos, Gut und Böse. Es ist nur noch nötig, zu verstehen, wie ... wie man die Kraft aufnimmt und gezielt ...« Sie hielt plötzlich mitten im Satz inne, setzte sich in ihren Sessel und starrte wie gebannt auf ihre Hände, die auf ihrem Schoß zusammengekrampft lagen. Ich lief zu ihr hin und legte meinen Arm um ihre Schulter, während ich meine Wange an die ihre preßte. Sie fühlte sich kalt an. Ich hatte ihren seltsamen, unzusammenhängenden Ausspruch nicht verstanden, aber irgend etwas war darin gewesen, was mich mit Schrecken erfüllte. »Eleanor, liebe Eleanor«, flüsterte ich, »ich weiß, du bist unglücklich, ich weiß es. Bitte sprich mit mir, sag mir, wie ich dir helfen kann. Ist es . . .?« Ich zögerte, dann sprudelte ich rückhaltlos weiter. »Ist es dein Mann? Hast du Angst vor ihm? Ich bringe dich hier fort, Liebes, ich bringe dich sofort weg, wenn du das willst. Aber du mußt es mir sagen, du mußt sprechen.«

Ich fühlte, wie sie sich bewegte. Sie drehte den Kopf, und als ich in die graugrünen Augen blickte, die einmal so ruhig und fröhlich gewesen waren, schien es, daß ganz weit weg in ihren Tiefen die alte Eleanor mich mit verzweifelter Bitte ansah. Dann schüttelte sie langsam den Kopf. »Nein«, sagte sie sanft, »nicht du, Jani. Ich will dich nicht in Gefahr bringen.«

Ihre Augen schlossen sich, nach einigen Augenblicken seufzte sie, öffnete die Augen und nahm den Stickrahmen wieder auf. »Was meinst du?«, sagte sie und runzelte die Brauen. »Wäre es nicht besser, wenn ich ein blasseres Grün für die Blätter benutze?«

Zehn Tage später, ein paar Minuten vor Mittag, saß ich in meinem kleinen Büro, als Vernon Quayle hereinkam. Mein Büro bedeutete mir sehr viel, und ich haßte diesen Einbruch in meine Sphäre.

Außerdem war ich überrascht, denn hier hinein hatte er niemals seinen Fuß gesetzt, nur am ersten Tag, als wir ihn in Merlin's Burg umhergeführt hatten, hatte er einen Blick hineingeworfen. Ich legte meinen Federhalter hin, stand auf, lächelte das höfliche Lächeln, das ich Eleanors Mann immer schenkte und sagte: »Bitte kommen Sie herein, Mr. Quayle. Kann ich Ihnen helfen?«

Zuerst antwortete er nicht, sondern sah mich einfach an. Bei anderen Gelegenheiten war sein Blick abwesend gewesen, oder er hatte an mir vorbei oder durch mich hindurch gesehen, aber jetzt war das anders. Diese Augen, wie graue Regentropfen, blickten geradeaus in meine, und plötzlich fiel mir auf, wie riesig die Pupillen waren. Der

Blick war so beunruhigend, daß ich mich einen Augenblick lang schwindlig fühlte, aber irgendwie hielt ich ihm stand, und das gezwungene Lächeln blieb auf meinen Lippen.

Endlich sagte er: »Ich wäre Ihnen dankbar, wenn Sie mir eine halbe Stunde lang helfen könnten, Jani.«

Ich verbarg meine Überraschung und sagte automatisch: »Natürlich, Mr. Quayle. Sie meinen, jetzt sofort?«

»Ja.« Er drehte sich um. »Im Runden Zimmer, wenn ich bitten darf.« Ich blinzelte zu der offenen Tür hinüber und horchte auf den Klang seiner Schritte, aber ich hörte nichts. Ich hatte nie einen Mann oder eine Frau kennengelernt, die sich so lautlos bewegten wie Vernon Quayle. Ich schloß meine Geschäftsbücher, legte sie in die Schublade, räumte meinen Schreibtisch auf, nahm mein Notizblatt und einen Bleistift und ging dann die Treppe hinauf. Ein Funken der Unruhe zuckte in mir.

Ich wußte, daß Eleanor in ihrem Zimmer war und sich ausruhte, eine Gewohnheit, von der sie noch nicht einmal geträumt hatte in den Zeiten vor Vernon Quayle, als ihre Energie grenzenlos gewesen war. Meine innere Unruhe entstammte nicht der Furcht, daß er Annäherungsversuche machen würde, denn ich war ganz sicher, daß er mir gegenüber keinerlei Gefühle hatte, und ich bezweifelte, daß Frauen überhaupt irgendeine Anziehungskraft für ihn hatten. Ich war fast sicher, obwohl ich nicht gern daran dachte, daß er Eleanor niemals in ihrem Schlafzimmer besucht hatte, seit sie nach Merlin's Burg gekommen waren. Ich hätte den Grund meiner Unrast nicht benennen können, aber sie war sehr real, und sie wurde immer stärker, während ich die Treppe zum Runden Zimmer hinaufstieg, an die Tür klopfte und bei Vernon Quayles Ruf hineintrat.

Ich hätte es nie geglaubt, daß ein Zimmer, das ich kannte, so verändert werden konnte. Mein erster Eindruck war der von Helligkeit, denn die vier Fenster erlaubten dem

Sonnenlicht, den ganzen Tag die gebogenen Wände zu bescheinen. Der Fußboden bestand aus weißen Kacheln, die Möbel waren erdrückend und seltsam, aus glänzendem schwarzem Holz und völlig ungepolstert. Es standen zwei Armstühle da, ein breiter Sessel, ein Hocker mit achteckigem Sitz und ein halbkreisförmiger Schreibtisch, der auf der Oberfläche mit schwarzem Leder eingelegt war.

Zwei Quadranten des Raumes waren mit Regalen ausgerüstet worden, die Hunderte von Büchern enthielten, manche von ihnen ziemlich alt, wie man an ihren Einbänden sehen konnte. In einem anderen Quadranten stand eine geschwungene Bank mit einem Waschbecken und einem langen Wasserhahn, der drehbar darüber angebracht war. Auf der Bank standen mehrere Retorten, einige Gesteine mit Reagenzgläsern und ein Bunsenbrenner. Darüber, auf Regalen, waren Dutzende von Glasflaschen, die Pulver und Substanzen von verschiedenen Farben enthielten. Im vierten Quadranten des Zimmers war ein Ständer eingebaut worden, der eine Anzahl von Schriftrollen enthielt, und daneben an der Wand hing eine uralt aussehende Sternkarte. Die Mitte des gekachelten Fußbodens war freigelassen worden, aber in der Mitte des Zimmers lagen lange Teppiche, merkwürdig gemustert, die dem Geschmack des Orients entsprachen und in reichen Farben glühten. Es gab noch mehr, viel mehr, aber ich konnte nicht alles aufnehmen, denn etwas störte mich. Ich sah mich langsam um, suchte den Grund, und ein Gefühl der Aufregung wuchs in mir. Dann spürte ich es plötzlich in dem Augenblick, als ich mich an die Art erinnerte, mit der Vernon Quayle gelächelt hatte, als er zum ersten Mal das Runde Zimmer sah. Wie schon gesagt, war der Raum selbst nicht symmetrisch, sondern ein etwas mißgeformter Kreis. Jetzt bemerkte ich, daß dieses Thema überall betont worden war. In den Möbeln, in der ganzen Dekoration, tauchte eine leichte, aber deutliche Verzerrung auf.

Zwischen den Regalen trugen die weißen Wände ein offensichtlich einfaches, immer wiederkehrendes Muster aus schwarzen Linien. Aber die Formen, die von diesen Linien gebildet wurden, verwirrten das Auge, denn sie wirkten weder zwei- noch dreidimensional, sondern bewirkten eine beunruhigende optische Täuschung. Die Stühle standen fest genug, aber auf eine eigentümliche Art waren sie in jeder Richtung unregelmäßig und schief. Die Platte des Schreibtischs war nicht wirklich ein Halbkreis, aber auch nicht ausreichend unterschiedlich geformt, um etwas anderes zu sein. Ich hatte das fast sichere Gefühl, daß die Oberfläche nicht völlig eben war, und das gleiche konnte man von den Regalen behaupten, aber ich hätte nicht sagen können, in welchem Ausmaß meine Augen getäuscht wurden. Als ich auf einen der Teppiche niederblickte, sah ich, daß er zu einem Ende hin wenig und nicht gleichmäßig schmaler wurde und daß er nicht so geschnitten, sondern so gewoben worden war.

Nicht ein einziger Gegenstand im Runden Zimmer schien ganz rund oder quadratisch oder gerade oder überhaupt symmetrisch zu sein. Dieser Mangel an Symmetrie, der in Vernon Quayles Zimmer vorherrschte, hatte nichts Angenehmes oder Künstlerisches. Der ganze Effekt bestand aus lauernder Häßlichkeit, die an den Sinnen zerrte, als ob sie sich in der Beleidigung sonnte, die sie ihnen bot.

Vernon Quayles sagte: »Setzen Sie sich bitte.« Während ich gehorchte, zog er an einer Schnur die Vorhänge über zwei der niedrigen Fenster zu. Die Vorhänge waren dunkelblau mit einem dreieckigen Muster in Gold, aber auch dieses Muster betrog die Augen und beunruhigte die Sinne. Ich dachte an Eleanors künstlerisches Gefühl, ihren Geschmack, um den ich sie so beneidet hatte, und ich fragte mich, wie sie es ertragen konnte, in solch einem Zimmer zu sein, oder wie überhaupt ein Mensch absichtlich unter solchen Monstrositäten von Form und Muster leben konnte. Als ob er meine Gedanken lesen konnte, sagte Vernon Quayle: »Wenn der Geist frei von Gefühlen sein soll und wahrhaft objektiv werden will, muß er darin geübt werden, äußerliche Belanglosigkeiten nicht zu beachten.« Er ging, um ein kleines Schränkchen zu öffnen.

Ich hatte kaum begriffen, was er meinte, und ich hätte wohl überhaupt nichts verstanden, wenn ich während meiner Jahre in Smon T'ang nicht so viel über Mönche und Lamas gehört hätte. Ich wußte, daß sie alle Arten von Übungen und Riten ausführten, um ihren Geist von der Beschäftigung mit der materiellen Welt zu befreien, aber das taten sie, um das geistige Element ihres Wesens zu erweitern und zu erhöhen, und ich war ganz sicher, daß man das gleiche von Vernon Quayle nicht behaupten konnte.

Er drehte sich von dem Schränkchen wieder um, und als ich sah, was er trug, gefror ich; die Haut auf meinem Kopf zog sich zusammen, als ob das Haar sich aufrichten wollte. In seinen Händen hielt er ein rundes Tablett mit einem schwarzen und weißen Mosaikmuster. Auf dem Tablett stand eine kleine Schale aus Kristallglas und daneben eine hohe Flasche mit tintenschwarzer Flüssigkeit. Er stellte das Tablett auf den Schreibtisch, setzte sich, goß die schwarze Flüssigkeit in die Schale, streckte die Hand aus und setzte die Schale auf die andere Seite des Schreibtisches vor mich hin.

»Nehmen Sie die Schale in beide Hände, wenn ich bitten darf«, sagte er mit flacher Stimme, »und schauen Sie auf die Oberfläche der Flüssigkeit. Machen Sie keine geistigen Anstrengungen. Sehen Sie einfach hin.« Ich saß aufrecht, jeder Muskel war verkrampft, und ich umklammerte die Armlehnen meines Stuhles. Als ich meine Stimme wiederfand, sagte ich rauh: »Nein!«

»Wie bitte?« Seine blassen grauen Augen waren so kühl wie immer, seine wunderschöne Stimme war weich, aber ich sah, daß der schlaffe Mund einen Augenblick lang hart geworden war.

»Nein, Mr. Quayle«, wiederholte ich störrisch. »Dies benutzen sie in Galdong, um die Prophetin in Trance zu bringen. Ich werde mich nicht mesmerisieren lassen, oder wie immer Sie es nennen wollen.«

»Mesmerisieren?« Er ließ eine Hand über sein dünnes silbernes Haar gleiten, und ich sah Verachtung in dem blutlosen Gesicht. »Franz Mesmer war ein ignoranter Scharlatan, ein Anfänger, der . . .« Er hielt inne, zuckte die Schultern und machte eine langsame, fließende Geste zu der Schale hin. »Aber wir wollen weitermachen. Dies ist nur eine Möglichkeit, das Gedächtnis zu aktivieren. Ich bin daran interessiert, mehr über Choma La zu lernen und ich glaube, daß Sie möglicherweise mehr darüber wissen, als Sie sich jetzt ins Gedächtnis zurückrufen können. Die schwarze Flüssigkeit bietet dem Geist einen Konzentrationspunkt, der es wiederum erlaubt, die Tore des Gedächtnisses durch die richtigen Fragen zu öffnen. Dies ist ein einfaches wissenschaftliches Experiment und vollkommen harmlos.«

Ich starrte ihn an. »Wissenschaftlich?«

»Oh ja«, sagte er weich. »Oh ja, Jani, wissenschaftlich. Was immer auch engstirnige Narren darüber sagen mögen.«

Ich stand auf, mein Herz raste. »Macht Eleanor das auch? Haben Sie sie gezwungen, in die Tinte zu blicken?«

Jeder Funke von Leben verschwand aus seinen Augen, und ich konnte fast fühlen, wie ich unter seinem Blick zusammenschrumpfte, aber ich hielt diesem Blick stand, obwohl ich spürte, wie mir oberhalb der Augenbrauen der Schweiß ausbrach. »Sie sind impertinent«, sagte er endlich. »Was meine Frau macht, geht Sie nichts an. Nehmen Sie die Schale, wenn ich bitten darf.«

Ich schüttelte den Kopf. »Ich möchte Sie nicht beleidigen, aber ich werde es nicht tun. Ich hasse Dinge dieser Art. Ich mag es nicht, daß Menschen in Trance gebracht werden oder Prophezeiungen machen oder Dinge tun, die nach Zauberei aussehen. In Smon T'ang habe ich mit all dem gelebt, und ich glaube, daß es schlecht und ungesund ist.«

Vernon Quayles Schultern bewegten sich in einem winzigen Achselzucken. »Ich hatte Sie für zu intelligent gehalten, um bedeutungslose Worte wie ›schlecht‹ zu benutzen. Nun gut. Ich werde Sie nicht zwingen.«

Ich ging zur Tür hinüber und zögerte dort, während ich versuchte, ein paar passende Worte zu finden, aber es kam nichts. Ich hatte nicht vor, mich für meine Ablehnung zu entschuldigen.

In den folgenden Tagen fragte ich mich, ob Vernon Quayle sich wohl feindlich mir gegenüber verhalten würde, aber sein Benehmen änderte sich mir gegenüber nicht. Die meiste Zeit übersah er mich, genauso, wie er jeden anderen übersah, nicht mit absichtlicher Unhöflichkeit, sondern so, als ob er diejenigen, die um ihn waren, nicht bemerkte.

Jetzt haßte ich diesen Mann. Ich wußte, ich tat ihm unrecht, aber ich konnte mir einfach nicht helfen. Ich war ganz sicher, daß er auf irgendeine Art die fast völlige Macht über Eleanor erreicht hatte, daß er ihren Geist in Bande geschlagen hatte, die sie nicht zerbrechen konnte. Ich hatte von Mesmerismus und Hypnose gehört, aber ich wußte wenig darüber, außer, daß sie Wege boten, eine Trance hervorzurufen. Vielleicht war Eleanor Schritt für

Schritt während jener langen Wochen in Griechenland, ehe sie heiratete, dazu gebracht worden, sich zu unterwerfen. Eins war ganz sicher: Für den herzzerreißenden Wechsel in ihrem Charakter war Vernon Quayle verantwortlich. Als ich daran dachte, wie Eleanor gewesen war, als ich zum ersten Mal Merlin's Burg betrat, stark und vital, immer bereit zu lachen, immer bereit zu kämpfen, impulsiv, warmherzig, liebenswürdig, da konnte ich den Haß nicht zurückhalten, den ich gegenüber dem Mann fühlte, der aus ihr eine leere Hülse gemacht hatte.

Ich weiß nicht, ob Vernon Quayle sich dafür entschied, mich loszuwerden, weil ich ihm im Runden Zimmer nicht gehorchen wollte, oder ob der Grund der war, daß er meinen Haß fühlte. Dieser Schlag fiel eines Abends, als ich Eleanor dazu überredet hatte, mit mir nach dem Essen auf dem Rasen eine Runde Croquet zu spielen. Es war ein Tag im späten August, und die Sonne berührte schon die Baumwipfel im Westen, als Vernon Quayle von dem Haus herüber kam. Er ging langsam, wie gewöhnlich, die Hände auf dem Rücken gefaltet, und er bewegte sich über den Rasen in die Richtung, wo ich stand und Eleanor zusah, wie sie zu einem Schlag ausholte. Sie hatte noch nicht bemerkt, daß er sich näherte, und ich wollte nicht, daß sie sich erschreckte, deshalb sagte ich leise: »Eleanor.« Sie blickte auf, fuhr ein wenig zusammen und begann ängstlich an ihrer Unterlippe zu nagen.

Vernon Quayle blieb ein paar Schritte vor mir stehen, sah mich an und sagte, als ob er eine belanglose Bemerkung über das Wetter machte: »Ich habe entschieden, daß es für uns nicht länger tragbar ist, Sie hier in Merlin's Burg zu behalten, Jani. Vielleicht würden Sie so freundlich sein, in den nächsten zwei oder drei Tagen auszuziehen.«

Eleanor sah plötzlich aus wie ein Geist, und ich fühlte,

daß mein eigenes Gesicht ihres widerspiegelte, denn mir war eiskalt vor Schrecken. Ich kämpfte dagegen an, nahm meine Kraft zusammen und versuchte ruhig zu sprechen. »Ich verstehe nicht, Mr. Quayle. Warum möchten Sie, daß ich ausziehe?«

»Sie sind nicht in einer Position, Gründe zu verlangen«, sagte er ohne eine Spur von Ärger oder Böswilligkeit, »aber ich will Ihnen die Höflichkeit erweisen, Ihnen darauf einfach zu antworten, daß Sie in diesem Haushalt keine befriedigende Stelle haben.«

Eleanor stand mit gesenktem Kopf und geschlossenen Augen da. Ich konnte sehen, daß sie den Croquethammer so fest umkrampfte, daß ihre Knöchel weiß waren. Dann blickte ich wieder zu ihrem Mann hinüber und konnte nicht ganz verhindern, daß meine Stimme zitterte, als ich sagte: »Eleanor und ihr Vater nahmen mich vor drei Jahren in ihr Heim auf, Mr. Quayle. Ich bin zufrieden mit allem, was Eleanor mir zugedacht hat, sei es Hausmädchen, Gesellschafterin oder Freundin. Wenn Sie das Gefühl haben, daß meine Arbeit, die ich hier mache, meinen Unterhalt nicht rechtfertigt, dann besitze ich ein kleines Einkommen, von welchem ich bezahlen kann –«

»Nein!« rief Eleanor mit einer tiefen und schrecklichen Stimme, die mir das Herz brach. »Nein, nein!«

Ihr Mann sah sie an und sagte: »Eleanor.« Ihre Augen waren jetzt offen, und sie drehte langsam den Kopf, um seinem Blick zu begegnen; ich sah, wie die Kraft sie verließ, sah, wie ihr Körper schlaff wurde und wie der Schläger ihr aus den Händen fiel. Es herrschte Schweigen. Vernon Quayle sah mich wieder an und sagte: »Sie werden hier an keiner Stelle mehr benötigt, Jani. Jetzt, wo Eleanor verheiratet ist, braucht sie keine Gesellschafterin oder eine Freundin. Über die botanische Arbeit, mit der sie sich einmal oberflächlich beschäftigt hatte, ist sie hinausgewachsen, deshalb braucht sie Ihre Dienste als Sekretärin nicht mehr. Was die Hausbediensteten betrifft, so werden wir sie einstellen, wie sie benötigt werden.«

Außer bei dem Zwischenfall im Runden Zimmer hatte ich es immer vermieden, mich auch nur in die kleinste Auseinandersetzung mit Vernon Quayle einzulassen, denn er war Eleanors Mann, aber jetzt war ich dazu gezwungen, mich gegen ihn zur Wehr zu setzen, wenn ich mein Versprechen, sie nie zu verlassen, halten wollte. Ich drückte meine Absätze in das weiche Gras, stand aufrecht und sagte sehr langsam und höflich: »Entschuldigen Sie, Mr. Quayle, aber es war Eleanor, die mich in dieses Haus eingeladen hat, ihr eigenes Haus. Ich werde mir von niemand sagen lassen, daß ich gehen soll, außer von Eleanor selbst.«

Die leeren grauen Augen mit den riesigen Pupillen bohrten sich in mich. »Eleanor?« sagte er sanft.

Ich blickte zu ihr hinüber und ihr bleiches Gesicht verzog sich, als ob sie unter einem schrecklichen Streß stände. Dann sagte sie mit rauher, erregter Stimme: »Geh, Jani, es hat keinen Sinn. Hier kannst du nicht bleiben.« Ihre wunderschönen Augen fixierten mich plötzlich mit einem wilden Blick. »Geh!« schrie sie wieder. »Ich will dich nicht hier haben! Geh, Jani! Um Gottes willen, geh, wenn ich dir das befehle!«

Sie drehte sich um, raffte ihren Rock und begann stolpernd zum Haus zurückzulaufen, während sie eine Hand vor das Gesicht preßte.

»Ich gebe Ihnen zu bedenken«, sagte Vernon Quayle ruhig, »daß, je länger Sie bleiben und je mehr Sie protestieren, meine arme Frau um so mehr leiden wird, denn Ihre Gegenwart hier ist offensichtlich ein Grund für ihren Krankheitszustand.«

Jetzt wußte ich, daß ich geschlagen war, denn dieser

Mann hatte Eleanor hilflos wie eine Puppe in der Hand, und sie würde es sein, die für jeden Widerstand, den ich zeigte, bezahlen müßte. Ich machte keinen Versuch, meinen Haß und meine Verachtung zu verbergen, als ich sagte: »Wird es Sie zufriedenstellen, wenn ich bis morgen mittag gegangen bin?«

»Das wäre sehr gut.« Er drehte sich um und schlenderte in Richtung des Rosengartens fort. Ich legte die Croquetschläger und Kugeln fort, ging dann zurück ins Haus und hinunter ins Dienerzimmer, um Mrs. Burke mitzuteilen, daß ich ausziehen würde.

Sie schüttelte verzweifelt ihren Kopf. »Ich wußte es, Miss Jani. Ich habe es kommen sehen. Das ist ein Teufel, dieser Kerl. Ein Teufel, das ist er. Wenn ich jung genug wär, nochmal mit einer neuen Stelle anzufangen, wär' ich weg, ehe Sie sich umdrehen könnten.«

»Oh, ich hoffe, daß Sie das nie tun werden«, sagte ich unglücklich. »Ich kann es nicht ertragen, daran zu denken, daß Miss Eleanor ganz allein ist und ohne einen von denen, die vorher hier waren.«

Ich verbrachte den Rest des Abends und zwei Stunden vor dem Frühstück des nächsten Tages damit, meine Habseligkeiten zu sortieren und in zwei Reisekisten zu verpakken, die Mr. Lambert für mich gekauft hatte, als ich meine erste Reise ins Ausland mit Eleanor machte. Es war erstaunlich, wie viele Dinge ich während meiner Zeit in Larkfield angesammelt hatte, all die Kleider und Bücher und persönlichen Dinge, die ich von dem Taschengeld gekauft hatte, das Mr. Lambert und Eleanor mir immer für die Arbeit, die ich für sie tat, gegeben hatten.

Ich dachte an den Tag, an dem ich nach Merlin's Burg gekommen war mit meinem zerschlissenen Kleid und Strohhut und den zerschlissenen Stiefeln, aus denen die Zehen hervorsahen. Hier hatte man mir große und wunderbare Geschenke gemacht: Vertrauen, Liebe, Erziehung und Arbeit, und nichts davon konnte man mir wieder nehmen. Aber hier, wo ich Glück gefunden hatte, hatte ich es auch wieder verloren, und ich fühlte, daß ich niemals mehr wieder glücklich sein konnte, denn wie würde ich jemals wieder die Erinnerung an Eleanor loswerden können und was aus ihr geworden war?

Ich folgte dem Plan, den ich während der Nacht ausgearbeitet hatte, und fuhr hinaus zu Staffords Farm. Vor der Frühstückszeit war ich wieder in meinem Zimmer. Mrs. Burke schickte Bridget mit einem Frühstück auf einem Tablett zu mir hinauf, aber ich rührte es kaum an, denn ich hatte keinen Appetit. Ich bat Bridget, mich wissen zu lassen, wenn Mr. Quayle in das Runde Zimmer gegangen war, und sobald sie anklopfte, um es mir zu sagen, ging ich hinunter, um eine Stunde damit zu verbringen, mein Büro und Mr. Lamberts altes Studierzimmer aufzuräumen.

Ich nahm alles mit, was ich von Eleanor hatte, wie zum Beispiel Manuskripte und Zeichnungen, und auch Mr. Lamberts unvollendete Arbeit. Ich wußte sehr gut, daß ich kein Recht hatte, das zu tun, aber ich hatte das traurige Gefühl, daß diese Dinge, wenn sie unter der Obhut von Vernon Quayle belassen wurden, so gut wie vernichtet wären, und das konnte ich einfach nicht geschehen lassen.

Als ich alles in einen Koffer gepackt hatte, ließ ich William kommen und den Koffer und den Rest meines Gepäcks hinunter in die Halle tragen. Ich verabschiedete mich von der Dienerschaft, auch von dem alten Dawson und seinen Gehilfen, aber nicht von Thorpe, dem neuen Mann, den Vernon Quayle eingestellt hatte. Dann ging ich zu den Ställen, redete zehn Minuten lang mit Nimrod und den anderen Pferden und sagte auch ihnen Lebewohl. William kam herein, um Sally vor den Jagdwagen zu spannen, und zusammen gingen wir zurück vor das Haus. Ich betrat es noch einmal, ging hinauf in mein Zimmer, zog meinen Hut und die Handschuhe an, ging dann den Korridor hinab zu Eleanors Zimmer und klopfte an die Tür. Die ganze Zeit bis jetzt war ich sehr energisch, geschäftsmäßig und streng mit mir selbst gewesen, denn sonst hätte ich nur weinen können.

Ich ging hinein, als Eleanor »Herein« rief, und fand sie in einem Sessel in der Nähe des Fensters sitzen, auf dem Tisch neben ihr stand ein Glas Milch. Sie trug ein dunkelblaues Hauskleid, das bis zum Hals zugeknöpft war, ihr langes, kastanienbraunes Haar war gelöst und ihr Gesicht völlig ausdruckslos. Wieder überflutete mich eine Mischung von Wut, Mitleid und völliger Hilflosigkeit. Irgendwie schaffte ich es zu lächeln, während ich zu ihr hinging, denn das war alles, was ich tun konnte, um zu verhindern, daß ich in Tränen ausbrach.

»Jani«, sagte sie. »Ich bin so froh, daß du gekommen bist, um dich von mir zu verabschieden. Ich habe gefürchtet, daß du . . . es vielleicht nicht wollen könntest.«

Ich zog meine Handschuhe aus, nahm ihre kalte Hand und beugte mich über sie, um ihre Wange zu küssen. »Das darfst du nicht glauben. Ich werde jeden Tag an dich denken. Und ich bin nicht nur gekommen, um dir Lebewohl zu sagen, liebe Eleanor, ich wollte dir auch noch einmal danken. Ich bin ohne Mutter oder Schwester aufgewachsen, aber du bist mir beides gewesen und dazu auch meine liebste Freundin.«

Ihre Lippen begannen zu zittern, und sie blickte weg. Nach einer kleinen Weile sagte sie: »Wirst du es alleine schaffen, Jani? Wirst du genug zum Leben haben?«

»Ich werde es wunderbar schaffen, Dummes. Denk doch einmal darüber nach, wie wenig ich hatte, als ich hierherkam. Jetzt habe ich ein Einkommen von hundert Pfund pro Jahr, von dem, was dein Vater mir hinterlassen hat, und ich habe gelernt, alle Arten von Arbeiten zu erledigen, deshalb brauche ich mich um nichts zu sorgen.«

»Wohin wirst du gehen?«

»Oh, das ist schon alles geregelt. Kennst du das kleine Haus, das ein kleines Stück vor dem Wohnhaus auf Staffords Farm steht?«

»Wo Tom Staffords Vater lebte?«

»Ja. Es steht leer, seit er im letzten Jahr gestorben ist. Es gibt da nur zwei Räume, einer oben und einer unten und eine Küche, aber das ist vollkommen genug für mich. Heute morgen habe ich Mr. Stafford besucht, und ich kann es für zwei Shillinge in der Woche haben.« Ich preßte ihre Hand ganz fest. »Wenn du mich jemals brauchen solltest, dann schick nach mir, liebe Eleanor. Nichts und niemand wird mich davon abhalten, zu kommen.«

Sie preßte meine Hand an ihre Wange und stieß ein merkwürdiges kleines Lachen aus. »Meine temperamentvolle kleine Jani, die die Dicke Alice auf die Nase geschlagen hat, als sie schlecht von ihrem Freund Mister redete. Kannst du dich daran erinnern, wie du mir das am ersten Tag erzählt hast?«

Ich nickte. »Damals habe ich geglaubt, du würdest mich deswegen fortschicken.«

»Lieber würde ich Gold wegwerfen, Jani. Solche Freundschaft kann man nicht kaufen. Ich könnte sie höchstens freiwillig von dir bekommen, wie Mister.«

Ich ließ ihre Hand los und tastete im Nacken nach dem Verschluß der Kette, die unter dem Kragen meines Kleides hing. »Kannst du dich an das Geschenk erinnern, das er mir hinterlassen hat, Eleanor? Das silberne Medaillon mit dem goldenen Stern darauf und dem Gedicht in Hindi?«

Für ein paar kurze Augenblicke hatte Eleanor ein wenig von ihrem alten Ich gezeigt, aber jetzt verschwand ihre innere Bewegung, als ob ihre Energie sie verlassen hätte. »Ja, natürlich, ich erinnere mich an irgend etwas dieser Art, meine Liebe«, sagte sie mit flacher Stimme und rieb ihre Schläfen. »Wovon handelte das Gedicht? Es scheint, als ob ich mich in diesen Tagen nicht sehr gut an solche Sachen erinnere.«

Ich hielt das Medaillon jetzt in meiner Hand und während ich es ansah, sagte ich das Gedicht in der Übersetzung, die ich niemals vergessen hatte.

»Hier ist ein Zeichen, das dich an einen
Freund erinnern soll.
Es bringt vielleicht kein Glück,
schützt dich nicht vor dem Schicksal
oder vor deinem Feinde.
Es ist nur zur Erinnerung.
Behalt es bis im Tal der Mondbaum blüht,
dann gib es mit frohem Herzen einem Freund
und geh deinen Weg.«

Ich nahm Eleanors Hand und ließ das Medaillon und die Kette hineinfallen. »Bitte trag es für mich, manchmal«, flüsterte ich. »Oh, Jani . . .«

Die Tür öffnete sich und Vernon Quayle trat herein. Er sagte: »Guten Morgen, meine Liebe. Guten Morgen, Jani. Ich sehe, daß Sie gerade abfahren wollen.«

Ich sagte: »Guten Morgen, Mr. Quayle«, und ließ es dabei bewenden, in der Hoffnung, daß er gehen würde, denn ich wollte mich nicht in seiner Gegenwart von Eleanor verabschieden. Zu meiner Enttäuschung schloß er die Tür und kam durch das Zimmer zu uns herüber. Eleanor hatte sich nicht bewegt. Ihre Hand hielt sie noch immer ausgestreckt, das Medaillon lag noch darin, und die Kette hing ein wenig herab. Vernon Quayle blieb stehen, und seine silbernen Augenbrauen hoben sich ein wenig, als er sagte: »Was ist das, Eleanor?«

Ich antwortete für sie: »Es ist nur ein kleines Geschenk von mir, Mr. Quayle.«

»Darf ich sehen?« Er streckte die Hand aus, und als er das Medaillon aus Eleanors Hand nahm, sah ich ein Zittern über sein kalkweißes Gesicht gehen und hörte, wie er mit einem kleinen Zischen den Atem einzog. Fast wie abwehrend hob er das Medaillon hoch, als ob er es gerne fallen gelassen hätte, aber nicht konnte. Dann legte er es auf den Tisch und starrte auf es hinab, während er langsam seine Hände mit einer Bewegung rieb, als ob er sie waschen wollte.

Sein Gesicht zeigte mehr Gefühl, als ich jemals bei ihm gesehen hatte, aber ich fand es schwer zu sagen, welcher Art es war. Sein Mund war zusammengepreßt, seine Augen schlitzförmig. Als er aufhörte, seine Finger zu reiben und die Hände zur Seite sinken ließ, kam eine ungewöhnliche Ruhe über ihn. Einen Augenblick lang wurde ich an Rilds Ruhe erinnert, als ich zum letzten Mal im Kloster von Galdong vor ihm gestanden hatte und er von den Dingen sprach, die noch kommen sollten.

Plötzlich kam ein Geräusch aus Vernon Quayles Kehle, ein unangenehmes, regelmäßiges Atemholen, und es dauerte mehrere Sekunden, ehe mir mit einem Schaudern klar wurde, daß er lachte. Nach ein paar Augenblicken hielt er inne. Der intensive Ausdruck verschwand aus seinem Gesicht, und der Körper entspannte sich; ohne die Augen von dem Medaillon abzuwenden, fragte er: »Woher kommt dies?«

Ich sagte: »Es wurde mir von einem Freund geschenkt.«

»Und davor?«

»Ich weiß nur, daß es ihm von einem Freund gegeben wurde.«

»Jaaa«, sagte Vernon Quayle langsam, mit schiefgehaltenem Kopf. »Ja, in der Tat ein mächtiger Talisman. Wenn Sie jemanden finden wollen, der verschollen ist, können Sie damit zu mir kommen.« Diese seltsamen Worte sprach er so gleichgültig aus, daß ich dachte, ich hätte ihn mißverstanden, und sagte: »Wie darf ich das verstehen?«

Er schüttelte unmerklich seinen Kopf. »Ich bin sicher, Sie werden sich an das erinnern, was ich sagte, wenn die Zeit kommt.«

»Aber . . . ich verstehe nicht, was Sie meinten.«

»Das ist etwas, was wir beide noch herausfinden müssen.« Er machte eine Kopfbewegung zu dem Medaillon hin. »Das nehmen Sie bitte mit sich. Eleanor ist sehr gerührt von Ihrer Freundlichkeit, aber das Geschenk ist . . . unpassend.«

Jeder Instinkt in mir drängte, mich dagegen zur Wehr zu setzen, darauf zu bestehen, daß Eleanor selbst entscheiden sollte. Aber sie saß mit gesenktem Kopf da, das wundervolle Haar fiel vorwärts, so daß ihr Gesicht teilweise bedeckt war, und sie blickte nicht auf. Ich erinnerte mich, was an dem Tag zuvor geschehen war, als ich einen kleinen Anlauf genommen hatte, Vernon Quayle zu bekämpfen, und ich wollte Eleanor nicht wieder so verstört sehen. Ich nahm das Medaillon und die Kette auf und legte beides in meine Handtasche. Ich wollte den Verschluß nicht zumachen und das Medaillon in mein Kleid gleiten lassen, während Eleanors Ehemann mich beobachtete. Ich sagte: »Auf Wiedersehen, Mr. Quayle.« Dann küßte ich Eleanor noch einmal auf die Wange. »Auf Wiedersehen, Eleanor.« Sie flüsterte etwas, das ich nicht verstehen konnte, aber sie hob den Kopf nicht. Da drehte ich mich um und ging aus dem Zimmer ohne noch einmal zurückzublicken, denn das konnte ich nicht ertragen.

11

INNERHALB EINER WOCHE hatte ich Withy Cottage zu einem sehr gemütlichen Heim umgewandelt. Mancher hätte es vielleicht für winzig gehalten, aber es war größer als das Haus, in dem ich länger als mein halbes Leben gewohnt hatte. Tom Stafford hatte die Möbel verkauft, als sein Vater starb. »Sowieso nur 'n Haufen alter Krempel«, sagte er mir. Aber ich mußte nur sehr wenig Geld ausgeben, um all das zu besorgen, was ich brauchte.

Viele Leute klopften an meine Türe, um mir Glück zu wünschen, und wenn es Damen waren, konnte ich sie einladen, hineinzukommen. Wenn David Hayward mich besuchte, durften wir Mrs. Staffords Wohnzimmer im Farmhaus benutzen. Der Pfarrer und ein oder zwei andere Leute waren ein wenig beunruhigt von der Idee, daß ich ganz allein lebte, aber nach dem, was David und Rosy mir erzählten, gab es über mich keinen Klatsch.

Ich hatte in Larkfield keine Feinde, eine Segnung, die mir von Mr. Lambert und Eleanor beschert worden war, und in jedem Fall hatte Larkfield niemals vergessen, daß ich eine indische Prinzessin war, eine Geschichte, die in den letzten Wochen neues Leben erhalten hatte, und so war ich niemals ganz so beurteilt worden wie irgendein anderes ausländisches Mädchen.

In dem Häuschen gab es eine kleine Küche, in der ich mir mein Frühstück und mein Mittagessen selber machte; aber an den Abenden nahm ich das Essen mit den Staffords in ihrer großen Küche ein. Die Zeit wurde mir niemals zu lang. Ich begann, David Hayward öfter zu helfen, und ich hätte auch gerne auf der Farm mitgearbeitet, wenn es nicht um der Tatsache willen gewesen wäre, daß Mr. Stafford es nicht haben wollte, daß ich irgendeine schwere oder schmutzige Arbeit machte. Er betrachtete mich als Tierexpertin, und es schien ihm große Freude zu machen, daß ich eine Stunde mit ihm über den Hof ging und ihm erzählte, ob ich die Tiere für gut im Futter hielte oder ob irgendeines von ihnen Aufmerksamkeit brauchte.

Bei so wenig Ausgaben konnte ich bequem aus dem Einkommen von den Geldern leben, die Mr. Lambert mir hinterlassen hatte, aber zur gleichen Zeit hatte ich das Gefühl, daß ich für meine Zukunft sorgen sollte, indem ich mir irgendeine regelmäßige Arbeit suchte.

Eines Nachmittags sprach ich darüber mit David Hayward. Wir saßen auf Heuballen in den Ställen von Gratton Dene, nachdem wir uns fünf Stunden lang bemüht hatten, ein Fohlen von der riesigen Shire-Stute Molly zu entbinden und uns gegenseitig anzumeckern, was wir so oft taten, wenn wir zusammenarbeiteten. Jetzt war das erledigt. Das haarige kleine Wesen stand schon auf wackligen Beinen, trank bei seiner massigen Mutter, die wenig unter einer vollen Tonne wog, und unsere aufgeregte Unterhaltung hatte aufgehört.

David, nackt bis zur Hüfte, massierte seine verschrammten, schmerzenden Arme. Mr. Rooke, der Besitzer, war hinausgegangen, um seine Frau zu veranlassen, eine kalte Mahlzeit für uns zusammenzustellen, weil wir beide seit dem Frühstück noch nichts gegessen hatten. Meine Bluse und meine Hose klebten mir am Körper, denn ich war völlig durchschwitzt. Ich hatte mich zwar körperlich nicht so verausgabt wie David, aber ich hatte Mollys Nervosität und Furcht für lange Stunden geteilt, und von Zeit zu Zeit hatte sie sich mit einem Teil ihres Gewichts gegen mich gelehnt, so, als ob sie mich prüfen wollte – als ob sie sich versichern wollte, daß ich sie nicht verlassen würde.

Während er sein Hemd zuknöpfte, schenkte David mir ein müdes, aber zufriedenes Lächeln und sagte: »Das ist eine Stute und ein Fohlen, das Rooke Ihnen verdankt. Ich hätte es niemals geschafft, wenn Sie sie nicht dazu gebracht hätten, sich zu entspannen. Sie ist so verdammt stark.«

»Sie haben es sehr gut gemacht«, sagte ich, und das meinte ich auch so.

»David, könnte ich lernen, Veterinarin zu sein?«

»Da hätten Sie aber eine Menge Vorurteile zu überwinden«, sagte er langsam. »Aber Sie würden einen wunderbaren Tierarzt abgeben, Jani. Der einzige Haken an der Sache ist, daß Sie zur Universität gehen müßten, um dort ordentlich ausgebildet zu werden, und das würde sieben Jahre in Anspruch nehmen.«

»Oh. Ich möchte nicht fortgehen.«

Nüchtern meinte er: »Wären Sie an einer Partnerschaft interessiert?«

»Mit Ihnen? Aber ich mache ja eigentlich gar nichts, David. Oh, ich weiß, daß es hilft, wenn ich da bin, um mit den Tieren zu sprechen, wenn es schwierig wird, aber ich bin nicht qualifiziert, und ich könnte nicht . . . nun ich könnte kein Geld dafür nehmen.« »Ich habe an eine dauerhafte Partnerschaft gedacht.« Er wischte sich mit dem Unterarm über die Stirn. »Würden Sie mich heiraten, Jani?«

Das hatte er schon oft vorher gesagt, aber diesmal wußte ich, daß er keine Scherze machte. Merkwürdigerweise war ich weder erschreckt noch beschämt über seine Worte, nur ein wenig stolz und ein wenig traurig. Ich antwortete sofort: »Oh, David . . . Sie wissen doch, daß Sie mich nicht lieben.«

»Liebe? Nun, das läßt sich schwer definieren, Jani. Es macht mir Freude, in Ihrer Nähe zu sein, ich fühle mich bei Ihnen völlig zu Hause, und es gibt keinen, den ich mehr schätze.«

»Aber Sie lieben Eleanor«, sagte ich sanft.

»Nein.« Seine Stimme hatte eine leichte Schärfe. »Das dürfen Sie nicht sagen. Eleanor ist jetzt verheiratet.«

»Entschuldigung, ich wollte Sie nicht beleidigen.«

»Sie haben mich nicht beleidigt, liebe Jani.« Er nestelte an einer seiner Manschetten in dem Versuch, sie zuzuknöpfen, aber seine Finger waren noch ungeschickt und steif. Sein angenehmes ruhiges Gesicht war gedankenvoll, als er sagte: »Ich hoffe und glaube, daß Sie in meiner Gegenwart genauso zufrieden sind, wie ich in Ihrer. Brauchen wir wirklich mehr? Ist Liebe etwas anderes, meinen Sie das?«

Ich stand auf und ging zu ihm hinüber, um die Manschette für ihn zuzuknöpfen. Als ich mich vor dem Bündel Heu, auf welchem er saß, vornüber beugte, rutschte Misters silbernes Medaillon aus dem Kragen meiner Bluse hervor und hing an der Kette von meinem Hals herab. Ich sagte: »Ja, ich glaube, Liebe muß mehr sein, David, und in Ihrem Herzen wissen Sie das auch.«

Er studierte mich neugierig, dann nahm er meine Hand. Wir standen sehr nah zusammen, und ich konnte den Geruch der Karbolsäure wahrnehmen, der noch an seinem Körper haftete, nachdem er seine Schultern und Arme nach der Entbindung damit gewaschen hatte. »Vielleicht haben Sie recht, Jani«, meinte er, »aber ich frage mich, woher Sie wissen, daß Liebe mehr bedeutet.« Er lächelte langsam und hob die andere Hand, um das Medaillon mit den Fingern zu berühren. »Wissen Sie, manchmal habe ich das komische Gefühl, daß Jani Burr in ihren geheimnisvollen Mister verliebt ist.«

Ich schnappte vor Überraschung nach Luft und wollte schon lachen, aber ohne Vorwarnung fühlte ich plötzlich, wie das Blut in meinem Hals hochstieg und meine Wangen mit brennendem Rot überzog. Ich zog meine Hand weg und schnappte: »Oh, seien Sie nicht lächerlich, David!« Mein Herz klopfte bis zum Halse, ich drehte mich um, und zum ersten Mal in meinem Leben war mir klar, daß ich mich tatsächlich genierte.

In dem Augenblick, in dem ich das dachte, sagte David anklagend:

»Sie sind rot geworden.«

»Unsinn!« Ich wirbelte herum und starrte ihn an, während ich das Medaillon wieder in meine Bluse gleiten ließ. »Ich werde nie rot, und außerdem war ich erst zwölf, als ich Mister kennenlernte, und er nannte mich eine Lügnerin, und ich habe ihn getreten, und er konnte mich nicht leiden, und ich habe es noch nicht einmal für nötig gehalten, ihn nach seinem Namen zu fragen, deshalb – «

David streckte mir beide Handflächen entgegen. »Frieden, Jani, Frieden. Ich wollte Sie nicht aufregen.«

»Ich bin überhaupt nicht aufgeregt«, begann ich ärgerlich, dann verschwand mein Unwillen plötzlich, und ich starrte ihn mit wachsender Aufregung an. »Bin ich doch. Mir ist ganz heiß, und ich schäme mich. Oh David, so albern könnte ich doch nicht sein, oder doch?«

»In Mister verliebt zu sein?« Er lachte und schüttelte seinen Kopf. »Das weiß der liebe Himmel, Jani. Ich könnte mir vorstellen, daß ein kleines Mädchen solch einen Mann vielleicht wie einen Helden verehrt.«

»Nein, ich bin sicher, daß ich nicht in dieser Art an ihn gedacht habe.« David zuckte die Schultern und stand auf. »Es hat nicht viel Sinn, darüber nachzudenken, Jani. Ich könnte mir vorstellen, daß nur eine sehr kleine Chance besteht, daß Sie sich jemals wiedersehen.«

»Das glaube ich auch. Ich bin sicher, ich wäre dann

sehr nervös, aber ... ich würde ihn gerne sehen, David. Ich wäre sogar froh, nur seinen Namen herauszufinden.«

Damals wußte ich noch nicht, wie bald ich diesen Namen hören würde, den Namen des Dämons auf dem schwarzen Pferd, der mich in der Höhle auf der Spitze des Chak-Passes vor dem Tod gerettet hatte.

In der dritten Septemberwoche war ich kurz nach dem Frühstück in meinem kleinen Garten damit beschäftigt, einen Weichselbusch zu beschneiden, dessen Früchte schon ausgereift waren, als einer von Major Elliotts Stallburschen zu Pferd ankam. Als er absaß, ging ich zum Tor und begrüßte Bruno, einen Rotfuchs mit einer weißen Socke an dem mir zugewandten Vorderbein. Der Junge tippte sich an die Kappe und reichte mir einen Briefumschlag.

»Brief vom Major, und ich muß bitte auf eine Antwort von Ihnen warten, Miss.«

Der Brief lautete:

Liebe Jani,

Sir Charles und Lady Gascoyne sind in Bournemouth und wären Ihnen dankbar, wenn Sie zustimmen würden, sie zu empfangen. Ich schlage vor, sie heute nachmittag um drei Uhr zu Ihnen zu begleiten, wenn Ihnen das paßt, oder zu einer anderen Zeit, die Sie bitte vorschlagen wollen.

Ich fühle mich geehrt, Ihr gehorsamer Diener zu sein,

J. R. Elliott (Major)

Ich las den Brief noch einmal. Der Major verschwendete keine Worte. Ich schloß daraus, daß dies etwas mit den Aktivitäten zu tun haben könnte, die Sembur angingen, aber ich hatte keine Ahnung, wer Sir Charles und Lady Gascoyne sein konnten, oder warum sie wünschten, mich zu sehen. Nicht zum ersten Mal fühlte ich mich Major Elliott verbunden. Er hatte mich nicht darum gebeten, für diesen Besuch in sein Haus zu kommen, sondern er brachte die adlige Dame und den hochgestellten Herrn in mein winziges Haus.

Ich eilte nach drinnen, schrieb eine kleine Notiz, in der ich ausdrückte, daß ich glücklich wäre, den Major und seine Begleitung um drei zu empfangen, und schickte den Boy damit wieder fort. Ich war fest entschlossen, nicht über Sir Charles und Lady Gascoyne zu spekulieren, und verbrachte dann die meisten der folgenden Stunden damit, genau das zu tun.

Um zwei Uhr war alles so sauber und auf Hochglanz poliert im Cottage, wie ich es irgend schaffen konnte, und ich hatte schreckliche Kopfschmerzen. Ich trug heißes Wasser hinauf in mein Schlafzimmer, wusch mich, indem ich mich in eine Wanne hinter einem Vorhang stellte, den ich in einer Ecke aufgehängt hatte, zog dann ein reines Kleid an, nahm mich zusammen und wartete.

Eine Minute nach drei kam Major Elliott auf Hero die Straße hinaufgeritten, gefolgt von seiner besten Kutsche. Ich wartete nicht darauf, daß er anklopfte, sondern öffnete die Haustür und begrüßte ihn, als er abstieg. Er beugte sich über meine Hand und sagte: »Tag – hm – Jani. Kann selber nicht bleiben. Dies hat nicht nur mit RSM Burr zu tun, sehen Sie. Mehr eine Nebensache, die aufgetaucht ist. Privatgeschichte zwischen Ihnen und den Gascoynes. Sie werden alles erklären. Oh, da sind Sie ja, Sir Charles.«

Der begleitende Diener war einer Dame und einem Herrn dabei behilflich gewesen, aus der Kutsche zu steigen. Der Major verbeugte sich wieder vor mir und sagte: »Eure Hoheit, darf ich Ihnen Sir Charles und Lady Gascoyne vorstellen.« Er drehte sich zu meinen Besuchern um. »Sir Charles, Mylady, darf ich Ihnen Ihre Hoheit, die Maharani von Jahanapur, vorstellen.«

Ich war erschreckt und beschämt, denn er hatte sie mir zuerst vorgestellt, was bedeutete, daß ich von höherem Rang war. Ich hatte schon zu einem Hofknicks angesetzt, als die Dame das gleiche tat. Ruhig blieb ich stehen, nahm ihre Hand, und mit einem peinlichen Gefühl sagte ich: »Bitte, kommen Sie herein.«

Dann kam eine Minute leichter Verwirrung, während derer ich beiden Besuchern die Hand schüttelte, sie hineinführte, Major Elliott dankte und ihn verabschiedete, dann Sir Charles und seiner Frau anbot, auf der kleinen, aber gemütlichen Couch Platz zu nehmen, die ich aus zweiter Hand in Cranwood gekauft hatte. Jetzt sah ich, daß Sir Charles ein Mann war, der sich den Sechzigern näherte, vielleicht auch ein wenig älter war, schwer gebaut, ohne fett zu sein. Sein Haar war dicht und dunkel, mit grauen Strähnen, sein Gesicht kantig und streng, der starke Kiefer zeigte kleine Knoten an der Stelle, wo die Muskeln am Kieferknochen festsaßen. Er hatte irgend etwas, das mich an den graubärtigen Schneeleoparden denken ließ, dem ich einmal auf der Reise nach Magyari einen Gruß zugerufen hatte. Vielleicht war es die Andeutung von kaltem, störrischem Stolz in den dunkelblauen Augen. Seine Frau war gut zehn Jahre jünger. Sie hatte dunkle Augen, schwarzes Haar, das noch nicht von Grau durchzogen war, und eine schmale vorstehende Nase, die ihr das Aussehen eines Adlers gab. Aber dennoch lag in ihren Augen ein tiefer, schon lange andauernder Kummer, der dem Gesicht Sanftheit verliehen hatte. Nervös sagte ich: »Darf ich Ihnen etwas Tee holen, Lady Gascoyne? Ich fürchte, ich werde Sie ein paar Augenblick verlassen müssen, während ich ihn vorbereite.«

Sie antwortete nicht gleich. Beide blickten mich fragend an. Dann zuckte sie ein wenig zusammen und sagte: »Oh, danke, aber ich würde es vorziehen, in diesem Augenblick keinen Tee zu trinken, Eure Hoheit.«

»Oh, bitte. Es wäre mir viel lieber, Sie würden mich nicht so nennen. Ich war so beschämt, als Major Elliott uns einander vorstellte.«

Sir Charles nahm einen großen Umschlag aus der Innentasche seines Gehrocks, öffnete ihn und stand auf, um mir ein Photo von etwa der Größe einer Postkarte zu reichen. »Meine Frau hat Sie mit Ihrem richtigen Titel angesprochen«, sagte er. Seine Stimme war tief, ziemlich kehlig und sehr entschieden; es war die Stimme eines Mannes, der an Gehorsam gewöhnt ist. Ich nahm das Photo und sah es mit fragendem Blick an. Zwei Menschen standen vor dem Hintergrund eines Teiches mit einem Springbrunnen und einer Mauer dahinter, an der weiße Clematis hochwuchs. Der Mann war von mittlerer Größe und hatte ein kräftiges, humorvolles Gesicht, er trug eine Uniform, aber keine Mütze. Neben ihm, ihren Arm durch seinen gehakt und mit einem Sari bekleidet stand . . . ich selbst, dachte ich.

Das Zimmer schien sich um mich zu drehen, aber ich nahm mich zusammen, starrte nach unten und wartete, daß das Schwindelgefühl verging. Als mein Blick wieder klarer wurde, studierte ich das Photo eine volle Minute lang, dann hob ich den Kopf. Ich hatte das Gefühl, als ob mein Gesicht schmal und kummervoll geworden war. Ich sagte: »Dies sind mein Vater und meine Mutter?«

»Es ist Colonel Francis Saxon und seine Frau, die Maharani von Jahanapur«, sagte Sir Charles, »aufgenommen kurz nach ihrer Hochzeit. Dieses Photo erschien in der Zeitschrift ›The Tatler‹ im Mai 1884. Ich glaube, daß, wenn auch nur der Schatten eines Zweifels an der Richtigkeit von RSM Burrs Brief existierte, die Ähnlichkeit zwischen Ihnen und Ihrer Mutter der endgültige Beweis ist. Verzeihen Sie, aber Sie sind sehr bleich geworden, Eure Hoheit. Möchten Sie sich nicht bitte hinsetzen?«

»Vielen Dank, Sir.« Das Photo noch in meiner Hand, ging ich zu dem kleinen Armsessel hinüber. »Aber . . . bitte sprechen Sie mich nicht mit meinem Titel an.«

»Wie Sie wünschen«, sagte Sir Charles brummig. »Wie möchten Sie angeredet werden?«

»Fast jeder nennt mich Jani.« Mit Mühe löste ich den Blick von dem Photo. »Kommen Sie von der Regierung, Sir? Major Elliott sagte, ich würde früher oder später von einem der Ministerien hören.«

Sir Charles setzte sich wieder hin. »Dies ist ein völlig privater Besuch, obwohl ich tatsächlich mein ganzes Leben lang Diplomat war und erst vor einem Jahr aus dem diplomatischen Dienst ausgeschieden bin. In diesem Augenblick versuchen die Berater des Staatssekretärs des Auswärtigen Amtes zu entscheiden, welchen Rat sie ihm bezüglich der bemerkenswerten Geschichte, mit der Major Elliott sie überfallen hat, geben sollten. Weil das Kriegsministerium in Sachen der Armee in Indien und das Indienamt in eigenen Sachen darin verwickelt ist und weil alle anderen Ministerien, wie gewöhnlich, sich gegenseitig in den Haaren liegen, stelle ich mir vor, daß einige Zeit vergehen wird, bevor man Sie offiziell benachrichtigen wird.«

Ich schüttelte den Kopf. »Ich möchte nicht daraufhin angesprochen werden, daß ich . . . bin, wer ich bin. Ich möchte nur, daß RSM Burrs Name wiederhergestellt wird.«

»Das ist in Vorbereitung. Kearsey hat sich darin verbissen, und er ist nicht von der Art, die losläßt. Ich habe dieser Tage selbst mit ihm gesprochen, und er hat mir eine Information gegeben, die Sie interessieren wird. Chandra

Ghose, der Mann, der für den Mord an Ihren Eltern verantwortlich ist, wurde vor zwei Jahren auf der Jagd getötet; er wurde von einem Tiger zerrissen, der es schaffte, seine Houdah zu erreichen.«

Ich fühlte keine Befriedigung, nur ein schwaches Gefühl der Erleichterung darüber, daß ich nicht länger glaubte versuchen zu müssen, den Mann vor Gericht zu bringen.

Sir Charles fuhr fort: »Augenblicklich gab es einen Ausbruch von Bürgerkrieg in Jahanapur, aber die britische Armee schickte ein Bataillon, um die Ordnung wiederherzustellen. Sie setzten dort auch einen Mann ins Amt, der beim Amt für Indische Angelegenheiten hoch angesehen war. Sein Name ist Mohan Sudraka, ein entfernter Verwandter von der Seite Ihrer Mutter, der fliehen mußte, um sein Leben zu retten, weil er gegen die vielen Unterdrückungsmaßnahmen angekämpft hatte, die Ghose eingeführt hatte. Sudraka ist der augenblickliche Defacto-Herrscher.«

Als ich bemerkte, daß Sir Charles mit dem zu Ende war, was er mir erzählen wollte, sagte ich: »Ich danke Ihnen sehr.« Ich war nicht so sehr interessiert daran, was in Jahanapur geschehen war . . . Nach einer ziemlich langen und peinlichen Pause sagte ich: »Verzeihen Sie, Sir Charles, aber gibt es einen besonderen Grund, warum Sie mich besucht haben?«

Er sah sich in dem kleinen Zimmer um, schaute mich dann unter schwarzen Augenbrauen hervor an. »Ein Freund, der noch immer im Auswärtigen Dienst ist, gab Elliotts Geschichte an mich weiter, denn er wußte sehr genau, daß meine Frau und ich zutiefst daran interessiert sein würden.« Er zögerte. »Bedeutet unser Name, der Name Gascoyne, irgend etwas für Sie?«

Langsam, verständnislos, schüttelte ich meinen Kopf.

»Ich kann mich nicht entsinnen, daß er eine besondere Bedeutung für mich hätte, Sir.«

Seine Frau lehnte sich nach vorne. »Jani . . . besitzen Sie einen kleinen Anhänger, ein silbernes Medaillon, das mit einem goldenen Stern eingelegt ist?«

Ich riß die Augen auf. »Wie in aller Welt können Sie . . .? Aber natürlich, Major Elliott wird es Ihnen gesagt haben.« Ich ließ einen Finger unter den Kragen mein Kleides gleiten und zog das Medaillon an der Kette hervor. »Dies ist, was Sie meinen . . . Oh!« Das letzte Wort war ein atemloser Ausruf des Erstaunens, denn während ich das Medaillon von meinem Finger herabhängen ließ, schoß ein Blitz der Erinnerung durch mein Gedächtnis. »Gascoyne! Natürlich, das war sein Name! Er sagte ihn nur einmal, zu Sembur, und zu der Zeit war ich sehr krank. Ich habe ihn niemals anders als Mister genannt, aber jetzt erinnere ich mich. Captain Gascoyne, hat er, glaube ich gesagt, von . . . von einem Gurkha-Infanterieregiment.« Während ich das sagte, fühlte ich die erste wirkliche Freude seit Eleanors Ankunft zu Hause, eine Freude, die ich nicht hätte erklären können und die im nächsten Augenblick wieder ausgelöscht wurde, denn Sir Charles sagte mit dumpfer Stimme: »Adam Gascoyne ist unser Sohn . . . oder war unser Sohn. Wir wissen nicht, was aus ihm geworden ist.«

Ich starrte verwirrt, die Hand an meinen Lippen. »Fürchten Sie . . . daß er vielleicht tot sein könnte?«

Sir Charles nickte. Seine Frau schloß die Augen, nahm sich dann zusammen und öffnete sie wieder. »Wir hoffen«, sagte sie, »daß Sie vielleicht uns etwas von ihm erzählen können.«

Ich hielt das Medaillon fest in meiner Hand, so, wie ich es gehalten hatte, als ich dem Tode nahe in der Höhle lag. »Ich? Aber Lady Gascoyne, das war vor sechs Jahren!«

Sie sagte ruhig: »Es ist mehr als elf Jahre her, seit ich meinen Sohn zum letzten Mal sah.«

Erschreckt und verwundert schüttelte ich meinen Kopf. »Wie schrecklich für Sie. Aber . . . Warum haben Sie ihn nicht mehr gesehen?«

»Wir haben uns gestritten«, sagte Sir Charles rauh. »Adam und ich haben uns völlig miteinander entzweit.«

»Sie meinen, Sie stritten sich so sehr, daß er fortging und niemals wiederkam? Oh, aber das kann nicht sein! Jemand, der das Glück hat, Teil einer Familie zu sein, würde doch sicher niemals . . .« Meine Stimme verlor sich, als ich bemerkte, daß ich meine Besucher kritisierte. »Entschuldigen Sie bitte.«

Sir Charles lachte kurz auf. »Familie?« sagte er. »Ich fürchte, Sie sind ein wenig naiv, mein Kind. Die Hälfte der Familien der Oberklasse dieses Landes befindet sich in dem Status des Bürgerkrieges.«

»Unsinn, Charles«, sagte seine Frau ruhig. »Einige vielleicht, und sie sollten sich deshalb schämen.«

Sir Charles zuckte die Achseln. »Wir sind eine kriegerische Rasse, meine Liebe. Das hat uns reich und mächtig gemacht, aber es fördert keine glücklichen Familien. Wie auch immer«, er sah mich an. »Ich wollte, daß Adam in den Auswärtigen Dienst ging, und er war dagegen. Lief aus der Schule weg, fuhr ein paar Jahre zur See, holte sich dann sein Offizierspatent bei der Armee und hat sich sehr gut gehalten, das muß man schon sagen, aber er gab es auf im Jahre . . . Wann war das, Mary? Im Juni Neunundneunzig, richtig, vier Jahre ist das her. Kaufte sich frei und ging nach Südamerika, hat dort Pferde gezüchtet, glaube ich. Dann zog er im Jahr 1901 in die Karibische See, und das war das Letzte, was wir von ihm hörten.«

Ich fühlte mich wie in Trance und hatte sehr wenig von dem aufgenommen, was Sir Charles gerade gesagt hatte.

Ich machte das Medaillon los, hielt es in meiner Hand und sagte: »Aber sicherlich ist Mister . . . ich meine, Ihr Sohn, während all dieser Jahre nach Hause nach England gekommen, um Sie zu besuchen?« »Adam hat seiner Mutter von Zeit zu Zeit geschrieben«, sagte Sir Charles knurrig. Er sah plötzlich sehr müde aus. »Aber ob und wann er nach England kam? Wir haben ihn nicht gesehen. Natürlich habe ich, solange er in der Armee war, seine Spuren verfolgen können.«

Lady Gascoyne legte ihre Hand über die ihres Mannes. »Charles«, sagte sie sanft, »bitte tu mir einen Gefallen, geh im Garten spazieren oder auf der Straße, während ich mit Jani spreche.«

Er nickte ernst und stand auf. Während ich mich erhob, um für ihn die Türe zu öffnen, stand er still und sah mich mit müder Traurigkeit an. »Sie werden schlecht von mir denken, meine Liebe«, sagte er, »und damit haben Sie recht. Nur eines will ich zu meiner Verteidigung sagen, und das ist, daß mein dummer und steifnackiger Stolz nur noch dem meines Sohnes gleichkommt.« Als ich die Tür hinter ihm geschlossen hatte, legte Lady Gascoyne eine Hand neben sich auf die Couch. »Kommen Sie, und setzen Sie sich neben mich, Jani.«

Ich ging zu ihr hin und legte ihr das Medaillon in die Hand. »Sie müssen es zurücknehmen. Wissen Sie, was das Gedicht bedeutet?«

»Oh, ja.« Sie schenkte mir ein blasses Lächeln. »Es wurde mir, als ich nicht viel älter war als Sie, von dem Mann geschenkt, den ich liebte. Wir konnten nicht heiraten, denn er wurde als nicht standesgemäß für mich angesehen. Er ging fort, und ich habe ihn nicht wiedergesehen. Fünfzehn Jahre später wurde er an der Nordwestgrenze bei einer Unruhe getötet.«

Sie wurde still, und tief in Gedanken versunken blickte

sie auf das Medaillon nieder, das in ihrer Hand lag. Ich wußte nicht, was ich sagen sollte, und nach einigen Sekunden fuhr sie fort: »Ich heiratete Charles. Als die Frau eines Diplomaten habe ich mit ihm in verschiedenen Ländern gelebt. Er ist ein sehr erfolgreicher Mann gewesen, und ich habe gelernt, ihn zu respektieren, zu bewundern ... ja, und ihn zu lieben, trotz seiner Fehler.« Sie schlug die Augen auf und bedachte mich mit einem schüchternen, fragenden Blick. »Ich erzähle Ihnen Geheimnisse, die ich niemals irgend jemand anderem erzählt habe, und ich weiß nicht, warum.«

Ich sagte schnell: »Ich werde sie niemals weitererzählen, Lady Gascoyne, bitte, vertrauen Sie mir.«

Sie machte eine kleine Geste. »Es ist nicht notwendig, mir das zu versichern, meine Liebe. Sie und ich, wir haben irgendeine Verbindung. Ich habe das Gefühl, als ob ich Sie schon lange Zeit kenne.« Sie lächelte seufzend. »Ich habe mich immer nach einer Tochter gesehnt, jetzt wünsche ich mir, Sie hätten es sein können. Aber Adam war unser einziges Kind, denn nachdem er geboren war, konnte ich keine weiteren mehr bekommen.«

»Ihr Sohn ist ein sehr guter, tapferer Mann«, sagte ich. »Hat Major Elliott Ihnen erzählt, wie er mein Leben gerettet hat und mich sicher zurück nach Indien brachte?«

»Ein bißchen schon, Jani. Aber später hätte ich gern, wenn Sie mir alles erzählen, all die kleinen, unwichtigen Einzelheiten, die wenig mit der Geschichte zu tun haben, die aber für mich eine Rolle spielen, weil Adam mein Sohn ist.«

»Ja, das werde ich gern tun.«

Wieder wurde sie still, vertiefte sich in ihre Gedanken, dann sagte sie plötzlich: »Sie sind nicht gleich, Charles und Adam, aber eines haben sie gemeinsam, und das ist Stolz. Sinnloser, unnachgiebiger Stolz. Charles verlangte unbedingten Gehorsam von Adam, der ihn nicht geben wollte, und deshalb wuchs der Zorn, wuchs die Sturheit ... und zusammen haben sie mein Herz gebrochen, denn als ich versuchte, den Streit zu schlichten, dachte jeder, ich stände auf der Seite des anderen.« Ihre Augen schwammen in Tränen, und ich fühlte plötzlich mit ihr. Ich erinnerte mich an den Stolz und die Arroganz, die ich bei Mister gesehen hatte. Sie hatten sogar in der Art gelegen, wie er auf seinem großen schwarzen Pferd Flint saß und in den kalten, hochmütigen Augen, die mich an einen Schneeleoparden erinnerten. Jetzt wußte ich, daß dies seines Vaters Augen waren, und ich erinnerte mich an die dünne Nase und den wilden Adlerblick, den Mister hatte und der von seiner Mutter gekommen sein mußte, obwohl ihr Gesicht durch Jahre des Kummers jetzt weicher und sanfter geworden war.

Wie hatte das Orakel gesagt? Er ist geboren aus dem Adler und dem Schneeleoparden, aber beide fürchten ihn ...

Wie das Echo meiner Gedanken sagte Lady Gascoyne: »Ich frage mich manchmal, ob wir nicht beide ein wenig ... Angst vor Adam gehabt haben. Ich meine, wir hatten Angst vor dem Feuer in ihm, vor dem harten Willen, seinen eigenen Weg zu gehen, der nie nachgibt, sich niemals beugt.« Sie schloß einen Moment die Augen. »Oder vielleicht habe ich für ihn gefürchtet. Diejenigen, die sich nicht beugen wollen, wird das Leben sicher brechen.«

Sie hob die Hand und blickte das darin liegende Medaillon an. »An dem Tag, an dem er zu mir kam und mir sagte, daß er fortgehen würde, habe ich ihm dies gegeben. Ich bin sicher, Sie haben entdeckt, was das Gedicht sagt, Jani. ›Hier ist ein Zeichen, das dich an einen Freund erinnern soll ...‹ Ich habe darum gebetet, daß er immer fühlen möchte, daß ich seine Freundin sei, aber ich fürchte, es hat nicht sein sollen. Er sagte damals, es wäre ihm klar, daß er und sein Vater mich dauernd unglücklich machen würden, und deshalb ginge er fort.«

Ihre Lippen zitterten, und sie wischte mit dem Handrücken eine Träne fort. »Oh Jani, diese Männer tun uns so weh. Nicht deshalb, weil es ihnen gleich ist, sondern einfach, weil sie es nicht wissen.« Ich nahm ihre Hand und hielt sie fest, während ich darüber nachdachte, was ich sagen könnte und das Gefühl hatte, als ob ich keine große Hilfe sei. »Aber er hat Ihr Andenken getragen«, sagte ich endlich. »Und er besitzt große Freundlichkeit. Er war wahrhaft sanft mit mir als ich sehr krank war, Lady Gascoyne.«

»Dann müssen Sie einen guten Einfluß auf ihn gehabt haben«, sagte sie mit einem zitternden Lachen. »Ohne Zweifel war es sehr närrisch von mir, zu erwarten, daß mein Sohn spüren würde, wie verzweifelt ich mir um ihn Sorgen machte. Söhne haben wohl nicht diese Art, stelle ich mir vor.« Sie holte tief Atem und bemühte sich, ruhiger zu werden. »Es tut mir sehr leid, meine Liebe, dies alles muß Ihnen furchtbar peinlich sein.«

»Nein, bitte glauben Sie das nicht; ich fühle mit Ihnen, und ich wünschte, ich könnte helfen, aber ich weiß nicht wie.«

»Ich halte mich an Strohhalmen fest, Jani. Lassen Sie mich erklären. Als Adam fortging, erklärte Charles, daß er ihm niemals erlauben würde, zu uns zurückzukehren, und bis vor wenigen Monaten ist mein Mann so starrköpfig wie immer geblieben. Dies ist eine Situation, die ich seit zehn Jahren kenne und akzeptiere. Ich wußte auch aus Adams sehr spärlichen Briefen, daß er niemals versuchen würde, zurückzukehren, außer wenn sein Vater ihn darum bäte. Für mich war das schwer zu ertragen, aber es war auszuhalten, solange Adam mir noch schrieb oder solange ich von Zeit zu Zeit noch etwas von ihm hörte, nur genug, um zu wissen, daß er noch lebte. Aber es ist jetzt drei Jahre her, seit ich von ihm hörte, Jani. Drei Jahre.«

Ich sagte: »Lady Gascoyne, es tut mir so leid. Es bereitet mir selbst viel Kummer und Sorgen, zu denken, daß ihm irgend etwas geschehen sein könnte, aber ich weiß, für Sie muß es hundertmal schlimmer sein. Ist dieses lange Schweigen der Grund, daß Ihr Mann . . . nun, besorgter geworden ist?«

Sie legte eine Hand an ihre Kehle und schluckte mühsam. »Nein, meine Liebe. Der Grund ist der, daß er vor ein paar Wochen von seinem Arzt, einem Spezialisten auf der Harleystreet, darüber informiert wurde, daß er die Zukkerkrankheit hat, die innerhalb der nächsten beiden Jahre tödlich sein wird.«

Ich fühlte, wie ich vor Schrecken zusammenfuhr. »Oh Gott, ich weiß nicht, was ich sagen soll, Lady Gascoyne. Es tut mir leid, so schrecklich leid.«

»Ich danke Ihnen, Jani. Ich glaube, jetzt, in der Nähe des Todes, hat Charles begriffen, wieviel von seinem und von meinem Leben vergeudet worden ist, nur durch einen nutzlosen Streit und dummen Stolz. Adam ist nicht nur mein Sohn, sehen Sie, er ist auch Charles Sohn. Mein Mann hat seine Gefühle immer gut versteckt, aber ich bin sicher, daß auch er oft die Leere gefühlt haben muß, die ich fühlte, als unser Sohn fort war.«

Ich sagte: »Und jetzt will er Adam wiederfinden? Und ihn darum bitten, nach Hause zu kommen?«

»Ja. So daß ich nicht . . . ganz allein bin, wenn die Zeit kommt. Aber auch seinetwegen. Er möchte seinen Frieden machen mit Adam. Als wir von Ihnen hörten, Jani, als wir Ihre Geschichte hörten, dachte Charles, daß Adam vielleicht während dieser langen Tage der Reise über einsame Berge und Pässe zu Ihnen geredet hätte, wie er einem anderen Erwachsenen gegenüber sich niemals ausgedrückt hätte. Er hätte vielleicht seine Gedanken und Pläne für die Zukunft ausgesprochen, weil er dachte, daß Ihnen das, was er Ihnen erzählte, sowieso nichts bedeutete.«

Ich schüttelte langsam meinen Kopf. »Nein. Ich fürchte, er hat mir nichts über sich selbst erzählt. Einmal habe ich ihn über das Medaillon ausgefragt, und er sagte, daß es ihm von einer Dame geschenkt worden sei. Ich wußte nicht, daß er Sie, seine Mutter, meinte. Aber das war alles.«

»Ich bin froh, daß er es getan hat«, sagte sie sanft. »Es muß ihm etwas bedeutet haben. Wir hatten sowohl in der Karibik als auch in Amerika Privatdetektive beschäftigt, die versuchen sollten, jemand zu finden, der ihn dort kannte oder mit ihm in geschäftlicher Verbindung war, jemanden, der vielleicht sagen könnte, was er als nächstes zu tun plante, wo er hingehen wollte; aber alles ohne Ergebnisse. Er schien einfach in Luft aufgelöst zu sein.«

Sie nahm ein kleines Taschentuch aus ihrer Handtasche und betupfte ihre Augen. »Wie ich Ihnen sagte, ich klammere mich an Strohhalmen fest, Jani. Würden Sie etwas für mich tun, Jani?«

»Alles, was ich kann, Lady Gascoyne.«

»Bitte nehmen Sie sich heute ein wenig Zeit zurückzudenken, sich an Ihre Reise mit Adam zu erinnern; und dann erlauben Sie mir bitte, Sie morgen wieder zu besuchen. Vielleicht könnten wir zusammen im Wald spazieren gehen, während Sie mir jede wenn auch noch so winzige – Kleinigkeit erzählen, an die Sie sich erinnern. Und vielleicht . . .«, ihre Stimme wurde unsicher, »vielleicht gibt es doch etwas, was unsere Suche erleichtert. Ich habe ein seltsames Gefühl, Jani, ein Gefühl, daß Sie in irgendeiner Weise noch immer mit Adam verbunden sind.

Es ist eine unsinnige Hoffnung nehme ich an, aber ich werde daran festhalten.«

Sie stand auf, und ich erhob mich mit ihr. »Armer Charles«, sagte sie und seufzte. »Aber er ist jetzt so anders, so geduldig. Ich glaube, wir sind alle gleich, wir Menschen. Wir lernen immer zu spät.«

Sir Charles stand bei der niedrigen Hecke an der Seite meines Gartens, den Hut in der Hand, während er untätig die Bienen beobachtete, die eifrig um den pyramidenförmigen Bienenkorb aus Stroh herumflogen, der direkt auf der anderen Seite der Hecke stand. Er wandte sich halb um, während wir herankamen, lächelte ein wenig schläfrig und sagte: »Wissen Sie, ich kann mich noch daran erinnern, daß meine Großmutter die alte Sitte befolgte, mit den Bienen zu sprechen. Hast du je davon gehört, Mary? Oder Sie, Jani?«

Als wir das beide verneinten, fuhr er fort: »Es bedeutet einfach, daß man angeblich eine gute Honigernte von ihnen bekommt, wenn man sie über alle Haushaltsdinge völlig informiert hält. Oh ja, und man muß einen Schlüssel mitnehmen, ich habe vergessen, warum. Ich erinnere mich noch an meine Großmutter, als sie mit dem Schlüssel dastand, während sie vor dem Bienenkorb vor sich hinmurmelte und ihnen alle Neuigkeiten aus der Familie erzählte.« Er rieb seine Augen mit Finger und Daumen. »Nun, ich glaube, meine Frau hat ihnen alles erzählt, Jani, anstatt den Bienen.« Er gab mir einen dieser harten Blicke, die mich an Mister erinnerten. »Alles?«

Ich begegnete seinem Blick und sagte: »Alles, Sir.« Ich fügte kein einziges anderes Wort hinzu, denn plötzlich verstand ich seine Natur besser, und ich wußte, er wollte nicht, daß ich Worte der Sympathie oder Worte wertloser Hoffnung äußerte.

Er sah mich schweigend mehrere Sekunden an, schenkte mir dann ein schnelles warmes Lächeln und sagte: »Das ist gut. Nun, was ist dabei herausgekommen?«

»Nur, daß Lady Gascoyne mich morgen wieder besuchen wird und ich ihr alles erzählen werde, an das ich mich erinnere.«

»Aha. Hm. Ja, ich stelle mir vor, ich würde doch etwas im Weg sein. Das ist mehr Frauensache. Aber ich würde mich außerordentlich freuen, Sie wiederzusehen, um ein wenig mit Ihnen zu plaudern, junge Dame. Wir fahren morgen mit dem Abendzug nach Hause. Werden Sie kommen und uns in London besuchen? Ein paar Tage bleiben?«

Ich blickte Lady Gascoyne an, die sagte: »Bitte, Jani.«

Sir Charles lächelte wehmütig. »Als ich mich aus dem Dienst zurückzog, entdeckten wir, daß ich als Diplomat Hunderte von Bekanntschaften, aber nur wenige Freunde gewonnen hatte, und manchmal sind wir jetzt ziemlich einsam.«

Ich sagte: »Danke, es würde mich freuen, etwas von London zu sehen. Der einzige Teil, den ich kenne, ist die Straße zwischen dem Adelaide-Crocker-Heim für Waisenmädchen und dem Southwark-Park.«

Er lachte. »Ich bin sicher, wir können schönere Plätze finden, um sie Ihnen zu zeigen.«

»Darf ich Ihnen schreiben, in zwei oder drei Wochen, wenn ich mich besser eingerichtet habe?«

»Natürlich. Mary wird Ihnen morgen unsere Adresse geben, wenn sie Sie besucht.«

Ich fühlte plötzliche Freude, und damit vermischt war ein Gefühl der Erleichterung. Ich mochte Sir Charles und Lady Gascoyne und fühlte mich wohl in ihrer Gegenwart, aber darüber hinaus würde ich froh sein, eine Zeitlang aus Larkfield fortzukommen, weg aus dem Schatten von Merlin's Burg. Seit ich gegangen war, hatte ich nichts von

Eleanor gehört, aber das überraschte mich nicht. Mrs. Burke, die mich zweimal besucht hatte, konnte mir nur voller Kummer erklären, daß sich in Merlin's Burg nichts geändert hatte, außer, daß es noch stiller und einer Gruft noch ähnlicher geworden war als zuvor.

Wenn ich nach London ginge, würde ich sicherlich zurückkommen. Ich war jetzt vor Vernon Quayle gewarnt, seit er versucht hatte, mich mit der Kristallschale voll tintenschwarzer Flüssigkeit in Trance zu versetzen. Und ich war in der Lage, meine Furcht vor ihm zu beherrschen. Vielleicht, weil die Ziele, die er verfolgte, mir weniger fremd waren, als sie irgendeinem anderen sein konnten, der nicht in einem Land aufgezogen worden war, wo Lamas und Dämonen, Magie und Prophezeiungen Teil des täglichen Lebens waren. Ja, ich würde zurückkommen, und vielleicht würde ich versuchen, Eleanor zu sehen, versuchen, sie dem Leben zurückzubringen, versuchen, mit dem Silbernen Mann um ihre Seele zu kämpfen. Aber es würde gut sein, zuerst einmal fortzugehen, um wieder einen klaren Kopf zu bekommen.

Lady Gascoyne nahm meinen Arm. Wir gingen zum Tor und hinaus auf die Straße, wo die Kutsche wartete. Sir Charles folgte uns. Während der Kutscher die Tür öffnete, sagte Lady Gascoyne: »Drehen Sie sich einen Augenblick um, Jani.« Erstaunt drehte ich ihr den Rükken zu. Sie hob die Hände über meinen Kopf und hielt das Medaillon an der Kette fest, und dann machte sie den Verschluß in meinem Nacken wieder fest.

Ich sagte: »Oh, bitte, nein! Sie müssen es behalten, Lady Gascoyne.« Sie drehte sich um, legte die Hände auf meine Schultern und lächelte. »Ich habe es schon einmal zur Erinnerung verschenkt, so wie es Ihnen von Adam geschenkt wurde und so, wie Sie es wieder einem

Freund geben werden, wenn der Augenblick da ist. Auf Wiedersehen bis morgen, meine Liebe.«

Ich sah, wie die Kutsche wegfuhr, hielt das Medaillon fest, war froh, daß ich es noch immer tragen konnte, und in meinem Innern wirbelten ein Dutzend verschiedene Gedanken und Gefühle zugleich. Adam Gascoyne. Das also war Misters wahrer Name. Das zu wissen, schien ihn mir näher zu bringen, und ich war froh. Aber er war verschwunden. All seine Spuren hatten sich vor drei Jahren verloren. Er könnte vielleicht sogar – ich zwang mich, das Wort zu denken ... er könnte vielleicht sogar tot sein. Aber ich konnte mir das nicht vorstellen und wollte es auch nicht glauben. Für den Rest des Tages, während ich meiner Arbeit nachging, dachte ich an Mister: Von dem Augenblick, an dem ich ihm zum ersten Mal auf der Straße nach Yamun begegnete, von der Verfolgung hinauf zum Chak-Paß, dem Schneesturm, Semburs Tod, meiner Krankheit, und der Reise zurück nach Galdong und weiter zurück nach Gorakhpur, bis zu meiner letzten Erinnerung an Mister, als er mich – kaum noch bei Bewußtsein – aus dem Karren gehoben hatte und mich ins Hospital trug. Ich wollte mir, soviel ich konnte, für den nächsten Tag für Lady Gascoyne ins Gedächtnis zurückrufen, und ich fand es nicht schwierig, denn die Erinnerungen überfluteten mich klar und lebendig, und sie brachten eine Mischung von Gefühlen mit sich, die mich bewegte. Ehe ich zum Abendessen ins Farmhaus ging, zog ich meine Hosen an und ritt hinunter, um David Hayward zu besuchen. Ich hatte Mr. Staffords Erlaubnis, jederzeit seinen leichten Jagdwagen zu borgen oder eines von den beiden Pferden, die er im Tandem daran anzuspannen pflegte. David hörte sich meine Gedanken ohne Kommentar an, dann nickte er befriedigt. »Es wird Ihnen guttun, eine Zeitlang fortzugehen, Jani. Ich werde Sie natürlich vermissen, aber ich bin sicher, Sie werden mit neuen Kräften zurückkommen.«

»Ich fühle mich . . . nun, ein wenig schuldig, Eleanor zu verlassen. Ich meine, nicht hier zu sein, wenn sie mich plötzlich brauchen sollte.«

»Vernon Quayle herrscht jetzt in Merlin's Burg«, sagte David grimmig. »Eleanor wird nicht plötzlich jemanden brauchen.« Er sah zur Seite. »Ich habe schon ein paarmal daran gedacht, diesem Schwein den Hals umzudrehen.«

In dieser Hinsicht stimmte ich völlig mit ihm überein. Manchmal hatte ich über die Möglichkeit nachgedacht, daß Vernon Quayle von seinem Pferd abgeworfen würde und seinen Hals bräche, obwohl es mir gelungen war, ihm das nicht zu wünschen. Aber jetzt sagte ich ärgerlich: »David, wagen Sie es nicht, an so etwas auch nur zu denken! Sie können doch nicht rumlaufen und den Leuten die Hälse umdrehen!«

Er stieß ein halbes Lachen aus. »Nur Quayles Hals. Eleanor wieder als sie selbst zu erleben, wäre die Sache wert.«

»Hören Sie auf, David, bitte. Man würde Sie abholen und hängen.«

»Machen Sie sich keine Sorgen. Ich bin nicht gewalttätig, Jani.« Er zuckte verbittert die Achseln. »Manchmal wünschte ich, ich wäre es. Was, glauben Sie, würde ein Mensch wie Ihr Mister mit Quayle machen?«

Ich sagte verletzt: »Wenn Sie weiter Unsinn reden, gehe ich sofort nach Hause.«

»Schon gut, es tut mir leid. Kommen Sie und plaudern Sie mit einem Terrier, der seine Pfote vergiftet hat. Es heilt, aber er fühlt sich sehr elend, und ich bin sicher, Sie können ihn aufheitern.«

In dieser Nacht fand ich keine Ruhe, mein Kopf war voll

von zu vielen Gedanken. Als der Morgen kam, zog ich ein paar alte Sachen und einen Kittel an und arbeitete in den Ställen, bis ich müde war; ich striegelte die Pferde und säuberte ihre Hufe. Mr. Stafford kam immer wieder herein, schnalzte mißbilligend mit der Zunge und sagte, daß es »für 'ne junge Dame nich' die richtige Arbeit wär.« Major Elliotts Kutsche brachte Lady Gascoyne kurz nach drei, und diesmal machte ich Tee für uns beide. Dann, während der nächsten Stunden, erzählte ich alle Erinnerungen, die ich von jenen Wochen mit Mister vor so kurzer Zeit aufgefrischt hatte. Und selbst während ich sprach, kamen mehr und mehr zurück, und ich stellte fest, daß ich oft eine ganze Unterhaltung fast Wort für Wort wiederholen konnte. Um ein klareres Bild zu zeichnen, holte ich manchmal den über Jahre hinaus vergessenen Cockney-Akzent zurück, und die Art, zu sprechen, die ich in jenen Tagen benutzt hatte.

Lady Gascoyne hörte zu wie ein Kind, dem ein Märchen erzählt wird, ihre Lippen waren geöffnet, die Augen leuchteten, sie trank jedes Wort in sich hinein. Manchmal lachte sie fröhlich auf, manchmal füllten sich ihre Augen mit Tränen, manchmal wurde ihr Gesicht starr vor Angst. Aber ich zeichnete keinen Teil des Bildes weicher. Ich erzählte von den Zeiten, als Mister arrogant oder brüsk oder wütend gewesen war, und ich erzählte von den Zeiten, als er freundlich oder nett oder mitfühlend gewesen war. Als ich endlich zum Schluß gekommen war und nichts mehr sagen konnte, saß sie lange Zeit da und blickte mich einfach an, mit einem Ausdruck freudiger Verwunderung. »Oh, ich danke Ihnen, Jani, ich danke Ihnen«, flüsterte sie endlich. »Sie haben Adams Bild wieder für mich zum Leben erweckt, nach all diesen Jahren. Ich habe seine Briefe Hunderte von Malen gelesen . . . aber ich besitze nur ein Dutzend, und sie sagen so wenig. Heute haben Sie mir geholfen, ihn zu sehen.«

Ich sagte: »Es ist schwer zu verstehen, wie er so grausam sein konnte, so selten zu schreiben, denn er kann wunderbar rücksichtsvoll sein.«

Sie seufzte: »Solche Söhne sind selten, die begreifen, wieviel sie für die Frau bedeuten, die sie geboren hat, Jani. Söhne ziehen glücklich in den Krieg, oder sie steigen auf Berge, oder sie suchen das Abenteuer auf viele verschiedene Arten, und sie erkennen nicht einmal den unendlichen Kummer der Frau, die auf Nachricht von ihnen wartet.«

Um halb fünf, als die Kutsche zurückkehrte, um sie zurück nach Bournemouth zu bringen, sagte ich: »Bitte, Lady Gascoyne, lassen Sie mich doch wissen, wenn Sie Nachricht von Adam haben. Ich bete darum, daß es gute Nachricht sein wird.«

»Ich danke Ihnen, Jani. Irgendwie haben Sie mir neue Hoffnung gegeben. Ich freue mich so sehr darauf, daß Sie nach London kommen und bei uns wohnen.«

Während der Woche, die folgte, war ich nicht ich selbst. Obwohl ich eine impulsive Art hatte, war ich niemals launenhaft gewesen, sondern immer mehr oder weniger ein Optimist, der Kümmernisse hinter sich läßt und vergißt. Jetzt ertappte ich mich dabei, daß ich manchmal voller Aufregung war, obwohl ich nicht hätte sagen können, warum, und manchmal niedergedrückt aus Gründen, die mir ebenfalls unbekannt waren. Vor allem hatte ich ein ungeheuer starkes Gefühl, daß ich irgend etwas tun sollte, daß ich die Zeit vergeudete, wenn ich nicht irgend etwas sehr Dringendes tun konnte, obwohl ich nicht wußte, was.

In der Nacht, die dem zehnten Tag folgte, nachdem Sir Charles und Lady Gascoyne zurück nach London gegangen waren, träumte ich, daß ich langsam über eine weite Ebene ritt, unter einem Himmel ohne Mond und ohne Sterne. Ich konnte nichts sehen außer einem silbernen

Band am Horizont, einem Band, das in zackigen Spitzen sich über mein Blickfeld zog, denn es markierte die Teilung zwischen Himmel und Erde, indem es die Umrisse der Bergkette bezeichnete, auf die ich zuritt.

Ich konnte den Boden unter mir nicht sehen, und ich ritt mit halbgeschlossenen Augen, denn ich horchte. Ich suchte Mister, und ich horchte auf seine Stimme. Während ich weiterritt, begann ich ein Geräusch zu hören, ein Flüstern zuerst, das langsam lauter wurde. Es war eine Stimme, die die gleichen bedeutungslosen Silben immer wieder vor sich hin summte, aber zu meinem Kummer war es nicht Misters Stimme. Dennoch war es eine Stimme, die ich kannte, und ich bemühte mich, sie zu erkennen. Dann begann ich den mantraähnlichen Singsang zu hören, der langsam wechselte: ... samer – talis – manwir ... irksam – ertal – isman ... wirksa – merta – lisman – ... Ein wirksamer Talisman ... Vernon Quayles Stimme, dunkel und wunderschön.

Ich erwachte mit einem gewaltigen Schock und lag da, auf einen Ellbogen gestützt, und mein Herz raste. Was hatte er gesagt? Was hatte er an jenem Tag gesagt, als ich Merlin's Burg verlassen hatte? Das Medaillon. Er war tatsächlich zusammengezuckt, als er es aufgehoben hatte, und dann hatte er sich sehr seltsam benommen, sein Benehmen hatte mich an Rild, den Hohen Lama, erinnert. Er hatte mir Fragen gestellt, und dann hatte er gesagt: »Ein wirksamer Talisman.« Und noch etwas. Aber was? Als ich um eine Erklärung gebeten hatte, hatte er geantwortet: »Ich bin sicher, Sie werden sich an das erinnern, was ich sagte, wenn die Zeit kommt.«

Was war es? Was? Ich saß jetzt aufrecht im Bett, die geballten Fäuste gegen die Schläfen gepreßt, und ein Gefühl, daß es furchtbar dringend war, stieg in mir auf. Dann wußte ich es. »Ein wirksamer Talisman. Wenn Sie jemanden zu finden wünschen, der verschollen ist, können Sie damit zu mir kommen.«

12

ALS DER MORGEN graute, lag ich noch immer wach, und meine Gedanken waren konfus. Wie sollte es Vernon Quayle möglich sein, für mich jemanden zu finden, der verschollen ist, wenn dieser jemand Mister war? Nur ein gutgläubiger Narr würde glauben, daß das Orakel in Galdong die Ankunft des fremden Dämons vorhersehen konnte, der nach Sembur suchte, oder daß Rild mir von der Frau in Rot erzählen konnte, die meine Freundin sein würde, und von dem Silbernen Mann, der mein Feind sein würde.

All diese Dinge und noch mehr hatte ich während meines Lebens mit den Lo-bas in Smon T'ang miterlebt. Die Lo-bas betrachteten solche Gaben oder Kräfte als völlig natürlich, so natürlich, wie wir in England das Talent zum Malen oder Singen oder irgendeine andere Kunst als natürlich betrachten.

Schon vor langer Zeit hatte ich entschieden, daß England mein Land sein sollte. Und ich hatte vor langer Zeit englische Gewohnheiten, Bräuche und Ansichten, die mir von Mr. Lambert und Eleanor mitgeteilt worden waren, angenommen. Ich sah die Art, wie ich früher in Smon T'ang gelebt hatte, als primitiv an, trotz Semburs unaufhörlichen Anstrengungen, uns »englisch« zu halten. Aber ich wußte auch, daß ohne Zweifel unter den Lo-bas und den Leuten von Bod im Norden viele waren, die Fähigkeiten besaßen, welche vielleicht in unserer zivilisierteren

Welt verlorengegangen oder erstickt worden waren. Erst seit der Ankunft von Vernon Quayle fühlte ich manchmal, daß es vielleicht in unserer westlichen Welt einzelne, ganz wenige gäbe, die die alten Geheimnisse kannten, die um das Verborgene wußten und denen Kräfte zu Gebote standen, an die wir nicht mehr glaubten.

An jenem Nachmittag um vier, angetan mit meinem zweitbesten Kleid und in Mr. Staffords geliehenem leichten Wagen, kehrte ich nach Merlin's Burg zurück; ich gab Thorpe, dem bärbeißigen Mann, der Mayes ersetzt hatte, eine meiner neulich erst gedruckten Visitenkarten und fragte, ob Mr. und Mrs. Quayle zu Hause seien. Nach weniger als einer Minute kehrte der Mann zurück und führte mich in den wohlbekannten Salon. Vernon Quayle, weißgesichtig, silberhaarig, grauäugig, mit schlaffem Mund, erhob sich und begrüßte mich mit einer leichten Neigung seines Kopfes. »Sie haben sich also erinnert«, sagte er.

Ich war entschlossen gewesen, kühl und beherrscht zu bleiben, aber diese ersten Worte erschreckten mich. »Haben Sie mich erwartet, Mr. Quayle?«

Er bewegte seine Lippen in der Art, die ich als Lächeln zu erkennen gelernt hatte. »Generell ja. Die Gascoynes haben Ihnen einen Besuch abgestattet, und sie suchen einen verlorenen Sohn, den Mann, der Sie aus Smon T'ang herausgebracht hat. Es war logisch anzunehmen, daß dies für Sie der Moment wäre, sich an das zu erinnern, was ich gesagt habe.«

Ich konnte spüren, wie meine Augen größer wurden. »Woher wissen Sie von Sir Charles und Lady Gascoyne?«

»Das ist kein Geheimnis. Major Elliott spricht mit Mrs. Elliott, wenn sie zusammen essen. Die Diener bei Tisch klatschen mit Dienern aus anderen Häusern, und Thorpe überbringt mir diesen Klatsch.«

»Oh.«

»Sie sind gekommen, mich zu bitten, Adam Gascoyne zu finden?«

»Ja.« Mein Ton war so schroff wie dieses einzelne Wort knapp war. Zwischen Vernon Quayle und mir bestand nicht die Notwendigkeit, förmliche Höflichkeit zu bewahren. Ich war nicht gekommen, um zu bitten. Er würde tun, was ihm paßte, um sich selbst zu nützen, und genau das hatte mich am meisten bezweifeln lassen, ob ich hierherkommen sollte. Warum würde es Vernon Quayle nützen, Mister zu finden?

Er sagte: »Gut, wir werden einen Versuch machen. Ich bin noch nicht sehr tief in diese Sache eingedrungen. Es ist immer möglich, daß Adam Gascoyne tot ist, wovon man sich schnell vergewissern kann. Wenn er lebt, wird das Problem komplexer, denn die Welt ist groß. Wie auch immer, vielleicht haben wir Glück. Ich neige sehr dazu zu glauben, daß er lebt, denn ich habe Kenntnis von Vorgängen in der Zukunft, die – dessen bin ich fast sicher – seine Teilnahme erforderlich machen. Wir werden jetzt in das Runde Zimmer gehen, wenn es Ihnen recht ist.«

Ich ging ihm voran aus dem Zimmer und hinauf in das obere Stockwerk, und meine Nerven waren gespannt; zur Hälfte waren meine Gedanken damit beschäftigt, herauszufinden, wo Eleanor wohl sein könnte und ob ich sie sehen würde, und zur anderen Hälfte versuchten sie zu enträtseln, was Veron Quayle gerade gesagt hatte. Als wir die Treppe erreichten, die zum Runden Zimmer führte, sagte er: »Erlauben Sie«, und ging vor mir hinauf, um die Tür aufzuschließen.

Sonnenlicht überflutete das Zimmer, so daß der unmittelbare Eindruck angenehm war. Erst als das Auge die kleinen Unregelmäßigkeiten in allem aufnahm, brach die Häßlichkeit durch, und der Raum schien kalt zu werden.

Vernon Quayle winkte mich zu dem Stuhl, auf dem ich schon vorher gesessen hatte und ging hinüber zu einer der langen geschwungenen Bänke an der Wand. Auf einem Regal hinter der Bank standen viele kleine, verschlossene Flaschen aus klarem Glas, tropfenförmig, aber jede von ihnen leicht schief. Alle waren mit schwarzer Farbe und in einer Art Hieroglyphen oder Buchstaben in einer Schrift, die mir unbekannt war, beschriftet.

Vernon Quayle nahm mehrere der Flaschen herab und entstöpselte sie nacheinander; mit einer breiten Pinzette entnahm er eine winzige Menge des pulvrigen Inhalts und tat sie in einen Mörser aus schwarzem Marmor. Nachdem er eine Prise aus jeder der zehn Flaschen zusammen hatte, befand sich in dem Mörser wahrscheinlich nicht mehr als genug, um einen Shilling zu bedecken. Er begann, die Mixtur mit einem Stößel zu einem noch feineren Pulver zu zermahlen, und das Geräusch zerrte so fürchterlich an meinen gespannten Nerven, daß ich einfach sprechen mußte, um die Spannung zu zerreißen, und ich sagte das erste beste, was mir in den Sinn kam.

»Ich frage mich, was Sie in diesen Flaschen haben, Mr. Quayle.« Er sagte abwesend: »Präparate wesentlicher Elemente aus Kräutern, Pflanzen, Insekten, Tieren. Wundervolle Dinge. Wertvolle Dinge. Dinge, die eine ganz spezielle Kraft besitzen oder sie auf die eine oder andere Weise angesammelt haben.«

»Ach. Sie sehen wie einfaches Pulver aus.«

»Pulver. Asche. Diese Dinge von unbeseelter Kraft sind zerdrückt oder verbrannt worden, auf passende Art zerstört.«

»Zerstört? Aber warum?«

Er hörte auf, den Stößel zu gebrauchen und kippte die kleine Portion von graufarbenem Pulver auf ein kleines flaches Stück Glas. »Es hätte keinen Sinn, wenn ich Ihre

Fragen beantwortete«, sagte er, »weil Ihnen die Kenntnis fehlen würde, die Sie brauchen, um zu verstehen.«

»Ich bitte, meine Ignoranz zu entschuldigen. Darf ich fragen, was Sie jetzt tun werden?«

Er wusch jetzt seine Hände sorgfältig in dem kleinen Laborbecken am Ende der Bank, und blickte mich dann aus seinen aschenfarbenen Augen mit schwerlidriger Verachtung an. »Ich schlage vor, Sie bezähmen sowohl Ihre Ängste als auch Ihre Neugier. Glauben Sie etwa, daß ich die Behauptung wiederholen werde, die Shakespeare in den Mund von Glendower legte, daß ich ›Geister aus der schwarzen Tiefe‹ beschwören kann? Unsinn.«

»Ich . . . ich hatte mir überhaupt nichts vorgestellt, Mr. Quayle. Aber ich glaube, bei Ihrem Studium der Naturwissenschaften erforschen Sie ungewöhnliche Wissensgebiete.«

»Ein vorsichtiger Satz, sorgfältig einstudiert vielleicht?« Er hielt seine Hände hoch über einen kleinen Gasbrenner, um sie zu trocknen, und benutzte kein Handtuch. »Weil Sie die magere Hoffnung haben, daß ich Ihnen bei einer gewissen Sache helfen kann, haben Sie wohl nicht den Wunsch, mich als Verrückten, Okkultisten, Teufelsanbeter zu bezeichnen oder mit irgendeinem anderen dramatischen Ausdruck, der Ihnen zufällig gerade in den Sinn kommt.«

Er sah mit leicht ironischem Blick auf die fast unsichtbare Flamme hinab. »Es wird keine Geisterbeschwörung geben, das versichere ich Ihnen. Lassen Sie mich Ihnen etwas ganz Einfaches erklären. Es gibt keine Geister, keine Dämonen, keine Engel, keine Erdgeister, nichts im ganzen Universum, das übernatürlich ist. Es gibt nur Energien und Kräfte, weder gut noch schlecht, welche von jenen angewendet werden können, die die Kenntnis und das Rüstzeug dazu besitzen, um sie zu beherrschen. Sogenannte übernatürliche Kräfte sind nur solche, welche die Wissenschaftler nicht erklären können, weil sie außer als auf der materiellen Ebene ihre Ursachen nicht erklären können.«

Ich verstand seine Meinung nur äußerst vage, trotzdem fühlte ich, wie mir kalt wurde, denn in diesem Augenblick schien er noch unmenschlicher zu sein als irgendein böser Mensch, der wirklich versucht, Dämonen heraufzubeschwören. Er hob die kleine Glasplatte auf, setzte sich an seinen Schreibtisch, legte das Glas hin und berührte mit dem Finger die kleine Menge grauen Staubes. Während ich zusah, tippte er mit dem Finger an seine Zunge, berührte den Staub noch einmal, schnupfte ihn zuerst mit dem einen, dann mit dem anderen Nasenloch, wiederholte den ganzen Prozeß noch einmal und kippte dann die paar übriggebliebenen Staubkörner auf seine Handflächen und begann, seine Hände langsam zusammenzureiben.

Ich fühlte Übelkeit im Magen, und das Zimmer schien dunkler zu werden, obwohl das Sonnenlicht noch immer durch die hohen Fenster strömte. Er legte die Glasplatte beiseite, faltete seine Hände auf dem Schreibtisch und sagte: »Eleanor wird mir jetzt assistieren.«

Meine Nerven vibrierten und ich wiederholte: »Eleanor?« Vernon Quayle antwortete nicht, sondern saß da und sah mit leerem Blick vor sich hin. Er strömte eine Abwesenheit aus, die mich noch einmal an Rild denken ließ, als ich in dem großen Kloster von Galdong vor ihm gestanden hatte und wartete . . .

Ich war wenig überrascht, als sich die Türe des Runden Zimmers öffnete und Eleanor eintrat. »Ach, Jani, du bist es«, sagte sie mit einer Stimme, die von weither zu kommen schien, und eine Andeutung von Freude zeigte sich in ihren Augen, der sofort ein Blick erschreckter Wachsamkeit folgte. »Ach. Warum bist du gekommen?«

Ich erhob mich lächelnd und ging auf sie zu, um sie auf

die Wange zu küssen. Sie trug ein Kleid aus weißem Leinen mit einem blusigen Oberteil, das mit Streifen von blaßbraunem Samt verziert war. Aber ihr Gesicht über dem Kragen war grau, und ihr Haar hatte den Glanz verloren. Vernon Quayles Stimme hieß mich anhalten. »Kein Kontakt, wenn ich bitten darf«, sagte er scharf. »Diese Angelegenheit wird durch jede emotionelle Störung behindert. Nehmen Sie Platz, Jani. Und Eleanor, nimm bitte deinen gewöhnlichen Stuhl ein.«

Widerwillig gehorchte ich. Eleanor zeigte noch nicht einmal Resignation, während sie den größten der drei schwarz lackierten Armsessel einnahm, mit dem Rücken zum westlichen Quadranten des Zimmers. Zum ersten Mal bemerkte ich, daß dieser Stuhl auf einer nicht ganz runden Plattform stand, vier Zentimeter oberhalb des Fußbodens, und daß der Stuhl Rollen hatte, so daß er herumgedreht werden konnte.

Vernon Quayle ging zu einem der Schränke, nahm das Tablett, die Schale und den Flacon mit der tintenähnlichen Flüssigkeit heraus. Ich krampfte meine Finger ineinander, um meine Hände daran zu hindern zu zittern und beobachtete ihn, als er die Flüssigkeit in die Kristallschale goß und sie zu Eleanor hinübertrug. Ohne daß ein Wort gesprochen wurde, nahm sie sie in ihre Hände und starrte auf die tintige Oberfläche hinab. Vernon Quayle stand vor ihr, die Hände vor ihr ausgestreckt, die Finger gefaltet und die Handflächen zusammengepreßt. Ihr Atem wurde langsamer, langsamer, ihre Augenlider senkten sich, schlossen sich halb. Ein paar Sekunden später stieß sie einen langen Seufzer aus und ihre Augen schlossen sich vollständig.

Vernon Quayle nahm ihr die Schale aus den Händen, die sehr langsam in ihren Schoß sanken. »Sie wird jetzt das Medaillon brauchen«, sagte er, und ich fuhr zusammen, weil ich ihn in solch einer normalen Stimme sprechen hörte. Ich löste den Verschluß im Nacken und zögerte. »Darf ich mich bewegen?«, flüsterte ich.

»Selbstverständlich.« Er ließ Eleanor nicht aus den Augen, aber seine Stimme war stechend. »Sie dürfen sich bewegen oder sprechen, falls ich Ihnen nichts anderes sage. Eleanor kann kaum noch gestört werden.« Ich ging zu ihm hinüber und hielt das Medaillon vor mich hin. Er nickte nach unten und sagte: »Geben Sie es ihr direkt.« Ich hielt es dicht an ihre schlaffen Hände, und er sagte: »Eleanor, du wirst jetzt dieses Medaillon nehmen.« Ihre Hände hoben sich, ohne zu tasten nahm sie die silberne Scheibe und die Kette in ihre hohlen Hände und ihre Finger schlossen sich. Vernon Quayle sagte: »Dieser Gegenstand war für lange Zeit im Besitz und in Kontakt mit einer Person, die ich finden möchte. Verstehst du?«

»Ja.« Ihre Stimme war flach, leblos.

»Du wirst notwendigerweise sechs oder mehr Jahre zurückgehen müssen, um diese Person zu erkennen.«

Es entstand eine scheinbar endlose Stille, dann sagte Eleanor: »Ein Mann. Jung. Dunkel. Er trägt Uniform und . . .«

Vernon Quayle unterbrach sie sehr brüsk. »Du hast den Mann. Das ist er. Jetzt gib dich seinem Kennenlernen hin.«

Für volle fünf Minuten wurde kein Wort gesprochen. Ich sah Eleanors Hände sich verkrampfen, das Medaillon pressen, sah Schweiß, der sich auf ihrer Oberlippe und ihrer Augenbraue sammelte. Endlich sagte Vernon Quayle: »Jetzt mußt du vorwärtsgehen bis zu diesem Tag.«

Nach wenigen weiteren Minuten sagte sie: »Ja.«

»Lebt er?«

»Ja.« Sie antwortete in derselben tonlosen Stimme, aber ohne Zögern.

Trotz des Schreckens, der mich in seinem Bann hielt, fühlte ich, wie mein Herz bei diesem einzigen Wort schneller zu schlagen begann.

Vernon Quayle sagte: »Siehst du ihn?«

Eine lange Pause, dann: »Nein.«

»Siehst du seine Umgebung?«

»Nein.«

»Warum nicht?«

»Da ist eine Barriere.«

»Eine materielle?«

»Nein. Dunkel. Undurchdringlich.«

»Ruh dich aus.«

Eleanors gespannter Körper erschlaffte. Ihr Mann drehte sich um und hob sehr sorgfältig ein paar weiße Handschuhe auf, welche er anzuziehen begann. »Sehr interessant«, sagte er. »Wir haben es mit einer unerwarteten Energie zu tun, die Eleanors Eindringen widersteht.« Er wandte sich zu einer Karte an der Wand, die anscheinend einen Nachthimmel mit verschiedenen Sternbildern zeigte, dann konsultierte er ein abgenutztes, ledergebundenes Buch. »Seien Sie so gut, und ziehen Sie alle vier Vorhänge zu, bitte«, sagte er, »wir müssen mehr Kraft sammeln, scheint mir.« Ich stand auf, ging im Zimmer umher und zog an den vier Schnüren, die die Sonnenblenden der hohen Fenster bewegten. Als ich das getan hatte, war noch immer etwas Licht im Zimmer, ein wenig von der Petroleumlampe, die Vernon Quayle auf ein Piedestal gestellt hatte, und der Rest des Lichtes kam von einigen leuchtenden Linien, die sich jetzt auf dem gekachelten Fußboden zeigten und die einen großen Kreis mit Speichen bildeten, die vom Zentrum strahlenförmig zur Umfangslinie verliefen. Der Stuhl, auf dem Eleanor saß, bewegte sich ganz leicht, als Vernon Quayle ihn in die Mitte des Kreises zog und ihn dann Zentimeter für Zentimeter drehte, während er die leuchtenden Linien beobachtete. Auf der Sternkarte war ein ähnlicher Kreis, und ich bemerkte, daß dieses Muster auf dem Fußboden nicht mehr war, als ein riesiger Kompaß, den er benutzte, um Eleanor präzise auszurichten.

»Setzen Sie sich«, sagte er zu mir, »und sprechen oder bewegen Sie sich freundlicherweise nicht, bis ich Ihnen sage, daß Sie das dürfen.«

Ich gehorchte, und er zog die weißen Handschuhe aus; er schien sorgfältig darauf zu achten, daß seine bloßen Finger die Außenseite von ihnen nicht berührten. Er warf die Handschuhe auf den Schreibtisch, stellte sich hinter Eleanor und legte seine Handflächen gegen ihre Schläfen. Im unheimlichen Schein der Petroleumlampe und der leuchtenden Linien sah ich, wie seine Augen sich weit öffneten, und diese Augen waren nicht länger ausdruckslos, sondern sahen plötzlich wie zwei riesige, glühende Kohlen aus. Seine dunkle Stimme sagte: »Nun, Eleanor, suchen wir den Mann.«

Für eine Zeitspanne, die unendlich lang schien, war kein Geräusch im Zimmer. Ich konnte noch nicht einmal ihren Atem neben meinem eigenen hören. Dann sagte Eleanor: »Ich habe seine Umgebung.«

Vernon Quayle sagte: »Wie nah? Wie weit?«

»Ich glaube . . . nah.«

»Liegt ein Meer zwischen uns?«

Eine lange Pause, dann: »Nein. Kein Meer.«

»Beschreibe.«

»Ein Fluß. Ein großer Fluß. Viel Rauch. Viel Verkehr. Kräne.«

»Ein Hafen.« Das war keine Frage, sondern eine Feststellung.

»Ja . . .«, das Wort kam langsam, voller Zweifel. »Aber ich kann das Meer nicht finden. Nicht nah.«

»Also ein Flußhafen.«

»Ja.«

»Kannst du ihn jetzt sehen?«

»Nein. Es ist eine Dunkelheit da.« Ihre Stimme wurde langsamer. »Aber er ist da. Über dem unterirdischen Ort . . . mit den großen Fässern . . . und in seiner Hand ist der Stoßzahn, von dem die Krieger springen . . .« Die letzten Worte waren verwischt, so als ob ihre Kraft sich verbraucht hätte und sie der Erschöpfung nahe wäre.

Vernon Quayle sagte: »Mach weiter.«

»Mehr hab ich nicht.« Das war ein Flüstern.

»Sprich weiter.«

Etwas sammelte sich im Zimmer, pulsierend, fordernd, ungreifbar, und nach langem Schweigen sagte sie zitternd, mit schmerzerfüllter Stimme: »Der Fluß fließt vorbei, fließt zwischen den beiden gotischen Türmen . . . wo die Brücke sich hebt . . . fließt hinab zu dem Ort . . . dem Ort, wo vor langer Zeit die Körper in Ketten lagen . . . drei Fluten lang.«

»Genug!« Vernon Quayle riß seine Hände von ihren Schläfen und hielt sie bei den Schultern fest, als sie im Stuhl zu schwanken begann. In dem geisterhaften blaugrünen Schein sah ich Triumph in seinem Gesicht, das er mir zuwandte, während er knapp sagte: »Die Vorhänge.«

Als ich sie hochgezogen hatte, saß er schon wieder an seinem halbmondförmigen Schreibtisch. Eleanor hockte zusammengesunken in ihrem Sessel, aber ihre Augen waren jetzt offen. Ich lief hinüber, kniete neben ihr nieder und begann ihre eiskalten Hände zu reiben. Sie schenkte mir ein schwaches Lächeln und flüsterte: »Mir geht's gut, Jani, hab keine Angst.«

»Dir geht es nicht gut!« Ich wandte meinen Kopf und starrte Vernon Quayle an. »Ich wußte nicht, daß Sie Eleanor als . . . als Medium benutzen wollten.«

Er hob eine silbrige Augenbraue. »Wenn Sie mit diesem Wort jemanden meinen, der als Medium für die Kommunikation zwischen dieser Welt und einer anderen fungiert, reden Sie Unsinn. Ich habe einfach die ätherischen Linien verfolgt, die diesen Talisman mit seinem früheren Besitzer verbinden und zwar, indem ich Eleanors sehr bedeutende geistige Energien benutzte.« Er blickte auf seine Hände hinab. »Und meine eigenen, die noch etwas bedeutender sind.«

Bekümmert und entnervt holte ich Atem, um etwas Böses zu sagen, aber er fuhr schon selbstgefällig fort: »Ich bin sicher, daß Sie mit dem Resultat dieses Experiments sehr zufrieden sind.«

Ich starrte ihn an und sagte dann: »Wie bitte?«

»Wir machten den Versuch herauszufinden, wo Ihr Freund sich im Augenblick befindet, wenn Sie sich bitte erinnern wollen.«

Eleanor drückte meine Hand und stand auf. Während ich mich mit ihr erhob, schloß sie meine Finger über dem Medaillon und der Kette und sagte: »Ich werde jetzt gehen und mich eine Zeitlang ausruhen. Auf Wiedersehen, Jani.«

»Oh bitte, laß dich von mir in dein Zimmer bringen, bitte, liebe Eleanor.«

Sie schüttelte den Kopf. »Nein. Nein, Jani. Auf Wiedersehen.« Sie drehte sich um, verließ das Runde Zimmer und schloß die Tür hinter sich. Vernon Quayle sagte: »Ich denke, Sie sollten jetzt sehr wenig Schwierigkeiten haben.«

Mit großer Anstrengung riß ich meine Gedanken von Eleanor los und versuchte, mich an das zu erinnern, was während jener unheimlichen Minuten gesagt worden war, als Vernon Quayle einen Teil ihres Wesens hinaus in eine Welt der Schatten geschickt hatte, auf der Suche nach einem Mann, den sie selbst niemals kennengelernt hatte. Endlich sagte ich: »Ich befürchte, ich erinnere mich nicht genau an ihre Worte, Mr. Quayle. Sie sprach von einem Flußhafen und irgendeinem unterirdischen Ort mit Fässern.« Ich schickte meine Gedanken zurück und versuchte, mir die leblose Stimme wieder ins Gedächtnis zu rufen.

»Zwei Türme . . . und eine Brücke, die sich öffnet. Dann war da etwas über Körper in Ketten und drei Fluten.«

Er blickte mit abstandhaltendem Hochmut durch mich hindurch. »Die Schlußfolgerung ist sehr einfach, ganz sicher. Es wurde festgestellt, daß kein Meer zwischen Ihrem Freund und uns liegt, deshalb ist er in diesem Land. Der einzige große Flußhafen in der Nähe einer Brücke mit zwei gotischen Türmen, einer Brücke, die sich öffnet, ist London. Die Brücke ist die Tower-Bridge, und sie muß sehr nahe dort sein, wo immer sich Ihr Freund in diesem Augenblick aufhält, oder Eleanor hätte es niemals wahrgenommen.«

»Oh!« Ich fühlte, wie mein Herz schneller schlug, sowohl aus Sorge als auch aus Aufregung. Fast erschreckte mich der Gedanke, daß Mister so nah sein könnte. Ich hatte ihn immer an Orten geglaubt, die weit weg lagen. Und wie konnte er in derselben Stadt leben und dennoch für seine Eltern verschollen sein? Ich sagte: »Ich hatte nicht erkannt, daß Eleanor die Tower-Bridge gemeint hat. Ich habe davon gehört, aber ich kenne London nicht.«

»Aha. Dann konnten Sie nicht wissen, daß auf dem nördlichen Ufer der Themse, in der Nähe von Wapping Wall, vor Zeiten das Hinrichtungsdock stand, wo Piraten und andere, die dem Richter Jeffreys, dem ›Hängrichter‹, in die Quere kamen, hingerichtet wurden. Es war seine größte Freude, in einer Kneipe am Flußufer zu sitzen und zu trinken, während er die Hinrichtung durch den Strang beobachtete. Die Gehenkten wurden nachher abgeschnitten, ihre Körper mit Ketten beschwert und auf das Ufer gelegt, bis sie dreimal von der Flut überschwemmt worden waren, damit man sie deshalb als wirklich tot bezeichnen konnte.« Vernon Quayle hielt inne, sah mich mit einer Andeutung von Neugier an. »Ich stelle fest, daß Sie bei solch einer Erzählung nicht erbleichen wie die meisten jungen Frauen.«

Ich antwortete fast ungeduldig, denn meine Gedanken waren anderswo: »Ich bin unter Leuten aufgewachsen, die den Tod als nicht sehr wichtig betrachten und die Leichen auf eine Art beseitigen, die nicht weniger grausam ist, als die Art, die Sie beschrieben haben, Mr. Quayle. Wollen Sie sagen, daß Adam Gascoyne in . . . in Wapping gefunden werden kann? Aber das ist doch sicher im Osten der Stadt, wo die allerärmsten Leute leben?«

»Vielleicht hat er die Tätigkeit eines Missionars aufgenommen«, sagte Vernon Quayle trocken. »Wie auch immer, ich schlage vor, keine Zeit mit müßigen Spekulationen zu vertun. Es fällt mir auf, daß ein unterirdischer Ort mit großen Fässern wohl ganz gut die Beschreibung eines Kellers unter einem Wirtshaus sein könnte.« Er stand auf, ging zur Tür und hielt sie für mich offen. »Wenn mein Gedächtnis nicht trügt, war der Name des Wirtshauses, in dem der Richter Jeffreys sich belustigte, die ›Rote Kuh‹, obwohl es am Ufer des Flusses dort noch mehrere andere gibt. Ich gebe Ihnen keine Erklärung für den Hinweis auf ›den Stoßzahn, von dem die Krieger springen‹. Vielleicht wird seine Bedeutung Ihnen bald enthüllt werden, aber ich betrachte das als ein Detail, das wenig wichtig ist. Und jetzt werde ich Sie hinausbegleiten.«

Eine Stunde später saß ich in Mrs. Staffords Wohnzimmer mit David Hayward. Er hatte dort meine Rückkehr erwartet, denn ich hatte ihm früher am Nachmittag gesagt, was ich vorhatte. Als ich meine Geschichte zu Ende erzählt hatte, stieß er einen langen Atemzug der Verwirrung aus.

»Mein Gott, Jani, das klingt so . . . so unheimlich.«

»Ja, für Sie sicher, aber wie es klingt, spielt keine Rolle. Was ich jetzt zu tun habe, ist herauszufinden, ob Mister wirklich da ist, an diesem Ort in der Nähe von der Tower-Bridge.«

»Werden Sie seinen Eltern schreiben?«

»Nein. Das war mein erster Gedanke, aber ich will ihnen keine Hoffnungen machen, falls sich herausstellt, daß das alles blanker Unsinn ist.«

»Aber Sie glauben nicht, daß es Unsinn ist?«

»Nun . . . nein, das tue ich nicht. Ich glaube, daß Vernon Quayle Kräfte besitzt, an die nur sehr wenige Leute glauben würden, und ich glaube auch, daß . . . eine Art Muster ausgearbeitet werden muß. Ich wünschte, ich könnte mich an die Dinge erinnern, die das Orakel in Galdong vorher sagte und an die Dinge, die Rild sagte, aber sie kommen immer erst wieder zu mir zurück, wenn sie schon geschehen sind.«

David sagte ruhig: »Seien Sie vorsichtig, Jani. Man braucht einen langen Löffel, um mit dem Teufel, oder mit Quayle, zu Abend zu essen. Geht es Eleanor noch genauso wie vorher?«

»Ich fürchte ja.« Ich preßte meine Hände vor die Augen. »Das ist es, weshalb ich ihn so hasse. Ich glaube, er benutzt sie für seine schrecklichen Praktiken, und er saugt ihr das Leben aus. David, wenn ich eine Zeitlang fortgehe, um Mister zu finden, bitte denken Sie nicht, daß ich sie verlasse.« Ich senkte meine Hände und blickte ihn an. »Ich habe so ein starkes Gefühl, daß all diese Geschehnisse Teil der gleichen Sache sind. Ich glaube, ich muß Mister finden, wenn ich Eleanor helfen will, aber bitten Sie mich nicht, das zu erklären, denn das kann ich nicht.«

Er wandte sich von mir ab, und ich sah, wie sein Kinn sich verkrampfte.

»Wie kann überhaupt jemand Eleanor helfen?«

»Das weiß ich nicht, ich muß nur meinem Instinkt folgen.«

Er drehte den Kopf und studierte mich wieder. »Ja« sagte er, »gut, ich werde Ihrem Instinkt trauen, Jani.«

Zwei Tage später kam ich mit einem Koffer am Waterloo-Bahnhof an, und nahm eine Pferdedroschke zu einer Adresse in der Greys-Inn-Road. Es war ein Laden, in dem Tabak und Süßigkeiten verkauft wurden und den ein ehemaliger Soldat und seine Frau, Mr. und Mrs. Bailey, innehatten. Bis zur Pensionierung ihres Ehemannes, eines Exsergeants, vor fünf Jahren, war Mrs. Bailey dreißig Jahre lang in Leydon-Hall, dem Landsitz von Davids Eltern in Lincolnshire, Köchin gewesen. Er hatte sie seit seiner Kindheit gekannt, mochte sie sehr und schrieb ihr zwei- oder dreimal im Jahr. Sie schickte ihm immer noch jedes Jahr einen selbstgebackenen Geburtstagskuchen und einen Weihnachtspudding.

David hatte ihr ein Telegramm geschickt, dem ein Brief gefolgt war, und sie und ihr Mann erwarteten mich, als ich am späten Nachmittag ankam. Sie wohnten über dem Laden, und ein kleiner Gästeraum war für mich vorbereitet worden, die Möbel poliert, daß sie blitzten, die Wäsche frisch gestärkt und schneeweiß und Blumen in einer Glasvase, die offensichtlich sehr teuer war.

Mrs. Bailey war mollig und mütterlich und machte sich Arbeit mit mir, als ob ich ein Kind von zehn Jahren wäre. Mr. Bailey, der Exsergeant Bailey, hatte eine martialische Art, aber nach den ersten fünf Minuten in seiner Gesellschaft hätte ich ihn umarmen können, denn seine Art zu sprechen, und sein ganzes Benehmen war dem Semburs so ähnlich.

»Na dann, Miß Jani. Alles Marschgepäck weggesteckt und alles tipp-topp, wie? Gut. Dann wollen wir mal 'ne schöne Tasse Tee trinken. Hoffe, Sie haben Master David bei bester Gesundheit verlassen. Meine bessere Hälfte ist immer ganz sicher, daß er nie genug zu essen kriegt. Na, jetzt setzen Sie sich mal schön gemütlich hin.« Mit einer komisch-höflichen Geste zog er einen Stuhl unter dem wohlgeschrubbten Küchentisch hervor, hielt ihn für mich, damit ich mich setzen konnte, und erhob die Stimme. »Harriet, jetzt komm aber, meine Liebe. Miss Jani ist jetzt unten. Ich gehe und schließe den Laden, während du den Tee machst.« Sie waren beide freundliche, herzliche Leute, und ich hätte den Abend, den ich mit ihnen verbrachte, noch mehr genossen, wenn ich nicht so nervös und ängstlich über das gewesen wäre, was am nächsten Tag vor mir lag. Sie waren deutlich entsetzt, als ich sagte, daß ich vorhatte, die »Rote Kuh« in Wapping zu besuchen, auf der Suche nach jemandem, der ein alter Freund war, aber sie stellten keine Fragen. Während er seine Pfeife mit einem dunkelbraunen Finger stopfte, sagte Mr. Bailey: »Sie kann nicht allein gehen, Harriet. Ich meine, Wapping. Übelste Unterklasse, voll von Gaunern.«

Ich sagte schnell: »Oh, bitte machen Sie sich keine Sorgen, ich werde eine Droschke bis vor die Tür nehmen, und außerdem habe ich keine Angst. Ich war in einem Waisenhaus in Bermondsey, deshalb bin ich gewöhnt an . . . an solche Leute.«

»Du wirst mit ihr gehen, Albert Bailey«, sagte Mrs. Bailey fest. »Ich könnte Master David nicht mehr ins Gesicht sehen, wenn irgend etwas passierte.«

»Alles klar, meine Liebe. Dann ist das erledigt.« Mr. Bailey sah mich mit gerunzelter Stirn an, so wie Sembur das so oft getan hatte, wenn er einen Widerspruch erwartete und versuchte, ihm dadurch vorzubeugen, indem er so tat, als ob er sehr streng sei. Ich hatte nicht vor zu widersprechen, denn in London war ich fremd, und ich würde froh sein, einen Londoner bei mir zu haben, aber ich erriet, daß Mr. Bailey sich über einen kleinen Sieg freuen würde, so wie Sembur sich immer darüber gefreut hatte, deshalb sagte ich resigniert:

»Na gut, Mr. Bailey.«

Aber am nächsten Morgen ließ ich ihn nicht gewinnen, als ich mir schwor, daß ich die ganze Strecke nach Wapping zu Fuß gehen würde, es sei denn, er erlaubte mir, ihm genügend Geld für die Droschke zu geben, ehe wir abfuhren.

Wenn ich nicht so schrecklich gespannt gewesen wäre, hätte mich die Fahrt in der Droschke fasziniert, denn Mr. Bailey zeigte mir den ganzen Weg über immer wieder Dinge, von denen er meinte, daß sie mich vielleicht interessierten. Wir rasselten durch Holborn und über das Viadukt nach Newgate hinein, an der großen Kuppel von St. Pauls vorbei und weiter durch Cheapside und Poultry. Hier war der Verkehr dicht, die Straßen bevölkert mit eifrig dahineilenden Leuten. In der Nähe der Bank von England wurden wir eine Zeitlang in einem großen Gewirr von Droschken, Karren, Handwagen und Kutschen aufgehalten; dann wendete unser Kutscher und fuhr hinunter in Richtung des Monuments. Weniger als zehn Minuten später sah ich die Tower Bridge, und den Tower von London selbst, aber ich hatte wenig Zeit, hinzusehen, denn fast gleichzeitig erreichten wir eine andre Welt, einen Ort voller enger, schmutziger Straßen, rauchgeschwärzter Lagerhäuser und Elendsquartiere.

Streunende Hunde, deren Rippen durch das Fell zu sehen waren, gruben nach Abfall. Horden von Kindern spielten in den unratbedeckten Straßen Spiele, die ich im Waisenhaus gespielt hatte, Fuchs und Gänse, Hüpfkästchen und Auszählreime. In ihren zerrissenen Kleidern, die abgeschnitten oder umgeändert oder zu klein geworden waren, sahen sie so ähnlich aus, wie ich ausgesehen haben mußte, als ich im Adelaide-Crocker-Heim wohnte, außer, daß wir uns immer sauber gehalten hatten. Männer in Lederschürzen, in Overalls oder in zerschlissenen Cordhosen mit Hosenträgern gingen ihrer Arbeit nach oder standen in Gespräche vertieft an den Ecken. Frauen riefen einander von Türen oder Fenstern über die Straße etwas zu.

Die Droschke zog viele ungläubige Blicke auf sich, und bald begann der Kutscher zu fluchen und seine Peitsche zu gebrauchen, um die Kinder davon abzuhalten, sich hinten anzuhängen. Endlich hielt er an und weigerte sich, weiterzufahren.

»Wie?« schrie Mr. Bailey wutentbrannt. »Was? Sie halten hier, sagen Sie?«

»Ich halte nicht nur, Mann, ich fahr zurück, das mach ich!« sagte der Kutscher mit energischer Stimme. »Diese kleinen Bettler reißen mir die Räder ab, wenn se nur halb 'ne Chance kriegen. Die reißen sogar dem Pferd die Beine ab. Würd mich nich' wundern!« Mr. Bailey nannte ihn einen elendigen kleinen Mucker und drohte, ihn von seinem Kutschbock herunterzuziehen und es ihm mal zu zeigen, als ich mich einmischte. »Bitte, Mr. Bailey, wir wollen einfach den Rest des Weges gehen. Sehen Sie, diese Straße heißt Wapping Wall, deshalb können wir nicht weit weg sein.«

Beobachtet von einem Dutzend neugieriger Kinder beiderlei Geschlechts, stiegen wir aus der Droschke. Mr. Bailey bezahlte den Kutscher, sagte ihm, er brauche nicht auf ein Trinkgeld zu warten und bot mir dann mit einer Verbeugung seinen Arm an. In der anderen Hand trug er einen Spazierstock aus spanischem Rohr, der sich bald als sehr nützlich erweisen sollte, denn wir hatten eine Begleitung von Kindern, die mit uns und um uns herumtanzten, gröhlten und spotteten, und manche der Mädchen stolzierten mit übertriebenen Gebärden neben uns her.

»Mensch, guck mal, die mondäne Dame!«

»Wo haste denn den Hut her, Schnucki?«

»Tati tata, tati tata . . .«

Mr. Bailey erwischte einen oder zwei der grinsenden, gesichterschneidenden Jungen mit seinem Stock an den Beinen, aber er konnte sich nicht dazu bringen, mit den Mädchen das gleiche zu machen, die auch prompt näher kamen. Sie hüpften weiter neben uns her und wurden immer frecher. Bei jeder anderen Gelegenheit hätte ich diesen Zwischenfall genossen und es schwer gefunden, nicht zu lachen, aber heute konnte ich den Krach und diese lästigen Ablenkungen nicht ertragen. Das älteste Mädchen muß etwa vierzehn oder fünfzehn gewesen sein und war fast so groß wie ich. Ich wartete, bis sie näher an mich heranstolziert war und irgend einen albernen Reim sang, dann streckte ich plötzlich die Hand aus und packte sie mit Zeigefinger und Daumen am Ohr. Sie stieß ein durchdringendes Schmerzgeheul aus, und wir blieben alle stehen. Es entstand völlige und erstaunte Stille, als ich sie zu mir herzog, meinen Kopf nach vorn schob, sie drohend anstarrte und die Stimme von Jane Burr aus der Vergangenheit heraufbeschwor, als sie noch im Adelaide-Crocker-Heim gewesen war. »Hör mal zu, Schätzchen«, sagte ich schrill, »wenn du dir 'n paar heiße, rote Ohren holen willst, das kannste haben!«

Ich stieß sie von mir fort und ging gemessen weiter, während mein Arm noch immer bei Mr. Bailey eingehängt war. Hinter uns hielt die verblüffte Stille an. Als ich einen Blick zur Seite warf, sah ich, daß Mr. Baileys Augenbrauen fast unter seinem Hutrand verschwunden waren, und sein

Mund stand offen. »Donnerwetter«, sagte er. »Donnerwetter! Sie sind 'n As, das sind Sie, Miss Jani. Unschlagbar.« Er begann zu schmunzeln. »Hätte sie mit 'nem Maximgewehr nicht schneller kirre kriegen können. Donnerwetter!«

Zwei Minuten später kamen wir zu einer Ecke, wo ein Wirtshaus stand, das »Rote Kuh« hieß. Ein fetter Mann, der eine dreckige Schürze trug, war draußen, er hob mit einem Haken eine starke hölzerne Falltür hoch, die im Pflaster eingelassen war und lehnte sie gegen die Wand. Ein magerer Junge mit bloßen Füßen, die so schwarz wie Teer waren, stand daneben und hielt ein zusammengerolltes schweres Tau.

Mr. Bailey sagte energisch: »'Tschuldigung«, und fuhr fort, als der fette Mann sich aufrichtete: »Ich komme in Sachen dieser jungen Dame. Sie forscht nach einem Vermißten, wie man sagen könnte, und wir haben Gründe, anzunehmen, daß besagte Person vielleicht in diesem Etablissement oder hier in der Gegend wohnt.« Der fette Mann sagte mißtrauisch: »Sind sie 'n Schnüffler?«

»Nein. Suche nur diesen Burschen, das ist alles. In Sachen dieser jungen Dame.«

»Wie heißt er 'n?«

Mr. Bailey sah mich an. Ich sagte: »Adam Gascoyne. Er hat dunkle Haare, blaue . . .«

»Nie was von gehört.« Der fette Mann grinste. »Was hat er 'n getan? Sie in andere Umstände gebracht und weggelaufen?«

Mr. Bailey sagte sanft: »Komm mal kurz um die Ecke, du dreckiges Stinktier, wir wollen mal sehen, wie du ohne Zähne aussiehst.«

Scharf sagte ich: »Hören Sie auf!« Und in diesem Augenblick bekam der mickrige Junge einen Hustenanfall, der damit endete, daß er sich gegen die Wand lehnte und nach Luft schnappte. Aus irgendeinem Grunde standen wir alle da und warteten, während er hustete, und dann, als ich Mr. Baileys Arm nahm, um ihn fortzuziehen, sagte der Junge: »Kann sein, sie meint Mollys Kerl.« Der fette Mann sagte: »Kann sein« und bückte sich, um den zweiten Flügel der Falltüre zu öffnen.

Der Junge wischte sich die Lippen mit dem Handrükken ab und sagte zu mir: »Ist das 'n feiner Pinkel, dieser Kerl?« Ich nickte. »Ungefähr dreißig, mit dunklem Haar.

»Das muß er sein. Hat das Hinterzimmer in der ›Traube‹ genommen, ungefähr zwei Jahre ist es jetzt her. Nur fünf Minuten die Straße runter.« Er zeigte die Richtung. »Jeder nennt ihn ›Buff‹.«

»Buff?«

Der fette Mann sagte ärgerlich: »Komm jetzt, Harald«, und der Junge wandte sich ab.

»Glauben Sie, daß das derjenige ist, den Sie suchen, Miß Jani?«, sagte Mr. Bailey, während wir weitergehen.

»Das weiß ich einfach nicht«, sagte ich hilflos. »Warum würde er sich selbst Buff nennen? Oder in solch einem Ort wohnen? Und wer kann Molly sein?«

»Klang nach so was, was man eine Freundin nennt, Miß Jani, mit Ihrer Erlaubnis. Mollys Kerl, hat der Knabe gesagt.«

»Nun, das ist wenigstens nicht ungewöhnlich wie das andere.«

»Hmmmm!« Mr. Bailey räusperte sich. »Nein, wirklich nicht, nehme ich an, wenn man das als so 'ne Art normal betrachtet, was im höchsten Grad ungewöhnlich ist bei jungen Damen. Aber Sie sind nun mal 'ne hochgradig ungewöhnliche junge Dame, wenn ich das mal so sagen darf, Miß Jani.«

Die schmierig aussehende Kneipe stand neben einer schmalen Anlegestelle, an der ein verrottetes Ruderboot auf der Seite in der Nähe eines rostigen Eisenringes lag, der in einen moosbewachsenen Balken eingelassen war. Eine Haut aus Abfall und schmutzigem Schaum hatte sich an der Kante des Wassers angesammelt, wo es gegen die Anlegestelle schwappte. An der »Traube« entlang lief ein Pfad, dessen äußere Kante von einem hohen Geländer begrenzt wurde. Mr. Bailey sagte: »Warten Sie mal 'ne Sekunde, Miss Jani.« Er drückte die Tür auf, und ich sah zwei oder drei Männer, die an der L-förmigen Theke standen. Der Fußboden war mit Sägespänen bestreut. Mir war klar, daß Mr. Bailey nicht wollte, daß ich hineinginge, aber er zögerte ebensosehr, mich allein draußen zu lassen. Er stand auf der Schwelle, hielt die Tür offen und rief zu einem Mann hinüber, der in einer schmutzigen Schürze hinter dem Tresen stand. »Haben Sie hier 'nen feinen Herrn wohnen, Freund? Mit Namen Buff, hat so 'n Junge gesagt.«

Ohne Interesse sagte der Mann: »Möglich. Wer will das wissen?«

»Wer das wissen will?«, echote Mr. Bailey ungeduldig. »Seine Schwester natürlich.« Er zeigte mit dem Daumen auf mich.

»Das ist was anderes, nich'?« Der Mann deutete mit dem Kopf seitwärts. »Den Pfad lang, hinten rum, die Treppe rauf, erste Tür rechts.«

»Na also.« Mr. Bailey trat zurück, und die Tür schwang zu. »Ich hoffe, ich habe nichts verkehrt gemacht, weil ich gesagt hab, Sie wären seine Schwester«, flüsterte er, »aber die Sorte Leute, die es hier gibt, ist Fremden gegenüber mißtrauisch, aber sie können es verstehen, wenn Sie seine Schwester sind.«

»Ich meine, das war sehr schlau von Ihnen, Mr. Bailey.«

Es war gerade Platz für uns beide, um den schmalen Pfad zwischen der Wand des Gasthauses und dem Geländer entlangzugehen. Auf halbem Weg hielt Mr. Bailey plötzlich an und zog die Stirn in Falten. »'Tschuldigung, daß ich frage, aber wollen Sie, daß ich mit Ihnen hinaufgehe, Miss Jani?«

»Oh nein, danke.« Die Antwort war automatisch. Wenn ich Mister gefunden hatte, was ich noch immer nicht glauben konnte, dann wollte ich mit ihm allein sein, wenn wir uns begegneten. Es war fast sicher, daß er mich nicht kennen würde, und ich hatte keine Ahnung, was ich von ihm zu erwarten hatte, wenn ich ihm sagte, wer ich war. Vor allen Dingen hatte ich für seine Eltern eine Aufgabe zu vollbringen, und ich befürchtete, daß cr vielleicht wütend über mich sein würde, über meine Einmischung.

Mr. Bailey kratzte sich im Nacken und sah überfordert aus.

»Es gehört sich nicht, Miss, allein in das Zimmer eines Herrn zu gehen.«

»Ich kann's nicht ändern, Mr. Bailey. Außerdem werde ich ganz sicher sein. Dieser Herr hat mich gepflegt, als ich Diphterie hatte, und wir sind Hunderte von Meilen allein zusammen gereist, haben ein Zelt geteilt, und deshalb könnten Sie uns kaum Fremde nennen.«

»Herr im Himmel!«, sagte Mr. Bailey und schüttelte resigniert seinen Kopf. Wir gingen weiter bis zum Ende des Pfades und wandten uns dann nach links zu einer breiten Terrasse, von der uns krautbewachsene Steinstufen hinunter zur Anlegestelle führten. Als wir dem Fluß den Rücken zuwandten, standen wir vor einer halboffenen Tür in der hinteren Wand des Gasthauses, einer Tür, von welcher jeder letzte Rest Farbe vom Wetter abgeschält worden war. Zu unserer Rechten, hinter einer niedrigen zerkrümelnden Mauer, wo die Terrasse aufhörte, lag ein breites Erkerfenster der Taverne mit Blick auf den Fluß. Oberhalb des Fensters war ein schmaler Balkon, und dort saß ein

Mann in Hemdsärmeln an einem kleinen Tisch, den Rükken mir zugewandt, seine Hände waren mit etwas auf dem Tisch beschäftigt, das ich nicht sehen konnte.

Mein Herz machte einen wilden Sprung angstvoller Freude, und für lange Sekunden standen meine Gedanken völlig still. Es machte nichts, daß ich sein Gesicht nicht sehen konnte. Ich kannte die Art, in der das schwarze Haar gewellt war, kannte die Form seines Kopfes, und die Art, wie er über den breiten Schultern saß. Als ich krank in der Höhle lag und später, während unserer langen Reise nach Süden, hatte ich ihn beobachtet, stundenlang, tagelang, wochenlang. Jetzt, sechs Jahre später, hätte ich Mister in einer Menschenmenge von hundert Leuten herausfinden können, selbst, wenn er von mir wegginge.

13

ICH DREHTE MICH zu Mr. Bailey um und nickte wortlos. Er warf einen raschen Blick auf den Balkon, sah mich lächelnd an und hob dann eine Hand, mit gekrümmten Fingern und einem ausgestreckten Daumen. Er blickte sich suchend um, ging dann und setzte sich auf ein kleines Faß in einer Ecke der schmutzigen Terrasse und holte seine Pfeife und den Tabaksbeutel hervor.

Ich tat einen tiefen Atemzug, ging hinüber zu der halboffenen Tür, machte sie weit auf und begann, die schmuddelige Treppe hinaufzusteigen. Sie bestand aus zwei kurzen Absätzen, von denen der zweite nach rechts zu einem schmalen Flur mit nackten Dielen und rauchverschmutzten Wänden hinaufführte. An der ersten Tür rechts hielt ich an, tastete, um mich zu versichern, daß mein Hut gerade saß, preßte mit zitternder Hand meine Handtasche und klopfte an die Tür.

Seine Stimme rief: »Hallo? Herein, herein, wer immer es ist!« Er fuhr fort zu sprechen, während ich eintrat, aber meine Gedanken waren zu beschäftigt, um zu hören, was er sagte. Der Raum war klein, aber im Kontrast zu allem anderen, was ich gesehen hatte, war er sehr sauber. Ein schwacher Geruch von Karbolsäure hing in der Luft. In einer Ecke stand eine eiserne Bettstelle. Sie hing in der Mitte ein wenig durch, und auf ihr lag eine sehr verblichene rosa Tagesdecke ausgebreitet.

Es gab zwei hölzerne Stühle, einen Tisch, einen Waschtisch mit einer großen Porzellanschüssel und einem Krug und einem Vorhang vor dem Alkoven neben dem Kaminvorsprung. Der Vorhang war ein wenig beiseite gezogen, und ich sah, daß der Alkoven als Kleiderschrank benutzt wurde. Ein oder zwei Hemden, eine Jacke, ein Mantel und Hosen hingen dort, jedes der Stücke hatte schon viel bessere Tage gesehen. Da war auch ein Kleiderbügel mit einem geflickten blauen Baumwollkleid darauf. Das gehörte sicher Molly, dachte ich undeutlich.

Er saß wie eingerahmt vor dem Fenster, der graue Fluß hinter ihm, seine linke Seite mir zugewandt, seine Hände beschäftigt. Auf dem Tisch lagen mehrere kleine weiße Gegenstände. Ich ging vorwärts und sah, daß es Schachfiguren waren, Türme, Springer und Läufer, aber rauh geformt, so als ob noch daran geschnitzt würde, Elfenbein. Ich erinnerte mich an Eleanors Worte ... ›Der Stoßzahn, von welchem die Krieger springen.‹ Mister schnitzte Krieger des Schachbrettes. Er hielt einen König oder eine Dame in einer Hand, ein Stahlwerkzeug in der anderen. Er drehte das Stück sicher, schabte winzige Teilchen von Elfenbein ab, während er fortwährend den Ballen seines Daumens über die Fläche gleiten ließ, die er schnitzte. Dann begann ich zu hören, was er sagte.

Er sprach mit einem Unterton freundlichen Humors, den ich in seiner Stimme früher nicht gehört hatte, während er seine Augen nicht ein einziges Mal von der Schachfigur in seiner Hand abwandte. ». . . Da ist die Stimme meines Freundes, der anklopft. Tu mir auf, liebe Freundin, meine Schwester, meine Taube, meine Reine.« Die Worte klangen irgendwie vertraut, und dann wußte ich, woher ich sie kannte. Sie waren aus dem Hohen Lied Salomos, ein Buch der Bibel, welches Sembur mich widerstrebend hatte lesen lassen, aber erst, nachdem ich ihm erklärt hatte, daß in der Bibel sicherlich nichts Falsches stehen könne.

»Wer ist die, die hervorbricht wie die Morgenröte, schön wie der Mond, klar wie die Sonne, gewaltig wie ein Heer?« Mister grinste auf seine Hände herab. »Und hast du deine schlechte Laune schon überwunden, Molly? Wenn ja, dann faß in die Tasche meiner Jacke, und du wirst genug Kleingeld finden, um füı jeden von uns einen Krug Ale und etwas Pastete kaufen zu können.«

Ich tat noch einen Schritt nach vorn, versuchte zu sprechen, und in diesem Augenblick wandte er seinen Kopf und sah mich an, lächelte noch immer, und seine Hände hörten nicht auf zu arbeiten. »Nun, sag etwas, Mädchen, auch wenn du nur sagst, ›rutsch mir den Buckel runter, Buff‹.« Er legte den Kopf schief, und jetzt waren seine Hände ruhig, während er mich anstarrte. »Molly? Bist du das?« Er legte die Schachfigur und das Werkzeug hin und stand auf. »Molly?«

Beides stürzte gleichzeitig auf mich ein, das Verstehen und der Schmerz, und mir war, als ob man mich mit einem Speer durchstoßen hätte. Die tiefblauen Augen blickten mich nicht an, sondern an mir vorbei, ein wenig nach einer

Seite, und sie waren blicklos. Schock, Schmerz und Schrecken wallten in mir auf, preßten mit brennendem Begreifen meine Kehle und meine Brust zusammen. Ich hörte, wie die Handtasche aus meiner Hand fiel, fühlte, wie mein Gesicht sich verzog, und ich krampfte meine Hände zusammen, bis sie schmerzten und schüttelte den Kopf, als ob ich verneinen wollte, was ich sah.

»Molly?« fragte er wieder.

Endlich brachen mit einem protestierenden Schrei Worte aus meiner Kehle. »Oh nein, nicht du, Mister, du!«

Langsam schob er seinen Stuhl zurück und ging zum Fenster, stand mir gegenüber und sah mich an, er legte jetzt den Kopf ein wenig zurück und schloß die Augen halb – wie in Verwunderung. Ich sah, wie seine Lippen das Wort »Mister . . .?« formten, langsam, gedankenvoll. Dann sagte er: »Niemand hat mich jemals so genannt außer . . .« Seine leeren Augen öffneten sich weit und sein Gesicht, bleicher als ich es in Erinnerung hatte, war plötzlich hell vor Freude. Er stieß ein ungläubiges Lachen aus. »Jani! Bei allem, was wunderbar ist, die kleine Jani Burr!«

Er streckte beide Hände aus, und ich lief zu ihm hinüber, ohne einen Augenblick zu zögern, warf meine Arme um seinen Hals, preßte meine Wange gegen seine Brust. Während der letzten Tage, als ich sehr schwach gewesen war, hatte er mich oft so festgehalten. Seine Hände berührten meine Taille, und dann hörte ich ihn wieder lachen, als ob er überrumpelt wäre, und seine Arme hoben sich, um mich zu umfassen. Ich weinte, bemühte mich, es nicht zu tun, und mein ganzer Körper zitterte. Ich hörte ihn sagen: »Mein Gott, was bin ich für ein Narr, ich habe erwartet, das magere kleine Wesen hochzuheben, das du damals gewesen bist . . . vor wie lange? Jetzt sicher schon sechs Jahre. Aber seit damals bist du erwachsen geworden!«

Ich sagte mit unterdrücktem Weinen: »Ich mache dein ganzes Hemd naß.«

»Es ist nur ein altes Hemd. Das ist die einzige Sorte, die ich habe.« Er lachte noch einmal. In diesen wenigen Augenblicken hatte ich ihn mehr lachen hören, als in all den Wochen, die ich mit ihm vorher verbracht hatte. Eine seiner Hände bewegte sich, berührte leicht mein Kleid, meinen Arm, meine Schulter, meine Wange, meinen Hut, der jetzt auf die Seite gerutscht war, und mein Haar. »Ja,« sagte er, »du bist erwachsen geworden, Jani.«

Zögernd trat ich zurück, drehte mich um, um meine Handtasche aufzuheben, fand ein Taschentuch und begann, meine Augen zu trocknen. Er stand sehr ruhig da, horchend, als ob er meinen Bewegungen folgte. Als ich wieder sprechen konnte, ohne daß meine Stimme allzusehr zitterte, sagte ich: »Oh, ich bin sehr froh, daß ich dich gefunden habe, Mister. Ich meine, Mister Gascoyne. Es tut mir leid, ich bin ganz verwirrt, und ich bin so schrecklich aufgeregt über . . . darüber, daß Sie blind sind.«

»Setzen Sie sich, Jani. Nein, bewegen Sie den Stuhl nicht, ich muß wissen, wo alles ist. Da, das ist gut. Was in aller Welt brachte Sie dazu, mich zu suchen? Und was ist mit Ihnen in all diesen Jahren geschehen? Wo ist Ihr komischer Londoner Dialekt geblieben? Und wie in aller Welt haben Sie es geschafft, mich zu finden?«

Ich legte meine Hand an den Kopf. »Oh weh. Es gibt so viel zu erzählen, und es gibt so viel, was ich hören möchte. Da ist es schwer, herauszufinden, wo ich anfangen soll.«

»Ich habe einen Freund bei mir, da unten auf der Terrasse, aber das spielt sowieso keine Rolle.«

»Wünschen Sie, daß er heraufkommt?«

»Nein. Wir können uns allein besser unterhalten.«

Er lächelte. »Sie haben sich geändert, aber Sie machen noch immer keine Mördergrube aus Ihrem Herzen.«

»Sie haben sich auch verändert. Sie sind nicht mehr so . . .« ich zögerte.

»Arrogant? Hochnäsig? Eingebildet?« Er grinste. »Ja, ich glaube, ich bin ein bißchen reifer geworden, vielleicht habe ich mich sogar gebessert.«

»Sie waren noch ein sehr junger Mann, das habe ich damals nicht begriffen.«

»Ich habe eine höllische Angst gehabt mit einem kleinen Mädchen am Hals.« Er schmunzelte. »Ich sah mich als schneidigen Soldaten, nicht als Krankenschwester.«

»Sie waren so nett zu mir.«

»Ich habe es nicht gewagt, anders zu sein, für den Fall, daß Sie mich wieder kräftig vors Schienbein treten wollten.«

»Oh Schreck! Ich habe mich aber entschuldigt.«

»Das haben Sie.« Er machte eine Pause, dann sagte er: »Sie haben mich gerade mit meinem Namen angesprochen.«

»Ja. Sie sind Mr. Gascoyne, Mr. Adam Gascoyne, oder benutzen Sie noch immer Ihren militärischen Dienstgrad?«

»Nein. Glauben Sie, Sie könnten mich Adam nennen?«

»Ich will's versuchen.« Ich merkte, daß ich lächelte. »Es ist vielleicht anfangs etwas schwierig. Ich habe jetzt sechs Jahre an Sie gedacht unter dem Namen Mister.«

Seine blicklosen Augen starrten lange Sekunden an mir vorbei, dann sagte er: »Ich bin sehr geschmeichelt, daß Sie überhaupt an mich gedacht haben, Jani Burr.« Er stand auf und nahm seinen Stuhl. »Was immer Sie auch sagen, ich habe nicht vor, Ihre Reputation zu untergraben, deshalb werden wir auf den Balkon hinausgehen. Dort kann ich weiterarbeiten, während Sie mir alles über sich erzählen, und wir können von dem Verkehr auf dem Fluß und von der Terrasse aus beobachtet werden. Kommen

Sie.« Ich nahm meinen Hut ab und folgte ihm auf den Balkon. Er bewegte sich mit großer Sicherheit, stellte den Stuhl seinem Stuhl gegenüber, so daß wir einander am Tisch gegenüber saßen. Bevor ich mich setzte, sagte ich: »Ehe Sie wußten, wer ich war, sagten Sie etwas von Pastete und Ale. Haben Sie Hunger?«

»Nun, es hat eine kleine Panne in der Lebensmittelversorgung heute morgen gegeben.«

»Ist Molly wütend fortgelaufen?«

»Oh.« Er sah reuig aus. »Nun, ja. Ich würde gehen und etwas für uns kaufen, Jani. Aber ich könnte Ihnen keine anständige Mahlzeit bieten. Nur bis dieses Schachspiel fertig ist.« Er zeigte auf die Elfenbeinfiguren. »Nächste Woche werde ich wieder reich sein. Zwei ganze Sovereigns zahlt mir der alte Cheng Wu unten in Limehouse.«

»Nun, ich bin zufällig heute reich, Mister, ich meine Adam.« Ich lehnte mich über die rostige Balustrade und rief leise: »Mr. Bailey.«

Er riß die Pfeife aus seinem Mund und sprang auf. »Miss Jani?«

»Würden Sie wohl so nett sein und für uns etwas zu essen suchen? Ein kaltes Hähnchen vielleicht und etwas Schinken, Käse, Brot. Ich überlasse es Ihnen. Oh, und einen Krug Ale, und Limonade oder Ingwerbier für mich.«

»In Ordnung, Miss.«

»Und holen Sie auch genug für sich selbst, Mr. Bailey. Ich werde noch eine ganze Weile hier bei Mr. Gascoyne sein. Haben Sie etwas Geld?«

»Ich habe noch massenhaft übrig von dem, was Sie mir gegeben haben. Überlassen Sie es nur mir, Miss Jani.« Er marschierte energisch fort.

Adam Gascoyne sagte: »Das ist ein alter Soldat. Wie damals Sembur.«

Ich riß die Augen auf. »Wie konnten Sie das wissen?«

Er zuckte die Achseln. »Die Stimme. Das Benehmen. Ich habe ein gutes Ohr dafür entwickelt, nehme ich an. Nun . . . vielen Dank für Ihre Gastfreundschaft.« Er wartete, horchte, als ich mich hinsetzte, ließ sich dann selbst nieder und hob die Schachfigur und das Schnitzwerkzeug wieder auf. »Gott, es gibt so viel, über das man sprechen könnte.« Seine Hände bewegten sich wieder eifrig. »Sie zuerst, Jani. Und zwar von Anfang an.«

Weil er mich nicht sehen konnte, war ich in der Lage, ihn genau zu studieren. Sein geflicktes Hemd, das am Hals offenstand, war frisch gewaschen, seine abgetragenen Stiefel poliert. Sein Gesicht war ein wenig schmaler, sein Haar ein wenig länger. Er sah älter aus, obwohl vielleicht nicht sechs Jahre älter. Ich sagte, während ich ihn beobachtete: »Nun . . . als ich im Hospital in Gorakhpur aufwachte, fand ich, daß Sie mir Ihr Medaillon zurückgelassen hatten.« Ich legte eine Hand auf seinen Unterarm, um ihm zu bedeuten, daß er aufhören sollte zu arbeiten, zog das Medaillon unter meinem Kleid hervor und preßte es gegen seine Finger. »Ich habe es seit damals immer getragen, und ich kann Ihnen niemals genug dafür danken. Es ist mein Talisman gewesen . . .«

Ohne Hast begann ich ihm meine Geschichte zu erzählen. Er arbeitete weiter, unterbrach mich von Zeit zu Zeit mit einer Frage, hörte intensiv zu, und sein Gesicht zeigte Überraschung, Ärger, Ernst, Lachen und eine ganze Reihe von Emotionen, während ich meine Erzählung entfaltete. Ich erinnerte mich, wie gleichgültig er früher immer gewesen war, und ich war froh.

Nach einer halben Stunde kehrte Mr. Bailey zurück und brachte einen Korb mit kaltem Essen, außerdem ein paar billige Teller und Bestecke. »Hab' sie geborgt«, erklärte er. »Netter kleiner Laden, da hinten in der Nähe des Towers. Hier sind 'n paar Bierkrüge.« Da war auch ein Literkrug mit einem Deckel, eine Steinflasche mit Ingwerbier, etwas frisches, warmes Brot, ein Stück Butter, Pfeffer und Salz und ein Glas eingelegte Gurken.

Ich sagte: »Mr. Bailey, Sie sind wunderbar.«

»Nichts zu danken, Miss.« Er blickte stur an die Dekke, um ganz deutlich zu machen, daß er nicht neugierig wäre, und er senkte seinen Blick nicht eher, bis ich ihm Captain Gascoyne vorstellte; dann nahm er zackig Haltung an, hielt seinen Hut über sein Herz, verneigte sich leicht und bellte: »Sir! Sergeant Bailey, Tower Hamlets.«

Adam sagte: »Haben Sie Ihre eigene Ration sichergestellt, Sergeant? Miss Jani ist wohl trainiert worden, und sie wird sich nicht eher hinsetzen, um zu essen, als bis alle Männer und Pferde unter ihrem Kommando ordentlich versorgt worden sind.«

»Ich bitte, berichten zu dürfen, Sir, daß ich meine eigene Ration sichergestellt habe und hoffe, selbige auf der Terrasse unten zu mir nehmen zu dürfen.«

»Sehr gut, Sergeant.«

»Sir!« Mr. Bailey tat einen Schritt zurück, machte eine zackige Kehrtwendung, knallte die Hacken zusammen und marschierte hinaus.

Wir brachten unser Essen und die Getränke hinaus auf den Balkon, und während ich das Fleisch auf die Teller legte, Brotscheiben mit Butter bestrich und etwas Ale für Adam eingoß, fuhr ich mit meiner Geschichte fort. Unter uns schlug der Fluß gegen die Wand des Gasthauses. Auf dem anderen Ufer, aus einem Nebel von Rauch, erhoben sich die Lastkräne der Surrey-Docks, die ich gut kannte, denn ich hatte sie oft vom Adelaide-Crocker-Heim gesehen. Kleine Ruderboote und Lastkähne fuhren flußaufwärts und flußabwärts vorbei und rührten das graue Wasser auf. Nahe und ferne Geräusche wurden vom Fluß zu uns hinübergetragen, während die Sonne langsam an den hochgereckten Armen der Kräne vorüberzog.

Als ich von Semburs Brief erzählte und meine Kopie vorlas, die ich mitgebracht hatte, legte Adam Gascoyne seine Arbeit beiseite und ließ mich alles ein zweites Mal vorlesen.

»Das also war die Wahrheit«, sagte er ruhig. »Was für ein wirklich häßliches Geschäft. Aber ich freue mich sehr für Sembur, ich habe es immer schwer gefunden, seinem Bekenntnis zu glauben. Ich hoffe wirklich sehr, daß diese Geschichte Sie nicht bedrückt, Jani.«

»Nein, zuerst war ich schrecklich bekümmert, aber ich bin nicht nachtragend. Es liegt ja alles in der Vergangenheit.«

»Gut.« Er sinnierte einen Augenblick lang, dann lächelte er plötzlich. »Guter Gott, kaum zu glauben, daß ich eine Maharani gebadet und ins Bett gepackt habe, ohne es zu wissen!«

Wir waren schon längst mit essen fertig, als ich dazu kam zu erzählen, wie ich Merlin's Burg verlassen hatte und in das Häuschen auf Staffords Farm gezogen war, und da ließ ich eine Lücke in meiner Geschichte offen und erzählte nicht von Sir Charles und Lady Gascoyne, sondern überging die Sache und erzählte, wie ich Vernon Quayles Behauptung gefolgt war, daß er jemand »der verschollen ist« finden konnte, durch das Medaillon, das ich trug. Ich beschrieb die halb unheimlichen, halb prosaischen Vorgänge im Runden Zimmer und auch Vernon Quayles Schlüsse aus den Eindrücken, die Eleanor gehabt hatte. Ich erzählte weiter, wie David Hayward mich für ein paar Tage bei Mr. und Mrs. Bailey einquartiert hatte als Ausgangsbasis für meine Suche, die viel schneller erfolgreich verlaufen war, als ich zu hoffen gewagt hatte. »Ich habe einen Teil meiner Geschichte ausgelassen«, schloß ich ab,

»weil ich nicht erklärt habe, was geschehen ist und mich bewegt hat, zu einem Mann wie Vernon Quayle zu gehen und ihn darum zu bitten, zu versuchen, Sie zu finden. Bitte lassen Sie mich das für mich behalten, bis Sie mir Ihre Geschichte erzählt haben. Es ist ... Es gehört eigentlich nicht dazu.«

»Gut, aber zuerst müssen Sie mir etwas versprechen, Jani.« Sein Gesichtsausdruck war fest und ernst. Er hatte angefangen, eine neue Schachfigur zu schnitzen, aber jetzt legte er sie nieder und lehnte sich über den Tisch, um meine Hand zu greifen. »Sie dürfen nicht mehr mit diesem Quayle verkehren. Ich brauche Ihnen nicht zu sagen, daß er gefährlich ist, viel gefährlicher als die Viper, mit der sie es im Neuen Forst zu tun hatten. Wie sagten Sie, hat Rild ihn genannt ... Esser von Seelen? Ziemlich dramatisch, aber nicht unrichtig, stelle ich mir vor. Quayle ist ein Zerstörer, Jani.«

»Wollen Sie damit sagen, daß Sie ihn kennen?«

»Nein.« Er schüttelte ungeduldig den Kopf. »Aber auf meinen Reisen sind mir viele merkwürdige Dinge begegnet, Ihnen auch. Gott sei Dank haben Sie sich geweigert, in diese Schale mit Tintenflüssigkeit zu schauen. Er hätte vielleicht auch über Sie Macht bekommen, wie über Ihre Freundin Eleanor. Sie dürfen einfach nicht mehr in seine Nähe gehen.«

»Das kann ich nicht versprechen. Sehen Sie, da ist Eleanor, und ich muß zu ihr gehen, wenn Sie mich jemals brauchen sollte.«

»Aber Sie können nichts für sie tun, Jani.« Er preßte meine Hand jetzt ganz fest, so, als ob er dadurch vielleicht irgendwie meine Seele mit seinem inneren Auge erblicken könne. »Ich befürchte, daß Eleanor verloren ist. Außer, wenn Quayle sich entscheidet, sie loszulassen.«

Ich schüttelte störrisch meinen Kopf. »Jeder hätte damals wahrscheinlich gesagt, daß es nichts gäbe, was Sie für mich tun könnten, als ich in der Höhle fast erstickt wäre, aber Sie haben mich gerettet, Sie haben die Hoffnung nicht aufgegeben, und ich werde die Hoffnung nicht aufgeben, Eleanor zu retten. Ich verdanke ihr so viel, Adam, so viel.«

Er strich sanft mit dem Ballen seines Daumens über meinen Fingerknöchel, genauso, wie er das Elfenbein betastete, während er es schnitzte. »Gut, Jani«, sagte er endlich sehr ruhig. »Ich nehme an, Sie können nicht anders sein als Sie sind.«

Mit Erleichterung darüber, daß der Disput vorüber war, sagte ich: »Nun, das ist geklärt, und jetzt sind Sie dran.«

»Meine Geschichte?« Er lachte und nahm das Elfenbein und den Schaber wieder auf. »Sie ist sehr langweilig, verglichen mit Ihrer. Ich hoffte, in Gorakhpur bleiben zu können, bis Sie sich wieder ein wenig erholt hätten, aber ich wurde nach Kalkutta beordert und dann zurück nach Tibet geschickt, aber nach dem Osten, hinauf nach Darjeeling. Ich hatte zwei Ingenieure bei mir, und wir sollten eine Untersuchung durchführen, aber in Wirklichkeit stießen wir nach Tibet vor, um dort auszukundschaften.«

Er drehte die Schachfigur, betastete sie sorgfältig. »Ich möchte annehmen, daß bald eine bewaffnete Expedition nach Norden ziehen wird. Die Regierung hat jetzt schon seit Jahren mit dieser Idee gespielt, weil sie den russischen Einfluß dort fürchtet.« Er begann wieder das Elfenbein zu schaben. »Ich verbrachte ein paar Monate damit, das Land auszukundschaften, kam dann wieder nach Kalkutta zurück, verkrachte mich mit einem Brigadegeneral, wurde nach Ägypten versetzt, fand mich plötzlich mitten in der Invasion des Sudans, wurde leicht verwundet in Omdurman, wurde nach Kairo versetzt, verkrachte mich dort mit einem Generalmajor und entschied mich dann, die Armee ohne mich zurechtkommen zu lassen.«

Er runzelte die Stirn und hielt einen Läufer hoch. »Können Sie dort einen Fehler sehen? Einen kleinen Fleck? Ich kann etwas hier fühlen, auf der Spitze.«

Ich sah genau hin. »Ja, aber es ist nur ein kleiner Fleck.«

»Na, dann können sie sie für eins von den schwarzen Stücken benutzen. Eine unwichtige Nebenbemerkung: Dies ist Elfenbein von einer Elefantenkuh, die beste Art zum Schnitzen, besonders wenn es von der westafrikanischen Küste kommt; die meisten benutzen eine Handdrehbank, aber ich scheine gut genug ohne auszukommen. Wo war ich stehengeblieben, Jani?«

»Sie hatten gerade die Armee verlassen.«

»Nun, lassen Sie mal sehen . . . Dann ging ich nach Santa Fé, um Pferde zu züchten. Ich kaufte einen Anteil an einem Gestüt, und nach einem Jahr waren wir in einer sehr vielversprechenden Position, meine beiden südamerikanischen Partner und ich. Aber dann entwickelte Ramons Schwester eine Leidenschaft mir gegenüber, und als ich sie nicht erwiderte, beschuldigte sie mich, sie entehrt zu haben.« Adam warf seinen Kopf zurück, lachte, ohne sich zu beherrschen, und es vergingen mehrere Sekunden, ehe er weitererzählen konnte. »Weil das in Argentinien war, mußte ihr Bruder natürlich die Sache aufnehmen, ob er ihr nun glaubte oder nicht, aber ich sprang auf einen Zug nach Buenos Aires und schaffte es, wegzukommen, ohne ein Loch im Pelz.« Schmunzelnd legte er den Schaber hin und nahm eine dreieckige Feile aus einer Dose neben seinem Ellenbogen. »Dann wanderte ich eine Zeitlang durch die Karibik und suchte etwas, was ich tun konnte. Letzten Endes siedelte ich mich in Haiti an und begann, Mahagoni und Rosenholz zu exportieren. Es gab alle Arten von Problemen, aber Haiti ist ein faszinierender Ort, und es hat mir dort gut gefallen.« Er zuckte die Achseln. »Dann wurde ich blind.«

Er lehnte sich jetzt ein wenig zurück, so als ob er unbeteiligt in den Himmel blickte, während er arbeitete. Ich fühlte ein deutliches Echo des Schmerzes und des Schocks, den ich gehabt hatte, als ich zuerst bemerkte, daß er nicht sehen konnte, und meine Stimme war unsicher, als ich sagte: »Wie ist es geschehen?«

»Der liebe Himmel weiß es, Jani. Es war kein Unfall. Ich habe mir ein Fieber geholt und es warf mich drei oder vier Tage nieder. Als ich es überwunden hatte, war ich blind. Ich ging hier zu einem Spezialisten. Der Amerikaner sagte, er sei verblüfft, denn er könne überhaupt nichts finden, das nicht in Ordnung wäre. Der Franzose sagte, es käme ganz sicher von einem Druck auf den optischen Nerv aus Gründen, die nicht bekannt waren. Der Engländer sagte, das sei Blödsinn und daß ich mir eine Krankheit des optischen Nervs von irgendeinem fremden Bazillus zugezogen hätte, der in mich hineingeraten wäre. Ich suchte noch drei oder vier andere Ärzte auf, aber das einzige, worin sie übereinstimmten, war, daß sie mich nicht heilen konnten.«

Er lachte wieder, und es war keine Spur von Bitterkeit darin. »Ich muß sagen, ich mochte den Amerikaner am meisten.«

»Wie lange sind Sie schon in England gewesen?«

»Oh, ungefähr achtzehn Monate. Nach vier oder acht Monaten ging mir das Geld aus, deshalb ging ich zum alten Cheng Wu. Er verkauft Antiquitäten und Gegenstände aus dem Orient von allen möglichen Arten, der alte Gauner. Ich habe oft bei ihm gekauft, und manchmal habe ich mit ihm gehandelt, als ich noch ein junger Seemann war – das war lange, bevor wir uns begegneten, Jani. Nun, er besorgte mir hier eine Unterkunft und sagte, daß ich lernen könnte, Elfenbein zu schnitzen. Anscheinend war sein Großvater blind gewesen, und der war ein Meister darin geworden. Nun, ich befürchte, das werde ich nie werden, denn ich kann noch nicht die feine Filigranarbeit machen, aber ich kann sehr ordentliche Schachspiele schnitzen, die Cheng Wu den Leuten verkauft, die dann glauben, sie seien in Indien geschnitzt.«

Wieder warf er seinen Kopf zurück und lachte dieses herzhafte Lachen, das eine seltsame Mischung von Glück und Schmerz in mir hervorrief. Er sagte: »Ich habe sehr viel Glück gehabt. Nach etwa einem Monat hier nahm Molly mich unter ihre Fittiche. Sie ist eine Irin, die mit ihrem eigenen Esel und Karren altes Holz sammeln geht. Sie hält dieses Zimmer hier sauber, kümmert sich um meine Kleidung, streitet sich mit mir und will keinen Penny für ihre Arbeit nehmen, selbst, wenn ich welche übrig habe.«

»Wohnt sie hier mit Ihnen?« fragte ich und erinnerte mich an das blaue Baumwollkleid, das mit seinen Kleidern zusammen aufgehängt war. »Wird sie böse sein, wenn sie mich hier findet?«

»Um die Wahrheit zu sagen, ich weiß nie so recht, worüber Molly eigentlich böse werden wird.« Er begann sehr vorsichtig mit einer schlanken kleinen Rundfeile zu arbeiten. »Sie hat oben neben der Münze einen Trödlerladen mit einem Zimmer darüber, aber ab und zu bleibt sie hier. Zwei oder drei Tage in der Woche, gewöhnlich. Sie ist sehr großzügig, sehr gut zu mir.« Er machte eine Pause und hob die Augenbrauen. »Sie scheinen nicht zu einer jungen Dame aufgewachsen zu sein, die leicht zu erschrecken ist, Jani.« »Nein, das glaube ich nicht. Ich bin zum Teil in Smon T'ang aufgewachsen, wo Ehen sehr locker geschlossen werden, und teilweise im Adelaide-Crocker-Heim mit Mädchen wie die dicke Alice und Soppy Kate, die auf der Straße gewesen sind.« Ich zögerte, dann wagte ich es.

»Adam, Ihre Mutter und Ihr Vater möchten, daß Sie nach Hause kommen.«

Seine Hände hörten auf zu arbeiten, sein Gesicht wurde zur Maske. Nach einem Augenblick sagte er langsam: »Was wissen Sie von meinen Eltern, Jani?«

»Jemand im Auswärtigen Amt erzählte Ihrem Vater von Semburs Brief, und er wußte schon genug durch Armeeberichte, daß Sie derjenige waren, der ausgeschickt wurde, um Sembur zu verhaften. Sie kamen mich in meinem Landhaus besuchen. Oh Adam, ich weiß, daß Sie sich mit Ihrem Vater vor all diesen Jahren gestritten haben, aber haben Sie niemals an all die Angst und all den Schmerz gedacht, den Sie Ihrer Mutter zugefügt haben?«

Er legte die Feile nieder und nahm den Schaber wieder auf. »Das geht Sie nichts an, Jani.«

Ich nahm seine Hand und sagte erregt: »Oh, doch! Hören Sie auf, an diesem Ding herumzuschaben und hören Sie mir zu, Adam Gascoyne! Sie haben mein Leben gerettet, und Sie gaben mir Ihr Medaillon, das Geschenk Ihrer Mutter an Sie zur Erinnerung, als Freund. Wenn Sie das also meinten, wenn wir wirklich Freunde sind, dann geht es mich schon etwas an, was Sie machen. Sie sind gedankenlos und herzlos gewesen, aber was vergangen ist, ist vergangen. Sie sagten, daß Sie niemals nach Hause kommen würden, bis Ihr Vater Sie darum bitte. Nun, jetzt bittet er Sie darum.«

Ich hielt noch immer seine Hand fest. »Adam, er stirbt. Ich meine nicht, daß er auf dem Sterbebett liegt, aber er hat nicht mehr lange zu leben. Bitte gehen Sie nach Hause, wenn nicht seinetwegen, dann Ihrer Mutter wegen.«

Ein langes Schweigen entstand. Seine blicklosen Augen wandten sich zum Fluß, sein Gesicht war ohne Ausdruck. Endlich legte er seine Hand auf meine und sagte gedankenverloren: »Ich wünsche mir sehr, ich könnte Sie sehen.«

Meine Augen füllten sich mit Tränen. »Bitte, Adam, werden Sie es tun?«

»Ich wollte nicht grausam sein, Jani. Ich dachte, es sei das beste für meine Mutter, mich einfach zu vergessen. Und als ich mein Augenlicht verlor, fühlte ich, es sei besser, sie dächte, ich sei tot als blind und nutzlos.«

»Oh, Adam, Sie sind solch ein Narr«, flüsterte ich, beugte mich nieder und legte meine Wange auf die Hand, die meine bedeckte. »Verstehen Sie überhaupt irgend etwas von dem Herzen einer Frau? Haben Sie sich wirklich vorgestellt, sie könnte ihren Sohn vergessen? Oder, daß sie Sie lieber tot als blind sähe?«

Eine Zeitlang sprach er nicht, dann stieß er einen langen Seufzer aus. »Zuerst durchweichen Sie die Vorderseite meines Hemdes, jetzt meine Manschette. Ich weiß nicht, was mit Ihnen los ist, Jani Burr. Oder Jani Saxon. Oder Eure Hoheit. In all den Wochen, die wir zusammen waren und bei all den Schwierigkeiten, die Sie überstanden haben, habe ich Sie nur ein einziges Mal weinen hören.«

Ich hob den Kopf, wischte mir die Augen noch einmal, stieß ein zitterndes Lachen aus und sagte ein paar zögernde Worte des Bedauerns. Adam Gascoyne wußte nicht, was mit mir los war, aber plötzlich wußte ich es sehr genau. Ich war verliebt, und ich hatte den beginnenden Verdacht, daß ich lange, ehe David Hayward es im Scherz bemerkt hatte, in Mister verliebt gewesen war. Wenn ich weinte, dann konnte es aus Glück, Sehnsucht, Verzweiflung, Eifersucht oder all diesen Dingen zusammen sein. Schweigend saßen wir eine Weile da und endlich sagte er: »Gut, Jani. Ich werde nach Hause zurückgehen, wenn Sie mit mir kommen. Ich werde Sie dort brauchen, besonders zuerst.«

»Adam, ich – kann mich Ihren Eltern nicht so aufdrängen.«

»Das werden Sie auch nicht. Ich bin derjenige, der darauf besteht, und wenn sie mich wirklich wollen, ist das eine Bedingung, die leicht zu erfüllen ist. Weiß Gott, das Haus ist groß genug, die Dienerschaft auch. Außerdem, wenn sie Sie kennengelernt haben, werden beide wie Fremde für mich sein und ich werde nicht wissen, wie ich mit ihnen reden soll, aber in Ihrer Gegenwart fühle ich mich ungezwungen und leicht. Deshalb werden Sie eine Art Katalysator sein. Haben Sie bei mir auch das gleiche Gefühl?« »Ja. Ja, wirklich, Adam. Aber zuerst muß ich Ihre Mutter und Ihren Vater besuchen, um sie zu warnen. Heute nachmittag werde ich hingehen und ihnen erzählen, daß ich Sie gefunden habe. Ich werde ihnen beibringen, daß Sie Ihr Augenlicht verloren haben, aber ich werde es so sanft wie möglich tun, und ich werde ihnen sagen, daß Sie zu ihnen zurückkommen wollen.«

»Vorausgesetzt, daß Sie mit mir kommen.«

»Ja, ich werde es ihnen sagen. Ich hoffe, daß diese Seite der Angelegenheit in Ordnung ist. Wann kommen Sie, Adam?«

Er machte eine säuerliche Grimasse und schien sich zusammenzunehmen. »Wir wollen es hinter uns bringen. Morgen früh. Werden Sie mich abholen?«

»Ja.«

Ich hatte das Gefühl, als ob auch der letzte Rest Kraft von mir gewichen wäre, und ich wußte, ich hätte den Kopf auf die Arme legen und am Tisch einschlafen können. Adam sagte: »Sind Sie müde, Jani?«

»Hm.« Ein riesiges Gähnen packte mich ohne Warnung. »Tut mir leid.«

Er lachte und stand auf. »Das überrascht mich nicht. Kommen Sie, ich werde Sie und Mr. Bailey bis zum Tower begleiten.«

»Oh, aber wer wird Sie zurückführen?«

»Ich brauche keinen Führer, ich kann meilenweit allein gehen.« Ich ging mit den Körben, in denen unser Essen gewesen war, ins Zimmer. »Ich muß für Mr. Bailey das Geschirr abwaschen, damit wir es zurückgeben können, wenn wir gehen.«

»Gut, etwas Soda steht auf der Kommode.«

Es war schnell getan, denn die Teller waren kaum fettig. Ich packte alles in den kleinen Korb und ging hinüber zu einem gesprungenen Spiegel, der in der Nähe des Bettes hing, um meinen Hut aufzustecken. Mollys Spiegel, fiel mir schlagartig ein; Adam hatte keinen Gebrauch dafür.

Gerade als mir der Gedanke kam, öffnete sich die Tür, und ein Mädchen trat in den Raum. Ich hätte ihr Alter auf zweiundzwanzig oder dreiundzwanzig geschätzt. Sie war ein wenig größer als ich, mit einer schmalen Taille, die sich in einem großen Busen und breiten Schultern fortsetzte, ihr Gesicht war gewöhnlich und rot, aber ihre Augen waren wunderschön. Das mausfarbene Haar war im Nacken in einem Knoten zusammengenommen unter einem nach vorne gekippten Hut mit ein paar ziemlich mitgenommenen künstlichen Weintrauben und Kirschen auf dem Rand. Das Kleid, das sie trug, zeigte ein fleckiges Braun und war deutlich gefärbt worden. Die weiße Spitze auf dem Oberteil, dem Kragen und den Ärmeln war frisch gewaschen und gebügelt.

Adam, der gegen die Wand neben dem Fenster gelehnt stand, sagte: »Oh, du hast mir vergeben, Molly. Wenn ich Lavendelwasser an dir rieche, weiß ich, daß mir vergeben ist. Jani, ich stelle Ihnen Molly vor. Molly . . . Jani.«

Sie stieß die Tür hinter sich zu und stand da, während

sie mich ansah, die Hände auf den Hüften, die Daumen nach vorne, ihre weitauseinanderstehenden Augen scharf und zuerst voller Mißtrauen, dann wurde ihr Ausdruck langsam sanfter in einer Art schmerzlichem Bedauern.

»Schwester, wie?« sagte sie und warf ihren Kopf herum. »Wenn Sie von dem die Schwester sind, dann bin ich der Papst selbst.« Sie legte den Kopf zurück. »So, Sie sind das also.«

Adam sagte: »Keins von deinen irischen Rätseln, Molly, Liebe. Wer soll sie sein?«

Molly gab ihm einen Blick mitleidiger Verachtung. »Die Bildung ist an dir verschwendet worden, Buff, denn du bist so blöd wie jeder andere Mann.« Sie baute sich vor mir auf. »Sie sind also gekommen, um ihn mitzunehmen?«

Ich sagte: »Er geht nach Hause zu seiner Familie. Sein Vater liegt im Sterben.«

Sie zuckte die Achseln. »Na, dann hat es eben ein Ende, wem macht das was aus?«

Ich sagte: »Es gibt jemanden, Molly. Jemand hat sich sehr um ihn gekümmert.«

Tränen glitzerten in ihren Augen, und sie wischte sie ärgerlich weg. »Ich hab ihn ein Jahr und mehr gehabt, es gibt keinen, der mir das nehmen kann. Aber ich freu mich, daß er jetzt zu seinen eigenen Leuten zurückgeht. Wann werden Sie ihn mitnehmen?«

»Ich werde morgen früh kommen, ungefähr um zehn Uhr.«

»Dann werde ich ihn reisefertig und ordentlich haben und seine Klamotten alle gestopft und sauber.«

»Danke, Molly.«

Adam sagte steif: »Ich würde mich freuen, wenn ihr beide aufhören würdet, so zu reden, als ob ich überhaupt nicht hier wäre.«

Molly lachte, ging auf ihn zu, bis sie sehr nahe bei ihm

stand und blickte zu ihm auf. »Weißt du was, Buff? Warte bis ich dir was erzähle. Ich will Sid heiraten, weil er mich dauernd fragt und weil du mir das auch immer rätst.« Sie hob ihre Arme und verschränkte ihre Hände hinter seinem Nacken. »Aber du wirst der einzige sein, Buff, du bist der einzige, Buff, verdammt noch mal.«

Sie reckte sich auf, zog seinen Kopf zu sich herunter, küßte ihn heftig auf die Lippen, drehte sich dann abrupt um und verließ mit hocherhobenem Kopf das Zimmer. Adam fuhr sich mit gespreizten Fingern durch sein dichtes schwarzes Haar. Ich wandte mich wieder dem Spiegel zu und setzte meinen Hut auf, während ich an Molly dachte und daran, daß ich vielleicht das gleiche Leben gelebt hätte, mit einem Esel und einem Karren umhergezogen wäre, wenn ich nicht das Glück gehabt hätte, vor etwa sechs Jahren im Neuen Forst Mr. Lambert von Merlin's Burg begegnet zu sein.

Adam zog ein fadenscheiniges Jackett an. Er knöpfte es zu, ging zur Türe und hielt sie für mich offen. Eine Frage, an die ich schon ein paar Mal gedacht hatte, die ich aber noch nicht gestellt hatte, kam mir wieder in den Sinn, und ich sagte: »Adam, warum nennen sie Sie Buff?« Er dachte einen Augenblick nach, dann lachte er leise. »Wissen Sie, das hätte ich fast vergessen. Aber es waren Kinder, natürlich. Sie haben mich so genannt nach dem Spiel, das sie immer spielen. Blind Man's Buff – Blinde Kuh.«

Drei Stunden später, in dem wunderschönen Salon eines Hauses, welches über den Regentspark blickte, sagte eine weißgesichtige Lady Gascoyne: »Aber darf ich nicht zu ihm gehen, Jani? Darf ich nicht jetzt zu ihm gehen und ihn nach Hause bringen?«

Meine innere Bewegung hatte mich stark mitgenommen, und in meiner Schwäche mußte ich nach Worten suchen, während ich sagte: »Bitte nicht, Lady Gascoyne. Es wird nicht leicht für ihn sein, und ich bin sicher, daß es am besten für ihn ist, auf seine eigene Art hierher zu kommen.«

Sir Charles, der am Fenster stand und auf den Park hinausblickte, sagte: »Hör auf das, was das Kind sagt, Mary. Sie hat ihn gefunden und mit ihm gesprochen. Sie weiß es am besten.«

»Aber Charles ... blind! Und er lebt an so einem schrecklichen Ort.«

»Noch vor einer Stunde hättest du Gott gedankt, daß Jani ihn lebend gefunden hat, gleichgültig, in welchem Zustand. Nimm dich zusammen, meine Liebe.«

»Ja. Es tut mir leid, Jani. Ich muß Ihnen so undankbar erscheinen.«

»Nein, nein, Lady Gascoyne. Ich weiß, was für ein Schock dies alles ist, sowohl das Gute als auch das Böse.« Ich blickte um Unterstützung bittend zu Sir Charles hinüber und fuhr fort: »Bitte halten Sie mich nicht für impertinent, aber wenn sie wünschen, daß Adam sich hier glücklich einlebt, glaube ich, Sie sollten so wenig wie möglich Aufhebens von ihm machen. Er wird keine ... nun, er wird nicht viel Mitgefühl oder ... überhaupt Emotionen erwarten.«

Sir Charles verließ den Platz am Fenster und kam zu dem knopfgehefteten Sofa herüber, auf dem ich neben seiner Frau saß. »Versteht sich«, sagte er knurrig, »daß Mary eine Diplomatenfrau ist, und sie wird sich in der nötigen Zurückhaltung üben, das verspreche ich Ihnen.« Er sah mich mit banger Erwartung an. »Und wir können auf Sie zählen, daß Sie zu uns kommen und auf unbestimmte Zeit bleiben werden?«

Ich legte meine Fingerspitzen auf meine Augenbraue und versuchte, einen nagenden Kopfschmerz fortzuwischen. »Nun, eine kleine Zeitlang, Sir Charles, wenn Sie mich hier haben wollen. Ich kann wirklich nicht sagen, wie lange.«

»Natürlich, natürlich, wir können Ihnen keine Versprechen abpressen. Aber darf ich Ihnen vorläufig vorschlagen, Sie und diesen höchst geduldigen Mr. Bailey mit meinem Wagen zurück zur Grey's-Inn-Road fahren zu lassen? Werden Sie heute abend mit Ihrem Gepäck zurückkommen? Innerhalb der nächsten Stunde werden wir für Sie ein Zimmer hergerichtet haben. Oder soll ich die Kutsche morgen früh zu Ihnen schicken?«

Ich sagte: »Morgen, bitte. Ich habe nur einen Koffer bei Mr. Bailey. In ein oder zwei Tagen muß ich dann mit dem Zug nach Larkfield hinunterfahren und noch ein paar Kleider mehr zusammenpacken, damit sie hergebracht werden können.«

Seine Frau sagte aufgeregt: »Wir müssen für Jani sämtliche Ausgaben bestreiten, Charles. Ich werde bei Harrods und bei meinem Schneider ein Konto für sie eröffnen, so daß sie sich hier in London eine Garderobe zusammenstellen kann.«

»Selbstverständlich, Mary.«

So eine Verpflichtung wollte ich nicht auf mich nehmen, aber ich entschied mich, jede Diskussion darüber zu vertagen. Ich war zu müde dafür in diesem Augenblick. Ich sagte: »Wollen Sie die Kutsche bitte sehr zeitig schicken, Sir Charles? Ungefähr um neun Uhr? Ich habe versprochen, um zehn in Wapping zu sein, und ich könnte es nicht ertragen, zu spät zu kommen.«

14

Es WAR AN einem für die Jahreszeit ungewöhnlich grauen Tag im September, als ich Adam Gascoyne heimbrachte in das Haus seiner Familie in Chester Gardens und dortselbst meinen Einzug hielt.

Die erste Woche war ein Alptraum für jeden. Wir kämpften alle darum, völlig natürlich zu wirken, aber mit dem Erfolg, daß wir steif, linkisch und gezwungen wirkten; niemand hatte daran schuld. Eine Kluft von vielen Jahren lag zwischen Adam und seinen Eltern. Als Junge hatte er sie verlassen und kehrte jetzt als ein Mann von ungefähr Dreißig zurück, der kein Interesse daran hatte, seine Erlebnisse oder irgend etwas aus der Vergangenheit weiterzugeben.

Als er zum ersten Mal wieder seinen Vater begrüßte, hatte er ihm seine Hand geboten und ruhig gesagt: »Wollen wir uns darüber einigen, die Vergangenheit zu vergessen, Vater?«

Sir Charles hatte gesagt: »Ich wäre sehr dankbar, wenn du das tun würdest, Adam.«

Als seine Mutter mit den Tränen kämpfte, die teilweise von ihrer Freude und teilweise von dem Schock herrührten, die sauberen, aber armseligen Kleider und seine ausdruckslosen Augen zu sehen, sagte er: »Jani hat mir erzählt, daß ich sehr grausam gewesen bin, Mutter. Tut mir leid.«

Es war ein Anfang, der so gut war, wie ich ihn mir irgend wünschen konnte, aber dann schien es plötzlich, als ob nichts mehr zu sagen wäre, vielleicht, weil es zu viel zu sagen gab. Nach den ersten beiden Tagen fürchtete ich, daß die Umstellung für Adam vielleicht zu viel sein könnte, und ich nahm ihm das Versprechen ab, daß er nicht eines Nachts heimlich gehen würde, um in London unterzutauchen. Das Widerstreben, mit dem er mir dies versprach, zeigte, daß dieser Gedanke ihm schon in den Sinn gekommen war.

Zu Adams offensichtlicher Erleichterung verbrachten er und ich den vierten Tag allein zusammen, denn wir nahmen den Zug nach Bournemouth und dann eine Droschke nach Larkfield, so daß ich eine Reisetruhe mit Kleidern und persönlichen Habseligkeiten aus Withy Cottage holen konnte. Sein neuer Anzug war fertig gekauft, denn die Anzüge, die er sich hatte anmessen lassen, waren noch nicht fertig, aber ich konnte ihm ehrlich sagen, daß er sehr elegant und gut aussah; das brachte ihn zum Lachen.

Ich war ungeheuer dankbar dafür, daß das, was vielleicht das allergefährlichste Problem gewesen wäre, schon verschwunden war. Ich hatte Angst davor gehabt, daß Adams Stolz es ihm nicht sehr lange erlauben würde, in Abhängigkeit von seinen Eltern zu leben, aber dieses Problem ergab sich nicht. An dem Morgen nach seiner Ankunft in Chester Gardens wurde ich von Sir Charles gerufen, um Adam einen Anhang des Testamentes von Adams Großvater mütterlicherseits, der vor fünfzehn Jahren gestorben war, vorzulesen und zu bestätigen. Als reicher Mann hatte er ein Drittel seines Vermögens Adam hinterlassen, das unter Treuhänderschaft stand bis zu seinem fünfundzwanzigsten Geburtstag, der nun längst vergangen war, so daß Adam den Tatsachen gemäß unabhängig war.

Ich hatte gehofft, am Tag unseres Besuches in Larkfield David Hayward zu treffen und ihn Adam vorzustellen. Aber wie das Unglück es wollte, war David früh an diesem Morgen nach Southampton gefahren, um das Entladen und den Transport eines Rennpferdes zu überwachen, welches von einem Züchter in Bishops Tenby von Frankreich herübergebracht worden war. Mr. und Mrs.

Stafford gaben uns ein großartiges Mittagessen im Farmhaus, währenddessen sie mir die letzten Klatschgeschichten von Larkfield erzählten und mich Adam gegenüber in peinlicher Weise lobten.

»Sie sollten mal sehen, wie Miss Jani mit Tieren umgeht, Sir«, sagte Mr. Stafford und wackelte mit dem Kopf, als ob er vor einem Rätsel stünde. Dann, mit einem entsetzten Blick, als er begriff, daß er einem Blinden erzählte, was er sehen sollte: »Ach du liebe Güte, ich wollte nicht . . . ich hoffe, Sie entschuldigen mich, Sir.«

Adam lachte völlig unberührt. »Das ist schon in Ordnung, Mr. Stafford. Ich habe tatsächlich schon oft gehört und gesehen, wie Jani mit Tieren umgeht. Wir hatten einen Yak, mit dem sie lange Unterhaltungen zu führen pflegte.«

»Ein Yak? Da frag ich mich, was das wohl sein könnte?«

»Es ist eine Art indischer Ochse, der mit langem Haar bedeckt ist.« »Aha! Und hat Sie mit dem ausländisch geredet?«

»In der Tat. Und ich schwöre Ihnen, der Yak hat jedes Wort verstanden.«

»Und was würden Sie denn sagen, Sir, wenn ich Ihnen erzählte, wie Miss Jani mit unseren eigenen ordentlichen englischen Tieren ausländisch redet, und die verstehen das auch? Na, was halten Sie denn davon, Sir?«

Adam schüttelte todernst seinen Kopf. »Das geht mir über die Hutschnur, Mr. Stafford. Ich nehme an, sie muß eine sehr kluge junge Dame sein.«

»Oh, das ist sie ganz sicher, Sir. Ich kann mich noch daran erinnern, als sie mitkam, um Mr. Hayward bei der alten Mabel zu helfen . . .«

Ehe wir wieder fortfuhren, um den Zug nach London zu erreichen, fragte ich nach Eleanor, aber es gab nichts Neues über sie. »Sie ist heutzutage für keinen mehr zu Hause, die Miss Eleanor«, sagte Mrs. Stafford. »Noch nich' mal, wenn die Frau Pfarrer sie besuchen will.«

Am nächsten Tag schrieb ich Eleanor, daß ich Mister gefunden hatte und daß er mit seiner Familie wieder vereint war. Ich hätte Vernon Quayle schreiben müssen, weil er es gewesen war, der es mir in Wirklichkeit ermöglicht hatte, meinen Freund aus der Vergangenheit zu finden, aber ich konnte mich nicht dazu durchringen, und in jedem Fall war mir völlig klar, daß er jeden Brief sehen würde, den Eleanor empfing. Ich schrieb auch an Major Elliott und erzählte ihm, daß ich es geschafft hatte, Sir Charles und Lady Gascoyne ihren verlorenen Sohn finden zu helfen und daß ich jetzt eine Zeitlang bei ihnen in ihrem Londoner Haus wohnen würde.

Mein Brief an David Hayward war länger und detaillierter. Ich beendete ihn damit, indem ich ihm sagte, daß ich mich schuldig fühlte, so weit weg von Eleanor zu sein, daß aber Adam meine Hilfe brauchte, um sich bei seiner Mutter und seinem Vater einzuleben. Das war nicht die volle Wahrheit, denn ich erzählte ihm nicht, daß ich mich in Adam verliebt hatte und nicht von ihm getrennt sein wollte; ich erzählte ihm auch nicht, daß ich, wenn wir nebeneinander hergingen und wenn seine Hand zur Orientierung auf meinem Arm lag, fühlte, wie mein Herz vor großer Sehnsucht danach schlug, daß er mich in seine Arme nähme und mich festhielte, mich küßte, bis mir der Atem ausginge. Es war ein wunderbares Gefühl, so, als ob mein Innerstes plötzlich schmolz. Davids Antwort kam prompt; er sagte, daß ich nichts für Eleanor tun könne und aufhören müsse, mich schuldig zu fühlen. Es täte ihm leid, unseren kurzen Besuch in Larkfield verpaßt zu haben, aber er hoffe, daß wir bald wiederkommen würden.

Am Ende der ersten zehn Tage in Chester Gardens war alles viel besser, und wir alle verhielten uns ein wenig natürlicher. Ich begriff, daß die Zeit die einzige Antwort auf unser Problem bot. Wenn Adam sich hier glücklich einleben sollte, dann mußten wir uns alle eine Basis aus täglicher Routine aufbauen, so trivial sie auch sein mochte, die uns allen geläufig war und die uns allen sowohl die Möglichkeit zur Unterhaltung bot, als auch das Gefühl schenkte, zueinander zu gehören.

Wenn Adam und ich allein zusammen waren, fühlte er sich immer wohl und schien glücklich darüber zu sein, von der Vergangenheit zu sprechen, sich an die Wochen zu erinnern, die wir geteilt hatten, mich von meinem Leben in Smon T'ang erzählen zu hören und mit mir über jedes Thema unter der Sonne zu diskutieren. Manchmal hatte ich das Gefühl, daß er gegen seine wahren Ansichten über ein Thema diskutierte, einfach um mich zum Überlegen zu zwingen und eine eigene Meinung zu entwickeln. Es war peinlich festzustellen, daß er bei mir mehr zu Hause war als bei seinen Eltern, aber sie zeigten keinen Mißmut darüber, sondern suchten im Gegenteil besorgt meinen Rat, wie sie sich in dieser oder jener Sache verhalten sollten, um Adam eine Freude zu machen. Wie ein Narr fühlte ich mich dadurch geschmeichelt, bis mir dämmerte, daß ich nicht wirklich die Situation dadurch verbesserte, daß ich die Allwissende spielte und daß ich statt dessen besser Adam und seine Eltern näher zusammenbringen sollte, anstatt als Bote zu fungieren.

Bald hatte ich es so eingerichtet, daß Sir Charles uns begleitete, wenn wir eine Stunde lang jeden Morgen im Park ausritten. Ich dachte mir aus, daß er während dieser Zeit dafür verantwortlich sein sollte, Adam zu führen, und ich war ungeheuer froh, als ich sah, daß sie nicht nur damit begannen, leichter miteinander zu plaudern, während sie Seite an Seite ritten, sondern auch damit zufrieden waren, von Zeit zu Zeit schweigend nebeneinander herzutraben, ohne sich gezwungen zu fühlen, nur leere Konversation zu machen.

Ich war nicht besonders gut im Ausdenken von Ideen, und einmal lag ich eine halb Nacht lang wach, während ich etwas Interessantes suchte, bei welchem Lady Gascoyne mit dabei sein konnte. Endlich schlug ich Lady Gascoyne mit vielen Hemmungen vor, daß er seine Elfenbeinschnitzereien wiederaufnehmen sollte; einfach aus Freude griff er diese Idee auf, aber er war verwirrt, als er entdeckte, daß ich seine Mutter dazu eingeladen hatte, mit uns nach Limehouse zu gehen, um den Orientladen von Cheng Wu anzusehen und vielleicht eins der wundervollen Schachspiele, die ihr Sohn gemacht hatte.

Adam verbrachte die ganze Kutschfahrt damit zu versuchen, seine Mutter auf die Anblicke und Gerüche von Limehouse vorzubereiten, auf die Anspielungen und die Nachäffungen, denen wir vielleicht ausgesetzt sein würden, und auf die schwüle Atmosphäre in Cheng Wu's Laden.

In seinem Eifer nahm Adam ihre Hand und hielt sie, während wir die Commercial Road entlang und am Regents Canal vorbeiratterten. Lady Gascoyne reagierte dadurch, daß sie so glücklich und aufgeregt aussah, wie ich sie noch nie gesehen hatte.

Cheng Wu war ein alter Mann mit einem schütteren Bart, und er zeigte nicht den kleinsten Deut von Überraschung, als Adam zwei wohlgekleidete Damen in seinen unordentlichen Laden führte und sie vorstellte. Für Lady Gascoyne war das eine andere Welt, und sie stand wie angewurzelt da, starrte um sich herum, schüttelte ab und zu ein wenig den Kopf und stieß ein ungläubiges kleines Lachen aus, als ob sie das Gefühl hätte, zu träumen.

Ich wußte, daß der Chinese aus Chungking kam, denn Adam hatte es mir erzählt, und als er sich vor mir verbeugte, sprach ich ein paar der Worte, die ich gelernt hatte, als ich mit den gelben Männern in Magyari gehandelt hatte, weil ich erriet, daß dies die Art des Chinesisch war, das er sprach. Selbst er konnte einen Blick der Überraschung hierüber nicht verbergen, und er antwortete mir höflich in derselben Sprache und fragte, woher ich sie kannte. Ich erklärte, daß ich in dem Land Bod gereist war, fuhr aber dann in Englisch fort, indem ich sagte, daß ich sein Geschäft mit Mr. Gascoyne nicht aufhalten dürfe.

Als Adam zu sprechen begann, zog ich seine Mutter beiseite und zeigte ihr zwei oder drei Elfenbeinschachspiele der Art, die ich Adam hatte schnitzen sehen. Es gab viel in Cheng Wu's Laden, das den Blick gefangennahm. Farbige Laternen, Papierdrachen, Mikadospiele, Götterfiguren aus Messing, Filigranarbeiten aus Elfenbein, große farbige Steine, die in Ringe und Ohrringe eingesetzt waren, handbemaltes Porzellan, Sätze farbig lackierter Dosen, geschnitzte Jade und buntfarbige Feuerwerkskörper.

Plötzlich hörte ich Cheng Wu in seiner Singsang-Stimme sagen: »Also werden Sie das Elfenbein kaufen, Mr. Buff?«

Adam sagte: »Ja gut. Aber wenn ich ein Schachspiel für Sie schnitze, sollten Sie dafür auch was ausspucken, Sie elender alter Teufel, ob ich das Geld jetzt brauche oder nicht.«

»Oh, Mr. Buff, Mr. Buff, wie können Sie so sprechen, nach all meiner Freundlichkeit Ihnen gegenüber, als die Göttin des Glücks ihr Gesicht von Ihnen abwandte? Kommen Sie, ich werde Ihnen einen ganzen Sovereign bezahlen.«

Adam hatte schon Luft geholt, um zuzustimmen, als ich scharf sagte: »Warten Sie, Adam!«

Ich ging hin und stellte mich Cheng Wu gegenüber, und es war mir, als ob ich mich sieben Jahre in der Zeit rückwärts bewegt hätte und einem der gelben Männer in einer Bude in Magyari gegenüberstand. Ich lächelte ihm in die Augen und sagte bedauernd: »Hochverehrter Herr, wir wollen zuerst ein wenig reden.« Einen Augenblick lang bemerkte ich Wachsamkeit, verbunden mit einer Art freudiger Erwartung, dann lächelte er zurück und sagte auf chinesisch: »Wir wollen in meiner Sprache sprechen, höchst bezaubernde Dame, denn es ist die beste Sprache für den Handel.«

»Würden Sie ein armes und unerfahrenes Kind in einen solchen Nachteil versetzen?« fragte ich in Englisch und schüttelte meinen Kopf. »Aber wenn Sie es wünschen, mögen wir in der Sprache von Bod sprechen.«

»Vergeben Sie dieser unwürdigen Person, in jener höchst hervorragenden Sprache nicht geübt zu sein.«

»Dann muß es Englisch sein, hochverehrter Herr, und ich habe wenig Hoffnung, daß meine armselige Ausdrucksweise einen fairen Preis für unseren Freund Mr. Buff sichern kann, denn Sie sind ein Mann von großer Begabung für den Handel und von unübertrefflicher Überredungskunst. Daher muß ich auf Ihre Freundlichkeit und Großzügigkeit vertrauen.«

»Mein Herz wird schwer vor Furcht, meine liebe junge Dame, denn ich erkenne eine, die diese stumpfsinnige und ungebildete Person bei jeder Gelegenheit überlisten wird.«

Es nahm fünf Minuten in Anspruch, zum Thema der Bezahlung Adams zu kommen, und noch einmal zehn Minuten höflichen Feilschens, ehe wir beide wußten, daß wir am letzten Punkt unserer Übereinkunft angekommen waren, als wir beide bedauernd zugaben, jeder von den Händen des anderen eine Niederlage erlitten zu haben. Für mich war das genau wie in den alten Tagen des Handels in Magyari, und ich genoß es unendlich. Obwohl wir englisch sprachen, benutzten wir die Formen und Strukturen der Sprachen, in welcher jeder von uns die Kunst der Marktplätze erlernt hatte, so daß unsere Worte und Sätze höchst blumenhaft und geziert waren. Während dieser ganzen Zeit äußerten Adam und seine Mutter nicht ein einziges Wort, sondern standen mit verschränkten Armen da und beobachteten uns.

Am Ende sagte Cheng Wu: »Wir sind also übereingekommen, meine liebe junge Dame, und ich muß einen schweren Verlust hinnehmen. Mr. Buff ist wie vorher mit dem Elfenbein zu meinen Lasten zu versorgen, und der Preis für jedes fertige Schachspiel ist anzusetzen bei vier Pfund und acht Schilling, das Rohelfenbein ist von Mr. Buff oder seinem Bevollmächtigten in diesem Laden abzuholen, und alle Abfallstücke sind zurückzubringen.«

»Jede Partei hat die einfache Droschkenfahrt zu bezahlen«, fügte ich hinzu. Er verdrehte seine Augen zur Decke hinauf, zuckte die Achseln, verbeugte sich, drehte sich um und sagte: »Ich werde jetzt zuerst einmal das Elfenbein für zwei Sätze holen.«

Als er in einem Hinterzimmer verschwand, blickte ich Lady Gascoyne an. »Tut mir leid«, flüsterte ich. »Ich hätte es noch viel besser machen können, aber er wußte von Anfang an, daß Adam sich mit fast nichts zufriedengeben würde.«

Sie nickte mit zusammengepreßten Lippen, sagte aber nichts. Auch Adams Gesicht hatte einen angestrengten Ausdruck, und das Herz wurde mir schwer, als ich bemerkte, daß ich dadurch, daß ich schlau sein wollte, mich selbst zur Schau gestellt hatte. Wir nahmen das Paket mit den Elfenbeinstücken von Cheng Wu, wünschten ihm einen guten Tag und gingen hinaus zu der wartenden Kutsche. Während sie abfuhr, begann ich mich zu entschuldigen, aber noch ehe ich die ersten Worte geformt hatte, brach Adam mit einer Explosion von zurückgehaltenem Gelächter in der Ecke des Sitzes zusammen. Ich sah, daß Lady Gascoynes Schultern zuckten, und sie betupfte sich ihre Augen, während Krämpfe der Belustigung sie schüttelten.

»Oh Jani!« keuchte Adam. »Das war großartig! Selbst ohne Ihren Akzent aus der Londoner Unterschicht waren Sie komisch wie nie. Ist sie nicht unbezahlbar, Mutter? Ich wette, der alte Cheng Wu ist seit ewigen Zeiten nicht mehr so erpreßt worden.«

Zuerst fühlte ich mich leicht beleidigt darüber, daß ich für komisch gehalten wurde, aber dann merkte ich, daß ich mit ihnen lachte. An diesem Abend floß die Unterhaltung viel freier und glücklicher als zu jeder anderen Zeit, seit ich nach Chester Gardens gekommen war. Das meiste zur Unterhaltung wurde von Adam und seiner Mutter beigetragen, die miteinander erzählten und besonders von meiner Zusammenkunft mit Cheng Wu.

Später, als wir für ein paar Minuten allein waren, dankte mir Sir Charles für alles, was ich tat, um Adams Versöhnung mit seiner Familie zu unterstützen, und in dieser Nacht ging ich mit einem Gefühl der Hoffnung schlafen und ohne meine gewöhnliche Furcht vor den Plagen, die am nächsten Tag kommen würden.

Einige Zeit lag ich wach und tagträumte darüber, wie wunderbar es für mich sein würde, wenn Adam sich in mich verlieben und mich bitten würde, ihn zu heiraten. Ich wußte, das würde nicht geschehen, denn ich war jetzt davon überzeugt, daß ich für ihn immer das komische kleine, halbindische Mädchen mit dem gewöhnlichen Londoner Akzent sein würde, das er in Smon T'ang gekannt hatte. Auf eine Art war ich froh, daß es nicht geschehen würde, denn wenn es doch eintrat, wußte ich, daß die Versuchung über meine Kraft gehen würde; die Versuchung, mich von

Eleanor abzuwenden und zu versuchen, das zu vergessen, was sie betroffen hatte. Und wenn ich Eleanor verließ, würde ich mir das niemals verzeihen können.

Ich wußte, daß ich gelegentlich wieder zurück nach Larkfield gehen und warten würde . . . warten, wie lange es auch dauern mochte, bis die Zeit kam, wenn Eleanor mich brauchte. Die Zeit würde vielleicht niemals kommen, aber ich wußte, daß ich immer bereit sein mußte. Eines Tages würde Eleanor vielleicht frei sein. Vernon Quayle könnte sterben oder sie fallenlassen, und dann konnte ich zu ihr gehen und darum kämpfen, ihre Gesundheit wiederherzustellen. Deshalb wäre es nicht gut, wenn Adam sich in mich verliebte. Ich konnte weder ihn noch irgendeinen anderen Mann an eine Verpflichtung binden, die ich ganz allein zu tragen hatte: meine Schuld Eleanor und ihrem Vater gegenüber, die ich nie würde zurückzahlen können.

Während eine Woche der anderen folgte, baute ich im Haushalt der Gascoynes eine wirkliche Familienatmosphäre auf. Wir begannen, Besuche abzustatten und Gäste zu empfangen, und wenn Adam dies langweilig fand, dann verbarg er das großartig. Wir gingen oft ins Theater, in eine Oper oder ins Konzert, manchmal wir alle vier, manchmal nur Adam und ich. Es gab Tage, die wunderbar und glücklich für mich gewesen wären, hätte nicht der Schatten von Eleanors schmachvoller Gefangenschaft immer im Hintergrund meiner Gedanken gelauert. Aber dennoch, es gab Tage, wo mein Herz höher schlug, als ich sah, wie Adams hohle Wangen sich ausfüllten, wie die Farbe zurückkehrte und wie die Zufriedenheit in ihm wuchs.

Im November – unter Protest, daß es Zeitverschwendung sei – ging er für zwei Tage in eine Klinik, damit seine Augen gründlich von Spezialisten untersucht werden konnten. Der medizinische Report füllte zwei Seiten, aber sein Inhalt war, daß sich die Sehnerven der ärztlichen

Meinung nach aus unbekannten Gründen zurückgebildet hatten. Als ich Adam das vorlas, lachte er, zuckte die Achseln und sagte, das sei die medizinische Ausdrucksweise für »Wir haben nicht die leiseste Ahnung«.

Soweit das möglich war, ignorierte er seine Blindheit einfach und tat so, als sei er nicht davon betroffen. Das brachte ihm einige Beulen, Kratzer und Stürze ein, die er ebenfalls nicht beachtete. Wenn er fiel, lernten wir, ihm nicht aufzuhelfen oder ihn zu bedauern, sondern vorzugeben, daß nichts passiert war. Wir lernten auch, geduldig bei Tisch auf ihn zu warten, während er mühselig sein Fleisch allein nach Gefühl selbst schnitt und ich glaube, wir hätten alle weinen können, während wir ihm zusahen, aber es war ganz offensichtlich, daß er sich selbst nicht leid tat.

Nur einmal hörte ich ihn über seine Blindheit sprechen. Ich hatte ihn auf eine kleine Fahrt in der Kutsche mitgenommen, und während wir die Kaserne in der Albany-Street passierten, marschierte dort eine Militärkapelle heraus. Unser kleines Pferdchen, ein nervöses Tier, wurde erschreckt, aber ich hielt es fest und rief schnell etwas in der Sprache der Lo-bas, um es zu beruhigen und um ihm wieder Sicherheit zu geben. Als es wieder ruhig weitertrabte, sagte Adam gedankenverloren: »Das fühlte sich wie ein paar ziemlich gefährliche Augenblicke an, ich bin sehr froh, daß Sie den Wagen lenken.«

Dann, nach einer Pause: »Mein Gott, ich wünsch mir so, daß ich Sie sehen könnte, Jani.«

Im Dezember bekam ich einen sehr offiziellen Brief von einem Mr. R. G. Milner, einem parlamentarischen Unterstaatssekretär im Auswärtigen Amt. Der Brief war auf einer Schreibmaschine geschrieben worden, und Mr. Milner berichtete darin, daß bestimmte Dinge, die mich und den Staat von Jahanapur angehen, zu seiner Aufmerksamkeit gelangt seien und daß er dankbar wäre, wenn es mir genehm sei, ihn am Morgen des elften Dezember, einem Freitag, elf Uhr in seinem Büro in Whitehall aufzusuchen, um diese Dinge zu diskutieren.

Ich las es Adam vor, als wir vor dem Frühstück einen kurzen Spaziergang im Park machten, und er sagte: »Zeigen Sie das meinem Vater, und nehmen Sie seinen Rat an, Jani. Er ist sein ganzes Leben lang Diplomat gewesen, und er weiß ganz genau, wie man mit dieser Art Angelegenheit umgeht.«

Sir Charles las den Brief beim Frühstück, dann blickte er auf, und in seinen Augen war ein Glitzern. »Dieses Spielchen wollen sie also spielen, wie? Nun, wir wollen ihnen eine Lektion erteilen. Geben Sir mir die Erlaubnis, das in die Hand zu nehmen, Jani?«

»Oh ja, natürlich, Sir Charles, ich wäre Ihnen sehr dankbar.«

»Und Sie bestätigen mir jetzt, daß Sie in keinem Fall den Wunsch haben, Ihre Rechte als Maharani von Jahanapur auszuüben?«

»Nicht den leisesten Wunsch, wirklich.«

»Nun gut. Aber bitte erzählen Sie dies oder irgend etwas anderes in dieser Angelegenheit wirklich niemanden, ohne zuerst mich zu konsultieren.«

Verständnislos stimmte ich zu. Lady Gascoyne sagte: »Du siehst aus, als ob du dich zum Kampf rüstest, Charles.«

»Das tue ich auch, meine Liebe, das tue ich auch.« Er stieß ein ziemlich drohendes kleines Lachen aus, leerte seine Kaffeetasse auf einen Zug, entschuldigte sich und verließ energischen Schrittes das Zimmer.

Adam sagte: »Vater klingt, als ob er Blut geleckt hätte. Gewisse Leute sollten sich besser vorsehen.«

Eine halbe Stunde später kam Sir Charles auf den langen Balkon, von dem man den Park überblicken konnte und wo ich Adam vorlas, während er an einem Satz Schachfiguren arbeitete. In seiner Hand war ein Blatt Schreibpapier. »Würden Sie einen Blick darauf werfen, Jani, meine Liebe?« Er setzte sich neben mich und lächelte.

Ich sagte: »Adam, es ist ein Brief, der an Mr. Milner adressiert ist. Ich lese ihn vor:

Sehr geehrter Herr,

ich habe Ihren Brief erhalten, der ungehörigerweise an Miss Jani Burr, statt an Miss Jani Saxon, Ihre Königliche Hoheit, die Maharani von Jahanapur, gerichtet ist, deren Privatsekretär zu sein ich die Ehre habe. Ich informiere Sie jetzt, daß Ihre Königliche Hoheit sich weder an dem vorgeschlagenen Tag noch zu irgendeiner anderen Zeit in Ihrem Büro einfinden wird. Wenn Sie Angelegenheiten mit ihr zu diskutieren haben, dürfen Sie ihr unter dieser Adresse am Dienstag, dem fünfzehnten Dezember, um 16.30 Uhr einen Besuch abstatten.

Ihre Hoheit gibt mir ihre großzügige Erlaubnis, Sie zu informieren, daß sie die rechtlichen Schritte, die sie in die Wege zu leiten gedenkt, auf einen Zeitpunkt nach ihrer Audienz am obengenannten Datum verschieben will.

Ich habe die Ehre, zu verbleiben.
Hochachtungsvoll, Ihr
Charles Gascoyne, Bart. K. C. V. O.,
G. C. S. I., C. B. E., S. Z. S.
Privatsekretär Ihrer Hoheit
der Maharani von Jahanapur.«

Ehrfürchtig und atemlos blickte ich von dem Brief auf. Adam lachte laut auf und sagte: »Großartig, Vater! Aber bitte erkläre doch.«

»Selbstverständlich, mein lieber Junge. Aus Milners

Brief geht ganz klar hervor, daß das Amt für Indien oder das Auswärtige Amt oder beide einfach die ganze Unruhe dadurch, daß Jani einen Anspruch auf Jahanapur erhebt, vermeiden wollen. Ohne Zweifel sind sie mit dem augenblicklichen Regenten, Mohan Sudraka, sehr zufrieden, und weil im Augenblick dort eine stabile politische Situation herrscht, wollen sie nicht eingreifen. Deshalb versuchen sie, Janis berechtigten Anspruch herunterzuspielen, ja, sie tatsächlich sogar durch Tricks davon abzuhalten, ihn zu erheben. Darum hat Milner sie als Jani Burr angeredet und sie gebeten, sich in seinem eigenen Büro einzufinden und mit ihm zu sprechen. In Whitehall würde sie in einem ungeheuren Nachteil sein. Was ich deshalb getan habe, ist, den unverschämten Kerl warten zu lassen und ihm etwas zu denken zu geben.«

Sir Charles schmunzelte, aber er sah aus wie ein Leopard, der sich darauf vorbereitet, sich auf seine Beute zu stürzen. »Sie werden natürlich in Rückzugsposition gehen. Ich meine, sie werden Jani irgendein Angebot machen, aber wenn sie erst einmal meinen Namen auf diesem Brief sehen, werden sie wissen, daß ihnen ein Kampf ins Haus steht, und dann sind sie gezwungen, auf einer anderen Ebene zu denken.«

Ich sagte: »Vielleicht werden sie einfach . . . mich übersehen.«

»Oh nein.« Er lächelte, und seine Augen wurden schmal. »Sie haben Angst, Jani. Glücklicherweise steht das Gesetz über der Exekutive, und das letzte, was sie wollen, ist, daß ein Richter Sie als rechtmäßige Herrscherin von Jahanapur feststellt. Wir werden jetzt warten und sehen, was als nächstes passiert. Wir werden nicht lange zu warten haben, das verspreche ich Ihnen.« Er hatte recht, denn sein Brief wurde umgehend beantwortet. Der nächste Brief war adressiert an Miß Jani Saxon, und Sir Charles stieß ein schadenfrohes Lachen aus, als ich es ihm zeigte. »Hab ich doch den Kerl!« rief er aus. »Dadurch, daß er Sie als Jani Saxon anredet, erkennt er an, daß Francis Saxon Ihr Vater ist, und der Rest kommt nach.«

Der Brief besagte, daß Mr. Milner die Notiz von meinem Privatsekretär erhalten hatte und glücklich wäre, meinem Wunsch nachzukommen und zu der vorgeschlagenen Zeit bei mir vorzusprechen. Adam sagte: »Vater, bitte erlaube mir doch, dabei zu sein – zusammen mit dir und Jani – wenn du mit diesem Menschen verhandelst. Aber Moment – kann das vielleicht deine Position schwächen?«

»Überhaupt nicht, mein Junge.« Sir Charles rieb sich energisch die Hände. »Du könntest helfen, indem du ihn aus dem Konzept bringst. Würde es dir etwas ausmachen, eine dunkle Brille zu tragen? Nein? Dann würden wir dich ein wenig seitwärts plazieren, daß es so scheint, als ob du ihn einfach schweigend von der Seite anstarrst. Der geheimnisvolle Unbekannte. Wir werden dich nicht einmal vorstellen.«

Adam grinste. »Vater, du bist ein alter Fuchs. Jani soll heute mit mir eine dunkle Brille kaufen, die unheimlichste, die wir finden können.«

Mr. Milner stellte sich als ein Mann mit dünnem blondem Haar in den frühen Vierzigern heraus, sehr nüchtern gekleidet und mit einem schwarzen Aktenkoffer bewaffnet, den er auf seine Knie legte und anscheinend jeden Augenblick öffnen wollte, obwohl er es dann doch nicht tat. Sein Benehmen war angenehm, aber ziemlich gelangweilt, als ob diese ganze Sache eine triviale Geschichte wäre, um die es sich kaum lohnte, viel Aufhebens zu machen.

Die Audienz – Sir Charles bestand darauf, es so zu nennen – fand im Salon statt. Mr. Milner wurde angeboten, sich auf einen ziemlich niedrigen Stuhl in der Mitte des

Zimmers zu setzen. Sir Charles und ich saßen jeder auf einer Seite des großen Kamins, unsere Stühle waren halb gedreht, so daß unsere Blicke in die Zimmermitte gerichtet waren. Adam saß bewegungslos auf einem Stuhl mit steiler Lehne am Fenster, so befand er sich am Rande von Mr. Milners Blickfeld, eine ominöse Figur mit dunkelblauer Nickelbrille, die sein Gesicht entstellte und es künstlich und maskenhaft erscheinen ließ.

Mr. Milner sprach ein paar Minuten lang ziemlich vage, sagte, daß die Regierung Ihrer Majestät einen gewissen Brief studiert habe, von dem angenommen wird, daß er von einem anerkannten Verbrecher geschrieben worden sei, einem ehemaligen Soldaten mit Namen RSM George Burr. Er hielt oft inne, als ob er irgendeinen Kommentar erwartete, aber wir blickten ihn einfach an und gaben ihm überhaupt keine Hilfestellung. Seine gelangweilte Manier wurde ziemlich gezwungen, während er alles zusammenfaßte, was er die Ansicht der Regierung in dieser Angelegenheit nannte.

Als er zum endgültigen Schluß kam, saßen wir da, sahen ihn an und sagten nichts.

Nach einer langen Pause schenkte mir Mr. Milner ein frostiges Lächeln und sagte: »Ich bin kompetent, jeden Kommentar in Erwägung zu ziehen, den Sie vielleicht machen möchten, Miss Saxon.«

Wie geplant blickte ich mit steinernem Gesicht über Mr. Milners Kopf hinweg. Sir Charles sagte: »Kommentar worüber, Sir? Sie haben zehn Minuten damit verschwendet, uns zu erzählen, daß die Regierung den Anspruch Ihrer Hoheit, legitimer Abkömmling Colonel Saxons und seiner Frau, der Maharani von Jahanapur zu sein, vielleicht abstreiten könnte und deshalb vielleicht auch abstreiten könnte, daß sie jetzt selbst die rechtmäßige Maharani ist. Wenn das die Meinung der Regierung ist, dann wollen wir die Angelegenheit vor Gericht prüfen. Darauf haben wir uns schon vorbereitet.« Er erhob sich und machte eine leichte Verbeugung in meiner Richtung. »Ich sehe ganz und gar keinen Sinn mehr darin, diese Audienz zu verlängern, Eure Hoheit.«

Ich neigte meinen Kopf. Mr. Milner sagte: »Oh, nicht doch! Einen Augenblick, Sir Charles. Ich war gerade im Begriff, Miss Saxon zu informieren, daß die Regierung vor allem darum besorgt ist, mögliche Spaltungen und Konflikte in Jahanapur und den Nachbarstaaten zu vermeiden. Wir haben deshalb Miss Saxons Ansprüche auf den Thron von Jahanapur mit dem augenblicklichen Regenten diskutiert . . .«

»Dem augenblicklichen illegalen Herrscher«, sagte Sir Charles. »Aber lassen Sie sich nicht abhalten, fortzufahren.«

»Mit Prinz Mohan Sudraka«, sagte Mr. Milner. »Er ist ein guter Herrscher, sehr kooperativ und auch ein sehr großzügiger Mann. Er ist in der Tat willig, Miss Saxons Dienste großzügig anzuerkennen, wenn sie ihre rechtlichen Ämter dazu benutzt zu vermeiden, Probleme zu schaffen, die sich mit Sicherheit in Jahanapur erheben werden, sollte es irgendeinen Streit um den Thron geben. Dieses Angebot wird natürlich ohne Vorurteile gemacht.«

Sir Charles sagte steif: »Sind diese Beleidigungen vorsätzlich, Sir?«

»Überhaupt nicht.« Mr. Milner begann, immer öfter und mit wachsender Unruhe die finstere, schweigende Gestalt Adams anzustarren. »Ich möchte kaum meinen, daß eine Anerkennung in der Summe von fünfzigtausend Pfund als Beleidigung gewertet werden könnte.«

Ich unterdrückte einen Krampf der Erregung. Bis jetzt war mein einziges Problem gewesen, hochmütig auszusehen und ein starres Gesicht zu behalten. Aber nun war ich plötzlich aufgeregt und aus der Ruhe gebracht. Sir Charles' Gesicht wurde langsam rot. Ich erfuhr später, daß er dies erreichte, indem er den Atem anhielt und die Bauchmuskeln zusammenzog. »Fünfzigtausend?« echote er ungläubig. »Mein lieber Herr, wie Ihnen und mir wohl völlig klar ist, beläuft sich das jährliche Einkommen des Herrschers von Jahanapur ungefähr in der Gegend von ein- und einer viertel Million Pfund. Versucht er allen Ernstes, zu – verzeihen Sie mir, Eure Hoheit – sie mit zwei Wochenlöhnen auszuzahlen?« Für eine Zeitlang verlor ich den Faden der Unterhaltung. Ich konnte die Worte hören, mir aber keinen Sinn daraus zusammenreimen, und ich hatte das traumähnliche Gefühl, das mich manchmal in der dünnen Luft auf den hohen Bergfesten überfallen hatte. Als ich meine Gedanken wieder gesammelt hatte, sagte Sir Charles: »Nun gut, Sir. Es mag sein, daß Ihre Hoheit – zum Wohl Ihres Volkes in Jahanapur und um Unruhen zu vermeiden – meinen Rat unbeachtet lassen wird. Aber erlauben Sie mir, Ihnen in klaren Worten zu verstehen zu geben, dieses große Opfer, das jetzt von ihr verlangt wird, nicht zu machen und ihre Rechte zu den Konditionen, über die wir uns gerade geeinigt haben, nicht abzutreten.«

»Nicht geeinigt Sir, sondern diskutiert«, sagte Mr. Milner hastig. »Die endgültige Bestätigung muß ich erst beim Minister rückversichern.«

»Tun Sie das«, sagte Sir Charles kalt. »Und bitte, drängen Sie ihn keineswegs. Je länger Sie mir geben, Ihre Hoheit von ihren eigenen besten Interessen zu überzeugen, desto besser wird meine Genugtuung darüber sein.«

»Oh . . . Ja, sicher. Und wann darf ich Ihre Entscheidung erwarten, Sir Charles?«

»Wenn Ihr Minister seine getroffen hat, Sir. Erlauben Sir mir zu rekapitulieren, was erforderlich ist. Erstens, daß die Summe von zweihunderttausend Pfund Sterling innerhalb von dreißig Tagen vom heutigen Tag ab zu Händen Ihrer Hoheit zu zahlen ist, wobei die Zahlung von der Britischen Regierung zu garantieren ist; zweitens, daß die Regierung die Legitimität des Anspruchs Ihrer Hoheit anerkennt. Drittens: Die Regierung hat festzustellen, daß die Unschuld des Regiment-Sergeant-Major George Burr offiziell in der London Gazette ausgesprochen wird, daß eine angemessene posthume Ehrung wegen seiner außergewöhnlichen Pflichterfüllung im Dienst vorgenommen wird und daß seine sterblichen Überreste zu dem Militärfriedhof übergeführt werden, den der Oberst des Regiments für angemessen hält. Dort soll er mit militärischen Ehren bestattet werden. Viertens, daß Ihre Hoheit trotz Abtretung aller Rechte und Befugnisse im und über den Staat von Jahanapur ihren Titel weiter führen soll, und daß sie, wenn sie es wünschen sollte, das verbriefte Recht hat, als Prinzessin Jani von Jahanapur zu gelten und mit Eure Hoheit angeredet zu werden.«

Mr. Milner unterdrückte einen Seufzer und stand auf. »Das haben Sie sehr deutlich gemacht, Sir Charles. Ich habe wenig Zweifel, daß die Entscheidung innerhalb der nächsten zwei Tage unterzeichnet werden wird.«

Sir Charles erlaubte sich ein tigerhaftes Lächeln. »Darüber hege ich selbst wenig Zweifel, Sir.«

Nachdem Mr. Milner sich offiziell verabschiedet hatte und aus dem Zimmer geführt worden war, sprang ich auf und lief in Panik auf Sir Charles zu. »Oh, ich kann es nicht, ich kann es nicht! All das Geld – ich wüßte nicht, was ich tun sollte. Ich hatte ja keine Ahnung, daß Sie all diese Dinge sagen würden . . .« Ganz plötzlich begann ich zu weinen. Sir Charles legte seine Arme um mich und klopfte mir leise auf den Rücken. »Na, na, Kindchen, es gibt nichts, wovor Sie sich fürchten müßten. Viel Geld und einen Titel zu besitzen, wird Sie nicht verändern, Jani. Nicht

Sie. Jetzt hören Sie einmal zu, meine Liebe. Alles, was ich getan habe, ist sicherzustellen, daß Sie ein wenig von dem erhalten, was Ihnen zusteht. Das Geld ist da, und Sie können es benutzen oder es wegwerfen. Der Titel gehört Ihnen, ob Sie ihn nun benutzen oder nicht. Ich glaube, es werden Zeiten kommen, zu denen sie ihn als einen Segen empfinden werden. Sie sind eine Halbinderin und wir eine Nation von Snobs. Adam, um Himmels willen, nimm diese schreckliche Brille ab, mein Junge. Ich weiß nicht, welchen Eindruck sie auf Milner gemacht hat, aber bei Gott, mir hat sie das Fürchten beigebracht.«

Von der anderen Seite des Zimmers her fragte Adam: »Glaubst du wirklich, daß das Auswärtige Amt dies schlucken wird?«

»Keine Frage.« Sir Charles sprach über meinen Kopf hinweg. »Ich hätte das doppelte herausschlagen können, wenn ich nicht hätte befürchten müssen, daß Jani jeden Moment in Tränen ausbrechen würde. Aber so ist es besser, denn dieser Mensch glaubt nun, daß er die finanzielle Seite sehr gut geregelt hat. Deshalb werden sie an den anderen Ansprüchen nichts auszusetzen haben.«

»Das ist sehr gut«, sagte Adam. »Die Forderung, die Sembur betrifft, ist Jani wichtiger als alles andere. Vater, du bist ein Mann nach meinem Herzen.« Er lachte das herzliche Lachen, das ich so gerne bei ihm hörte. »Oh, und Sie können aufhören zu schluchzen, Jani. Sie tun es ja nur aus verwundetem Stolz darüber, daß Sie Ihren Platz als Oberfeilscher in der Familie verloren haben.«

Weihnachten war eine Zeit des Sonnenscheins und der Schatten für mich. Ich hatte keinen Gruß von Eleanor bekommen. Aber obwohl mir mein Herz ihretwegen weh tat, war ich glücklicher, als man es mit Worten ausdrücken kann. Ich saß mit den Gascoynes am Tisch und hörte, wie sie jetzt unbefangen und voll Freundlichkeit miteinander sprachen. Neuerdings war Adam mit seinem Vater auch öfter ausgegangen, manchmal in einen Club an der Pall Mall, manchmal in dienstlichen Angelegenheiten in die Stadt. Es gab auch Tage, an denen er allein in einem Mietwagen wegfuhr und mehrere Stunden abwesend war. In einem Ausflug von Eifersucht wurde mir klar, daß er sich vielleicht eine Geliebte gesucht hatte. Wenn das so war, wünschte ich mir, daß ich diejenige hätte sein können. Das schockierte mich ziemlich, aber ich hatte entdeckt, daß ich, was Adam betraf, einen völligen Mangel an Bescheidenheit aufwies und daß ich mich ohne Scham nach ihm sehnte. Trotzdem freute es mich besonders zu sehen, wie Adam mit seinem Vater ausging und verkehrte. Einesteils, weil das bewies, daß sie wirklich beide die Vergangenheit begraben hatten, und anderenteils, weil es mir mehr Zeit gab, die ich mit Lady Gascoyne verbringen konnte. Die Lady hatte Gesellschaft bitter nötig. Oft fühlte ich mich schuldig, daß sowohl Sir Charles als auch Adam sich mir gegenüber so benahmen, als ob ich zur Familie gehörte, und doch schienen sie nicht fähig zu sein, Lady Gascoyne in der leichten Art zu behandeln.

Während der Weihnachtstage sprach ich einmal mit ihr darüber, als ich in ihrem Zimmer war und flink an dem Kleid nähte, das sie trug. Ein paar Zentimeter des Saums hatten sich gelöst. Zu meiner Erleichterung lächelte sie, ohne sich beleidigt zu fühlen, und sagte: »Machen Sie sich darüber keine Sorgen, Jani. Ich bin so glücklich darüber, wie Sie Adam und Charles zusammengebracht haben.«

Ich spannte die nächsten Zentimeter des Saums zum Nähen über meine Knöchel und sagte langsam: »Als Sie nach Withey Cottage kamen, haben Sie mir davon erzählt, daß Sir Charles krank ist. Ich weiß, wir sprechen nie darüber aber . . . ist er wirklich so krank, wie Sie glaubten?

Ich meine, er sieht manchmal ein wenig müde aus, aber niemals ernstlich krank.«

»Ich weiß.« Ihre Stimme war ruhig und fest, und Lady Gascoyne beugte sich nach unten, um meine Wange mit ihrer Hand zu berühren. »Aber es gibt keine Heilung, Jani. Die Ärzte sagen, daß der diabetische Zustand bei Charles schon lange besteht. Wir . . .« Nur einen Augenblick lang versagte ihr die Stimme, dann fuhr sie ruhig fort: »Wir hoffen auf ungefähr zwei Jahre, aber es könnte nur eine Frage von zwei Monaten sein.«

Es dauerte ein wenig, ehe ich weiternähen konnte, denn meine Augen waren von Tränen verschleiert, und meine Kehle zog sich zusammen. Endlich flüsterte ich: »Ich möchte weinen, aber Sie beschämen mich; Sie sind sehr tapfer.«

»Nicht tapfer«, sagte sie ein wenig müde, »nur resigniert, Jani. Ich habe mein Leben damit verbracht, mich in das Unvermeidliche zu schicken. Ein sehr komfortables Leben, aber kein besonders glückliches. Ich bin sicher, das ist genausosehr meine Schuld wie die von anderen. Es ist so seltsam, sich vorzustellen, daß ich in diesen letzten Monaten mit Charles glücklicher gewesen bin als je zuvor. Solch eine Verschwendung, Jani. Sind Sie in Adam verliebt?«

Obwohl die Frage unerwartet kam, überraschte sie mich nicht völlig, denn Lady Gascoyne war eine Frau und mußte oft bemerkt haben, wie ich Adam ansah. Ich sagte: »Ja. Ja, ich bin in ihn verliebt. Ich glaube, ich bin es wohl schon lange gewesen, aber ich habe es erst wirklich gewußt, als ich ihn in diesem Gasthof in Wapping gefunden habe.« Ich biß das Ende des Fadens ab und stand auf.

Sie umarmte mich für einen Augenblick, dann trat sie zurück und Tränen standen in ihren Augen. »Oh, ich bin so froh, mein Liebes. Und liebt Adam Sie auch? Wird er

Sie bitten, ihn zu heiraten?« Ich lächelte gezwungen. »Ich glaube, er mag mich ganz gern, aber nicht mehr. Außerdem, es würde nicht gehen, Lady Gascoyne. Ich bin nicht wirklich frei.«

»Nicht frei?« Sie blickte mich ungläubig an.

»Wegen Eleanor. Ich weiß, für Sie ist das schwer zu verstehen. Aber Eleanor muß an erster Stelle kommen. Sie hat mir alles gegeben. Oh bitte, sagen Sie Adam nichts von alledem.«

Sie schüttelte den Kopf, ihr immer noch schönes Gesicht war sorgenvoll. »Natürlich nicht. Aber zerstören Sie nicht wissentlich Ihr eigenes Leben, Kind? Seien Sie ein wenig egoistisch.«

Ich beschäftigte mich damit, die Nadel, den Zwirn und den Fingerhut wegzupacken und war ihr im Augenblick fast böse, denn zur Selbstsüchtigkeit war ich nur zu bereit und brauchte keine Ermunterung. Ich sagte: »Sie müssen glauben, daß Adam mich eines Tages will, aber dazu wird es nicht kommen. Er wird mich immer als ein ziemlich häßliches kleines Mädchen sehen, mit gestutztem Haar und mit Rippen, die von der Krankheit wie ein Waschbrett aussahen.«

Ein kurzes Schweigen entstand, dann sagte Lady Gascoyne: »Ich verspreche Ihnen, ich werde kein Wort davon Adam sagen. Aber eins weiß ich, ich will Sie, Jani, zu meiner Tochter haben. Deshalb verbieten Sie mir bitte nicht, zu hoffen.«

Freitag war der erste Weihnachtstag. Für den folgenden Sonntagabend war ausgemacht, daß Adam und ich nach Wapping fuhren. Dort trafen wir Molly und ihren neuen Verlobten, einen freundlichen, aber nicht gerade besonders intelligenten Riesen namens Sid. Mit den beiden gingen wir zu einem nahegelegenen Wirtshaus, wo es Aalpastete gab. Als Hochzeitsgeschenk überreichte Adam ihnen fünfzig Sovereigns, die säuberlich in eine Rille eingelassen waren, die sich um ein Hufeisen aus vergoldetem Holz herumzog.

Die Angelegenheit war kein Erfolg. Wir trugen unsere einfachste Kleidung, aber trotzdem wirkten wir so, als ob wir nicht dorthin gehörten. Molly rief mehrere Leute herüber, die ihren alten Freund Buff begrüßen sollten, aber sie fühlten sich in unserer Gesellschaft nicht wohl und blieben nicht lange. Als wir uns trennten sagte Molly: »Na, vielen Dank, und Gott schütz euch alle, aber komm nicht noch mal wieder, Buff.« Sie zwinkerte mich freundlich an. »Nicht, ehe du nicht wieder völlig abgebrannt bist wie vorher, und sogar dann würdest du mich kaum noch brauchen, jetzt.«

Zwei Tage später, im großen Salon des Hauses in Chester Gardens und in der Gegenwart von Sir Charles, Mr. Milner, einem Anwalt der Regierung, dem Rechtsanwalt von Mr. Charles, einem gesetzlichen Vertreter Seiner Hoheit, des Prinzen Mohan Sudraka, Lady Gascoyne und Adam, unterschrieb ich ein eindrucksvolles gerichtliches Dokument, in dem ich allen Anspruch auf den Staat von Jahanapur ablegte. Im gleichen Augenblick wurde ich Besitzerin eines riesigen Vermögens. Am nächsten Tag ging ich mit Sir Charles zur Coutts-Bank, um das Büro für Vermögensberatung zu bevollmächtigen, das Geld in meinem Interesse anzulegen. Am folgenden Tag, dem letzten Tag des Jahres, fuhr die ganze Familie mit mir auf die andere Seite des Flusses zum Adelaide-Crocker-Heim für Waisenmädchen. Dort besuchten wir Miss Calendar, die mich – etwas zu meinem Erstaunen – sofort erkannte, und deren Aufregung über diesen unerwarteten hochherrschaftlichen Besuch ihre gewöhnliche Ruhe völlig überdeckte.

Sie führte mich im Heim umher, und obwohl Adam

nichts sehen konnte, schien er doch die ganz schreckliche Ärmlichkeit aus den gequälten Pausen und dem gelegentlichen Murmeln seiner Mutter und seines Vaters herauszufühlen. Als wir zu ihrem Büro zurückkehrten, sagte ich Mrs. Calendar, daß ich dem Heim eine Summe von tausend Pfund im Jahr gestiftet hätte. Zu meinem Schrecken lehnte sie sich gegen die abblätternde Wand, legte ihre Hände vors Gesicht und begann zu weinen. Schnell scheuchte ich Sir Charles und Adam fort und half dann Lady Gascoyne, sie zu beruhigen und aufzuheitern.

Als wir zwanzig Minuten später wieder fortfuhren, war sie voll Dankbarkeit, aber ich fühlte mich sehr beschämt. Es schien mir, als ob das, was ich getan hatte, mich überhaupt nichts kostete, jedenfalls viel weniger, als es mich gekostet hatte, vor langer Zeit an einem Sommertag im Neuen Forst einem erschöpften Mann ein halbvertrocknetes Schinkenbrot anzubieten.

Um Mitternacht standen wir dann auf dem langen Balkon, der auf den Park hinausblickte, wohl gewappnet gegen die Kälte. Wir erwarteten das neue Jahr und strengten uns an, das ferne Glockenspiel von Big Ben in Westminster zu hören. Als wir uns gegenseitig umarmten, hatte ich einen Augenblick lang das Gefühl, in Adams Arm zu liegen; das erste Mal seit jenem Tag im Hinterzimmer der Traube in Wapping. Es war mir nicht bewußt, daß wir jetzt in das Jahr eintraten, von dem das Orakel gesprochen hatte, als ich im Kloster von Galdong vor Rild stand, mehr als sechs lange Jahre zuvor.

Dies war das Jahr des Hölzernen Drachen. Bald würde ich Grund haben, mich daran zu erinnern.

15

IN DER ZWEITEN Januarwoche nahmen Adam und ich, auf David Haywards Einladung hin, den Zug nach Bournemouth, um ein paar Tage in Larkfield zu verbringen. Es war ausgemacht, daß ich im Haus der Staffords wohnen sollte, denn mein Landhäuschen war kalt und ungelüftet, und Adam würde bei David wohnen. Die beiden Männer waren sich noch nicht begegnet, aber in dem Augenblick, in dem sie sich begrüßten, fühlte ich, daß sofort Harmonie zwischen ihnen herrschte. Sie waren von sehr verschiedener Art, aber jeder schien den anderen in einer leichten, ungezwungenen Art anzunehmen, und es tat meinem Herzen wohl, das zu sehen.

Eine unserer ersten Pflichten war, Major Elliott einen Besuch abzustatten, damit ich ihm alles das erzählen konnte, was zwischen mir und dem Auswärtigen Amt geschehen war und um ihm für die große Hilfe zu danken, die er mir anfangs geleistet hatte. Wir besuchten auch die Wheelers im Pfarrhaus und mehrere meiner anderen Freunde, aber auf Davids Rat hin machten wir keinen Versuch, Eleanor zu besuchen. »Man wird Ihnen einfach sagen, daß sie nicht zu Hause ist«, sagte er bedrückt. »Eleanor hat seit Monaten keine Besucher mehr empfangen und ist auch seit Monaten nicht mehr aus dem Haus gewesen. Wenn Mrs. Burke nicht wäre, würde ich mich fragen, ob sie überhaupt noch am Leben ist.«

Wir saßen alle bei Tisch in Mrs. Staffords Küche, als er das sagte, und das Essen in meinem Magen schien sich in schwere Steine zu verwandeln. David warf mir einen schnellen Blick zu und sagte: »Es hat keinen Sinn, Jani. Ich habe die Hoffnung aufgegeben, und das werden Sie auch, wenn Sie lange genug in Larkfield bleiben. Wenn man jeden Tag an Merlin's Burg vorbeikommt, wenn man das Haus auf der anderen Seite des Tales sieht, wenn man hin und wieder diesem kalkgesichtigen Kerl von einem Mann begegnet, dann kann man nicht anders, als an Eleanor zu denken und man weiß, es gibt für sie keine Hilfe.«

Adam sagte: »Werden Sie fortziehen, David?«

»Ich glaube, ich werde müssen. Ich glaube nicht, daß ich den Frühling in Larkfield ertragen könnte. Vielleicht gehe ich zurück nach Lincolnshire.«

Adam nickte gedankenvoll.

Während unseres Aufenthaltes machten wir zwei Ausflüge nach Bournemouth, um die Seeluft zu genießen und weil es Adam erfreute, den Geräuschen des Meeres zuzuhören; aber an den meisten Tagen gewöhnten wir uns an, David auf seinen Runden zu begleiten. Bald trug ich wieder meine Reithosen und die dicke, lange Baumwollschürze, die ich früher gewöhnlich getragen hatte, wenn ich ihm half. Adam stand dann in einem Kuhstall oder Pferdestall oder neben einer Schweinebox draußen auf dem kalten Feld, und ich wartete oder hörte geduldig zu. David behandelte das kranke Tier, während ich es beruhigte und bei der Hand war, um zu schneiden, zu nähen oder zu tupfen, wenn David mich darum bat. Adam aber schien es niemals langweilig zu werden. Wenn zusätzliche Muskelkraft vonnöten war, konnte man ihn aber nicht davon zurückhalten, mitzumachen; und bei einer solchen Gelegenheit geschah ein merkwürdiger Zwischenfall. Wir arbeiteten auf einer kleinen Farm, die Mrs. Fennel gehörte, einer Witwe, die seit dem Tode ihres Mannes die Landwirtschaft fast alleine führte.

Mehrere ihrer Kühe hatten nasse Rüben gefressen und litten jetzt an Blähungen. Ihre linken Flanken standen weit vor. Es war notwendig, die Tiere dauernd zu bewegen und sie daran zu hindern, sich niederzulegen. David bemühte sich, nacheinander in jede Kuh eine Röhre einzuführen, um das Gas abzulassen. Mrs. Fennel und ihr einziger Knecht schoben und zogen die Tiere hin und her, als wir ankamen, und ich gesellte mich ihnen sofort zu.

Adam stand am Tor; er trug alte Flanellhosen und eine Tweedjacke unter seinem kurzen Mantel. Gerade wollte er sich eine der Zigarren anzünden, die er gelegentlich rauchte, eine ungewöhnliche Sorte, die an einem Ende ein kurzes Stückchen Bambusrohr trug. Ich zog gerade eine der Kühe an der Nase vorwärts, während ich meine schmeichelhaftesten Überredungskünste in gehobenem Tibetisch benutzte, als Adam die Zigarre aus dem Mund nahm und rief: »Gibt es irgend etwas für mich zu tun, Jani?«

»Ja«, rief ich ein wenig außer Atem zurück, »Sie können diese hier auf den Füßen halten, wenn ich Mrs. Fennel helfe. Aber Sie ziehen besser Ihren Mantel aus. Es ist eine Arbeit, bei der man ins Schwitzen kommt.«

Sorgfältig legte er die Zigarre oben auf den Zaunpfahl, zog schnell seinen Mantel, die Mütze und die Jacke aus, legte alles auf den oberen Balken und stand dann da und horchte. Ich sagte etwas zu der Kuh, um Adam unauffällig meine Richtung anzugeben. Als er herangekommen war, legte ich seine Hand auf eines der Hörner. »Macht es Ihnen wirklich nichts aus, Adam?«

»Ob es mir was ausmacht? Sie können sich nicht vorstellen wie gut es ist, manchmal ein wenig nützlich zu sein, Jani. Kommen Sie jetzt, sagen Sie mir genau, was ich tun muß.«

Wir mußten die widerstrebenden Kühe noch eine weitere Stunde umherzerren, ehe David sie alle behandelt hatte und zufrieden war. Ich nahm Adams Arm und ging mit ihm über die Weide, um seine Sachen zurückzuholen, stellte dann aber fest, daß seine Zigarre und die Mütze verschwunden waren. Als ich ihm das sagte, dachte er zuerst, ich mache Scherze, und dann, daß irgendein Tier damit weggelaufen wäre. »Hier muß irgendwo eine Ziege sein, Jani«, sagte er höchst belustigt.

»Nein, Mrs. Fennel hat keine Ziege.«

»Dann müßten wir nach einem Hund oder einem Pferd suchen, das eine Mütze trägt und eine Zigarre raucht.«

Ich hielt seine Jacke und starrte sie an. »Adam, ein kleines Stoffdreieck ist aus dem Futter Ihrer Jacke herausgerissen, genau an der Innenseite des Kragens! Wer in aller Welt könnte das getan haben?«

»Na, das zerstört mit Sicherheit meine Theorie von der Ziege. Vielleicht war das Futter schon zerrissen.«

»Nein, ehe ich gepackt habe, habe ich all die Kleidungsstücke, die Sie mitgebracht haben, noch einmal durchgesehen, um festzustellen, ob etwas ausgebessert werden müßte.«

»Das habe ich nicht gewußt. Sie verwöhnen mich, Jani.«

»Ich glaube, Sie müssen sich an einem Nagel oder irgend etwas anderem verfangen haben.«

»Das ist nicht so wichtig. Kommen Sie, David ruft.«

Er lachte, während er seinen kurzen Mantel anzog. »Es ist sehr unterhaltsam, sie beide zusammen arbeiten zu hören. Jeder, der Sie nicht kennt, würde sich vorstellen, daß der eine den Anblick des anderen nicht ausstehen könnte.«

Das stimmte sicherlich zu Zeiten, wo wir einen schwierigen Fall hatten, denn wir neigten dazu, unsere Ängste gegenseitig aufeinander abzuladen und all unser Mitgefühl für das Tier aufzusparen. Ich erinnerte mich daran, wie es zwei Tage früher in den Ställen des Gutshauses gewesen war, als wir ein Jagdpferd zu behandeln hatten.

»Verdammt noch mal, Jani, sie darf sich jetzt nicht bewegen!«

»Oh, hören Sie doch auf, mich anzubrummen! Ich kann ihr doch nur sagen, sich nicht zu bewegen, aber ich kann sie nicht davon abhalten.«

»Na, dann sagen Sie es ihr. Die ist fähig, mir jede Minute die Rippen einzutreten.«

»Wenn ich sie wäre, hätte ich auch Lust, Ihnen die Rippen einzutreten! Sie nähen sie ja zusammen wie ein Schuster ein paar Stiefel.« Dann, in der Sprache der Lo-bas: »Ruhig, meine Prinzessin, ruhig. Bald wird kein Schmerz mehr sein. Hör mir jetzt zu, und ich werde dir von einer erzählen, die Pulki hieß. Sie war nicht hochgeboren wie du das bist, sondern ein kleines Bergpony, das mich trug als ich noch klein war . . .«

»Ein Flickschuster?« Davids Stimme hob sich ärgerlich, während er den letzten Faden verknotete, unter der Stute hervorkroch und hilfesuchend die Hand ausstreckte. »Haben Sie das gehört, Adam? Können Sie sich vorstellen, daß ich diese Gift und Galle speiende Wildkatze einmal gebeten habe, mich zu heiraten?«

In der letzten Januarwoche kehrten wir nach London zurück, und zugleich mit unserer Rückkehr fiel ein kalter, schwarzer Schatten auf mich, denn innerhalb einer Woche oder zwei änderte sich alles.

Zuerst schien Adam sich nur ein wenig von mir zurückzuziehen, dann kamen Zeiten, in denen ich das Gefühl hatte, daß es ihm schwerfiel, einen Ärger zu unterdrücken, und am Ende begann er, mir aus dem Weg zu gehen. Ich sagte, daß alles sich änderte, aber in Wirklichkeit änderte sich nur Adam – aber er bedeutete mir ja alles. Ich war verletzt, verwirrt und von wachsender Nervosität, denn ich hatte keine Ahnung, was ich ihm getan hatte. Mit seinem Vater und mit seiner Mutter war er so freundlich wie zuvor, und dafür war ich dankbar, aber die freundliche Kameradschaft, die zwischen uns beiden gewachsen war, schien jetzt nichts mehr als Erinnerung zu sein. Er gewöhnte sich an, bis spät in die Nacht in seinem Club zu bleiben, und die unerklärten Zeiten, in denen er, wie ich annahm, eine Geliebte besuchte, wurden häufiger. Sehr höflich machte er mir klar, daß er nicht mehr wünschte, von mir vorgelesen zu bekommen, und ich glaubte, diese Höflichkeit war das Schlimmste von allem, denn plötzlich schien es, als ob wir keine gemeinsame Vergangenheit gehabt hätten, sondern Fremde wären.

Das Ende kam eines Abends, als ich die Treppe hinunter zum Salon ging, wo die Familie sich immer traf und zehn Minuten plauderte, bis der Butler Laing hereinkam, um anzukündigen, daß das Abendessen serviert war. Diesmal war die Türe halb offen, und als ich am Fuß der Treppe angelangt war, hörte ich plötzlich Adams Stimme. Er sprach ziemlich irritiert und so, als ob er etwas beantwortete, was sein Vater oder seine Mutter gesagt hatten: »Ich bin nicht unfreundlich oder undankbar. Ich habe die letzten paar Monate damit verbracht, Jani gegenüber so freundlich und liebenswürdig wie möglich zu sein. Aber jetzt ist mir der Dampf ausgegangen. Oh, sie ist eine ausgesprochen nette kleine Plaudertasche, und ein gutes Herz hat sie ohne Zweifel, aber als tägliche Gesellschaft entspricht sie kaum meiner Wahl. Es tut mir leid, wenn meine Langeweile jetzt zu sehen ist, aber ich kann wirklich nichts daran ändern.«

Ich war am Fuß der Treppe stehengeblieben. Jetzt drehte ich mich um und ging so leise wie ich konnte wieder hinauf; mein Gesicht war heiß vor Scham und verletzten Gefühlen. Was für ein eingebildeter Narr war ich gewesen, mir vorzustellen, daß er meine Gesellschaft genoß. Für ihn war ich noch immer das Kind geblieben, das er einmal gekannt hatte, und so sah das Bild wohl aus, das er in seinem Gedächtnis trug. Bei allem, was wir in den letzten Wochen zusammen getan hatten, hatte er oft gelächelt oder gelacht. Es hatte so ausgesehen, als ob er sich von mir amüsiert gefühlt hätte und an mir interessiert wäre. Aber jetzt sah ich deutlich, daß er einfach nur gute Miene gemacht . . . und daß er jetzt das Ende seiner Geduld erreicht hatte.

Als ich mein Zimmer erreicht hatte, war mein Gesicht bleich. Ich ohrfeigte mich und kniff meine Wangen, um ihnen wieder etwas Farbe zu geben, hielt einen Augenblick lang ein Taschentuch unter meine feuchten Augen, holte tief Luft und ging wieder nach unten. Sir Charles und Lady Gascoyne grüßten mich vielleicht ein wenig zu warm, während Adam höflich sagte: »Guten Abend, Jani, ich hoffe, der Tag ist erfreulich für Sie gewesen.«

Das letzte, was ich wollte, war, daß jemand erriet, daß ich das, was Adam über mich gesagt hatte, zufällig gehört hatte. Deshalb wartete ich, bis wir mit dem Essen fast fertig waren, bevor ich entschuldigend sagte: »Wissen Sie, seit ich zu Besuch in Larkfield war, fühlte ich mich ziemlich schuldig, so lange wegzubleiben. Ich glaube wirklich, daß ich bald zurückgehen muß.«

Sir Charles und seine Frau tauschten einen bedrückten Blick aus, dann sagte sie, indem sie vorsichtig vermied, Adam anzusehen, ziemlich unsicher: »Oh, wir hatten nicht daran gedacht, Jani, daß Sie uns verlassen wollten. Wir hatten das Gefühl, daß Sie zur Familie gehörten.«

»Und Sie haben mir ganz sicher das Gefühl gegeben, Familienmitglied zu sein«, sagte ich und lächelte beide an. »Das ist der Grund, warum ich länger geblieben bin als ich hätte tun sollen.« Ich brachte ein kleines Lachen fertig. »Adam ist es gewesen, der mich Ihnen in erster Linie auf den Hals geladen hat, weil er eine Krankenschwester brauchte, aber jetzt braucht er sicher keine mehr, und ich habe jetzt das Gefühl, daß ich einige meiner eigenen Pläne verwirklichen sollte.«

Sir Charles sagte: »Welche Pläne, meine Liebe?«

»Nun, David Hayward sagte mir, daß Catling's Farm, die auf der Südseite an den Grund von Merlin's Burg angrenzt, später in diesem Jahr zum Verkauf kommen soll. Es ist eine gemischte Farm von ungefähr vierzig Hektar. Ich weiß, das klingt ziemlich klein, aber in der Nähe des Neuen Forstes braucht niemand viel Weideland, denn dort herrscht das allgemeine Weiderecht. Es gibt da ein sehr schönes Herrenhaus, ein Farmhaus und drei Landhäuschen. Die Catlings verkaufen und werden zu ihrem Sohn nach Canada ziehen, deshalb dachte ich mir, ich kaufe es. Ich kann mir nichts denken, was ich lieber tun würde, als eine gemischte Farm zu verwalten. Ich werde natürlich eine ungeheure Menge zu lernen haben, aber ich bin sicher, daß Mr. Stafford mir all die Hilfe geben wird, die ich brauchen werde.«

Eine kleine Pause entstand. Adam konzentrierte sich darauf, seinen Kaffee umzurühren. Sir Charles, der sehr elend aussah, sagte: »Aber Jani –«

Seine Frau unterbrach ihn, und als sie mich ansah, las ich in ihren Augen, daß sie verstanden hatte. Für sie war es nicht notwendig gewesen zu wissen, daß ich Adams vernichtende Worte mit angehört hatte. Sie wußte schon, daß ich ihn liebte, daß ich aber nicht frei war, selbst wenn er mein Gefühl erwiderte. Jetzt war seine Gleichgültigkeit offensichtlich, und es würde ihr klar sein, wie schmerzhaft es für mich sein mußte, mein Leben in Chester Gardens weiterzuführen.

»Ja, Sie sind viel zu lange selbstlos gewesen, Jani«, sagte sie sanft. »Wir werden Sie schrecklich vermissen, aber es ist höchste Zeit, daß Sie an Ihre eigene Zukunft denken.«

Drei Tage später fuhren Sir Charles und Lady Gascoyne mich in ihrer Kutsche zum Waterloo-Bahnhof, um mich zu verabschieden. Wir fühlten uns alle sehr elend, während wir vorgaben, lustig zu sein, und ich wünschte mir sehnlichst, daß der Zug abfuhr, so daß ich für mich allein sein konnte. Adam kam nicht mit uns. Kurz nach dem Frühstück hatte ich ihn zum letzten Mal gesehen, als er mir die Hand gedrückt, mir für die Zukunft Glück gewünscht und dann nach einer Droschke gesandt hatte, die ihn zu seinem Club bringen sollte.

Nachdem ich wieder zwei Wochen in Larkfield verbracht hatte, war es fast, als ob ich nie weggewesen wäre. Nur mußte ich mich dauernd beschäftigen, um die schmerzliche Leere zu vermeiden, die ich in mir fühlte, wann immer ich an Adam dachte. Mr. Stafford kam mit mir, um mit Mr. Catling über die Farm zu sprechen, die ich zu kaufen gedachte. Nach einigem langsamen Hampshire-Feilschen zwischen den Männern wurde beschlossen, daß mir das erste Angebot zu vierzig pro Morgen gemacht werden würde, sobald die Farm zum Verkauf käme.

Die Catlings hatten immer im Farmhaus gewohnt. Das Herrenhaus stand weiter weg auf seinem eigenen Gelände. Das Haus war kleiner als Merlin's Burg, aber sehr gut ausgerüstet, und es war in den letzten sechzehn Jahren an einen sehr reichen südafrikanischen Herrn verpachtet gewesen, von dem gesagt wurde, daß er eine ganze Anzahl von Diamantenminen besaß. Er hatte Häuser in verschiedenen Ländern und hatte Kimberley, wie dieses und überhaupt alle Häuser genannt wurden, spontan gepachtet, während er ein paar Tage lang diese Gegend besuchte.

Kimberley wurde von einem Grundstücksmakler verwaltet und von zwei Angestellten in Ordnung gehalten. Die Zahl erhöhte sich auf acht Personen, wann immer der Besitzer und seine Frau dort waren. Das war aber nur zweimal vorgekommen seit er das Haus gepachtet hatte, und dauerte bei jeder Gelegenheit nicht mehr als sechs Wochen. Mr. Catling hatte schon mit dem örtlichen Makler gesprochen, der meinte, daß es nicht schwierig sein könnte, den Südafrikaner zu überreden, seinen Pachtvertrag über einundzwanzig Jahre gegen eine bescheidene Summe vorzeitig zu beenden. Ich konnte dann den Besitz für zweitausendachthundert Pfund kaufen.

David Hayward sagte: »Was werden Sie damit machen, Jani? Sie können dort nicht gut alleine wohnen, oder auch nur allein im Farmhaus.«

Wir waren wieder auf Mrs. Fennels kleiner Farm und hatten Schwierigkeiten, ein Kalb zu entbinden. Ich sagte: »Das weiß ich noch nicht. Oh, hören Sie doch bitte auf, mich mit Fragen zu belästigen, und holen Sie das Kalb raus. Ich friere, David.«

»Nun, ich friere nicht.« Er stieß seinen Arm vor und grunzte, während er sich mit geschlossenen Augen darauf konzentrierte, eine Schlinge um den Kopf des ungeborenen Kalbes zu legen. »Wischen Sie mir ein bißchen den Schweiß ab, Jani?« Dann, als ich das Handtuch aufhob, um seinem Wunsch nachzukommen: »Und Sie würden mir eine viel größere Hilfe sein, wenn Sie diese verdammte Kuh dazu bringen würden, mit mir zusammenzuarbeiten, anstatt zu versuchen, mir den Arm zu zerdrücken.«

»Ich war gerade dabei, es ihr zu sagen, als Sie anfingen, mich wegen der Farm auszufragen. Sie tun immer alles und versuchen nachher, es mir anzuhängen.« Ärgerlich rieb ich mit dem Handtuch über seinen Rücken, seine Brust und sein Gesicht, ging dann um die Kuh herum zu ihrem Kopf und begann wieder, mit ihr zu sprechen.

Nach ein paar Augenblicken sagte David: »Gut . . . Gut. Halten sie sie entspannt. Hören Sie, warum heiraten Sie mich nicht, Jani? Dann könnten wir das Haus dieses verrückten Südafrikaners wirklich benutzen.«

»Nein.«

»Was?«

»Nein, ich werde Sie nicht heiraten.«

»Warum nicht?«

Ich zwinkerte die Kuh an und sagte: »Weil Sie nur hinter meinem Geld her sind, David Hayward, deshalb nicht.«

»Was?« Das war ein Ausruf ungläubiger Verblüffung, und Davids Kopf tauchte über dem Hinterteil der Kuh auf. Seine Augen und sein Mund waren runde O's vor Schock und Betroffenheit. Im gleichen Augenblick fühlte ich, wie die Kuh eine heftige Anstrengung machte, und ich rief: »Passen Sie auf!« Aber David hatte keine Zeit sich zu bewegen, ehe das Kalb, das er die letzte halbe Stunde anzuseilen versucht hatte, plötzlich ausgestoßen wurde. Es purzelte aus seiner Mutter heraus, so daß David zurückstolperte, hinfiel und das Kalb schließlich auf ihm lag.

Ich ließ mich langsam auf die Knie sinken, während mich ein unwiderstehliches Lachen schüttelte, und ich sah zu, wie die Kuh sich seelenruhig umdrehte und ihr Junges zu lecken begann. David krabbelte zur Seite, stand auf, spülte seine Arme in dem Eimer Seifenwasser, kam dann herüber und hob mich auf die Füße. Ich lachte noch immer.

»Wissen Sie, wir könnten es viel schlechter treffen«, sagte er ruhig.

Ich hörte auf zu lachen, fühlte, wie eine plötzliche Traurigkeit mich überflutete und legte ein wenig müde meinen Kopf an seine Brust. »Ja. Ich nehme an, das könnten wir, David.« Ich neigte meinen Kopf zurück, um ihn anzusehen, und ich wich ihm nicht aus, als er sich langsam niederbeugte, um mich zu küssen. Der Kuß war sehr süß und schön, und ich gab mir sehr viel Mühe, mir nicht vorzustellen, daß es Adam war, der mich küßte.

Nach ein paar Augenblicken richtete David sich auf und sagte: »Wirst du darüber nachdenken, Jani?«

»Eleanor ist auch noch da.«

»Eleanor ist fort. Ich kann nicht für den Rest meines Lebens in einen Geist verliebt sein.«

»Ich bin nicht sicher, ob wir beide die Wahl haben, wen wir lieben, David. Aber wenn ich mich besser eingelebt habe, wenn noch ein wenig Zeit vergangen ist, werde ich darüber nachdenken.«

Es war eine Woche später, als ich plötzlich in der Nacht aufwachte, aufgeschreckt durch ein lautes Klopfen an der Türe von Whithy Cottage. Ich nahm ein Streichholz, zündete meine Kerze neben dem Bett an und sah auf meine kleine Uhr auf dem Nachttisch. Es war eine halbe Stunde nach Mitternacht. Ich zog einen Morgenrock an und ging schläfrig zum Fenster. David hatte mich vorher noch niemals in der Nacht herausgerufen, aber ich nahm an, daß er es vielleicht tun würde, wenn er einen Notfall mit einem sehr schwierigen Tier hatte. Ich wußte, daß er ein schönes Jagdpferd in Behandlung hatte, das Major Elliott gehörte und das wahrscheinlich an einem komplizierten Splitterbruch litt. Ich wußte auch, daß er das Tier vielleicht töten mußte, um ihm am Ende schreckliche Schmerzen zu ersparen, aber ich konnte mir nicht vorstellen, daß er mich deswegen in einer Winternacht herausrufen müßte.

Ich zog den Vorhang zur Seite, öffnete das Fenster ein paar Zentimeter und zitterte in dem kalten Luftzug. Es war Schnee gefallen, aber so dünn, daß er auf dem Boden mehr wie kalter Reif aussah.

»Wer ist da?« rief ich.

»Ich. David.« Seine Stimme klang erschöpft. »Ich bin verletzt, Jani. Kannst du mir helfen?«

»Ich komme hinunter.« Als ich die Haustüre erreicht hatte, war ich hellwach vor Erregung und Bestürzung. Ich zog die Riegel zurück, drehte den Schlüssel um, und als ich die Türe aufriß, stolperte David auf mich zu. Ich erhaschte einen Blick auf seinen Jagdwagen, der am Straßenrand dicht am Haus stand. »Tut mir leid«, murmelte er. »Tut mir leid, Jani.«

»Das ist schon in Ordnung«, zitterte ich und nahm mich dann endlich zusammen.

»So, lehn dich an mich und dann wollen wir dich zu einem Stuhl bringen.« Als er im Lehnstuhl zusammensackte, sah ich, daß an seiner Schläfe ein Schnitt und eine anschwellende Platzwunde waren, während aus einem Riß in der Seite seines linken Reitstiefels Blut sickerte.

Ich rannte hinaus zum Wagen und nahm den Beutel mit den Instrumenten vom Sitz, denn ich wußte, darin waren Bandagen und ein Desinfektionsmittel. Wieder im Zimmer, machte ich nur halt, um ein Scheit auf das niedergebrannte Feuer zu werfen, brachte dann eine Schüssel aus der Küche herbei, stellte sie unter Davids verletztes Bein und zog vorsichtig seinen Stiefel ab. Davids Hosenbein war vom Blut durchweicht. Die Kerze gab nicht genug Licht, und so hielt ich eilig ein Streichholz an die große Lampe auf dem Tisch.

»Lieber David, was in aller Welt hast du gemacht?«

»Hab versucht, Quayle zu erschießen«, sagte er mühsam. »Hat nicht geklappt. Er hat nur gelacht . . . Der Teufel sorgt für die Seinen.«

Ich fühlte, wie alles Blut aus meinem Gesicht wich. »David, das hast du nicht getan!«

Er legte eine Hand an seine Schläfe. »Was nicht getan, Jani? Kann nicht richtig denken.«

»Macht nichts, du kannst es mir später erzählen.« Ich kniete mich wieder hin und krempelte sein Hosenbein auf, um die Wunde zu finden. In seiner Wade war eine mehrere Zentimeter lange klaffende Verletzung; das Fleisch mehr zerrissen als zerschnitten. Mit Sicherheit würde er mehrere Wochen lang hinken, aber wenn die Wunde vor Entzündung geschützt wurde, war sie nicht gefährlich. Ich seufzte vor Erleichterung und sagte: »Halte das Küchentuch hier dagegen, das stoppt die Blutung. Ich sorge für etwas heißes Wasser. Kannst du das schaffen?« Er nickte, lehnte sich nach vorne und packte das gefaltete Leinentuch, das ich gegen die Wunde gepreßt hielt. Für die nächsten zwanzig Minuten war ich damit beschäftigt, den Riß mit antiseptischer Flüssigkeit gründlich zu reinigen, ihn mit Gaze zu bedecken und einen säuberlichen Verband anzulegen. Es war ein Glück, daß David jetzt seit zwei oder drei Jahren regelmäßige Spritzen mit einem Tetanus-Antitoxin erhalten hatte. Eine neue Entdeckung, von der behauptet wurde, daß sie einen Menschen gegen Wundstarrkrampf resistent machen konnte. Während der ganzen Zeit, in der ich arbeitete, lag er zurückgelehnt, als ob er halb schliefe, und wir sprachen nichts. Ich wusch die Platzwunde an seinem Kopf, versorgte die Schnittwunde mit der gleichen antiseptischen Lösung, einer Mischung, die David selbst hergestellt hatte, räumte dann alles fort und machte eine Tasse Kaffee. Ich versetzte ihn mit dem Brandy, den David zum Aufwärmen immer bei sich trug, wenn er lange Stunden an Winterabenden zu arbeiten hatte.

Das Feuer brannte jetzt gut, und das kleine Zimmer war wunderbar warm. Seit ich meine Bettschuhe, in denen ich hinaus zur Kutsche gelaufen war, über das Feuer gehangen hatte, war ich barfuß gewesen. Jetzt waren sie trocken, und ich zog sie wieder an, ehe ich mich selbst in einen anderen Armsessel setzte.

»David, wach auf und trink deinen Kaffee.«

»Wie?« Er öffnete seine Augen, blinzelte um sich her und richtete sich langsam auf, während er seinen Kopf anfaßte und dann auf sein verbundenes Bein blickte. »Danke«, sagte er langsam. »Mein Gott, was bist du für ein braves Mädchen.«

Ich dachte bei mir, daß diese Meinung von anderen, die seinen Wagen um ein Uhr nachts vor meinem Landhaus stehen sahen, sicherlich nicht geteilt werden würde, aber ich sprach meinen Gedanken nicht aus. Das letzte, was ich wollte war, daß er wieder hinaus in die Nacht rannte. Bis jetzt hatte ich meine Sorgen für mich behalten. Aber nun war ich voll dringender Erwartung zu wissen, was passiert war. Ich sagte: »Wie geht es deinem Kopf, David? Fühlst du dich danach, mir zu erzählen, was geschehen ist?«

Er nippte an seinem Kaffee und nickte. »Ja. Oh, das ist gut.« Er streckte seinen bloßen Fuß in Richtung des Feuers aus. »Fange wieder an, mich fast menschlich zu fühlen.« Er sah mich an, seine Augen standen dunkel in einem sorgenvollen Gesicht. »Dieser Kerl, Quayle. Er . . . ist irgendwie geschützt, Jani. Es muß so sein.«

»Oh, David, ich bin krank vor Sorge, erzähle es mir ganz genau.«

»Entschuldige. Na, der alte Elliott schickte mir einen Jungen vorbei – um ungefähr halb zwölf. Er sagte, das Pferd hätte große Schmerzen, und ob ich nicht mitkommen könnte, um es zu töten. So fuhr ich also nach Catlings hinüber und erlöste das arme Tier von seinen Schmerzen mit einer Kugel aus dieser Webley, die ich für solche Dinge benutze.« Er sah mich ein wenig unsicher an, wendete dann seinen Blick ab, während er weiter erzählte. »Ich . . . nun, ich kehrte über die Straße zurück, die hinter Merlin's

Burg zurückführt. Ich weiß, es ist ein längerer Weg, aber manchmal benutze ich ihn in der Nacht. Ich nehme an, weil ich nirgendwo näher bei Eleanor sein kann.« Er starrte ins Feuer, und ich sah, wie sein Gesicht bitter wurde. »An einer Stelle kann man über die Mauer sehen und den breiten Pfad zwischen den Obstbäumen bis zum Haus überblicken. Und dann habe ich Eleanor gesehen.«

»Eleanor im Garten um Mitternacht?«

Er nickte, seine Hände zitterten, während er die Kaffeetasse umfaßte. »Es war sehr dunkel. Es ist heute fast überhaupt kein Mond, aber aus dem einen der Fenster des Runden Zimmers flammte ein Licht. Es schien auf den Rasen hinabzuscheinen, und das Fenster muß auf eine besondere Art verhängt worden sein, denn der große Lichtfleck, der auf das Gras geworfen wurde, zeigte die Umrisse eines riesigen Sterns. Ein Stern mit fünf Ecken . . . und mit eigentümlichen schwarzen Figuren an jeder Ecke.« Er starrte ins Feuer. »Eleanor kniete dort in der Mitte, Jani, sie hatte die Arme erhoben, ihr Haar war aufgelöst, und sie war nackt . . .«

»Was?« Ich sprang aus meinem Sessel auf, verschüttete etwas von meinem Kaffee, und eine riesige mörderische Wut überflutete mich, so daß ich mehr stotterte als sprach: »Was? Eleanor . . .? Da draußen in einer frostigen Nacht, nackt?«

David nickte müde. »Vielleicht machen ihr solche Dinge nichts mehr aus, ich weiß es nicht. Aber ich weiß, was du jetzt fühlst, Jani, denn für mich war es genau das gleiche. Ich wollte meine Hände um Quayles Kehle kriegen und . . . das Leben aus ihm herausquetschen. Dann sah ich ihn. Er stand am Ende des Pfades mit dem Rücken zu mir und beobachtete sie. Eine Spitze des Sterns berührte fast seine Füße. Er trug . . . ich bin nicht sicher, aber es schien ein kurzer, silbriger Umhang zu sein und in jeder Hand hatte er etwas wie ein dünnes Schwert, wie einen Stab. Einer zeigte zum Himmel und der andere auf Eleanor.« David blickte mich erschöpft an. »Jani, ich könnte schwören, ich sah eine Art schwarzes Licht aus der Spitze des Dings strömen, das auf Eleanor zeigte.«

Mein Herz raste noch immer, und es bedeutete Anstrengung, mich selbst zum Hinsetzen zu zwingen. Ich flüsterte: »Was hast du gemacht?«

Er zuckte die Achseln. »Ich kann mich nicht daran erinnern, wie ich über die Mauer geklettert bin, ich weiß nur noch, daß ich den Pfad hinauf auf Quayle zustürzte. Dann . . . dann muß ich im Dunkeln gegen einen Ast gelaufen sein.«

»Aber es gibt keine Äste, die tief genug über diesen Pfad hängen.«

»Nun . . . vielleicht bin ich auch hingefallen und habe mir den Kopf aufgeschlagen. Oder vielleicht war es etwas anderes. Ich könnte jetzt fast alles glauben. Ein paar Augenblicke lang war ich betäubt, dann habe ich mich hingekniet. Quayle wandte mir noch immer den Rücken zu. Du weißt, wie ich immer die Webley trage, in einem kleinen Rucksack, zusammen mit ein paar Patronen. Dieser Rucksack hing noch immer an meinen Schultern. Ich nahm das Gewehr heraus und legte noch eine Patrone ein. Und Jani, ich war zu der Zeit keineswegs von Sinnen. Ich war eiskalt.«

Er zitterte wie im Fieber, nahm dann einen langen Schluck Kaffee und Brandy, ehe er rasch weiter erzählte. »Ich stand auf. Ich begann auf ihn zuzugehen, mit dem Gewehr in der Hand, mit gespanntem Abzug. Ich war nicht mehr als vier oder fünf Schritte von ihm weg, als es . . . als es plötzlich von selbst losging. Ich schwöre, ich habe nicht abgedrückt. Ich muß gerade mit meinem linken Fuß einen Schritt vorwärts gemacht haben, und die Kugel schien mir meine Wade aufzureißen. Ich fiel wieder hin und hörte, wie Quayle ein schreckliches Geräusch machte, wie ein Schluckauf. Gerade als ich ohnmächtig wurde, war mir klar, daß er lachte.«

Ich hatte dieses Geräusch einmal selbst gehört, und bei der Erinnerung daran schauderte mir. David stellte die Tasse hin und rieb sich die Augen mit beiden Händen. »Als ich wieder zu mir kam, lag ich in der Dunkelheit mit der Webley neben mir. Keine Spur von Quayle, keine Spur von Eleanor, kein Licht aus dem Runden Zimmer.« Er lehnte sich zurück und schloß die Augen. »Deshalb bin ich hierhergekommen. Tut mir leid, daß ich zuerst so aufgedreht war, Jani, und von Quayle geredet habe, als ob er eine Art Wundermann wäre. Sein Hokuspokus hatte nichts mit dem zu tun, was mit mir geschehen ist. Ich war außer mir, deshalb fiel ich dann selbst hin und habe mir selbst ins Bein geschossen. Lieber Gott, was für eine Vorstellung.«

Trotz der Wärme des Zimmers war mir innerlich kalt, und ich schlang die Arme um mich und fühlte mich den Tränen nah, als ich sagte: »Oh David, was sollen wir tun? Ich meine, wie können wir ihn davon abhalten, diese schrecklichen Dinge mit Eleanor anzustellen? Könnten wir nicht zur Polizei gehen? Gibt es nicht irgendein altes Gesetz gegen Hexerei?«

David sah mich mit schweren Lidern an. »Ich bin zu müde zum Denken, Jani. Aber ich habe schreckliche Angst, daß Eleanor diejenige sein würde, die zu leiden hätte, wenn wir irgend etwas gegen dieses Schwein unternehmen würden.« Ein paar Sekunden lang starrte er mit leerem Blick auf die Uhr, die auf dem Kaminsims stand, dann zuckte er plötzlich beunruhigt zusammen. »Herr Gott, es ist schon früh am Morgen, und ich habe den Wagen vor deinem Haus gelassen.« Er beeilte sich, mühselig seine

Socke und den zerrissenen Reitstiefel anzuziehen. »Hilf mir, in meinen Wagen zu kommen. Ich bin schon in Ordnung.«

»Nein, David, sei nicht albern. Ich zieh mich an und hole Dr. Porter. Du kannst sagen, daß du dein Gewehr fallen gelassen hast und dich versehentlich selber angeschossen –«

»Nein, nein, nein, Jani!« Er unterbrach mich ärgerlich. »Ich habe dir genug Ärger verursacht, und ich brauche keinen Arzt.« Er probierte sein verletztes Bein vorsichtig aus und humpelte durch den Raum. »Na, es wird steif, aber das macht nichts. Zwei oder drei Tage lang werde ich es schonen. Wenn es irgendwelche Notfälle gibt, könntest du vielleicht kommen und mich fahren.« Er nahm meine Hand und preßte sie ganz fest, sah mich dann mit einem verzerrten und ziemlich fiebrigen Lächeln an. »Ich danke dir, Jani. Jetzt zieh deine Stiefel und deinen Mantel an und hilf mir, in den Wagen einzusteigen. Wir werden wieder über Eleanor sprechen, wenn ich an sie denken kann, ohne mir zu wünschen, einen Mord zu begehen. Bete zu Gott, daß es etwas gibt, was man tun kann.«

Als ich endlich wieder in mein Bett zurückkehrte, lag ich noch ziemlich lange wach, und meine Gedanken waren ein wirbelndes Durcheinander. Je mehr ich darüber nachdachte, desto mehr fühlte ich, daß David die Wahrheit gesagt hatte, als er meinte, wir seien machtlos gegen Vernon Quayle. Und wir würden es immer sein, solange er Eleanor als Geisel hatte. Gegen Morgen kam meinem erschöpften Gehirn der Gedanke, daß es vielleicht das beste für mich und David wäre, wenn ich ihn heiratete und in seine Heimat Lincolnshire fortzöge, wo wir versuchen konnten, unseren Liebeskummer und unsere Ängste zu vergessen. Ich fragte mich, ob es für uns wohl möglich sein würde, allem auf diese Art den Rücken zu kehren, als der Schlaf mich endlich übermannte. Trotz alledem, was die Nacht so kurz gemacht hatte, wachte ich um sechs Uhr auf und machte mir gerade in der Küche ein Frühstück, als der Postbote kam und mir einen Brief von Lady Gascoyne brachte. Seit meiner Rückkehr hatte sie mir zweimal geschrieben, nicht mehr als eine Seite oder zwei voll Neuigkeiten und Klatsch, aber es waren warme und freundliche Briefe gewesen. Ich konnte kaum sagen, ob ich sie gern bekam oder nicht, denn obwohl ich jeden kleinen Fetzen einer Nachricht über Adam aufs höchste schätzte, wußte ich, daß es viel besser für mich sein würde, meine Freundschaft mit der Familie Gascoyne ruhig ausklingen zu lassen.

Aber schon die allerersten Worte dieses letzten Briefes schreckten mich auf.

Liebste Jani,

dieser schreckliche Mann, Vernon Quayle, von dem Sie uns erzählt haben, ist gestern tatsächlich hier gewesen. Du lieber Himmel! Hat der mir eine Gänsehaut verpaßt. Ich hätte ihn niemals empfangen, wenn ich nicht geglaubt hätte, daß sein Besuch vielleicht in irgendeiner Weise mit Ihnen zu tun haben könnte. Wie die Dinge standen, haben Charles und ich ihn empfangen und dann fragte er, ob er mit Adam sprechen könnte. Ich habe nie einen Mann gekannt, der zur gleichen Zeit so gleichmütig und so selbstsicher war.

Meine Liebe, von dem Augenblick an, in dem Adam hereinkam, konnte ich fast sehen, wie sich in der Gegenwart dieses Mannes seine Nackenhaare aufrichteten, obwohl er ihn natürlich nicht sehen konnte. Mit einer Stimme, die mir wirklich Angst einflößte, sagte Adam: »Geht es Jani gut?« Das ungesund aussehende Wrack starrte einfach ohne ihm zu antworten in einer seltsam leeräugigen Art zu ihm zurück und fuhr damit fort, selbst als Adam und dann Charles ihn fragten, was er wolle. Endlich schienen diese schreckeinflößenden Augen ihren Blick wiederzufinden, und er murmelte: »Also war das, was meine liebe Frau gesehen hat, völlig korrekt. Sie haben sich in Haiti einen Feind gemacht, Mr. Gascoyne.«

War es nicht ungewöhnlich, so etwas zu sagen? Ich hatte das sichere Gefühl, daß dieser Kerl völlig verrückt war. Einen Augenblick später schnappte Adam: »Was wollen Sie, Quayle?« Der Mensch lächelte und antwortete: »Nun, Ihnen Ihr Augenlicht wiedergeben, Mr. Gascoyne. Wir haben jetzt Neumond. Ehe er wieder voll ist, werden Sie sehen.« Dann wünschte er uns allen einen guten Tag und ging aus dem Zimmer ohne zu warten, daß er hinausbegleitet wurde.

Adam und Charles taten das Ganze als Unsinn ab, und das muß es natürlich auch sein. Aber, liebe Jani, ist es falsch, mich an einer winzigen Hoffnung festzukrallen, daß die Blindheit meines Sohnes vielleicht geheilt werden könnte? Selbst wenn das von einer Kreatur bewerkstelligt werden würde, die mir das Blut in den Adern erstarren läßt? Aber jetzt werde ich ganz absurd, bitte vergeben Sie mir meine albernen Gedanken.

Wie kommen Sie mit Ihrer Absicht vorwärts, die Catlingfarm zu kaufen? Ich hoffe sehr, daß alles gutgeht . . .

Der Rest des Briefes bestand aus Kommentaren zu meinem eigenen Brief von der vergangenen Woche und aus allgemeinem Klatsch. Ich überflog ihn und blätterte dann wieder zum Anfang zurück. Während dieses Tages muß ich den Brief ein dutzendmal gelesen haben, und in jedem Augenblick hatte ich ihn im Sinn – selbst, als ich David besuchte, für den Fall, daß er meine Hilfe brauchte. Rosy war dort und erzählte mir, daß Mr. Hayward sein Bein verletzt hatte und krank im Bett lag, daß sie aber sofort eine Notiz schicken würde, wenn er mich brauchte, um ihm bei einem Notfall zu helfen.

Es war eine Erleichterung für mich, daß ich David nicht sehen mußte, denn ich scheute mich, ihm von Lady Gascoynes Brief zu erzählen. Die Wahrheit war, daß ich eine Spur Erregung fühlte, ein Körnchen Hoffnung, dessentwegen ich mich schämte, weil es im dunklen und unnatürlichen Boden zu keimen schien. Vergangene Nacht, als David mir die Geschichte von Eleanors schrecklicher Erniedrigung brachte, hätte ich mir wünschen können, daß Vernon Quayle von einem Blitz erschlagen würde. Jetzt haßte und fürchtete ich ihn noch immer, aber winzige und sehr verführerische Hoffnungen knabberten jetzt wie Mäuse an meinen Gedanken.

Ich wußte, daß Vernon Quayle Kenntnisse, Macht und Fähigkeiten hatte, die nur von wenigen in der westlichen Welt anerkannt und von noch weniger Menschen verstanden wurden. Ich hatte ihn im Runden Zimmer gesehen, als er Adam Gascoyne gesucht und gefunden hatte, hatte gesehen, wie er seine unheimlichen Künste so prosaisch wie ein Ingenieur oder Chemiker ausgeübt hatte, in völliger Verachtung der Tatsache, daß die Kräfte, die er benutzte, auf irgendeine Art übernatürlich waren. Vielleicht ... vielleicht konnte er Adam die Segnungen des Augenlichts zurückgeben.

Der Gedanke machte mich schwach vor Freude und erfüllte mich zur gleichen Zeit mit Schrecken. Vernon Quayle war keines Menschen Wohltäter. Was würde der Preis sein? Was würde es Adam kosten? Oder Eleanor? Oder mich?

Drei Tage später, als David wieder auf war und mich besuchen kam, sagte ich nichts von dem Brief, wir sprachen auch nicht von dem, was in Merlin's Burg geschehen war – in jener Nacht, als er verletzt zu mir gekommen war. Er dankte mir ein wenig ungeschickt dafür, daß ich ihm geholfen hatte, aber mehr wurde nicht gesagt. Es schien fast so, als ob wir beide so tun wollten, als ob nichts passiert sei. Vielleicht, weil wir es beide nicht ertragen konnten, an Eleanors Erniedrigung zu denken.

Am nächsten Tag, um ungefähr fünf Uhr am Nachmittag, kam ein Junge mit einer Notiz für mich zu meinem Haus. Die Kehle wurde mir trocken, als ich Eleanors Handschrift sah:

Liebe Jani,
ich wäre Dir dankbar, wenn Du mich heute abend um halb neun besuchen würdest.

Eleanor

Das war Eleanors Schrift, aber die Worte kamen von ihrem Mann, Vernon Quayle. Ich kritzelte eine hastige Antwort:

Liebste Eleanor,

ja, natürlich. Ich sehne mich danach, Dich zu sehen.

Von ganzem Herzen,
Jani

Ich gab dem Jungen einen Penny, schickte ihn mit der Antwort wieder fort und entschied, daß ich für die nächsten beiden Stunden meine Gedanken beschäftigen mußte, denn wenn ich anfing herumzurätseln und zu spekulieren, würde ich, wenn ich nach Merlin's Burg abfahren würde, so nervös wie ein Grashüpfer sein. Ich nahm Schreibpapier und Feder heraus, ließ mich an einem Tisch nieder und schrieb einen langen Brief an Miss Calendar im Adelaide-Crocker-Heim für Waisenmädchen. Darin erwähnte ich eine Anzahl von kleinen Dingen, mit denen das Leben der Mädchen unter ihrer Obhut – wie ich mir dachte – erleichtert werden konnte. Ich baute meine Ideen auf meine eigenen Erfahrungen als Mädchen in einem Waisenhaus auf. Ich machte deutlich, daß ich ihr nur Vorschläge unterbreitete, die sie in Erwägung ziehen könnte und dankte ihr herzlich für die Freundlichkeit, die sie mir während der Jahre unter ihrer Obhut erwiesen hatte.

Ich schrieb einen Brief im Plauderton an Sir Charles und Lady Gascoyne und dann, auf einen plötzlichen Impuls hin, schrieb ich einen Brief, den kein Auge jemals lesen würde. Er war an Sembur gerichtet, und erzählte nur kurz, daß während meiner Jahre in England das größte Glück zu mir gekommen war, und daß er bald in Ehren auf einem Militärfriedhof bei seinen Kameraden liegen würde. Ich dankte ihm von ganzem Herzen, auch im Namen meiner Eltern, die ich nie gekannt hatte, pries seinen Mut und seine Ergebenheit bei allem, was er für mich getan hatte und sagte endlich, daß ich dafür sorgen würde, daß dieser Brief mit ihm beerdigt würde, wenn er zu seiner letzten Ruhe gebettet würde. Ich wußte, daß dies bis zum späten Frühling nicht geschehen konnte, denn das Regiment würde Soldaten zu dem Steinhaufen auf der Höhe des Chak-Passes schicken müssen, und dies war im Winter unmöglich. Ich entschied, daß ich Major Elliott den Brief geben und ihn darum bitten würde, die Sache in die Hand zu nehmen, denn ich hatte das Gefühl, daß es ihn freuen würde, sich darum zu kümmern. Es war vielleicht Unsinn, einen Brief an Sembur zu schreiben, aber ich fühlte mich erleichtert dadurch. Vielleicht lebte er in einer anderen Welt weiter, wie es der Pfarrer Hubert Wheeler lehrte, oder vielleicht lebte er auch in einer anderen Inkarnation weiter, wie Rild es gelehrt haben würde. Ich wußte nur, daß er ganz sicher in meiner Erinnerung weiterleben würde und daß er dort weiterlebte, bis ich selbst starb.

Um acht Uhr legte ich meinen Federhalter hin, streckte

meine steifen Finger und ging hinauf in mein Schlafzimmer. Ich wusch mich, brachte mein Haar in Ordnung, wechselte das Kleid und um zwanzig nach acht holperte ich mit Mrs. Staffords kleinem Wagen die Straße entlang. Ein anwachsender Mond glitzerte auf dem wohlpolierten Geschirr des Pferdes. Auf der kurzen Fahrt nach Merlin's Burg sah ich niemanden. Aber selbst wenn ich jemandem von der Bevölkerung Larkfields begegnet wäre, glaube ich, daß niemand Überraschung gezeigt hätte. Junge Damen fuhren nach Einbruch der Dunkelheit nicht allein auf dem Land umher, außer Jani Burr. Sie war anders, natürlich, sie war ja von Miss Eleanor geschult worden, und keiner wußte so richtig, was sie als nächstes tun würde. Seltsamerweise schien Larkfield das nicht übelzunehmen, ja, genoß es vielleicht, eine exzentrische indische Prinzessin zu haben, die im Dorf aufgewachsen war.

Als ich die wohlbekannten Stufen zum Eingang von Merlin's Burg hinaufstieg, bemerkte ich, daß ich, ohne es zu wissen, meinen Handschuh abgezogen, Adams Medaillon aus dem Ausschnitt meines Kleides hervorgezogen und es fest in meine Hand gelegt hatte. Genauso hatte ich es vor Jahren, als ich halb bewußtlos in der Höhle auf dem Chak-Paß lag, zum Trost umklammert. Da wußte ich, daß ich Angst hatte.

16

ES WAR SEHR still im Runden Zimmer. Vernon Quayle hatte mich empfangen und sofort dorthin geführt. Eleanor, die ein einfaches, weißes Kleid trug und auf dem gleichen Stuhl saß wie zuvor, hatte mir ein kleines, schüchternes Lächeln geschenkt und geflüstert: »Hallo, Jani.« Sie sah bleich aus, fast wächsern, und ihr einstmals wundervolles Haar war stumpf und leblos.

Jetzt saß ich da und beobachtete Vernon Quayle, während ich versuchte, meinen Haß zu bändigen, der aufs neue aufgeflammt war, als ich sah, wie Quayle mit einer Spritze eine farblose Flüssigkeit in Eleanors Unterarm injizierte. Ihre Augen hatten sich wie im Schlaf geschlossen, aber sie saß noch immer aufrecht, ohne sich hängen zu lassen. Vernon Quayle wog kleine Mengen von etwas, das aussah wie eine Anzahl getrockneter Kräuter. Er mischte sie und tat dann ein wenig von der Mischung in jede der fünf kleinen Kupferschalen, die auf drei Füßen über Spiritusbrennern standen, die noch nicht angezündet waren.

Ich sagte heiser und mit trockener Kehle: »Wollen Sie mir bitte sagen, warum mich Eleanor gebeten hat hierherzukommen?«

»Selbstverständlich. Ich hielt es für erforderlich, denn Ihre Gegenwart hier wird ihr bei der etwas schwierigen Aufgabc, die an diesem Abend vor uns liegt, von großer Hilfe sein.«

»Welche Aufgabe?«

»Ich denke, Sie müssen mehr als nur eine Ahnung haben, was es ist. Ich werde gleich eine Operation durchführen, um Adam Gascoynes Augenlicht wiederherzustellen.«

Mein Herz zog sich krampfhaft zusammen. »Eine Operation?«

Er ersparte mir einen Blick der Verachtung aus seinen stumpfen grauen Augen. »Keine chirurgische Operation, aber eine, die genauso den Gesetzen von Ursache und Wirkung und den Naturgesetzen unterworfen ist.«

»Ich . . . ich verstehe nicht.«

»Es ist sehr einfach. Meine Frau ist ein Instrument bemerkenswerter Durchdringungskraft. Durch sie habe ich gewisse ungreifbare Bande zurückverfolgt, die eine Reihe von Ereignissen miteinander verbinden, und ich habe entdeckt, daß Adam Gascoynes Blindheit auf ganz bestimmte Weise hervorgerufen wurde. Um es nach Art der Märchen auszudrücken, er wurde auf Haiti von einem Obeah, den er beleidigt hatte, mit einem Zauberbann belegt. In realistischen Worten ist die Erklärung noch immer einfach, aber sie erfordert mehr Details.« Vernon Quayle konsultierte eine Schriftrolle, fuhr aber ohne Pause fort: »Es gibt primitive Völker, die Möglichkeiten und Fähigkeiten haben, die sie anwenden können, obwohl sie wenig oder gar kein Verständnis für die Gesetze und Prinzipien besitzen, die sie anwenden. Medizinmann, Schamane, Obeah, Houngan, es gibt viele Namen für diese Praktiker der sogenannten Magie. Gascoyne hat eine solche Person in Haiti beleidigt, die dann ein uraltes, westafrikanisches Ritual durchführte, von dem mindestens die Hälfte reiner Hokuspokus ist. Dennoch, der Rest davon umfaßte die Benutzung des Gesetzes der Übereinstimmung, welches auf das Zusammenspiel zwischen der materiellen und der nichtmateriellen Ebene des Seins anzuwenden ist und welches wir heute abend werden anzuwenden haben, um den Prozeß rückgängig zu machen, der Adam Gascoyne blind werden ließ.«

Plötzlich schien Vernon Quayle ein dummer, alter Mann zu sein, der Unsinn redet. Wie konnte jemand über eine Entfernung hinweg blind gemacht werden? Wie konnte irgendeine Kombination von Kräutern und Extrakten, Zaubersprüchen, Gesang, Mesmerismus oder Ritual von irgendeiner Sorte die physischen Teile des Auges angreifen oder die optischen Nerven, die mit dem Gehirn verbunden sind?

Als ob er meine Gedanken lesen könnte, sagte Vernon Quayle: »Solche Operationen finden auf der ätherischen

Ebene statt, wo Entfernungen, wie wir sie kennen, nicht existieren. Die Operation des Obeah in Haiti hinterließ eine Auswirkung an Gascoynes ätherischem Körper, und dieser Effekt wurde in der vorgegebenen Zeit von seinem physischen Körper widergespiegelt. Ich erwarte nicht, daß Sie dies verstehen. Dafür müßten Sie zuallererst eine Intelligenz besitzen, die erheblich größer ist als die, die Sie tatsächlich haben, und dann, nach zehn Jahren ernsthaften Studiums, würden Sie noch immer einen nur ganz kleinen Begriff von diesem Bereich haben. Er besteht aus vielen einzelnen Elementen, die sich der wörtlichen Erklärung oder Analyse nicht unterwerfen. Ich weiß von nicht mehr als einem Dutzend Männer in der Welt von heute, die die Operation völlig verstehen könnten, die ich heute abend durchführen werde. Von diesen zwölf würden nur zwei es wagen, sie selbst durchzuführen.«

Er legte die Schriftrolle beiseite, richtete die Position der fünf kleinen Dreifüße sorgfältig aus und begann dann, mit einem schwarzen Fidibus die Spiritusbrenner anzuzünden. Ich räusperte mich und sagte: »Wollen Sie damit sagen, daß es gefährlich ist?« »Nicht in meinen Händen. Ich habe völlige Kontrolle der Energien, die zu benutzen sind. Es besteht keine Gefahr irgendeiner schädlichen Reaktion.«

»Sind Sie . . . sind Sie einer dieser Leute, von denen Sie gesprochen haben? Wie ein Obeah?«

Wieder kam dieser verachtungsvolle Blick, während er schwere, rote Tropfen aus einer kleinen Phiole in eine der Kupferschalen goß. »Ich bin ein Wissenschaftler, ich bin kompetent auf einem Gebiet der Wissenschaft, welche wenige Männer verstehen und von welcher die meisten Leute glauben, daß sie nicht existiert. Keine Fragen mehr, bitte.«

Fäden schweren Rauches erhoben sich in müdem Kräuseln aus den Kupferschalen auf ihren Dreifüßen, die ein wenig abseits von dort standen, wo Eleanor saß, in tiefer Trance, wie ich annahm. In der Mitte zwischen den fünf Schalen stand eine schlanke, dekorativ geschnitzte Säule von schwarzem Holz auf drei gebogenen Füßen. Ihre Spitze bestand aus einer runden Messingscheibe, auf der etwas in einer Schrift, die ich nicht kannte, eingraviert war. Vernon Quayle trug jetzt weiße Handschuhe und hielt etwas in seinen Händen. Es war eine kleine Puppe, sehr grob aus weichem Holz geschnitzt. Er öffnete eine kleine, runde Dose auf seinem Schreibtisch, nahm eine Pinzette heraus und hob aus der Dose einen Fetzen schwarzen Tuchs, den er straff um den Hals der Puppe wickelte. Noch einmal suchte er mit der Pinzette in der Dose herum. Als er sie wieder hob, schien sie zuerst nichts zu halten, aber als er sie prüfend gegen das Licht hochhob, erblickte ich für einen Augenblick ein langes, lockiges, schwarzes Haar. Das preßte er in einen Schlitz, der sich in dem Weichholzkopf der Puppe befand. Als er einen dritten Gegenstand aus der Dose hervorhob, hielt ich den Atem an, und ein Schauder überlief mich, denn ich sah, daß die Pinzette ein abgeschnittenes Stückchen von einer Zigarre enthielt, die Art, die ich Adam manchmal hatte rauchen sehen und in die an einem Ende ein Stückchen Bambusrohr eingelassen war.

Während Vernon Quayle ein paar Splitter von dem Bambusrohr abzupfte und sie in das winzige Loch einführte, das den Mund der Puppe darstellte, sagte er: »Das Gesetz der Übereinstimmung. Für die Operation, die ich durchführen werde, stimmt dieses Püppchen mit Adam Gascoyne überein, und dadurch werden wir Auswirkungen auf der Astralebene produzieren.«

Ich erinnerte mich an den Wintertag, als David und Adam und ich Mrs. Fennels Kühe behandelt hatten, die unter Blähungen litten. Adam hatte seine Mütze und seine Jacke ausgezogen und sie beiseite gelegt, um uns zu helfen. Die Zigarre und die Mütze waren verschwunden, und von der Innenseite des Kragens seines Mantels war ein Stück Stoff herausgeschnitten worden. Ohne Zweifel hätte ein schwarzes Haar von seinem Kopf in seiner Mütze gefunden werden können.

Vernon Quayle machte etwas mit dem Gesicht der Puppe, das ich nicht sehen konnte. Nachdenklich sagte er: »Ein Haar, ein Stück Stoff mit Körperschweiß, ein Span Bambusrohr, das mit Speichel in Berührung gekommen ist. Wenige verbindende Dinge, aber jedes einzelne sehr wirksam. Aber jetzt hätte ich gerne das Medaillon, wenn es Ihnen nichts ausmacht.«

Mein Gehirn schien seine Arbeit eingestellt zu haben, und ich fühlte mich krank. Als ich das Medaillon abnahm und es Vernon Quayle übergab, sah ich, daß die zwei Stellen, wo die Augen hätten sein müssen, mit Klumpen von einer Substanz bedeckt waren, die aussah wie schwarzes Wachs. Er wickelte die Kette so lange um den Hals herum, bis das Medaillon auf der Brust der Puppe ruhte, dann legte er die Figur auf die Messingplatte des Podests aus schwarzem Holz. »Hören Sie mir sorgfältig zu«, sagte er. »Gascoyne hat Ihnen das Leben erhalten, als Sie ein Kind waren, das gerade erwachsen wurde – das ist die Zeit im Leben einer Frau, wenn gewisse Energien am mächtigsten sind. Die Verbindung zwischen Ihnen und ihm ist deshalb sehr stark und wird dieser augenblicklichen Operation sehr nützlich sein.« Er zeigte auf eine Stelle. »Stehen Sie bitte hier, und sehen Sie Eleanor über das Podest hin an. So, und jetzt legen Sie den Mittelfinger Ihrer rechten Hand auf den Körper der Puppe.«

Ich gehorchte. Vernon Quayle schien nicht länger ein dummer alter Mann zu sein, der Unsinn redete. Er ging hinüber und stellte sich hinter Eleanor, nahm seine Handschuhe ab, legte seine Fingerspitzen an ihre Schläfen und sagte zu mir: »Sie werden nicht widersprechen, bis ich Ihnen sage, daß Sie das dürfen. Sie werden so verharren wie Sie sind, bis ich Ihnen sage, daß Sie sich bewegen sollen. Konzentrieren Sie Ihre Gedanken so gut es Ihnen möglich ist, auf die Erinnerung an die Zeit, als Adam Gascoyne Sie während Ihrer Krankheit gepflegt hat. Intensive Konzentration ist nicht notwendig. Halten Sie einfach die Erinnerung in Gedanken fest, wie in einem Tagtraum.«

Ich dachte, daß mein Gehirn zu beschäftigt und abgelenkt sein würde, um das zu tun, was er mir befohlen hatte, aber ich irrte mich. Ich stand da und erinnerte mich, und ich starrte hinab auf die häßliche kleine Puppe unter meinem Finger und sah sie doch nicht. Ich war wieder ein Kind, lag in der Höhle, geschützt vor dem eisigen Wind, der über den tiefen Schnee streifte und ihn zu Wehen auftürmte. Adam kniete über mir, wusch mir den Schweiß vom Gesicht, von den Armen, von meinem Körper, saugte mit einem Federkiel das Zeug weg, das meine Kehle verstopfte. Das Medaillon hing um seinen Hals. Das Feuer warf flackernde Lichter auf die dunkle Decke in der Höhle. Ich hörte die Pferde, Flint und Hiob, die an ihrem mageren Futter kauten.

Von Zeit zu Zeit trieben meine Gedanken zurück zum Runden Zimmer. Die Pulver brannten in den Kupferschalen. Es herrschte völlige Stille. Eleanor saß da wie eine Wachsfigur. Schweißperlen hatten sich auf ihren Brauen angesammelt. Vernon Quayle stand wie zuvor da, seine Finger auf ihren Schläfen, bewegungslos, den grauen, leeren Blick auf die Puppe unter meinem Finger gerichtet. Nichts schien zu geschehen, aber die Luft im Raum fühlte sich schwer und brütend an, wie die Luft sich anfühlt vor einem großen Gewitter.

Ich weiß nicht, wie lange es dauerte. Ich weiß nur, daß dann eine Zeit kam, als ich wie aus weiter Ferne bemerkte, daß die Klumpen schwarzen Wachses, die die Augen der Puppe bedeckten, zu schmelzen begannen, flüssig wurden, über die groben, hölzernen Wangen hinabrannen und dann Tröpfchen für Tröpfchen auf der Messingscheibe verspritzten, auf der die Puppe lag. Dann kam eine Zeit, als Vernon Quayle sich bewegte und das Schweigen brach, indem er sagte: »Jetzt ist es beendet.«

Ich weiß, daß ich versuchte, Eleanor auf Wiedersehen zu sagen, aber sie sah mich aus einem völlig leeren Gesicht an, mit Augen, die mich nicht erkannten. Ich weiß, daß Vernon Quayle mir das Medaillon in die Hand drückte und mit mir aus dem Runden Zimmer hinaus und nach draußen ging, wo der Wagen stand. Kein Wort wurde zwischen uns gewechselt.

An die Heimfahrt kann ich mich nicht erinnern. Ich weiß, daß Mr. Stafford aus dem Farmhaus herauskam und drauf bestand, die Pferde zu versorgen und den Wagen wegzustellen. Und ich weiß, daß die Uhr auf dem Kaminsims, als ich meinen Hut und Mantel auszog und mich ermattet vor dem glimmernden Feuer in meinem kleinen Zimmer niederließ, mir sagte, daß ich diesen Raum vor nicht mehr als siebzig Minuten verlassen hatte.

Ich wollte nicht nachdenken. Ich wußte nicht, worüber ich nachdenken sollte. Ich schlief im Sessel ein, wachte viel später auf, fand das Feuer fast erloschen und mußte mich sehr anstrengen, um in mein Schlafzimmer hinaufzugehen. Dort zog ich mich aus, fiel ins Bett und schlief wie ein Stein bis weit in den Morgen hinein.

Bei Tageslicht fand ich es schwer zu glauben, daß die Ereignisse der vergangenen Nacht wirklich geschehen waren. Sie schienen mehr wie ein unerfreulicher Traum zu sein und zwar ein Traum, bei dem ich nicht verweilen wollte. Ich sagte mir, daß ich ein Narr wäre, wenn ich glaubte, daß Adam plötzlich wieder sehen könnte. Das beste, was ich tun konnte, war, mich selbst immer beschäftigt zu halten, alle Spekulationen zu vermeiden und nichts zu erwarten. Aber als zwei Tage später mit der Morgenpost ein Brief von Lady Gascoyne für mich ankam, bemerkte ich, daß meine Hände zitterten, während ich ihn öffnete, und das Herz wurde mir schwer vor Enttäuschung, als ich entdeckte, daß dies ein gewöhnlicher Brief war, der keine aufregenden Neuigkeiten enthielt.

Das einzige, was sie über Adam sagte, war, daß er immer noch im Haus und draußen umherging, als ob er nicht mit Blindheit geschlagen wäre und daß er sich noch immer Beulen und Kratzer holte. Am Tag zuvor war er tatsächlich die Treppe hinuntergefallen und – sehr zu ihrer Aufregung – halb ohnmächtig geworden. Trotz seiner Proteste hatte sie darauf bestanden, einen Arzt zu ihm zu holen, und sie war froh, sagen zu können, daß er keinen Schaden genommen hatte. Heute wäre er wieder auf.

Sie sagte auch, daß Sir Charles Zuckerkrankheit plötzlich schlimmer geworden zu sein schien. Sie hoffte, ich würde bald wieder nach London kommen, um sie zu besuchen, weil sie mich beide sehr mochten und oft von mir sprachen.

Zwischen den Zeilen lesend, spürte ich: Sie wußte, daß die Zeit, die ihrem Mann noch verblieb, jetzt viel kürzer war, als beide gehofft hatten. Ich weinte ein wenig, sowohl um sie als auch um ihn, dann setzte ich mich hin, um zu antworten, und ich schrieb, ich würde sie für einen Tag besuchen, sobald es mir möglich sei, ganz sicher aber am Ende des Monats.

Soweit Vernon Quayles große Sprüche. Adam war noch immer blind. An diesem Morgen ging ich David Hayward besuchen, stritt mich mit ihm, ritt wütend nach Hause, wandte dann sofort wieder das Pferd und ritt zurück, um mich zu entschuldigen und begleitete ihn dann für den Rest des Tages auf seinen Runden. Das war die beste Medizin, die ich mir wünschen konnte, um die finstere Stimmung zu kurieren, die sich auf mich niedergesenkt hatte.

Zwei Tage später, an einem Nachmittag, der für den späten Februar erstaunlich mild und sonnig gewesen war, ritt ich zum Gänsehügel hinauf und ließ Sandy frei laufen, während ich langsam auf dem grasigen Hang umherwanderte und versuchte, herauszufinden, wo meine Zukunft lag.

Die Catlingfarm würde bald zum Verkauf freigegeben werden. Wollte ich sie wirklich haben? Wollte ich alleine in diesem großen Haus wohnen? Würde ich glücklich werden, wenn ich David heiratete? Oder würde ich ihn immer als Zweitbesten nach Adam betrachten, während David mich als Zweitbeste nach Eleanor ansah? Und würde dies eine Rolle spielen, wenn wir gute Freunde wären und einander wirklich mochten?

Mein Blick wurde von einem Pferd und einem Reiter eingefangen, der im Galopp auf der anderen Seite des Tales hinabkam und viel zu schnell ritt, wie ich mit einer Spur von Ärger dachte. Nur die Lo-bas und Jani Burr konnten ohne Risiko reiten. Dann, mit einem kleinen Schock der Überraschung, erkannte ich das Pferd. Es war Bruno, der Rotfuchs mit einer weißen Socke an seinem mir zugewandten Vorderbein. Er gehörte Major Elliott. Aber er trug nicht den Major oder irgendeinen anderen, den ich in Larkfield kannte.

Ein paar Augenblicke verloren sich Pferd und Reiter hinter einer Reihe Nußbäume, dann kamen sie wieder in Sicht, den Gänsehügel hinauf. Ich machte meine Augen schmal. Ein Mann mit schwarzem Haar, ohne Hut, nicht in Reitkleidung, sondern in einem dunkelgrauen Anzug. Was in aller Welt . . .? Er ritt, als sei er mit dem Pferd verwachsen, sein Körper bewegte sich in einer Art gleichgültiger Arroganz im Takt mit der Gangart seines Pferdes. Das war etwas Vertrautes, etwas, das ich schon lange kannte . . . Mister! Mein Innerstes schrie den Namen heraus, und es war der alte Name, der mir als erster wieder in den Sinn kam. Adam ritt den Gänsehügel hinauf auf mich zu als ob . . . als ob er sehen könnte? Das konnte nicht sein. Aber kein Blinder hätte so reiten können, wie er ritt.

Ich stand wie angewurzelt, mein Gehirn war wie leer, traute sich nicht zu denken. Er erreichte den Gipfel und schwang sich aus dem Sattel, gerade als Bruno in Trab und dann in Schritt verfiel. Das dunkle Haar war vom Wind zerzaust, die tiefblauen Augen brannten in einer Art wilder Freude. Er kam mit großen Schritten und ausgestreckten Armen auf mich zu.

»Jani!«

Tränen verschleierten meine Augen und begannen meine Wangen herabzurollen. Sprechen war unmöglich, denn meine Kehle war taub. »Oh, Jani!« Seine Hände packten meine Schultern so fest, daß es weh tat, und ich genoß den herrlichen Schmerz. Er hielt mich auf Armeslänge und blickte mich von oben bis unten an, sein Gesicht voll Verwunderung. Seine Hände bewegten sich, und er berührte meine Augenbrauen, mein Haar, eine Träne auf meiner Wange, meine Lippen und meinen Nacken. Es war die sanfte Berührung eines Blinden, aber er war nicht mehr blind. Sein eifriger Blick war fast verzehrend, während er dastand und mich mit all seinen Sinnen kennenzulernen suchte. Und während er dastand und blickte, berührte, staunte, sprach er sehr schnell, und die Worte sprudelten aus ihm heraus: »Ich bin zu deinem Haus gegangen, und die Staffords schickten mich zu David, und Rosy sagte, er wäre bei Major Elliotts Ställen, aber sie wußte nicht, ob du bei ihm wärst, Jani, und als ich dort ankam, warst du nicht da, und ich dachte, ich werde verrückt, wenn ich dich nicht bald finde, und David sagte, er dächte, daß du vielleicht hier oben wärst, und der Major sagte: Hier, Junge, nimm Bruno. Also bin ich hier, und – oh Jani, bist du das wirklich? Wirklich das komische kleine Mädchen, das ich in Smon T'ang gefunden habe und das mir nie aus dem Sinn wollte? Aber natürlich bist du das, ich kann es in dir sehen. Oh ja, guter Gott, ich kann dich sehen, Jani! Vor ein paar Tagen bin ich die Treppe heruntergefallen und habe mir eine kleine Gehirnerschütterung geholt. Vergangene Nacht ging ich blind zu Bett, und dann wachte ich auf und konnte sehen!« Seine Hände glitten nach unten, um meine zu ergreifen und sie festzuhalten. »Jani. Wunderschöne Jani. Warum habe ich dich ein komisches kleines Mädchen genannt? Du warst damals schon wunderschön, wenn ich nur die Augen gehabt hätte, um das zu sehen. Ich bin länger blind gewesen als ich wußte. Herrgott, es ist so schön, dich anzusehen, Jani. Hast du gewußt, daß ich mein Herz an dich verloren habe in dem Augenblick, in dem du aus der Vergangenheit zu mir gekommen bist und deine Arme um meinen Nacken gelegt hast und weintest, weil du mich blind angetroffen hast? Oder vielleicht ist es schon länger her, daß ich mein Herz an dich verloren habe, wie Molly dachte. Sie sagte, daß du diejenige wärst, nicht wahr? Und manchmal während all dieser vergangenen Monate habe ich gefühlt, daß du mich auch magst. Ist das wahr, Jani? Willst du mich heiraten? Bitte!«

Ich wußte, wenn ich versuchte zu sprechen, würde ich nur noch mehr Tränen des Glücks weinen. Ich sah zu Adam auf und erinnerte mich an die vielen Male während seiner Blindheit, als ich ihm nah gewesen war, so wie jetzt, und mich danach gesehnt hatte, meine Arme um seinen

Hals zu legen und seinen Kopf zu mir herunterzuziehen und meine Lippen auf die seinen zu pressen in einem langen, wunderbaren Kuß. Jetzt tat ich es, stand hier mit ihm auf dem Gipfel des Gänsehügels, wo wir auf eine halbe Meile im Umkreis gesehen werden konnten. Aber das kümmerte mich nicht.

Nach einer Weile, als ich meinen Atem wiedergefunden hatte und er mich festhielt, meine Wange gegen seine Brust, sagte ich mit zittriger Stimme: »Ich dachte, du könntest mich nicht besonders leiden. Ich hörte dich deinen Eltern gegenüber sagen, daß ich ... dich langweile.« Ich fühlte, wie er einen tiefen Seufzer ausstieß. »Jani, Liebste, ich wollte, daß du es hörst. Ich wußte genau, wo du auf der Treppe standest, als ich diese Worte sagte. Ich habe das Gehör eines Blinden, und ich habe die meiste Zeit damit verbracht, auf deine Fußtritte im Haus zu horchen.«

Ich hob den Kopf. »Aber warum hast du es denn gesagt, Adam?« »Weil ich wollte, daß du glücklich bist, und ich war sicher, daß du mit David Hayward glücklich verheiratet sein könntest. Ich wußte, wenn du und ich noch viel länger zusammen geblieben wären, wäre ich zusammengebrochen und hätte dir gesagt, daß ich dich liebe. Und ich hatte Angst, daß du Mitleid mit mir haben könntest und mich heiratest. Mich, einen Blinden. Das konnte ich nicht dulden, Jani.«

Ich stellte mich auf die Zehenspitzen, um ihn noch einmal zu küssen, dann ging ich in Gedanken zurück in die Vergangenheit und sagte in der komischen Ausdrucksweise, die ich in Smon T'ang gesprochen hatte: »Manchmal redest du unheimlichen Blödsinn, Mister.«

David Hayward lehnte sich im Sessel zurück und blickte uns an, während wir Seite an Seite auf der kleinen Couch im Wohnzimmer saßen und die Hände hielten. Eine Stunde war vergangen, seit Adam mich auf dem Gänsehügel in seinen Armen gehalten hatte. David hatte Adam gratuliert, mich herzlich geküßt und dann festgestellt, daß er Trauzeuge oder Brautführer werden müsse.

Eine Zeitlang hatte große Aufregung geherrscht, aber jetzt waren wir still und ernst, denn ich war gerade damit fertig geworden, ihnen all das zu erzählen, was an dem Abend, ehe Adam den Sturz getan hatte, der ihm das Augenlicht wiedergegeben hatte, im Runden Zimmer in Merlin's Burg geschehen war. Mir war klar gewesen, daß dies eine schlechte Zeit gewesen war, um meine Geschichte zu erzählen und daß sie einen Schatten über uns werfen würde, ich wußte aber auch, daß es nie einen guten Augenblick geben konnte, um sie zu erzählen.

David war bleich geworden, als ich erzählte, wie Eleanor eine Spritze erhalten hatte. Das konnte nur eine Droge sein, die ihre Trance unterstützte. Jetzt sagte er: »Ich zweifle nicht daran, Adam, daß Sie glauben, dieser Mann ist ein Scharlatan. Ich habe einmal selbst so gedacht, aber seit damals bin ich weniger sicher. Ist es ein Zufall, daß er seine Operation kurz vor dem Sturz durchführte, der offensichtlich Ihr Augenlicht zurückbrachte? Oder ist es ein Zufall, daß Sie ausgerechnet kurz nach dieser Operation gestürzt sind? Oder hat seine Operation diesen Fall herbeigeführt?«

Adam sagte ruhig und zu meiner völligen Überraschung: »Ich neige dazu, die letzte Alternative anzunehmen. Immer, seit Jani mir zuerst von Quayle erzählte, bin ich damit beschäftigt gewesen, soviel ich konnte über diesen Kerl herauszufinden und auch ein wenig über seine seltsamen Beschäftigungen von einem alten Freund meines Vaters zu erfahren, der große Kenntnisse über diese Dinge hat. Ich hatte Quayle natürlich nie gesehen, aber ich habe ihn getroffen, als er nach Chester Gardens kam und mir erzählte, daß er mein Augenlicht, noch ehe der Mond wieder voll werden würde, wiederherstellen wolle.« Er zuckte die Achseln und lächelte schief. »Vielleicht besteht Quayles Wissenschaft, wie er es nennt, darin, Zufälle herbeizuführen.«

Ich drückte Adams Hand und sagte: »Gerade nach jener Nacht, als er . . . es machte, habe ich mich gefragt, warum. Ich meine, warum sollte er dir dein Augenlicht zurückgeben wollen?«

Adam hob meine Hand hoch und berührte mit seinen Lippen meine Finger. »Mein Liebling, weil«, sagte er langsam, »Quayle mich für seine eigenen Zwecke braucht. Alle Verbindungen der Vergangenheit und der Gegenwart, meine und deine, seine und Eleanors laufen in jenem zukünftigen Zweck zusammen. Das ist jedenfalls die Ansicht meines kenntnisreichen Freundes, Professor Manson.«

Ganz schwach, in den Tiefen meiner Erinnerung, hörte ich die Stimme des Mädchens aus dem Kloster von Galdong, während sie in die Schale mit der schwarzen Flüssigkeit blickte: » . . . er ist jung, dieser Dämon, schwarzes Haar, enggewellt und Augen, wie ein klarer Himmel in der Dämmerung. Stolz . . . zu stolz. Aber sein Stolz wird gebrochen werden . . . er wird in die Finsternis hinabsteigen und dann wird kommen der Silberne Mann, der Esser der Seelen . . . und es ist eine Schuld zu zahlen, und im Jahr des Hölzernen Drachen werden sie kommen in das Land Bod, um die Träne zu rauben, die aus dem Auge des Erleuchteten fiel – – –«

Adam Gascoyne war in der Tat hinabgestiegen in die Finsternis der Blinden, wo seine jugendliche Arroganz von ihm abgefallen war, und der liebenswürdige, sich selbst nicht bemitleidende Mann mit dem herzlichen Lachen, den ich im Hinterzimmer einer schmutzigen Kneipe in

Wapping gefunden hatte, war übriggeblieben. Und das Orakel hatte Vernon Quayle richtig als den Esser der Seelen beschrieben, denn es war, als ob er langsam nicht nur das Leben, sondern auch das innere Feuer ihres Geistes aus meiner geliebten Eleanor heraussaugte. Ich hörte die Stimme Rilds, als er hinter den Schleier der Zukunft blickte und von dem Silbernen Mann sprach, der mein Feind sein würde. Ich rief mir ins Gedächtnis zurück, was seine Vision ihm gesagt hatte: » . . . innerhalb der Grenzen der Erde und der Wiedergeburt habe ich nie geglaubt, solche Macht zu spüren . . . mit dem Wandel der Sterne wirst du wieder zu uns kommen, Kind. Bis dahin, geh mit meinem Segen.«

Ich kehrte zurück in das kleine Wohnzimmer des Landhäuschens, hörte David Hayward sagen: »Es flößt mir ein Schaudern ein, daran zu denken, wie Jani in jener Nacht ganz allein zu Quayle gegangen ist. Sie hätte . . . in die Falle gehen können. Wie meine arme Eleanor. Ich hätte sie zurückgehalten, wenn ich es gewußt hätte, Adam.«

Ich schüttelte den Kopf. »Niemand hätte mich aufhalten können«, sagte ich ein wenig müde. »Eleanor bat mich, sie zu besuchen, und es war mir gleich, ob sie es auf Vernon Quayles Befehl hin tat. Einer Bitte von Eleanor werde ich immer entsprechen.« Ich sah Adam ängstlich an. »Das weißt du doch? Das verstehst du doch, liebster Adam?«

Er berührte mit den Fingern meine Augenbrauen, dann seine eigenen, in einer seltsamen kleinen Geste der Zusammengehörigkeit. »Wir sind jetzt eins, Jani. Deine Schuld gegenüber Eleanor ist meine, und irgendwie werden wir sie bezahlen.«

David stand auf, durchquerte den Raum, ging zum Fenster, und blickte mit einer sorgenvollen Geste zum

Fenster hinaus auf den Garten. »Wie kenntnisreich ist dein Freund, Professor Manson?« fragte er.

Adam sagte: »Er wird als die führende europäische Kapazität für Okkultismus und verwandte Themen angesehen. Sechsunddreißig publizierte Bücher. Er weiß von Quayle und sagt, daß er möglicherweise die gefährlichste Einzelperson auf der Welt ist. Nach dem, was ich von einer internationalen Detektivagentur über Quayles Vergangenheit herausgefunden habe, neige ich dazu, diese Meinung zu teilen. Glaube mir, ich habe eine ganze Zeit damit verbracht, mit Manson zu sprechen und über Quayle nachzuforschen.«

In einer versteckten Ecke meines Gehirns wurde mir klar, daß Adam, wenn er allein von Chester Gardens aus fortgefahren war, und wenn ich dachte, daß er vielleicht eine Geliebte besuchte, sich in Wirklichkeit meinetwegen beschäftigte.

David drehte sich um und blickte uns an. »Ist Eleanor hoffnungslos verloren?« fragte er mit gequälter Stimme.

Adam fuhr sich mit der Hand durchs Haar und sprach langsam, aber mit einem Unterton von Eifer: »Manson meinte, das hinge von ihrer psychischen Kraft ab, die sehr groß sein muß, denn sonst wäre Quayle niemals an ihr interessiert gewesen. Er glaubt, daß sie sich erholen kann, wenn wir sie von Quayle befreien können.«

»Und . . . wird das möglich sein?«

Adam sagte sanft: »Es kann versucht werden, David. Ich kann nicht in die Zukunft blicken, deshalb weiß ich nicht, wie es ausgehen wird. Aber ich schlage vor, Quayle noch an diesem heutigen Tag zu besuchen. Mansons Meinung nach gab er mir das Augenlicht wieder, weil er mich irgendwie braucht. Das gibt mir eine Handhabe, um mit ihm zu verhandeln. Meine augenblickliche Absicht ist, herauszufinden, was er von mir will.«

Ich sagte mit einer schwachen Stimme, die gar nicht wie meine eigene klang: »Ich weiß, was er will, Adam. Ich wußte es nicht, bis eben jetzt, aber Rild hat es einmal ausgesprochen und das Mädchen, das Orakel. Sie besitzen auch Macht, und sie haben es mir gesagt. Das Mädchen nannte Quayle den Esser der Seelen. Sie sagte, du würdest mit ihm in das Land Bod gehen. Und ich werde auch dort sein. Es sollte im Jahr des Hölzernen Drachen geschehen. Dieses Jahr. Und Quayle wird von dir verlangen, die Träne zu rauben, die aus dem Auge des Erleuchteten fiel.«

Ein langes Schweigen entstand, beide Männer starrten mich verwundert an und endlich sagte Adam: »Die Träne des Buddha? Weißt du, was es ist, Jani?«

»Ich bin nicht sicher, aber ich glaube, es ist ein Art Juwel im großen Kloster von Choma La. Auf unserer Handelsstraße nach Magyari kamen wir gewöhnlich an dem Kloster vorbei. Einmal hat Vernon Quayle mir eine Menge Fragen darüber gestellt, aber ich wußte nicht, auf was er hinauswollte. Jetzt erinnere ich mich, daß der alte Tashi mir von einem Juwel erzählt hat, einem sehr kostbaren Juwel, das an einem besonderen Platz in dem Kloster aufbewahrt wird. Er sagte, daß während der letzten dreihundert Jahre jede Minute jedes Tages und jeder Nacht sieben Mönche vor diesem Juwel gebetet haben. Ich nehme an, sie glauben, daß es eine Träne war, die von Buddha vergossen wurde und die sich in einen kostbaren Stein verwandelte.«

»Eine Träne ist nicht sehr groß«, sagte Adam langsam.»Es scheint mir unwahrscheinlich, daß dieses Juwel so teuer sein könnte.«

»Ich glaube nicht, daß Vernon Quayle es wegen seines Geldwertes stehlen würde.«

»Warum dann, mein Liebling?«

»Das weiß ich nicht, Adam. Aber es muß ein . . . mächtiger Talisman sein.«

Er stand auf und zog mich auf die Füße, voll von rastloser Energie, und seine Augen blitzten vor Angriffslust. »Laß uns hier nicht herumsitzen. Wir wollen Quayle jetzt sofort besuchen, so wie wir sind. Je früher wir wissen, wo wir stehen, desto besser, Jani!«

Ich nickte und zwang mich zu einem Lächeln, aber plötzlich hatte ich schreckliche Angst vor all dem, was noch vor uns lag, hatte Angst davor, daß der Silberne Mann unser eben gefundenes Glück zerstören würde, daß ich Adam, mich selbst . . . alles verlieren könnte.

Der wortkarge Diener führte uns in den Salon von Merlin's Burg. Vernon Quayle trug seinen gewöhnlichen, schlecht sitzenden silbergrauen Anzug. Schon lange war ich zu dem Schluß gekommen, daß all seine Anzüge aus dem gleichen Material bestanden, außer den Tweedanzügen, die er zum Reiten trug. Er stand mit dem Rücken zum Feuer, die leblosen, grauen Augen blickten uns ohne Interesse an, als wir eintraten.

»Guten Tag, Jani. Guten Tag, Mr. Gascoyne.« Der Schatten eines kalten Lächelns berührte seinen Mund und war wieder verschwunden. »Ich kann mir nicht vorstellen, Mr. Gascoyne, daß Sie gekommen sind, um mir zu danken, daß ich Ihnen Ihr Augenlicht wiedergegeben habe.«

Kurz angebunden sagte Adam: »Das ist eine große Behauptung, die Sie da machen, Quayle.«

Der Mann zuckte die Achseln. »Möchten Sie sich setzen?«

»Das wird nicht nötig sein. Wir sind gekommen, um Sie nach Ihrem Preis zu fragen.«

»Den Preis für was, darf ich fragen?«

»Eleanors Freiheit. Die Freiheit Ihrer Ehefrau. Ihre Freiheit von Ihnen.«

Die wilde Direktheit von Adams Worten erschütterte mich, und für den Bruchteil einer Sekunde sah ich etwas, was ich noch niemals vorher gesehen hatte – – – Vernon Quayle war erschrocken. Blitzschnell erholte er sich jedoch wieder und sagte: »Wissen Sie, was Sie sagen, Mr. Gascoyne?«

»Es ist mir völlig klar. Haben Sie vor, Zeit zu vergeuden, indem Sie mit Worten fechten?«

Ein langes Schweigen entstand. Endlich sagte Quayle: »Es ist mir möglich, die meisten Leute zu durchschauen, als ob ihre Gedanken vor mir bloß lägen. Ich finde es aber erstaunlich schwierig, mit Ihnen so zu verfahren, Mr. Gascoyne. Haben Sie irgendeinen Rat oder Verhaltensmaßregeln erhalten?«

»Ich habe mich während der letzten Monate viel mit Professor Manson unterhalten, wenn Ihnen das irgend etwas sagt.«

Vernon Quayles Augen wurden schmal. »Seine Bücher stehen in meinem Regal. Er ist ein kompetenter Theoretiker, nicht mehr.«

Adam lächelte, und es war, als ob ein Schneeleopard plötzlich seine Zähne zeigte. Plötzlich spürte ich in ihm die gewaltige Kraft, die ich in den Tagen erlebt hatte, als er, mit einem kranken Kind belastet, die Macht des Schnees in den Bergen bekämpft hatte.

Er sagte: »Die Privatdetektive, die ich vor vielen Wochen engagiert habe, waren kompetente Praktiker, Quayle. Vor Eleanor haben Sie schon drei Frauen gehabt. Die Italienerin und die Belgierin starben beide durch Selbstmord. Die erste, eine junge englische Witwe, die in Hongkong lebte, war fünf Jahre mit Ihnen verheiratet, ehe sie dahinsiechte und in einem Hospital starb. Alle drei wurden nach ihrer Heirat zu Einsiedlerinnen wie Eleanor. Von allen dreien nahmen ihre Freunde an, daß sie menschliche Werkzeuge gewesen sind, daß sie von Ihnen bei Ihren okkulten Praktiken benutzt wurden. Sie sind ein Seelenvampir, Quayle, Sie leben von der Lebenskraft anderer. Jetzt machen Sie das gleiche mit Ihrem neuesten menschlichen Werkzeug, Eleanor, und ich frage Sie noch einmal – – – was ist der Preis für ihre Freiheit?«

Vernon Quayle hatte ohne einen Funken jeden Ausdrucks zugehört. Er sagte: »Was meinen Sie mit Freiheit, Mr. Gascoyne?«

Adams Antwort kam sofort: »Annullierung der Ehe. Manson sagt mir, daß sie sicher nicht vollzogen ist, deshalb wird es da keine Probleme geben. Und dann hauen Sie ab, wo immer Sie auch hinwollen, und beenden jede Verbindung mit Eleanor für immer.«

»Aus welchem Grund nimmt Professor Manson an, daß die Ehe mit Eleanor nicht vollzogen worden ist?«

»Aus dem Grund, daß Sie nicht fähig sein würden, die arme Frau auf die Art zu benutzen, wie Sie das getan haben, wenn es nicht so wäre. Das würde das Dritte Astralgesetz beeinträchtigen, was immer das bedeuten mag.«

Vernon Quayles Augen blickten starr. »Manson ist schlauer als ich dachte«, sagte er endlich. »Ich dachte, daß ich der einzige wäre, der diese Tatsache aus den hermetischen Büchern entziffert hat. Wie auch immer, es ist weder hier noch dort. Sie haben mich gebeten, einen Preis für Eleanors Freiheit zu nennen. Was wäre, wenn ich es ablehnte, irgendeine Art Handel zu machen?«

Wieder lächelte Adam. Dann sagte er sehr sanft: »In diesem Fall, Quayle, würde ich Sie töten, und ich würde nicht mehr Bedenken dabei haben, als wenn ich einen tollwütigen Hund umbrächte. Sie haben drei Leben zerstört, vielleicht mehr, was weiß ich. Ich werde Ihnen nicht erlauben, Eleanor zu zerstören, denn sie ist Janis Freundin, und das macht sie auch zu meiner Freundin.«

Ich fühlte keinen Schrecken. Als ich meinen Kopf wandte, um Adam anzusehen, und als ich die kalte dunkle Flamme in seinem Blick bemerkte, wußte ich, daß er keine leeren Worte gesprochen hatte. Aber dennoch fühlte ich keinen Schrecken, denn jetzt sah ich ganz klar, was ich schon vor langer Zeit hätte sehen müssen. Vernon Quayle war dabei, meine geliebte Eleanor zu töten, so sicher, als ob seine Hände um ihren Hals lägen und er sie langsam erwürgte. Ich hörte den fürchterlichen, schluckaufähnlichen Klang, aus dem Vernon Quayles Lachen bestand. Er sagte: »Ich habe lange Zeit gelebt, Mr. Gascoyne, viel länger, als Sie sich vorstellen können. Und mehr als eine Person hat versucht, das zu tun, was Sie mir jetzt androhen, sehr zu ihrem nachfolgenden Kummer. Mr. David Hayward kann Ihnen in dieser Angelegenheit vielleicht einen Rat bieten.«

»Ich bin jemand anders, Quayle.« Adam fuhr fort, den Silbernen Mann mit einer merkwürdigen, finsteren Intensität und ohne mit der Wimper zu zucken, anzusehen. »Meine eigene Hand können Sie nicht gegen mich wenden, denn ich bin jemand, der in der langen Dunkelheit gelebt hat, und meine Sinne sind zu scharf, um Ihnen die Möglichkeit zu geben, Ihre bösartigen Spiele mit ihnen zu treiben.«

Vernon Quayle machte die Augen halb zu. »Ihr Freund, Professor Manson, hat Ihnen Kenntnisse vermittelt, die gefährlich sind.«

Adam zuckte ganz leicht die Achseln und nahm meinen Arm, als ob er gehen wollte.

»Sie wollen es also dabei bewenden lassen? Sie wollen nicht handeln?«

»Das habe ich nicht gesagt, Mr. Gascoyne.«

»Nun?«

Ein Schweigen entstand, dann sprach Vernon Quayle mit

einer Stimme, die leicht auf und ab schwang, als sänge er eine Beschwörung: »Das große Kloster von Choma La liegt an der Handelsstraße, die von Galdong nach Magyari führt. Es ist gegen den Berg gebaut, dessen Name niemals ausgesprochen wird. Sieben mal sieben mal sieben Stufen erheben sich zum Tempel des Gebets, der unter dem höchsten Turm liegt. Innerhalb des Tempels steht ein Altar aus weißem Marmor. Auf dem Altar ein Buddha aus Gold. In der hohlen Hand des Buddha liegt die Träne, die in dem Augenblick vergossen wurde, als der Erleuchtete aus dem Frieden des Nirwana zurückkehrte, um die Menschheit den Wahren Weg zu lehren.«

Vernon Quayles Stimme veränderte sich. Im Geschäftston sagte er: »Diese Geschichte ist natürlich Unsinn, und ich halte es für wahrscheinlich, daß die Träne ein Halbedelstein ist, vielleicht auch nur ein hübscher Kiesel. Aber wenn Sie ihn mir bringen wollen, Mr. Gascoyne, werde ich Ihren Forderungen, Eleanor betreffend, nachkommen.«

Ich fühlte, wie Adams Griff an meinem Arm fester wurde, als er sagte: »Ihre Bitte ist nicht völlig unerwartet.« Quayles Augen weiteten sich für einen Augenblick, dann zuckte er die Achseln. Adam fuhr fort: »Wie viele Mönche bewohnen das Kloster?«

»Neun mal neun mal neun, plus jene, die die niederen Dienste für sie verrichten.«

»Sie können sich doch nicht vorstellen, daß die mir erlauben werden, in das Herz ihres Klosters vorzudringen und die Träne zu nehmen?«

»Im Gegenteil, Mr. Gascoyne. Es ist ihr Glaube, daß im Jahre des Hölzernen Drachen zwei Trulku nach Choma La kommen werden, um die Träne an sich zu nehmen und sie dem Buddha zurückzugeben.«

»Trulku?«

»Grob gesagt, Geister in menschlicher Form. Ich bin sicher, daß Jani das weiter erklären kann, wenn Sie das verlangen. Sie ist mit der Religion dieser Gegend vertraut. Die beiden erwarteten Trulku sind ein Mann und eine Frau. Die Frau wird die Sprache von Bod sprechen und die sieben mal sieben Mantras von Galdong singen. Ich glaube, Sie werden herausfinden, daß Jani sie kennt.« Adam sah mich an. Ich nickte und sagte: »Wir pflegten sie auf der Reise zu singen. Sembur wollte das nicht zulassen, aber ich tat es immer heimlich.«

Vernon Quayle fuhr fort: »Die Trulku können echt oder falsch sein. Wenn sie aber die wahren Abgesandten des Buddhas sind, werden sie an einem bestimmten Tag kommen, der nur dem Hohen Lama von Choma La und seinem Rat der Neun bekannt ist. Und mir.«

»Ihnen?«

»Ja, Mr. Gascoyne. Vor nur wenigen Tagen habe ich eine wirkliche große Operation ausgeführt, um dieses Wissen zu erlangen; ich glaube, Mr. Hayward war dabei ein ungeladener Zeuge. Es war eine beachtliche Anstrengung, das kann ich Ihnen versichern. Eleanor ist mit Sicherheit die bemerkenswerteste Energiequelle, die ich jemals benutzt habe.«

Ich glaube, ich hätte mich auf den widerlichen Menschen gestürzt und ihm das Gesicht zerkratzt, wenn Adam mich nicht zurückgehalten hätte. Vernon Quayle starrte wie aus weiter Entfernung durch uns hindurch und sagte: »Für mich wird es notwendig sein, daß Sie und Jani mich in dem Dorf Shekhar nördlich des Chak-Passes treffen, und zwar am einunddreißigsten Tag im Mai. Jani wird den Ort kennen.«

Er war mir nur aus der Entfernung bekannt. Das Dorf lag eine Meile vom Pfad entfernt und etwa fünf Meilen nördlich des Passes – eine Zusammenballung von winzigen Hütten, die von Leuten des Khambastammes bewohnt wurden. Sie waren unseren Karawanen oft tagelang gefolgt und hatten auf die Chance gehofft, einen Überfall machen und ein paar von unseren Traglasten und Tieren rauben zu können. Manchmal hatte ich mich gefragt, wie meine alten Freunde jetzt mit den Khambas fertig wurden, ohne Sembur und sein hervorragendes Gewehr.

Ich hörte einen Unterton der Überraschung in Adams Stimme, als er sagte: »Haben Sie vor, die Reise selbst zu machen, Quayle?«

»Selbstverständlich. Wegen meiner physischen Fähigkeiten brauchen Sie keine Bedenken zu haben, Mr. Gascoyne. Ich schlage allerdings nicht vor, in Ihrer Gesellschaft zu reisen, denn ich bin zu dem Schluß gekommen, daß Sie vielleicht ein gefährlicherer Feind als die meisten sein könnten. Ich werde mit der Calabria reisen, die am fünften April von Southampton ausläuft. Sie werden jede Vorbereitung treffen können, die Sie wünschen, vorausgesetzt, daß Sie England vor mir verlassen. Stimmen Sie zu?«

»Ich stimme zu.«

»Ich glaube, es gibt nichts mehr zu sagen, bis wir uns in Shekhar wieder treffen, Mr. Gascoyne.«

»Wollen Sie eine Frage beantworten?«

»Sie sind neugierig darauf zu erfahren, warum ich diesen Klunker aus dem großen Kloster von Choma La in meinen Besitz bringen will. Ich werde es Ihnen sagen. Seit dreihundertunddreiundvierzig Jahren, also seit sieben mal sieben mal sieben Jahren, haben sich die Gebetsmühlen von sieben Lamas gedreht, während die Lamas Gebete vor der Träne des Buddha gemurmelt haben; fortwährend, ohne Ende, Tag und Nacht. Die Kraft dieses Juwels in der hohlen Hand des Buddhas ist deshalb enorm. Ich bemerke, Mr. Gascoyne, daß Sie das nicht glauben. In der Tat, wenige können glauben, daß ein unbelebter Gegenstand mit Tugend oder Laster, Gutem oder Bösem, der Kraft zu heilen oder zu zerstören, begabt sein kann. Es liegt mir nicht daran, darüber zu diskutieren. Ich stelle einfach fest, daß die Träne jahrhundertelang ununterbrochen das Ziel heißer Gebete gewesen ist, sie ist deshalb einmalig auf diesem Planeten. Deshalb werde ich den Stein besitzen.«

Ein Schweigen lastete im Raum, dann sagte Adam langsam: »Was werden Sie damit machen?«

»Das ist eine zweite Frage, aber ich will Ihnen antworten.« Vernon Quayles Mund dehnte sich zu einem Lächeln, das sehr kleine, weiße Zähne sichtbar machte. »Wenn die Träne mir gehört, werde ich sie anschließend mit der passenden Zeremonie und dem passenden Ritual zerstören. Ich wünsche Ihnen einen guten Tag.«

Ich kann mich kaum daran erinnern, wie ich Merlin's Burg verlassen habe und kam erst wieder zu mir, als Adam und ich Seite an Seite den langen, geschwungenen Fahrweg entlang in Richtung der Tore ritten. Zu vieles hatte sich mir zu schnell zugetragen. Vor weniger als drei Stunden hatte ich das Wunder und die Freude darüber erlebt, daß Adam mit wiederhergestelltem Augenlicht zu mir kam und dann das Glück zu erfahren, daß er mich liebte. In jenem Augenblick auf dem Gänsehügel hätte ich mir wünschen können, daß die Welt für eine lange, lange Zeit stillstand, aber man hatte uns keine Zeit gelassen, unser Glück zu genießen. Eleanor war in der Hand der Kreatur, die in Merlin's Burg herrschte, und die ihr langsam das Leben aussaugte. Ich liebte Adam um so mehr – wenn das möglich war – für die wilde Dringlichkeit, mit der er meinen Fall aufgegriffen hatte, als ob er sein eigener wäre.

Den Fall, eine Frau zu retten, die er nie gesehen hatte.

Während er, starr vor Verachtung, die ich nur allzu gut selbst kannte, an meiner Seite ritt, sagte er: »Sie zerstören? Warum in drei Teufels Namen sollte er das tun? Ich muß Manson fragen.« Ich sagte: »Er glaubt, daß er dadurch, daß er etwas Mächtiges, wie diese Träne, zerstört, die . . . die Kräfte darin für seine eigenen Zwecke benutzen kann. Ich sah ihn solche Dinge benutzen, als er Eleanor dazu zwang, dich zu finden.«

Adam gab einen wortlosen Ton des Ekels von sich. Schweigend ritten wir eine Weile dahin, und ich sah, daß Adam in Gedanken verloren war. Endlich raffte er sich auf und sagte ruhig: »Bei Gott, ich wünschte, ich könnte allein gehen, aber das wird nicht reichen. Es liegt jetzt in der Hand des Schicksals, Liebling. Ich traue Quayle keinen Zentimeter weit, aber alles was wir tun können, ist seinen Befehlen zu folgen, bis wir die Träne haben, und dann müssen wir uns gegenseitig den Rücken decken.«

Ich streckte eine Hand aus. »Ich würde dich nicht allein gehen lassen, Adam, das könnte ich nicht ertragen. Und du brauchst dir über mich keine Sorgen zu machen, du weißt, ich bin ein sehr guter Pfadfinder. Erinnerst du dich noch, wie du dich auf mich verlassen hast, daß ich dir sagte, wie das Wetter werden würde und daran, wie ich mit den Tieren gesprochen habe?«

Er nahm meine Hand. »Ich habe jeden Augenblick im Gedächtnis behalten, Jani. In diesen letzten Monaten, seit du mich gefunden hast, habe ich nachts oft wach gelegen und mich daran erinnert.« Er holte tief Atem. »Jetzt wollen wir einmal nachdenken. Wir müssen England vor Quayle verlassen, aber weil die Calabria ein schnelles Postschiff ist, wird er wahrscheinlich vor uns ankommen. Das macht nichts, wenn wir nur einen Tag oder zwei vorher abfahren, haben wir hier noch fünf Wochen übrig.«

Adams Finger schlossen sich fest um meine, und er sah mich mit solcher Sehnsucht und Liebe an, daß mein Herz nahe daran war zu brechen, als er sagte: »Heirate mich, ehe wir gehen, Jani, meine Liebste. Was immer auch vor uns liegt, ich möchte, daß wir ihm wirklich zusammen gegenüberstehen und völlig eins sind.«

Vier Wochen später wurde ich in der Kirche von St. Markus, auf der nördlichen Seite von Regents Park, Adam Gascoynes Frau. Ich wurde unter dem Namen Jani Saxon, Ihre Hoheit, die Prinzessin Jani von Jahanapur, getraut. David Hayward war Trauzeuge. Major Elliott, ungeheuer stolz, daß ich ihn darum gebeten hatte, begleitete mich zur Kirche und machte den Brautführer. Es waren nur wenige Gäste zugegen. Mrs. Elliott und die Staffords waren von Larkfield zusammen mit dem Major gekommen, und von Adams Seite kamen ein Bruder von Lady Gascoyne, Sir Charles selbst, der jetzt zerbrechlich und graugesichtig aussah, ein Captain von einem Gurkha-Regiment und ein kleiner, rundlicher Mann mit fast weißem Haar, Professor Manson.

Später, auf dem kleinen Empfang in Chester Gardens, zog Professor Manson Adam und mich beiseite und sagte ruhig zu uns: »Ich bin sehr froh, daß Sie sich entschieden haben zu heiraten, ehe Sie der großen Gefahr entgegensehen, die Sie auf sich genommen haben. Quayle würde sich natürlich über die These lustig machen, daß Kraft, große Kraft in der Macht der Liebe liegt, die durch die Einheit von Körper und Geist vollständig gemacht wurde. Hier vielleicht ist seine einzige schwache Stelle: nicht erkannt zu haben, daß seine kalte Doktrin der Objektivität nicht alle Kräfte und Energien mit einschließt. Lassen Sie uns hoffen, daß diese Schwäche jeden Verrat, den er vielleicht plant, vereiteln wird.«

Ehe wir den Empfang verließen, brachte ich David Hayward zu einem letzten Wort mit Adam in die Bibliothek. Adam packte ihn bei den Schultern und sagte beschwörend: »Jetzt hören Sie zu, David. Besorgen Sie sich sofort einen Stellvertreter für Ihre Praxis, es gibt Arbeit für Sie.«

David lächelte mit ziemlich abgespanntem Gesicht. »Gut, was ist es?«

»Sobald Quayle Larkfield verläßt, müssen Sie Eleanor

aus Merlin's Burg herausholen. Sie könnten vielleicht mit Quayles Diener Ärger haben, aber lassen Sie sich davon nicht aufhalten. Heuern Sie Major Elliotts Diener und den des Barons an, wenn es nötig sein sollte. Jani sagt, daß es in Larkfield keine Menschenseele gibt, die Ihnen nicht beistehen würde. Deshalb . . . holen Sie sie heraus!«

David nickte, und in seinen Augen wurde ein Funken lebendig.

»In Ordnung, und dann?«

»Bringen Sie sie hierher zu meinen Eltern. Setzen Sie sich mit Professor Manson in Verbindung und holen Sie einen Arzt, der flexibel genug ist zu verstehen, daß es manche Dinge gibt, die außerhalb der Reichweite von Pillen und Skalpellen liegen. Noch besser, lassen Sie Manson den Doktor auswählen – ich weiß, er hat einen Freund und Mediziner, der Hypnose praktiziert. Beide zusammen könnten anfangen, Eleanor von Quayles Einfluß zu befreien. Aber Sie müssen hier bei ihr bleiben, David. Sprechen Sie mit ihr, erzählen Sie von Larkfield, ehe Quayle kam, erzählen Sie von Jani und den guten Zeiten und erzählen Sie ihr hundertmal am Tag, daß Sie sie lieben, und daß sie bald wieder sie selbst sein wird. Manson sagt, daß dies der wichtigste Faktor in ihrer Kur sein wird.«

Adam lächelte und stieß David sanft gegen die Schulter. »Nur noch eins. Jani hat etwas für Sie.«

Ich ging zu David hinüber, legte das silberne Medaillon in seine Hand und küßte seine Wange. »Geben Sie es Eleanor mit meinen besten Wünschen, David, wenn der richtige Augenblick kommt. Ich weiß, sie wird es tragen, wenn Quayle erst einmal fort ist. Und ich bitte Sie, ein kleines Gebet für uns zu sprechen.«

Den Monat vor der Hochzeit hatte ich in Sir Charles' Haus in Chester Gardens gewohnt und dort mein altes Zimmer eingenommen. Nach der Hochzeit verbrachten Adam und ich einen drei Tage langen Hochzeitsurlaub in einem kleinen Hotel auf dem Lande in Surrey.

Ich hatte ein wenig Angst davor gehabt, daß das, was vor uns lag, vielleicht diese wenigen Tage für uns verderben könnte, aber das war nicht so, wir waren wirklich und wahrhaftig überglücklich, vielleicht war unsere Freude um so intensiver, weil uns beiden im Herzen klar war, daß sie vielleicht kurzlebig sein würde. Wir würden uns in Gefahr begeben, und die kam nicht nur von Vernon Quayle. In Tibet marschierten britische Soldaten unter Colonel Youngshusband nach Norden auf Lhasa zu, und es hatte Kämpfe gegeben. Sie befanden sich auf einer Route, die weit von der entfernt war, die wir nehmen würden, aber zu dieser Zeit würde jeder Fremde in Tibet als Feind betrachtet werden. Ich fragte mich, wie Vernon Quayle hoffte, sicher zu reisen und unangetastet in dem Dorf Shekhar unter den Mitgliedern des Khambastammes zu wohnen, aber ich hatte wenig Zweifel, daß er die Situation völlig unter Kontrolle hatte.

Wir liefen auf einem Schiff mit Namen Satara von den Royal-Albert-Docks aus, und währen der Siebenundzwanzig-Tage-Reise nach Bombay wuchs das Glück, das wir ineinander fanden, noch mehr, denn jetzt waren wir von der Welt abgeschnitten, in einem goldenen Limbo zwischen dem, was gewesen war, und dem, was noch kommen sollte, und beides schien weit weg und unreal zu sein. Bei Nacht lagen wir einander in den Armen; wir hatten die beiden schmalen Matratzen aus unseren Betten nebeneinander auf den Boden der Kabine gelegt, so daß wir nicht getrennt waren, wenn wir schliefen. Oft lachten wir zusammen wie übermütige Kinder, und die Zukunft war vergessen.

Einmal, als ich so dalag, seinen dunklen Kopf an meine Schultern gebettet, sagte ich zu Adam: »Warst du schüchtern mir gegenüber, als ich noch klein war? Ich meine, während jener Tage in der Höhle und nachher.«

Ich fühlte, wie er kicherte, und sein Atem war warm auf meiner Haut. »Hast du das damals erraten?«

»Zuerst nicht. Als du mich versorgen und waschen mußtest, hast du immer gegrollt wie Donner, und ich dachte, du wärest böse, aber als ich wieder klarer denken konnte, merkte ich, daß es größtenteils Scheu war.«

»Mein Liebling, ich wußte einfach nicht, was ich mit diesem komischen, tapferen, mageren kleinen Mädchen machen sollte. Sie war etwas, das weit außerhalb meiner Erfahrungen lag.«

»Jetzt bin ich nicht mehr mager, nicht wahr?«

»Überhaupt nicht.«

»Und ich liege auch nicht mehr außerhalb deiner Erfahrungen?«

»Ganz sicher nicht. O Jani, ich liebe dich so sehr, daß es weh tut.«

»Das sagst du nur, weil ich eine reiche Prinzessin bin!«

Wir brachen in Gelächter aus und wandten uns einander zu, um uns wieder zu küssen.

Es waren die wunderbarsten Tage, die ich je erlebt hatte. Wir fuhren durch das Mittelmeer, durch den Suezkanal und das Rote Meer und wandten uns dann nach Osten, zu den letzten zweitausend Meilen bis Bombay. Dort verließen wir die Zuflucht auf der kleinen Welt der Satara und rüsteten uns, der Zukunft wieder ins Auge zu blicken und noch einmal tausend Meilen in erbarmungsloser Hitze mit dem Zug über endlose Ebenen zu reisen. Für drei Tage und Nächte bewegten wir uns ständig nach Nordosten, durch Bhopal und Jhansi über den Ganges nach Lucknow und dann nach Osten, wo wir endlich in Gorakhpur ankamen, der Garnisonsstadt, wo ich vor langer Zeit weinend in meinem Krankenhausbett gelegen hatte, weil ich meinen einzigen Freund auf der Welt verloren hatte.

Während des drittes Tages brauchte unser Zug zwei Stunden, um durch den südöstlichen Teil von Jahanapur zu fahren. Wie ganz Indien bot es eine Mischung von Schönheit und Häßlichkeit. Einmal, aus der Entfernung, erwischten wir einen Blick auf die Türme des Palastes, der in der Hauptstadt stand, die auch Jahanapur hieß. Dies war der Palast, in dem ich geboren worden war, trotzdem hatte ich nicht das Gefühl, hierher zu gehören und auch nicht den Wunsch, zu bleiben und die Vergangenheit zu erforschen. Ich war eine Fremde hier, und ich war damit zufrieden, eine zu bleiben.

In Gorakhpur kauften wir Pferde, Packtaschen, Lebensmittel, Kleidung und einen Yak, den wir sofort Neb II tauften. Wir nahmen uns viel Zeit, unsere Pferde auszuwählen. Meins war ein Grauer, Adams Pferd ein Dunkelbrauner. Sie hatten indische Namen, aber ich benannte den Grauen in Nimrod um, nach meinem Lieblingspferd in Merlin's Burg, und Adam nannte seins Priester, weil es einen seltsamen weißen Streifen um die Kehle trug, der aussah wie der Kragen eines Geistlichen. Vierundzwanzig Stunden, nachdem wir Gorakhpur erreicht hatten, brachen wir nach Norden auf, und wir verfolgten die lange Reise zurück, die wir als Mann und Kind vor etwas weniger als sieben Jahren, im Jahre des Feuervogels, zusammen gemacht hatten.

Noch einmal schienen wir von der Welt abgeschnitten zu sein während wir unseren Weg durch den schmalen Streifen des Terai machten, der so sehr wie Südengland aussah, aber ein ungesundes Klima hatte, dann ging es durch den großen Wald und immer weiter nach Norden in die Hügel und das Bergland hinein, das dahinter lag. Wir waren glücklich zusammen in der Stille, sowohl bei Tag als auch bei Nacht.

Zwanzig Tage brachten uns nach Smon T'ang hinein, und wieder hatte ich das Gefühl, nach Hause zu kommen. Ich sah das Land jetzt so, wie es war, karg und arm, und seine Leute gebeugt unter Jahrhunderten von Aberglauben und unter der Furcht von Tausenden von Dämonen.

Weil wir vorhatten, die Träne des Buddha aus dem Kloster von Choma La zu rauben, umgingen wir Galdong in der Nacht, denn wir wollten nicht gesehen werden. Ich war ganz sicher, daß Rild bekannt war, daß wir vorüberzogen, denn vor sieben Jahren hatte er es vorhergesagt, aber er würde nicht handeln, um uns aufzuhalten, denn jede Tat würde ihn noch enger an das Rad des Lebens binden. Gleichwohl war ich damit zufrieden, ruhig in der Nacht vorüberzuziehen, denn ich hatte nicht den Wunsch, meine Bekanntschaft mit irgendwelchen Leuten, die ich in den alten Tagen gekannt hatte, zu erneuern. Wir konnten uns jetzt nichts mehr zu sagen haben.

Wir hatten ein wenig Zeit gewonnen, und weil wir vor dem ausgemachten Tag nicht in Shekar ankommen wollten, kampierten wir drei Tage lang im Hochtal, welches auf halber Höhe unterhalb des Chak-Passes lag. Hier deponierten wir den größten Teil unserer Vorräte und unserer Ausrüstung, als wir weiterzogen, und ließen Neb II frei, ehe wir mit ganz leichtem Gepäck zum Gipfel des Passes ritten.

Wir befanden uns jetzt in der sommerlichen Jahreszeit, und obwohl die Nächte sehr kalt waren, war es tagsüber sehr warm, selbst in dieser Höhe. Der Steinhaufen, wo Sembur begraben lag, war unberührt, so wie ich es mir gedacht hatte. Ich fühlte keine Trauer, als wir unsere Pferde den Hang hinauf dorthin führten, nur eine warme Dankbarkeit. Ich sagte ein Gebet, legte ein Sträußchen von wilden Blumen, die ich im Tal unten gepflückt hatte, auf den Steinhaufen, und dann saßen wir wieder auf, um die letzten Meilen unserer Reise nach Shekhar zurückzulegen.

Wir wußten: die Calabria hatte Vernon Quayle nur drei Tage vor uns nach Bombay gebracht, und wir wunderten uns darüber, daß ein Mann seines Alters genau die gleiche Reise machen konnte, die wir gerade hinter uns gebracht hatten. Aber ich hatte keinen Zweifel daran, daß er in Shekhar sein und auf uns warten würde, und ich wußte, die Zeit des Friedens war jetzt für uns vorbei. Von heute an und mit Methoden, die wir jetzt noch nicht kannten, würden wir um Eleanors Leben kämpfen und vielleicht um unser eigenes.

17

EINE MEILE VOM Dorf entfernt kam ein Dutzend Khambas zu uns hinabgeritten, schwärmte um uns aus, um eine enge Hufeisenform um uns zu bilden und uns auf unserem Weg nach Shekhar zu begleiten. Die meisten von ihnen trugen Vorderlader, der Rest war mit Keulen und Messern mit langen Klingen bewaffnet.

Ich gab ihnen eine förmliche Begrüßung auf tibetisch, aber sie reagierten nicht, sondern sie starrten nur mit feindlichen und neidischen Augen auf den Lee-Metford-Karabiner in Adams Sattelhalfter. Wir ritten im leichten Trab weiter, und ich sah, daß Adam lächelte, als ob nichts auf der Welt ihn kümmerte. Einer der Khambas kam nahe heran und streckte den Arm aus, um das Gewehr zu berühren. Adam blickte ihn an, und der Mann zuckte zurück, wie vor den entblößten Klauen eines Schneeleoparden. Nach ein paar Minuten kamen wir zu einem Haufen von Steinbehausungen, und ich wurde eingehüllt von den alten bekannten Gerüchen von Tsampa, ranziger Butter, fettigem Rauch, schweißdurchtränktem Leder und ungewaschenen Körpern.

Vernon Quayle tauchte aus einer Türöffnung auf und kam

auf uns zu; er trug keinen Hut, sein silbernes Haar wehte in der leichten Brise. Unglaublicherweise trug er Schlips und Kragen und die gleiche Kleidung aus Tweed, in der ich ihn gesehen hatte, wenn er auf eine seiner Expeditionen ausritt, um Pflanzen und Insekten zu sammeln. Um zu diesem Ort zu kommen, mußte er genauso gereist sein wie wir, mußte tagelang im Freien gelebt haben, der Sonne und dem Wetter ausgesetzt gewesen sein, aber dennoch war sein Gesicht genauso weiß und fahl wie je zuvor. Ein Gefühl abergläubischer Furcht berührte mich, denn es schien, als ob die Elemente keine Wirkung auf ihn ausübten und als ob menschliche Schwäche ihm nichts anhaben konnte. Vernon Quayle sah uns beide nacheinander mit leeren grauen Augen an. Die Stille wuchs, und endlich sagte er: »Ich erkenne, daß Sie geheiratet haben. Wenn ich Ihre Absicht gekannt hätte, hätte ich als Voraussetzung unserer Vereinbarung zur Bedingung gemacht, daß Sie nicht heiraten dürfen, bis diese Angelegenheit erledigt ist.«

Adam sagte: »Wenn Sie unsere Absicht nicht gekannt haben, dann sind Sie vielleicht nicht ganz so unfehlbar, wie Sie gerne glauben würden.« Einen Augenblick lang bewegte sich etwas Dunkles, etwas Drohendes in den Augen des Mannes, aber seine Stimme blieb flach, als er sagte: »Ich habe außerdem in den letzten Tagen gespürt, daß Ihr Freund, der Professor Manson, von der Theorie zur Praxis übergegangen ist. Meine Frau wird von einer spirituellen Barriere eingeschlossen, von der nur eine Handvoll Männer auf dieser Welt die Kenntnisse haben, wie sie aufzurichten ist, und Manson gehört dazu. Gegenwärtig benötige ich all meine Kräfte für unsere gegenwärtige Angelegenheit, aber wenn ich sie wieder anderswohin richten kann, dürfen Sie sicher sein, daß ich mir Professor Manson vornehmen werde.«

Adam sagte: »Warum sollten Sie Eleanor noch immer zu

kontrollieren suchen, jetzt, wo ihre Freiheit Teil unseres Handels ist?«

»Ihre eigene Seite des Geschäfts haben Sie noch zu erfüllen, Mr. Gascoyne.«

»Dazu sind wir hier, und je eher, desto besser.«

»Morgen ist der Tag. In der Dämmerung werden wir hier aufbrechen und am Mittag das große Kloster von Choma La erreichen. Morgen werden die neun mal neun mal neun Mönche von Choma La Sie beide als die wahren Trulku der Prophezeiung akzeptieren. Sie werden zu den großen Toren reiten, die offen sein werden. Sie werden zum Tempel des Gebets emporsteigen und die Träne aus der Hand des Buddha nehmen. Dann werden Sie zu dem Punkt auf dem Saumpfad zurückkehren, wo ich mit diesen Männern auf Sie warten werde.« Er zeigte auf die Khambas, die noch immer um uns gruppiert waren.

Ich sah Adam die finsteren, schmutzigen Gesichter der Reihe nach anblicken. Er sagte: »Ich bin überrascht, daß sie Sie nicht umgebracht haben, Quayle. Dies ist ein wildes Volk und Sie sind nur ein einsamer Fremder hier, der die Sprache nicht spricht.«

Quayle warf ihm einen flackernden Blick der Verachtung hin. »Sie ziehen falsche Schlüsse, Mr. Gascoyne. Ich beherrsche die Sprache. Außerdem bin ich für sie kein Fremder, denn das Kommen eines Silbernen Trulku, der Gold bringt, ist auch ein Teil der prophetischen Legende. Ich habe ihnen fünfzig Sovereigns in Gold überbracht, was sie sehr zufriedenstellend fanden.« Er blickte auf die Sattelhalfter an Adams Pferd. »Sie werden mir bitte das Gewehr geben.«

Adam lächelte und schüttelte den Kopf.

Quayle sagte: »Wenn Sie sich morgen Choma La nähern, ist es von ausschlaggebender Wichtigkeit, daß weder Sie noch Jani irgendwelche metallischen Objekte bei sich tragen. Sie dürfen weder Ihr Gewehr, noch das Messer mit

Scheide mitnehmen, das Sie um Ihre Wade geschnallt unter Ihrer Hose tragen, Mr. Gascoyne.«

Adam rieb sich das Kinn. »Ich frage mich, wieviel von dieser Geschichte Sie sich ausdenken, während Sie erzählen«, sagte er gedankenverloren.

Quayle zuckte die Achseln. »Jani kann die Männer bezüglich der Details dieser Legende befragen.«

»In Ordnung«, nickte Adam. »Aber ich sehe keine Eile, Ihnen das Gewehr und das Messer zu geben. Wir werden warten, bis die Zeit da ist, bis morgen.«

»Wie Sie wünschen. Vor unserem Aufbruch werde ich Sie gründlich instruieren.«

In dieser Nacht schliefen wir in unseren Kleidern in einem winzigen Raum in einer der Hütten und aßen und tranken von unseren eigenen Vorräten, denn, wie Adam grimmig sagte: »Quayle ist, unter vielem anderen, auch ein Kräuterspezialist. Ich habe kein Verlangen danach, morgen, wenn wir in das Kloster hineingehen, unter dem Einfluß von Drogen zu stehen.« Später, als wir Seite an Seite in unseren Schlafsäcken lagen und die Hände hielten, fragte er sanft: »Jani, Liebling, hast du Angst?«

»Nein . . . nein, nicht wirklich. Ich habe das Gefühl, daß ich Angst haben sollte, weil ich weiß, daß dieser schreckliche Mann uns Böses will, aber ich . . . ich glaube, mir wird es gut gehen, solange wir zusammen sind, Adam.«

»Wir werden, solange diese ganze Geschichte dauert, zusammen sein.« Er drückte meine Hand. »Es ist wunderbar, daß Manson fähig war, Quayles Einfluß auf Eleanor zu blokkieren. Man konnte sehen, daß diese Tatsache den Kerl weit zurückgeworfen hat.«

»Ja. Und je länger er sie nicht erreichen kann, desto besser wird es ihr gehen«, flüsterte ich in der Dunkelheit. »Sie hat einen ungeheuer starken Charakter, Adam. Aber merkwürdigerweise habe ich den ganzen Tag lang nicht an Eleanor gedacht. Es klingt schrecklich, das zuzugeben, aber heute, auf dem ganzen Weg über den Paß, habe ich an deinen Vater gedacht. Es war mir schrecklich, daß wir fortgehen mußten, wo er so krank war.«

»Er hat es verstanden, Jani. Und außerdem kannst du in seinen Augen nichts Falsches tun. Ich glaube, er hat gefühlt, daß er nicht lange genug leben würde, um unsere Rückkehr zu erleben, und irgendwie war er froh, daß dir die letzten Tage und Wochen seines Dahinscheidens erspart bleiben würden.«

»Ja. Ich würde von ihm erwarten, daß er so denkt. Ich bin so glücklich darüber, daß du und er Freunde geworden seid, als du endlich nach Hause kamst, mein Liebster.«

»Ich auch, Jani.« Adam lehnte sich herüber, um mich sanft auf den Mund zu küssen. »Schlaf jetzt ein, mein Liebes. Es wird morgen ein langer Tag werden.«

Etwa eine Meile von Shekhar gabelte sich der Weg in drei Richtungen und traf etwa zehn Meilen weiter nördlich wieder zusammen. Dort führte die Handelsstraße nach Magyari auf dem Bergrücken entlang, und man konnte das große Kloster auf der anderen Seite eines flachen Tales sehen. Wo der Saumpfad sich teilte, war der mittlere Weg der kürzeste, aber auch der schwierigste. Die linker Hand liegende Gabelung schwang nach Westen aus und war etwa eine Meile länger, aber viel einfacher zu begehen, besonders für eine lange Karawane mit Packtieren. Die letzte Gabelung war bekannt als der Weg des Pilgers, denn die Legende sagte, daß in ferner Vergangenheit ein sehr heiliger Mann diesen Weg gereist war, um das große Kloster von Choma La zu gründen. Die Route, die er genommen hatte, wurde von einer Schlucht unterbrochen, die ungefähr vierzig Schritte breit und von unergründlicher Tiefe war. Die Schlucht lief nach Norden, verdoppelte sich zuerst in der Breite, wurde dann langsam schmaler bis zu einem kleinen Riß und verschwand schließlich ganz, ehe sie den Punkt erreichte, wo die Pfade zusammenliefen. Nach der Legende hatte der heilige Mann die Kluft überwunden, indem er schwebte. An der Stelle seiner Überquerung war eine hölzerne Brücke gebaut und über die Jahrhunderte immer wieder erneuert worden, denn dieser dritte Pfad war seither hauptsächlich von Männern benutzt worden, die eine Wallfahrt nach Choma La machten. Die meisten gewöhnlichen Reisenden vermieden ihn, denn das Land auf der östlichen Seite der Kluft stieg steil bis zur Schneegrenze an und war mit verstreuten Steinen und Felsblöcken bedeckt. Während meiner Jahre in Smon T'ang hatte ich nie etwas von einem Erdrutsch dort gehört, aber der alte Tashi konnte sich an einen erinnern, der sich vor langer Zeit ereignet hatte.

Wir nahmen den kurzen Pfad. Zwei Khambas fungierten als Führer. Vernon Quayle ritt unmittelbar hinter ihnen. Adam und ich folgten, und die letzten zehn Khambas machten das Ende des Zuges aus. Als die Sonne höher stieg, wurde die Luft warm. Die Khambas zogen ihre ledernen Jacken aus. Adam und ich entledigten uns unserer Jacken und banden sie auf unsere Sattelrollen. Ich knotete einen dünnen Baumwollschal um meinen Nacken, um zu verhindern, daß mein Hemdkragen feucht vom Schweiß wurde und mich wund rieb. Vernon Quayle ignorierte den Wechsel der Temperatur und ritt beständig weiter, eine groteske und dennoch furchteinflößende Gestalt.

Eine halbe Stunde vor Mittag kamen wir in Sichtnähe des großen Klosters. Während wir anhielten und über das Tal schauten, hielt ich vor Staunen den Atem an und hörte, wie Adam das gleiche tat. Die Sonne war im Zenit und die Türme sahen aus wie riesige Hellebarden aus Gold, die in den Himmel zeigten. Gebetsfahnen flatterten in Reihen auf jeder Terrasse. Ein murmelnder Gesang füllte das breite, flache Tal, das zwischen dem felsigen Saumpfad und dem tausend Schritte entfernten Kloster lag. Die Mönche erwarteten die Ankunft der Trulku. Etwa siebenhundert, rot gekleidet und mit roten Hüten, von denen jeder eine Gebetsmühle hielt, standen wenig mehr als auf Armeslänge auseinander und bildeten zwei nach innen blickende Linien, und diese Linien zogen sich durch das Tal in einem breiten Korridor, der zu den massiven roten und goldenen Toren führte, die auf der anderen Seite offenstanden.

Wir hatten bei einem Felsvorsprung an einer Windung des Saumpfades angehalten, einen langen Steinwurf von dem Platz entfernt, wo der rote Korridor begann. Quayle sagte sehr ruhig mit seiner wunderschönen Stimme: »Wir übrigen dürfen nicht näher hingehen. Ich habe Ihnen alle Instruktionen gegeben, Mr. Gascoyne. Gehen Sie jetzt mit Jani weiter, wenn ich bitten darf, aber stellen Sie sicher, daß Sie kein Metall bei sich tragen.«

Ich sagte mit einem plötzlich trockenen Mund: »Ich werde meinen Trauring nicht abnehmen. Das werde ich nicht.«

»Gold wird keinen schädlichen Einfluß ausüben. Das silberne Medaillon dürfen Sie allerdings nicht mitnehmen.«

»Ich trage es nicht.« Ich verdrehte meinen Kopf, um ihn anzustarren und zischte durch die Zähne: »Aber Eleanor trägt es!«

Seine Augen flackerten. Er sagte: »Das Gewehr und das Messer, wenn ich bitten darf, Mr. Gascoyne.«

Adam zog das Gewehr aus seiner Halfter, reichte es Quayle, beugte sich dann nach unten und zog sein Hosenbein hoch, um das Messer herauszunehmen. Zwei Minuten später ritten wir im Schritt, Knie an Knie, den Pfad entlang zu dem Platz, wo die Zwillingslinien der Mönche begannen. Wir trugen beide keinen Hut und Hemden aus Khaki-Drell, Hosen aus Kavallerietuch mit Schutzflecken aus Leder und kräftige Stiefel. Zwischen den ersten beiden Mönchen hielten wir einen Augenblick an, wandten uns einander zu und blickten die beiden roten Linien hinab, die nach unten abfielen und dann wieder aufstiegen, und deren Perspektive sich auf tausend Meter bis zum Kloster verengte. Während wir hielten, brach der leise Gesang, der die Luft wie der Klang von fernem Donner erfüllte, abrupt ab, und eine riesige Stille lastete über dem Tal.

Adam murmelte: »Jetzt, Jani, meine Liebste.«

Ich erhob meine ziemlich armselige Stimme und begann die sieben mal sieben Mantras von Galdong zu singen, die ich so oft hinter der Hand mit meinem Kameraden von Namkhara gesummt hatte, um die mühseligen Meilen schneller vorbeiziehen zu lassen. Ein kurzer Druck unserer Absätze, und zusammen begannen wir langsam zwischen den lebendigen roten Linien auf das große Kloster von Choma La zuzureiten.

Die Sonne stand warm über unseren Köpfen, und kein Windhauch regte sich im Tal. Außer dem langsamen und weichen Stampfen von Nimrods und Priesters Hufen auf dem dünnen struppigen Gras brach nicht das leiseste Flüstern eines Klanges die Stille. Es war, als ob selbst die Insekten schliefen. Eine Zeitlang schien es mir, als ob ich träumte und als ob die roten Linien um so länger würden, je weiter wir vorwärts kamen, so daß wir nie die fernen Tore erreichen konnten, selbst wenn wir für immer weiterritten. Meine Stimme wurde heiser und plötzliche Angst, daß sie ganz wegbleiben könnte, weckte mich aus meiner Stumpfheit. Ich sah, daß wir den flachen Talboden überschritten hatten und den sanften Hang auf der anderen Seite emporstiegen. Immer größer und gewaltiger reckte sich das Kloster vor uns auf. Ich warf einen kurzen Blick auf Adam. Er sah geradeaus, sein Gesicht war eine undurchdringliche Maske.

Endlich kamen wir zu den roten und goldenen Toren, und als wir sie passierten, sah ich, daß der menschliche Korridor über den Hof zu sieben Steinstufen unterhalb der riesigen eisenbeschlagenen Tore weiterführte, aber die Männer hier waren keine Mönche. Ich erriet, daß dies die niedrigsten Diener des Klosters waren, die Schmiede, Metzger und Reiniger, die sich mit wenig Hoffnung auf Fortschritt in ihrer augenblicklichen Inkarnation abgefunden hatten. Jeder Mann trug Schwarz, und jeder hielt ein gezogenes Schwert. Wenn die Mönche entschieden hatten, daß wir falsche Trulku wären, dann war dies der Augenblick, in dem wir sterben würden.

Wir kamen zu den Stufen des Klosters, als ich die letzte der neunundvierzig Mantras vollendete. Zwei weißgekleidete Novizen kamen, um unsere Pferde zu halten, während wir abstiegen. Ein schmaler Teppich von stumpfgoldener Farbe lief die Stufen hinauf und verschwand in der Dämmerung einer von Lampen erleuchteten Halle hinter den Toren. Vernon Quayle hatte uns gesagt, dies sei zu erwarten. Woher er es wußte, konnte ich nicht erraten, aber ich überlegte kurz, ob er wohl zu irgendeiner Zeit in der Vergangenheit seine seltsamen Künste benutzt hatte, um Eleanor all das »sehen« zu lassen, was jetzt geschah.

Seite an Seite stiegen wir die Stufen empor. In der weiträumigen Halle flackerten hundert Butterlampen, und der Geruch von Weihrauch hing schwer in der Luft. Götter und Dämonen blickten aus Nischen von allen Seiten auf uns herab. Wir folgten dem goldenen Teppich durch einen Torbogen und über die volle Länge einer Halle, wo die gemalten Bildnisse von siebzehn Hohen Lamas an den Wänden entlang angeordnet waren, zwischen Pfeilern, die mit Gebetsfahnen behangen waren: die siebzehn, die in direkter Folge in Choma La seit seiner Gründung geherrscht hatten.

Außerhalb der Halle endete der Teppich bei einer Treppe aus Stein, die anstieg und sich wendete, anstieg und sich wendete. Ich begann zu zählen, denn ich wußte, daß wir jetzt die sieben mal sieben mal sieben Stufen erreicht haben mußten, die uns zum Tempel des Gebets unterhalb des höchsten Turmes bringen würden.

Ich fühlte, wie Adams Hand meine ergriff, wir stiegen beständig weiter, fast im Trott, und wieder erschien es mir, als ob ich in einem Traum wäre. Keiner von uns sprach, keiner von uns gab irgendein Zeichen, daß er anhalten und ausruhen möchte. Für eine Zeit, die fast sechs Minuten gedauert haben mußte, stiegen und drehten, stiegen und drehten wir uns. In Gedanken zählte ich, »dreihundertundvierunddreißig . . . fünfunddreißig . . . sechsunddreißig . . .«

Dann kam ein Gemurmel singender Stimmen. Noch sieben Stufen, und wir standen in einem Torbogen und blickten direkt in den Tempel des Gebets. Es war ein kleiner Tempel, nicht mehr als ein dutzend Schritte im Quadrat. Wir standen hinter einer Reihe von sieben Lamas, die vor dem Buddha knieten. Ihren Roben nach zu urteilen nahm ich an, daß der in der Mitte der Hohe Lama von Choma La war und die anderen den nächsthöheren Rang innehatten. Jeder der Männer schien in einer Höhlung auf der breiten Steinstufe vor dem Podest zu knien, das den Buddha trug. Die goldene Statue hatte Lebensgröße, sie hielt die rechte Hand schalenförmig und mit nach oben geöffneter Handfläche dicht an den Körper, etwas unterhalb des Herzens.

Noch immer leise singend, rutschte der Hohe Lama auf seinen Knien nach hinten, stand auf und ging mit zusammengelegten Händen zur Seite hinüber, während er sich umdrehte, um sich vor uns zu verbeugen. Da sah ich, daß das, was ich für Höhlungen im Stein gehalten hatte, nicht einfach Höhlungen waren, sondern zwei nebeneinanderliegende, zwölf oder mehr Zentimeter tiefe Furchen, eingegraben in den Fels durch die Knie Tausender von Mönchen, die in den vergangenen Jahrhunderten unaufhörlich vor dem Buddha gebetet hatten.

Adam preßte meine Hand. Ich rief mir Vernon Quayles Instruktionen ins Gedächtnis zurück, und wir gingen zusammen vorwärts, bestiegen die hohe Stufe, wo die Lamas knieten, bewegten uns an jener Seite des Platzes, wo der Hohe Lama gewesen war, vorbei und stiegen hinauf zum Podest.

In der goldenen Handfläche lag ein milchweißer Stein, leicht birnenförmig und ungefähr von der Größe der Spitze meines kleinen Fingers. Ich schluckte, während ein lähmendes Widerstreben mich packte. Mich zu zwingen, die Hand auszustrecken und den Stein aufzuheben, war eines der schwierigsten Dinge, die ich je getan habe. Ohne Zweifel waren meine Nerven angespannt wie die Saiten eines Instrumentes, und meine Phantasie ging ein wenig mit mir durch, aber als meine Finger sich darum schlossen, in der ersten Berührung durch einen Menschen, den er in Jahrhunderten erfahren hatte, fühlte ich einen Schock, der wie Feuer durch jeden Teil meines Körpers zuckte.

Adam streckte seine Hand aus. Ich legte die Träne in seine Handfläche und sah, wie seine Augen plötzlich flackerten. Seine Finger schlossen sich und zusammen drehten wir uns um. Das Singen brach ab. Der Hohe Lama verbeugte sich noch einmal, als wir an ihm vorbeigingen. Dann waren wir wieder auf den Stufen und begannen unsere lange Wanderung nach unten. Adam hielt seine fest geschlossene Hand vor sich hin, und ich sah Schweiß auf seinen Augenbrauen. Da ich ein Teil von ihm geworden war, wußte ich, daß er das gleiche fühlte wie ich selbst in diesem Augenblick. Wir erfüllten eine Prophezeiung, lange vorhergesehen und akzeptiert von den Lamas von Choma La, aber wir fühlten uns wie Diebe.

Es war eine Erleichterung, endlich wieder in ein strahlendes Sonnenlicht einzutauchen, wo die weißgekleideten Novizen Nimrod und Priester für uns hielten, damit wir aufsitzen konnten. Die Diener in Schwarz waren verschwunden. Als wir aus den riesigen Toren ritten, war das Tal wieder von Gesang erfüllt. Er hielt weiter an während langer Minuten, als wir langsam zwischen den roten Linien der Mönche hinunterritten und dann den Hang auf der Talseite zum Weg nach Magyari hinauf. Dies war der Augenblick, als wir endlich aus dem Korridor aus Menschen wieder auftauchten. Zur gleichen Zeit drehten sich all die rotgekleideten Gestalten dem großen Kloster von Choma La zu und begannen, in zwei schlangenähnlichen Reihen sich darauf zuzubewegen, während sie im langsamen Rhythmus ihrer Schritte sangen.

Adam flüsterte: »Warte, Jani.« Das waren die ersten Worte, die zwischen uns gewechselt wurden, seit wir durch das Tal zum Kloster ausgezogen waren. Ich stellte keine Fragen, sondern saß da und sah zu, wie die beiden roten Schlangen sich langsam durch die fernen Tore wanden. Als der letzte der Mönche verschwunden war und wir die Torflügel zuschwingen sahen, blickte Adam mit einem seltsam aufmerksamen, wachen Blick auf seine geschlossene Faust.

»Jani«, sagte er sanft: »Wenn irgend etwas passiert . . . wenn irgend etwas schiefgeht und wir getrennt werden, schlag dich zur Höhle durch, Semburs Höhle. Wir werden uns dort treffen.«

Ich fühlte, wie mir kalt wurde, aber wieder stellte ich keine Frage, denn es schien mir, daß wir im Augenblick in einer Welt waren, wo Instinkt regierte und die Logik nicht zählte. Ich sagte: »Ja, Adam.« Dann wendeten wir gemeinsam die Pferde und begannen, den Saumpfad in einem ständigen Schritt nach Süden zu reiten, zu dem flachen Felsvorsprung, wo der Weg sich wandte und Vernon Quayle wartete.

Wir hielten vor ihm, während seine Khambas hinter ihm standen. Zum ersten Mal sah ich zwei hochrote Flecken von

Farbe auf seinen teigigen Wangen, und die normalerweise ausdruckslosen Augen waren lebendig von einer Art widerwärtigem Verlangen. Er sagte: »Zeigen Sie es mir, Gascoyne.«

Eine Pause entstand, dann sagte Adam mit merkwürdig verzerrter Stimme: »Ich kann meine Hand nicht öffnen.«

Quayles Gesicht schien sich vor Wut zusammenzuziehen. »Es ist unklug, Spielchen mit mir zu treiben.«

Adam stieß ein kurzes, hartes Lachen aus. »Seien Sie kein verdammter Narr. Sehen Sie sich meine Hand an.« Er streckte seine Faust aus, und sie war wie weißer Marmor; die Adern standen in Strängen daraus hervor.

Quayle holte tief Atem. Seine übliche bleiche Farbe kehrte zurück und mit ihr seine graue Leidenschaftslosigkeit. Er saß da, die Lippen geschürzt, als ob er in Gedanken versunken wäre, dann sagte er ohne irgendeinen Gefühlsausdruck: »Die Nähe zum Tempel des Gebets mag vielleicht ein gewisses Maß an Einfluß ausüben. Wir werden ein Stückchen weiterreiten.« Er sagte ein Wort zu den Khambas, die ihre Pferde wendeten und die gleichen Positionen einnahmen, die sie auf dem Ritt von Shekhar nach Norden innegehabt hatten, mit zwei Khambas als Führern und dem Rest hinter uns. Aber jetzt war Vernon Quayle zurückgefallen, um neben uns zu reiten, auf Adams anderer Seite.

Eine Meile war vorüber, noch eine, und ich sah, wie die Farbe langsam in Adams fest zusammengekrampfte Faust zurückkehrte. Er blickte immer wieder darauf hinab, und mit der Zeit konnte er die Knöchel ein wenig bewegen. Nach einer Stunde, an der Stelle, wo der Weg sich verbreiterte und der Pfad sich in drei Gabeln aufteilte, gab Vernon Quayle den Befehl, zu halten. »Sind Sie jetzt fähig, Ihre Hand zu öffnen, Mister Gascoyne?«

Adam streckte seinen Arm aus. Langsam, ein wenig zitternd, entkrampften sich seine Finger. Sonnenlicht glänzte auf dem milchweißen Tränentropfen in seiner Handfläche. Ich hörte, wie Quayle zischend den Atem einsaugte, aber er machte keine Anstalten, den Stein zu berühren. Er fummelte in der Innenseite seiner Jacke und zog eine kleine Dose heraus, ungefähr so groß wie die Fläche meiner Hand. Sie war offensichtlich aus steifem schwarzen Leder hergestellt und hatte die Form eines Sterns mit fünf Spitzen. Auf den zehn vertikalen Seiten waren Hieroglyphen in Silber. Quayle ließ den Deckel aufspringen und hielt Adam die Dose hin.

»Legen Sie den Stein hinein, wenn ich bitten darf.«

Adam hielt seine Hand schräg, die Träne fiel mit einem winzigen Geräusch, und die Dose schnappte zu. Adam stieß einen langen Atemzug aus und sagte: »Das schließt unsere Vereinbarung ab, Quayle. Mein Gewehr und mein Messer, bitte. Jani und ich werden von hier aus unseren eigenen Weg zurückgehen.«

Quayle saß wie eine Statue, unbeweglich, seine Augen auf die kleine schwarze Dose gerichtet, die er in den Händen hielt. Seine Lippen schienen sich kaum zu bewegen, als er mit einer dünnen, weit entfernt klingenden Stimme sagte: »Ich habe keine weitere Verwendung für Sie und Ihre Frau, Mr. Gascoyne, und auch nicht die Absicht, zwei so mächtigen Feinden zu erlauben, meine Zukunft durcheinanderzubringen.« Einen Augenblick lang, noch verwirrt von den traumähnlichen Erlebnissen der letzten Stunde, begriff ich die Bedeutung seiner Worte nicht. Er fuhr fort: »Ich habe diese leichtgläubigen Khambas dazu veranlaßt zu glauben, daß die beiden Trulku, die die Träne aus dem Tempel des Gebets forttragen, nur Untergebene des Silbernen Trulku sind, den ich selbst darstelle. Er ist es, der die Träne dem Buddha in den Hallen von Nirwana zurückgeben wird, während seine Boten die Körper, in welche sie sich gekleidet haben, ablegen werden, um zu ihrer Heimat im Himmel zurückzukehren.«

Vernon Quayle erhob seine Augen von der schwarzen, sternförmigen Dose und warf einen Blick zu den Khambas hinüber. »Das ist es, was diese Männer glauben, Mister Gascoyne. Als der Silberne Trulku habe ich sie gewarnt, daß meine Boten vielleicht dazu überredet werden müßten, sich ihrer irdischen Körper zu entledigen.«

In dem Sekundenbruchteil, in dem mir klar wurde, daß Vernon Quayle vorhatte, uns sterben zu lassen, überflutete mich eine Wut, die die Furcht überwand, und ich handelte instinktiv, anstatt überlegt. Nimrod fühlte meine Absätze, fühlte meine Hände, hörte meine Stimme, die ihn scharf anrief, und reagierte wie der Blitz; seine Muskeln ballten sich zusammen ehe er vorwärtsschoß. Ich riß die Dose aus Quayles Hand, wirbelte Nimrod herum, drängte ihn wieder nach vorn und wirbelte dann noch einmal herum, so daß seine Hinterhand die Schulter eines der beiden Pferde traf, die von den führenden Khambas geritten wurden und es gegen das andere schleuderte.

Ich sah einen der anderen Khambas, den ersten, der seiner Sinne wieder Herr geworden war, Adams Karabiner unter der Decke, die über seinem Sattel zusammengefaltet lag, hervorziehen, wo er versteckt gewesen war. Im gleichen Augenblick stürmte Priesters kraftvoller Körper quer über den Pfad, Adam befreite einen Fuß aus dem Steigbügel und hob sich halb aus dem Sattel, um den Mann mit seinem Stiefel vor die Brust zu schmettern und ihn aus dem Sattel zu schlagen. Ich hatte Nimrod jetzt dazu gebracht, auf den Hinterbeinen emporzusteigen, mit den Vorderbeinen in der Luft auszuschlagen und einen Khamba zu bedrohen, der ein langes Messer gezogen hatte. Ich sah Adam ausschwenken, aber er konnte nicht zu mir kommen, denn es waren Männer und Pferde zwischen uns. Quayle brüllte Befehle. Adams Hand schoß nach vorn, zeigte auf den mittleren der drei Pfade, der jetzt genau hinter mir lag. Er rief: »Flieh, Jani, flieh!« und schwenkte auf Priester im gleichen Augenblick dem östlichen Pfad zu, dem Weg der Pilger, während er die Fersen in seine Flanken trieb.

Ich wendete Nimrod und berührte seine Rippen. Er ging ab, als ob er von einem Katapult geschleudert wurde, flog in einem Galopp den kurzen aber schwierigen mittleren Pfad entlang. Für eine Sekunde sah ich Adams Kopf und Schultern über einem runden Felsbuckel, als sich unsere Wege teilten, dann war er fort. Nicht mehr als fünf Sekunden waren vergangen seit dem Augenblick, in dem ich Nimrod in Aktion gebracht und die Dose, die die Träne des Buddha enthielt, aus Quayles Hand gerissen hatte. Noch ehe weitere fünf vergangen waren, war ich den gewundenen Pfad entlang außer Sicht gelangt.

In Gorakhpur hatten wir Stunden damit verbracht, die besten Pferde auszusuchen, die wir finden konnten, und wir hatten einen guten Preis für sie bezahlt. Wir waren viel besser beritten als Quayle oder irgendeiner seiner Gefolgsmänner, dafür schickte ich jetzt ein heißes Gebet der Dankbarkeit zum Himmel. Die Khambas waren großartige Reiter, wie ich aus den Tagen wußte, als sie unsere Karawanen bedroht hatten, aber ich konnte mich mit ihnen messen und Adam auch. Jetzt konnten sie uns nicht mehr fangen.

Ich bettete die kleine schwarze Dose zur Sicherheit in meinem Hemd, tief unten in der Nähe meiner Taille, und konzentrierte mich dann auf den Ritt, während ich alles andere aus meinem Gedächtnis verbannte, denn dies war kein einfacher Pfad, und wenn ich jetzt einen Sturz tat, hätte das die Katastrophe bedeutet. Nimrod trug mich unbeirrt, er war wirklich ein hervorragendes Pferd; eine Stunde später kamen wir einen engen, kieselbedeckten Pfad hinab auf die Schlucht zu. Auf der anderen Seite lag der Weg des Pilgers, denn hier liefen die beiden Saumpfade eine Meile oder zwei, ehe mein eigener Weg wieder zum Westen abschwenkte, ein ganzes Stück vor der Brücke auf jeder Seite der Schlucht nebeneinander her. Während wir uns die schmale Spur hinabarbeiteten, beschattete ich meine Augen, um die andere Seite eifrig abzusuchen. Adam konnte diese Stelle bis jetzt gut erreicht haben und vielleicht sogar vor mir dagewesen sein, denn die lange Schleife, die der Weg des Pilgers machte, ehe er die hölzerne Brücke erreichte, mußte noch kommen.

Ich verlangsamte Nimrod zu einem Schritt, als wir uns parallel zur Schlucht hielten, um ihn ein bißchen ausruhen zu lassen. Ich war froh, daß ich mir selbst eine kurze Ruhe gönnen konnte, denn plötzlich fühlte ich mich sehr müde, so, als ob ich mich in einem Traum bewegte. Mit großer Anstrengung sammelte ich meine Gedanken. Quayle hatte wohl vielleicht einige seiner Männer ausgeschickt, um Adam zu verfolgen, aber er war nicht die wichtige Beute, denn ich war diejenige, die den kostbaren Tränentropfen besaß. Trotzdem hielt ich Nimrod immer noch in einem ständigen Schritt, denn ich war sicher, daß dic Khambas weit im Rückstand waren. Mein Pferd war nicht nur besser als irgendeines von ihren, sondern es trug auch viel weniger Gewicht. Ich schätzte, daß ich einen Vorsprung von mindestens einer Viertelstunde hatte.

Ich blickte den riesigen Hang auf der anderen Seite der Schlucht hinauf, zu dem blendenden Weiß oberhalb der Schneegrenze, und für einen Augenblick schwindelte mir der Kopf. Schnell senkte ich die Augen, und mein Herz tat einen Sprung, als ich Adam sah. Er kam hinter mir auf der anderen Seite heran, bewegte sich in gleichmäßigem, schnellem Trab um eine riesige Steinschulter, wo die Schlucht einen Knick machte. Er schwenkte grüßend seinen Arm, und freudig winkte ich zur Antwort zurück. Als er mit mir auf gleich kam, hundert Schritte über dem Abgrund von mir entfernt, setzte ich Nimrod die Hacken in die Seite, so daß er die gleiche Geschwindigkeit hatte wie Priester.

Ich schaute immer wieder über den Felsabsturz, sah den Mann an, der mein Leben erfüllt hatte, sehnte mich danach, seine Arme wieder um mich zu fühlen und zu wissen, daß Furcht und Gefahr zu Ende waren. Die kleine schwarze Dose unter meinem Hemd tat mir weh, und ich entschied, daß ich sie loswerden wollte, sobald ich einen Augenblick Zeit finden konnte, um das Juwel daraus zu entfernen. Ich wollte nichts von Vernon Quayle bei mir haben. Da hörte ich ein Geräusch, und einen Augenblick lang dachte ich, es sei entfernter Donner, aber der Himmel war blau und wolkenlos. Wieder kam das Geräusch, ein weiches, vibrierendes Rumpeln. Meine Gedanken wirbelten wild im Kreis, und ein eisiger Speer des Schreckens durchbohrte mein Herz, denn oben auf dem turmhohen Hang oberhalb Adams sah ich, wie riesige Schneebretter sich frei brachen, nach unten glitten, Steine, Felsbrocken, Geröll mitrissen, sich in wildem Sturz weiter ausbreiteten, eine monströse Welle von stürzenden Steinen.

Ein Erdrutsch!

Der alte Tashi hatte von nur einem einzigen gewußt, der den Weg des Pilgers während all seiner Jahre überollt hatte, aber jetzt stand ich einem gegenüber, in dem Augenblick, in dem mein Adam den Weg entlang ritt, der in seiner Fallinie lag. Ich sah ihn nach oben blicken, und im nächsten Moment hatte er Priester zu einem wilden Galopp angetrieben. Ich rief Nimrod zu, und wir donnerten den Pfad entlang und blieben auf gleicher Höhe.

Mein Herz hatte ausgesetzt, mein Atem hatte aufgehört, ich war in einem Alptraum. Das Geräusch schwoll zu einem schrecklichen Dröhnen an. Die Welle aus Schnee und Eis und Fels bewegte sich schneller, immer schneller, und ich fühlte, wie ein schreckliches Schluchzen aus mir hervorbrach, als ich sah, daß sie sich weit den Hang entlangzog, so daß Adam keine Hoffnung hatte, sie zu umgehen.

Er hockte noch immer zusammengeduckt im Sattel, ritt wie ein Teufel, als der Erdrutsch ihn mitnahm. Ich sah, wie sein allererster Ausläufer über den Rand des Abgrunds schoß, Pferd und Mann mit sich riß wie totes Laub, und sie beide in die riesige Schlucht hinabstürzten. Ich sah, wie sie sich trennten, als sie fielen; Fels und Geröll und mächtige Brocken aus gefrorenem Schnee flogen um sie herum, fielen nach unten, tief, tief nach unten, hinab in die unergründliche Tiefe und aus meiner Sicht.

Ich hatte Nimrod zum Halt gebracht und schrie Adams Namen in Schock und Entsetzen, aber ich konnte meine eigenen Schreie nicht hören, denn sie wurden erstickt von dem schrecklichen, hallenden Donnern, das immer weiter dröhnte, während der Erdrutsch noch immer seine Gesteinsmassen in den Abgrund stürzen ließ.

Ich fiel nach vorne, mit dem Gesicht gegen Nimrods Mähne, preßte meine Hände gegen Nimrods Ohren, hilflos in den Folterqualen eines Schmerzes, der so schrecklich war, daß ich nicht wußte, wie ich ihn ertragen sollte.

In meinem Kopf waren keine Gedanken. Nicht ein einziger. Ich saß im Sattel und starrte mit leerem Blick über die Schlucht hinüber. Nichts bewegte sich. Alles war wieder still, als ob nichts geschehen wäre. Ich wußte nicht, wieviel Zeit vergangen war. Es war mir gleichgültig. Wenn die Khambas jetzt kamen und mich töteten, wäre das eine Erlösung.

Ohne zu wissen warum, nahm ich den Baumwollschal von meinem Hals und zog die schwarze Dose unter meinem Hemd hervor. Ich öffnete die Dose, nahm den milchweißen Stein heraus, legte ihn in die Mitte des Schals und machte einen Knoten, um ihn da sicher festzuhalten. Dann band ich die Enden des Schals hinter meinem Nacken zusammen, so daß der Knoten, der den Stein enthielt, in meinem Hemd hing, auf der Brust.

Ich nahm die schwarze Dose und warf sie, so weit ich konnte, über die gezackten und zerrissenen Felsen neben dem Saumpfad ... nicht in die Schlucht, denn mein Adam lag dort.

Irgend etwas bewegte sich in meinem Gedächtnis. Wenn ich es zuließ, daß die Khambas mich fänden und töteten, würde ich Adam verraten. Ich würde all die Menschen, die ich am meisten liebte, verraten ... Adam, Eleanor, Sembur, Mr. Lambert. Irgend woher mußte ich die Kraft nehmen, mich zu bewegen.

Ich preßte meine Handflächen auf die Augen und sagte flüsternd: »Ich werde die Träne zu Rild bringen. Er wird sie vor Quayle in Sicherheit bringen. Und dann ... ich weiß nicht – ich kann noch nicht denken. Aber ich werde versuchen, das zu tun ... was du gewollt hättest, Adam ...«

Zwei Minuten später, an der Stelle, wo der Saumpfad ausschwenkte und in die Hügel führte, ließ ich Nimrod in einen leichten Trab fallen und zog mich dann in eine dunkle Höhle von Gedanken zurück, versteckte mich vor der noch schmerzhaft frischen Erinnerung der fürchterlichen Momente an der Schlucht, als mein Herz in mir gestorben war.

Die Zeit verging, aber ich bemerkte es nicht. Wir kamen zu dem Knotenpunkt, wo die drei Pfade sich wieder vereinigten, und wir zogen gleichmäßig weiter, an dem Pfad vorbei, der nach Shekhar führte.

Die Höhle. Adam hatte gesagt, wir sollten uns in der Höhle treffen, falls wir getrennt würden ... Aber jetzt würde er nicht mehr zu mir dorthin kommen. Mein Mund öffnete sich, und die Muskeln in meiner Kehle verkrampften sich in einem großen, trockenen Schluchzen, das meine Brust zu sprengen drohte. Ich kämpfte dagegen an und ritt geradeaus weiter.

Wir näherten uns jetzt dem Gipfel des Chak-Passes, dem Punkt, wo die Wände des Passes zurückwichen und zu Hängen wurden und wo die Höhle ein wenig oberhalb auf dem östlichen Hang lag. Ich bemerkte, daß Nimrod seine Ohren aufgestellt hatte, und ich hielt einen Moment an, um zu horchen. Hinter mir echote der Klang von Hufschlägen an den Wänden des Passes entlang, und sie waren nicht weit fort. Ich hätte sie früher gehört haben müssen, wäre ich nicht halb ohnmächtig vor Schmerz und Schock gewesen.

Ich wendete Nimrod, sagte ihm Lebewohl, gab ihm einen kleinen Klaps und ließ ihn den Pfad wieder hinunterhumpeln, in Richtung der Khambas. Ich hatte die Hoffnung, daß sie für ein paar Sekunden anhalten würden, wenn sie auf ihn stießen, um ihn einzufangen und darüber zu diskutieren, was geschehen sein konnte. Ich wußte, daß Quayle nicht da sein würde, um Befehle zu erteilen, denn er war nicht mehr als ein einigermaßen guter Reiter und hätte bei der Verfolgung nicht Schritt halten können.

Ich fiel in Laufschritt, weil ich wußte, ich würde jeden Augenblick brauchen, wenn ich die Höhle erreichen und darin versteckt sein wollte, wenn die Khambas in Sicht kamen. Ich wußte kaum, was ich dadurch zu erreichen hoffte, denn ich war zu gebrochen und verwirrt, um klar zu denken. Es war unwahrscheinlich, daß sie es wagen würden, die Höhle zu betreten, um nachzusehen, ob ich da wäre, und ich hoffte, daß sie vielleicht glauben möchten, daß ich irgendwo entlang des Pfades auf der anderen Seite des Passes abgeworfen worden war. Aber ich war fast sicher, daß Vernon Quayle unfehlbar die Höhle durchsuchen würde, wenn er ankam, und ich hatte wenig Hoffnung, am Ende doch zu entkommen.

Meine Arme waren aus Blei, und mein Atem rasselte in der Kehle, während ich stolpernd weiterlief. Ich hörte mich selbst verzweiflungsvoll schluchzen: »Ich versuche, Adam, ich versuch . . .« und dann hörte ich das Stampfen von Hufen, jetzt viel näher.

Ich blickte über die Schulter nach hinten und sah, wie zwei Khambas nur hundert Meter hinter mir um eine Kurve des Passes bogen. Beide hatten die langen Messer gezogen, die sie bei sich trugen, und hielten sie hoch, während sie ritten. Die Wände wichen zurück, und ich war auf dem offenen Scheitelpunkt des Passes, trieb meine müden Beine an, damit sie mich schräg den Hang hinauf auf die Höhle zutrugen. Sie bot jetzt keinen Schutz mehr, trotzdem kämpfte ich mich weiter auf sie zu, denn ich bezweifelte noch immer, daß die Khambas sie betreten würden, und vielleicht würde ich genug Zeit haben, ehe Vernon Quayle ankam, um die Träne tief in irgendeinen Spalt zu vergraben, wo er niemals hoffen konnte, sie zu finden.

Aber die Reiter holten hinter mir auf. Die Haut auf meinem Rücken zog sich im Vorgefühl ihrer Messer zusammen, und mir wurde klar, daß ich die Höhle niemals erreichen würde, daß ich noch nicht einmal den kleinen Sieg davontragen könnte, Vernon Quayle die Träne zu verweigern.

Irgend etwas knallte in der Luft wie eine Peitsche, ein wenig neben mir, und ich hörte von hinten einen Knall. Ich kannte dieses Peitschenknall-Geräusch. Es war eine vorbeifliegende Kugel, und mit ihr war noch ein scharfes Geräusch aufgeklungen, anders, aber dennoch von früher bekannt, der Knall einer Patrone, die im Lauf eines Gewehrs explodiert. Aber nicht im Lauf eines uralten Khambagewehrs, darauf hätte ich schwören können.

Über mir brüllte eine Stimme: »Jani!«

Mit verschleierten Augen sah ich den Kopf und die Schultern einer Gestalt, die, das Gewehr in Zielstellung an der

Schulter, hinter Semburs Grabhügel kniete. Ich warf einen Blick über meine Schulter, als die Waffe wieder krachte, und sah, wie der Khamba nur zwanzig Schritte hinter mir plötzlich von seinem Pferd geschlagen wurde, wie von einem unsichtbaren Riesen. Sein Gefährte hatte gewendet und ritt zurück in die Sicherheit des Passes, im Sattel schwankend und eine Hand in seine Schulter gekrallt, wo ihn der erste Schuß getroffen hatte.

Ich stampfte vorwärts, meine Lungen arbeiteten schwer. Ich beugte mich gegen den Hang, die Augen auf den Boden geheftet, meine Gedanken ein völliges Chaos, während ich mich verwirrt fragte, ob Bergdämonen eine Erscheinung von Sembur und seinem Gewehr heraufbeschworen hatten, um die Khambas zu vertreiben. In diesem Augenblick hätte ich alles glauben können. Ich befürchtete sogar, daß es vielleicht das Gesicht von Vernon Quayle sein könnte, das ich vor mir sehen würde, wenn ich meinen Kopf jetzt hob.

Zwei Hände ergriffen meine Arme oberhalb der Ellenbogen und schüttelten mich, eine Stimme sagte: »Jani!«

Ich blickte auf, in Adams Gesicht.

Adam. Schwarzes Haar, voll staubiger Streifen. Blaue Augen, die ängstlich in meine hinabstarrten. Starke, feste Hände, die meine Arme umfaßten. Ein Gewehr, um eine Schulter gehängt. Ein Lee-Metford-dreinulldrei-Gewehr, die einzige Art, die ich beim Namen nennen konnte. Adam? Langsam hob ich eine Hand, eine zitternde Hand, und preßte sie auf seine Wange, seine Lippen. Er sagte: »Jani, bist du verletzt?«

Dann gaben meine Knie nach, und ich fühlte, wie er mich in seine Arme nahm, während eine große Finsternis sich auf mich niedersenkte.

18

ICH BLICKTE AUF einen Fuß, der in einem Stiefel steckte. Adams Stiefel. Seine Hand hielt meine, unsere Finger waren auf die besondere Art verschlungen, die wir benutzten, wenn wir im Bett miteinander sprachen, ehe wir einschliefen. Ich lag auf dem Boden, neben mir war ein Haufen Steine, mein Kopf ruhte auf Adams Schenkel.

Ich drehte den Kopf und blickte nach oben. Ich lag neben Semburs Grabhügel. Adam saß mit dem Rücken dagegengelehnt, während er darüber hinweg zum Paß schaute. Als ich mich rührte, blickte er nach unten und sagte: »Was ist passiert, Jani? Ich dachte, du wärest vor mir hier gewesen, und ich habe mir schreckliche Sorgen gemacht.«

Ich starrte sein auf dem Kopf stehendes Gesicht an und flüsterte: »Adam ... ich sah dich sterben. Wir ritten nebeneinander her ... und du warst auf dem Weg des Pilgers. Und der Erdrutsch kam und hat dich fortgerissen. Ich habe es gesehen!«

Endlich kamen die Tränen, und mein ganzer Körper wurde von einem qualvollen Weinen geschüttelt. Adam zog mich mit einem Arm nach oben, um mich fest gegen seine Brust zu stützen, und Aufregung und Bestürzung lagen in seiner Stimme. »Jani, Liebling, ich bin hier, wirklich! Es ist nichts mit mir geschehen. Hab keine Angst ... Oh Gott, das hat Quayle getan!« Er hielt mich noch fester. »Warte, warte! Laß mich nachdenken. Wie zum Teufel konnte er dich mit solch einer monströsen Halluzination erreichen?«

Da wußte ich es. Da verstand ich das traumähnliche Gefühl, das über mich gekommen war, als ich auf Nimrod im ruhigen Schritt neben der Schlucht hergeritten war. Da wußte ich, auf welche Weise Quayle die Möglichkeit gehabt hatte, seine Kräfte zu benutzen, um in meine Gedanken einzubrechen und eine Halluzination zu erzeugen, die so völlig real wirkte.

»Die schwarze Dose«, flüsterte ich. »Sie war unter meinem Hemd, sie berührte mich, sie tat mir ein bißchen weh . . . das teuflische Ding. So hat er mich erreicht, Adam. Er hat es getan, um mich aufzuhalten, damit ich zu spät käme . . .«

»Lieber Gott«, sagte Adam erregt. »Was mußt du durchgemacht haben, Jani.« Seine Stimme wurde scharf. »Wo ist die verdammte Dose jetzt?« Ich klammerte mich mit all meiner Kraft an ihn, und ich fühlte mich schwach vor Freude, als ich das Herz in ihm schlagen hörte. »Es ist alles in Ordnung, mein Liebling,« seufzte ich. »Ich habe die Dose fortgeworfen. Irgend etwas hat mich dazu gebracht, die Träne herauszunehmen, und sie, eingebunden in meinen Schal, um meinen Hals zu hängen. Ich habe Quayles schreckliche Dose fortgeworfen.«

Meine Stimme schwankte auf und ab. »Wenn ich es nicht getan hätte, wäre ich wahrscheinlich noch immer dort bei dem Abhang, festgefroren in einem Alptraum. Und sie hätten mich gefangen. Oh Adam, Adam . . .« Die Tränen kamen aufs neue, während ich vor Dankbarkeit weinte, daß er mir zurückgegeben war. Ich wollte seinen Namen immer und immer noch einmal sagen, ihn immer wieder berühren, ihn festhalten, mich versichern, daß er wirklich am Leben war und ich in seinen Armen lag.

Plötzlich erstarrte er und sagte: »Ruhig, Jani.«

Ich biß die Zähne zusammen, faßte mich und rückte ein wenig zur Seite, ich kniete, um knapp über die Spitze des Grashügels zu schauen. Zwei Khambas waren zu Fuß vor dem Paß aufgetaucht. Während ich zusah, fielen sie unter einer Felsspalte außer Sicht, erschienen dann ganz kurz noch einmal, während sie, die Gewehre vor sich herschiebend, den Abhang hinaufzukriechen begannen. Ich sagte:

»Es tut mir leid, mein Liebling. Ich werde jetzt keine Umstände mehr machen. Ich fühlte mich nur so . . .« Ich konnte keine Worte finden, um zu sagen, was ich gefühlt hatte.

Adam sagte: »Ich habe mich dazu gezwungen, daran zu denken, wie es für mich wohl gewesen wäre, wenn ich dich in die Schlucht hätte stürzen sehen.« Seine Hand berührte meine und seine Stimme brach einen Augenblick lang. »Gott sei Dank, daß du sicher bist.«

Ich sah zu, wie die Khambas sich noch ein paar Meter weiter nach vorn robbten und sagte: »Nimrod begann zu lahmen, und sie holten mich ein. Die ersten beiden hätten mich getötet, wenn du nicht mit dem Gewehr hiergewesen wärst. Ist es Semburs Gewehr?«

»Ja. Ich habe es gut geölt in seinem Futteral neben ihm beerdigt. Sobald ich hierherkam, dachte ich daran.« Adam wandte seine Augen von dem Hang ab, um mich eine kurze Sekunde lang anzusehen. »Ich mußte nur ein paar Steine auf die Seite legen, Jani. Ich habe seine Ruhe nicht gestört.«

»Sembur hätte nichts dagegen gehabt.« Ich blickte den Hang hinab und maß die Entfernung mit meinen Augen. »Wie nah willst du sie herankommen lassen, Adam?«

»Bis ich ein sicheres Ziel habe. Wir haben ein Munitionsproblem. Ich habe vier Schuß im Magazin gefunden, alle in bester Verpackung, aber es sind keine Reservepatronen da, deshalb haben wir jetzt nur noch zwei Schuß übrig.«

Zwei weitere bewaffnete Khambas schossen aus dem Schutze des Passes hervor und verschwanden zwischen den Unebenheiten und Bodenwellen des felsigen Hanges. Einer trug Adams Karabiner. Die ersten beiden bewegten sich jetzt nicht mehr. Ich sagte: »Sie gehen zu zweit in Position und bleiben in Deckung, bis sie einen Halbkreis um uns bilden. Dann werden sie alle zusammen angreifen.«

»Da redet ein alter Haudegen.«

»Sembur hat es mir gesagt. Sie haben ihn einmal fast festgenagelt und zwar genauso, als er an der Spitze den Weg auskundschaftete.«

Zwei weitere Khambas rannten aus dem Paß und gingen in Deckung. Adam sagte: »Ich kann es mir nicht leisten, Kugeln auf Zufallsschüsse zu verschwenden. Hör zu, Jani. Priester ist in der Höhle. Ich habe ihn nicht abgesattelt. Geh hinein und sitz auf. Wenn ich Bescheid sage, reite den Hang hinunter und zwar schräg weg von den Khambas. Sie können keinen Schuß auf dich abgeben, ohne sich selbst zu zeigen, und ich werde bereit sein, jeden, der es versucht, abzuschießen. Du reitest dann immer weiter auf dem Weg nach Galdong.«

Ich legte meine Hand auf seinen Arm und hörte das Flattern in meiner Stimme, als ich sagte: »Bitte zwing mich nicht, Adam. Bitte. Einmal habe ich dich schon verloren. Ich . . . ich habe einfach nicht den Mut, es zu ertragen, dich noch einmal zu verlieren.«

Er richtete das Gewehr auf eine Felsspalte, die den Khamba mit dem Karabiner verbarg, und nach einer kurzen Zeit sagte er dann: »Gut, mein Liebling. Weißt du noch, wie Flint uns beide getragen hat? Wir wollen sehen, ob Priester das auch kann.«

Ich begann mich umzudrehen und unter dem Überhang zurück in die Höhle zu krabbeln, aber sobald ich mich bewegte, kam ein schrilles Pfeifen von irgendwo auf dem Hang. Sechs Khambas erhoben sich aus ihren Verstecken, die gut verteilt waren, und begannen, auf uns loszurennen. Im gleichen Augenblick erschienen noch vier weitere vom Paß, und jeder fiel auf ein Knie und hob sein Gewehr. Einige Schüsse pfiffen über unsere Köpfe. Adam feuerte einmal . . . zweimal. Zwei angreifende Khambas fielen um, einer davon war der Mann mit Adams Karabiner. Die anderen vier liefen weiter. Adam wirbelte das Gewehr in seinen Händen herum, um es am Lauf festzuhalten und den Schaft wie eine Keule zu benutzen. In diesem Augenblick fiel ein dritter Khamba um und begann schlaff den Abhang hinabzurollen.

Einen Moment lang dachte ich, die Khambas unten hätten einen ihrer Männer aus Versehen erschossen, aber dann kam das Knattern einer Salve von links, von der Seite des Gipfels, die nach Smon T'ang gerichtet war. Zwei Khambas, die von unten her feuerten, fielen. Nur noch drei waren jetzt auf dem Abhang übrig, und sie wandten sich zur Flucht. Ich hörte eine englische Stimme rufen: »Feuer einstellen!«

Schweigen senkte sich über den Paß. Adam stand auf und wischte sich mit dem nackten Unterarm über seine Augenbrauen, während er zu unserer Linken hinabstarrte. Ich richtete mich neben ihm auf.

Kleine dunkelhäutige Männer auf Ponys verfolgten die flüchtigen Khambas. Sie trugen dunkelgrüne Uniformen und runde Pillbox-Kappen. In ihren Händen schwangen sie riesige krumme Messer. Ich kannte nur eine einzige Nation in der ganzen Welt, wo man solche Messer trug. Die Gurkhas, die großartigen kleinen Soldaten aus Nepal, die in der britischen Armee dienten, waren mit ihren Kukris hier.

Ein paar waren abgesessen, um die Salve zu feuern, die die Khambas weggetrieben hatte, und sie standen noch immer in Feuerposition, während sie auf den nächsten Befehl warteten. Von der Südseite des Passes kamen noch mehr herauf hinter ihrem Kommandeur. Dreißig Mann schätzte ich. Ein weißer Offizier mit einem frisch gebügelten Hemd, der aussah, als ob er gerade auf einem Paradefeld angetreten wäre, begann auf einem wunderbaren grauen Pferd den Hang zu uns hinaufzureiten. An seiner einen Seite, ein wenig hinter ihm, kam ein Gurkha, der die drei Streifen eines Havildars trug und auf einem stämmigen kleinen Pferd saß. Ich sah mit leerem Blick hin, mit nur einem Funken Neugier. In der vergangenen Stunde war Furcht von Kummer verdrängt worden, Kummer von Freude, und die Freude von der Gewißheit, daß Adam und ich davorstanden, zusammen zu sterben. Jetzt war ich verausgabt und konnte nichts mehr fühlen. Der Offizier hielt ein paar Schritte vor dem Grabhügel, lehnte sich im Sattel nach vorn und starrte mit verwundertem Gesichtsausdruck auf uns herab. Er war sehr blond, hatte blaue Augen und einen kleinen Schnurrbart und trug auf seiner Schulter die drei »Warzen« eines Captains.

»Hallo, altes Haus«, sagte er mit langgezogener Stimme. »Gascoyne, nicht wahr? Drittes Bataillon? Kann mich noch an Sie erinnern, in Peshawar, damals, sechsundneunzig. Obwohl Sie das Regiment schon vor Jahren verlassen haben. Was machen Sie denn hier oben, altes Haus?«

»Nun . . . das ist eine lange Geschichte.« Adam drehte Semburs Gewehr wieder um und klemmte es unter den Arm, während er zu den Ankömmlingen ins Sonnenlicht hinaufblinzelte. »Sie sind George Plunkett. Eines Abends habe ich in der Messe mal fünf Pfund von Ihnen gewonnen, als ich mit Flint über den langen Tisch gesetzt bin.«

»Vollkommen richtig, altes Haus.« George Plunkett studierte mich mit fragendem Gesichtsausdruck. »Wer ist die junge Dame, wenn man fragen darf? Nicht tibetanisch möchte ich wetten. Kann sie nicht richtig unterbringen, um die Wahrheit zu sagen.« Adam drehte sich zu mir um, sein Gesicht war sehr ernst. Er machte eine leichte Verbeugung. »Eure Hoheit, bitte erlauben Sie mir, Ihnen George Plunkett vom ersten Bataillon, Königin Victorias zweites Gurkha-Infanterie-Leibregiment, vorzustellen.« Captain Plunketts von Natur aus ausdrucksloses Gesicht wurde noch ausdrucksloser, als Adam sich zu ihm wandte und förmlich sagte: »Captain Plunkett, ich habe die Ehre, Ihre Hoheit, die Prinzessin Jani von Jahanapur vorzustellen.«

»Ihre –? Von Jahanapur? Oh Mann!« Captain Plunkett schwang sich aus dem Sattel. »Dann ist sie die Dame, die . . .? Aber deswegen sind wir ja hier! Das ganze Regiment kennt die Geschichte. Oh, Mann, gnä' Frau, Eure Hoheit, ich bin gewaltig geehrt, zutiefst geehrt, in der Tat.« Er nahm meine schmuddelige Hand und beugte sich darüber.

Ein Beben von Gelächter regte sich tief in mir, und es schien ein wenig Kraft und Gefühl zurückzubringen. Ich lächelte den Captain an und sagte: »Danke, Captain Plunkett. Mein Mann hat mich förmlich vorgestellt, aber ich bin außerdem Mrs. Adam Gascoyne.«

»Wirklich? Oh Mann! Nun, meine aller-aller-allerherzlichsten Glückwünsche, gnä' Frau! Und auch für Sie meine Glückwünsche, Gascoyne, mein lieber Freund.« Er schob seine Mütze zurück und kratzte sich die Augenbrauen. »Ich kann mir noch immer nicht vorstellen, was Sie mit Ihrer Hoheit hier oben machen und warum Sie von diesen Khamba-Kerlen beschossen werden.«

»Na, ich fürchte, das ist etwas, was Sie die Diplomaten fragen müssen, altes Haus«, sagte Adam, während er seine Stimme ein wenig senkte. »Verstehen Sie, was ich meine?«

»Wie? Aha, so ist das also, wie? Na, ich werd mir sicher nicht die Mühe geben, diese Kerle zu fragen. Diplomaten haben es nicht gern, wenn Soldaten sie über ihre Geheimnisse ausfragen.« Seine Augen drehten sich zu mir hinüber. »Genug gesagt, gnä' Frau, wie?«

Ich schenkte Captain Plunkett noch ein Lächeln und sagte: »Wir sind sehr dankbar, Captain, nicht nur für Ihre Diskretion, sondern auch für Ihr Erscheinen in einem solch opportunen Augenblick. Ist es in Ordnung, zu fragen, was Sie auf den Chak-Paß führt?«

»Oh, 'Tschuldigung, gnä' Frau, ich dachte, Sie hätten es erraten. Es ist . . . oh . . . nun, ich habe nämlich das Kommando über die Gruppe, die losgeschickt wurde, um die sterblichen Überreste von RSM Burr zurückzubringen, zum Begräbnis mit militärischen Ehren auf dem Regimentsfriedhof von Gorakhpur, sehen Sie?«

Ich ergriff Adams Arm und hielt ihn ganz fest. Ein paar Sekunden vergingen, ehe ich sprechen konnte, und dann sagte ich: »Danke, Captain Plunkett. Ich hätte es natürlich erraten sollen, weil ich ja für Ihre Mission verantwortlich bin, aber . . . mein Mann und ich haben heute eine Anzahl von Aufregungen hinter uns gebracht, und vielleicht sind wir auch ein bißchen schwer von Begriff.«

»Überhaupt nicht, gnä' Frau, überhaupt nicht«, protestierte Captain Plunkett.

Er verbrachte die nächsten zehn Minuten damit, sicherzustellen, daß ich es während der nächsten Stunde, die wir erwartungsgemäß noch auf dem Gipfel des Passes verbringen sollten, so bequem wie möglich hätte. Seine Gurkhas machten aus Kisten, die einmal Lebensmittelvorräte enthalten hatten, eine Art Armsessel für mich, und polsterten den Sitz mit Wolldecken aus. Sein Bursche brachte mir Käse, Brot, Obst und sogar Wein. Ich zwang mich, ein paar Bissen zu essen und ein bißchen Wein zu trinken, aber mehr schaffte ich nicht. Adam bediente mich die ganze Zeit, bis ich ihn bat, um mich nicht solche Umstände zu machen, damit ich nicht wieder weinen mußte, und da ließ er mich in Ruhe und begann, fröhlich mit den Gurkhas zu plaudern.

Sechs Männer wurden eine halbe Meile nach Norden den Paß hinaufgeschickt, um Wache zu halten und sicherzustellen, daß keine Khambas durchkamen. Andere wurden dazu abkommandiert, die toten Khambas wegzutragen und dem einen, der verwundet worden war, Erste Hilfe zu leisten. Während Captain Plunkett Befehle an die Männer erteilte, die unten auf dem Paß Posten beziehen sollten, sagte Adam: »Wenn Sie einen Engländer antreffen sollten, der in Tweed gekleidet ist und aussieht wie ein Gespenst, lassen

Sie ihn bitte von Ihren Männern unter Arrest nehmen. Wenn wir Gorakhpur erreichen, kann er in die Obhut der Zivilautorität übergeben und des versuchten Mordes an Ihrer Hoheit und mir selbst angeklagt werden.«

Captain Plunkett fingerte an seinem kleinen Schnurrbart. »Richtig, altes Haus«, sagte er. »Aber lassen Sie meine Jungs nicht den letzten Teil erfahren, oder sie werden dem Kerl den Kopf abhacken. Sie halten ziemlich viel von Ihrer Hoheit, wissen Sie?« Während eine kleine Gruppe Gurkhas damit begann, den Grabhügel auseinanderzureißen, um Sembur in den einfachen Sarg zu betten, den sie mit sich gebracht hatten, sagte Adam zu mir: »Geh und warte dort unten, mein Liebling.«

»Es wird mir nicht schrecklich sein, Adam. Hier oben ist es entweder frostkalt oder sehr trocken, und eine Leiche bleibt im gleichen Zustand, sie schrumpft vielleicht nur ein wenig . . .«

»Trotzdem, Jani . . .«

»Ich weiß. Ich würde ihn auch lieber so im Gedächtnis behalten wie er war. Aber ich kann es nicht ertragen, daß er keinen Freund hier bei sich haben soll, wenn er umgebettet wird.«

»Ich bin sein Freund, Jani. Er hat dich meiner Sorge anvertraut, und dies sind Gurkhasoldaten seines eigenen Regiments, die gekommen sind, um ihn zu ehren. Er hat eine Unmenge Freunde hier.«

»Gut. Und ich danke dir, lieber Adam.« Ich lehnte einen Augenblick lang meine Wange gegen seine Schulter. »Ich werde hinabsteigen und versuchen, Nimrod zu finden. Vielleicht ist er irgendwo auf dem Paß.«

»Geh nicht weiter als bis zu der Stelle, wo die Gurkhaposten stehen.«

»Das verspreche ich.«

Eine halbe Meile den Paß entlang, da, wo die zerrissenen

und sich windenden Wände zurückwichen und der lange Abstieg des Saumpfades nach Shekhar und darüber hinaus begann, hatten sie vorübergehend Wachen aufgestellt. Ich fand sechs gedrungene, dunkelhäutige Männer mit weißen Zähnen und breitem Lächeln . . . und bei ihnen war Nimrod. Sie hatten den Stein von seinem Huf losgestemmt und gaben ihm aus einem Trinkgeschirr Wasser zu saufen, als ich ankam.

Ich begrüßte Nimrod standesgemäß, indem ich in gehobenem Tibetanisch zu ihm sprach, sagte dann ein paar Worte zu den Gurkhas in ihrer eigenen Sprache und dankte ihnen herzlich für alles, was sie getan hatten. Es kam heraus, daß ihr Havildar ihnen erzählt hatte, ich sei die große Prinzessin, die den Fleck von der Ehre ihres Regiments entfernt hatte, indem sie den guten Namen von RSM Burr wiederherstellte. Sie wirkten fast kindlich in ihrer Scheu, und ich beschämte sie nicht dadurch, daß ich zu lange bei ihnen blieb, um zu plaudern.

Während ich den Paß entlang zurückging und Nimrod am Zügel führte, dachte ich an Vernon Quayle und fühlte eine glühende Befriedigung über seine Niederlage. Wenn er jemals in Reichweite des Gesetzes geraten sollte, würde ihm eine Anklage wegen versuchten Mordes bevorstehen. Für meinen Teil hoffte ich, daß er seine Tage hier beenden sollte, daß er so leben sollte wie die Khamba-Nomaden und daß wir niemals wieder etwas von ihm hörten oder sahen . . .

Der Himmel schien zu zersplittern, und ich lag mit dem Gesicht nach unten auf dem Boden, krank und schwindelig, und fühlte das Zittern, das Nimrods Hufe verursachten, durch den Fels, während er nervös davontanzte. Eine Hand packte mich beim Kragen, hob mich leicht an, und ich fühlte, wie ich entlanggezerrt wurde, während meine Zehenspitzen über den Boden schleiften. Jetzt war ich im Schatten.

Ich wurde fallen gelassen, und ein Fuß drehte mich auf den Rücken. Ich versuchte, mich zu bewegen, aber der Schlag auf meinen Kopf, der von hinten gekommen war, hatte mich halb bewußtlos gemacht, und meine Gliedmaßen wollten mir nicht gehorchen.

Ich lag halb betäubt und voller Angst da, meine Wange auf dem kalten Fels und reimte mir langsam zusammen, daß ich in eine der kleinen, blinden Felshöhlungen in den gezackten und zerrissenen Wänden des Passes gezerrt worden war. Mit schmerzvoller Anstrengung drehte ich meinen Kopf ein wenig zur Seite und hob meine Augen.

Vernon Quayle stand mit gespreizten Beinen über mir, beugte sich, um nach unten zu starren, seine bleichen Wangen waren staubverschmiert. Die grauen Augen hatten überhaupt keinen Ausdruck, keinen Haß, keine Furcht, keine Leidenschaft, und dennoch: in ihrer Kälte lag eine verzehrende Eigenschaft, die die Worte des Orakels in meinem Kopf dröhnen ließ . . . Esser der Seelen.

Er sagte in einem bedächtigen Flüsterton: »Sie und Gascoyne haben die wichtigste Unternehmung, die ich bis jetzt getätigt habe, ernsthaft gefährdet. Natürlich müssen Sie beide vernichtet werden. Ohne Sie kann es keine Zeugen geben, um mich anzuklagen.«

Er beugte seine spinnenhaften Beine und senkte sich nieder, setzte sich auf mich, seine Knie drückten meine Arme nach unten. Ich versuchte zu schreien, aber er preßte einen Daumen in die Grube an meiner Kehle, und ich war ohne Stimme. Mit einer kalten, methodischen Bewegung knöpfte er mein Hemd auf. Der Knoten in meinem Schal, der die Träne des Buddhas enthielt, lag auf meiner Brust.

Vernon Quayle bemerkte in leidenschaftslosem Ton: »Für den Augenblick habe ich meine Kraftreserven in dem sehr bemerkenswerten Akt ausgeschöpft, eine größere und detaillierte Halluzination hervorzurufen. Um mit Gascoyne fertigzuwerden, werde ich eine substanzielle Erneuerung meiner Energien brauchen. Es ist sehr passend, daß die Zerstörung Ihres Lebens dafür sorgen sollte.«

Er zog aus seiner Jacke einen roten Strick, merkwürdig geflochten, ungefähr so dick wie ein Finger und weniger als einen Meter lang. Wieder versuchte ich zu schreien, während ich seine schrecklichen Hände an meinem Hals fühlte, spürte, wie er den Strick unter meinem Nacken durchzog, aber ich schien unfähig zu sein, Atem zu holen, und aus meinem offenen Mund kam nur ein ganz winziger Laut. Er machte über der Kehle einen einzelnen Knoten in die Kordel, nahm ein Ende in jede Hand und begann gleichmäßig zu ziehen.

Vor nur ganz kurzer Zeit hatte ich geglaubt, jenseits aller Angst zu sein, aber jetzt sprang sie wieder in mir empor, neu und brennend und fürchterlich. Dennoch brachte die riesige Welle des Schreckens keine Kraft in meine Glieder. Ich versuchte zu kämpfen, aber ich fühlte mich so hilflos wie ein Schmetterling. Der Strick um meinen Hals fühlte sich an wie ein heißer Fangarm, der ein Eigenleben hatte, der quetschte, sich zusammenzog, der die Blutzufuhr zu meinem Kopf und die Luft zu meinen Lungen abschnitt.

Ich wußte, ich starb. Mein Nacken krümmte sich zurück in einem Krampf der Todesangst, und meine sich verschleiernden Augen sahen etwas, das nicht wirklich sein konnte ... einen gelbäugigen Bergdämon, der über uns auf dem Felszacken zusammengekauert saß, der die Sonne verbarg. Ich sah den hochmütig starren Blick, die hochgezogenen Lippen, die die gewaltigen Zähne zeigten, das Glänzen des Lichts auf dem gefleckten Fell, das Zucken eines langen Schwanzes, der fast so lang wie der Körper war.

Kein Dämon. Ein Schneeleopard.

In den entfernten Tiefen meiner verschwimmenden Gedanken schrie ich verzweifelt, wortlos: »Hilf mir, kleiner Bruder!«

Dann ergriff mich die Dunkelheit, riß mich hinab in einen Abgrund, wo keine Qual nachfolgen konnte, und als ich fiel, vor dem endgültigen Moment des Nichts, spürte ich einen weit entfernten Aufprall, hörte einen weit entfernten Klang ... Ich trieb mit dem Gesicht nach unten, wurde durch eine dunkle See nach oben in eine Welt des Schmerzes getrieben. Mein Hals brannte, als ob ein Ring aus Feuer darum läge. Irgend etwas grub sich in meine Brust. Irgend jemand drückte meinen Rücken, zerdrückte mich. Der Druck ließ nach, und Luft drängte sich in meine Lungen. Der Druck kam wieder, zwang sie nach draußen. Eine dunkle Stimme sagte: »Ich glaube, sie atmet jetzt besser, altes Haus.«

Dann Adams Stimme, näher bei mir, wie eine Säge auf Stahl: »Was, um Himmels willen, haben Ihre Leute gemacht, daß das geschehen konnte?«

Ich bewegte eine Hand, versuchte meinen Kopf zu heben, versuchte irgend etwas zu tun, damit er aufhören würde, meine Lungen zusammenzupressen. Er rief meinen Namen aus, riß mich in seine Arme, drehte mich mit dem Gesicht nach oben, hielt mich fest, starrte mit angstvollen Augen in mein Gesicht hinab. Die Sonne blendete mich, und ich bemerkte, daß ich nicht länger in der dunklen Höhlung an der Seite des Passes war.

Beim dritten Versuch brachte ich ein krächzendes Flüstern fertig. »Es ... es war nicht ihre Schuld ... er hat sich versteckt ... aber ihr seid zur rechten Zeit gekommen.«

Adam schüttelte den Kopf. »Nein. Aber ruh dich nur ein wenig aus, mein Liebling. Lieber Gott, ich dachte, du wärest verloren. All das Blut ...«

Ich blickte nach unten und sah die großen dunklen Flecken auf meinem Hemd. Adam sagte schnell: »Es ist nicht deins, Jani.«

Ich schluckte in dem Versuch, meine schmerzende Kehle zu erleichtern und stöhnte: »Was ist passiert?«

Er schaute zur Seite, und ich folgte seinem Blick. Drei Gurkhas standen neben einer Decke, die über ein formloses Etwas auf dem Boden geworfen war. Eine verschmierte Blutspur führte aus der schattigen Höhlung zu dem Ding, das da unter der Decke lag. »Quayle«, sagte Adam. »Es muß ein Schneeleopard gewesen sein, obwohl ich noch nie davon gehört habe, daß einer einen Mann angegriffen hätte. Durch den Schlag mit einer krallenbewehrten Pranke ist ihm der halbe Schädel abgerissen worden. Dann hat das Tier ihn an der Kehle gepackt und ihn hier hinaus auf den Paß geschleift.«

Ich schloß die Augen und flüsterte: »Ich hab den Leoparden gesehen ... ich kann mich jetzt erinnern. Ich hab versucht, ihn zu rufen.«

Irgendwo hinter mir sagte Captain Plunkett: »Der Kerl ist mausetot. Meiner Ansicht nach hat der Leopard verdammt gute Arbeit geleistet.« Adam wischte mein Gesicht sanft mit einem nassen Taschentuch ab. »Ich wußte, daß irgend etwas passiert sein mußte, als Nimrod in diesem Tempo aus dem Paß kam«, sagte er mit nicht ganz sicherer Stimme. »Wir fanden Quayle, der tot auf dem Paß lag und dann fanden wir dich, Jani, mit diesem widerlichen ... Ding um deinen Hals.«

Mühsam formte ich meine Worte: »Er wollte uns beide umbringen, Adam. Er ... er brauchte mehr Energien, um dich zu zerstören, und er wollte sie dadurch erhalten ... indem er mich zuerst ... mit dem roten Strick tötete.«

Captain Plunkett sagte mit lautem Flüstern: »Sie phantasiert ein bißchen, was? Eigentlich nicht zu verwundern.«

»Meine Frau phantasiert nicht«, sagte Adam ruhig.

Ich tastete unter mein Hemd und fand den Schal mit der Träne, die darin eingeknotet war. Das war der Klumpen, der sich in meine Brust eingegraben hatte, als Adam versuchte, Luft in meine Lungen zu pumpen. Ein wenig Kraft rieselte in meinen Körper zurück. Ich flüsterte: »Hilf mir aufstehen, Adam. Ich bin jetzt wieder in Ordnung.« Langsam fand ich zu mir.

Er hob mich auf die Füße, stützte mich mit dem Rücken gegen Captain Plunkett und die Soldaten und knöpfte dann die Knöpfe meines Hemdes wieder zu. Auf dem Boden, ganz in der Nähe, lag ein Stück merkwürdig geflochtene Kordel, aber sie war nicht länger rot. Ich bekam eine Gänsehaut als ich sah, daß der Strick jetzt eine graue, steinähnliche Farbe hatte, und als ich eine Hand an meine Kehle legte, fühlte ich dort einen feurigen Streifen. Ich zeigte mit dem Fuß auf den Strick und sagte mit schreckerfüllter Stimme: »Verbrenn es, Adam, verbrenn es dort, wo es liegt.«

Niemand stellte Fragen. Captain Plunkett gab einen Befehl, und ein Soldat lief fort, um zwei Minuten später mit einem kleinen Behälter mit Paraffin zurückzukommen. Er durchtränkte den Strick damit und ließ dann ein brennendes Streichholz darauffallen. Der Strick wand und schlängelte sich wie etwas Lebendiges, als er brannte, und als die Flamme endlich erlosch, war keine Asche übrig. Nichts blieb übrig, als ein paar dünne Fäden faulig riechenden Rauches, die sich langsam verzogen.

Captain Plunkett sagte: »Außerordentlich. Tatsachenmäßig ist diese ganze Geschichte ziemlich seltsam, würden Sie das nicht auch sagen?« Adam, dessen Arm um meine Hüfte lag, um mich zu stützen, antwortete nicht; während er die zugedeckte Gestalt auf dem Boden ansah, sagte er mit einer Stimme aus Granit: »Dieser Kadaver wird nicht in derselben Gesellschaft reisen wie meine Frau. Ich dulde seine Gegenwart nicht, ob lebendig oder tot.«

»Stimme Ihnen da ganz zu, altes Haus. Meine Befehle schließen nicht ein, Burschen zurückzubringen, die von Leoparden getötet worden sind. Ich werde ihn hier irgendwo beerdigen lassen.« Captain Plunkett drehte sich um, erhob seine Stimme: »Havildar!«

Rild schien sich in den sieben Jahren nicht im geringsten verändert zu haben. Ich stand in der sonnendurchfluteten Kammer, und Adam war an meiner Seite. Mudok, säuerlich wie immer, hatte versucht, darauf zu bestehen, daß Adam außerhalb des Klosters bleiben sollte, aber ich trug die Träne des Buddha und war wichtiger als Mudok.

Rild sagte: »Das Schicksal ist weiser als die Menschen. Du wärest eine schlechte Nonne geworden, wenn du geblieben wärest, wie ich vorgeschlagen habe, Kind.«

»Ich glaube, das war nicht mein Weg, Hochgeborener.«

»Wahrhaftig.« Er blickte auf den milchweißen Stein hinab, der auf einem kleinen Kissen aus roter Seide vor ihm lag. »Wir haben dich in unseren Gebeten getragen, seit dem Jahr der Eisernen Maus, denn damals wurde vorhergesagt, daß du zurückkehren würdest, vielleicht, um die Träne des Erleuchteten vor dem Zugriff des Essers der Seelen zu retten ... vielleicht auch, um zu sterben.« Sein Blick wandte sich zu Adam und wurde leer, unsehend. Nach einer langen Stille fuhr er mit einer Singsangstimme fort: »Der ehrwürdige Alte ist dahingegangen, und im Augenblick des Überganges streckte seine innere Flamme sich aus und berührte den Geist von einem, der allein den Silbernen Mann zerstören konnte, ohne mit einem schweren Kharma bestraft zu werden.«

Als ich sicher war, daß Rild seine Rede beendet hatte, sagte ich: »Ich habe nicht verstanden, Hochgeborener.«

Seine halbgeschlossenen Augen öffneten sich. »Auch ich nicht, Kind, noch nicht. Ich spreche nur, wie ich muß. Denk über meine Worte nach, und das Verstehen wird kommen.« Er blickte wieder auf das Juwel hinab und hob eine Hand zum Segen. »Für sieben mal sieben Jahre und mehr, bis zum Jahre des Feuer-Affen, werden eure Namen täglich in den Gebeten gesprochen werden, die von Choma La aufsteigen.«

»Wir werden daran denken und dankbar sein, Hochgeborener.«

»Der Abschluß dieser Gebete ist nicht der Abschluß eurer Leben, aber das Ende von Choma La. Denn dann werden die Gelben Männer kommen, und das ganze Land Bod wird sterben.«

Ich verstand es, meinen ungläubigen Blick zu verbergen und sagte höflich: »Das ist eine kummervolle Prophezeiung, Hochgeborener.«

»Alle Dinge sterben, alle werden wiedergeboren, bis sie die Verdienste erwerben, die Erlösung vom Rad der Wiedergeburt bedeuten. Geht jetzt mit meinem Segen.«

Später, als wir aus dem Hof ritten, um wieder zu der Kompanie Gurkhas zu stoßen, die uns an den Außenbezirken von Galdong erwartete, fragte Adam: »Was hat er gesagt, Jani?«

»Nun, die steinerne Träne wird zurück nach Choma La gebracht werden, und sie sind sehr dankbar. Die Lamas dort werden für uns während der nächsten fünfzig oder mehr Jahre beten, deshalb nehme ich an, das bedeutet, daß wir ziemlich alt werden. Und er sagte, es wäre gut gewesen, daß ich nicht hiergeblieben bin, um eine Nonne zu werden, denn ich wäre keine besonders gute geworden.«

Adam schmunzelte. »Da bin ich ganz sicher.«

Irgend etwas wurde mir in Gedanken plötzlich klar, und ich streckte mich aus, um seine Hand zu nehmen, als ich sagte: »Adam, da war noch etwas. Zuerst habe ich es nicht verstanden, aber . . . ich glaube, Rild hat gesagt, daß dein

Vater gestorben ist.« Adams Blick wurde starr. »Das haben wir erwartet«, sagte er langsam. »Aber warum sollte Rild solche Dinge sehen? Sicherlich hat es für ihn keinerlei Interesse.«

»Er sagte ... nein, warte, ich versuche, es richtig zu übersetzen.« Ich dachte eine Zeitlang nach, dann fuhr ich fort: »Er sagte, daß der ehrwürdige Alte dahingegangen wäre und daß in dem Augenblick, als das geschah, seine innere Flamme sich ausstreckte und ... den Geist des Schneeleoparden berührte, glaube ich, um mich zu retten. Rild hat dich die ganze Zeit angesehen, deshalb glaube ich, daß er deinen Vater gemeint haben muß, als er sagte, der ›ehrwürdige Alte‹. Oh, ich weiß, es klingt albern, ich glaube, Rild muß jetzt sehr alt sein. Er hat sogar gesagt, daß eines Tages die Gelben Männer kommen würden, um das ganze Land von Bod zu zerstören.«

Adam schüttelte den Kopf. »Das ist Unsinn. Wir würden das nie zulassen.« Nachdem wir noch ein Stückchen weitergeritten waren, sagte er: »Ich nehme an, der Rest ist auch Unsinn. Aber weißt du, Jani, wenn Vater gestorben ist, würde ich gerne daran glauben, daß er etwas mit deiner Rettung und dem Sieg gegen Quayle zu tun hatte. Nichts hätte ihn mehr gefreut.«

An unserem zweiten Tag, nachdem wir Galdong verlassen hatten, kam der Monsun. Er überflutete die Schluchten des Kali Gandaki, blockierte den Saumpfad in den Tälern, wo eben die Mondbäume zu blühen begannen und machte aus jeder Meile unserer Reise einen zermürbenden Kampf. Den Gurkhas machte es nichts aus; diese kleinen Soldaten waren die glücklichsten Menschen. Adam und mir machte es auch nichts aus. Innerhalb einer Zeitspanne von wenigen Stunden hatte jeder von uns gedacht, der andere sei tot. Damit verglichen war die härteste aller Reisen eine Freude für uns, wir waren am Leben, zusammen und von Liebe füreinander erfüllt. Und der wahrhaft tödliche Kampf, der Kampf gegen Vernon Quayle, lag hinter uns.

Jeden Tag verbrachte Adam mit Bleistift und einem dikken Block etwas von unserer Rastzeit damit, einen vollen Bericht über all das niederzuschreiben, was uns von dem Augenblick an zugestoßen war, an dem wir nach Shekhar hineingeritten waren, um Quayle zu treffen. »George Plunketts Report über Quayles Tod wird die Autoritäten zufriedenstellen«, sagte er. »Aber David Hayward wird die ganze Geschichte wissen wollen. Eleanor auch, hoffe ich, wenn David getan hat, was ich ihm gesagt habe.«

Ich begriff den Sinn in dem, was er sagte. Für Eleanor bedeutete es die größte Notwendigkeit, Vernon Quayle für immer aus ihren Gedanken zu verbannen. Das würde sie nie tun, wenn wir sie über sein Ende im unklaren ließen, indem wir ein Geheimnis daraus machten.

Wegen des Wetters dauerte unsere Reise nach Gorakhpur viereinhalb Wochen. Dort erwartete uns ein Telegramm und ein Brief, beide von David Hayward und beide vom zweiten Juni datiert, dem Tag, an dem Adam und ich mit der Träne aus Choma La herausgeritten waren. Das Telegramm lautete: Sir Charles starb gestern, während er in tiefer Bewußtlosigkeit lag. Deine Mutter trägt ihren Schmerz ruhig und tapfer. Tiefstes Beileid. Brief folgt. Hayward.

Der Brief war mehrere Seiten lang. Im ersten Teil erzählte David ausführlicher über den Tod von Adams Vater, wiederholte seine Beileidsbezeugungen und sagte, daß Lady Gascoyne ihn gebeten hätte, uns zu sagen, daß wir uns über sie keine Sorgen machen sollten und daß ihre Gebete und ihre Liebe bei uns wären. David fuhr fort, indem er erzählte, daß er dabeigewesen wäre, wie die Calabria von London mit Quayle an Bord ausgelaufen war, daß er dann sofort nach Merlin's Burg abgereist war und Eleanor buchstäblich entführt hätte.

Der Diener Thorpe war ihnen bis zu Davids Landhaus gefolgt, hatte gedroht, die Polizei zu holen, worauf Rosy, die Schwester des Schmieds, ihn in den Bach geworfen und ihm ein paar Knochenbrüche angedroht hätte, wenn er sich nicht um seine eigenen Angelegenheiten kümmerte. Am selben Abend hatte David Eleanor nach Chester Gardens gebracht, wo sie von da ab bei Adams Eltern gewohnt hätte. Ein Arzt und Professor Manson wären täglich bei ihr gewesen. Zuerst hätte sich Eleanor wie eine Schlafwandlerin benommen, aber während die Tage vergingen, war sie Schritt für Schritt aus der tranceähnlichen Verfassung erwacht, die sie befallen hatte. Ein deutlicher Wechsel hatte sich nach drei Wochen gezeigt, als Professor Manson entschieden hatte, daß sie genügend aufgewacht wäre, um es David zu ermöglichen, ihr alles zu erzählen, was geschah und um ihr das silberne Medaillon zu übergeben, das ich für sie zurückgelassen hatte. Danach wurde sie bekümmert, weinte, rief meinen Namen, betete für meine Sicherheit. Und endlich begann sie auch zu reden, sprach niemals Quayles Namen aus, sagte aber, daß er mich hätte einfangen wollen, wie er sie eingefangen hätte, und daß sie in all diesen Monaten des Schreckens das winzige Restchen Willenskraft, das noch in ihr zurückgeblieben war, dazu benutzt hätte, ihm in dieser einzigen Angelegenheit zu widerstehen.

Am nächsten Tag wäre sie sehr beherrscht gewesen, aber fast von Sinnen vor Ängstlichkeit, hätte wieder und wieder gesagt, daß Quayle, sobald Adam und ich seinen Zwecken genügt hätten, sich gegen uns wenden und sein Äußerstes tun würde, um uns zu zerstören. David hätte versucht, ihr zu versichern, daß wir gegen Verrat gewappnet seien, und er hätte sich über ihre plötzliche Verzweiflung Sorgen gemacht, aber Professor Manson war hocherfreut darüber gewesen, weil das bedeutete, daß sie anfing zu fühlen, Emotionen zu erleben und daß sie ins Leben zurückkehrte. Davids Brief endete:

... während der letzten beiden Wochen hat Eleanors Zustand sich ständig gebessert, und mit unserer Hilfe hat sie angefangen zu glauben, daß Ihr sicher zurückkehren werdet. Dieser kleine Funke der Hoffnung und Zuversicht flakkerte erst heute in einer sehr erstaunlichen Art auf, denn sie nahm mich beiseite und sagte mir mit großer Fassung, daß sie sicher wäre, Vernon Quayle sei tot. »Seine Hand hat sich von mir gehoben, David«, sagte sie. »Ich weiß es. Bitte Gott, daß meine Jani jetzt sicher ist und ihr lieber Mann auch.«

Während ich diesen Brief abschließe, möchte ich Eleanors Worte noch einmal wiederholen. Es ist mir klar, während ich schreibe, daß ihr tatsächlich sicher nach Gorakhpur zurückgekehrt sein werdet, wenn ihr diesen Brief lest. Bitte schickt sofort ein Telegramm, um unsere Angst zu zerstreuen.

Euer ewig dankbarer Freund,
David.

Innerhalb einer Stunde hatten wir ein Telegramm losgeschickt, und als später am Tag der Zug nach Bombay abfuhr, nahm er einen Brief mit, der an David adressiert war und in dem die Geschichte enthalten war, die Adam während unserer Reise zurück aus Tibet geschrieben hatte.

Zehn Tage nach unserer Rückkehr nach Gorakhpur und zwei Tage nach der Ankunft Lord Kearseys, des Obersten des Regiments, der aus England gekommen war, stand ich und sah zu, wie ein Bataillon Gurkhas sich auf dem großen Paradeplatz formierte. Von den vier Kleidern, die ich von England mitgebracht hatte, hatte ich eins in blassem Grau ausgesucht, ein paar braune Besatzstücke davon abgetrennt und ein schwarzes Trauerband auf den Ärmel genäht.

Adam stand neben mir auf einem großen Podest an einem Ende des Paradefeldes. Bei uns waren der kommandierende Offizier des Bataillons, sein Offiziersstab und Lord Kearsey, ein kleiner Mann mit einem Gesicht wie ein Gnom und einer erstaunlich lauten Stimme. Als die Parade beendet war, hielt er eine kurze Rede in einfachem Gurkhali, und dann führte er mich nach vorn, damit ich den Orden empfangen konnte, der Sembur verliehen worden war.

Später wurden wir zum Militärfriedhof gefahren, um dabeizusein, wenn Semburs Sarg auf eine Kanonenlafette überführt wurde, mit einer Eskorte von hundert Mann, die zum Klang eines einfachen Trommelrhythmus' langsam marschierten. Unter seinem Namen und Rang auf dem Grabstein war außerdem das Gurkhamotto »Ich werde die Treue halten« eingemeißelt.

Ich war sehr müde, als alles vorüber war und dankbar dafür, mit Adam in dem Bungalow, der uns in dem Gelände für Verheiratete zur Verfügung gestellt worden war, allein sein zu können. Kurz vor er Dämmerung saßen wir ruhig auf der Veranda, als ein Diener kam und sagte, daß Lord Kearsey da sei und dankbar wäre, wenn wir ihm ein paar Augenblicke opfern könnten.

Wir gingen in den kleinen Salon, um ihn zu begrüßen, und nachdem er sich über meine Hand gebeugt hatte, zog er eine kleine, flache Dose aus Sandelholz hervor, die mit zarten Schnitzereien verziert war.

»Eines Tages«, sagte er, »würde ich es sehr genießen zu hören, was Sie und Ihr Ehemann oben in Tibet gemacht haben, Madam. Aber dies ist nicht die Zeit, deshalb will ich Sie nicht belästigen, außer damit, Ihnen das hier zu geben.« Er legte die Dose in meine Hände. »Auf meinem Weg hierher habe ich mich einen Tag in Jahanapur aufgehalten und mit Prinz Mohan Sudraka gesprochen. Er ist ein gebildeter Mann und hat die Rechtmäßigkeit meines Vorschlags sofort eingesehen.«

Ich hob den geschnitzten Deckel an. Die Innenseite war mit schwarzem Samt ausgeschlagen, und ich blickte auf einen Smaragdring, zwei goldgefaßte Rubinohrringe und eine goldene Brosche in Form eines Pfauenschwanzes hinab, an der zwei von sechs Diamanten fehlten. Die Juwelen meiner Mutter.

Adam sagte sanft: »Natürlich. Was für ein Narr bin ich doch, das vergessen zu haben. Ich habe alles, was Sembur gehörte, Colonel Hanles in Kalkutta abgeliefert. Zu jener Zeit müssen die Juwelen nach Jahanapur zurückgegeben worden sein.«

Lord Kearsey nickte. »Ich hielt es für richtig, sie Ihrer Frau zurückzugeben.«

Ich sagte: »Ich danke Ihnen, Mylord. Sie sind ein sehr freundlicher und rücksichtsvoller Mann. Ich . . . ich wünschte, ich könnte Worte finden, um Ihnen zu sagen, wieviel mir dies bedeutet.«

»Ich verbiete Ihnen, es zu versuchen, meine Liebe«, sagte er streng. Das gnomenhafte Gesicht wandte sich zu Adam. »Passen Sie sehr gut auf sie auf, junger Mann. Sie ist kampfesmüde. Ich habe diesen Blick schon in Männeraugen gesehen, ich kenne ihn.« Als Lord Kearsey wieder gegangen war, nahm Adam mein Gesicht sanft zwischen seine Hände und studierte mich. »Ich kenne ihn auch«, sagte er. »Dies ist das zweite Mal, daß ich diesen Blick bei dir gesehen habe, Jani, mein lieber Schatz. Einmal vor langer Zeit . . . und jetzt. Aber nie wieder, Jani, nie wieder. Wir fahren nach Hause.«

Als unser Schiff ins Mittelmeer einfuhr, war ich wieder ich selbst, und unser Glück war noch größer, als es uns auf unserer Hinfahrt erschienen war, denn jetzt fiel der lange schwarze Schatten von Vernon Quayle nicht länger über unseren Pfad. Als wir Malta erreichten und einen Tag lang in Grand Harbor ankerten, um neue Vorräte an Bord zu nehmen, wurde mit der Post ein Brief von David Hayward an uns abgegeben. Er war erst zehn Tage vorher an uns abgeschickt worden.

Liebe Jani und lieber Adam,

zu unserer unendlichen Freude und Erleichterung haben wir Euer Telegramm von Gorakhpur vor drei Wochen erhalten. Anfang voriger Woche ist Euer Telegramm von Bombay angekommen, das Details Eurer Reise nach Hause angibt, und heute morgen kam der lange Brief, den Ihr in Gorakhpur abgeschickt habt, mit all den Einzelheiten des schrecklichen Tages, als Quayle Euch beide vernichten wollte. Ich schreibe Euch sofort und hoffe, Euch auf Eurer Heimreise in Malta zu erwischen.

Was Ihr durchgemacht habt, ist zu schrecklich, um es in Worte zu fassen, und wir können nur Gott danken, daß Ihr sicher durchgekommen seid. Eleanor sieht aus wie ein Geist, seit sie heute morgen Euern Brief gelesen hat, und doch bin ich froh, denn der Schock wird vorbeigehen, und wir wissen vor allen Dingen mit Sicherheit, daß dies das Ende eines langen Alptraumes bedeutet und daß wir niemals mehr von Quayle sprechen müssen. Ich bin sicher, das ist auch Eleanors Wunsch. Falls das, was ich bis jetzt über sie gesagt habe, vielleicht einen falschen Eindruck von ihrem augenblicklichen Gesundheitszustand gegeben haben sollte, will ich Euch schnell beruhigen, indem ich Euch auf den letzten Stand der Nachrichten bringe.

Zuerst, Adam: Deiner Mutter geht es gut, und sie hat sich gefaßt. Sie wohnt jetzt bei Eleanor – in Merlin's Burg! Ich bin wieder in meinem Landhaus, wie Du aus der Adresse ersehen kannst. Jede Spur von Quayles Existenz ist aus Merlin's Burg entfernt worden, und hieraus könntet Ihr entnehmen, daß Eleanor wieder fast die alte ist, denn es muß großen Mutes bedurft haben, zurückzukehren, wie sie es getan hat. Ganz Larkfield freut sich sehr, das kann ich Euch versichern, und hat deutliches Wohlgefallen an der Tatsache gezeigt, daß Eleanor sich weigerte, um den »alten Teufel« zu trauern, wie sie Quayle zu nennen pflegten.

Es bedeutet großes Glück für mich, Euch sagen zu können, daß Eleanor zugestimmt hat, mich im September zu heiraten. Wir hoffen sehr, daß Ihr beide die Catling-Farm nehmen werdet, so daß unsere beiden Ländereien aneinanderstoßen und wir zusammen das Land bearbeiten können. – Jani, Du sollst wissen, daß Eleanor versucht hat, Dir einen Brief zu schreiben und mit diesem zusammen abzuschicken, aber sie findet es unmöglich. Sie sagt, Worte wären nicht genug, und sie ist sicher, daß Du verstehen wirst. Sie sehnt sich danach, Dich wiederzusehen und auch danach, Adam kennenzulernen, natürlich. Ich will Euch nicht vormachen, daß alles so ist, als ob nichts in dem Jahr geschehen wäre, in dem dieses Monstrum ihr Leben kontrolliert hat, aber ich glaube, daß mit der Hilfe von Professor Manson und vor allem durch den Tod Quayles sie es geschafft hat, sich von der langen und schrecklichen Erfahrung zu lösen, so daß daraus ein langsam verschwimmender Traum werden wird.

Wie Eleanor sagt, Worte sind nicht genug, und wie Ihr beide wißt, bin ich auch niemand, der sein Herz auf der Zunge trägt. Deshalb laßt mich einfach sagen, daß ich weiß: Eleanor wäre ohne Euch für immer verloren gewesen, und Ihr habt meine unwandelbare Dankbarkeit.

In nur wenigen Tagen, nachdem Ihr dieses hier lest, werdet Ihr zu Hause sein, und wie wunderbar wird das werden! Ich möchte mich so gerne wieder mit Jani streiten, wenn wir einen ungeduldigen Patienten behandeln! Wir haben das Datum der Ankunft Eures Schiffes, und wir werden in

Merlin's Burg auf diesen Tag warten, denn Eleanor hält ihr Wiedersehen mit Jani für zu kostbar, um es auf dem Bahnhof oder an einem Kai zu erleben.

Bis zu diesem freudigen Augenblick senden wir Euch beiden unsere besten Wünsche aus vollem Herzen.

Immer der Eure,

David.

Wir standen auf Deck unter den goldenen Zinnen von Grand Harbor, als ich den Brief las, und für mich war dies in der Tat ein goldener Augenblick. Ich konnte vor Glück nicht sprechen, als ich den Brief an Adam weitergab. Er las den Brief durch, faltete ihn, dann sagte er ruhig: »Komm hinunter in die Kabine, Jani.«

Ein wenig verwirrt nahm ich seinen Arm. Als die Kabinentür sich hinter uns geschlossen hatte, sagte ich: »Was gibt es, mein Lieber?«

»Drei Dinge«, sagte er nüchtern. »Erstens, ich habe dein Gesicht beobachtet, während du den Brief gelesen hast, und ich bin sicher, daß du immer schöner wirst.«

»Mein Liebster, ich mag keinen Unsinn.«

»Zweitens, ich bin sehr dafür, daß wir die Catling-Farm übernehmen.«

»Das ist wunderbar. Aber hättest du das alles nicht an Deck sagen können?«

»Hm. Aber drittens ist es schon mindestens zwei Stunden her, seit du mich geküßt hast, Jani Gascoyne.«

Ich lehnte mich nach vorn, und er nahm mich in die Arme.

An einem heißen Augustnachmittag stiegen wir aus dem Landauer, mit dem der junge William zum Bahnhof gekommen war, um uns abzuholen. Der junge William war sieben Jahre älter, als er an dem Tag gewesen war, an dem ich nach

Merlin's Burg kam und an dem er mich mit meinen schäbigen, tausendmal geflickten Kleidern angesehen und gesagt hatte: »Na, das is' mir ja 'n toller Hut!« Jetzt grinste er scheu; scharrte mit seinen großen Füßen und sagte: »Sie finden'se hinten auf der Terrasse, Miss Jani.«

»Danke, William.«

Ich war errötet und tanzte fast vor Aufregung, als Adam meinen Arm bei sich einhängte. Wir gingen den gebogenen Fahrweg zu den Ställen entlang, und von dort aus um die Ecke zu dem großen Rasen hinter dem Haus. In dem Augenblick, als wir von der Terrasse aus zu sehen waren, bemerkte ich, wie eine hohe Gestalt die Stufen hinuntereilte und über das Gras auf uns zugelaufen kam, und die Röcke ihres Sommerkleides flogen. Ein rotes Kleid, weinrot, wie das, in dem ich sie zum ersten Mal gesehen hatte. »Jani!«

Adam gab mir einen leichten Klaps auf die Schulter, und ich ging auf sie zu, aber meine Augen schwammen so voller Tränen, daß ich zögerte, tasten mußte, als wir aufeinander trafen, und dann fing sie mich in ihren Armen ein.

»Jani, Jani, Jani!«

Sie flüsterte meinen Namen immer und immer wieder während ich sie umarmte, und wir weinten beide. Als ich endlich meiner Stimme wieder Herr wurde, trat ich einen Schritt zurück, nahm ihre Hände und sagte mit rauher Stimme: »Laß mich dich ansehen.«

Sie war verändert. Eine Haarsträhne zog sich im Bogen wie ein zentimeterbreites, schneeweißes Band von ihrer Schläfe nach hinten, und an den Ecken ihrer Augen und ihres Mundes waren kleine Krähenfüßchen. Aber das wundervolle, kastanienbraune Haar glänzte jetzt wieder so reich wie immer, die kraftvollen graugrünen Augen waren voll Leben und Gefühl, und ich konnte in ihr wieder die unbändige Lebenskraft spüren, die ich früher an ihr gekannt hatte.

»Oh, meine treue, treue Jani . . .« Sie wischte sich die

Tränen aus den Augen und lachte, ein wenig erschüttert. Ich legte meinen Arm um sie und wir begannen, langsam auf dem Rasen umherzugehen, sprachen in halben Sätzen, unterbrachen einander, dem Lachen und den Tränen nahe.

»Werdet ihr Catlings . . .?«

»Ja, natürlich, liebe Eleanor! Es ist so aufregend – aber wann ist die Hochzeit?«

»Am fünfundzwanzigsten. Oh Jani, ich kann es nicht glauben . . .«

»Ich freue mich so für dich. Ist Adams Mutter noch . . .?«

»Ja, und es geht ihr sehr gut. Sie wartet darauf, euch nach der ersten wilden Aufregung zu begrüßen; sie sagte . . .«

»Und Nimrod?«

Eleanor lachte in der Art, an die ich mich erinnern konnte. »Oh Schätzchen, du hast dich überhaupt nicht verändert. Ich bin sicher, daß Nimrod sich danach sehnt, wieder eine von euren interessanten Unterhaltungen zu führen.«

Ich sah Adam und David am Fuß der Terrassentreppe, wie sie ruhig miteinander sprachen und preßte eine Hand auf meine Lippen, während ich ausrief: »Oh, ich bin schrecklich! Ich habe David noch nicht begrüßt oder Adam dir vorgestellt; hat David dir alles über ihn erzählt? Oh, das muß er getan haben! Er ist nicht wirklich gut aussehend, Eleanor, ich meine Adam, wegen seiner Nase und seiner Augenbrauen, aber ich mag ihn trotzdem, und wenn man sich daran gewöhnt, ist er wirklich gut aussehend, und . . . oh, er ist so wunderbar, und ich bin so stolz auf ihn. Adam! Adam!«

Er kam auf uns zu, und Eleanor wartete auf ihn, beide Hände ausgestreckt. Er nahm sie in seine Hände, und so standen sie da und sahen sich in lächelndem Schweigen an, ohne Beschämung, fast wie in unausgesprochener Übereinstimmung. David trat neben mich. Ich küßte ihn und hielt seine Hand, aber keiner von uns sprach. Wir standen da und sahen Adam und Eleanor an. Endlich sagte sie: »Sie sind weit gereist und haben schwere Risiken auf sich genommen, für eine Frau, die Sie nicht kannten, Mr. Gascoyne. Ich bin tief in Ihrer Schuld.«

Adam schüttelte den Kopf, noch immer lächelnd. »Nein, Miss Lambert. Die Schuld wird immer auf meiner Seite sein. Ich habe Ihnen für Jani zu danken.«

Eleanor wandte den Kopf, um mich anzusehen. »Ich habe immer gedacht, ich hätte Ihnen für sie zu danken, Adam.«

Er folgte ihrem Blick. »Wollen wir uns darüber einigen, daß wir vom Glück begünstigte Leute sind, Eleanor?«

»Ja, im höchsten Grade.«

Sie sahen mich weiterhin schweigend an, als ob sie warteten. David nahm meinen Arm und begann mich mit festem Griff wegzuführen. »Komm zu den Ställen und rede mit Sarah«, sagte er.

»Nein, warte, was in aller Welt denkst du denn?« protestierte ich. »Um Gottes willen, laß mich doch los, David, wir sind doch gerade erst angekommen und –«

»Sei nicht so schwer von Begriff, Jani«, sagte er liebenswürdig und zog mich noch ein bißchen schneller weiter. »Die beiden können es kaum erwarten; sich über dich zu unterhalten und darin zu schwelgen, alle möglichen Arten von lächerlichen netten Dingen über dich zu sagen. Ich lehne es ab, in solche Loblieder mit einzustimmen oder dir zu erlauben, zuzuhören und eingebildet zu werden. Gute Eheleute sollten gesehen und nicht gehört werden.«

»Du wirst selber bald ein Ehemann sein.«

Er lachte. »Ja. Und ich danke dir dafür, daß du das geschafft hast, Jani Gascoyne.«

Der kleine Grashügel vor den Ställen stieg an zu einem Punkt, von wo aus wir über die efeubedeckte Mauer sehen konnten, die die Südseite des Geländes begrenzte. In unausgesprochener Übereinstimmung blieben wir dort stehen, um über ein paar Hektar Weideland hinüber zu dem grünen und goldenen Flickenteppich zu sehen, der zur Catling-Farm gehörte. Ich konnte das Farmhaus mit den weißen Mauern sehen, die Nebengebäude und die Kamine des Hauses, Kimberley, das eine halbe Meile weiter hinten lag. Eine sanfte, leuchtende Zufriedenheit umfing mich. Dies würde unsere Heimat sein, Adams und meine und die unserer Kinder. Sein Baby wuchs in mir, und noch ehe die letzten Herbstblätter gefallen waren, würde ich fühlen, wie es sich in mir regte. Hier auf diesem Land würden wir leben und uns durch das hindurch arbeiten, was das Leben noch brachte; unsere Liebe war gehärtet in den Feuern, durch die wir zusammen gegangen waren, und wir waren gesegnet mit Freunden.

Neben mir sagte David: »Willkommen zu Hause, Jani. Jetzt komm und sprich mit Sarah. Sie trägt ihr erstes Fohlen.« Ich nahm wieder seinen Arm und lachte. »Dann haben wir viel gemeinsam«, sagte ich.

MADELEINE
BRENT

10008

10483

10753

10943